Annette Borchardt-Wenzel

Karl Wilhelm

und sein Traum von Karlsruhe

Annette Borchardt-Wenzel

Karl Wilhelm

und sein Traum von Karlsruhe

Ein Badener im großen Welttheater

Casimir Katz Verlag

Die Deutsche Bibliothek – CIP-Einheitsaufnahme

Borchardt-Wenzel, Annette
Karl Wilhelm und sein Traum von Karlsruhe. Ein Badener im großen Welttheater / Annette Borchardt-Wenzel
Gernsbach: Katz, 2013
ISBN: 978-3-938047-66-8

Umschlaggestaltung: Jörg Schumacher, Casimir Katz Verlag, unter Verwendung eines Porträts von Markgraf Karl Wilhelm, Landesmedienzentrum Baden-Württemberg (Stadtgeschichtliche Sammlung im Prinz-Max-Palais), und einer Fotografie der Pyramide auf dem Karlsruher Marktplatz von Jörg Schumacher.
Satz: Casimir Katz Verlag
Druck: Aalexx Buchproduktion GmbH, Großburgwedel
ISBN: 978-3-938047-66-8

Inhalt

Vorwort

Ein Mann macht Geschichte, ein Mann macht Geschichten. Über Markgraf Karl Wilhelm (1679–1738), den Gründer Karlsruhes, kursieren viele Anekdoten. Auch wenn deren historischer Gehalt begrenzt ist, stehen Poesie und Geschichte doch in einer interessanten Wechselwirkung. Denn Anekdoten sind in der Regel gebunden an bedeutende Persönlichkeiten oder wichtige Ereignisse; häufig spiegeln sie auch die gesellschaftlichen Umstände einer Epoche, ohne sich festlegen zu lassen auf erfreute Zustimmung, tief empfundene Skepsis oder ernsthafte Auseinandersetzung.

Dass bei Betrachtungen über Karl Wilhelm die Anekdote regiert, verwundert schon deswegen wenig, weil der Markgraf einer Zeit entstammt, deren Protagonisten sich nicht – oder jedenfalls nicht nur – an harten Fakten messen lassen. Wenn Historiker in den vergangenen Jahren zu Neubewertungen von Barockfürsten wie König Friedrich I. in Preußen oder Herzog Eberhard Ludwig von Württemberg tendierten, sollte man den Badener dabei nicht außen vor lassen.

Dieses Buch richtet sich ein breites Publikum, das sich für die Person Karl Wilhelms, die badische Landesgeschichte, die Anfänge der Stadt Karlsruhe oder das Barockzeitalter im Allgemeinen interessiert. Es erhebt nicht den Anspruch, eine erschöpfende Lebensgeschichte des Markgrafen zu liefern. Mir geht es vor allem darum, die Persönlichkeit Karl Wilhelms vor dem Hintergrund seiner Zeit zu beleuchten. Einer Zeit, die ganz eigene, uns heute nur noch schwer verständliche Wertvorstellungen und Handlungsgrundsätze hatte. Mit Exkursen unter dem Titel „Der Stil der Zeit" soll das Auge geschärft werden für die Rahmenbedingungen im späten 17. und frühen 18. Jahrhundert. Die Besuche bei „Zeitgenossen" dienen dazu, Vergleichsmöglichkeiten zu eröffnen, denn manches, was uns am Gründer Karlsruhes heute absurd oder skurril erscheint, war so ungewöhnlich nicht. Ein großartiges Essay, das mir wie kein anderes Werk den Geist des Barockzeitalters nahegebracht hat, ist „Das große Welttheater. Die Epoche der höfischen Feste" von Richard Alewyn (1902–1979). Viele Gedanken aus dem Klassiker flossen in dieses Buch ein.

Getragen ist diese Biografie von dem Gedanken, dass Geschichte spannend ist und anregend sein soll. Die gezierte Schriftsprache des Barock mit ihrer Neigung zu Bandwurmsätzen und orthografischen Überraschungen steht dem Lesevergnügen allerdings bisweilen entgegen. Wo aus Quellen zitiert wird, sind daher Rechtschreibung und Zeichensetzung heutigen Regeln angepasst. Schwer verständliche Passagen oder heute ungebräuchliche Wörter wurden behutsam modernisiert.

Annette Borchardt-Wenzel, im März 2013

„Durchlauchtigster Fürst und Herr“: Ein Ausflug ins Zeitalter der Perücke

Ob die Züge weich waren oder hart, voll oder hager, arrogant oder vom Leben gezeichnet – die Perücke verlieh jedem Gesicht ein beeindruckendes Profil. Aus dem höfischen Leben war sie nicht wegzudenken. Unverzichtbar gemacht hatte die wallende Lockenpracht für den Herrn – wie könnte es anders sein – der französische König Ludwig XIV. Der soll in seiner Jugend sehr stolz gewesen sein auf sein schönes natürliches Haar. Da der Kopfschmuck jedoch früh lichter wurde, sah sich der „Sonnenkönig“ genötigt, mit künstlichem Ersatz vorzutäuschen, was die Zeit ihm genommen hatte.

Der Bedarf an falschen Locken war groß: Gleich 48 Hofperückiers ernannte der französische König im Jahr 1655.[1] Zunächst entsprachen die Perücken, die sie schufen, in Form und Fülle dem natürlichen Haar, und sie wurden wie dieses scheinbar nachlässig frisiert. Doch es passte nicht in die Zeit, sich mit den Vorgaben der Natur zu bescheiden – und so verkünstelten sich die Perückiers bald an gewaltigen Lockenflügeln, die schwer auf Brust und Rücken ihrer Träger fielen. Die „Allongeperücke“, natürlich aus Echthaar gefertigt (nur wenig bedeutende Leute begnügten sich mit Modellen aus Ziegenhaar oder Wolle), wurde zum vielleicht wichtigsten Standeszeichen und Repräsentationsstück des französischen Hofes – und der höfischen Gesellschaft Europas. In der klassischen Ausführung orientierte sich die Allongeperücke an der Haarfarbe der Jugend, doch bald wusste man ihr durch den reichlichen Gebrauch von weißem Puder noch mehr Würde zu verleihen. Die verstaubte Optik behielt man bei, als die Allongeperücke im 18. Jahrhundert allmählich kürzeren Formen wich, man die Locken in Wülsten um den Kopf ordnete und das Haar hinten in einen Beutel gesteckt wurde, den vornehme Herren gern mit einer juwelenverzierten Schleife schließen ließen.[2]

Die kleinen Fürsten im deutschen Südwesten übernahmen den haarigen Luxusartikel aus dem großen Frankreich ebenso bereitwillig, wie sie sich nach dem Vorbild von Versailles ihre neuen Paläste bauten. Die Allongeperücke wurde geradezu zum Symbol für das Zeitalter Ludwigs XIV. und für das Pathos, mit dem sich der Sonnenkönig und in seinem Fahrwasser andere absolutistische Herrscher umgaben. Hohl war dieses Pathos allerdings nur in den Augen einer Nachwelt, die sich schwer damit tut, das Lebensgefühl und das Weltbild des Barock nachzuempfinden.

Die höfische Welt um 1700 nahm es klaglos hin, dass die Allongeperücke unpraktisch und unbequem war. Das Haarungetüm zwang seine Träger zu langsamen und würdevollen Bewegungen – und da die vornehmen Herren zudem auf Schuhen mit hohen Absätzen durch Säle und Gänge stolzierten, gaben sie ein recht theatralisches Bild ab. Ihr affektiertes Gehabe mag uns heute lächerlich erscheinen, doch damals hielt man es für den Höhepunkt der Eleganz.[3] Damit, dass sich in der Wärme der kunstvoll arrangierten Locken bisweilen kleine Blutsauger einnisteten, mussten die Herren leben. Der Kopfkratzer linderte die schlimmste Pein, konnte aber die Ursache des juckenden Übels nicht beseitigen. Die Menschen befanden sich im ständigen Kampf gegen Läuse, Flöhe und Wanzen, die ihre Opfer auch hinter Schlossmauern heimsuchten. Kunstvoll gearbeitete Flohfallen, die die Aristokraten in ihrer Kleidung oder den Frisuren befestigten, glichen Schmuckstücken und hatten durchaus repräsentativen Charakter.[4] Glanz und Elend lagen nah beieinander. Der Barock war eine Zeit der gelebten Gegensätze.

Diese Gegensätze – sie prägten auch die Persönlichkeit Karl Wilhelms von Baden-Durlach, des Mannes, der Karlsruhe gründete. Ob man das Zeitalter, in dem der Markgraf lebte, nun „Barock“ nennt und damit den letzten großen, alle Kunst- und Kulturbereiche umfassenden Stil würdigt, der europaweit Gültigkeit errang,[5] oder ob man die Ära unter staatsgeschichtlichen Aspekten als „Absolutismus“ bezeichnet – Widersprüche scheinen geradezu den Charakter dieser Epoche auszumachen. In die Gedankenwelt und die Mentalität der barocken Gesellschaft einzudringen ist ein spannendes Unternehmen, aber auch eine Herausforderung für Menschen des 21. Jahrhunderts.

Unter den Göttern des Olymp

Der Barock – er ist uns heute vor allem durch seine Architektur und Bildwerke in katholischen Landschaften vertraut. In barocken Kirchen und Klöstern betritt man eine mit Vorliebe in Rosarot gemalte Welt voller Wunder. Diese Welt trifft unweigerlich auf einen von Engeln und Heiligen bevölkerten Himmel, denn noch bestimmt die Religion Leben, Denken und Fühlen der Menschen, und nichts ist im irdischen Jammertal so erhebend wie der Blick nach oben. Die katholischen Bauherren stellen mit ihren bildüberladenen Gotteshäusern die Kirchen der verkopften Protestanten lustvoll in den Schatten und machen die Gegenreformation zum sinnlichen Erlebnis. Doch neben der kirchlichen steht die höfische Kunst – und die ignoriert konfessionelle Grenzen. Über den perückengezierten Häuptern der frommen Fürsten thronen die Götter des Olymp. Venus und Bacchus räkeln sich auf den Fresken; Diana und Apollo tummeln sich in munterer Gesellschaft rosiger Putten. Und immer wieder lässt Herkules die Muskeln spielen. Er, der Kraftstrotzende, der die Sterblichkeit überwunden hat, ist die bevorzugte mythologische Identifikationsfigur barocker Herrscher.[6]

Die Kunst schwelgt in Allegorien und Symbolen, die zu Markgraf Karl Wilhelms Zeiten jeder einigermaßen gebildete Mensch problemlos deutete, die aber heute nur noch Eingeweihte zu lesen verstehen. Die barocken Bilderwelten verzaubern allerdings auch bei naiver Betrachtung – durch schamlose Üppigkeit und unschuldige Erotik. Sie gaukeln uns vor, einer Ära der Friedfertigkeit, des Wohlstands und des Glücks zu entstammen.

Und doch ist der Barock ein Kind der Krisen und Kriege, ein Bastard, gezeugt von religiösen Gegensätzen und politischen Zwisten. Es herrschte Endzeitstimmung, die sich, gespeist von wirtschaftlicher Not, in Hexenangst und Judenhass entlud. Das große Frankreich raste von einem Religionskonflikt zum nächsten, die nördlichen Niederlande wollten der allerkatholischsten Majestät, dem König von Spanien, nicht länger Untertan sein, und in Böhmen wurde ein Flächenbrand entzündet, nachdem der Wiener Hof den Bau zweier evangelischer Kirchen in Prag und alle Zusammenkünfte der protestantischen Stände untersagt hatte. Als die empörten Ständevertreter in den Hradschin eindrangen und die kaiserlichen Beamten kurzerhand aus den Fenstern warfen, stand das Reich am Abgrund. Das große europäische Schlachten, das 30 Jahre lang währte, mit dem Widerstreit der Konfessionen gerechtfertigt wurde, verschiedene Fronten sah und schließlich in ein machtpolitisches Duell zwischen Habsburg und Frankreich mündete, veränderte das Denken der Menschen, ihre Gefühle, ihre Hoffnungen.

Der Krieg ernährte den Krieg, und wo die Söldnerheere durchzogen, war es Mann, Weib und Kind gleichgültig, wer militärisch die Nase vorn hatte. Sieger und Besiegte plünderten die Bevölkerung gleichermaßen aus. Gräueltaten waren an der Tagesordnung; Dörfer und Städte wurden niedergebrannt, Männer erschlagen, Frauen vergewaltigt, Buben aufgespießt, Mädchen zu Tode gequält. Seuchen und Hungersnöte brachen aus. Am Oberrhein übertraf mancherorts die Zahl der Opfer die der Überlebenden.

Die Schrecken der Vergänglichkeit

Die kollektive Todesangst bildete den Humus, auf dem der Barock gedieh. Die Menschen standen an einem Abgrund, der Gott von der Welt trennte, die Seele vom Leib, das Wissen vom Glauben. Sie gierten nach den Freuden des irdischen Daseins, genossen das Leben, und doch war ihnen nur allzu sehr bewusst, dass ihr Treiben eitel war und ihr Körper dazu bestimmt, dem Ungeziefer zur Speise zu dienen. Die Flüchtigkeit des menschlichen Daseins – es war so tief in das Bewusstsein eingebrannt, dass man das Grauen zu überwinden suchte, indem man selbst das Sterben noch zelebrierte. Vornehme Leute waren ihren Nachkommen einen sanften Tod und ein seliges Ende schuldig – von den Kindern, Enkeln und Urenkeln wiederum erwartete man, dass sie ihrer Vorfahren in Ehrfurcht gedachten. Der Familienkult hatte Konjunktur. Wer im stolzen Bewusstsein lebte, Glied einer langen Ahnenkette zu sein, für den verlor die Vergänglichkeit einen Teil ihres Schreckens.

Die Freude am irdischen Dasein fand in einem bis zum Exzess getriebenen barocken Luxus ihren Ausdruck. Diese Art des Lebensgenusses war freilich das Privileg einer kleinen adeligen Oberschicht, die kaum zwei Prozent der Bevölkerung ausmachte. Denn die große Masse der Menschen – schätzungsweise 80 Prozent[7] – lebte im Dunstkreis der Bauern. Die Erträge der Landwirtschaft aber waren starken Schwankungen unterworfen, Massenarmut und Hungerkrisen gelten geradezu als Dauerphänomene in der vorindustriellen Gesellschaft. Davon betroffen waren auch städtische Unterschichten und erst recht die Heerscharen der Bettler und Vaganten, die – immer auf der Hut vor der strafenden Obrigkeit – das Land durchstreiften. Hier ein Leben am Rande des Existenzminimums – dort die Verschwendung aus Prinzip, dazwischen hart arbeitende Bürger, die die Schlichtheit zum neuen Ideal erkoren: Unwillkürlich stellt man sich die Frage, wie die Gesellschaft diese Gegensätze aushalten konnte, ohne zu zerbrechen. Es war nicht zuletzt die Sehnsucht nach Ordnung, die die barocke Welt zusammenhielt. Eine Sehnsucht, die sich aus dem Chaos der Kriege nährte.

Die Menschen klammerten sich an den Gedanken, dass Gott seine Schöpfung nach den Grundsätzen von Harmonie und Rangstufen eingerichtet habe.[8] Klare Standesverhältnisse empfand man als wohltuend in einer Periode der Krisen und Wirren. Der Zeitgeist berauschte sich regelrecht an Titeln und einer immer noch feiner abgestuften Rangordnung. Adel war nicht gleich Adel, was beim Vortritt am Hofe und im Heiratsverhalten deutlich wurde. Kleine Rangunterschiede zeigten oft gewaltige Folgen – manches Leben wäre ganz anders verlaufen, hätte es nicht diese unbarmherzigen Nuancen gegeben.

Eine Mähne wie ein Löwe

„Der Durchlauchtigste Fürst und Herr, Herr Karl, Markgraf zu Baden und Hochberg, Landgraf zu Sausenberg, Graf zu Sponheim und Eberstein, Herr zu Rötteln, Badenweiler, Lahr und Mahlberg ec., Der Römisch-Kaiserlichen und Königlich-Katholischen Majestät, wie auch des Löblichen Schwäbischen Kreises General-Feld-Maréchall und Obrister über ein Schwäbisches Kreis-Regiment Dragoner“ – so lautete seine pompöse Titulatur. Karl Wilhelm von Baden-Durlach war nur Herr eines kleinen Landes, gehörte aber zu denen, die ganz oben standen in der Rang- und Hackordnung. Die Markgrafen von Baden zählten zu den etwa 50 Dynasten des Heiligen Römischen Reiches deutscher Nation, die als Kurfürsten oder Fürsten eine eigene Stimme im Reichstag hatten.[9]

Auf einer Medaille zu seinem Regierungsantritt im Jahr 1709 präsentiert sich der badische Markgraf hoheitsvoll mit Harnisch und natürlich mit Allongeperücke.[10] Mit seiner beeindruckenden Mähne wirkt Karl Wilhelm so kraftvoll wie der gekrönte Löwe, der auf der Rückseite der Gedenkmünze über zerbrochene Waffen schreitet. Medaillen dieser Art sollten den Ruhm des Fürsten verkünden, verbreiten und verewigen, für individuelle Merkmale bleibt da kein Platz. Mehr von der Persönlichkeit des Markgrafen scheint ein Ölgemälde zu verraten, das einen jungen, sehr rotwangigen, vermutlich geschminkten Karl Wilhelm zeigt mit vergleichsweise kurzem, dynamisch nach hinten gekämmten Haar. Auf seinem Gesicht deutet sich ein Anflug Heiterkeit an.[11]

Auch dieses Bildnis diente der Verherrlichung des Fürsten: Die Pose ist herrisch, der Markgraf als Feldherr in voller Rüstung dargestellt; den roten Fürstenmantel hat er lässig übergeworfen und die in die Taille gestemmte Hand sorgt dafür, dass niemand das vornehme Hermelinfutter übersehen kann. Wenn es um die Selbstdarstellung eines Herrschers und seines Hauses ging, blieb nichts dem Zufall überlassen: Zu keiner anderen Zeit setzte man sich in der Gesellschaft, auf der Bühne und erst recht auf Bildnissen, die für die Nachwelt bestimmt waren, so penetrant in Szene wie im

Barock.[12] Was ist Wahrheit, wo beginnt die Inszenierung? Karl Wilhelm, dem der Schöpfer im großen Welttheater die Rolle des Landesvaters im kleinen Baden-Durlach zugedacht hatte, war ein meisterlicher Schauspieler. Einer, der das Libretto seines Lebens auch mal umschrieb, wenn er damit nur den gewünschten Effekt beim Publikum erzielen konnte.

„Gestorben, verdorben, die andern verloffen“: Das geteilte Baden, der Dreißigjährige Krieg und die Folgen

„Die Herrlichkeit der Erden,
muss Rauch und Aschen werden
kein Fels, kein Erz kann stehn.
Dies was uns kann ergetzen
Was wir für ewig schätzen
Wird als ein leichter Traum vergehn.
Was sind doch alle Sachen,
die uns ein Herze machen,
als schlechte Nichtigkeit?
Was ist des Menschen Leben
Der immer um muss schweben,
als eine Fantasie der Zeit ...“[13]

Angesichts von Befindlichkeiten, wie sie Andreas Gryphius 1663 schilderte, war die Inszenierung des Daseins eine barocke Überlebensstrategie. Der flüchtigen Fantasie Gewicht zu verleihen wurde zum Ziel der fürstlichen Prachtentfaltung. Und doch konnten sich die in ihrer selbst gesponnenen Traumwelt gefangenen Sonnenkönige nicht allen Realitäten entziehen. Für Karl Wilhelm von Baden-Durlach gehörte zu den bitteren Wahrheiten die Erkenntnis, dass seine Machtbasis äußerst bescheiden war. Zwar zählte er zu den einflussreicheren unter den vielen Potentaten im deutschen Südwesten, aber das wollte nicht viel heißen. Baden-Durlach lief wieder und immer wieder Gefahr, zwischen den um die europäische Vorherrschaft ringenden Großmächten Frankreich und Habsburg zu verbluten.

Die Markgrafschaft war zu unbedeutend, als dass ihr Fürst lenkend in den Lauf der europäischen Geschichte hätte eingreifen können. Karl Wilhelm lebte in der kleinteiligen Welt des Heiligen Römischen Reiches deutscher Nation. Der deutsche Südwesten war zu jener Zeit ein bunter Flickenteppich aus weltlichen und geistlichen Herrschaften, es waren wohl 250 an der Zahl. Mit dem, was wir heute als badischen Teil des Südweststaats betrachten, hatte das Territorium der badischen Markgrafen im 17. und im beginnenden 18. Jahrhundert wenig gemein. In der Hauptsache bestand es aus einigen großzügig am Oberrhein verteilten Gebietsfetzen. Noch dazu war Baden, als Karl Wilhelm geboren wurde, seit rund 150 Jahren geteilt. Eine Familientragödie hatte den Ambitionen seiner Vorfahren, ihr Territorium zu einem bedeutsamen Faktor im Reich auszubauen, den Garaus gemacht.

Die Ahnen: Markgraf Christoph (1453–1527) und seine Söhne

Dabei schienen die Sterne günstig zu stehen für Markgraf Christoph I., der Baden an der Schwelle zum 16. Jahrhundert Gewicht verlieh. Dem begabten Politiker war es gelungen, während seiner 40-jährigen Regierungszeit den Umfang seines kleinen Ländchens nahezu zu verdoppeln.[14] Zwar war das badische Territorium alles andere als geschlossen, doch der Markgraf war ein weitsichtiger Herr. Baden hätte eine große Zukunft haben können, hätte Christophs diplomatisches Talent nicht innerhalb der eigenen Familie versagt. Zu seinem Haupterben bestimmte der Markgraf einen seiner jüngeren Söhne, den intelligenten Philipp I. Um die Gefühle von dessen älteren Bruder, Bernhard III., scherte er sich wenig. Bernhard sollte mit den bescheidenen linksrheinischen Besitzungen seines Vaters abgespeist werden.

Ernst, ein weiterer Sohn, der – wie die meisten seiner Geschwister – aus erbtaktischen Gründen für die geistliche Laufbahn vorgesehen war, weigerte sich, sein Leben nach den väterlichen Planspielen einzurichten. Hinter dem Rücken des alten Markgrafen fädelte er seine Heirat mit einer brandenburgischen Prinzessin ein. Als Gemahl einer vornehmen Dame verlangte Ernst alsbald, mit weltlichem Besitz ausgestattet zu werden. Christoph sah sich genötigt, dem unbotmäßigen Sohn seine südbadischen Besitztümer unweit von Basel und das Gebiet um Emmendingen zuzusprechen.

Diese Lösung sorgte aber nur kurzzeitig für Frieden in der Familie: Christoph hatte die Gemengelage aus brüderlichen Eifersüchteleien, Futterneid und Hass auf einen dominanten Vater unterschätzt. Selbst sein Liebling Philipp wandte sich gegen ihn: Kurz nachdem der Markgraf 1515 der Dreiteilung Badens zugestimmt hatte, ließen die Söhne den kranken Vater in der Burg Hohenbaden, dem Alten Schloss hoch über Baden-Baden, einsperren. Dort starb Christoph im Jahr 1527.

Das Trauerspiel hatte damit kein Ende. Sechs Jahre später verschied auch der Haupterbe, Markgraf Philipp, ohne Söhne zu hinterlassen. Seine Brüder Bernhard und Ernst handelten eine neue Teilung der badischen Gebiete aus. Dabei zerschnitten sie nun auch die badischen Stammlande. Die Alb sollte die Grenze markieren: Bernhard erhielt den Teil, zu dem Baden-Baden, Rastatt sowie Ettlingen gehörten, und blieb außerdem im Besitz der linksrheinischen Territorien. Ernst wiederum nahm sich das Gebiet um Pforzheim und Durlach, das er nun zusätzlich zu seinen südbadischen Besitzungen regierte. Er herrschte somit über drei Gebietskomplexe, zwischen denen die Herrschaftsbereiche anderer Herren und nicht zuletzt die Besitztümer von Bernhards Familie lagen. Man kann sich vorstellen, welche logistischen Schwierigkeiten daraus erwuchsen.

Die merkwürdige, 1535 vollzogene Teilung sollte fast 250 Jahre lang Bestand haben. Denn Markgraf Bernhard hatte weder vergeben noch vergessen, dass er ein Leben lang zurückgesetzt worden war. Im hohen Alter noch vermählte sich der bis dahin Ledige. Mit Franziska von Luxemburg zeugte Bernhard zwei Söhne. Es war dem alten Mann nicht vergönnt, die Kinder, die ihn beerben sollten, heranwachsen zu sehen. Doch der Verbitterte hatte die traurige Genugtuung, seinem Bruder Ernst und dessen Nachkommen die Hälfte der Markgrafschaft abspenstig gemacht zu haben.

Nun also existierten nebeneinander zwei badische Markgrafen-Familien: die Bernhardinische Linie, die auch die Baden-Badener Linie genannt wird, und die Ernestinische Linie, der Markgraf Karl

Wilhelm entstammt. Sie wird meist als Linie „Baden-Durlach" bezeichnet, weil bereits im Jahr 1565 Karl II., der Sohn von Ernst und seiner zweiten Gemahlin Ursula von Rosenfeld, seine Residenz von Pforzheim nach Durlach verlegte. Das Misstrauen, das sich die Stammväter der beiden Linien entgegengebracht hatten, verschärfte sich in den kommenden Generationen, nicht zuletzt, weil sich die badischen Markgrafschaften konfessionell auseinanderentwickelten: Baden-Baden blieb nach einigen Hin und Her beim alten Glauben, während sich Durlach der lutherischen Seite zuwandte. Das Misstrauen schlug bald in offene Feindschaft um. Als 1618 der Dreißigjährige Krieg ausbrach, standen die badischen Vettern in gegnerischen Lagern.

Der Urgrossvater: Friedrich V. (1594–1659)

„... mehrenteils verdorben, gestorben, die anderen verloffen, das Land versoffen"[15] – auf diesen Nenner brachte ein Amtmann aus der Ortenau die Folgen des großen Gemetzels am Oberrhein. Die Markgrafen von Baden, die katholischen wie die Lutheraner, standen, als 1648 das Waffengeklirr verstummte, vor einem Scherbenhaufen. Territorial waren sie durch den Westfälischen Frieden wieder dort angekommen, wo ihre Vorfahren Bernhard und Ernst 1535, bei der Teilung Badens, angefangen hatten. Doch die einstmals blühenden Landschaften ähnelten jetzt vielerorts Wüsteneien.

Manche Dörfer waren durch Tod und Flucht gänzlich entvölkert, andere hatten „nur" die Hälfte ihrer Bewohner eingebüßt. In der Stadt Durlach war die Zahl der Haushalte von ursprünglich 500 auf 80 im Jahr 1641 geschrumpft – und als im letzten Kriegsjahr wieder einmal die Pest wütete, war kein Arzt mehr aufzutreiben, der den Sterbenden in ihren letzten Stunden Erleichterung verschafft hätte.[16] Solches Elend freilich kannte Markgraf Friedrich V., das Oberhaupt der Ernestinischen Linie, nur aus Berichten, denn er kehrte erst zwei Jahre nach Kriegsende nach Durlach zurück. Der lebensgefährlichen Situation im eigenen Land hatte er sich durch einen 16 Jahre währenden Aufenthalt im neutralen Basel entzogen. In der Stadt am Rheinknie und damit außerhalb ihres fürstlichen Machtbereichs besaßen die badischen Markgrafen schon seit dem Mittelalter eigene Höfe. Unter dem Schutz der Eidgenossen fühlte sich die Herrscherfamilie sicher, bequem war es außerdem, denn Friedrich V. hatte mit dem „Alten Markgräfler Hof" ein sehr repräsentatives Anwesen erworben. Dass er im Friedensjahr 1648 weitere Gebäude erwarb, zeigt, wie wichtig ihm der Basler Wohnsitz war.[17]

Nach der Rückkehr aus Basel war in der Markgrafschaft eine ungeheure Aufbauarbeit zu leisten – unter schwierigsten Bedingungen, denn es fehlte nicht nur an Geld, sondern auch an Arbeitskräften. Friedrich V. befahl, dass ausgewanderte Landeskinder innerhalb von sechs Monaten zurückzukehren hatten, andernfalls all ihr in Baden-Durlach verbliebenes Hab und Gut eingezogen würde.[18] Doch meist war gar nicht mehr so viel Vermögen vorhanden, dass es sich gelohnt hätte, es einzuziehen. Viele Leute, die das Grauen der Kriegsjahre überlebt hatten, vegetierten unter erbärmlichen Bedingungen. Markgraf Friedrich machte sich wenig Freunde in seiner Residenzstadt, als er die Bürger zur Kasse bat, um eine neue Leibgarde zu finanzieren. Ein großes Fest, mit dem er unter Einbeziehung der Bevölkerung den Friedensschluss feierte, fand hingegen den Beifall der Durlacher, die sich nach Brot und Spielen sehnten. Aber Ehre, wem Ehre gebührt: Alles in allem führte Friedrich V. ein sparsames Regiment. Neun Lebensjahre blieben dem Markgrafen noch, sich um den Wiederaufbau des ruinierten Ländchens zu mühen.

Der Grossvater: Friedrich VI. (1617–1677)

Einen „barockeren" Stil pflegte Friedrich VI., der 1659 an die Regierung kam und das Aufbauwerk seines Vaters fortsetzte. Der Markgraf hatte bis dahin als Offizier im schwedischen Heer gedient und hielt nicht viel von Mitbestimmungsrechten seiner Untertanen. Den Landständen, die er 1668 letztmals einberief, erklärte er, sich persönlich um das Schuldenwesen kümmern zu wollen – Friedrich VI. wurde damit der erste absolutistische Herrscher Baden-Durlachs.[19]

Im Reich stand Friedrich, dem – wie seinem baden-badischen Vetter – seit 1661 das Prädikat „Durchlauchtig" zukam, in hohem Ansehen. Anders als sein jüngerer Bruder, der sich dem Katholizismus zuwandte und prompt eine glanzvolle kirchliche Karriere hinlegte (Bernhard Gustav von Baden-Durlach, der seinen an den schwedischen König erinnernden Taufnahmen Gustav Adolf ablegte, brachte es zum Kardinal), hielt der regierende Markgraf am Luthertum fest. Friedrich ließ sich nicht verführen von den Vorteilen, die ihm Kaiser Leopold I. (1640–1705) für den Fall einer Konversion signalisierte. Seine Standhaftigkeit in Glaubensfragen brachte Friedrich aber auch keine unmittelbaren Nachteile ein. Angesichts der Bedrohung des Reiches durch die Türken im Osten und die Franzosen im Westen konnte und wollte es sich der Kaiser nicht mit den evangelischen Fürsten verderben – schon gar nicht mit einem Mann, dessen militärische Qualitäten unbestritten waren. 1664 ernannte er den Baden-Durlacher zu einem der Vorsitzenden im Reichskriegsrat gegen die Türken. Zehn Jahr später übernahm Friedrich im Krieg gegen Frankreich als Reichsgeneralfeldmarschall den Oberbefehl über die Reichstruppen am Oberrhein.

Friedrich verstand nicht nur etwas vom Kriegshandwerk, er war überdies ein kunstsinniger Herr, der die schönen Seiten des Lebens zu schätzen wusste. Verheiratet war er mit Christina Magdalene von Pfalz-Zweibrücken, einer Nichte des Schwedenkönigs Gustav Adolf. Für den Markgrafen mit dem teuren Geschmack war es ein Glück, dass das Paar aus dem schwedischen Kronschatz eine ansehnliche Rente erhielt.[20] So konnte sich Friedrich eine eindrucksvolle Sammlung von Kunstgegenständen, Altertümern, Münzen und Medaillen zulegen und überdies eine Ahnengalerie in Auftrag geben. Vor allem aber lag ihm daran, seine Schlösser, von denen einige seit dem Dreißigjährigen Krieg in Trümmern lagen, andere im Holländischen Krieg (1672–1679) aufs Neue zerstört wurden, standesgemäß herzurichten, sie zu vergrößern und befestigen zu lassen: Hochberg, Rötteln, Kandern, Sausenberg, Badenweiler, Pforzheim, Graben, Staffort, Mühlburg – eine lange Liste war abzuarbeiten. Nur das ehemalige Kloster Gottesau, das die evangelischen Baden-Durlacher bislang als Lustschloss genutzt hatten, überließ er dem Verfall, denn dort gingen angeblich Gespenster um.[21]

Besonders ehrgeizig zeigte sich Friedrich beim Ausbau und der Ausstattung der Durlacher Karlsburg. Ein Hofrat, beeindruckt vom Aufwand, den der Markgraf betrieb, schwärmte: „In den neuen zahlreichen Fremdenzimmern staunen wir über die phantasiereichen Vertäfelungen an der Decke wie an den Wänden ringsherum, über die mosaikartig eingelegten Parkettböden, über die Schlafräume von ovalem Einbau und über die baldachinartig gezimmerten Alkoven mit ihren Prunkbetten. Von den Wänden herab hängen allenthalben kostbare Gobelins in Seide und Gold und karierte Gewebe in Seidenmoiré. In den Sälen und Gemächern wie an den Kaminen ist überall kostbares Material und stilvoller Hausrat verwandt, alles Hinweise auf den kunstverständigen Bauherrn."[22]

Friedrich VI. legte zudem Wert auf elegante Umgangsformen und eine delikate Küche. Seine Tafel wurde als eine der besten in Deutschland gelobt, serviert wurde auf französische Weise.[23] Bei diesem „Service à la française" trug die Dienerschaft die Mahlzeit in mehreren Gängen auf, wobei bei jedem Gang eine Vielzahl von Gerichten kunstvoll auf dem Tisch arrangiert wurde. So bestand der erste Gang in der Regel aus verschiedenen Vorspeisen und Suppen, danach wurden unterschiedliche Braten und Geflügel mit würzigen oder süßen Beigerichten aufgetragen. Bis hin zum Dessertgang war es erforderlich, dass stets dieselbe Zahl an Terrinen, Schüsseln und Platten auf der Tafel platziert wurde, damit vom Anfang bis zum Ende dieselbe dem Auge gefällige Symmetrie die Speisenden erfreute.[24] Das Streben der Barockfürsten, ihr Dasein als Gesamtkunstwerk zu inszenieren, verlangte selbst beim Tafelzeremoniell Präzision bis ins Detail.

Interessant mit Blick auf seinen noch ungeborenen Enkel Karl Wilhelm ist, dass Markgraf Friedrich VI. ein großer Gartenfreund war. Für seine Liebhaberei war ihm nichts zu teuer – selbst aus Indien ließ er exotische Gewächse nach Durlach kommen. Die Pflanzen allein konnten seinen erlesenen Geschmack jedoch nicht befriedigen – er versuchte ihre Wirkung zu steigern, indem er sie in Beziehung zu raffinierten Wasserspielen setze. So ließ er eine Art Einsiedelei in einem Zypressenhain anlegen, bei der nichts dem Zufall überlassen wurde: Das Geflüster der Bäume im Wind und das Schlagen der Nachtigallen hatte der mit den Gaben der Natur spielende Regisseur ebenso einkalkuliert wie das Plätschern der Brunnen. Eine Gartenzier, die die Zeitgenossen beeindruckte, war ein bronzener Herkules, der tagsüber Teil eines Wasserspiels war und bei nächtlichen Feuerwerken für einen besonderen Nervenkitzel sorgte, weil er Flammen speien konnte.[25]

Es war Friedrich VI. nicht vergönnt, unter seinen schattenspendenden Lauben und Linden den Lebensabend zu verbringen. Der Kampf zwischen Frankreich und Habsburg um die Vorherrschaft in Europa war längst noch nicht beendet, und das Elsass wurde unter dem Sonnenkönig Ludwig XIV. zum Ausgangspunkt einer aggressiven französischen Expansionspolitik. Als 1674 der Reichskrieg gegen Frankreich erklärt wurde, standen dem Kaiser wegen der Türkenkriege an der Westgrenze nur wenig Soldaten zur Verfügung. Die Situation am Oberrhein war umso gefährlicher, als Frankreich mit der ehemals vorderösterreichischen Stadt Breisach und dem Besatzungsrecht im früher speyerischen Philippsburg Brückenköpfe auf der rechten Flussseite besaß. Es gelang Friedrich VI., der den Oberbefehl über die Reichstruppen am Oberrhein führte, 1676 Philippsburg zurückzuerobern. Da befand sich seine Familie längst im sicheren Basel. Erbprinz Friedrich Magnus zog das friedliche Leben unter den Eidgenossen dem Brüllen der Kanonen vor.

„Himmlischer Seelen-Trost“: Die Eltern – Friedrich Magnus (1647–1709) und Augusta Maria von Holstein-Gottorp

Die nimmermüde Kriegsfuchtel sorgte dafür, dass Friedrich Magnus, der Vater des Karlsruher Stadtgründers, sich in Basel bald mehr zu Hause fühlte als im heimischen Durlach. Denn Friedrich Magnus war – anders als sein Name „der Große“ suggeriert – ein friedliebender Herr, der sich redlich mühte, sein kleines Land in eine glücklichere Zukunft zu führen. Er musste erleben, dass die Kriege, auf deren Verlauf er keinen Einfluss hatte, und die von den Offizieren des Sonnenkönigs verfolgte „Taktik der verbrannten Erde“ erneut etwa ein Viertel seiner Untertanen das Leben kosteten und unermessliche Schäden anrichteten.[26]

Zu den bemerkenswerten Leistungen des Friedrich Magnus gehörte die gezielte Ansiedlung „welscher“ Glaubensflüchtlinge in Baden-Durlach. Zu Tausenden entzogen sich damals französische Hugenotten der vom „allerchristlichsten König“ befohlenen Konversion zum Katholizismus durch Flucht. Auch Waldenser aus den Savoyer Alpen und Wallonen aus Brabant baten um Aufnahme.[27] Friedrich Magnus bot Hunderten von ihnen die Möglichkeit, sich in Pforzheim, Durlach, Langensteinbach, Kleinsteinbach oder Auerbach eine neue Existenz aufzubauen; das Dorf Friedrichstal entstand damals als originäre Siedlung der „Refugiés“.[28] In Karlsruhe ist noch heute die Bezeichnung „Welschneureut“ gängig für den Teil des damaligen Dorfes Neureut, in dem sich die Flüchtlinge aus dem romanischen Sprachraum ansiedelten.

Die Konfessionsflüchtlinge brachten nicht nur ihre in den Ohren der Badener fremd klingende Sprache mit, die als Kauderwelsch verspottet wurde. Sie hatten auch jede Menge Spezialwissen im Gepäck – heute würde man von „Know-how“ sprechen. Unter den Refugiés waren Gelehrte und Pfarrer, Juristen, Ärzte und Apotheker, aber auch hoch spezialisierte Handwerker, Kaufleute, Gewerbetreibende und Manufakturisten, von denen manche Kontakte zu

Kollegen in ganz Europa unterhielten. Waldenser aus dem Piemont brachten zudem noch wenig bekannte Nutz- und Nährpflanzen wie Tabak, Luzerne und Kartoffeln in den Südwesten Deutschlands.

Friedrich Magnus war entschlossen, das ökonomische, wissenschaftliche und kulturelle Potenzial der von protestantisch-calvinistischer Ethik geprägten Einwanderer für sein Land zu nutzen. Nicht zuletzt den Glaubensflüchtlingen war es zu danken, dass das lutherische Baden-Durlach in wirtschaftlicher Hinsicht bald das katholische Baden-Baden in den Schatten stellte.[29] Allerdings wussten weder die Zeitgenossen noch die Nachwelt das Werk des Friedrich Magnus recht zu würdigen, galten die destruktiven Taten der Kriegshelden doch allemal für ruhmreicher als das mühsame Aufbauwerk der Friedfertigen.

Unglücklich verliebt

Als junger Mann hoffte Friedrich Magnus auf die Hand der kurpfälzischen Prinzessin Elisabeth Charlotte, besser bekannt als Liselotte von der Pfalz. Die Prinzessin war zwar alles andere als eine Schönheit, doch gefiel dem Badener offenbar ihr frisch-forsches Wesen. Friedrich Magnus, damals noch Erbprinz, nutzte jeden erdenklichen Vorwand, in Heidelberg vorzusprechen. Zu seiner Freude gelang es ihm, seinen Vater, den regierenden Markgrafen Friedrich VI., von den Qualitäten der Pfälzerin zu überzeugen. Auch der pfälzische Kurfürst Karl Ludwig, der für seine Tochter eine politisch vorteilhafte, aber nicht allzu kostspielige Heirat anpeilte, konnte sich mit einem Schwiegersohn aus dem Hause Baden-Durlach anfreunden. Nur die Braut tat alles, um die Hochzeitspläne zu boykottieren: „Affektiert und widerwärtig" sei Friedrich Magnus, monierte die für deftige Worte bekannte Prinzessin.[30]

Ihre Abneigung gegen Friedrich Magnus hätte Liselotte vermutlich nicht vor einer unerwünschten Ehe bewahrt, wäre es nicht zwischen dem Vater des Bewerbers und dem Erzeuger der Umworbenen zu einem folgenschweren Missverständnis gekommen.

Jedenfalls widerrief der Markgraf von Baden-Durlach das Eheversprechen und sandte Brautwerber nach Holstein, um dort für seinen Sohn um die Hand einer fügsameren Prinzessin anzuhalten. Während Liselotte Gott dankte und die pfälzisch-badische Verstimmung als „eines der freudigsten Ereignisse in meinem ganzen Leben“ bezeichnete, betete der badische Erbprinz darum, dass sich die Wogen glätten würden und die holsteinische Verlobung sich wieder lösen ließe. Er flehte vergebens. Liselotte von der Pfalz wurde schließlich mit Philipp von Orléans, dem homosexuellen Bruder des französischen Sonnenkönigs, verheiratet. Die vermeintlich glanzvolle Ehe der 19 Jahre alten, „unschönen, armen, ketzerischen und nicht einmal ebenbürtigen“ Prinzessin[31] mit seinem Bruder lieferte König Ludwig XIV. später den Vorwand, Erbansprüche auf die Pfalz zu erheben und die Länder am Oberrhein in Schutt und Asche zu legen.

Glanzvolle Heimholung

Markgraf Friedrich VI. ließ unterdessen der jungen Augusta Maria von Holstein-Gottorp ein Brieflein überreichen. Darin schilderte er überschwänglich, dass sein Sohn, der bei einer Reise in den Norden „das Glück und die Gnade“ hatte, Augusta Maria kennenzulernen, zutiefst beeindruckt sei von der Tugend der Prinzessin, ihren Verdiensten und ihrer Schönheit. Natürlich hatte sich der Markgraf, als er diese Schmeicheleien losließ, längst Gewissheit darüber verschafft, dass die Verwandtschaft der Prinzessin eine Verbindung mit Baden-Durlach gutheißen würde. Augusta Marias Vater war schon lange tot, doch ihre Mutter und ihr Bruder, Herzog Christian Albrecht, zeigten sich der Verlobung geneigt. Auch die ältere Schwester der Braut, die Königinwitwe Hedwig Eleonore von Schweden, nickte huldvoll. Und so ließ Augusta Maria den badischen Markgrafen, ihren „Hochgeehrten Freundlich Vielgeliebten Herrn Vater und Vetter“, wissen, dass sie für das „christliche Werk“ dankbar und demütig zur Verfügung stehe.[32]

Nachdem die Parteien die Eheverträge unterzeichnet hatten – darin war die Aussteuer der Braut ebenso penibel aufgeführt wie die Leistungen, die die Badener zur Versorgung der „geborenen Herzogin zu Schleswig-Holstein, Stormarn und Dithmarschen, Gräfin zu Oldenburg und Delmenhorst" zu entrichten hatten – traf Erbprinz Friedrich Magnus im Mai 1670 in Husum ein, um sich zu vermählen. Wegen eines erst drei Monate zurückliegenden Todesfalls in der Familie der Braut sollte es keine „sonderbaren Zeremonien" geben – trotzdem wurde mehrere Tage lang gefeiert, allerdings mit Rücksicht auf die Trauer ohne Musik gespeist. Ende Juni trat das junge Paar die Reise nach Baden-Durlach an, wobei Friedrich Magnus seiner jungen Frau vorauseilte. Augusta Maria traf am 25. Juni reichlich erschöpft von den Strapazen der Reise in Pforzheim ein. Dort durfte sie sich vor dem Einzug in Durlach einige Tage lang erholen.

Für die „Heimführung" seiner Schwiegertochter im Juli 1670 war Markgraf Friedrich nichts zu teuer. Angesichts der bitteren Armut, in der die meisten seiner Untertanen darbten, wirkt der fantastische Aufwand, der für das auf fünf Tage angesetzte Fest betrieben wurde, befremdlich. Doch die Braut war die künftige Herrin von Baden-Durlach – und Friedrich sah es als Pflicht seines altehrwürdigen Hauses, barocke Pracht zu entfalten. Es galt, die Verwandtschaft zu beeindrucken – allen voran den Markgrafen Wilhelm von Baden-Baden und Herzog Eberhard (III.) von Württemberg. Der 77-jährige Markgraf von Baden-Baden ließ sich dann zwar entschuldigen, doch sorgten seine Angehörigen dafür, dass der katholische Familienzweig in Durlach angemessen repräsentiert war. Unter den Gästen aus Baden-Baden war der damals 15 Jahre alte Prinz Ludwig Wilhelm, der später als „Türkenlouis" berühmt wurde.

Nicht nur für die Gastgeber war Verschwendung Pflicht – auch die Gäste betrieben bei Augusta Marias Heimholung großen Aufwand, um ihre eigene Bedeutung jedermann eindrücklich vor Augen zu führen. Der Herzog von Württemberg war in dieser Hinsicht unübertroffen: Er reiste mit nicht weniger als 20 Kavalieren und Offizieren an, ließ sich überdies von seinem Leibarzt und seinem

Geheimsekretär, einem Pagenpräzeptor und sieben Pagen begleiten. Dazu kamen die niederen Bediensteten: Vom Tanzmeister über den Perückenmacher und den Leibkoch bis zu den Trompetern umfasste der Tross des Herzogs 178 Menschen und 194 Pferde.

Durlach und die Karlsburg waren für den Empfang der Fürstlichkeiten und Kavaliere aufs Schönste herausgeputzt worden. Den Untertanen hatte man Wohlverhalten verordnet: Wer einen Streit anfing oder auch nur zu fluchen wagte, musste mit Gefängnisstrafen und anschließender Landesverweisung rechnen. Straßen und Brücken waren ausgebessert worden, sodass kein Pferd ins Straucheln, keine Kutsche ins Rutschen kommen würde. In einem Kupferstich hat Caspar Merian den Einzug des Erbprinzen Friedrich Magnus, seiner jungen Frau und der illustren Gäste – es waren wohl alles in allem 500 Personen[33] – in die Stadt Durlach festgehalten. Das Bild lässt keinen Zweifel aufkommen, dass die Heimführung Augusta Marias als barockes Gesamtkunstwerk inszeniert wurde, wobei den 18 in Durlach zusammengekommenen Vertretern des Hochadels selbstverständlich die herausragenden Rollen zufielen.

Der Festzug war nur der Auftakt zu den Lustbarkeiten: Der Markgraf von Baden-Durlach erfreute seine Gäste mit Musik und Tanz, Theateraufführungen, einem Turnier und mit Jagden. Prinzen und Prinzessinnen führten im Zusammenspiel mit Kavalieren und Adelsdamen ein Ballett unter dem Titel „Der Liebestriumph" auf und erhielten viel Beifall für ihre graziös gesetzten Schritte. Nur das geplante Feuerwerk musste wegen stürmischer Winde ausfallen – zu Repräsentationszwecken eine Feuersbrunst zu riskieren, schien dem Markgraf dann doch übertrieben.

Aber gegessen wurde, gegessen und noch mehr gegessen – schließlich führte nur maßloses Schwelgen zu vornehm barocker Fülle. Dass Gastgeber, Gäste und Bedienstete in dieser Hinsicht sehr leistungsfähig waren, zeigt ein Blick in die Aufzeichnungen der Durlacher Hofküche: 30 Ochsen wurden für die Festtage geschlachtet, 200 Milchkälber, 300 Hammel und 30 Lämmer. Darüber hinaus ließen 200 „welsche" Hähne ihr Leben, außerdem 200 Kapaune, 5000 junge Hühner, 400 Gänse, 200 Enten und

1500 Tauben. Verbraucht wurden zudem 600 Pfund Speck, 300 Pfund Forellen, 40 Zentner Karpfen und Hechte, 12 000 Krebse, 100 Pfund italienische Knackwürste, 4000 Zitronen ... Runtergespült wurden die fetten Mahlzeiten mit etwa 25 000 Litern Wein sowie 3000 Litern Bier. Man gönnte sich ja sonst nichts: Nach fünf Tagen der Völlerei und einer Jagd zum fröhlichen Ausklang lud der Herzog von Württemberg die vornehme Gesellschaft ein, die in Durlach „angefangene Freude" noch einige Tage in Stuttgart fortzusetzen...[34]

Höchst-vergnügte Eheleute

„Und wenn des Mondenschein
Sich zehenmal verneuet,
da wird erst Freude sein,
wenn nämlich Fama schreiet;
Zu Carolsburg nah bei der Pfinz,
liegt in der Wieg' ein junger Prinz." [35]

Das Brautlied, das bei der Heimholung Augusta Marias erklang, ließ keinen Zweifel, was man von der Erbprinzessin erwartete: Sie sollte schleunigst einem kleinen Prinzen das Leben schenken. Die Zeugung von legitimen Nachkommen war der eigentliche Zweck der „Verknüpfung zweier in gleichem Ruhm und höchstem Ansehen von undenklichen Zeiten her gestandener uralten Durchlauchtigsten Häuser".

Auch wenn Augusta Maria für Friedrich Magnus nur zweite Wahl gewesen war, scheint die Ehe doch mehr als nur eine auf politischen Vorteil und den Fortbestand der Dynastie ausgerichtete Zweckgemeinschaft geworden zu sein. Das Zusammenleben der beiden wurde später als „vollkommenes Muster" einer „höchst-vergnügten Ehe" gepriesen. Über 39 Jahre, so heißt es, hätten die beiden „in unverrückter liebreichster Bezeigung, einträchtigem Vernehmen und reiner ehelicher Treue von beiden hohen Teilen" gelebt.[36]

Verantwortlich für die Harmonie in einer Ehe waren nach Ansicht der Zeitgenossen zuvörderst die Frauen. Fügsamkeit stand ganz vorne im weiblichen Tugendkatalog – und die Zeitgenossen bescheinigten Augusta Maria, dass es ihr daran nicht gemangelt habe: „Was der Hochfürstliche Gemahl wollte, war ihr Wille; was ihm beliebte, ihr angenehm; was ihn vergnügte, ihr erfreulich, und was ihm zuwider, ihr unerträglich", schilderte 1728 in einer Gedächtnis-Rede auf die verstorbene Markgräfin ein Mitglied des Hofrates das Verhältnis zwischen den Eheleuten: „Zwei Gemüter schienen hier nur einen Wunsch und zwei Herzen einen Willen zu haben, ja, zwei Seelen nur eine zu sein."[37]

Auch was ihre Fruchtbarkeit anging, erfüllte Augusta Maria die in sie gesetzten Erwartungen, doch die Freude nach überstandenem Kindsbett wurde allzu oft von tiefer Trauer abgelöst: Am 13. Januar 1672 (nach dem damals im lutherischen Durlach geltenden Julianischen Kalender) brachte die Erbprinzessin einen Prinzen zur Welt, der wie sein Vater „Friedrich Magnus" genannt wurde – der Erstgeborene starb aber bereits im Februar desselben Jahres. Im Mai 1673 lag die Erbprinzessin von Baden-Durlach erneut in den Wehen: Nur ein gutes Jahr alt wurde ihr Töchterlein Friederike Augusta. Auch die 1674 und 1675 geborenen Prinzessinnen Christina Sophia und Claudia Magdalene Elisabeth „erblassten" in zartem Alter. Zäher als ihre Schwestern war Katharina, die 1677 das Licht der Welt erblickte und später einen Grafen von Leiningen heiratete.

Die Gebete des hohen Paares, das den Schöpfer angesichts so vieler Mädchengeburten inständig um einen Sohn anflehte, wurden am 17. Januar 1679 erhört: Mit Karl Wilhelm, der in der Durlacher Karlsburg laut schreiend die Welt begrüßte, bekam Friedrich Magnus, inzwischen regierender Markgraf, endlich einen Erben. Im Jahr darauf stellte sich dann wieder ein Töchterchen ein, Johanna Elisabeth, die später mit dem Herzog von Württemberg vermählt wurde. Ihre jüngere Schwester, die 1682 geborene Albertina Friederike, sollte dereinst die Familienbande zum Haus Holstein erneuern. Groß war die Freude der Eltern, als 1684 mit dem kleinen Christoph erneut ein Prinz in der Wiege lag: Zwei lebende Söhne berechtigten zur Hoffnung, dass das „uralte" Haus Baden-Durlach auch in Zukunft blühen und gedeihen werde. Betrüblich, aber unter dynastischen Gesichtspunkten nicht dramatisch, war der frühe Tod der Prinzessinnen Charlotte Sophie und Maria Anna, die 1686 beziehungsweise 1688 zur Welt kamen.

Zwischen Durlach und Basel

Elf Kinder, von denen nur fünf das Erwachsenenalter erreichten: Nicht nur die markgräflich-durlachische Familie beklagte den Verlust zahlreicher Nachkömmlinge. Der Tod, der nach den Erfahrungen des barocken Menschen an allen Orten und Ecken lauerte, schlug bei den Kleinsten besonders häufig zu. Die Kindersterblichkeit lag quer durch die sozialen Schichten bei 50 Prozent.[38] Wer nicht darüber verzweifeln wollte, suchte Trost in der Weisheit des himmlischen Vaters und in der Überzeugung, dass der Mensch durch Kreuz und Leid täglich vollkommener würde im wahren Glauben. Aber Augusta Maria und Friedrich Magnus mussten nicht nur den Tod ihrer unschuldigen Kinder verschmerzen. Das hohe Paar, das sich vor allem anderen zu Werken des Friedens berufen fühlte, hatte das Pech, in ein Jahrhundert der Kriege hineingeboren worden zu sein.

Wieder und wieder wurden das Land am Oberrhein und damit auch die Markgrafschaft Baden-Durlach zum Schlachtfeld. Friedrich Magnus und seine Gemahlin konnten immerhin – anders als ihre Untertanen – in den sicheren Basler Unterschlupf flüchten. Er wurde ihnen zur zweiten Heimat. Das badische Fürstenpaar, das ungeachtet der traurigen Zeiten prunkvoll Hof hielt, war nicht zuletzt wegen seiner Großzügigkeit bei den Eidgenossen wohlgelitten. So übernahm die Stadt Basel für Christina Sophia, das früh verstorbene Töchterlein des Paares, das während des Holländischen Krieges geboren wurde, die Patenschaft, und ihre Vertreter überreichten zu Ehren des Täuflings zwei goldene Schalen. Friedrich Magnus, damals noch Erbprinz, revanchierte sich bei der Stadt für die wertvolle Gabe, indem er Preise fürs anstehende Scheibenschießen stiftete. Solche Wettkämpfe wurden häufig veranstaltet und der sonst so unkriegerische Prinz fand viel Vergnügen an der Teilnahme.[39]

Zweieinhalb Jahre währte der erste Aufenthalt des Erbprinzenpaares in Basel, die Rückkehr nach Durlach wurde vom Tod Friedrichs VI. überschattet. Friedrich Magnus, nunmehr regierender Markgraf von Baden-Durlach, führte das Hofleben im eleganten Stil seines Vaters weiter und förderte vor allem Musik, Oper und Ballett.[40] Daneben mühte sich er sich nach Kräften, die Weichen für den Wiederaufbau seines Ländchens zu stellen. Doch Ludwig XIV. von Frankreich holte bereits zum nächsten Schlag aus, und neun Jahre nach dem Frieden von Nimwegen brach der Pfälzische Erbfolgekrieg aus. Liselotte von der Pfalz, die Schwägerin des Sonnenkönigs, lieferte wider Willen den Vorwand für den neuen Waffengang. Ihr Bruder, Kurfürst Karl II., war gestorben, ohne Söhne zu hinterlassen – und obwohl die deutsche Prinzessin bei ihrer Heirat die üblichen Verzichtserklärungen geleistet hatte, forderte Ludwig XIV. jetzt Liselottes Erbe ein: Dazu zählte er das Privatvermögen des verstorbenen Kurfürsten sowie dessen nicht lehensrechtlich gebundenen Herrschaften, den sogenannten Allodialbesitz: Alles in allem begehrte er ein beträchtliches Stück vom kurpfälzischen Kuchen.

„Verbrennt die Pfalz“

1688 besetzten die Soldaten Ludwigs XIV. die Pfalz und weite Teile Südwestdeutschlands. Als sie nach Westen abgedrängt zu werden drohten, begannen die Franzosen ein Zerstörungswerk, das sich durch eine bislang unbekannte systematische Brutalität auszeichnete. Ziel war es, die Lebensgrundlagen der Gegner zu zerstören, das Land unbrauchbar zu machen für die anrückenden Truppen und langfristig ein von Frankreich abhängiges Vorfeld zu schaffen.[41] Der Befehl „Brulez le Palàtinat – Verbrennt die Pfalz“ brachte unermessliches Leid über die Menschen am Oberrhein. Nachdem das römisch-deutsche Reich dem Sonnenkönig im Februar 1689 offiziell den Krieg erklärt hatte,[42] erlegten sich die Franzosen keinerlei Zurückhaltung mehr auf und „ruinierten“ ungeachtet des jeweiligen Landesherrn das gesamte Umfeld. Die beiden Marschälle Ezéchiel du Mas, Comte de Mélac, und Claude de Choiseul-Francières, Comte de Choiseul, übernahmen die Drecksarbeit.[43] Heidelberg, die stolze Kurfürstenstadt, brannte,[44] wurde jedoch anders als die umliegenden Dörfer noch nicht vollständig zerstört – dieses Schicksal ereilte die Stadt erst 1693. In Speyer und Worms rannten die Menschen um ihr Leben. Rechts des Rheins blieb zwischen Mannheim und Offenburg kaum ein Stein auf dem anderen; Felder und Weinberge wurden verwüstet. Vom speyerischen Bruchsal wurde berichtet, es sei „auch nicht ein Obdach für einen Vogel, geschweige denn für einen Menschen stehen geblieben“,[45] in Pforzheim sollen gerade einmal 36 Bürger das Wüten der feindlichen Truppen überstanden haben. Die Schlösser des Adels blieben als rauchgeschwärzte Ruinen zurück wie die Häuser von Bürgern und Bauern und die Baracken der Ärmsten. Wer geglaubt hatte, dass die Gräuel des Dreißigjährigen Krieges das Schlimmste waren, was Menschen ertragen konnten, wurde eines Besseren belehrt.[46]

Friedrich Magnus von Baden ließ sich in Basel von der Not seiner Untertanen und der Katastrophe seines Landes berichten – als sich französische Kompanien im Herbst 1688 in Durlach einnisteten,[47] hatte er sich nach Basel abgesetzt. Einige Monate länger als ihr Gemahl harrte Augusta Maria im Lande aus, denn man hoffte, die Anwesenheit der Markgräfin und einiger ihrer Kinder würde die Besatzer milde stimmen. Diese Hoffnung trog allerdings: „Allein die nachher eingelaufene Königlich Französische Ordre wollte Ihro keinen längeren Aufenthalt in Ihrem eigenen Land verstatten“, notierten die Chronisten: „dahero Dieselbe gleichfalls gedrungen waren zu Ihrem Durchlauchtigsten Herrn Ehe-Gemahl auf Basel zu gehen“.[48]

Mal gewannen die Kaiserlichen die Oberhand, dann wurde Durlach wieder von den Franzosen besetzt. Die Bevölkerung stöhnte, denn sie musste zur Finanzierung der Besatzungstruppen beitragen, Lebensmittel und Pferdefutter zur Verfügung stellen, Soldaten bei sich einquartieren und Hilfsdienste leisten.[49] Die Nachrichten, die

Friedrich Magnus im Schreckensjahr 1689 erreichten, konnten schlimmer nicht sein: Die Rede war von „enervierten" und „erschöpften"[50] Bürgern, von Gewaltakten, die mit den Eintreibungen der Kontributionen einhergingen, von Plünderungen und schließlich von Menschen, die in Panik die Stadt verließen. Als wieder einmal die Franzosen heranrückten, sollen zahlreiche Durlacher Männer als Weiber verkleidet geflohen sein. Hoffnungslos stand es um die Verteidigung der markgräflichen Residenz. Friedrich Magnus' jüngerer Bruder, Feldmarschall-Leutnant Karl Gustav, der die zahlenmäßig jämmerlich unterlegenen Truppen des „Schwäbischen Kreises" am Oberrhein kommandierte, sah sich außerstande, Verstärkung nach Durlach zu entsenden.

300 bis 400 Männer, Frauen und Kinder sollen sich noch in der Stadt aufgehalten haben, als die Franzosen die Bevölkerung im Hof der Karlsburg zusammentrieben. Die verängstigten Leute hörten das Johlen und das Krachen, als die Soldaten die Möbel in den fürstlichen Räumen zerhieben, und verfolgten mit großen Augen, welche Kostbarkeiten die Plünderer aus dem Schloss trugen. Schließlich wurde Männern, Frauen und Kindern befohlen, die Stadt zu verlassen. Am Morgen des 16. August 1689 sahen die Durlacher von den umliegenden Hügeln aus das Flammenmeer, das verschlang, was von ihrem Hab und Gut noch geblieben war. Über die Folgen berichtete Hofrat Ernst Friedrich Boch nach Basel: „Es stehet weder von dem schönen Schloss noch von denen Stadtgräben nichts anders, als bloß von Stein aufgeführte Wände und einige gewölbte Keller".[51]

Kaum hatte Friedrich Magnus die schlimmen Neuigkeiten vernommen, ließ er seinem in der Markgrafschaft verbliebenen Hofbaumeister Thomas Lefèbvre den Befehl überbringen, „die verjagte Bürgerschaft zusammenzubringen" und „das alte Wesen wieder nach Möglichkeit einzurichten". Geschützrohre sowie sämtliches Eisen und Kupfer, das in der ausgebrannten Karlsburg zu finden war, sollten eingesammelt und vor Dieben in Sicherheit gebracht werden.[52] Friedrich Magnus war ein weitsichtiger Mann – er dürfte, nachdem der erste Schock überwunden war, an die Möglichkeiten gedacht haben, die ihm die Katastrophe eröffnete: einen Wiederaufbau Durlachs – und vielleicht auch Pforzheims – nach einer neuen ästhetischen Konzeption, die dem Ordnungswillen des Barock mehr entsprach als das gewachsene mittelalterliche Durcheinander mit seinen Gassen und individuell gestalteten Häusern.

Diejenigen Durlacher, die in die zerstörte Stadt zurückkehrten, richteten sich zunächst in Kellern und zwischen rußgeschwärzten Mauerresten notdürftige Unterkünfte ein, wollten aber baldmöglichst wieder ein festes Dach über dem Kopf haben. Sie hatten andere Sorgen, als ihre neuen Häuser „nach der Schnur" zu bauen, wie es Friedrich Magnus vorschwebte. Weil er von seinen Untertanen nicht vor vollendete Tatsachen gestellt werden wollte, ließ der Markgraf die Bürger wissen, dass sie den Wiederaufbau ihrer Behausungen nicht überstürzen und bessere Zeiten abwarten sollten.

Eine Bitte an die alte Liebe

Die besseren Zeiten freilich – die ließen auf sich warten, denn der Krieg war nicht zu Ende. Die Menschen in Baden-Durlach mussten noch jahrelang mit Überfällen und Plünderungen sowie Belastungen durch Einquartierungen und Feldlagern von Franzosen, aber auch von kaiserlichen Truppen rechnen. Friedrich Magnus saß unterdessen in seinem Basler Palais und schmiedete Zukunftspläne. Pläne, die, wie er sehr wohl wusste, viel Geld verschlingen würden. Geld, das aus der verarmten Markgrafschaft kaum herauszupressen war. Denn es lagen ja nicht nur Durlach und Pforzheim in Schutt und Asche, auch Graben, Staffort, Mühlburg und Sulzburg mit ihren Schlössern waren komplett oder weitgehend zerstört, und die ganze Markgrafschaft war dermaßen verwüstet, dass es Jahre, wenn nicht Jahrzehnte dauern würde, sie wieder auf den Vorkriegsstand zu bringen.

Als die Waffen endlich schwiegen, war die finanzielle Situation Baden-Durlachs nichts weniger als prekär. Dass die Interessen der kleinen Territorien bei den Friedensverhandlungen wenig Beachtung finden würden und er praktisch keine Entschädigungen zu erwarten hatte, beleidigte Friedrich Magnus' Rechtsempfinden. Er wandte sich an seine alte Liebe Liselotte, die Herzogin Elisabeth Charlotte von Orléans, in der Hoffnung, dass sie ihren Schwager, den alternden Sonnenkönig, milde stimmen könnte. Es mochte ja naiv sein, Nachsicht von Ludwig XIV. zu erwarten, der achselzuckend über die Verzweiflung der Herzogin angesichts der Zerstörung ihrer alten Heimat hinweggegangen war. Aber angesichts der traurigen Situation seines kleinen Landes hatte der Markgraf nichts mehr zu verlieren.

Tatsächlich erklärte sich Liselotte von der Pfalz, als sie den Bittbrief aus Basel erhielt, sogleich bereit, sich für ihren badischen „Cousin" bei König Ludwig XIV. zu verwenden. Allerdings hatte Friedrich Magnus den Einfluss Liselottes auf ihren Schwager gewaltig überschätzt. Kühl ließ der französische König die Herzogin wissen, dass der Badener keine Schonung zu erwarten habe: Sein „Malheur" sei es, dass er ein Prinz des Reiches sei und damit ihm, Ludwig, Widerstand geleistet habe: „Das Reich hat mir den Krieg erklärt, die Fürsten tun mir Schaden, wo sie können, folglich füge auch ich ihnen Schaden zu, soweit ich es vermag. Es tut mir leid, dass ich das nicht ändern kann." – „Aber Sie können es doch, wenn Sie wollen", hielt die Herzogin dagegen. Der König blieb jedoch unerbittlich: „Nein, kann ich nicht", sagte Ludwig. Liselotte setzte sich also seufzend an ihren Schreibtisch und ließ ihren ehemaligen Bräutigam wissen: „Hierauf schwieg ich still, denn ich sah, dass weiter nichts zu tun war, welches mir von Herzen leid ist und beklage Euer Liebden und dero armes Land wohl von Grund meiner Seele. Ich hoffe aber, dass Euer Liebden aus diesem langem Brief ersehen werden, dass ich mein Bestes getan, und also nicht zweifeln werden, dass Sie eine dienstwillige Base und Dienerin an mir haben. Elisabeth Charlotte."[53]

Vom Unheil verfolgt

So trüb sich die Lage seines kriegsgeschüttelten Landes darstellte – eine angemessene Repräsentation seines Hauses glaubte Friedrich Magnus auch im Exil nicht entbehren zu können, schließlich wäre ein solcher Verzicht in den Augen eines barocken Fürsten einer Selbstaufgabe gleichgekommen. Der Markgraf beauftragte daher Gregor Brandmüller, für seinen Hof in Basel eine Reihe von Portraitbildern zu schaffen. Der Schweizer Maler, der sein Talent bereits in Versailles unter Beweis gestellt hatte, galt als großer Künstler und dürfte entsprechend teuer gewesen sein. Zu den Bildnissen, die zu Beginn des zweiten Basler Aufenthalts entstanden, gehörte auch ein Portrait des Erbprinzen Karl Wilhelm.[54]

Die erlesenste Ausstattung nützt freilich wenig, wenn es keine Besucher gibt, die sich von ihr beeindrucken lassen. Auch in Basel inszenierte die markgräfliche Familie das höfische Leben nach den Regeln des Barock. Kirchliche Feste, Geburts- und Namenstage, Genesungen, Todesfälle und Besuche von befreundeten Fürsten lieferten Anlässe für prunkvolle Feierlichkeiten. Ganz besonders erfreulich war der Anlass für das Fest, das am 24. Februar 1698 im markgräflichen Palais stattfinden sollte: Der Pfälzische Erbfolgekrieg war zu Ende, der Rijswijker Friede unterzeichnet. Friedrich Magnus und Augusta Maria konnten an die Heimkehr ins badische Unterland denken. Da brach ausgerechnet in der Nacht vor der großen Feier ein Brand im Zimmer eines Küchenmeisters aus. Das Feuer dehnte sich so rasch auf das ganze Anwesen aus, dass die Bewohner um ihr Leben laufen mussten. Friedrich Magnus und sein zu Besuch weilender Bruder sollen in Nachtkleidern aus dem Palast geflüchtet sein, die übrige Familie wurde mit Mühe gerettet. Das markgräfliche Palais brannte vollständig aus, und mit ihm wurden ein Großteil der darin aufbewahrten Kostbarkeiten und sämtliches Mobiliar vernichtet.[55]

Für Friedrich Magnus kam der Brand seiner Basler Residenz einer Katastrophe gleich. Nachdem er im Stammland sämtliche Burgen und Schlösser, die ein einigermaßen standesgemäßes Wohnen ermöglichten, eingebüßt hatte, war nun auch sein Unterschlupf im

Schutz der Eidgenossen dahin. Die markgräfliche Familie nahm nach ihrer Rückkehr ins Unterland zeitweise unter recht unwürdigen Bedingungen in Pforzheim Wohnung und nutzte daneben das „Hohe Haus“ in Grötzingen als Ersatzresidenz. Dieses ehemalige Pfründerhaus im heutigen Karlsruher Stadtteil, das die Markgrafen von Baden-Durlach im 16. Jahrhundert zu einem Lustschlösschen hatten umbauen lassen, gehörte Augusta Maria. Friedrich Magnus hatte es seiner Gemahlin samt der zugehörigen Weinberge und Äcker anlässlich seines Regierungsantritts auf Lebenszeit geschenkt.

Augusta Maria, die das „Hohe Haus“ für ihren Lebensabend herrichten lassen wollte, hatte alsbald die Erweiterung des Gebäudes in Auftrag gegeben, denn als Witwensitz einer Markgräfin von Baden-Durlach war das altmodische Grötzinger Schloss eigentlich viel zu bescheiden. Die Arbeiten mussten jedoch aufgrund der kriegerischen Ereignisse immer wieder eingestellt werden. Vielleicht sorgte ja der triste Anblick der verlassenen Baustelle dafür, dass die französische Soldateska, als sie 1689 das Dorf Grötzingen verwüstete, das herrschaftliche Gebäude kaum beachtete.[56] Jedenfalls befand sich das kleine Schloss nun in einem Zustand, der es Friedrich Magnus ermöglichte, es vorübergehend als Ausweichquartier zu gebrauchen, auch wenn sich mit der unfertigen „Augustenburg“ nicht viel Staat machen ließ.

Die Baustellen des Friedrich Magnus

Es hatte Friedrich Magnus gehörigen Verdruss bereitet, dass einige Durlacher – noch ehe der Frieden geschlossen war und entgegen seiner Anweisungen – begonnen hatten, „ganz unansehnliche liederliche Hütten aufzurichten“.[57] Das konnte und wollte er nicht tolerieren. Andererseits – Friedrich Magnus war kein Unmensch. Er sah durchaus ein, dass er angesichts der allgemeinen Not den übrig gebliebenen Bürgern „nach so viel mühsamlich erlittenen Bedrängnissen und unglaublich großem Verlust“[58] keine Stadt wie aus einem Guss verordnen konnte.

Der Markgraf mag damals schon geahnt haben, dass den Einwohnern die Weitsicht fehlte, sein Bemühen um Harmonie zu würdigen, und dass sie sein Konzept von einer regelmäßig gebauten Stadt allein der Kosten wegen boykottieren würden. Auch die Zuwanderer, die Friedrich Magnus durch die Gewährung von „Freiheiten" und „sonderbaren Begnadigungen" nach Durlach zu locken hoffte, wären durch allzu strenge Vorgaben wohl abgeschreckt worden. So erlaubte der Markgraf seinen Untertanen schweren Herzens, die Innenräume und Höfe der Häuser nach ihren eigenen Vorlieben und Möglichkeiten zu errichten.

Doch zumindest auf der Schauseite des Lebens sollte die ersehnte Ordnung einkehren. Der Markgraf wünschte, dass in Durlach Sockel, Gesimse, Traufkanten und Dachfirste künftig auf einer Höhe gebaut und bei Türen und Fenstern bestimmte Maße und Abstände eingehalten würden. Den Bürgern versicherte er, dass er allein „der Gassen äußerliche Zierde" suche und „deshalb eine gewisse, jedermänniglich wohl bequeme, an sich selbst aber im geringsten nicht mehr Kosten erfordernde Gleichheit und Regularität" der Fassaden verlange.[59] Die Gegebenheiten eines mittelalterlichen Städtchens und die praktischen Bedürfnisse der Bürger siegten jedoch über den Gestaltungswillen des barocken Fürsten. Nicht einmal die Fassadenabmessungen genügten schließlich dem Traum von einer nach der Schnur ausgerichteten Musterstadt des Markgrafen. Trotzdem schüttelte der Fürst nur den Kopf, wenn sein Sohn Karl Wilhelm wieder einmal mit Hirngespinsten kam: Der Vater solle Durlach doch lieber nach einem komplett neuen, zeitgemäßen, ja womöglich fächerförmigen Grundriss und frei von allen Zwängen neu errichten,[60] schlug der Erbprinz vor.

Keine Kompromisse eingehen wollte Friedrich Magnus beim Wiederaufbau der Karlsburg. So sehr er seinen treuen Lefèbvre zu schätzen wusste, den die Franzosen während des Pfälzischen Erbfolgekrieges zeitweise in der Festung Philippsburg hatten schmoren lassen – die Pläne des Hofbaumeisters für das hochfürstliche Residenzschloss zu Durlach schienen ihm allzu bescheiden. Für kühne und moderne Entwürfe bekannt war hingegen der Italiener Domenico Egidio Rossi, der in Wien und Prag gewirkt hatte und im abgebrannten Südwesten Deutschlands als eine Art Kultarchitekt Furore machte.

Die katholische Verwandtschaft, deren Baden-Badener Renaissance-Schloss 1689 ein Raub der Flammen geworden war, hatte beschlossen, sich ein neues Jagdschloss in der Ebene zu gönnen, wo die topografischen Gegebenheiten dem Zeitgeschmack weit weniger Fesseln auferlegten als auf dem Florentinerberg. Für das Projekt war Rossi verpflichtet worden, der den Bau im Marktflecken Rastatt mit beachtlicher Geschwindigkeit realisierte. Markgraf Ludwig Wilhelm von Baden-Baden, der „Türkenlouis", hielt nicht viel von kleinlichen Plänen: Warum sich mit einem Jagdschloss begnügen, wenn der auserwählte Ort das Potenzial für einen neuen Residenzpalast samt zugehöriger Stadt besaß? Und wahrlich: Rossis Pläne überließen nichts dem Zufall.

Das Rastatter Residenzschloss war der erste große Barockpalast am Oberrhein, dessen mit der Stadtanlage korrespondierender Grundriss sich am Vorbild Versailles orientierte. Noch glaubten zwar die wenigsten Bauherren, auf Befestigungen verzichten zu können,[61] und gerade der Türkenlouis darf als Spezialist für Verteidigungsanlagen gelten. Doch das repräsentative Bedürfnis verlangte auch Schauseiten, die weniger ängstliche Abwehrbereitschaft als generöse Gastfreundschaft signalisierten. Pracht- und Festräume, Tanz- und Theatersäle setzten dem Elend des Alltags den barocken Willen entgegen, die Macht und Herrlichkeit des Fürstenhauses im schönsten Licht zu präsentieren.

Friedrich Magnus war beeindruckt von Rossis Plänen, die nichts dem Zufall überließen. Der Architekt sollte nicht nur den Palast der Baden-Badener, sondern auch die neue Karlsburg der Baden-Durlacher planen. Rossi freilich dachte derart barock und entwarf so großartig, dass Friedrich Magnus angesichts der Monumentalität der für Durlach geplanten Vierflügel-Anlage doch Skrupel bekam. Zwar fand der Entwurf des Baumeisters durchaus seinen Beifall, aber finanzierbar wäre das Prestigeobjekt wohl selbst dann nicht gewesen, wenn der Markgraf den Willen gehabt hätte, Land und Leute rücksichtslos auszupressen.

Aber Friedrich Magnus war kein Prasser, und der darob wenig begeisterte Architekt bekam den Auftrag, kostengünstiger zu planen. Die Karlsburg war schließlich nicht die einzige Baustelle des Markgrafen. Auch in Grötzingen wurde fieberhaft gearbeitet, um die Notresidenz einigermaßen präsentabel herzurichten. Und einen Palastbau in Basel hatte Friedrich Magnus gleich nach dem Brand seines dortigen Hofes in Auftrag gegeben. Angesichts der unsicheren Zeiten wollte und konnte er auf diesen Unterschlupf nicht verzichten, sodass in Basel bereits am 16. Juni 1698 der Grundstein für einen Neubau gelegt worden war.[62] Zu den Akten gab der Markgraf hingegen die Pläne, die er für ein Landhaus mit Park zu Lörrach gemacht hatte. Unbezahlbar schienen angesichts der allgegenwärtigen Not die Anlagen, die Friedrich Magnus eigentlich nach Pariser Vorbildern anlegen lassen wollte.[63]

Im Frühling 1699 war ein Flügel der Durlacher Karlsburg soweit hergestellt, dass die markgräfliche Familie ihn beziehen konnte. Mit Sing- und Schäferspielen ließ Friedrich Magnus dieses Ereignis feiern. Doch schon bald erlahmte der Schwung der Bauarbeiter, denn der Markgraf hatte Mühe, Löhne und Rechnungen zu bezahlen.[64] Gegen Ende des Jahres musste er sich eingestehen, dass selbst sein abgespecktes Traumschloss auf lange Zeit ein Torso bleiben würde: „Wir haben unser Bauwesen zur Erträglichkeit unserer Untertanen zu moderieren uns entschlossen", gab Friedrich Magnus schweren Herzens bekannt.[65]

Der Markgraf flieht, die Markgräfin bleibt

Wie klug Friedrich Magnus daran getan hatte, vorrangig für den Neubau seiner Exil-Residenz zu sorgen, sollte sich bald zeigen. 1701 nahm der Spanische Erbfolgekrieg seinen Anfang, bei dem sich Bayern gegen Habsburg auf die Seite Frankreichs stellte. Wieder wurde der Oberrhein zum Kriegsschauplatz, und im Jahr 1703 floh Friedrich Magnus erneut nach Basel. Vergeblich arbeitete er, der militärischen Ruhm weder anstrebte noch hochschätzte, darauf hin, die südlichsten Flecken seines Landes, die Herrschaften Rötteln und Badenweiler, an die Eidgenossenschaft anzuschließen, um sie als neutrales Gebiet aus künftigen Kriegen herauszuhalten.[66]

Immerhin – diesmal wartete Friedrich Magnus nicht den offiziellen Friedensschluss ab, um zurückzukehren. Als sich die militärische Lage zu entspannen schien, reiste er mit seiner Gemahlin heim nach Durlach. Doch bereits im Jahr 1707 war die Lage wieder so brenzlig, dass der Markgraf sich erneut „mit Dero ganzen Fürstlichen Familie in Sicherheit"[67] brachte. Der ganzen fürstlichen Familie fehlte diesmal freilich ihr weibliches Oberhaupt, denn Augusta Maria blieb in Durlach zurück. Offiziell harrte sie in der unteren Markgrafschaft aus, weil Friedrich Magnus „dieselbe aus Landesväterlicher Sorgfalt Dero Herzgeliebtesten Frauen Gemahlin Höchfürstliche Durchlaucht zu unumgänglicher Erhaltung Dero Landen und Leute in Dero Fürstlichen Residenz Carols-Burg hinter sich zurück lassen" – er soll sie also gebeten haben, zu bleiben. Augusta Maria, so hieß es, habe die „ihro übertragene höchst-wichtige Sorge" auch „großmütigst auf sich genommen" und „unter denen damaligen Kriegs-Troubeln beherzt fortgesetzt", was man als Beweis wertete, dass die Markgräfin ihrem „hochgeschätzten Herrn Ehe-Gemahl durch Liebe und Gehorsam sich mit gleicher Willigkeit zu verbinden gelernet".[68]

Diese Lesart spiegelte die Erwartungen der Zeitgenossen, wonach eine bewunderungswürdige Fürstin wie Augusta Maria widerspruchslos den Wünschen ihres Gemahls folgte. Tatsächlich aber scheint die Markgräfin ihr Bleiben gegen den Wunsch von Friedrich Magnus durchgesetzt zu haben. Als er erfuhr, dass seine Frau von der französischen wie von der Reichsarmee viel Ungemach erdulden musste, schickte der besorgte Markgraf eigens einen Hofbeamten nach Durlach, der die Fürstin bewegen sollte, ihrer Familie alsbald nach Basel zu folgen. Augusta Maria aber verweigerte den Gehorsam. Zwar, so ließ sie den Markgrafen wissen, sei sie ihm für seine „gütige Vorsorge" verbunden, doch erforderten zwei in der Nähe stehende gegnerische Armeen ihre Anwesenheit, ohne die Durlach unfehlbar erneut zugrunde gerichtet würde. Die Markgräfin setzte sogar noch eins drauf, indem sie ihrem Gemahl bedeutete, dass seine eigene Rückkehr wünschenswert wäre.[69]

Nach der Fügsamkeit, die für sie typisch gewesen sein soll, klingt das nicht. Ob Augusta Maria wirklich nur die „schlichte und biedere Natur von einfacher, aber aufrichtiger Denkungsart“[70] war, als die sie einmal beschrieben wurde? Dass die Markgräfin den Mut hatte zu bleiben, obwohl Franzosen und Reichstruppen bedrohlich nah standen, beeindruckte die Bevölkerung sehr. Man betrachtete es als Verdienst der Fürstin, dass die Residenzstadt diesmal weitgehend ungeschoren davonkam. Das Fürstliche Gymnasium zu Durlach fasste seine „Kind-schuldigste Dankbarkeit“ für die „hochangesehene Präsenz, Wachsamkeit und Interposition“ der Landesmutter angesichts des „obschwebenden augenscheinlichen Unglücks“ in Worte. In dem Loblied wird Augusta Maria als „große Heldin“ gefeiert und als eine Fürstin gerühmt, welche von Gott zum Schutz der Stadt gesandt war. Was Friedrich Magnus anging, der im sicheren Basel saß, aber zu diesem Zeitpunkt bereits ein kranker und innerlich gebrochener Mann war, lassen die Untertanen hingegen leises Unverständnis anklingen: „Ach, mögen wir doch bald des Landes Vater sehen! / Wer ist's, der uns doch die frohe Zeitung bringt?“[71]

Karl Wilhelms fromme Mutter

Dass Augusta Maria mehr war als ein allzeit gehorsames Anhängsel ihres „herzlich geliebten Herren Gemahls“ – ihr Ausharren in Durlach hat es gezeigt. Die Richtschnur, nach der die Markgräfin lebte, war ihr Glaube.

Augusta Maria war von der damals neuen Strömung des Pietismus geprägt. Ein Werkzeug wollte sie sein, das dem „liebe(n) und getreuen Vater im Himmel“[72] diente. Die Landesmutter betrachtete es als ihre Pflicht, Leib, Leben und Eigentum ihrer Untertanen so weit als möglich zu schützen. Als barocker Mensch war sie jedoch zugleich durchdrungen von der Erkenntnis, dass nichts auf Erden von Dauer war. Schwerer als das materielle wog allemal das seelische

Wohlergehen der ihr anvertrauten Menschen. Und weil man immer und jederzeit damit rechnen musste, dass irdische Herrlichkeit in Schutt und Asche versank, war es ihr ein Herzensanliegen, den Leuten das geistige Rüstzeug zu verschaffen, das es ihnen ermöglichte, das Elend des Daseins in Würde zu ertragen.

Was mochte den nach Gott dürstenden Seelen mehr Erquickung schenken als das Kirchenlied, das schon Martin Luther als probates Mittel erkannt hatte, die gute Nachricht unters Volk zu bringen? Augusta Maria liebte geistliche Lieder – mehr noch, sie verfasste selber welche. In den langen Jahren des Baslers Exils während des Pfälzischen Erbfolgekrieges beschloss sie, für Baden-Durlach, wo so viele Menschen ihr Hab und Gut eingebüßt hatten und das bis dato übliche Liederbüchlein kaum noch aufzutreiben war, ein neues Gesangbuch mit alten und neuen Liedern herauszugeben. Das „Himmlisch gesinnter Jesus Hertzen Geistliche Seelenfreude oder Neu vermehrte Christliche Gesangbuch" der Markgräfin erschien 1697 in erster Auflage in Basel. Gewidmet hatte es die treue Ehefrau „bei wiederum hervorscheinender Friedenssonne" ihrem Gemahl Friedrich Magnus „zum Trost und Freude unserer Seelen". In der Zuschrift gibt Augusta Maria ihrer Hoffnung Ausdruck, dass es mit der Hilfe des gnädigen Gottes gelingen würde, „Unser zerstörtes Durlachisches Zion ... also wieder aufzurichten, damit in seinen Tempeln diese heiligen Lieder mit freudigen Seelen und Herzen von uns noch mögen angestimmt und gehört werden."[73]

Dass in der völlig verarmten Markgrafschaft großer Bedarf an den religiösen Liedtexten bestand, zeigt sich daran, dass das Gesangbuch der Augusta Maria innerhalb von 40 Jahren mindestens vier Auflagen und mehrere Nachdrucke erlebte. Wie sehr nicht nur die Untertanen, sondern auch die bald wieder nach Basel geflohene Landesmutter selbst der geistlichen Erquickung bedurften, deutet die Titeländerung in der zweiten Auflage an: Aus der munteren „Seelenfreude" ist 1704 ein schwermütiger „Seelen-Trost / Der Traurigen zu Zion" geworden.[74] Diese zweite Auflage ihres Gesangbuchs widmete Augusta Maria ihrer unglücklich verheirateten Tochter Johanna Elisabeth, der Herzogin von Württemberg.

Die dritte Auflage – sie erschien 1724, als Augusta Maria längst Witwe war – eignete die „ergebene getreue Mutter“ schließlich ihrem „freundlich-geliebten Herrn Sohn“, dem Markgrafen Karl Wilhelm, zu.[75]

Nicht nur Gesangbücher waren in den Jahren des Krieges und der Not knapp geworden, auch viele Bibeln waren verloren gegangen, geraubt oder verbrannt. In zahlreichen Kirchen und Familien war das Buch der Bücher nicht mehr vorhanden. Augusta Maria, die in der Lektüre der Heiligen Schrift Tag für Tag Trost fand, war der Gedanke furchtbar, dass so viele Menschen in Baden-Durlach keinen unmittelbaren Zugang mehr zum Wort Gottes hatten. Mit einer handlichen Ausgabe des lauteren, also unkommentierten Luthertextes wollte sie dem Übel abhelfen.

Die Augusta-Maria-Bibel, die sie 1698 herausgeben ließ, war den Erfordernissen der Not entsprechend schlicht aufgemacht und in gut „leslicher“ Schrift gedruckt, denn auch alte Menschen mit schlechten Augen sollten ohne Mühe das Alte und das Neue Testament entziffern können.[76] Wegen des vergleichsweise kleinen Formats und der großen Schrift erschien die Bibelausgabe in vier Bänden. Das Vorblatt des ersten Bandes zeigt Kupferstich-Portraits von Augusta Maria und Markgraf Friedrich Magnus. So demütig waren barocke Stifter nicht, dass sie auf die Möglichkeit der gedruckten Selbstdarstellung verzichtet hätten. Das Zeitalter hatte ein ungeheures Bedürfnis nach der Sichtbarmachung von Verdiensten. Und auch das Heldentum, das darin lag, den Launen des Schicksals mit dem Eifer und der Ergebenheit einer gottliebenden Seele zu trotzen, brauchte Zeugen, sollte es doch dem Volk als lobwürdiges Beispiel dienen.

Im höchst-betrübten Witwenstand

Am 25. Juni 1709 starb Friedrich Magnus. Es war ihm zwar vergönnt, sein Leben in der Durlacher Karlsburg auszuhauchen, doch der Frieden, den er so ersehnt hatte, ließ noch immer auf sich warten. Für Augusta Maria begann mit dem „höchst-seligen Absterben ihres höchst-geliebten Fürstlichen Herrn Ehegemahls“ ein neuer Lebensabschnitt im „höchst-betrübten Witwenstand“[77]. Ihre alten Tage verbrachte sie in der Augustenburg in Grötzingen. Es war nicht üblich, dass die Ehefrau eines verstorbenen Herrschers weiter ihre Gemächer im Palast des regierenden Fürsten bewohnte: Mit dem Tod des Landesvaters hatte auch die Landesmutter ausgedient; sie musste ihren Platz räumen für ihre Nachfolgerin, in diesem Fall für die geborene Württembergerin Wilhelmine Magdalene, ihre Schwiegertochter.

Eine hoch angesehene Fürstin wie Augusta Maria versank freilich nicht völlig in der Versenkung: Als Mutter des regierenden Markgrafen durfte sie ohnehin mit gebührender Wertschätzung rechnen. Die Menschen in Baden-Durlach brachten ihr aber auch wegen des persönlichen Mutes, den sie in den Kriegsjahren bewiesen hatte, wegen ihrer Wohltätigkeit und ihres Engagements für die „Grundwahrheiten des christlichen Glaubens und der seligmachenden evangelischen Religion“ Respekt entgegen. Man registrierte bewundernd, dass Augusta Maria „die öffentliche Kirchen-Versammlung selten, oder doch niemals gerne, versäumet“. Selbst wenn sie offensichtlich unter einer Krankheit litt, versuchte sie den Gottesdiensten beizuwohnen. In ihren Gemächern habe sie sich täglich stundenlang aus der Heiligen Schrift und anderen „geistreichen Büchern“ vorlesen lassen, sich außerdem durch das Singen von Kirchenliedern aufgemuntert. Dadurch, so meinte man, habe sie dem „ganzen Hof und anderen ein lobwürdiges Beispiel zu wahrer Gottseligkeit“ gegeben.[78]

Augusta Maria, die sich schon zu Lebzeiten ihres Mannes für die Versorgung und Erhaltung evangelischer Kirchen und Schulen eingesetzt und dafür auch persönliches Vermögen geopfert hatte, sorgte sich als Witwe weiterhin darum, dass Altäre und Kanzeln ein schönes Bild boten und die Frömmigkeit des Volkes gefördert wurde. Zum fürstlichen Tugendkatalog gehörte darüber hinaus die Freigiebigkeit gegenüber Armen und Bedrängten. Von Augusta Maria berichtete man, dass sie nicht nur großzügig Almosen gab und die Reste der fürstlichen Tafel an Bedürftige weitergeben ließ, sondern sich auch durch die Verabreichung „kräftiger und zum Teil kostbarer Arznei-Mittel aus Ihrer Fürstlichen Haus-Apotheke" an Kranke und Gebrechliche als „Christin voll guter Werke" erwies.[79]

Diese Werke der Nächstenliebe waren Augusta Maria nicht zuletzt deshalb möglich, weil ihr Sohn Karl Wilhelm darauf bedacht war, der Witwe eine standesgemäße Lebensführung zu ermöglichen. Die Zeitgenossen hielten es für bemerkenswert, dass der regierende Markgraf das seiner Mutter ausgesetzte „namhafte Wittums-Deputat" Jahr für Jahr ordentlich auszahlen ließ und es darüber hinaus „mit merklichen Zusatz" vermehrte.[80] Augusta Maria ihrerseits nahm regen Anteil an Ereignissen im Hause Baden. Man rühmte sie wegen „Ihrer liebreichen Treue gegen Ihre Hochfürstlichen Kinder, Durchläuchtigste und Hochgeborene Enkel, auch hoffnungsvolle Ur-Enkel"[81]. Die Witwe bewies den für diese Zeit typischen unbeirrbaren Familiensinn, der sie über Handlungen und Charakterzüge ihrer Nachkommen, von denen sie einige gewiss nicht billigte, wohlwollend hinwegsehen ließ.

Ein seliger Tod – mehr konnte und durfte ein barocker Mensch von dieser Welt nicht erhoffen. Augusta Maria, die in ihren letzten Lebensjahren unter allerlei Unpässlichkeiten litt, ereilte ihr Schicksal am 25. April 1728 bei der Andacht in ihrer Hofkapelle. „Höchstvergnügt" und ohne jedes äußere Anzeichen der Schwäche soll sie sich morgens um halb neun zur Andacht begeben haben. Der Hofprediger hob gerade zum Gebet mit der allgemeinen Beichte und Lossprechung an, als einige Damen aus dem abgeschirmten „Fürstlichen Stuhl" ängstliche Hilferufe vernahmen. Die herbeieilenden Domestiken fanden die Fürstin mit dem Gesicht am Boden liegend.[82]

Der Raum war eng und Augusta Maria „schweren Leibes". Es bereitete wohl einige Mühe, die dicke Markgräfin hoch zu zerren und halb sitzend auf Kissen zu betten. Der Hofprediger, ein Herr namens Mauer, mahnte die Sterbende, „Jesu im Herzen fest zu halten", und die Umstehenden interpretierten die zitternden Lippen der frommen Augusta Maria als heimliches Gebet. Man versuchte, der Fürstin eine Medizin einzuflößen, die eine Kammerfrau zur Hand hatte, doch die Markgräfin konnte die Flüssigkeit nicht hinunterwürgen und erbrach.

Da der Barbier des Fleckens Grötzingen nicht zur Stelle war, sandte man eilends eine Chaise nach Durlach, die einen Arzt und einen Chirurgen beischaffen sollte, doch alle Mühen blieben vergeblich – „weil Gott Ihre Hochfürstliche Durchlaucht in sein himmlisches Reich einzunehmen eilte". Wenig später entschlief Augusta Maria „sanft und selig in ihrem Erlöser". Auf Erden hatte sie, wie die Chronisten penibel verzeichneten, 79 Jahre, zwei Monate, eine Woche und einen Tag verbracht. Im ganzen Land wurden Gedächtnispredigten verlesen, die mit einem Zuruf an die Hinterbliebenen endeten:

Durchlauchte! Trauert nicht, mein Geist hat überwunden /
Da er in Zions Burg genießet stolze Ruh /
Und die ob meinem Tod jetzt fühlen herbe Stunden /
Behalten GOTT zum Trost, sind gleich die Augen zu /
Die sonsten Tag und Nacht bedacht ihr Wohlergehen.
Der Menschen Leben ist doch nur ein Schattenwerk;
Wer aber will dereinst mit seinem Tun bestehn /
Behalt die Sterblichkeit zum steten Augenmerk:
Denn wer vor Gottes Thron mit Kronen denkt zu prangen /
Muss sie, wie ich getan, durch Kampf und Sieg erlangen.[83]

„Die hoch zu preisende Wunder-Hand Gottes": Auftritt Karl Wilhelm

Augusta Maria genoss wegen ihres Lebenswandels und ihrer Taten über ihren Tod hinaus hohes Ansehen bei den Menschen in Baden-Durlach. Doch der größte und wichtigste Dienst, den die Markgräfin je ihrem Land erwiesen hatte, war nach Meinung ihrer Zeitgenossen, dass sie dem Prinzen Karl Wilhelm das Leben geschenkt hatte: Dies allein, so meinte man, sei Grund genug, ihr Andenken auf ewig zu preisen.[84]

Der Stil der Zeit: Schwangerschaft und Geburt im Herrscherhaus

„L'État c'est moi – Ich bin der Staat": Mit seinem legendären Ausspruch, der das Wesen des Absolutismus auf den Punkt bringt, machte sich König Ludwig XIV. zur öffentlichen Person: Ein Staat hat weder Privatleben noch Intimsphäre. Der Sonnenkönig stand von dem Moment an, da er am Morgen sein Bett verließ und sich den „untersten Teil des Leibes anziehen"[85] ließ, bis zu dem Zeitpunkt, da er sich wieder zur Ruhe legte, unter Beobachtung. Zwar durften bei den delikateren Verrichtungen nur die Prinzen von Geblüt und einige besonders vornehme Herren sowie die unvermeidlichen Kammerdiener zusehen, doch ab dem Zeitpunkt, wenn dem König im Schlafzimmer das Hemd angelegt wurde, hatte jedermann die Möglichkeit, dem „Grand Lever" genannten Schauspiel beizuwohnen.

Wo selbst alltägliche Handlungen des Herrschers wie ein kleines Fest zelebriert wurden, durften Ereignisse, die über Wohl und Wehe der Dynastie entschieden, nicht im Verborgenen geschehen. Die Geburt eines potenziellen Thronfolgers war ein solches Ereignis. Weil das Recht auf Herrschaft nur derjenige besaß, der durch Gottes Gnade und eine legitime Herkunft aus hochfürstlichem Hause dafür auserwählt war, durfte kein Hauch von Zweifel seine Geburt beflecken. Größer als die Angst, dass die Gemahlin ihr Vergnügen in fremden Betten gesucht haben könnte, war dabei offenbar die Furcht vor einem Kuckuckskind, einem untergeschobenen Sohn: „Bei der Geburt eines Dauphin in Frankreich wird, allen Verdacht zu vermeiden, folgende Vorsichtigkeit wahrgenommen. Die Königin darf sich nicht schämen in Beisein der Prinzen von Königlichem Geblüt niederzukommen“, heißt es: „Und so wird es also damit gehalten: In dem Saal, der zur Geburt bestimmt ist, werden zwei Zelte aufgerichtet. In dem großen, das fast zwanzig Ellen im Umkreis hält und an den vier Enden mit Vorhängen versehen ist, sitzt der König, nebst den Prinzen des königlichen Geblüts samt etlichen Fürstinnen. In der Mitte desselben ist ein anderes kleineres Zelt, in welches sich die Königin mit der Hebamme begibt. Vorher aber, und ehe die Königin hineingeht, werden die Vorhänge und Flügel des Zeltes aufgetan, dass jedermann sehen kann, dass kein anderes Weib noch Kind darunter sei. Nach der Geburt wird das neugeborene Kind, wie es aus der Mutter Leibe gekommen, den fürstlichen und anderen hohen Personen gezeigt und damit aller Argwohn einer Supposition genommen.“[86]

Ganz so öffentlich wie am königlich-französischen Hof verlief das Leben der Fürsten und Fürstinnen im deutschen Südwesten nicht. Zwar mühten sie sich, die Pracht des Sonnenkönigs zu imitieren, doch was das Zeremoniell anging, wirkte stärker noch als Versailles der Einfluss des Wiener Kaiserhofes.[87] Der Kaiser, der im Heiligen Römischen Reich deutscher Nation nach wie vor ein nicht zu unterschätzendes Gegengewicht zur absolutistischen Attitüde der Landesherren bildete, bewies seine Majestät aber eher durch elitäre Abgrenzung als durch Zurschaustellung seiner intimen Lebensäußerungen vor dem Pöbel.

Nichtsdestotrotz galt auch in Deutschland die eherne Regel, wonach Herkommen und Geburt darüber entschieden, wem die Macht im Lande zufiel. Wo sich der Fürst als Verkörperung des Staates gerierte, fiel der Fürstin die Aufgabe zu, den Erhalt dieses Staates durch ihre Fruchtbarkeit zu sichern. Daher konnte und durfte sie ihre körperlichen Befindlichkeiten nicht mit dem Mantel weiblichen Schamgefühls bedecken: Das mit einer Schwangerschaft verbundene Unwohlsein war von höchstem dynastischen und staatlichen Interesse.

Einen Einblick in die heute zum Teil recht merkwürdig anmutenden Lebensverhältnisse an barocken Höfen gibt der sächsisch-merseburgische Landkammer-Rat und Schriftsteller Julius Bernhard von Rohr. In seiner 1733 erschienen „Einleitung zur Ceremoniel-Wissenschaft der großen Herren“ hat er ein Kapitel der Geburt und Taufe der fürstlichen Kinder gewidmet. Dort liest man: „Sobald die hochfürstlichen Gemahlinnen ihre Schwangerschaft antreten, wird es allenthalben publik gemacht und gemeldet, wie sie von Monat zu Monat in ihrer Schwangerschaft avancieren“. Pfarrer und Untertanen erhalten die Order, für eine glückliche Entbindung zu beten. Aber nicht nur im eigenen Land wird der Zustand der Landesherrin verkündet, man informiert auch verwandte und befreundete Fürstenhäuser, die ihre Gratulationen mit den besten Wünschen für die Niederkunft verbinden. Bei Hofe macht man unterdessen alle nur denkbaren Anstalten, „damit die hochfürstliche schwangere Frau Mutter vor allem Schaden und Gefahr erhalten und der künftige Erbe glücklich auf die Welt gebracht werde ...“[88]

Die Schwangere von allem Schaden und Gefahr erhalten – das bedeutete zu Zeiten der Augusta Maria von Baden-Durlach auch, dass man die werdende Mutter davor bewahrte, Menschen zu erblicken oder in Situationen zu geraten, die sie verstören könnten. Die frommen Christen waren abergläubisch genug zu meinen, dass der Anblick von behinderten oder verunstalteten Menschen zu Entwicklungsstörungen beim Fötus führe.

Auch nach der Geburt galt es, den kleinen Prinzen vor bösen Einflüssen zu bewahren. So vermutete man, dass ein Baby mit der Milch auch die Charaktereigenschaften seiner Amme aufsaugen würde. Das einfachste Mittel, üblen Entwicklungen vorzubeugen, hätte darin bestanden, dass die Wöchnerin selbst den Säugling nährte, was in zeitgenössischen Schriften auch sehr empfohlen wurde.[89] Doch derartige Zugeständnisse an die rohe Natur waren bei

Hofe verpönt. Zudem war bekannt, dass das Stillen eines Säuglings die Fruchtbarkeit der Frauen herabsetzte, was bei Fürstinnen keineswegs erwünscht war. So verwandte man große Sorgfalt darauf, eine Amme zu finden, die gesund und kräftig, zugleich tugendhaft und unberirrbar im Glauben war. Nicht weniger sorgfältig als die Person, an deren Busen der potenzielle Erbe nuckeln sollte, wurden die Ober- und Unterkammerfrauen ausgewählt sowie das sonstige Personal, das der Fürstin bei ihrer Niederkunft beistehen oder die neugeborenen Prinzen oder Prinzessinnen bedienen sollte.

Kindheit des Herkules

In der Karlsburg zu Durlach tat der Erbe am 17. Januar 1679 des julianischen Kalenders seinen ersten Schrei. Erleichtert und erfreut registrierten die Eltern, dass der Säugling über jene Kleinigkeit verfügte, die ihn weit über die kleine Katharina, sein Schwesterlein, erhob und zur Regierungsnachfolge berechtigte. Endlich, fast sieben Jahre nach dem Tod des Erstgeborenen, hatte Gott das baden-durlachische Fürstenpaar mit einem gesunden Knaben gesegnet. Das kleine Menschlein, dessen Körper man nach der Sitte der Zeit stramm wickelte, um den zarten Gliedern einen geraden Wuchs aufzuzwingen, war dazu bestimmt, dem „uralten fürstlichen Haus Baden" Zukunft zu schenken.

Die Lebensbeschreibungen Karl Wilhelms aus barocker Zeit schweigen über die Ereignisse, mit denen moderne Biografien ihre Leser fesseln: Allzu unwichtig erschienen Details aus dem Alltag eines Kindes, nicht für erwähnenswert hielt man die kleinen Freuden und großen Sorgen eines Prinzen, die Erlebnisse, die seinen Charakter formten. Mehr als Persönlichkeit, Schicksal und Intelligenz zählte die Herkunft: So listete man in Schriften zu dynastischen Ereignissen über viele Seiten hinweg die männlichen und weiblichen Vorfahren Karl Wilhelms bis zu dessen Ur-Ur-Großeltern mitsamt ihren Titulaturen auf. Die Bedeutung eines Stammbaumes, dessen Verästelungen in die vornehmsten Familien des Reiches und in europäische Königshäuser hineinragten, war gar nicht zu überschätzen.

Im 17. und im frühen 18. Jahrhundert scheute man sich nicht, offen auszusprechen, dass es unter den Menschen solche gab, die allein ihrer Herkunft wegen „bereits bei ihrer Geburt weit höher und kostbarer als andere Sterbliche zu schätzen" waren. Das galt in besonderem Maße für die „hochfürstlichen Prinzen und Prinzessinnen, die aus einem rechtmäßigen Ehe-Bette erzeuget".[90] Um ein „Kind Gottes" zu werden, bedurfte freilich auch der hochgeborene Knabe der Taufe: Man legte dem Prinzen von Baden-Durlach den „schönen Namen" Karl Wilhelm bei, „um sich hierbei in seiner ganzen Lebenszeit erinnern zu können, wie er bei Zueignung dieses Namens in den Bund Gottes aufgenommen und ein Eigentum seines Herrn, Heilands und Erlösers Jesu Christi" geworden ist.[91]

Vielfältig, so heißt es, habe sich „die allzeit hoch zu preisende allmächtige Wunder-Hand Gottes"[92] bei der Geburt, im Leben und schließlich auch im Sterben Karl Wilhelms offenbart. Ungeachtet der Tatsache, dass sich das Wunder einer Niederkunft häufig genug auch in den Hütten der Ärmsten ereignete, scheute man sich nicht, die Geburt des Prinzen als Mysterium zu preisen. Als mögliches Vorzeichen für Karl Wilhelms außergewöhnliches Schicksal wurde zudem ein Naturereignis herangezogen, das im September 1679 für Aufregung sorgte: Ein „großes Gewässer", das sich von den nahen Bergen in Richtung Durlach ergoss und einigen Schaden anzurichten drohte, habe die Residenzstadt nicht erreicht, wurde Jahre später in einer Gedächtnis-Predigt berichtet. Allerdings sei ein gewaltiges Felsstück, das die Wassermassen mit sich rissen, unmittelbar vor den Mauern des Schlossgartens zum Liegen gekommen. Ob die Durlacher dieses „Wunder" damals wirklich als Fingerzeig deuteten, dass der zu diesem Zeitpunkt acht Monate alte Prinz dazu bestimmt sei, seine Untertanen in den bevorstehenden stürmischen Zeiten zu schützen und zu trösten, wagte der Prediger zwar nicht mit Sicherheit zu behaupten. Doch viele Menschen hätten diese Begebenheit als „etwas sehr Besonderes und Bedenkliches" betrachtet, versicherte er.[93]

Zum künftigen Herrscher erzogen

Ob der Erdrutsch nun ein Wunder oder ein zufälliges Naturereignis war – der kleine Karl Wilhelm wuchs im stolzen Bewusstsein auf, ein ganz besonderer Mensch zu sein. Diese „Abgehobenheit" war im Zeitalter des Barock durchaus erwünscht, Distinktion ein erklärtes Erziehungsziel: Ein künftiger Herrscher musste lernen, sich souverän im wahrsten Sinne des Wortes durch das „Theatrum Praecedentiae"[94] zu bewegen. Denn die Präzedenz, der vom Rang bestimmte Vortritt, barg so viel Konfliktstoff wie kaum eine andere Frage im höfischen Theater. Nun waren die Verhältnisse am Durlacher Hof, wo der kleine Karl Wilhelm seine Rolle einübte, durchaus überschaubar. Langfristig jedoch musste der Prinz vorbereitet werden auf Begegnungen mit den Angehörigen anderer regierender Häuser oder ihrer Repräsentanten.

Vor allem bei offiziellen Versammlungen der Reichsstände und auf internationalem Parkett galt es, sich in Fragen der Präzedenz sensibel zu zeigen, zugleich aber die Würde des eigenen Hauses mit Zähnen und Klauen zu verteidigen. Das war alles andere als eine einfache Aufgabe für einen jungen Menschen. Denn Rangstreitigkeiten waren an der Tagesordnung und lieferten den Stoff für manches Drama mit ungewissem Ausgang. Prinzen und Prinzessinnen sollten die höfischen Spielregeln so verinnerlichen, dass sie sie später mit schlafwandlerischer Sicherheit beherrschten. Die Zeichensprache des Zeremoniells barg nicht weniger Fallstricke als das gesprochene Wort. Ein Schritt zu wenig, eine Sitzgelegenheit, die nicht den Komfort bot, auf den der Vertreter eines anderen Fürstenhauses Anspruch hatte, konnten eine diplomatische Krise auf höchster Ebene auslösen.

Friedrich Magnus und Augusta Maria überwachten die Erziehung ihres Sohnes mit großer Sorgfalt, denn der Prinz sollte seinen „hohen Vorfahren an Christen-Tugenden und in der Welt nötiger Geschicklichkeit ähnlich werden".[95] Die Eltern erfüllten damit die in sie gesetzten Erwartungen, denn anders, als es die Forschung früher häufig beschrieb, wurden Kinder in hochadeligen Familien weder gleichgültig noch nachlässig behandelt.[96] Zwar delegierten die Eltern mühsame Arbeiten vom Stillen übers Windeln bis zum Wiegen an Dienstboten, und die Erziehungsmethoden waren autoritär bis drakonisch. Doch die Ammen, Kinderfrauen, Erzieher und Lehrer der fürstlichen Kinder erhielten detaillierte Instruktionen, wie die Prinzen und Prinzessinnen zu behandeln seien, und mussten Rechenschaft ablegen, wenn der Vater oder die Mutter den Eindruck gewann, dass der Nachwuchs nicht recht gedeihe.

Unabhängig von der sozialen Schicht galt es als die Schuldigkeit christlicher Eltern, Sorge für das körperliche und seelische Wohl der Jungen und Mädchen zu tragen. Wenn es um den Nachwuchs eines Landesherrn ging, legte man die Messlatte allerdings immer noch ein bisschen höher, weil, so schrieb zu Beginn des 18. Jahrhunderts der Staatsmann und Gelehrte Veit Ludwig von Seckendorff in seinem Werk über den Deutschen Fürstenstaat, „solche Kinder, sonderlich was die Söhne belanget, nicht nur um der Eltern oder ihrer selbst, sondern um so vieler anderer Leute, ja des ganzen Reichs, des hohen Geschlechts und der sämtlichen Untertanen willen, wohl in Acht genommen werden müssen."[97]

Aufschlussreich ist die Begründung des Staatstheoretikers, warum die sittliche Erziehung fürstlicher Söhne ganz besondere Aufmerksamkeit erforderte: Der Hochadel, so meinte Seckendorff, verfüge nicht nur über viel mehr Mittel und Macht, er sei auch bedeutend stärker den Versuchungen des Bösen ausgesetzt als der gemeine Mann. Während letzterer nämlich unter der Beobachtung einer Obrigkeit stünde, die sein Fehlverhalten notfalls mit der Keule des Gesetzes ahnde, könnten hochstehende Persönlichkeiten nur auf Gottes Beistand und die Kraft ihres eigenen Willens vertrauen, wenn es darum gehe, sich zu beherrschen und Maß zu halten. Die Anleitung zur Selbstdisziplin spielte somit in einer verantwortungsvollen Prinzenerziehung eine herausragende Rolle.

Die Welt des kleinen Karl Wilhelm beschränkte sich zunächst auf das „Frauenzimmer" in der Durlacher Karlsburg, also auf die Räumlichkeiten seiner Mutter und ihres Hofstaats. Wie seine Schwestern wurde der Prinz in seinen ersten Lebensjahren in Schürzen gekleidet. Diese an Mädchenkleider erinnernden Kleidungsstücke trugen Kleinkinder beiderlei Geschlechts, weil sie komplikationslose Entleerungen von Blase und Darm ermöglichten. Spätestens im siebten Lebensjahr aber durfte ein Prinz Hosen anziehen und sich mit einem kleinen Kinderdegen schmücken, der von seiner neuen Stärke kündete. So wurde in der Kleidung sichtbar, dass der Junge der Obhut der Damen entwuchs und ins Reich der Männer eintrat. Seine Schwestern aber, mit denen er die ersten Übungen im Lesen, Schreiben und Rechnen absolviert hatte, blieben im Frauenzimmer zurück. Von nun an lebte ihr Bruder in einer Sphäre, die Mädchen verschlossen blieb.

Kommandeur der Durlacher Schuljugend

Ein zentrales Element der höfischen Standeserziehung war die konfessionelle Ertüchtigung, denn noch hatte das Bekenntnis des künftigen Herrschers weitreichende Konsequenzen für Land und Leute. Lutherische, reformierte und katholische Landesherren waren daher gleichermaßen bestrebt, ihre Söhne fest an die jeweils „allein selig machende Religion“ zu binden. Für seinen Sohn Karl Wilhelm wählte der Markgraf von Baden-Durlach als ersten Lehrer einen frommen Theologen namens Karl Lembke aus, „alldieweilen ... an einer rechtschaffenen Gottesfurcht und ungeheucheltem wahren Christentum alles gelegen ist“.[98]

Lembke hatte mehrere Nachfolger, die, will man den offiziellen Verlautbarungen glauben, „alle so geschickte Leute gewesen, dass sie hernachmals zu sehr ansehnlichen Ehren-Ämtern, teils im Durlachischem Land, teils außerhalb desselben, befördert und berufen worden sind“. Als adeligen Begleiter stellten die Eltern ihrem Sohn Johann Bernhard von Gemmingen zur Seite. Der Hofmeister, der dem Prinzen offenbar zum „zweiten Vater und vertrauten Freund“ geworden ist,[99] machte später Karriere als Hochfürstlich Baden-Durlachischer Geheimer Rat und als Landvogt in Sausenberg sowie Rötteln.

Karl Wilhelm war ein begabter Schüler, der sich mühelos den Unterrichtsstoff aneignete; seine Talente beschränkten sich freilich nicht aufs Bücherwissen. Zum Ausbildungsprogramm von Fürstensöhnen gehörten auch Leibes-Übungen, wozu man neben Reiten, Rennen und Fechten das Tanzen sowie das Einüben „zierlicher Gebärden" zählte.[100] Als unverzichtbar galt überdies der Unterricht im Kriegswesen. Auch wenn Markgraf Friedrich Magnus Vorbehalte gegen das Militär hatte: Bei der Erziehung seines Erben wollte er nichts versäumen. Vielleicht hoffte er auch ganz einfach, dass es sein Sohn zu einer höheren Grad der Vollkommenheit bringen würde als er selbst. Für Karl Wilhelm ließ er unweit der Residenzstadt eine „zwar kleine, jedoch völlig nach den Regeln der Kriegs-Bau-Kunst angelegte Schanze" errichten. Sie eröffnete dem Prinzen die Möglichkeit, die Strategien, die ihm die Offiziere erläuterten, realitätsnah nachzuspielen. In die Rolle der Soldaten schlüpften Durlacher Schüler, die sich bereitwillig dem Kommando des künftigen Landesherrn unterwarfen.[101]

„Ein munterer und niemals müßiger Prinz“: Zwischen Bildungsreisen und Kriegsdienst

Der Krieg, eben noch ein Kinderspiel, zeigte 1688 seine hässliche Fratze. Friedrich Magnus entzog seine hohe Person und die seines Erben den Gefahren des Pfälzischen Erbfolgekrieges, indem er sich nach Basel begab. Für seinen Sohn Karl Wilhelm war die Reise ein großes Abenteuer. Zwar interessierte man sich im 17. Jahrhundert wenig für die Eigentümlichkeiten und Schönheiten der Landschaften, durch die der Weg zum Ziel führte – aber Reisen war gefährlich. Zum einen, weil Pferde bisweilen strauchelten und Kutschen hin und wieder umstürzten, vor allem aber, weil man sich nie sicher sein konnte, dass nicht hinterm nächsten Busch „Jauner“ oder Vaganten lauerten, die darauf aus waren, die Reisenden um ihre Habseligkeiten zu erleichtern.

Vor allem in Grenzregionen mussten Schmuggler, Deserteure und Vogelfreie den Arm des Gesetzes wenig fürchten – und am Oberrhein gab es viele Grenzen. Schon in Friedenszeiten galten Reisen als heikel, im Kriege aber vervielfachte sich das Risiko unliebsamer Begegnungen. Natürlich war der Tross eines regierenden Markgrafen besser gesichert als eine kleine Gesellschaft reisender Händler oder Gelehrter, trotzdem war die Angst ständiger Begleiter. Vor den vielfältigen Beschwernissen und Strapazen einer Reise konnte man sich ohnehin kaum schützen. Bis zu 40 Kilometer pro Tag legten Reisende, die mit Kutschen unterwegs waren, zurück,[102] es galt also, einige Übernachtungen einzuplanen. Konnte man nicht die Gastfreundschaft eines befreundeten Hofes oder einer vornehmen Familie in Anspruch nehmen, musste man sich mit äußerst bescheidenen Unterkünften begnügen. Und selbst wenn man ein festes Dach über dem Kopf hatte, war man nicht gefeit vor der Blutgier von Wanzen und anderem Getier. Große Herren wie Friedrich Magnus, die sich für das übliche Lager im Stroh zu fein waren, führten auf Reisen stets Betten und andere Möbel mit sich.

Auf den neunjährigen Karl Wilhelm, den „munteren und niemals müßigen“ Prinzen,[103] der bislang behütet im Komfort der Karlsburg aufgewachsen war, scheint die erste große Fahrt nicht abschreckend, sondern beflügelnd gewirkt zu haben: Er sollte auch als Erwachsener gerne und häufig reisen. Eine private Flussjacht ermöglichte ihm in späteren Jahren eine vergleichsweise sichere und bequeme Art der Fortbewegung.[104]

Im Basler Palais weilte Karl Wilhelm nicht lange. Ob Krieg oder Frieden – sein Vater legte Wert auf eine standesgemäße Erziehung. Die aber erforderte nach der Mode der Zeit einen längeren Aufenthalt in entfernten Akademie- und Unversitätsstädten.[105] Karl Wilhelm wurde zunächst nach Lausanne geschickt, wo es seit 1537 eine protestantische Hochschule gab. Dort konnte der Prinz nicht nur im Schutze der Eidgenossenschaft studieren – er weilte überdies im französischen Sprachraum und vermochte so seine Kenntnisse in dieser wichtigen Fremdsprache zu perfektionieren,[106] ohne sich in den Dunstkreis des Feindes, des Königs von Frankreich, zu begeben. Seine Studien setzte er an der gleichfalls protestantischen Akademie in Genf fort. Dann führte ihn der Bildungsplan seines Vaters in den Norden: 1692 schrieb sich der 13-Jährige an der „weltberühmten Universität Utrecht“[107] ein. Neben der Geschichte galt sein Interesse vor allem den modernen politischen Theorien und dem öffentlichen Recht, eben den „einem Fürsten nötigen Wissenschaften“.

Der Stil der Zeit: Grand Tour – Prinz auf Reisen

Italien, Frankreich und die Niederlande, manchmal auch Spanien oder die britischen Inseln – Reisen gehörten im 17. Jahrhundert für Prinzen und junge Edelmänner zum guten Ton. Beim „Grand Tour“ – so wurde die höfische Bildungsreise im 17. Jahrhundert genannt – sollten die jungen Herren andere Höfe, fremde Länder und Gewohnheiten kennenlernen. Bevor sie sich, begleitet von einem „christlichen, tugendhaften und weltklugen Hofmeister“[108]

auf den Weg machen durften, wurden sie angehalten, Landkarten, Topografien und Reiseberichte zu studieren,[109] außerdem sollten sie sich über die natürlichen Ressourcen der fremden Territorien kundig machen und über die politischen, dynastischen, ökonomischen und konfessionellen Verhältnisse Bescheid wissen.

Die Perspektive, aus der die adligen Reisenden die Welt beobachteten und kennenlernten sollten, war die eines künftigen Herrschers – oder doch zumindest die eines vornehmen Herren. Die Standeserziehung, die von Geburt an der Leitfaden jeglicher Pädagogik bei Hofe war, fand beim Grand Tour ihren krönenden Abschluss. Die Prinzen wurden bei ihrer Fahrt von Land zu Land, von Stadt zu Stadt, von Hof zu Hof mit zahlreichen Spielarten des Zeremoniells konfrontiert; sie besuchten Verwandte, alte Freunde ihrer Familie, aber auch langjährige Konkurrenten und potenzielle Feinde. Wer es beim Grand Tour nicht lernte, sich souverän im Theatrum Praecedentiae zu bewegen, musste als ein hoffnungsloser Fall gelten.

Weil ein Grand Tour immense Kosten verursachte, reisten junge Herren – so auch Karl Wilhelm – oft auf Anweisung ihrer Väter inkognito: Prinzen gaben sich als Grafen aus und Grafen als Freiherren. Das ermöglichte es den jungen Herren, auf ein prächtiges Gefolge zu verzichten und Bittgesuche zu ignorieren, was die finanziellen Belastungen einer solchen Bildungsfahrt erheblich reduzierte. Überdies konnte man mithilfe eines Inkognitos diplomatische Fallstricke elegant umgehen: Weil ein Prinz, der an einem fremden Hof inkognito auftrat, offiziell gar nicht anwesend war, konnte er beispielsweise unangenehme Begegnungen mit Gesandten von Drittstaaten vermeiden, ohne dass dies als Beleidigung ausgelegt worden wäre.

Das Geniale am Inkognito aber war: Es durfte von vornherein als gelüftet gelten. Denn kein Mensch und schon gar kein gewiefter Höfling ließ sich durch falsche Grafen- oder Freiherren-Titel täuschen. Inkognito zu reisen war derart verbreitet, dass selbst die Tiefstapelei zeremoniell geregelt war und niemand sich genarrt fühlte: Stets wählte der inkognito Reisende einen Titel, der rangmäßig unter dem durch Geburt erworbenen lag, jedoch erkennbar der Heimatregion entstammte, und kostümierte sich entsprechend. Weil das Publikum ganz genau wusste, dass eine Täuschung vorlag, konnte der Schauspieler damit rechnen, dass man auch in der Fremde jederzeit auf seine hohe Herkunft Rücksicht nahm. Und falls sich das Inkognito – je nach Aufenthaltsort oder politischer Entwicklung – doch als unvorteilhaft erweisen sollte, konnte der Reisende sein inoffzielles Dasein problemlos durch einen halboffiziellen oder offiziellen Status ersetzen.[110]

Nicht zuletzt ließ das Inkognito Exzesse aller Art in milderem Licht erscheinen. Natürlich waren vornehme Reisende gehalten, ihre Triebe möglichst unter Kontrolle zu halten. Doch das Glücksspiel um hohe Einsätze, Trinkgelage mit Gleichaltrigen, Ehrenhändel und Duelle sowie die Möglichkeit, sexuelle Erfahrungen mit einem prickelnd „exotischen“ Touch zu sammeln, machten Kavalierstouren und Studienaufenthalte im Ausland für die jungen Herren erst richtig attraktiv. Die Mütter mochten zwar missbilligend den Kopf schütteln, wenn sie durch die regelmäßigen Berichte der Tutoren von den Eskapaden ihrer Söhne erfuhren – doch zeigten sich die meisten Eltern verblüffend tolerant, was das Treiben ihres Nachwuchses in der Fremde anging. Man wusste ja, dass die Mischung der Körpersäfte, die den Charakter eines Menschen bestimmte, in jungen Jahren noch nicht ganz ausgewogen war. Dementsprechend nachsichtig zeigte man sich, wenn auf Reisen bisweilen die Leidenschaft den Sieg über die Selbstdisziplin errang.[111]

Reif für die Insel

Markgraf Friedrich Magnus war sehr zufrieden mit den Berichten über seinen Sohn. Den Anforderungen des Studiums genügte Karl Wilhelm ohne Probleme, überdies schien er mit Eifer bei der Sache. Zwar war der Junge mit 14 Jahren noch recht jung, doch es konnte dem Studenten in Utrecht nicht schaden, seinen Horizont zu erweitern. Wilhelm III. von Oranien, der Statthalter der Vereinigten Niederlande, war durch seine Ehefrau Maria und die „Glorreiche

Revolution“ auf den englischen Thron gelangt. Da die beiden protestantischen Seemächte nun durch Personalunion verbunden waren, lag für einen evangelischen Fürstensohn eine Reise auf die Insel nahe.

Zwar war England nicht gerade das Reiseziel, das die Herzen junger Reisender schneller schlagen ließ, aber es konnte kein Fehler sein, wenn der Erbprinz von Baden-Durlach König Wilhelm kennenlernte, diesen entschiedenen Verfechter einer europäischen Koalition gegen den französischen Sonnenkönig.[112] Karl Wilhelm machte sich 1693 auf den Weg, stellte sich bei der königlichen Familie vor, besichtigte alsdann die „Merkwürdigkeiten der Stadt London“[113] sowie die Schlösser Windsor und Hamptoncourt, er reiste in die altehrwürdige Universitätsstadt Oxford und nach Portsmouth. Viel zu rasch vergingen die Wochen, und Karl Wilhelm musste zu seinem Bedauern nach Utrecht zurückkehren, um seine Studien fortzusetzen.

Aber schneller als erwartet bot sich dem Prinzen eine zweite Möglichkeit, nach England zu reisen. Sein katholischer Verwandter, Markgraf Ludwig Wilhelm von Baden-Baden, wollte ausloten, zu welchen Maßnahmen der Oranier bereit war, um am Oberrhein den Kampf der Reichsarmee gegen den Sonnenkönig zu unterstützen. Der junge Karl Wilhelm war begeistert von der Idee, den Baden-Badener nach London begleiten zu dürfen. Der Prinz bewunderte den katholischen „Vetter“, denn Ludwig Wilhelm war nichts weniger als ein Kriegsheld: Als „Türkenlouis“ hatte er das christliche Abendland verteidigt und die Osmanen das Fürchten gelehrt.

Zeitgenosse: Markgraf Ludwig Wilhelm, der Türkenlouis (1655–1707)

Das Heilige Römische Reich musste sich an zwei Fronten seiner Feinde erwehren: Im Westen ging es gegen die Franzosen, im Südosten gegen die Osmanen. Dem Krieg gegen die Ungläubigen räumte Kaiser Leopold nicht ganz uneigennützig Vorrang ein. Und so kämpfte der berühmteste Feldherr Badens gegen die Türken, als französische Truppen seine Heimat verwüsteten und 1689 das Schloss seiner Väter in Flammen aufging.

Die Markgrafen von Baden-Baden konnten ein Lied davon singen, dass es sich nicht auszahlte, mit dem Sonnenkönig verwandt zu sein: Vergeblich hatte der Großvater des Türkenlouis auf politischen Profit spekuliert, als er seinen Sohn Ferdinand Maximilian (1625–1669) mit Louise Christine von Savoyen-Carignan, einer Cousine Ludwigs XIV. von Frankreich, vermählte. Die „per procurationem", also mit freundlicher Hilfe eines Stellvertreters, geschlossene Ehe erwies sich von Anfang an als Katastrophe. Die Prinzessin lehnte es rundweg ab, sich zu ihrem Gemahl in die deutsche Provinz zu begeben. Um die Ehe zu vollziehen, reiste der Bräutigam notgedrungen nach Paris, wo seine Frau am Hofe der Königinmutter Anna lebte.

Die Hoffnung, dass die Mutterschaft die Prinzessin nachgiebiger stimmen würde, trog. Und König Ludwig XIV. übernahm zwar die Patenschaft für den 1755 geborenen badischen „Louis", engagierte sich aber nicht sehr nachdrücklich für eine Familienzusammenführung zugunsten des Täuflings. Ferdinand Maximilian gab seine Bemühungen um die renitente Gemahlin schließlich auf und holte seinen Sohn Ludwig Wilhelm zu sich nach Baden-Baden. Dem Jungen schärfte er ein, dass er sich nie, niemals mit einer Französin einlassen möge. Statt auf französische Redlichkeit zu hoffen, sollte der Prinz allezeit der katholischen Religion, dem Papst und dem Kaiser die Treue halten.[114]

Dass Ludwig Wilhelm willens war, die Anweisungen seines früh verstorbenen Vaters zu befolgen, zeigte sich, als 1674 der Reichskrieg gegen Frankreich erklärt wurde. Der Prinz, den die Offiziere in der Familie frühzeitig ins Kriegshandwerk eingeführt hatten, zeichnete sich bei der Belagerung Philippsburgs aus. Er durfte nach Wien fahren, um dem Kaiser die Siegesnachricht zu überbringen. Leopold I. ernannte den jungen Mann prompt zum Obristen und vertraute ihm ein Infanterieregiment an. Damit waren die Weichen gestellt: Bis zu seinem Lebensende – wenn auch zeitweise laut murrend – stellte Ludwig Wilhelm von Baden-Baden sein militärisches

Talent in die Dienste der Habsburger. Auch als 1677 sein Großvater starb, räumte Ludwig Wilhelm den Pflichten des Offiziers Priorität vor seinen Aufgaben als Landesherr ein. Er nahm es in Kauf, seiner kleinen Markgrafschaft in den Jahren der schlimmsten Krisen fern zu sein. Denn er verfolgte ein ehrgeiziges Ziel: die Erhöhung seines fürstlichen Ranges. Als siegreicher Feldherr hoffte er für sein Haus neue Würden zu erobern.

Das Osmanische Reich, das den Balkan und große Teile Ungarns vereinnahmt hatte, war zur dauerhaften Gefahr für die Habsburger und ihre Erblande geworden. Die Belagerung Wiens durch die Türken im Jahr 1683 ließ jedoch nicht nur die Österreicher erzittern. Besorgt waren – ungeachtet ihrer Konfession – alle Fürsten des Heiligen Römischen Reiches, denn nichts schien die „Ungläubigen" aufhalten zu können. Die rund 140 000 nach Wien vorgerückten Türken waren den Verteidigern der Stadt um ein Zehnfaches überlegen. Die Osmanen glaubten, leichtes Spiel zu haben, wenn die Bevölkerung der Hauptstadt erst ausgehungert war. Ein Sieg des Islam über das Christentum zeichnete sich ab: Leopold I., der mit seinem Hof nach Passau geflohen war, rief die Fürsten Europas zu Hilfe.

Das Vertrauen des Kaisers darauf, dass die Angst vor den Anhängern des Propheten Mohammed die christlichen Konfessionen zusammenschweißen würde, wurde nicht enttäuscht. Was die erschöpften Wiener kaum mehr zu hoffen wagten, geschah: Ein Heer unter dem Kommando des polnischen Königs Johann III. Sobieski schlug die Osmanen in die Flucht. An der entscheidenden Schlacht am Kahlenberg nahm als Kommandant eines Dragonerregiments auch Ludwig Wilhelm von Baden-Baden teil.

Ihm stand in Diensten des Kaisers eine steile Karriere bevor, die ihm freilich auch schwere Opfer abverlangte. Ausgerechnet 1689, als die Franzosen das Land am Oberrhein verwüsteten, übertrug der Kaiser dem Badener den Oberbefehl im Krieg gegen die Türken. Ludwig Wilhelm verschwendete offenbar keinen Gedanken daran, das Kommando niederzulegen und zu Hause nach dem Rechten zu sehen.

Zwei Jahre später errang der Markgraf seinen bedeutendsten Sieg bei Slankamen unweit von Belgrad, als er den Großwesir Mustafa Köprülü vernichtend schlug. Dem „Türkenlouis" fielen damals Siegestrophäen von sagenhafter Schönheit und enormem Wert in die Hände, außerdem wurde er zum Generalleutnant ernannt und mit dem Orden vom Goldenen Vlies ausgezeichnet.[115] Doch die Beute, nach der er am meisten gierte, die Rangerhöhung – sie blieb ihm versagt. Herzog, Kurfürst, sogar König von Polen wollte der Türkenlouis werden. Ausgerechnet was seinen Herzenswunsch anging, ließ der Kaiser den badischen Markgrafen, der so viel für Habsburg getan hatte, im Stich.

Ludwig Wilhelm, der ohnehin zum Beleidigt-Sein neigte, konnte es nicht fassen. Lauthals lamentierte er darüber, dass alle Kurfürsten sich in den Kriegsjahren bereichert hätten. Nur er allein habe ohne größeren Profit sein Haus im Dienste der Kaiserlichen Majestät „ruiniert und destruiert, auch Land und Leut' abbrennen lassen ..."[116] Immerhin bemühte der Kaiser sich, seinen treuen Soldaten andersweitig zu entschädigen: Er verschaffte ihm eine reiche Gemahlin.

Der Türkenlouis, bereits 34 Jahre alt, hatte die Wahl zwischen den zwei Töchtern des ohne Söhne verstorbenen Herzogs Julius Franz von Sachsen-Lauenburg. Die Mädchen hatten zwar keinen Anspruch auf das Männern vorbehaltene Herzogtum, aber sie erbten böhmische Güter von beträchtlichem Wert. Ein Mitspracherecht der Prinzessinnen bei der Auswahl ihrer Ehemänner war nicht vorgesehen: Die Heiraten von so wohlhabenden, zudem noch gut katholischen Damen galten als zuvörderst politische Angelegenheiten, über die der Kaiser zu entscheiden hatte. Der Türkenlouis legte sich bei der Brautschau in Schlackenwerth rasch fest: Die jüngere der beiden Schwestern, die 15-jährige Sibylla Augusta, war ihm die sympathischere.

Er sollte seine Wahl nicht bereuen, denn Sibylla Augusta war nicht nur vermögend, sondern auch intelligent, vor allem aber sehr verliebt. Zwar musste Ludwig Wilhelm schon wenige Tage nach der Hochzeit am 27. März 1690 seine junge Frau verlassen, um seinen militärischen Verpflichtungen nachzukommen, doch Sibylla Augusta war bereit, geduldig auf ihn zu warten. Oder auch, ihm ins Feld nachzureisen, wenn er es denn wünschte. Der „glücklichste Mensch auf der ganzen Welt“ wäre sie, wenn sie nur bei ihm sein könnte, seufzte die junge Markgräfin. Sie sah in ihrem Gemahl weniger den vom Ehrgeiz zerfressenen älteren Herrn als vielmehr den Kriegshelden, der ein Mädchenherz höher schlagen ließ. Errötend gestand sie ein, „dass ich eine solche Lieb für ihn hab, die gewiss nicht größer sein kann ...“[117]

Im Jahr 1693, auf dem Höhepunkt seines Ruhmes, verließ der Türkenlouis auf Wunsch des Kaisers den Kriegsschauplatz in Ungarn und Serbien und begab sich an die Westfront. Ludwig Wilhelm, der als Landesherr im Südwesten direkt von den Übergriffen des Sonnenkönigs betroffen war, sollte im Kampf des Reiches gegen Frankreich die Zügel in die Hand nehmen.

Als Oberbefehlshaber am Oberrhein sah sich der Markgraf nicht nur mit einer undankbaren, sondern auch ihm ungewohnten Aufgabe konfrontiert: Die offensive Kriegsführung, die sich im Kampf gegen die Türken bewährt hatte, versprach im Westen wenig Erfolg: Zwar kommandierte der Markgraf die kaiserlichen Truppen, waren ihm zudem die schwäbischen und fränkischen Kreiskontingente unterstellt. Doch das klingt eindrucksvoller als sich die Realität darstellte: Zahlenmäßig waren die Franzosen der Reichsarmee gnadenlos überlegen. Ludwig Wilhelm hielt es daher für ratsam, aus gesicherter Stellung zu taktieren.[118] Er setzte auf den wenig heldenhaften und zugleich sehr mühseligen Ausbau von Festungen und Verteidigungslinien. Mit der Eppinger Linie zwischen Pforzheim und Neckargmünd sowie der Bühl-Stollhofener Linie hoffte man, den Ansturm der Franzosen bremsen zu können.

Eine stürmische Überfahrt

Für den Türkenlouis war das am Oberrhein verbrachte Kriegsjahr 1693 frustrierend – enttäuschend verlief es für die Menschen, die darauf gesetzt hatten, dass das legendäre taktische Geschick des Markgrafen eine rasche Niederlage der Franzosen herbeiführen würde. Doch auch ein fähiger Feldherr konnte keine Wunder vollbringen. Heidelberg war trotz des Befehls Ludwig Wilhelms, „die Stadt bis zum letzten Mann“ zu verteidigen, ein zweites Mal zerstört worden – diesmal hatten die Franzosen sogar das Schloss gesprengt.[119] Bis nach Württemberg waren sie plündernd und brennend vorgedrungen. Es war weniger der militärischen Schlagkraft der Reichstruppen als der erbärmlichen Versorgungslage im Land zu verdanken, dass sich die feindlichen Truppen schließlich doch auf die linke Rheinseite zurückzogen. Aber es wäre blauäugig gewesen darauf zu hoffen, dass sie dort auch bleiben würden.

Markgraf Ludwig Wilhelm fühlte sich wieder einmal im Stich gelassen von seinem Kaiser, der nicht genügend Truppen in den Westen entsandte, geschweige denn für ausreichend Proviant und Transportmittel sorgte. Da er den „Ruin des Römischen Reiches“ vor Augen zu haben meinte, warf der Türkenlouis dem Habsburger vor, die Hände in den Schoß zu legen, während einzig die betroffenen Reichskreise mit ihren Truppen sich um die Verteidigung des „lieben Vaterlands“ kümmerten.[120]

Das Dilemma des Türkenlouis rührte daher, dass das Heilige Römische Reich deutscher Nation kein Nationalstaat im modernen Sinne war und es auch keine Armee gab, die ohne Wenn und Aber dem Reich verpflichtet war.[121] Zwar bildete der Kaiser die Spitze des Reiches und war auch für dessen Verteidigung nach außen zuständig, doch existierte kein ständig verfügbares Reichsheer.

Die Reichsarmee fand zusammen, wenn der Reichstag förmlich einen Reichskrieg erklärt hatte. Die Truppen dafür hatten die Reichsstände zu stellen – und das waren unzählige Landesherren, Fürsten, Reichsgrafen, Bischöfe, Äbte und Reichsstädte, die zwar nicht im eigentlichen Sinne souverän waren, aber sehr darauf bedacht, dem Zentralismus des Kaisers ihre eigene Herrlichkeit entgegenzusetzen. Wie stark sich die Reichsstände im Kriegsfall engagierten, hing immer auch davon ab, welchen Nutzen sie sich für sich selbst und ihr Territorium versprachen. Je nach Verlauf eines Krieges konnte diese Einschätzung schnell wechseln – und je größer und mächtiger ein Reichsstand war, desto weniger konnte man sich darauf verlassen, dass er seine Kräfte bedingungslos in die Dienste des Reiches stellen würde.

Als besonders reichstreu galten diejenigen Reichsstände, die am meisten auf den Schutz des Kaisers angewiesen waren: die kleinen und kleinsten Herren, die sich selbst kein stehendes Heer leisten konnten. Es lag in ihrem ureigensten Interesse, ihre schwachen Kräfte zu bündeln und innerhalb der Reichskreise intensiv zusammenzuarbeiten. Man stellte Kreistruppen auf, die im Falle eines Reichskriegs üblicherweise dem kaiserlichen Oberbefehlshaber unterstellt wurden.

Vor allem der Schwäbische Kreis, dem sowohl die beiden badischen Markgrafschaften als auch das Herzogtum Württemberg und eine Vielzahl kleiner und kleinster Stände am Oberrhein angehörten, war angesichts der französischen Bedrohung enger zusammengerückt. Doch selbst im Zusammenspiel mit den Truppen des fränkischen Kreises waren die „Schwäbischen Kreisvölker" viel zu schwach für eine Offensive. Zudem litt die Schlagkraft der Kriegsmaschinerie gewaltig unter der Vielzahl der Stimmen, die den Kurs mitzubestimmen begehrten – nicht zuletzt gab es zwischen den Herren, die Soldaten gestellt hatten, ein ständiges Gerangel um hohe militärische Posten und die mit ihnen verbundenen Versorgungsmöglichkeiten.[122] Unter diesen Umständen waren es längst nicht immer die fähigsten Strategen, die mit ihren Vorschlägen durchdringen konnten.

Der Türkenlouis mochte verzweifelt nach Verstärkung rufen – doch seine Situation als kaiserlicher Oberbefehlshaber, der neben und über den Kreisgeneralfeldmarschällen Krieg führte, drohte noch komplizierter zu werden, wenn die Truppen mächtigerer Fürsten den bedrängten Ländern am Oberrhein zu Hilfe eilten. Im rangsüchtigen 17. Jahrhundert konnte man kaum erwarten, dass ein Landgraf von Hessen-Kassel und ein Kurfürst von Sachsen sich dem Kommando eines badischen Markgrafen unterstellten,[123] den sie als „bezahlten Diener“ des Kaisers ohnehin gering schätzten. Da nützte auch der Ruhm des Türkensiegers nicht viel, zumal dieser Ruhm mit atemberaubender Geschwindigkeit verblasste, seit sich Ludwig Wilhelm gezwungen sah, aus der Deckung heraus zu agieren, statt große Schlachten zu schlagen. Trotzdem gab sich der Türkenlouis zuversichtlich, die zu erwartenden Autoritätsprobleme in den Griff zu bekommen. Er wusste aber nur zu gut, dass er ohne die Unterstützung fremder Kontingente kaum in der Lage sein würde, die Franzosen in Schach zu halten.

Weder die Vorwürfe noch die leidenschaftlichen Appelle des Markgrafen fanden in Wien Gehör. Ludwig Wilhelm war entschlossen, nicht klein beizugeben. Da Kaiser Leopold untätig blieb, wollte er sich selbst um Unterstützung kümmern. Insbesondere setzte er seine Hoffnung auf Wilhelm von Oranien, der mehrfach beim Reich darauf gedrängt hatte, den talentierten badischen Feldherrn von der Donau abzuziehen und im Westen Deutschlands einzusetzen.[124] Das ließ darauf hoffen, dass der Oranier nun, da sein Wille erfüllt war, auch Geld und Truppen für den Kampf am Oberrhein zur Verfügung stellen würde. Im Herbst 1693 machte sich der Türkenlouis auf den Weg nach London. Gerne war er bereit, in Begleitung seines jungen Durlacher Vetters zu reisen. Dem stolzen Baden-Badener waren so viele Dämpfer versetzt worden, dass ihm jede Form von Heldenverehrung schmeichelte – und wenn der Bewunderer auch nur ein 14-Jähriger aus der lutherischen Verwandtschaft war.

Friedrich Magnus von Baden-Durlach gestattete seinem Sohn schweren Herzens die Reise, die angesichts der Jahreszeit noch unbequemer und gefährlicher zu werden drohte, als solche Fahrten ohnehin schon waren. Aber Friedrich Magnus legte Wert auf ein gutes Verhältnis zur katholischen Verwandtschaft, zumal der zivile Durlacher den kriegerischen Baden-Badener persönlich sehr schätzte. Friedrich Magnus hegte keinerlei Zweifel daran, dass sein Sohn beim Türkenlouis gut aufgehoben war. Und viel lernen würde der Erbprinz außerdem, wenn er die Begegnung zweier bedeutender Männer aus nächster Nähe miterleben konnte...

Tatsächlich fand Karl Wilhelm im Türkenlouis einen väterlichen Freund. Dem Markgrafen von Baden-Baden gefiel das aufgeweckte Bürschchen, das sich brennend für die modernen Formen der Kriegsführung interessierte und intelligente Fragen zu stellen wusste. Auch glaubte der Markgraf von Baden-Baden an dem jungen Vetter einen Zug von Draufgängertum zu entdecken, wie er selbst ihn als Jüngling an den Tag gelegt hatte. Der Wintersturm jedenfalls, der über der Nordsee fegte, konnte die Abenteuerlust des kecken Durlachers nicht bremsen. Der Türkenlouis, dem ebenfalls viel daran lag, baldmöglichst in London einzutreffen, scherzte, als die beiden Badener das Schiff betraten: „Obwohl der Markgrafen eben nicht mehr viel sind, so wollen wir doch jetzund ein Paar zu Meer hazardieren“.[125]

Um den bitteren Humor des Türkenlouis würdigen zu können, muss man wissen, dass der kaiserliche Generalleutnant zu diesem Zeitpunkt noch nicht einen einzigen legitimen Nachkommen hatte und mit seinem Tod das katholische Haus Baden-Baden am Ende gewesen wäre. Bei den Durlachern wiederum kam neben Karl Wilhelm nur dessen kleiner Bruder Christoph als Hoffnungsträger für das Fortbestehen der evangelischen Linie in Frage.

Grosses Theater in England

Das Gottvertrauen, das der Türkenlouis angesichts der tobenden Elemente zeigte, wurde nicht enttäuscht. Anfang 1694 landeten Markgraf Ludwig Wilhelm und Prinz Karl Wilhelm wohlbehalten in Gravesend, etwa 40 Kilometer von London entfernt an der Themse gelegen. Wilhelm III. schickte ihnen eine Barke entgegen und bereitete den Staatsgästen in London einen königlichen Empfang.[126] Der junge Karl Wilhelm fühlte sich wie im Rausch: die donnernden Salutschüsse, die prachtvollen Räumlichkeiten, die man den Badenern in Whitehall zuwies, die prunkvollen Feste und Opernaufführungen, die großen Jagdvergnügen bei Windsor Castle. Sogar Stierkämpfe wurden zu Ehren der Badener veranstaltet.

So wenig Erfahrung Karl Wilhelm auf dem diplomatischen Parkett hatte – dass der Festreigen großes Theater war und vor allem dazu diente, dem Türkenlouis die Ablehnung seines Anliegens zu versüßen, konnte dem schlauen Jungen nicht entgehen. Er wusste nur zu gut, dass ein bedeutender Staatsmann seinem Vetter bereits in Holland bedeutet hatte, dass die Bitte um eine militärische Unterstützung durch den englischen König zur Unzeit käme und besser unterbliebe.[127] Der Markgraf von Baden-Baden hatte jedoch die Hoffnung nicht aufgegeben, dass eine Unterhaltung von Fürst zu Fürst womöglich einen Meinungsumschwung herbeiführen könne.

Doch Wilhelm III. von Oranien war kein absoluter Herrscher wie der verhasste Sonnenkönig. Noch nicht einmal so frei wie der kleine Markgraf von Baden-Baden war er in seinen Entscheidungen. Denn der Oranier verdankte die englische Krone gerade der Tatsache, dass sein katholischer Schwiegervater allzu selbstherrlich regiert hatte – und das Parlament nicht bereit war, absolutistische Allüren zu tolerieren. Jakob II. war zugunsten seiner protestantisch gebliebenen Tochter und deren Gemahl abgesetzt worden – und wartete nun als entthronter König im Frankreich Ludwigs XIV. darauf, dass sich das Blatt wieder zu seinem Gunsten wenden würde.

Ungeachtet der Tatsache, dass Wilhelm von Oranien den französischen Sonnenkönig als schlimmsten Feind der Seemächte betrachtete, die er in Personalunion regierte: Der englische König und sein Parlament sahen gerade jetzt überhaupt keinen Anlass, für das Heilige Römische Reich am Oberrhein die Kastanien aus dem Feuer zu holen. Wie alle anderen großen Herren Europas, die sich im Streit um die pfälzische Erbfolge gegen Frankreich verbündet hatten, verfolgte Wilhelm III. in diesem Krieg höchst eigennützige Ziele: Wichtiger als das Schicksal der kleinen Länder am Oberrhein waren ihm allemal die britischen und holländischen Interessen. Die aber sprachen gegen ein militärisches Abenteuer im deutschen Südwesten.

Auch wenn dem Türkenlouis die Situation nicht schmeckte – er war Staatsmann genug, um die Ablehnung aus den zuckersüßen Worten des Oraniers herauszuhören und die Situation mit gespieltem Verständnis zu meistern. König und Markgraf unterhielten sich intensiv über die prekäre militärische Lage in der Heimat des Türkenlouis; sie bestärkten sich gegenseitig in der Ansicht, dass sich die Alliierten auf keinen Fall vom Sonnenkönig auseinanderdividieren lassen durften (darin war der Franzose ein Meister), und sie kamen übereinstimmend zu dem Schluss, dass ein Universalfrieden die einzig akzeptable Lösung wäre. Doch die entscheidende Frage nach der militärischen und finanziellen Unterstützung am Oberrhein – die stellte der Markgraf gar nicht erst.[128] Warum sollte er seinen Gastgeber in die peinliche Situation bringen, seine Bitte förmlich abzuschlagen? Durch sein Schweigen hielt der kaiserliche Feldherr sich immerhin das Hintertürchen offen, später unter möglicherweise günstigeren Vorzeichen einen neuen Vorstoß zu unternehmen.

Da er nicht mit englischer Unterstützung rechnen konnte, wünschte der Türkenlouis, so bald wie möglich die Rückreise anzutreten. Doch es war wie verhext: Erst musste er die Abfahrt wegen eisiger Kälte verschieben, dann erkrankte sein junger Vetter Karl Wilhelm. Der Aufenthalt in England zog sich schließlich mehr als zwei Monate hin.

Erst im März kamen die Badener wieder in Den Haag an. Im Gepäck hatte der Markgraf zahlreiche Geschenke, die allein wegen ihres hohen Werts seiner Eitelkeit schmeicheln mussten. Sie waren das Dankeschön des Oraniers dafür, dass der Türkenlouis geschwiegen hatte. Der junge Karl Wilhelm aber hatte bei dieser Reise vielleicht mehr gelernt, als sein Vater in Basel zu hoffen gewagt hatte.

Ab in den Süden

Ein paar Wochen verbrachte Karl Wilhelm noch an der Universität zu Utrecht, doch nachdem er die Luft der großen Welt geschnuppert hatte, glaubte er in den Gelehrtenstuben kaum mehr atmen zu können. Immer wieder bestürmte er seinen Vater, sich zur Armee des Türkenlouis begeben zu dürfen. Friedrich Magnus gab schließlich nach, bestand aber darauf, dass sein Sohn sich den schwäbischen Kreistruppen anschloss, die unter dem Befehl seines Bruders, des Markgrafen Karl Gustav von Baden-Durlach, standen. Dem Prinzen war das recht, schließlich war der Onkel als Kommandeur der schwäbischen Truppen dem Türkenlouis unterstellt.

Das Leben unter den Soldaten erwies sich als weit weniger spannend, als Karl Wilhelm vermutet hatte: Bei dem Katz-und-Maus-Spiel, mit dem der Türkenlouis und seine schwache Armee das Vordringen der Franzosen zu verhindern vermochten, ließ sich nicht viel Ruhm ernten. Selbst Karl Wilhelm, der über die Zwänge, unter denen sein väterlicher Freund litt, nur allzu gut unterrichtet war, sehnte sich nach einem Befreiungsschlag. Angesichts der gähnenden Langeweile des Feldzugs von 1694 war er keineswegs unglücklich, als ihn neue Anweisungen seines Vaters erreichten: Der Prinz sollte die Familie in Basel besuchen und sich von dort aus wieder auf Reisen begeben – diesmal galt es, die vornehmsten Städte Italiens und das Königreich Neapel kennenzulernen.[129]

Bereits im Mittelalter hatte der „Giro d'Italia“ zu den beliebtesten Routen vornehmer Reisender gehört.[130] Venedig war die attraktivste Station in Oberitalien – besonders glücklich wussten sich Fürstensöhne zu schätzen, wenn sie in der Lagunenstadt den berühmten Karneval erleben durften. Aber auch sonst ließ die Vielzahl der Feste, Theater, Opernaufführungen und der Cafés, in denen man in eleganter Umgebung die neuen Luxusgetränke Kaffee, Tee und Schokolade schlürfen konnte,[131] keine Langeweile aufkommen. Das eigentliche Ziel aber war Rom, die ewige Stadt, die für Protestanten fast so ebenso wichtig war wie für Katholiken. Von dort ging es weiter an den Golf nach Neapel, das den Zeitgenossen als die schönste Stadt des Mittelmeerraums galt. Bei der Rückreise sollte Karl Wilhelm den Weg über die Lombardei, Piemont und Savoyen nehmen.

Angesichts der unruhigen Zeiten stand nicht zu erwarten, dass Karl Wilhelm so lange Strecken zurücklegen konnte, ohne in kriegsbedingte Turbulenzen zu geraten. Bei Casale Monferrato war es so weit: Alliierte Truppen belagerten die französische Festung, die den Übergang über den Po zu den Alpenpässen sicherte. Karl Wilhelm, der immerhin den Rang eines kaiserlichen Obristen innehatte, wollte sich diese militärische Erfahrung nicht entgehen lassen und blieb einige Wochen.

In Lebensgefahr geriet er aber nicht am Kriegsschauplatz, sondern in Florenz: Die Stadt wurde, als Karl Wilhelm dort Station machte, von einem Erdbeben geschüttelt. Der Prinz war schlau genug, das Palais, in dem er sich gerade aufhielt, schleunigst zu verlassen – es soll zusammengesackt sein, kaum dass er draußen war.[132] Schließlich gelangte Karl Wilhelm glücklich wieder in Basel an, wo es den munteren Prinzen auch diesmal nicht lange im Kreis der Familie hielt: Es folgte ein weiteres Zwischenspiel bei den schwäbischen Truppen am Rhein unter dem Kommando von Karl Wilhelms durchlauchtigsten Onkel, Karl Gustav von Baden-Durlach.

Die nordische Reise

Sollte sich Karl Wilhelm eingebildet haben, dass von nun an der Kriegsdienst sein Leben bestimmen würde, dann hatte er die Rechnung ohne seinen Vater gemacht. Der Gedanke, dass sein Erbe von einer verirrten Kugel getroffen werden könnte, bereitete Friedrich Magnus schlaflose Nächte. Und da man an der Rheinfront ohnehin nicht viel Ruhm ernten konnte, hielt es der regierende Markgraf für ratsam, dass sein Erbprinz das Jahr 1696 darauf verwendete, eine Kavalierstour zu wichtigen deutschen Fürsten- und Kurfürstenhöfen zu unternehmen – und außerdem an den Königshöfen des Nordens die Aufwartung zu machen.

Karl Wilhelm nahm die väterliche Entscheidung mit kindsschuldigstem Gehorsam hin. Er genoss es, in der Welt herumzukommen: Seine robuste Konstitution ließ ihm die Mühsal des Reisens gering erscheinen, sein wacher Geist gierte nach neuen Eindrücken, und außerdem schätzte er die mit einer solchen Tour verbundenen Möglichkeiten, Frauen kennenzulernen: Da waren die Fürstinnen und Prinzessinnen, die man achten und ehren musste, weil sie von hoher Geburt und selbstverständlich von ausgezeichneter Tugend waren. Da waren die Hofdamen, denen sich die Kavaliere gerne anvertrauten, weil niemand es besser als diese Frauenzimmer verstand, junge Männer mit den Sitten und Gebräuchen eines unbekannten Hofes vertraut zu machen und sie – vielleicht – den privilegierten Besuchern auch private Einsichten ermöglichten. Da waren die Mägde, von denen es viele nicht wagten, sich den Wünschen der hohen Herren zu entziehen. Und nicht zuletzt gab es in jedem Land auch noch die Weibsbilder, „die aus Koketterie eine Profession"[133] machten. Zwar verlangte die Syphilis, das gefährlichste Reisemitbringsel dieser Zeit, dass man gewisse Vorsichtsmaßnahmen ergriff – trotzdem wussten die Kurtisanen in den großen Städten ihren Kunden viel Vergnügen zu bereiten. Karl Wilhelm durfte durchaus damit rechnen, während seiner Fahrt in den Norden seinen erotischen Erfahrungsschatz zu vergrößern.

Auf Wunsch des Vaters besuchte Karl Wilhelm im Februar 1696 zunächst die sächsischen Residenzen Eisenach, Gotha und Altenburg. Lange verweilte er dort nicht, auch nicht in Dresden, wo mit Kurfürst August von Sachsen eine echt barocke Kraftfigur das Sagen hatte. Nicht umsonst wurde der spätere König von Polen „der Starke" genannt.

Eine wichtige Station auf der Reise war Schloss Gottorf in Schleswig, die Residenz von Karl Wilhelms Verwandtschaft mütterlicherseits. Die Gottorper[134], die den „herzoglichen Teil" Schleswig-Holsteins beherrschten und die Fürstbischöfe von Lübeck stellten, waren eine Nebenlinie des in Dänemark regierenden Hauses Oldenburg, dem auch der „königliche" und damit der größere Teil Schleswig-Holsteins untertan war. Das Königshaus und die Herzogsfamilie begegneten einander mit abgrundtiefem Misstrauen – vor allem verübelte es Dänemark der Verwandtschaft von Holstein-Gottorp, dass diese wiederholt mit Schweden paktierte, um ihre Interessen gegen die dänische Krone durchzusetzen.[135] Karl Wilhelm, dem jungen Besucher aus dem fernen Baden, forderte die Rivalität der verwandten Adelshäuser einiges an Fingerspitzengefühl ab, denn sein Weg führte ihn von Gottorf weiter an den königlich-dänischen Hof zu Kopenhagen.

Im März 1696 erreichte der Prinz schließlich Stockholm, wo er mehrere Monate verweilte. Dem protestantischen Schweden, das (noch) als führende Macht in Nordeuropa galt, fühlte sich Baden-Durlach seit dem Dreißigjährigen Krieg eng verbunden. Auch familiäre Bande ließen eine freundliche Aufnahme am Hof erwarten: Die Königinwitwe Hedwig Eleonore, eine geborene Prinzessin von Holstein-Gottorp (1636–1715), hatte als Mitglied der Vormundschaftsregierung für ihren Sohn ihre dominante Stellung am Hof behauptet. Auch 36 Jahre nach dem Tod ihres Gemahls gab es in gesellschaftlichen Fragen kein Vorbei an Hedwig Eleonore. Den Sohn ihrer nach Baden verheirateten Schwester hieß sie herzlich willkommen – und setzte damit ein Zeichen. König Karl XI. und sein Kronprinz begegneten dem Durlacher Vetter mit so viel Freundlichkeit und Zuvorkommenheit, dass andere deutsche Prinzen sich angeblich regelrecht zurückgesetzt fühlten.

Aber es fiel Karl Wilhelm ohnehin nicht schwer, die Menschen für sich einzunehmen: Groß war er und kräftig, dabei ausnehmend hübsch, außerdem intelligent und sprachgewandt – mit anderen Worten: ein in jeder Hinsicht angenehmer Zeitgenosse. Der Historiograph Johann Daniel Schöpflin beschrieb Karl Wilhelm viele Jahre später mit den Worten: „Die Natur, welche unschlüssig war, ob sie einen Herkules oder einen Sohn der Venus hervorbringen sollte, tat beides."[136]

Soweit es die Statur des badischen Prinzen betraf, hätte Königin Hedwig Eleonore diesen Vergleich gewiss goutiert. In der Rolle des Amor sah die alte Dame ihren Neffen allerdings nicht so gerne. Sie hatte angeblich mit dem Gedanken geliebäugelt, ihre Enkelin

Hedwig Sophie mit dem badischen Neffen zu vermählen. Weil in Schweden „zu jener Zeit noch strengere Sitten galten als anderswo", sollen Karl Wilhelms galante Abenteuer dazu geführt haben, dass sich dieses Heiratsprojekt zerschlug.[137] Wahrscheinlicher ist allerdings, dass der Plan nicht weiterverfolgt wurde, weil das abgebrannte und verarmte Baden-Durlach kaum in der Lage gewesen wäre, einer königlichen Prinzessin die Lebensbedingungen zu bieten, die sie aufgrund ihres Standes erwarten durfte.

Eine Braut brachte Karl Wilhelm aus Schweden nicht mit, dafür aber eine Menge Eindrücke. Die schwedischen Silber- und Kupfer-Bergwerke, von denen er etliche besichtigte, gaben ihm Stoff zum Nachdenken. Der Prinz wusste, dass auch „die Gebirge" der badischen Markgrafschaft „allerlei edle Erden und Mineralien" enthielten. Im 15. Jahrhundert hatten allein in den Silbergruben von Sulzburg rund 500 Knappen gearbeitet, doch seit dem Dreißigjährigen Krieg war der Bergbau im badischen Raum weitgehend zum Erliegen gekommen.[138] Sollten es die Schätze der Erde nicht ermöglichen, die leeren Säckel der Markgrafen zu füllen? Ein interessanter Gedanke.

Ende Oktober 1696 machte sich der Prinz auf den Weg zurück nach Basel – ein Weg, der ihn diesmal über Berlin führte: von der Großmacht Schweden, die ihren Zenit überschritten hatte, nach Brandenburg-Preußen, zur Großmacht von morgen. Kurfürst Friedrich III. war ein kleiner, verwachsener Herr mit kostspieligen barocken Allüren. Doch wer genauer hinsah, entdeckte hinter dem eitlen Gehabe des Fürsten, der sich wenige Jahre später selbst zum ersten König in Preußen[139] krönte, einen intelligenten Herrscher, der nicht nur auf dem höchst bedeutsamen Feld der Hofkultur und der Architektur, sondern auch in der Religionspolitik und den Beziehungen Preußens zu anderen europäischen Staaten eigene Akzente setzte. Friedrichs hochgebildete Gemahlin Sophie Charlotte aus dem Haus Hannover war eine gefeierte Schönheit, die das Leben am Hof als ständiges Fest zu gestalten wünschte – einer Neigung, der ihr „buckliger Äsop",[140] der dem reformierten Glauben anhängende Friedrich, misstraute. Darüber, dass Kurfürst und Kurfürstin eine sehr distanzierte Ehe führten, regte sich niemand auf. Auch der junge Karl Wilhelm zuckte nur mit den Schultern: Wenn er je Illusionen gehabt hatte über das Eheglück an Fürstenhöfen, so dürften ihm die Flausen auf seinen Reisen ausgetrieben worden sein. Letztlich kam es ja nur darauf an, Theater zu spielen, den Schein zu wahren – und für einen legitimen Nachfolger zu sorgen.

„Die ehelich Verbundenen werden im Himmel leben“: Die badisch-württembergische Kreuzhochzeit

Auch von Karl Wilhelm wurde erwartet, dass er seine dynastischen Pflichten erfüllte. Während ihr Sohn auf Reisen seine Bildung vervollkommnete, hatten sich Markgraf Friedrich Magnus und vor allem die Markgräfin Augusta Maria nach einer Schwiegertochter umgesehen, mit deren Stammbaum man Ehre einlegen konnte. Prunkvolle Feierlichkeiten waren bei der Hochzeit des Thronfolgers ein Muss – angesichts der schweren Zeiten war das Fürstenpaar allerdings bestrebt, die Folgekosten der Heirat in einem überschaubaren Rahmen zu halten. Die Lösung des Problems schien nahezuliegen: Augusta Maria glaubte, sie in Württemberg gefunden zu haben.

Dort, im evangelischen Nachbarterritorium, lebte die Herzogin-Witwe Magdalene Sibylla (1652–1712), eine geborene Prinzessin von Hessen-Darmstadt, die mütterlicherseits von den Gottorpern abstammte und eine nahe Verwandte der badischen Markgräfin war. Da die württembergische Herzogin am Hof von Augusta Marias Schwester, der schwedischen Königin Hedwig Eleonore, aufgewachsen war, kannten und schätzten sich die beiden Damen von Kindheit an. Beide waren stramme Lutheranerinnen mit frühpietistischem Einschlag, beide bezeugten ihre Liebe zum Herrn Jesu, indem sie Kirchenlieder dichteten. Und beide hatten Söhne und Töchter, die standesgemäß und kostengünstig zugleich vermählt werden sollten.

Eine badisch-württembergische Kreuzheirat schien unter diesem Voraussetzungen vielversprechend: Wenn zwei Geschwisterpaare heirateten, übernahm praktisch jeder Hof eine Prinzessin und gab gleichzeitig eine Tochter ab – Streitigkeiten um die Ausstattung und Versorgung der Mädchen waren daher kaum zu erwarten.[141]

Der badische Erbprinz sollte mit Magdalene Wilhelmine von Württemberg (1677–1742) vermählt werden, und für den Bruder der Braut, den jungen Herzog Eberhard Ludwig, war Karl Wilhelms Schwester Johanna Elisabeth (1680–1757) vorgesehen. Was die Brautleute selbst von dieser Wahl hielten, darüber zerbrachen sich die Eltern nicht den Kopf. Liebe zu verlangen, wäre ohnehin vermessen gewesen. Es genügte vollauf, wenn sich die Verlobten mit Respekt begegneten. Manchmal erwuchsen aus der Gewohnheit ja auch Vertrauen und sogar Zuneigung – Markgraf Friedrich Magnus konnte ein Lied davon singen.

Der einzige, der sich dem Heiratsprojekt ernsthaft hätte widersetzen können, war als regierender Fürst ohnehin Herzog Eberhard Ludwig. Und der soll ziemlich entsetzt reagiert haben, als er die „mannbar" gewordene Johanna Elisabeth von Baden zu Gesicht bekam. In der Durlacher Markgrafenfamilie war die Schönheit ungerecht verteilt: So stattlich Karl Wilhelm daherkam, so hausbacken wirkte sein Schwesterlein. Aber man munkelte, dass sich im Hofstaat von Elisabeth Johanna eine ausnehmend hübsche junge Frau befand: Für Friederike Auguste von Menzingen[142] soll der Herzog von Württemberg so entflammt sein, dass er sich bereitfand, die Badenerin zu heiraten, nur um deren Hoffräulein nach Stuttgart zu holen. Allerdings war es später eine andere Frau, die Johanna Elisabeth die Hölle auf Erden bereitete... Was die Hochzeitsmedaille von 1697 prophezeite – „Die ehelich Verbundenen werden im Himmel leben" und „So verbindet sie für immer der Bund der Liebe"[143] – sprach den tatsächlichen Geschehnissen jedenfalls Hohn.

Auch der Prinzessin von Württemberg brachte die Kreuzheirat wenig Glück: Karl Wilhelm fand seine Braut ebenfalls erschreckend reizlos. Was den Prinzen von Baden-Durlach und den Herzog von Württemberg anging, so schien es fast, als ob die beiden Männer, deren Lebenswege viele Parallelen aufwiesen, sich in der Gleichgültigkeit gegenüber ihren Gemahlinnen verbündet hätten. In der Ehe-Tragödie seiner nach Württemberg vermählten Schwester spielte Karl Wilhelm jedenfalls eine recht merkwürdige Rolle.

Zeitgenossen: Herzogin Magdalene Sibylla von Württemberg (1652–1712) und der junge Herzog Eberhard Ludwig (1676–1733)

Wie der Name Karl Wilhelms in Karlsruhe überdauerte, so hat sich Herzog Eberhard Ludwig mit Ludwigsburg ein Denkmal gesetzt. Der Württemberger lebte wie sein badischer Schwager – aber mit weitaus kostspieligerem Geschmack – den Traum vom absolutistischen Fürsten, der sich mit einem neuen Schloss samt zugehöriger Stadt eine zeitgemäße Bühne schuf. Und tatsächlich war es das zeremonielle Theater, das des Herzogs gar nicht so unbeschränkte Macht legitimierte: Anders als der Badener blieb Ludwig Eberhard nämlich auf die Hilfe seiner Stände angewiesen und im Vergleich zum französischen Absolutismus war das württembergische Pendant nur ein armseliges Abbild:[144] Die „Ehrbarkeit", zu der insbesondere das städtische Patriziat aus Stuttgart und Tübingen zählte, hatte sich seit der zweiten Hälfte des 15. Jahrhunderts im Herzogtum zur selbstbewussten Führungsschicht entwickelt – und diese bürgerliche Elite setzte sehr zum Verdruss Eberhard Ludwigs alles daran, ihre Mitspracherechte zu wahren und durchzusetzen, wenngleich sie nach außen hin den unbegrenzten Souveränitätsanspruch des Herzogs respektierte.[145]

Nicht nur nach innen, auch im Wettstreit mit den anderen Fürsten des Heiligen Römischen Reiches deutscher Nation versuchte der Herzog von Württemberg Bedeutung zu gewinnen. Wie der Türkenlouis spekulierte Eberhard Ludwig auf territorialen Zugewinn, sehnte er sich nach einer Erhöhung seines Standes: Die Kurwürde zu erringen war die Ambition, auf die er sein Handeln ausrichtete, zeitweise träumte auch er von einer Königskrone. Es passte zum Stil der Zeit, dass er seinen Machtanspruch durch exzessive Prachtentfaltung zu untermauern suchte.

Man hat Eberhard Ludwigs Mutter beschuldigt, ihren Sohn falsch erzogen zu haben. Unterstellt werden ihr überdies eine zur Bigotterie tendierende Frömmigkeit und politische Unfähigkeit[146] – die Historiker des bürgerlichen Zeitalters fanden wenig Gefallen an der „Oberflächlichkeit“ des Herzogs und erklärten diese nicht zuletzt mit den „Fehlern“ der Mutter. In den Augen vieler ihrer Zeitgenossen entsprach Herzogin Magdalene Sibylla aber durchaus dem gültigen Frauenideal. Zudem rühmten die Württemberger ihr beherztes Auftreten während der französischen Besetzungen in den Jahren 1688, 1692/94 sowie 1704 und stilisierten sie zu einer Art evangelischer Heiligen[147] – die Parallelen zur badischen Markgräfin Augusta Maria sind frappierend.

Weil sie in Stockholm erzogen worden war, feierten die Stuttgarter Magdalene Sibylla von Hessen-Darmstadt als einen „Polarstern“, damals, als sie im Winter 1674 in die Stadt einzog: die schöne Braut des Erbprinzen Wilhelm Ludwig von Württemberg, der schon ein halbes Jahr später die Regierung übernahm. Magdalene Sibylla sah sich durchaus in der Lage, ihre Aufgaben als Landesmutter zu erfüllen. Allein, der allgegenwärtige Tod ruinierte ihre Lebensplanung und machte sie bereits im Sommer 1677 – sie war 25 Jahre alt – zur Witwe.

Ihr Söhnlein Eberhard Ludwig lag noch in den Windeln, zwei Töchter hingen an ihren Rockzipfel und zudem ging die Herzogin schwanger mit Magdalene Wilhelmine, die erst nach dem Tod des Vaters entbunden wurde. Dass man sich mitten im Holländischen Krieg befand, Not und Elend herrschten, kam hinzu. Aber trotz dieser Schicksalsschläge ließ sich Magdalene Sibylla den Mut nicht nehmen: Sie wollte das letzte Wort haben, wenn es um die Erziehung ihrer Kinder und namentlich ihres Sohnes Eberhard Ludwig ging. Und sie wünschte, stellvertretend für das Kleinkind, an der Regierung des Landes beteiligt zu sein.

Magdalene Sibylla hatte das Pech, dass für den Fall eines frühen Todes ihres Gemahls der nächste regierungsfähige männliche Verwandte zum Landesadministrator bestimmt worden war. Dieser Landesverwalter sollte zusammen mit einigen hohen Hofbeamten und Mitgliedern des Geheimen Rates die Vormundschaft über den unmündigen Herzog von Württemberg übernehmen. Hessen-Darmstadt hatte, als man um den Heiratsvertrag Magdalene Sibyllas feilschte, zwar verlangt, dass sie einer eventuellen vormundschaftlichen Regierung angehören sollte. Doch dieser Wunsch war seinerzeit nur mit einer schwammigen Formulierung berücksichtigt worden: Man würde Magdalene Sibylla „nicht ausschließen".

Die Witwe hatte also wenig in der Hand, als sie ihre Ansprüche gegen die Verwandten ihres Gemahls geltend machte. Dass „Hochfürstliche Mütter" auf vormundschaftliche Rechte pochten, war nicht ungewöhnlich – aber sie hatten in der Regel einen harten Kampf auszufechten gegen ihre „Hochfürstlichen Herren Vetter", die meist nichts unversucht ließen, um die lästigen Konkurrentinnen auf ihre Witwensitze abzuschieben.[148] In Magdalene Sibyllas Fall war es Schloss Stetten im Remstal. Auch die württembergischen Landstände und der Geheime Rat waren der Meinung, dass die Regierung besser in der Hand eines Mannes liege.

Kaiser Leopold I. dachte ebenso und übertrug im November 1677 die Landesadministration sowie die Obervormundschaft über die württembergischen Halbwaisen an Friedrich Karl von Württemberg-Winnental (1652–1698), den 25-jährigen Bruder des Verstorbenen. Die Witwe tröstete man mit dem Status einer Obermitvormünderin.[149] Magdalene Sibylla war daher gezwungen, sich in wichtigen Erziehungsfragen mit ihrem Schwager zu verständigen oder im Streitfall die vom Kaiser festgelegten Vermittler anzurufen.[150] Immerhin durfte sie die Alltagsbelange ihrer Kinder selbstständig regeln. Auch war sie für die „Ökonomie" des Erbprinzen zuständig. Um die streitbare Dame zu versöhnen, gestand ihr der Prinzregent überdies das Recht zu, in wichtigen Staatsangelegenheiten informiert zu werden.[151] Nichtsdestotrotz – wenn es darauf ankam, hielt Friedrich Karl die Zügel in der Hand.

Als Landesadministrator pflegte Friedrich Karl einen modernen Stil – will heißen, er gebärdete sich als absolutistischer Herrscher mit einer luxuriösen Hofhaltung. Die Ehrbarkeit war davon wenig angetan. Sie rümpfte die Nase darüber, dass Friedrich Karl für seinen Neffen einen französischen Hofmeister und – schlimmer noch – einen französischen Tanzmeister anstellte. Den Patriziern schwebte eine „christfürstliche Erziehung"[152] des künftigen Landesherrn im altväterlichen Stil vor – und viele der ehrenwerten Herren bedauerten dann doch, dass die bibelfeste Herzogin-Witwe nur Mitvormünderin war. Allerdings hätte Magdalene Sibylla – selbst wenn sie die freie Entscheidung gehabt hätte – ihren Sohn kaum auf so altmodische und sinnenfeindliche Weise großgezogen, wie es die Bürger und die Geistlichkeit von ihr erwarteten. Die fromme Dame hatte durchaus Sinn für die heiteren Musen. Dass der gerade erst achtjährige Eberhard Ludwig im 1684 uraufgeführten Sing-Ballett „Le Rendez-vous des Plaisirs" als Schäfer auftrat[153] – darin sah die Herzogin-Witwe nichts Anstößiges. Magdalene Sibylla war es sich und dem jungen Herzog schuldig, dem Zeitgeschmack entsprechend aufwändig Hof zu halten und Feste zu feiern.

Selbst wenn sie sich ihres Standes wegen über bürgerliche Moralvorstellungen erheben musste – die Herzogin-Witwe sammelte eifrig Pluspunkte bei der Ehrbarkeit. Nachdem die Franzosen im Herbst 1688 die Festung Philippsburg erobert hatten, kam auch Württemberg in Bedrängnis. Der Landesadministrator Friedrich Karl brachte schleunigst seine eigene Person, seine Familie sowie den jungen Eberhard Ludwig und dessen Schwestern in Sicherheit. Die Reise ging zunächst nach Nürnberg, dann nach Regensburg, zum Sitz des Reichstags, wo Friedrich Karl auf militärische Hilfe drang. Der Herzogin-Witwe aber bestand darauf, in Stuttgart auszuharren. Magdalene Sibyllas „Landeskinder" rechneten es ihr hoch an, dass sie mit den Franzosen verhandelte, um eine Schonung der Hauptstadt zu erreichen. Dass Stuttgart relativ glimpflich davon kam, schrieben die Leute weniger Karl Gustav von Baden-Durlach zu, der im Januar 1689 mit seinen Schwäbischen Kreistruppen die Franzosen zum Rückzug zwang, als dem mutigen Einsatz ihrer Fürstin.

Hatte schon Friedrich Karls Flucht die Ehrbarkeit verbittert, so verschlechterte sich das Verhältnis noch mehr, als der zurückgekehrte Administrator die Forderung erhob, in Württemberg eine stehende Armee zu schaffen und die Landesfestungen auszubauen. Die Landstände widersetzten sich dem kostspieligen Vorhaben, doch Friedrich Karl, der den Kaiser auf seiner Seite wusste, gab nicht nach. Freunde im eigenen Land hat er sich mit seiner Politik nicht gemacht.

Magdalene Sibylla wusste ihre Position zu festigen, als der Administrator, der Offizier in kaiserlichen Diensten war, fern von Stuttgart weilte. Die Landstände waren an einer vertrauensvollen Zusammenarbeit mit der Herzogin interessiert, mit deren Hilfe sie darauf hoffen konnten, den dualistischen Ständestaat und damit den eigenen Einfluss aufrechtzuerhalten. Sie begrüßten es, dass Kaiser Leopold die Witwe offiziell als Interimsregentin bestätigte, nachdem Friedrich Karl im September 1692 bei Ötisheim in französische Kriegsgefangenschaft geraten war.

Der Kriegsgefangene wurde nach Paris gebracht, wo ihm der Sonnenkönig uneingeschränkte Bewegungsfreiheit zugestand. Friedrich Karl verstand es, diese zu genießen – der Württemberger häufte in Frankreich einen gewaltigen Schuldenberg an. Das Entgegenkommen Ludwigs XIV. hatte allerdings seinen Preis: Der Sonnenkönig verlangte, dass nicht nur Württemberg, sondern der gesamte Schwäbische Kreis sich für neutral erklären sollte. Nun sah sich Friedrich Karl als Kriegsgefangener nicht in der Lage, verbindliche Zusagen zu machen. Doch immerhin befürwortete er in einem Schreiben an die württembergische Regierung die Forderungen König Ludwigs. In ihrem Antwortschreiben ging die stolze Herzogin Magdalene Sibylla gar nicht erst auf diese Zumutung ein. Der Sonnenkönig, der darauf setzte, dass Friedrich Karl in Württemberg in seinem Sinne agieren würde, ließ den Gefangenen frei.

Die Aussicht, dass der Prinzregent bald wieder in Stuttgart auftauchen würde, missfiel der Ehrbarkeit und der Herzogin gleichermaßen. Um der politischen Entmachtung zu entgehen, entschloss sich Magdalene Sibylla, dem Kaiser einen Wink zu geben: Sie ließ Leopold I. einen vertraulichen Bericht über die Neutralitätsverhandlungen zwischen dem Württemberger und dem französischen König zuspielen. Der Kaiser, der bis dahin Friedrich Karl als loyalen Verbündeten geschätzt hatte, reagierte wie erwartet auf dieses an Verrat grenzende Verhalten. Er ließ Magdalene Sibylla wissen, dass er ihren Sohn gerne vorzeitig für volljährig erklären würde – vorausgesetzt, die Herzogin-Mutter stelle in Wien den entsprechenden

Antrag und garantiere dafür, dass Württemberg unter der Herrschaft des jungen Eberhard Ludwig treu auf Seiten von Kaiser und Reich kämpfen werde.

Die Witwe ließ sich das nicht zweimal sagen – und so deklarierte Leopold I. den erst 16-jährigen Herzog Eberhard Ludwig für „majorenn". Die Mündigkeitserklärung verband der Kaiser mit der Bedingung, dass Eberhard Ludwig bis zu seinen „vollständigen Jahren" keine gravierende Entscheidung fällen sollte, ohne zuvor den Rat seiner Mutter und zweier Räte einzuholen.[154] Es konnte also keine Rede davon sein, dass die Herzogin-Witwe nach dem Regierungsantritt ihres Sohnes aufs Altenteil abgeschoben wurde. Der Landesadministrator hingegen war faktisch seines Amtes enthoben. Magdalene Sibylla triumphierte auf ganzer Linie.

Der zutiefst gedemütigte Friedrich Karl eilte nach Wien, wo es einige Zeit dauerte, bis er den Kaiser so von seiner Integrität überzeugt hatte, dass ihm Leopold wieder seine Gunst schenkte. Im Spätjahr 1698 starb er im Alter von 46 Jahren an der Syphilis, die er sich wohl bei seinem unfreiwilligen, aber nicht unangenehmen Aufenthalt in Paris zugezogen hatte.

Seine alte Feindin, die Herzogin-Witwe Magdalene Sibylla, sonnte sich unterdessen im Bewusstsein der Macht, doch ihr Triumph wurde bald schal. Denn ihrem Sohn war es nachgerade peinlich, dass er in den ersten Jahren seiner Regierung keine wichtigen Entscheidungen fällen durfte, ohne den Rat der alten Dame einzuholen. Die Zeit spielte für Eberhard Ludwig – und sobald er ihrer nicht mehr bedurfte, begann der Herzog, die Witwe aus dem politischen Geschäft zu drängen.

Mehr als der Mutter vertraute Eberhard Ludwig seinen „Freunden", die sich mit dick aufgetragenen Schmeicheleien für hohe Ämter am Hof und in der Verwaltung empfahlen. Zugleich ging er mit der Ehrbarkeit auf Konfrontationskurs – nicht zuletzt, weil er das stehende Heer durchsetzen wollte, um das sich schon sein Vormund mit den Landständen gestritten hatte. Bitter war es für Magdalene Sibylla überdies zu verfolgen, wie traurig sich das Verhältnis ihres Sohnes zu seiner Gemahlin entwickelte und unter welchen Nöten ihre nach Baden verheiratete Tochter litt. Das Wissen um das Unglück ihrer Kinder vergällte der Witwe die letzten Lebensjahre. Doch gefangen im irdischen Jammertal schöpfte Magdalene Sibylla Trost aus der Versprechung auf ein besseres Jenseits. Am 12. August 1712 hauchte sie in Kirchheim/Teck ihren Geist aus.

„Glückliche Deutung eines glückhaften Namens": Die Tragödie der Johanna Elisabeth

„Behüte wie einen Augapfel Ihrer Fürstlichen Durchlaucht Herzliebste Gemahlin"[155]: Diesen Passus sollten die Württemberger in ihr wöchentliches Bußgebet aufnehmen, befahl Eberhard Ludwig, nachdem das Heiratsgeschäft in Basel ausgehandelt war. Was ging es das Volk an, ob ihm Johanna Elisabeth von Baden-Durlach gefiel oder ob er sie für den Ausbund der Hässlichkeit hielt? Was von Rohr sachlich und nüchtern in seiner „Ceremonielwissenschaft" referierte, war dem jungen Fürsten so oft eingebläut worden, dass er an der tiefen Wahrheit der Konvention nicht zu zweifeln wagte: „Es geschieht nicht selten, dass diejenigen, so sonst Länder und Untertanen zu beherrschen pflegen, bei ihren Vermählungen ihren eignen Willen beherrschen und sich mit einem Ehegatten verbinden müssen, nicht wie sie ihn sonst nach dem natürlichen und freien Zuge ihren Herzens erwählen würden, sondern wie sie nach ihren besonderen Staats-Absichten hierzu genötigt werden."[156]

Eberhard Ludwig von Württemberg war gewillt, sich an die Spielregeln seines Standes zu halten, als ihm Johanna Elisabeth von Baden-Durlach im Mai 1697 in Basel angetraut wurde. Bei der „Heimführung" seiner „Herzliebsten" nach Stuttgart ließ er ihr alle gebührenden Ehren erweisen. Den Beweis dafür, dass Eberhard Ludwig auch seine Pflicht im Ehebett erfüllt hatte, lieferte die Herzogin am 14. Dezember 1698: Sie gebar den Erben. Der Knabe, der auf den Namen Friedrich Ludwig getauft wurde, sollte allerdings ihr einziges Kind bleiben.

Wenige Monate nach der Geburt des Stammhalters machte sich Eberhard Ludwig auf zu einer verspäteten Kavalierstour. Die Auslandserfahrung fehlte ihm noch – ganz im Gegensatz zu seinem vielgereisten badischen Schwager. Selbstverständlich reiste der junge Herzog, der unter anderem Frankreich, Holland und England besuchte, inkognito. Und ebenso selbstverständlich sammelte er neben politischen und gesellschaftlichen auch erotische Erfahrungen.

Beunruhigt waren seine Begleiter vor allem wegen einer Affäre, die Eberhard Ludwig länger als geplant in Den Haag festhielt. Aber noch hatte der Herzog die Liebe seines Lebens nicht gefunden.

Vom Grand Tour zurückgekehrt, bastelte Eberhard Ludwig zunächst an seiner militärischen Karriere. Sein großes Vorbild war der Türkenlouis, der berühmte kaiserliche Feldherr. Der Herzog liebäugelte mit dem Gedanken, in die Fußstapfen des Badeners zu treten. Die Chancen dafür standen nicht schlecht, weil Württemberg unbestritten das bedeutendste Territorium im Schwäbischen Kreis war.[157] Nur leider deutete so gar nichts auf eine außergewöhnliche militärische Begabung Eberhard Ludwigs hin. Trotzdem wurde er nach dem Tod des Türkenlouis prompt zum Generalfeldmarschall des Schwäbischen Kreises ernannt. Zeitweise führte er im Spanischen Erbfolgekrieg auch den Befehl über die Reichsarmee am Oberrhein.

Den Gipfel seiner militärischen Laufbahn erreichte der Württemberger, als der Kaiser ihn 1713 zum evangelischen Reichsgeneralfeldmarschall ernannte und ihm damit den höchsten militärischen Rang verlieh. Eberhard Ludwig durfte sich auf Augenhöhe mit Prinz Eugen von Savoyen wähnen, einem Strategen, an dessen Kompetenz niemand zu zweifeln wagte – der „edle Ritter" hatte den Part des katholischen Reichsgeneralfeldmarschalls inne. Dass der stolze Titel womöglich nur ein Trostpflaster war, weil die territorialen Ambitionen des Württembergers beim Friedensschluss unberücksichtigt bleiben würden, erkannte Eberhard Ludwig erst Monate später. Es war bitter: All die Hoffnungen auf Landgewinn und Standeserhöhung, die er an sein kriegerisches Engagement geknüpft hatte, erwiesen sich als Luftschlösser.

Friedrich Magnus von Baden-Durlach und seine Gemahlin verfolgten mit wachsender Sorge das Schicksal ihrer württembergischen Tochter. Hatten sie die Geburt des Erbprinzen als Zeichen der Hoffnung gedeutet, so konnten sie doch auf Dauer nicht die Augen davor verschließen, dass die Ehe des Herzogenpaares in einem ganz erbärmlichen Zustand war. Wieder und wieder beschwerte sich Johanna Elisabeth bei ihren Eltern darüber, dass sie von ihrem Mann vernachlässigt wurde.

Sie überschüttete wohl auch ihren Gemahl mit Vorwürfen, doch der quittierte die Nörgeleien der Herzogin, indem er seine Aufmerksamkeit anderen Frauen zuwandte. Er suchte die Nähe von Damen, die seiner Vorstellung von weiblichem Liebreiz mehr entsprachen, als die rasch verfettende Badenerin mit den trotzig-traurigen Augen, dem wenig einnehmenden Gesicht und der scharfen Zunge.[158] Nun waren wechselnde Liebschaften ihres Gemahls für eine Fürstin zwar lästig, aber nach der Art der Schmeißfliegen nicht wirklich bedrohlich. Gefährlich für die Gattin wurde die Situation erst, als Christina Wilhelmine von Grävenitz an den württembergischen Hof kam.

Die Kleinadelige mit dem scharfen Verstand und dem Talent für elegante Konversation wusste, was sie wollte: einen Zipfel von der Macht, ein angenehmes Leben und genug Geld, um sich beides dauerhaft zu sichern. Wilhelmine von Grävenitz hatte mit ihrer Mutter in bescheidenen Verhältnissen in Güstrow in Mecklenburg gelebt. Sie sagte ohne Zögern zu, als ihr Bruder Friedrich Wilhelm, der als Kammerjunker in württembergischen Diensten stand, vorschlug, sie solle am Hof Eberhard Ludwigs ihr Glück suchen.

Es mag der Grävenitz bewusst gewesen sein, dass ihr Bruder keineswegs selbstlos handelte: Von Anfang an verfolgte der ehrgeizige Höfling den Plan, sein Schwesterlein ins Bett des Herzogs zu schubsen. Friedrich Wilhelm von Grävenitz hatte die Intrige allerdings nicht allein ausgeheckt: Treibende Kraft war Hofmarschall Johann Friedrich von Staffhorst, der eine Favoritin installieren wollte, um über sie seinen Einfluss auf den Fürsten zu intensivieren. Staffhorst arrangierte das erste Treffen Eberhard Ludwigs mit Christina Wilhelmine.[159]

Den Verführungskünste der jungen Frau war ein größerer Erfolg beschieden, als die Intriganten zu hoffen gewagt hatten. Der Hofklatsch kannte bald kaum noch ein anderes Thema: Der Herzog hatte an der Grävenitz einen Narren gefressen. All seine Aufmerksamkeit galt der Geliebten, während er seiner Gemahlin kaum einen Blick schenkte. Das war zwar traurig für die Herzogin, aber kein ungewöhnliches Schicksal für eine hochfürstliche Ehefrau. Einer Sensation kam allerdings gleich, was Eberhard Ludwig am 13. November 1707 bekannt gab: Ungeniert verkündete der Herzog an jenem Sonntag, dass er bereits seit über einem Jahr mit dem Fräulein von Grävenitz, nunmehr Gräfin von Urach, verheiratet sei.

Der Herzog von Württemberg, ein Bigamist. Welch ein Skandal – und welche Schmach für die rechtmäßige Ehefrau, Johanna Elisabeth vom Baden. Fassungslos waren angesichts des Verbrechens auch der Geheime Rat, die württembergische Geistlichkeit und die Ehrbarkeit.

Zwei Tage später erfuhren Friedrich Magnus und Augusta Maria von Baden-Durlach von der Ungeheuerlichkeit, die sich ihr Schwiegersohn geleistet hatte. Doch ein harscher Protest, wie man sie vom Vater der abservierten Herzogin hätte erwarten können, blieb zunächst aus. Der Markgraf von Baden-Durlach, vorsichtig und bedächtig, wollte in dieser an der Ehre seines Hauses rüttelnden Frage kein vorschnelles Urteil fällen.

Wusste Friedrich Magnus denn, wie der Kaiser, wie die anderen Fürsten des Reiches den Fall beurteilen würden? Und wer verbürgte sich dafür, dass nicht Johanna Elisabeth selbst, sein temperamentvolles Töchterlein, den Gemahl mit ihrem Eigensinn in die Arme dieser unmöglichen Person getrieben hatte? Eine untadelige Ehefrau, so meinten Friedrich Magnus und seine Zeitgenossen, lehnte sich nicht gegen ihr Schicksal auf, sondern sah vornehm über mögliche Fehltritte ihres Mannes hinweg. Dieser aber würde der Gattin gerade wegen ihrer christlichen Demut und Fügsamkeit, wenn auch nicht unbedingt Zuneigung, so doch Achtung und Respekt entgegenbringen.

Die Nachricht von der Doppelehe Eberhard Ludwigs verbreitete sich mit Windeseile im Reich und in Europa. Die demonstrative Ruhe, die der Markgraf von Baden-Durlach an den Tag legte, wurde erschüttert, als er Informationen erhielt, wonach die Grävenitz, nunmehr Gräfin von Urach, von Kavalieren und Damen bedient wurde, gerade so „wie es einer geborenen Fürstin und des regierenden Herzogs Gemahlin gebühret".[160] Angeblich wartete vor dem Zimmer der Person eigens eine Wache auf. Dass Eberhard Ludwig seiner Zweitfrau Ehren zukommen ließ, die eigentlich nur einer regierenden Fürstin zustanden, zeigt, wie prekär die Situation der Herzogin war.

Eberhard Ludwig hatte eine Scheidung von der Badenerin ins Auge gefasst. Trotzdem war sein Standesbewusstsein offenbar stärker als seine Zuneigung zur Grävenitz. Nie stellte der Herzog in Frage, dass der Sohn, den ihm Johanna Elisabeth geschenkt hatte, sein legitimer Nachfolger sein sollte. Für die Kinder, die er womöglich mit der Grävenitz zeugen würde, legte Eberhard Ludwig hingegen fest, dass sie – wie ihre Mutter – den Grafentitel von Urach tragen sollten. Der Württemberger erkannte die geliebte Frau somit nicht als ebenbürtige Gemahlin an – sie sollte ihm vielmehr als morganatische Gattin das Leben versüßen.[161]

Der Stil der Zeit: Morganatische Gemahlinnen und Doppelehen

Aschenputtel-Geschichten waren dem barocken Zeitalter fremd. Dass ein einfaches Mädchen zur Prinzessin werden sollte, nur weil ein Prinz sie zu seiner Lebensgefährtin wählte – solche Märchen passten nicht ins Weltbild des 17. und 18. Jahrhunderts. Selbst innerhalb des Adels gab es eine Art Standesordnung, die sich in feinen Abstufungen von den regierenden Häusern bis hinunter zu den kleinen Landadeligen erstreckte.[162] Die Rangunterschiede, die man peinlich genau beachtete, spiegelten sich in den gesellschaftlichen Kontakten und erst recht im Heiratsverhalten.

Allerdings waren Ehen zwischen Angehörigen hochfürstlicher Häuser und Frauen aus mindermächtigen Familien nicht von vornherein tabu – es konnte im Gegenteil sogar ausgesprochen vorteilhaft sein, wenn sich jüngere Söhne aus regierenden Häusern oder verwitwete Regenten „morganatisch" vermählten: Hochzeiten mit einer unebenbürtigen Braut ließen sich mit geringem zeremoniellem Aufwand und somit „billig" gestalten. Auch die Folgekosten waren überschaubar.

Bei „Ehen zur linken Hand", wie diese Verbindungen auch genannt wurden, schlossen Braut und Bräutigam zwar vor Gott und den Menschen eine rechtsgültige Ehe, doch wurden dabei einige gängige Rechtsfolgen vertraglich ausgeschlossen.[163] So gehörte die morganatische Ehefrau nicht dem Haus ihres Mannes an, sie teilte mit ihrem Gemahl daher auch nicht Namen, Rang, Titel und Wappen. Der Stand der gemeinsamen Kinder richtete sich nach dem der Mutter. Was ihren Vater anging, so hatten die Nachkommen aus morganatischen Verbindungen eben nicht die üblichen Nachfolge-, Erb- und Vermögensansprüche. Vielmehr sollten sie ihren hochfürstlichen Verwandten „wie andere adelige Vasallen unterworfen sein, sie als ihre ordentliche Obrigkeit erkennen und ihnen treu, hold und gewärtig sein".[164]

Der Hochadel verstand es trefflich, seine Exklusivität zu wahren und seine Kreise vor dem Eindringen sozialer Aufsteigerinnen und deren Nachkommen zu schützen. Trotzdem waren Ehen zur linken Hand für die betroffenen Frauen nicht unbedingt ein schlechtes Geschäft. Denn meist betrieben die Ehemänner oder auch die regierenden Schwiegerväter beim Kaiser eine Standeserhöhung der morganatischen Gemahlin, sodass das neue Familienmitglied im höfischen Gefüge mit einigem Ansehen rechnen durfte, auch wenn es hinter der hochfürstlichen Verwandtschaft zurückstehen musste. War die Ehe freilich „allzu ungleich" oder hatte sich ein Fürst eine „aus dem allgeringsten Pöbel" stammende Frau beilegen lassen, konnte er nicht mit einem Entgegenkommen der „Kaiserlichen Majestät" rechnen.

Julius Bernhard von Rohr bemerkt in seiner „Ceremoniel-Wissenschaft", dass es zu allen Zeiten „Vermählungen der Fürsten mit Frauenzimmern aus geringerem Stande" gegeben habe. Er weist aber auch auf die Widrigkeiten hin, die sich aus solchen Verbindungen ergeben konnten: „Manchmal geschieht es, dass die aus einer ungleichen fürstlichen Ehe erzeugten Kinder mit dem von ihrem Vater errichteten Pakt, dass sie nämlich inferioris conditionis (von untergeordneter Stellung) sein sollen, nicht im geringsten zufrieden sind, sondern nach seinem Tode sich der Sukzession in die fürstlichen Lande und andere fürstliche Vorzüge anmaßen ..." Dies bereite, so Rohr, „den Herren Vettern und anderen fürstlichen Anverwandten öfters viel Verdruss"[165] – für einen Prinzen war es ebenso lästig wie peinlich, mit dem morganatischen Sohn eines verstorbenen Landesherrn um die Nachfolge konkurrieren zu müssen.

Bisweilen waren Söhne aus unebenbürtigen Beziehungen allerdings die einzigen, die eine vom Aussterben im Mannesstamm bedrohte Dynastie vor dem Verlöschen bewahren konnten und setzten sich daher durch. Als Landesherren trugen solche Männer schwer am Makel ihrer Herkunft. Eine tadellose Ahnenreihe in der männlichen *und* der weiblichen Linie war nicht nur eine Frage des Prestiges, sondern auch ein Politikum ersten Ranges.

Sprösslinge aus „Missheiraten" waren verwundbar – nichts fiel ihren Widersachern leichter, als ihre Legitimation in Zweifel zu ziehen. Solche Fälle kamen in den besten Familien vor – auch bei den Markgrafen von Baden – und noch dazu in Zeiten, als zwischen ihrem evangelischen und ihrem katholischen Zweig erbitterte Feindschaft herrschte. Über Jahre hinweg hatten sich die Baden-Durlacher geweigert, die Rechte des Markgrafen Wilhelm von Baden-Baden (1593–1677) anzuerkennen, und dies damit begründet, dass dessen Mutter, Marie von Eicken, dem Markgraf Eduard Fortunat keine ebenbürtige Gemahlin gewesen sei. Der Konflikt schwelte auch weiter, nachdem der Reichshofrat dem Baden-Badener Wilhelm im Jahr 1606 die Erbfähigkeit zugesprochen hatte. Die Entscheidung im Sinne des katholischen Familienzweigs sollte erst während des Dreißigjährigen Krieges fallen und auf militärischem Wege herbeigeführt werden.

Es lag im ureigensten Interesse der regierenden Familien, dass ihre Thronfolger makellose Stammbäume vorweisen konnten und die „Ahnenprobe" bestanden. Für den potenziellen Erben war daher eine ebenbürtige Heirat Pflicht. Üblicherweise taten Fürst und Fürstin, was die Konvention von ihnen forderte, und lebten ansonsten nebeneinander her. Zumindest dem männlichen Part fiel es jedoch nicht schwer, Trost außerhalb des Ehebettes zu finden. „Betrüblich ist's, wenn große Herren, bei Lebzeiten ihrer Gemahlinnen auf andere verehelichte oder ledige Damen ein unzüchtiges Auge werfen, sie als Mätressen auf eine kostbare Art ernähren und uneheliche Kinder mit ihnen zeugen", monierte Julius Bernhard von Rohr. Das Phänomen war allerdings so weit verbreitet, dass sich der Benimm-Experte in seiner „Ceremoniel-Wissenschaft" ausführlich mit diesem Thema befasste.

Bisweilen, stellte von Rohr fest, würden die Fürsten „gar so weit von ihren Passionen hingerissen, dass sie ihre rechten Gemahlinnen dabei verstoßen, sich von ihnen ohne alle Ursache trennen, die Mätresse heiraten …" War eine Fürstin derart in ihrer sozialen Existenz bedroht, konnte sie sich nur in eine einzige Rolle flüchten: die der unschuldig Verfolgten. „Bevor nun die Verstoßung und anderweitige Heirat erfolget, so stellen die verstoßenen Gemahlinnen in den beweglichsten Schreiben an ihre Hochfürstlichen Ehegatten ihre Unschuld und zugleich das ihnen hierdurch zugefügte Unrecht nach göttlichen und weltlichen Rechten unter Augen …", beschreibt von Rohr die angemessene Reaktion der Fürstinnen. „Will dieses nicht verfangen, so übergeben sie der Römischen Kaiserlichen Majestät den Casum (Fall) …, bringen ihre Beschwerden an … und ersuchen den Kaiser allerdemütigst, dass er doch sein allerhöchstes kaiserliches Richter-Amt hierin interponieren möchte. Sie kommen auch zu gleicher Zeit beim Reichs-Konvent ein und ersuchen sämtliche Stände des Heiligen Römischen Reichs, dass sie dieselben, in puncto der von ihrem Herrn Gemahl widerrechtlich prätendierten Ehescheidung, sie bei ihrer gerechten Sache nachdrücklich zu schützen geruhen möchten."[166]

Ein typisches Beispiel für eine verstoßene Ehefrau war die Kurfürstin Charlotte von der Pfalz (1627–1686), die Mutter der berühmten Liselotte. Kurfürst Karl I. Ludwig hatte die Prinzessin von Hessen-Kassel 1649 geheiratet, die Ehe aber schon nach wenigen Jahren als unerträglich empfunden. Zuneigung empfand er hingegen für Luise von Degenfeld, eine Hofdame seiner Frau, die er heiratete, ohne dass die Kurfürstin zuvor in die von ihm betriebene Scheidung eingewilligt hätte. Seine unebenbürtige zweite Gemahlin stattete der Kurfürst mit der Würde einer „Raugräfin" aus; einen Titel, den auch die 13 gemeinsamen Kinder trugen. Kurfürstin Charlotte wehrte sich vehement gegen die Zweitehe ihres Gemahls und schaltete den Kaiser ein. Das nützte ihr jedoch nicht viel. 1662 kehrte sie resigniert nach Kassel zurück, freilich ohne Karl Ludwig den Gefallen zu tun, ihre Ansprüche als rechtmäßige Ehefrau aufzugeben.[167]

Sein fragwürdiges Vorgehen – Ehebruch und Bigamie galten als schwere Gesetzesübertretung – rechtfertigte der pfälzische Kurfürst mit einem „klassischen Beispiel" aus der Zeit der Reformation: Landgraf Philipp I. von Hessen (1504–1567), genannt „der Großmütige", hatte – obwohl bereits mit Christine von Sachsen verheiratet – im Jahr 1540 eine Nebenehe geschlossen und sich damit höchst unangenehme reichsrechtliche Probleme eingehandelt. Rückendeckung erfuhr der protestantische Fürst von Martin Luther persönlich: Angesichts des unlösbaren Gewissenskonflikts, in dem sich der Landgraf nach Überzeugung des Reformators befand, hielt Luther eine Doppelehe für weniger verwerflich als eine Scheidung von der ersten Frau. Er erteilte Philipp dem Großmütigen daher den seelsorgerischen Dispens.[168]

Es lag keineswegs in der Absicht Luthers, in die weltliche Gesetzgebung einzugreifen oder gar einen Präzedenzfall zu schaffen – ihm ging es lediglich um die seelsorgerische Bewertung des Aufsehen erregenden Falles. Und doch wurde sein Urteil immer wieder bemüht, wenn sich evangelische Fürsten auf eheliche Abwege begaben. Für Verunsicherung im katholischen Lager hatte Luther jedenfalls gesorgt: Auch im Fall des Herzogs Eberhard Ludwig von Württemberg stellte man sich am Kaiserhof die Frage, ob man bei protestantischen Ehen nicht ganz andere Maßstäbe anlegen musste als bei katholischen Paaren.

Eine fügsame Gemahlin zeigt sich stur

Johanna Elisabeth von Württemberg zog im Kampf um ihr soziales Überleben alle Register. Zu ihrer großen Erleichterung nahm sich Markgraf Friedrich Magnus von Baden-Durlach nach anfänglichem Zögern der Sache seiner Tochter an. Der Badener wollte es allerdings nicht zum Eklat kommen lassen, ihm war daran gelegen, den Schwiegersohn „glimpflich“ zu behandeln.[169]

Auf den dringenden Rat ihres Vaters hin präsentierte sich Johanna Elisabeth der Welt als fügsame Ehefrau, der schweres Unrecht angetan wurde – weniger von ihrem herzensguten Gemahl, als von einer bösen Verführerin, der Grävenitz. Der badische Markgraf wusste nur zu gut, dass ein allzu selbstbewusstes und forderndes Auftreten die Herzogin viele Verbündete kosten würde. Und es sympathisierten zahlreiche Fürstenhäuser mit der geschmähten Ehefrau. Unter anderem bekundete König Karl XII. von Schweden – vermutlich auf Betreiben seiner Großmutter Hedwig Eleonore, der geborenen Gottorperin – seine Solidarität.

In Wien fand Johanna Elisabeth ebenfalls Fürsprecherinnen: Die Kaiserinnen Eleonore und Wilhelmine Amalie – das waren die Witwe des 1705 verstorbenen Leopold I. und ihre Schwiegertochter, die Gemahlin Josephs I. – zeigten sich zutiefst empört über die württembergische Affäre. Der badische Abgesandte hatte die Damen nämlich vorsorglich auf ein Gutachten hingewiesen, das sich mit den Gefahren befasste, die eine Duldung unbegründeter Scheidungen oder Doppelehen mit sich bringen könnte: Prinzessinnen würden künftig womöglich „sitzenbleiben“ und fürstliche Ehefrauen müssten jederzeit damit rechnen, von skrupellosen Frauenzimmern aus kleinen Verhältnissen verdrängt zu werden.

Die Folgen einer solchen Entwicklung mussten aus damaliger Sicht erschreckend sein: Wenn in Familien, die mit Kaisern und Königen verwandt waren, Mesalliancen um sich griffen, würde der uralte Glanz des Fürstenstandes unwiderruflich verblassen. Kaiserin Wilhelmine Amalie echauffierte sich über die Nachrichten aus Württemberg so sehr, dass sie sich zur Forderung verstieg: „das Mensch, die Grävenitz", müsse „völlig weggeschafft" werden.[170]

Nicht ganz so entschieden wie seine Gemahlin es gewünscht hätte, ging der Kaiser vor: Er scheute sich, rechtliche Schritte gegen den Bigamisten einzuleiten, dessen Verbrechen eigentlich schwerer wog als das der „ehebrecherischen Grävenitzin". Die Frau war jedoch leichter zu packen als der Reichsfürst. Auch die Herzogin und ihre Parteigänger versuchten, alle Schuld an dem Skandal auf die Grävenitz zu wälzen. Der Kaiser ging diplomatisch vor und entsandte eine Kommission nach Württemberg, die zwischen den zerstrittenen Parteien vermitteln sollte.

Eberhard Ludwig rückte von seinem Plan, sich von Johanna Elisabeth scheiden zu lassen, rasch ab. Zwar sagte er seiner Frau „saure Gesichter und Kaltsinnigkeiten"[171] nach – ein Verhalten, das der Herzog mit „böswilligem Verlassen" gleichsetzte –, doch seine Räte ließen sich davon nicht beeindrucken. Auch der Behauptung des Herzogs, dass ihm die Gemahlin nach dem Leben trachte,[172] nahmen die ehrenwerten Herren nicht ernst. Unmissverständlich machten sie Eberhard Ludwig klar, dass sie vorgeschobene Gründe für eine Ehescheidung nicht akzeptieren würden, und so selbstherrlich, dass er alle Brücken zu seiner Beamtenschaft abgebrochen hätte, wagte der Herzog dann doch nicht zu agieren. Der Druck, den sowohl seine prüden protestantischen Untertanen als auch seine Standesgenossen auf den Herzog ausübten, zeigte schließlich Wirkung: Zähneknirschend stimmte Eberhard Ludwig im Juni 1708 einer Annullierung seiner zweiten Ehe zu.

Ruhe am Hof kehrte damit nicht ein. Zwar begab sich Christina Wilhelmine von Grävenitz ins Exil – der Kaiser hatte gedroht, ihr andernfalls den gräflichen Titel abzuerkennen –, doch der sich nach wie vor in Leidenschaft verzehrende Herzog reiste der Geliebten alsbald in die Schweiz nach. Das wurde übel vermerkt, denn Land und Reich befanden gerade in einer militärisch höchst prekären Situation, und der Platz eines Generalfeldmarschalls wäre zu diesem Zeitpunkt unbedingt bei den schwäbischen Kreistruppen gewesen.[173]

Johanna Elisabeth wünschte zwar eine offizielle Versöhnung mit ihrem Gemahl, stellte aber die Bedingung, dass die Grävenitz dauerhaft „abgeschafft" würde. Doch eben diese Zusicherung wollte sich Eberhard Ludwig keinesfalls abringen lassen. Der badische Markgraf Friedrich Magnus, der befürchtete, dass seine angeblich so sanftmütige Tochter sich mit ihrer Sturheit in eine unmögliche Situation manövrieren würde, beschwor Johanna Elisabeth, ihr Temperament zu zügeln und „Groll, Hass, Neid, Feindschaft, Rachgier und Unversöhnlichkeit aus ihrem Herzen völlig zu verbannen."[174] Die Herzogin, die ihren Gemahl und seine Winkelzüge wohl allzu gut kannte, missachtete den Rat ihres Vaters.

Karl Wilhelm greift ein

Auch wenn Johanna Elisabeth die Ermahnungen des badischen Markgrafen bisweilen ungerecht und ermüdend fand – der alte Herr, der das ganze badische Patronage-System in Gang gesetzt hatte, um der Tochter beizustehen, war ihr eine verlässliche Stütze. Als Friedrich Magnus 1709 starb, sanken die Chancen der Herzogin, mit ihrer unversöhnlichen Position durchzudringen, beträchtlich.

Karl Wilhelm, dem neuen Regenten von Baden-Durlach, lag an einem guten Verhältnis zum benachbarten Württemberg; zudem konnte er die Leidenschaft seines Schwagers für die elegante Grävenitz durchaus nachempfinden. Seine jammernde Schwester einfach im Stich lassen – das konnte sich Karl Wilhelm aber auch nicht leisten, schließlich berührte der Streit die Ehre seines Hauses. Dem

Durlacher lag sehr an einem Kompromiss, der es beiden Streithähnen erlauben würde, das Gesicht zu wahren. Der Knackpunkt lag in der Frage, wie man eine „wahre Rekonziliation", eine Aussöhnung des Herzogspaares, herbeiführen und Eberhard Ludwig trotzdem ein Hintertürchen offenhalten konnte, das ihm dem Weg zu seiner geliebten Grävenitz freimachte. Schon wenige Wochen nach seinem Regierungsantritt befahl Karl Wilhelm zwei Räten, zu prüfen, wie das eigentlich Unvereinbare miteinander verbunden werden könnte.

Das Schicksal Johanna Elisabeths wurde im März 1710 ausgehandelt. In Stuttgart trafen sie sich zu einer Konferenz: Markgraf Karl Wilhelm von Baden-Durlach, der Bruder der Herzogin, der ihrem Gemahl ähnlicher war, als es der Schwester lieb sein konnte, und Friedrich Wilhelm von Hohenzollern, ein Vertrauter Eberhard Ludwigs. Auch Gustav von Mardefeld war dabei, ein Subdelegierter der kaiserlichen Kommission. Er, von dem man am ehesten eine neutrale Haltung im württembergischen Ehekonflikt erwarten durfte, stellte später fest, Markgraf Karl Wilhelm sei „im einen oder anderen Punkt auf Kosten der Herzogin vielleicht zu weit gegangen". Konkret schätzte er die Sachlage so ein, dass der Durlacher künftig „gegen seiner Schwester Durchlaucht und nicht für sie"[175] sein werde. Mit anderen Worten: Johanna Elisabeth konnte in der eigenen Familie nicht mehr auf Rückhalt hoffen.

Die Niederlage der Herzogin von Württemberg war nicht mehr abzuwenden: Sie, die aus taktischen Gründen die sanftmütige Ehefrau gegeben hatte, trat nun in die Gehorsamsfalle. Wollte Johanna Elisabeth in den Augen ihrer Standesgenossen nicht als diejenige gelten, die mit unchristlichem Eigensinn den Gemahl in „Extremitäten" trieb, so war sie gezwungen, der Versöhnung unter Bedingungen zustimmen, die Eberhard Ludwig den größtmöglichen Interpretations-Spielraum eröffneten: Zwar musste die Herzogin die Grävenitz nicht als Nebenfrau oder als Mätresse am Württemberger Hof dulden - aber die Situation konnte sich völlig verändern, wenn die Gräfin heiraten würde. Und für den Fall, dass sich der Kaiser bewegen ließe, der Dame in einem „ganz geänderten Stand" die Rückkehr nach Württemberg zu erlauben, sollte die Herzogin darauf verzichten, mit juristischen Mitteln gegen die Grävenitz vorzugehen.[176]

Karl Wilhelm kam es vor allem darauf an, dass der Status seiner Schwester als „regierender Herzogin“ unangetastet und der hierarchische Abstand zwischen Johanna Elisabeth und ihrer Rivalin gewahrt blieb. Welche Gefühle in der Herzogin tobten, als sie ihre Zustimmung zu dem Rekonziliationsprojekt gab und versprechen musste, „solches, solange ein Blutstropfen in meinen Adern sein wird, meinerseits heilig und unverbrüchlich zu halten“,[177] war für ihn nachrangig. Auch der Frage, wie es künftig um die Sicherheit der Herzogin bestellt sein würde, maß er offenbar wenig Bedeutung bei. Dabei war bereits 1708 ein Giftanschlag auf Johanna Elisabeth verübt worden.[178]

Die Rückkehr der Favoritin

Ein Ehemann für die verbannte Grävenitz fand sich schnell. Graf Johann Franz Ferdinand von Würben war ein angejahrter kaiserlicher Kammerherr, verwitwet und hoch verschuldet. Gegen ein stattliches Handgeld war er gerne bereit, zu heiraten und sich zum württembergischen Landhofmeister ernennen zu lassen. Das Arrangement bescherte ihm ein beträchtliches Einkommen. Aus Würbens Sicht besonders erfreulich war, dass sein neuer Dienstherr nicht das geringste Interesse daran hatte, dass er seine Ämter auch ausübte. Angesichts solcher Großzügigkeit verpflichtete sich der Mann bedenkenlos, seiner Gemahlin niemals zu nahezutreten. Während Würbens Ehefrau sich im Februar 1711 auf den Weg zu ihrem Liebhaber machte, trieb es den Herrn Gemahl an die Wiener Spieltische.[179]

Womit Ludwig Eberhard kalkuliert hatte, war eingetroffen: Der Kaiser hatte der Grävenitz – nunmehr der Gräfin Würben – erlaubt, an den Hof Eberhard Ludwigs zurückzukehren. Bei der „Landhofmeisterin“ handelte es sich schließlich um die Gemahlin eines württembergischen Spitzenbeamten. Sie erhielt vom Kaiser sogar einen Schutzbrief und die Zusicherung, dass sie keine Strafverfolgung wegen Bigamie zu befürchten habe. Im Gegenzug musste sie sich zu Wohlverhalten verpflichten.

Die „heimgekehrte" Gräfin bereitete dem Herzog nicht nur nächtliche Wonnen – sie gab fortan auch im höfischen und politischen Leben die Frau „an seiner Seite" ab. Johanna Elisabeth mochte toben und schimpfen über „das gottlose verrufene Mensch in ihrem leichtfertigen, ruchlosen Leben", sie mochte „ungemeine Bosheiten und Gewalttaten" der Gräfin von Würben anprangern – in Wien fand sie kein Gehör mehr. Es war Eberhard Ludwig mit freundlicher Unterstützung seines Durlacher Schwagers gelungen, die Herzogin in die Rolle der verbiesterten Ehefrau zu drängen: Klagte die Herzogin über das Unrecht, das man ihr antat, wertete man dies am Kaiserhof als weinerliches Weibergeschätz; pochte sie mit Blick auf den Revers ihrer Konkurrentin auf ihr Recht, so bedeutete man ihr kühl, sie habe sich „zu weit emanzipiert".[180]

Auch in Württemberg geriet Johanna Elisabeth mehr und mehr ins Abseits: Während Eberhard Ludwig 1718 offiziell nach Ludwigsburg übersiedelte – selbstverständlich begleitet von der Frau seines Lebens – blieb die Herzogin in Stuttgart zurück. Johanna Elisabeth residierte im Alten Schloss, nicht wie eine regierende Fürstin, sondern eher wie eine Witwe: Ihr Dasein bestand aus einer endlosen Abfolge gleichförmiger Tage, aus glanzloser Einsamkeit, die allenfalls von ausländischen Diplomaten durchbrochen wurde, die sich pflichtgemäß melden ließen, weil nach den Gepflogenheiten der Zeit Elisabeth Johanna eben doch den ersten Rang unter den Damen des Landes einnahm. In Ludwigsburg aber sonnte sich die Gräfin Würben in den Schmeicheleien, die eigentlich der rechtmäßigen Gemahlin gebührten.

Ludwig Eberhard beließ es nicht dabei, seine Ehefrau zu vernachlässigen – er wollte sich rächen und demütigte sie auf eine besonders perfide Weise. Als dem Herzogenpaar das erste Enkelkind geboren wurde, war es die Mätresse, die den Säugling ins Taufzimmer trug. Da die Taufe eines Prinzen weit über die Landesgrenzen hinaus interessierte, wurde allgemein bekannt, was Eberhard Ludwig seiner Frau angetan hatte. Auch nach Frankreich drang die Kunde, und Liselotte von der Pfalz war außer sich vor Empörung: Der Herzog von Württemberg sei „gar zu brutal", schimpfte sie. „Madame" prophezeite, es werde dem kleinen Prinzen wenig Glück bringen, dass ihn eine „Hure" zur Taufe getragen habe.[181] Tatsächlich starb der kleine Friedrich Ludwig, als er gerade erst ein halbes Jahr war. Eberhard Ludwig aber wiederholte das böse Spiel bei der Taufe seiner Enkelin Luise Friederike.

„Fotzentücken"

Anders als es Johanna Elisabeth vermutete, fielen der Rivalin ihre Erfolge nicht in den Schoß. Den Herzog erfreuen, glamouröse Feste feiern, ein effektives Netzwerk von Günstlingen und Informanten aufbauen, vor den Widersachern die eigenen Gefühle verbergen, die politischen Fäden ziehen – der Machterhalt war ein aufreibendes Geschäft. Bereits um fünf Uhr morgens soll sich die Geliebte des Herzogs über Akten gebeugt haben, um „verworrrenste Händel"[182] zu durchblicken. Die Gräfin Würben verdankte ihre Stellung bei Hofe ihrer Intelligenz, ihrem politischem Instinkt, ihrem enormem Ehrgeiz und einem ausgeprägten Erwerbssinn – kurz, sie hatte alle Eigenschaften, mit denen ein Mann, erst recht aber eine Frau, sich Feinde macht.

Die Ehrbarkeit verabscheute die Landhofmeisterin, weil ihre Lebensweise so völlig protestantisch-bürgerlichen Prinzipien zuwiderlief, weil der Herzog gewaltige Summen in seine Favoritin investierte, weil man eine „Weiberherrschaft" für widernatürlich hielt, aber auch, weil der Landesherr mehr und mehr dazu neigte, das Mitspracherecht der bürgerlichen Führungsschicht auszuhebeln und im Kabinett die politischen Weichen zu stellen. Wer sollte Eberhard Ludwig zu solcher Selbstherrlichkeit drängen, wenn nicht die „Landverderberin"? Pamphlete tauchten auf, deren anonyme Verfasser sich über die „Fotzentücken" der Gräfin ausließen und der „großen Landes-Hur“ ein unrühmliches Ende von der Hand des Henkers vorhersagten.[183]

Verhasst war die Mätresse außerdem bei vielen „alten“ Adeligen, die misstrauisch beobachteten, wie „neue“ Leute aus dem Dunstkreis der Gräfin bei Hof reüssierten. Christina Wilhelmine von Würben wusste, dass sie sich nicht lange würde halten können, wenn sie ihre Feinde schonte. Bereits im Jahr 1716 traf es Oberhofmarschall Friedrich Georg von Forstner, einen Jugendfreund des Herzogs. Er verlor sein Amt, nachdem er von seiner Feindin behauptet hatte, sie habe ihre Ehre prostituiert.[184] Rufmord gehörte zu den effektivsten Waffen im höfischen Kleinkrieg. Der Hofprediger Samuel Urlsperger, der wiederholt die Verderbnis des Hofes, die Sünden des obrigkeitlichen Standes und den Missbrauch der Macht geißelte – einmal soll er die Gräfin Würben als „Canaille“ bezeichnet haben[185] – wurde am Karsamstag des Jahres 1718 entlassen.

Abschied auf Befehl

Sie schien allmächtig, die Gräfin von Würben, und doch sollte schließlich die Herzogin Johanna Elisabeth einen traurigen Sieg über ihre Rivalin davon tragen. Am 21. Mai 1731 ließ Eberhard Ludwig von Württemberg seiner langjährigen Favoriten ausrichten, sie habe den Hof zu verlassen. Die Mätresse war völlig vor den Kopf gestoßen, schließlich hatte „Serenissimus ja bis in die letzte Nacht bei ihr geschlafen“.[186] Es blieb der Gräfin Würben nichts anderes übrig, als dem Befehl zu gehorchen – doch war sie wild entschlossen, sich ihren Platz zurückzuerobern, wenn nicht im Bett des Herzogs, so wenigstens in der höfischen Gesellschaft. Der von Schuldgefühlen geplagte Eberhard Ludwig fürchtete jedoch nichts mehr, als seiner einstigen Geliebten Rede und Antwort stehen zu müssen. Dass er, der Landesherr, seit der Trennung von der Würben unter „Beängstigungen“ litt, immer wieder in eine „Art von Ohnmacht“ verfiel – das konnte nur auf schwarze Magie zurückzuführen sein.[187]

Christina Wilhelmine von Würben – eine Hexe: Die Feinde der Gräfin rieben sich die Hände. Und sie sollten noch mehr Gelegenheit bekommen, sich am Unglück der „Landverderberin" zu delektieren: Durch die „ungeziemliche Renitenz" der Gräfin in die Enge getrieben, ordnete Eberhard Ludwig im Oktober 1731 ihre Verhaftung an. Christina Wilhelmine wurde nach Urach gebracht. Ihr Bruder, der mehr als jeder andere von ihrer Protektion profitiert hatte, rührte keinen Finger, um der Schwester zu helfen.

Dagegen gereichte es der Gefangenen nun zum Vorteil, dass Eberhard Ludwig im Jahr 1707 ihre Erhebung zur Reichsgräfin durchgesetzt hatte: Der Kaiser konnte die reichsunmittelbare Dame nicht einfach ihrem Schicksal überlassen und verhinderte auch ihre komplette Enteignung. Es kam zu einem Vergleich, den keine der Parteien als befriedigend ansah. Wilhelmine von Würben verließ Württemberg im April 1733 und siedelte nach Berlin über. Aus der Ferne plagte die Gräfin ihren ehemaligen Geliebten mit Entschädigungsforderungen. Während Eberhard Ludwig aus der Defensive heraus agierte, ging sein Nachfolger Karl Alexander zum Angriff über: Er beauftragte eine Untersuchungskommission, Material zu sammeln, um der Würben den Prozess zu machen. Zu den Verbrechen, die man ihr vorwarf, gehörten Abtreibung, Bigamie, Ehebruch, Betrug und Erpressung, die Veruntreuung öffentlicher Gelder sowie Mordversuche.[188]

Dass es je zu einer Verurteilung kommen würde, war wenig wahrscheinlich, aber vermutlich auch gar nicht Zweck der Übung. Herzog Karl Alexander ging es um die politische Säuberung im eigenen Land und darum, die Ansprüche der Gräfin Würben zu stutzen. Tatsächlich wurde im Streit um die Besitzungen, die der einstigen Landhofmeisterin in Württemberg geblieben waren, schließlich ein zweiter, für den Herzog recht günstiger Vergleich geschlossen. Im Jahr 1744 starb die Frau, deren Moral bis heute oft als höchst fragwürdig dargestellt wird, während ihr Liebhaber als verführter Landesherr auf die Nachsicht rechnen durfte.

„Schwanger mit 52 Jahren“

War es Überdruss, späte Reue oder einfach nur Politik? Was Eberhard Ludwig bewog, seiner Lebensgefährtin nach fast einem Vierteljahrhundert des eheähnlichen Zusammenlebens den Stuhl vor die Tür zu stellen, ist aus heutiger Sicht kaum mehr nachvollziehbar: Der Württemberger wollte in der Gewissheit sterben, dass eine Frucht seiner Lenden die Nachfolge als Landesherr antreten würde.

Das Unheil war nicht aus heiterem Himmel über den Herzog hereingebrochen. Schon Anfang 1730 hatte Erbprinz Friedrich Ludwig begonnen, Blut zu spucken. Der wegen der Schwäche seines einzigen Sohnes zutiefst beunruhigte Herzog beorderte medizinische Kapazitäten ans Krankenbett, doch deren Diagnose verschärfte nur seine Sorgen: Die Schwindsucht des Patienten schritt rasch voran und – schlimmer noch: Der sieche Erbprinz war, wie die Ärzte feststellten, „zum Geschlechtsverkehr untüchtig“.[189]

Niederschmetternd wirkte diese Nachricht auf den Herzog: Von seinem Sohn war kein Nachwuchs mehr zu erwarten, der einzige männliche Enkel war bereits 1719 gestorben. Wollte Eberhard Ludwig verhindern, dass Württemberg nach seinem Tod an einen katholischen Vetter fiel, musste er selbst noch einmal für Nachkommen von hoher Geburt sorgen. Am liebsten hätte der Herzog zu diesem Zweck eine hübsche junge Prinzessin geheiratet, doch ließ er sich davon überzeugen, dass eine Scheidung von Johanna Elisabeth nach wie vor nicht durchsetzbar wäre. Es blieb ihm daher nichts übrig, als sich mit der Frau auszusöhnen, die er als seine „von Gott auferlegte Strafe“[190] betrachtete. Da die Gräfin Würben der angestrebten Versöhnung mit der Herzogin im Wege stand, wurde sie abgeschoben.

Der Beifall der Landstände war Eberhard Ludwig gewiss, als er zu seiner „herzgeliebten Frau Gemahlin Liebden“[191] zurückkehrte. Das protestantische Württemberg flehte den Himmel an, dass die Herzogin sich als noch fruchtbar erweisen würde, denn falls Eberhard Ludwig ohne eigenen Nachkommen stürbe, fiele das Land an Prinz Karl Alexander von Württemberg-Winnental, den Sohn des einstigen Landesadministrators Friedrich Karl. In den Augen der frommen Württemberger – und ihres Herzogs – hatte Prinz Karl Alexander einen schier unerträglichen Makel: Er bekannte sich zur römisch-katholischen Kirche, gehörte zu den im 17. und frühen 18. Jahrhundert so zahlreichen Angehörigen protestantischer Fürstenfamilien, die auf kaiserliches Wohlwollen spekulierend konvertiert waren.[192]

Der Himmel schien dem evangelischen Württemberg wohlgesonnen. Zwar erlag Erbprinz Friedrich Ludwig im November 1731 kurz vor Vollendung seines 33. Lebensjahrs seinem Lungenleiden, doch im Juni des darauf folgenden Jahres gab der Herzog offiziell bekannt, dass seine Gemahlin „durch die mildreiche und preiswürdigste Güte des Allerhöchsten sich schon bei einigen Monaten her in gesegneten Leibzustand befinden …“[193]

Dass die Herzogin in der Hoffnung war, rief im Land große Freude hervor: In den Kirchen wurde für eine glückliche Niederkunft gebetet, und die Leibärzte machten sich auf die Suche nach gesunden Saugammen sowie Kindsmägden, denen man das wertvolle Neugeborene anvertrauen konnte. Alle Augen ruhten auf der werdenden Mutter: „Sei gegrüßt, oh glückliche Frau, die du in deinem gewölbten Leib des Vaterlands ruhende Hoffnung trägst“, war auf der Randschrift einer Medaille zu lesen, die anlässlich der bevorstehenden Geburt geprägt wurde. Unterhalb eines Doppelbildnisses des Herzogenpaars wurde auf das eigentliche Wunder aufmerksam gemacht: „Glückliche Deutung eines glückhaften Namens“, hieß es da: „Johanna Elisabeth ist schwanger mit 52 Jahren.“[194] Bibelfest, wie man damals war, verglich man die Herzogin mit Elisabeth, der Mutter von Johannes dem Täufer, die hochbetagt ein Kind empfangen hatte.

Doch während die biblische Elisabeth nach angemessener Frist niederkam, wollten die Wehen bei der württembergischen Herzogin nicht einsetzen. Längst hatte Eberhard Ludwig Schreiben an „Könige, Kurfürsten, Fürsten, auch Bischöfe und Fürstliche Frauenzimmer“[195] aufsetzen lassen. Doch die Briefe, die der Welt verkünden sollten, dass „durch die göttliche Gnade Unsere herzlich geliebte Frau Gemahlin, die durchlauchtigste Fürstin Frau Johanna Elisabeth Herzogin zu Württemberg und Teck ihrer bishero getragenen Fürstlichen Leibesfrucht entledigt" sei – sie wurden nie abgeschickt. Johanna Elisabeth hat das Geheimnis mit ins Grab genommen, ob sie selbst an ihre späte Schwangerschaft geglaubt hatte oder – wie man am Kaiserhof vermutete - eine Tragikomödie inszeniert worden war, die sich gegen den katholischen Thronerben Karl Alexander richtete.

Jeder Tag, der verstrich, brachte den Konvertiten der Thronfolge näher – und jeder Tag warf Johanna Elisabeth weiter zurück in die Tristesse ihres verzweifelten Herzoginnen-Daseins, dem sie als künftige Mutter des Erben einige stolze Monate lang entronnen war. Im Mai 1733 wurden die für den herzoglichen Nachwuchs verpflichtete Saugamme und andere Bedienstete des Kinderzimmers entlassen. Herzog Eberhard Ludwig, der sich inzwischen eine frische Geliebte zugelegt hatte, erlag am 31. Oktober desselben Jahres der „Brustwassersucht". Da war für Johanna Elisabeth von Baden längst alles beim Alten. Finanziell abgesichert, aber ohne jede gesellschaftliche oder politische Bedeutung verbrachte Karl Wilhelms Schwester ihre Witwentage in Kirchheim unter Teck; an heißen Sommertagen siedelte sie nach Stetten im Remstal über. Sowohl ihren Mann als auch ihren Bruder Karl Wilhelm hat die unglückliche Herzogin lange überlebt: Sie starb am 2. Juli 1757, viel gerühmt als Wohltäterin der Armen.

„Leibeigene aller Trübsalen“: Magdalene Wilhelmine und der Erbprinz von Baden-Durlach

Keine andere Fürstin im Reich verfolgte die Tragödie der Johanna Elisabeth mit so lebhaftem Interesse wie Magdalene Wilhelmine von Baden, geborene Herzogin von Württemberg und Teck. Nur allzu gut konnte sie nachempfinden, wie ihre Schwägerin unter den Grausamkeiten Eberhard Ludwigs litt. Nur allzu genau wusste sie, wie stumpf die Waffen der betrogenen Ehefrau waren, wenn ein fürstlicher Gemahl hemmungslos seine Leidenschaften auslebte. Auch sie litt darunter, dass der Kaiser die großen Herren bestenfalls halbherzig zur Räson rief, wenn diese ihren Mätressen und „Beischläferinnen“[196] mehr Rücksicht entgegenbrachten als den fürstlichen Gemahlinnen.[197] Und doch hatte, als das Schicksal die Karten verteilte, Magdalene Wilhelmine ein besseres Los gezogen als die Gemahlin ihres Bruders: Eberhard Ludwig von Württemberg liebte eine Frau, Karl Wilhelm von Baden-Durlach aber liebte die Frauen. Und wenn seine Sinnlichkeit den Badener auch auf viele Abwege führte, so gestattete er es doch keinem der Frauenzimmer, bei denen er sich sein Vergnügen holte, ihn dauerhaft in Fesseln zu schlagen. So fand sich zwar auch Magdalene Wilhelmine vor den Augen der Welt in die Rolle der ungeliebten und unattraktiven Ehefrau gedrängt, aber zumindest beschnitt ihr Gemahl nicht die Rechte und das Ansehen der Fürstin.

Wer war Magdalene Wilhelmine von Baden-Durlach? War sie, wie es in einer Gedächtnisrede auf Karl Wilhelm hieß, die „von Jugend an unter das Kreuz gesetzte“ Prinzessin, eine „Leibeigene aller Trübsale, deren Leben nur in Tränen“[198] bestand? Oder war sie, wie ein anderer Zeitgenosse verkündete, eine starke Fürstin, die in schweren Zeiten „den Untertanen teils mit Gebet, teils aber vernunftmäßiger Fürsorge Hilfe verschaffen konnte“[199] und vom Schöpfer genau zu diesem Zweck an Karl Wilhelms Seite geführt worden war?

Die Herren, die berufen waren, in Wort und Schrift über noch lebende oder vor nicht allzu langer Zeit in die Ewigkeit eingegangene Angehörige regierender Häuser zu berichten, waren keine unvoreingenommenen Zeugen. Zwar beklagen sie mit schöner Regelmäßigkeit die „in dieser Welt nicht ungewöhnlichen Hofschmeicheleien“[200] und beteuern sogleich, dass in ihre eigene Darstellung „kein unwahres Wort einfließen“ werde (Karl Wilhelm selbst soll die zeittypischen Beweihräucherungen abgrundtief gehasst haben) – doch zumeist folgen unmittelbar auf solche Bekundungen besonders dick aufgetragene Komplimente.

„Demütigst zu danken“ sei der allmächtigen Wunderhand Gottes dafür, dass sie die Ehe von Karl Wilhelm und Magdalene Wilhelmine gestiftet habe, hieß es in einer Lebensbeschreibung des Markgrafen, mit der den Menschen in Baden-Durlach das ruhmreiche Leben ihres verstorbenen Landesherrn unvergesslich gemacht werden sollte. Der Autor ließ dabei keinen Zweifel daran, dass sich auch die Markgräfin enorme Verdienste erworben hatte – vor allem, weil sie, anders als ihr Gemahl, im Land ausgeharrt hatte, um Ungemach von ihren Untertanen fernzuhalten. als Krieg und Not es nahelegten, sich in Sicherheit zu bringen. Mit solcher Standhaftigkeit hatten sich schon Magdalene Wilhelmines Mutter und ihre Schwiegermutter die Achtung ihrer jeweiligen Landeskinder erworben.

Der Kirchenrat Johann Christian Sachs, dessen „Einleitung in die Geschichte der Markgrafschaft“ 1773 erschien – da regierte seit vielen Jahren Karl Wilhelms Enkel –, war sich durchaus bewusst, dass es ein Wagnis war, „von fürstlichen Personen zu schreiben, deren Purpur ich zu küssen die Gnade habe und in deren Lande ich geboren bin“.[201] Über Magdalene Wilhelmine, die Großmutter seines Landesfürsten, stellte Sachs fest: „Sie war eine große Wohltäterin der Armen, unter welche sie von Zeit zu Zeit ansehnliche Summen Geldes durch einige Geistliche austeilen ließ, die den Dürftigen nicht einmal den Namen der Wohltäterin nennen durften. Wenige Kanzeln und Altäre sind im Land, welche nicht von ihr mit neuen Kleidungen geziert worden. Für studierende Jünglinge, zu welchen sie als Taufzeugen ehemals erbeten worden, machte sie eine milde Stiftung ... Sie verordnete dabei, dass, wenn keiner mehr von solchen jungen Leuten vorhanden wäre, diese Wohltat anderen dürftigen Studenten aus dem Land solle zugewendet werden".[202]

Dass die fromme Dame mancherlei „Widerwärtigkeiten" zu überstehen hatte, deutete der badische Kirchenmann nur sehr dezent an. Und darüber, dass der Gemahl Magdalene Wilhelmines ein gerüttelt Maß Mitschuld an diesen Widerwärtigkeiten hatte, verlor er kein Wort. Doch dies war ein angekündigtes Versäumnis: „Man fordert von keinem Geschichtsschreiber, dass er alles, was ihm bekannt ist, der Welt erzählen sollte", bemerkte Sachs nüchtern: „Man betrachtet ihn in seinen Verhältnissen und mutet ihm keine Handlung zu, die wider die Klugheit streitet. Und eben diese befiehlt ihm zuweilen, große Eigenschaften und Verdienste fürstlicher und anderer Personen, die sie selbst verschwiegen halten wollen, unberührt zu lassen."[203]

So wurde in den Verlautbarungen über Magdalene Wilhelmine vor allem der übliche Tugendkatalog der Fürstinnen abgearbeitet: ihre ausgeprägte Frömmigkeit, ihre Sorge um die seligmachende evangelische Religion, die Wohltaten, die sie Armen und Not Leidenden erwies, die hingebungsvolle Liebe, die sie ihren Kindern und Enkeln entgegenbrachte – nur die Fügsamkeit gegenüber dem Herrn Gemahl kam vielleicht ein bisschen kurz. Hinweise auf Missstimmigkeiten in der Ehe des Markgrafenpaares findet man eher zwischen den Zeilen. Das damalige Publikum, daran gewohnt, dass das Schauspiel des hochfürstlichen Lebens stets wohlwollende Kritiker fand, wusste solche Indizien sehr wohl zu interpretieren. Die Nachwelt war weniger sensibel.

Die unbekannte Fürstin

Die Gemahlin des Karlsruher Stadtgründers gehört zu den historischen Frauengestalten, über deren Persönlichkeit herzlich wenig bekannt ist, wiewohl das Klischee ihr Wesen bestens zu kennen glaubt. Das Urteil über Magdalene Wilhelmine fiel meist wenig charmant aus. Dabei fanden die Tugenden der Fürstin durchaus den Beifall des bürgerlichen 19. Jahrhunderts, dem die barocke Lebensweise ihres Ehemannes zutiefst suspekt war. Die fromme Geradlinigkeit der Markgräfin bildete in den Augen der Geschichtsschreiber einen wohltuenden Gegenpart zur Sittenverderbnis Karl Wilhelms, dieses „kleinen Erdengottes, der sich gar keiner Schranke bewusst“[204] war und der den Typus des Selbstherrschers verkörperte, den das nach politischer Teilhabe strebende Bürgertum verabscheuen musste.

Karl Eduard Vehse (1802–1870), ein der Erweckungsbewegung nahestehender Historiker, gab vor, dem Volk die Augen zu öffnen, wenn er mit kaum bemänteltem Voyeurismus Pikanterien aus dem Leben absolutistischer Landesherren schilderte. Der Skandalchronist traf mit seinem 48-bändigen, in Hamburg verlegten Werk „Geschichte der deutschen Höfe seit der Reformation“ den Geschmack eines großen, nach Enthüllungen dürstenden Publikums und prägte das Geschichtsbild des Bildungsbürgertums. Detailliert – und mit unverkennbarem Hang zur Übertreibung – berichtete er vom Mätressenwesen am Hofe des „galanten Stifters von Karlsruhe“. Nur am Rande ging Vehse auf des Stadtgründers in Durlach lebende Ehefrau Magdalene Wilhelmine ein, die in seinen Augen freilich eine „vortreffliche Gemahlin“[205] abgab.

Weniger genüsslich als Vehse wühlten badische Autoren des 19. Jahrhunderts im Liebesleben Karl Wilhelms, auch wenn sie die „Schattenseiten“[206] im Leben des Karlsruher Stadtgründers nicht ganz unter den Teppich kehrten. Es ist meist ein entschuldigender Unterton vernehmbar, wenn badische Chronisten mehr oder weniger dezent darauf hinweisen, dass es in der Ehe des Karlsruher Stadtgründers an Harmonie fehlte. Friedrich von Weech (1837–1905) etwa, ein Großherzoglich Badischer Kammerherr, der es zum

Archivdirektor brachte, charakterisierte Magdalene Wilhelmine als „ernste, strenge Frau von tiefer Religiosität erfüllt" – kein Wunder, wenn sie sich von der „heiteren Lebensanschauung ihres Gemahls"[207] abgestoßen fühlte.

Noch deutlicher schob Karl Gustav Fecht (1813–1891) der Ehefrau den „Schwarzen Peter" zu: Der Professor für Französisch und Naturgeschichte, den die Städtische Archivkommission mit einer „Geschichte der Haupt- und Residenzstadt Karlsruhe" beauftragt hatte, schilderte den Markgrafen Karl Wilhelm als einen „von Kraft und Gesundheit strotzenden, bildschönen Mann". Dieser Lichtgestalt stellte Fecht Magdalene Wilhelmine gegenüber, eine „nach ihrem Bilde in dem Durlacher Rathaussaale, äußerlich hässliche, kränklich und nichts weniger als lebenslustig aussehende Dame".[208]

Diese Einschätzung Magdalene Wilhelmines, die in der weit verbreiteten Überzeugung gründete, dass es in erster Linie den Mängeln der Ehefrau zuzuschreiben ist, wenn der Mann fremdgeht, wurde fleißig weiter kolportiert. Wo die Markgräfin ihren Überzeugungen gemäß handelte, zieh die Nachwelt sie der Sturheit, ihre pietistisch geprägte Frömmigkeit legte man als Bigotterie aus. Wo sie die Rechte der Gemahlin und Fürstin einklagte, bescheinigte man ihr ein zänkisches Wesen. Arthur Kleinschmidt (1848–1919), der in Heidelberg Geschichte lehrte, allerdings kein badisches Landeskind war, gehörte zu den Ausnahmen: Der Historiker rühmte zwar „eine Reihe trefflicher und echt fürstlicher Vorzüge" Karl Wilhelms, er bewertete aber dessen eheliche Verhältnisse als „in hohem Maße unerquicklich": „Von unbändiger Sinnlichkeit beherrscht, war er nicht nur seiner hochherzigen Gemahlin offen untreu, sondern umgab sich als üppiger Lüstling mit einem Harem". Magdalene Wilhelmine sei ein „kerniger Spross des kräftigen Schwabenvolks" gewesen und eine Frau „von sehr regem und gebildeten Geiste": „In ihrer freudelosen Ehe wurde die Religion ihr Leitstern und die Armen und Kranken sahen in ihr die immer hilfreiche Wohltäterin."[209]

Während Kleinschmidt Karl Wilhelms „unerhörtes" Verhalten für das Scheitern seiner Ehe verantwortlich machte, schien es für die meisten Autoren eine ausgemachte Sache zu sein, dass es Magdalene Wilhelmine war, die ihren Mann aus Durlach vertrieb und indirekt den Anlass zur Gründung Karlsruhes gab – einer Idylle im Hardtwald, in der der geplagte Karl Ruhe vor häuslichem Zwist fand. Das Bild erfreute sich einer solchen Beliebtheit, dass sich der badische Lehrer, Heimatschriftsteller und Volkskundler Hans Leopold Zollner (1915–1992) schließlich zur Ehrenrettung der Markgräfin genötigt sah: „Sie war keine Xanthippe“, stellte er fest.[210]

Ein positives Bild von Magdalene Wilhelmine zeichnete im 20. Jahrhundert auch der Landeshistoriker Hansmartin Decker-Hauff (1917–1993), der sich selbst als Traditionsträger der württembergischen Ehrbarkeit verstand.[211] Aus Decker-Hauffs Sicht war Magdalene Wilhelmine eine „lebenstüchtige, kluge und sehr begabte Württembergerin“, ihr rechnet es der Tübinger Professor als Verdienst an, wenn in die nächste Generation des markgräflich-badischen Hauses „ein sehr starker Trend zur Vitalität“ gekommen sei. Karl Wilhelm hingegen habe es genauso getrieben „wie sein Schwager in Stuttgart, nur etwas dezenter, etwas geschmackvoller, mehr als Lebenskünstler“.[212] Die Kunsthistorikerin Rosemarie Stratmann-Döhler (*1934) schließlich würdigt Magdalene Wilhelmine als eine zu ihren Lebzeiten hoch geschätzte Fürstin, die darauf bedacht war, das Ansehen des Hauses, in das sie eingeheiratet hatte, zu mehren – trotz oder gerade wegen der Widerwärtigkeiten, die ihr durch Karl Wilhelm widerfuhren.[213]

Wer war Magdalene Wilhelmine von Baden-Durlach? Es gibt keine andere Epoche, in der es die Menschen auf so geschickte Weise verstanden, ihr wahres Ich hinter der Maske der Konvention zu verbergen wie im Barock. Magdalene Wilhelmine hätte die Idee, der Nachwelt Einblicke in ihr Seelenleben zu gewähren, für völlig abwegig gehalten. Ihr Anliegen war es, auf der höfischen Bühne das Idealbild einer Landesherrin zu verkörpern. Es war ihre eine Genugtuung, wenn man sie als „gottselige, gnädigste und in allen hochfürstlichen Tugenden unvergleichlich geübte Fürstin“[214] rühmte. Wo aber der schöne Schein um vieles wichtiger war als das Sein, da wussten am Ende selbst die Zeitgenossen nicht mehr genau zu sagen, wo die Wirklichkeit aufhörte und die Illusion begann.[215] Umso mehr sollte man sich drei Jahrhunderte später beim Versuch, die Maske zu lüften, bewusst sein, dass sich hinter ihr nicht offenherzige Menschenkinder, sondern barocke Selbstdarsteller verbargen.

Anfänge der Ehe

An der Hochzeit gab es nichts auszusetzen. Eberhard Ludwig von Württemberg richtete seiner Schwester in Stuttgart eine standesgemäße Hochzeit aus und auch der alte Markgraf Friedrich Magnus wusste, was er seiner Schwiegertochter schuldig war: Bei der Heimführung der Erbprinzessin in Basel betrieb er großen Aufwand. Freilich erwartete er, dass die württembergische Heimat der Braut einen ansehnlichen Beitrag zum „Beilager" Magdalene Wilhelmines leistete.[216] Der Heirat vorangegangen war das übliche Gefeilsche um den Ehepakt, um die Mitgift der Prinzessin, um die Morgengabe nach Vollzug der Ehe und die Versorgung, die Karl Wilhelms zukünftige Frau zu erwarten hatte. Für den Fall, dass der Erbprinz vor seiner Frau sterben würde, verschrieb Friedrich Magnus der Schwiegertochter Schloss und Amt Graben als Wittum.[217]

Der Brauch verlangte, dass der Herzog von Württemberg den badischen Erbprinzen aufforderte, sich gegenüber seiner Schwester so zu verhalten, wie es einem frommen, redlichen, fürstlichen Herzen gebühre. Dem Bräutigam wiederum oblag es zu versichern, dass er Magdalene Wilhelmine in Ehren halten werde und alles tun werde, was ein ehrliebender Fürst seiner „geliebten Braut" zu leisten schuldig sei.[218] Dieselben Versprechungen hatte Friedrich Magnus dem Herzog von Württemberg abverlangt, als er ihm seine Tochter anvertraute. Die Sprüche gehörten zum höfischen Zeremoniell, daran, dass sie aus tiefsten Herzen kamen, glaubte niemand.

Das Herzogspaar war eigens zu den Feierlichkeiten anlässlich der Heimführung Magdalene Wilhelmines nach Basel gereist. Die Stadt empfing die hohen Gäste mit Salutschüssen, eine Garde von 80 Bürgern zu Pferd gab ihnen das Geleit.[219] Auch dem Brautpaar machte die Stadt Basel wertvolle Geschenke. Rauschende Feste wurden gefeiert, und Magdalene Wilhelmine durfte sich über viele Huldigungen und Komplimente freuen. Komplimente, zu denen sich ihr Gemahl bald nicht mehr durchringen konnte.

Karl Wilhelm war weder überrascht noch unvorbereitet, als ihm im Sommer 1797 die Braut „beigelegt“ wurde.[220] Als „Nachbarskinder“, die noch dazu miteinander verwandt waren, hatten die Brautleute zwar keine intime Kenntnis voneinander, aber durchaus eine Vorstellung davon, was auf sie zukam, auch wenn männliche und weibliche Lebenswelten außerhalb der höfischen Öffentlichkeit nur wenige Berührungspunkte aufwiesen.

Dass Magdalene Wilhelmine keine Schönheit war, verraten Bildnisse, die die Jahrhunderte überdauert haben: Sie zeigen eine Frau mit länglichem Gesicht, schweren Lidern und einer ausgeprägten Nase, deren Züge eher herb als lieblich anmuten. Halb geschlossene Augen verleihen der Dame einen Anflug von Arroganz, den man – wenn man es gut mit der Markgräfin meint – auch als Ausdruck einer majestätischen Haltung deuten kann.

Nun sahen es die Künstler des Barock keineswegs als ihre Aufgabe, einfach die rohe Natur abzubilden: Man hielt es völlig für ausreichend, wenn ein Gemälde gerade so viel von den individuellen Zügen wiedergab, dass die Identität der Portraitierten noch zu erkennen war. Wichtiger als die triviale Wiedergabe der Physiognomie schien den Malern die Darstellung von Hoheit und Würde. Nicht zuletzt weil es ihr Auskommen sicherte, hatten die Künstler zudem einen Hang zum zeittypischen Übel der Schmeichelei.[221] Mit dem Pinsel wurde bisweilen so ungeniert geflunkert, dass Prinzen, die sich anhand eines Portraits für eine Braut entscheiden sollten, ständig befürchten mussten, statt einer bildhübschen Prinzessin die hässliche Katze im Sack zu kaufen.[222] Wenn trotz solcher Gepflogenheiten Madgalene Wilhelmine auf den erhaltenen Bildnissen wenig attraktiv erscheint, liegt der Gedanke nahe, dass ihr Äußeres tatsächlich nicht sehr ansehnlich war. Oder aber, dass es eher ihrem Wunsch entsprach, ehrfurchtgebietend und respekteinflößend zu wirken, als falschen Liebreiz zu versprühen.

Magdalene Wilhelmine hatte schon als kleines Mädchen gelernt, dass es sich nicht auszahlte, in der Rolle der fügsamen Dulderin aufzugehen, wie sie die Regisseure des höfischen Theaters Frauen so gerne auf den Leib schrieben. Die alte Herzogin Magdalene Sibylla mochte ihre Tochter beschwören, sich gegenüber ihrem Gemahl demütig und gehorsam zu erweisen – sie selbst hatte der jungen Frau vorgelebt, dass es wenig Sinn machte, seine Rechte einem Almosen gleich zu erbetteln, wenn es andere Möglichkeiten gab, sich durchzusetzen. Fürstinnen waren nämlich privilegierte Geschöpfe, auch wenn sie nur als Stellvertreterinnen ihres Gemahls oder ihrer unmündigen Söhne zur Herrschaft gelangen konnten. So entsprach es der Ordnung, die vermeintlich Gott selbst für seine Schöpfung vorgesehen hatte.

Dem großen Gott aber fühlte sich Magdalene Wilhelmine mit Leib und Seele verpflichtet. Und da Gott sie nun einmal dazu bestimmt hatte, als Gemahlin an der Seite des Durlacher Erbprinzen Karl Wilhelm zu stehen, war die Württembergerin bestrebt, das Beste aus dieser Ehe zu machen, auf dass sie anderen Christenmenschen als Vorbild dienen könne.

Er war wahrlich ein hübscher Mann, dieser Karl Wilhelm. Ob Magdalene Wilhelmine ahnte, was sie im Eheleben erwartete, als der badische Erbprinz sie zum Tanz führte? Seine Finger berührten die ihren nur an den Spitzen – mehr Nähe galt in der Öffentlichkeit als unschicklich. Karl Wilhelm verneigte sich, kam auf seine Gemahlin zu, zog sich zurück, schritt an ihr vorbei, um sich gleich darauf wieder zu nähern. So wie es das Zeremoniell vorschrieb, welches das uralte Spiel von Huldigung, Werbung und Verweigerung zur erotischen Pantomime erstarren ließ.[223]

Es war kein Tanz, bei dem der Bräutigam weltvergessen seine Liebste schwenkte: Das Menuett sollte, wie alle höfischen Übungen, zuvörderst das Auge des Publikums erfreuen. Jahrelang waren der badische Prinz und die württembergische Prinzessin von Ballettmeistern in der hohen Kunst des Tanzes unterrichtet worden; hoch konzentriert zelebrierten sie nun das Schauspiel. Der höfische Tanz und die hochfürstliche Ehe: Man konnte beides mit Anmut absolvieren, ohne in tiefere Gefühle zu investieren, ja, ohne sich auch nur die Mühe zu machen, den Partner näher kennenzulernen.

Der alte Markgraf Friedrich Magnus gewährte Karl Wilhelm und seiner jungen Frau die Führung einer eigenen Hofhaltung in Basel. Doch obwohl sie nicht mit den Schwiegereltern unter einem Dach wohnte, war Magdalene Wilhelmine bald mehr mit Karl Wilhelms Familie vertraut als mit ihrem Gemahl – vor allem mit der Markgräfin Augusta Maria, die ihrer Mutter, der Herzogin-Witwe von Württemberg, so ähnlich war.

Auch mit der alten Prinzessin Katharina Barbara (1650–1733), der unverheirateten Schwester des Markgrafen Friedrich Magnus, stand Magdalene Wilhelmine auf gutem Fuße. Ihr imponierte die Prinzipientreue dieser Dame aus dem Haus Durlach – um nicht vom lutherischen Glauben lassen zu müssen, hatte die „bildschöne" Badenerin einst die Hand von Kaiser Leopold ausgeschlagen.[224] Doch Katharina Barbara war nicht nur eine fromme Frau und Wohltäterin der Armen und Kranken, sondern auch eine Freundin der Künste, der Musik und der Wissenschaften. In Magdalene Wilhelmine fand die begabte Frau eine anregende Gesprächspartnerin.

Anders als in der älteren Literatur oft angedeutet, beschränkten sich die Interessen von Karl Wilhelms Gemahlin nämlich keineswegs auf Bibel und Kirchengesangbuch: Magdalene Wilhelmine war an einem Hof aufgewachsen, an dem man auch weltliche Musik hoch schätzte – und Freude daran hatte, selbst zu musizieren. Dass man sich in Stuttgart auf der Höhe der Zeit befand, zeigt ein Blick ins Klavierbüchlein der jungen Magdalene Wilhelmine: Dort findet sich unter anderem eine Arie, die einer Komposition von Henry Purcell aus „The fairy Queen" nachempfunden ist. Das Stück, dessen Textvorlage sich auf Shakespeares „Sommernachtstraum" stützt, war 1692 erstmals aufgeführt worden. Bereits fünf Jahre später, kurz vor ihrer Hochzeit, übte die damals 20-jährige Magdalene Wilhelmine eine Variante von „If love's a sweet passion" ein.[225]

Es entsprach durchaus den Gepflogenheiten der Zeit, dass vornehme Fräulein sich auf künstlerische Weise – und natürlich nur auf diese Weise – mit den Irrungen und Wirrungen des Liebeslebens auseinandersetzten. Schon als Achtjährige war Wilhelmine Magdalene bei einem „singenden Schauspiel“ vor der höfischen Öffentlichkeit in die Rolle der Venus geschlüpft und im „Rendez-vous des plaisirs“ hatte sie neben ihrem Bruder als Schäferin posiert.[226] Wenn Magdalene Wilhelmine aber darauf gehofft hatte, dass das Leben an der Seite des badischen Erbprinzen einem Rendez-vous der Vergnügungen gleichen würde, so sah sie sich von ihrer Sehnsucht getrogen.

Ausgedehnte Lustbarkeiten mit Feuerwerk und anderen Vergnügungen standen im Februar 1698 an – Friedrich Magnus wünschte den lang ersehnten Friedensschluss an seinem Basler Hof zu feiern. Die Vorbereitungen für das große Fest waren in vollem Gange, als nachts im Palais ein Brand ausbrach. Der Erbprinz hörte von seinem Domizil aus das „Feuergeschrei“ und eilte mit seinen Bedienten, um den Eltern und den lieben Verwandten beizustehen. Die hatten sich in ihren Nachtgewändern bereits aus dem brennenden Palast gerettet. Nachdem sich Karl Wilhelm vergewissert hatte, dass seine Familie unversehrt war, beteiligte er sich persönlich an den Löscharbeiten. Die Flammen raubten Friedrich Magnus ein Vermögen – aber immerhin gelang es, ihr Übergreifen auf die Nachbarhäuser zu verhindern.[227]

Engagiert wie beim Brand des väterlichen Palais zeigte sich Karl Wilhelm im Ehebett – nicht weil ihm die intimen Zusammentreffen mit seiner Gemahlin besonderes Vergnügen bereiteten, sondern weil es seine Pflicht war, Magdalene Wilhelmine baldmöglichst zu schwängern. Die Persönlichkeiten des badischen Prinzen und seiner württembergischen Frau waren wohl allzu unterschiedlich, als dass sich eine auf Zuneigung oder wenigstens auf Gewohnheit gründende Gemeinschaft ergeben hätte. Vielleicht sprachen aber auch einfach die Zeitumstände gegen die beiden: Es galt unter jungen Fürsten gerade als höchst unmodern, sich mit einer aufgezwungenen Ehefrau zu arrangieren. Und anderes als ihre Gemahlinnen, denen sie absolute Loyalität und ein monogames Sexualverhalten abverlangten, fanden die großen Herren viele Möglichkeiten, ihre erotischen Sehnsüchte auszuleben.

Der Stil der Zeit: Eheleben auf Distanz

Zweck einer fürstlichen Ehe war es in erster Linie, potenzielle Thronerben mit einem makellosen Stammbaum in die Welt zu setzen. Da dem barocken Menschen die Prüderie, die das 19. Jahrhundert gebar, völlig fremd war, fehlte es bei Heiraten nicht an deftigen Anspielungen auf den körperlichen Akt. An vielen Höfen war es üblich, dass sämtliche Hochzeitsgäste Braut und Bräutigam zum Bett begleiteten. Nicht ungewöhnlich war es auch, dass eine Prinzessin zunächst in ihrer Heimat mit einem Stellvertreter des Bräutigams verheiratet – und diesem zum Schein auch „beigelegt" – wurde.[228] Immerhin musste ein frisch vermähltes Paar zu Karl Wilhelms Zeiten nicht mehr damit rechnen, dass die Herren Minister vor dem Brautbett salbungsvolle Reden schwangen, die von den Kavalieren aufgegriffen und endlos weitergesponnen wurden.[229]

Im Hochzeitszeremoniell spielte das Ehebett allerdings nach wie vor eine zentrale Rolle. Ob es der Fürst im Ehealltag dann mehr oder weniger regelmäßig aufsuchte, war eine ganz andere Frage. Männer und Frauen lebten in unterschiedlichen Sphären – was in barocken Schlössern auch in der Anordnung der Gemächer seinen Ausdruck fand. Man begegnete sich, wenn es die Repräsentationspflichten erforderten, in den Gesellschaftsräumen. Dieser Parade-Trakt schied die Gemächer von Fürst und Fürstin voneinander – und mancher Prinz musste weite Wege zurücklegen, um mit seiner Prinzessin vertraulich zu verkehren.

Besonders kompliziert war der königliche Weg ins Ehebett alten Berichten zufolge in Spanien. Gelüstete es den König nach der Königin, hatte er sich an ein streng festgelegtes Reglement zu halten: „Er hat seine Schuh als Pantoffeln angesteckt, seinen schwarzen Mantel auf den Achseln an statt des Schlafrocks, welcher eben so wenig als die Pantoffeln gebräuchlich. Sein Broquet oder Schild hängt ihm an dem linken Arm, wie auch eine Flasche, die an einem Bändchen angeknüpft, und nicht zum Trinken, sondern zu einem andern nächtlichen Dienst gebraucht wird. Ferner trägt er in der linken Hand eine kleine Nacht-Laterne, und in der rechten einen großen Stoß-Degen. Ist er nun also bewaffnet, so darf er in der Königin Zimmer hinein treten". Ob diese Zeremonien, über die ein Gelehrter namens Johann Christian Lünig (1662–1740) in seinem „Theatrum Ceremoniale"[230] berichtete, im frühen 18. Jahrhundert aber noch in Gebrauch waren, daran meldete der Etikette-Spezialist von Rohr berechtigte Zweifel an.[231]

Immerhin verdeutlichen solche Schilderungen, dass eine Heirat nicht automatisch Nähe zwischen den Eheleuten produzierte. Und dass die keusche Ehefrau gefälligst zu warten hatte, bis der Gemahl ihr seine Huldigungen erwies. Innerhalb ihres Appartements genoss die Fürstin zwar einige Freiheiten – doch diese fanden ihre Grenzen dort, wo Etikette und Schicklichkeit das Regiment führten. Suchte eine Fürstin Trost oder Abwechslung bei einem Geliebten, so spielte sie zwar nicht mit ihrem Leben, aber sie riskierte ihre soziale Existenz: Die erwiesene Untreue der Ehefrau war der einzige über alle Konfessionen hinweg akzeptierte Scheidungsgrund.

Großen Herren hingegen sah man es nach, wenn sie ihre Potenz geradezu öffentlich auslebten – oft wurde ihre sexuelle Leistungsfähigkeit sogar als Ausfluss einer Stärke gedeutet, die sich auch auf dem Schlachtfeld oder dem politischen Parkett bewähren würde. Fürstliche Ehebrecherinnen wurden anders bewertet. Sie taten gut daran, in aller Heimlichkeit ihr Glück zu suchen. Sünderinnen, die erwischt wurden, drohte die „Absonderung" – nicht in einem dunklen Kerker, aber in einer abgelegenen Burg oder einem zugigen Schlösschen, verdammt, dazu, den Rest ihrer Tage in einer standesgemäßen Umgebung, aber einsam und zu völliger Bedeutungslosigkeit degradiert zu darben.

Prinzessinnen wurden dazu erzogen, ihrer Familie Ehre zu machen und die Eigenheiten ihres Gemahls zu tolerieren – sie wussten nur allzu genau, mit welch erbarmungswürdigem Dasein unbotmäßiges Verhalten bestraft werden konnte. Und doch gab es sie immer wieder – Frauen, die alles riskierten, um dem Stumpfsinn einer arrangierten Ehe zu entgehen und ein Zipfelchen vom Glück zu erhaschen. Berühmt-berüchtigt zu ihrer Zeit war Sophie Dorothea von Hannover (1666–1726).

Die Prinzessin von Braunschweig-Lüneburg-Celle, betrogene Ehefrau ihres Cousins, des Kurprinzen von Hannover und späteren britischen Königs Georg I., hatte ihre Gunst einem gewissen Grafen von Königsmarck geschenkt, der Sophie Dorothea entführen und mit ihr ein neues Leben beginnen wollte. Die Liaison flog auf und der gräfliche Liebhaber verschwand, ohne irgendwelche Spuren zu hinterlassen. Sophie Dorothea selbst errang zweifelhaften Ruhm als Prinzessin von Ahlden – 32 Jahre lang, bis zu ihrem Tod, sperrte man sie in dem entlegenen Schloss an der Aller ein. Nach Ansicht vieler ihrer Zeitgenossen hatte Sophie Dorothea diese harte Strafe vollauf verdient. „Mausdreck" war sie etwa in den Augen der Liselotte von der Pfalz, die unverblümt hinausposaunte, dass sie der „gewesenen Kurprinzess" ihr Unglück wohl gönne.[232]

Der erste Sohn des Herkules

Nichts lag Magdalene Wilhelmine ferner, als dem verachtenswerten Beispiel einer Prinzessin von Ahlden zu folgen. Nie hätte sie ihren Feinden – oder ihrem Ehemann – Gelegenheit gegeben, an ihrer Moral zu zweifeln. Magdalene Wilhelmine hielt es für selbstverständlich, ihrem Gemahl die ehelichen Intimitäten zu gewähren. Leider ließ Karl Wilhelms Eifer im Ehebett nach der Rückkehr in die untere Markgrafschaft aber rasch nach. Sollte das Schlösschen, das der Erbprinz in Durlach erworben hatte, die Ursache dieser ungewohnten Enthaltsamkeit sein? Bei dem einigermaßen repräsentativen Gebäude auf einer Anhöhe, zu dem ein weitläufiger Garten gehörte, handelte es sich um eines der wenigen Gebäude, die das Schreckensjahr 1689 überstanden hatten. In Magdalene Wilhelmine reifte der Verdacht, dass der Erbprinz dort eine Vorliebe für dekorative Gewächse auslebte, die sich nicht auf die Pflanzenwelt beschränkte. Ihr Schwiegervater sprach Klartext. Friedrich Magnus machte seinem ältesten Sohn unmissverständlich klar, dass er nicht unzüchtige Weiber, sondern seine rechtmäßige Gemahlin zu beglücken habe, andernfalls der regierende Markgraf sich gezwungen sähe, von seiner väterlichen Gewalt Gebrauch zu machen.[233]

Nach der väterlichen Standpauke suchte Karl Wilhelm das Schlafzimmer seiner Frau wieder häufiger auf. Auf den Namen Karl Magnus wurde der Knabe getauft, den Magdalene Wilhelmine am 12. Januar 1701 in der Durlacher Karlsburg gebar. Karl Wilhelm blickte gerührt auf ein stramm in Windeln gewickeltes Bündel, in dem er die Zukunft seines Hauses vermutete: Zumindest für die Existenz dieses Menschleins war er Magdalene Wilhelmine von Herzen dankbar.

Das Jahr stand unter keinem guten Stern, denn schon zeichnete sich ab, dass ein weiterer Krieg – diesmal der Spanische Erbfolgekrieg – Unheil über das Land am Oberrhein bringen würde. Da schien es klug, die guten Verbindungen zur neutralen Schweiz zu pflegen. Karl Wilhelm bat die 13 Orte der Eidgenossenschaft, die Patenschaft für seinen Erstgeborenen zu übernehmen. Die Vertreter der Kantone reagierten geschmeichelt auf das Ansinnen, gleichwohl gab es heftige Diskussionen darüber, ob es in Ordnung war, dass sich neben den evangelischen auch die katholischen Orte an einem Geschenk für den lutherischen Prinzen beteiligen sollten. Schließlich ließen sie gemeinsam einen Becher mit Kredenzteller aus massivem Gold herstellen. Sehr zur Genugtuung der Ratsherren nahm der Fürst persönlich das Patengeschenk in Basel entgegen.[234]

„Darum schien ihm alle Lebensgefahr gering zu sein“:[235] Auf der Jagd nach Ruhm

Viel Zeit, das Gedeihen seines Sohnes zu verfolgen, blieb dem Erbprinzen von Baden-Durlach nicht. Von einem General-Wachtmeister des Schwäbischen Kreises erwartete man, dass er sich aktiv an den Vorbereitungen für den Krieg beteiligte, den Kaiser und Reich dem französischen Sonnenkönig 1702 offiziell erklärten. Karl Wilhelm, der das Vorbild des verehrten Türkenlouis vor Augen hatte, wünschte, dass der kleine Karl Magnus einst stolz auf den Heldenmut seines Vaters blicken würde. Auf einen Vater, der den Tod nicht scheute, wenn es darum ging, sich vor anderen deutschen Prinzen auszuzeichnen.

Der Türkenlouis eignete sich freilich nur noch bedingt als Idol eines jungen Möchtegern-Helden: Das Verhältnis des Markgrafen von Baden-Baden zu Kaiser Leopold war zerrüttet, der Ruf Ludwig Wilhelms am Wiener Hof ruiniert. Dass der badische Markgraf sich ohne kaiserliche Rückendeckung um die polnische Königskrone beworben hatte, hatte man ihm bereits als schlechtes Benehmen ausgelegt. Doch als sich der Türkenlouis auch noch anschickte, als „abgebrannter“ Reichsfürst eine eigene Politik zu machen und dem Kaiser im bevorstehenden Krieg mit der Neutralität des Schwäbischen Kreises drohte, sank die Stimmung unter den Gefrierpunkt. Trotz der Differenzen konnte der Kaiser aber, als es ernst wurde, nicht auf seinen ungehobelten badischen Oberbefehlshaber verzichten: Es gab keinen anderen als den Markgrafen Ludwig Wilhelm, dem man zutrauen konnte, in kürzester Zeit die Verteidigung der westlichen Reichsgebiete auf die Beine zu stellen.[236]

Die erste Bewährungsprobe für Karl Wilhelm kam, als die Reichstruppen Landau belagerten und die Franzosen einen Ausfall unternahmen. Der Erbprinzessin erzählte man später, dass die Kaiserlichen schon weichen wollten. Ihr Gemahl sei es gewesen, der die Männer zur Ordnung rief und die Franzosen zurück in die Festung trieb. Dabei wurde der General-Wachtmeister allerdings von einer feindlichen Kugel getroffen. Den Schwerverletzten trug man nach Durlach, wo ihm die sorgsamste Pflege zuteilwurde. Karl Wilhelm war längere Zeit außer Gefecht gesetzt; Landau wurde ohne sein Zutun erobert. Der lahmgelegte Prinz tröstete sich mit einen Glückwunschschreiben, das angeblich der Kaiser selbst angeregt hatte: Dessen Sohn, der römische König Joseph, rühmte Karl Wilhelms vor der Festung Landau gezeigte Tapferkeit in den gnädigsten Tönen.[237]

Geduld war keine Stärke Karl Wilhelms. Obwohl die bei Landau geschlagene Wunde noch nicht ganz verheilt war, begab er sich im Oktober 1702 wieder ins Kriegsgetümmel. Bei Friedlingen vor den Toren von Basel geriet der badische Prinz in einen heftigen Angriff der Franzosen, dem die Reiterei des Reiches nicht viel entgegenzusetzen hatte. Der Graf von Fürstenberg, der das Fußvolk anführte, kam ums Leben. Darauf, so erzählte man sich stolz in Durlach, übernahmen Karl Wilhelm und Wilhelm Friedrich von Brandenburg-Ansbach das Kommando:[238] Sogar die Franzosen hätten bewundernd zugegeben, dass der Baden-Durlacher wie ein Löwe kämpfte, hieß es. Der Löwe freilich trug aus der Schlacht bei Friedlingen erneut schwere Verletzungen davon – und hatte dabei noch Glück, mit dem Leben davongekommen zu sein. Seine Frau vernahm mit Entsetzen, dass ein erfahrener Offizier tot an der Seite des Erbprinzen zusammengebrochen sei – und dass man vermute, die tödliche Kugel habe eigentlich Karl Wilhelm, dem Kommandeur, gegolten. Was seinen Rang anging, profitierte der Durlacher von der überstandenen Gefahr: Der Schwäbische Kreis ernannte ihm zum General-Feldmarschall-Lieutenant.

Seine Verletzungen und das Schweigen der Waffen im Winter ermöglichten es Karl Wilhelm, weiter für den Fortbestand seines Hauses zu wirken. Friedrich, der zweite Sohn der Erbprinzessin, kam am 7. Oktober 1703 in Stuttgart zur Welt. Die schwangere Magdalene Wilhelmine hatte in ihrer alten Heimat Schutz gesucht, weil sie sich in Durlach nicht sicher fühlte und der Rest der Familie wieder mal nach Basel geflüchtet war – ausgenommen freilich der erbprinzliche Herr Gemahl, der schon wieder den Ruhm auf dem

Schlachtfeld suchte und keine Zeit hatte, für das Wohl der werdenden Mutter Sorge zu tragen.

Diesmal überraschte Karl Wilhelm allerdings weniger durch Todesverachtung als durch Besonnenheit. Bei der Ersten Schlacht von Höchstädt waren die Franzosen klar überlegen. Doch, so überlieferten es zumindest die badischen Chronisten, der durlachische Erbprinz „zog seine Regimenter zu Fuß in schönster Ordnung und mit so großer Vorsichtigkeit und Tapferkeit zurück, dass die feindliche Reiterei, welche verschiedene Angriffe tat, die ganze Infanterie ohne großen Verlust abziehen lassen musste."[239] Angeblich war der Kaiser auch diesmal voll des Lobes.

Wenig entscheidungsfreudig zeigte sich Karl Wilhelm, als er den Auftrag bekam, an der Bühl-Stollhofener Linie den Rhein zu bedecken. Erneut belagerten die Franzosen unter Marschall Tallard die Festung Landau, und die Verteidiger ersuchten den Durlacher Erbprinzen dringend, mit seinen Leuten zu ihnen zu stoßen. Karl Wilhelm aber wollte die ihm anvertraute Linie nicht allzu sehr entblößen. Mit einem Teil seiner Leute rückte er nach Mannheim vor, wo er auf die Entscheidung des Türkenlouis wartete, ob er denn nun wirklich die Rheinbrücke passieren sollte. Während der Durlacher zögerte, schuf Tallard Tatsachen: Nach der Schlacht am Speyerbach eroberte er am 17. November 1703 Landau. Der Erbprinz, der nicht handeln wollte, ehe er den Befehl dazu von ganz oben erhalten hatte, „war also der Gefahr und dem Vorwurf entgangen", stellte wohlwollend der Chronist Sachs fest: „Er zog … mit seinen Leuten wieder hinauf nach Stollhofen und bedeckte den Rhein den ganzen Winter hindurch."[240]

Im Jahr 1704 zeigte sich der Kriegsgott den kaiserlichen Streitern gegenüber freundlicher. Karl Wilhelm, schwer beeindruckt vom Dreiklang der Kriegshelden, des Prinzen Eugen von Savoyen, des britischen Oberbefehlshabers John Churchill, Duke of Marlborough, und des badischen Türkenlouis, bat darum, erneut an der Donau eingesetzt zu werden. Es konnte dem intelligenten jungen Offizier jedoch nicht lange verborgen bleiben, dass sein väterlicher Freund immer mehr in den Schatten der beiden anderen Feldherren geriet.

Der Herzog von Marlborough traute dem Markgrafen von Baden-Baden nicht über den Weg. Er hatte Ludwig Wilhelm im Verdacht, mit dem auf Frankreichs Seite kämpfenden Kurfürsten von Bayern verhandeln zu wollen. Tatsächlich wäre dem Badener ein Verhandlungsfrieden lieber gewesen als ein mit großen Verlusten errungener Sieg. Der Türkenlouis befürchtete nämlich, dass eine bedingungslose Kapitulation der Bayern die Franzosen zu neuerlichen Gewaltexzessen animieren würde.[241] Marlborough aber, der Engländer, scherte sich nicht um das Schicksal der Menschen am Oberrhein. Er empfahl, den Türkenlouis zu „arretieren" und somit unschädlich zu machen.[242]

Ganz so schlimm kam es für den Badener nicht. Doch selbst Prinz Eugen von Savoyen, der ein Verwandter des Türkenlouis war, ließ sich gegen den alten Haudegen einnehmen. Gemeinsam mit Marlborough sorgte der „edle Ritter" dafür, dass der badische Held auf einen Nebenkriegsschauplatz abgeschoben wurde, als die Alliierten die „große" Schlacht bei Höchstädt schlugen: Man machte dem Markgrafen weis, dass die Entscheidung bei Ingolstadt fallen würde.[243] So war Ludwig Wilhelm lediglich an dem vorbereitenden Sieg am Schellenberg bei Donauwörth beteiligt, wo er sich eine Schussverletzung zuzog, die niemals richtig verheilte und ihn wenige Jahre später ins Grab bringen sollte.[244]

Karl Wilhelm, des Türkenlouis' junger Vetter, fand bei der Schlacht von Höchstädt, bei der die französisch-bayerischen Truppen eine empfindliche Niederlage einstecken mussten, zu seiner alten Unerschrockenheit zurück. Dass der Durlacher Erbprinz mit dem Leben davonkam, verdankte er diesmal einem Sattelknecht namens Aberle: Ohne einen Moment zu zögern, hatte der Mann einen französischen Kürassier erschossen, als dieser mit dem Säbel auf den jungen badischen Fürsten eindrosch.[245] Diese Geistesgegenwart sollte Karl Wilhelm seinem Retter nie vergessen.

Der Sieg von Höchstädt hatte – wie vom Türkenlouis befürchtet – die aus badischer Sicht sehr unerfreuliche Folge, dass sich die kriegerischen Anstrengungen nun wieder auf den Oberrhein konzentrierten. Die Heere der Verbündeten trennten sich. Prinz

Eugen kämpfte im Elsass, Marlborough eroberte Trier und der angeschlagene Türkenlouis belagerte wieder einmal Landau. Diesmal war Karl Wilhelm mit von der Partie, als die Festung in kaiserliche Hände fiel. Der Schwäbische Kreis belohnte das Engagement des badischen Erbprinzen und ernannte ihn zum General-Feldzeugmeister.

Stillstand, gefolgt von einem ermüdenden Hin und Her von Eroberungen und Verlusten, prägte die folgenden Monate. Karl Wilhelm fand genügend Zeit, seine Gemahlin ein letztes Mal mit einer Leibesfrucht zu beschweren: Töchterlein Auguste Magdalene kam am 13. November 1706 zur Welt. Der kleinen Prinzessin war allerdings nur ein kurzes Leben vergönnt. Sie starb in Basel, noch ehe sie das dritte Jahr erreicht hatte.

Der Türkenlouis stirbt

Karl Wilhelm war aufrichtig betrübt über den sich rasch verschlechternden Gesundheitszustand des Türkenlouis – und mit zunehmender Empörung registrierte er, wie übel dem von Schmerzen geplagten Generalissimus mitgespielt wurde. Kaiser Leopold, der trotz aller Differenzen das militärische Talent des Markgrafen stets hochgeschätzt hatte, war Anfang 1705 gestorben, sein Nachfolger Joseph I. hatte wenig Geduld mit dem renitenten Badener.

Ludwig Wilhelms Argumentation, dass Angriffe mit einer ungenügenden Zahl von Soldaten nur im Fiasko enden könnten, betrachtete der Habsburger als Vorwand für Untätigkeit. Bestärkt wurden des Kaisers wenig vorteilhafte Ansichten über Ludwig Wilhelm vom Herzog von Marlborough, der im Türkenlouis einen prächtigen Sündenbock für eigene Fehlentscheidungen fand: Es bot sich aus Marlboroughs Sicht geradezu an, militärische Rückschläge mit der mangelnden Unterstützung durch den Markgrafen von Baden-Baden zu erklären. Die Stimmung wandte sich zusehends gegen den einstmals strahlenden Türkensieger. Schmähschriften tauchten auf, die den Feldherrn der Schlafmützigkeit, der Unfähigkeit, ja sogar des Verrats an Kaiser und Reich ziehen. Als „Ludwig der Kleine“ wurde er verhöhnt[246] – ein besonders schmerzhafter Stich gegen einen Mann, dessen unerreichtes Lebensziel die Standeserhöhung war.

Immer häufiger musste sich der Türkenlouis wegen seiner schmerzenden Wunde und anderer Leiden im Feldlager vertreten lassen. Ende Oktober 1706 ersuchte er den Kaiser um die Entlassung. Die letzten Wochen seines Lebens verbrachte Ludwig Wilhelm von Baden-Baden in seinem Rastatter Palast, diesem Architektur gewordenen Machtanspruch, wo jede Freske, jede Stuckdekoration der Verherrlichung des Hauses Baden diente.[247]

Religiöse Toleranz hatte der stramm katholische Türkenlouis walten lassen, wenn es darum ging, wohlhabende Zuzügler in die abgebrannte Markgrafschaft oder herausragende Spezialisten an seinen Hof zu holen. Am Lebensende des Markgrafen führte diese moderne Geisteshaltung zu einem Eklat, der europaweit die Gemüter erregte und natürlich auch im lutherischen Baden-Durlach das Gesprächsthema Nummer eins war.

Der sterbende Markgraf von Baden-Baden wollte die Beichte ablegen und ließ einen Franziskanermönch rufen. Der aber verweigerte Ludwig Wilhelm die Absolution mit der Begründung, dass der Landesherr in seiner Residenzstadt die Religionsausübung von Häretikern dulde – im Blick hatte der Mönch dabei ausgerechnet den Leibarzt des Türkenlouis, einen Lutheraner namens Christian Ludwig Göckel. So elend der Türkenlouis sich auch fühlte – eine derart freche Anmaßung des Beichtvaters nahm er nicht hin. Der Fürst ließ den eifernden Mönch vor die Tür setzen und befahl dessen Vorgesetzten, ihn von seinen Sünden freizusprechen. Mit dieser Aktion hatte der Türkenlouis ein letztes Mal den Beifall auf seiner Seite. Selbst die widerwillig zum Katholizismus konvertierte Liselotte von der Pfalz, die heftige Vorurteile gegen den Baden-Badener hegte, ihn für hässlich und ausschweifend hielt, klatschte Beifall: „Prinz Louis hat gar vernünftig getan, den Mönch wegzuschicken, der so impertinent zu ihm gesprochen, wie es gar nicht nötig war für seine Seligkeit“, kommentierte sie.[248]

Am 4. Januar 1707 um halb neun Uhr abends fiel der Vorhang für Ludwig Wilhelm von Baden-Baden. Sechs Tage nach seinem Hinscheiden wurde im Beisein von Durlacher Gesandten das Testament des Markgrafen eröffnet. Dem Recht des Erstgeborenen folgend sollte Prinz Ludwig Georg dem Türkenlouis in der Regierung folgen – er war noch keine fünf Jahre alt. Seine Mutter, die Markgräfin Sibylla Augusta, sollte bis zur Mündigkeit des Erben als Obervormünderin fungieren.

Zu Mitvormündern hatte der Verstorbene den Kurfürsten Johann Wilhelm von der Pfalz sowie den Herzog Leopold von Lothringen bestimmt und ihnen ans Herz gelegt, seiner Witwe „mit Rat und Tat ersprießlichen Beistand zu leisten und zur Aufrechthaltung des uralten Hauses Baden beizutragen".[249] Die Herren mochten überzeugt sein, dass die erst 31 Jahre alte Regentin diesen männlichen Beistand dringend benötigte, nachdem sie bei der Testamentsverlesung in eine tiefe Ohnmacht gesunken war.[250] Doch Sibylla Augusta zeigte schon bald, dass sie gewillt und auch in der Lage war, die Geschäfte selbst zu regeln.

Zeitgenossin: Sibylla Augusta von Baden-Baden (1675–1733)

20 Jahre lang zog Sibylla Augusta als Oberlandesregentin die Fäden in der Markgrafschaft Baden-Baden. Es war alles andere als ein leichtes Amt, die schwer unter den Kriegsfolgen leidende Markgrafschaft zu regieren. Trotzdem wollte sich Sibylla Augusta nicht von den ihr als Mitvormündern zur Seite gestellten fürstlichen Herren den Weg weisen lassen. Wo das von ihrem Gemahl „ererbte" Personal ihren Vorstellungen nicht entsprach, drückte sie unmissverständlich ihre „Ungunst" aus, sodass die Betroffenen schleunigst ihren Abschied einreichten.

Ein Mann, der Sibylla Augusta gefiel, war der bereits 74 Jahre alte Karl Ferdinand Freiherr von Plittersdorf. Die Markgräfin ernannte den rüstigen alten Herrn 1707 zum Präsidenten der baden-badischen Hofkammer – er blieb ihr engster Berater, bis sie die Regierung zwei Jahrzehnte später an ihren mittlerweile 25-jährigen Sohn Ludwig Georg übergab.

Für den Erbprinzen, ein Sorgenkind, betete die Regentin oft und lange. Denn Ludwig Georg schien geistig zurückgeblieben, noch im Alter von sieben Jahren brachte er kein verständliches Wort hervor. Erst nachdem seine Mutter mit ihm eine Wallfahrt zum Benediktinerstift Einsiedeln unternommen hatte, begann der Erbprinz zu sprechen – ein Wunder. Acht Mal besuchte die dankbare Sibylla Augusta den Gnadenort in der Schweiz, überdies ließ sie sowohl in Schlackenwerth als auch in Rastatt eine Einsiedler-Kapelle errichten.[251]

Ein Mann, dessen geistlichen wie politischen Rat Sibylla Augusta hoch schätzte, war Kardinal Damian Hugo von Schönborn. Der Fürstbischof von Speyer wiederum war von der Klugheit und den Aufbauleistungen der Markgräfin so beeindruckt, dass er ihr bescheinigte, sie sei „eine so gescheite und penetrante Fürstin, dass nur ein paar Worte Ihnen genug sind, so machen Sie alles besser als der penetranteste Staatsmann und Minister."[252]

Die prunkliebende Sibylla Augusta überraschte in Kriegszeiten durch unerwartete Sparsamkeit: Drastisch verkleinerte sie ihren Hofstaat; von 325 Bediensteten mussten 170 gehen. Die Fürstin drängte darauf, dass der selbst vom Bankrott bedrohte Kaiser seine finanziellen Verpflichtungen gegenüber ihrem verstorbenen Gemahl in vollem Umfang erfüllte – in zähen Verhandlungen gelang es ihr, zumindest eine Teilzahlung herauszuschlagen Schritt für Schritt gelang es ihr, die enorme Verschuldung der Markgrafschaft zu reduzieren.[253]

Auch eigenes Vermögen setzte Sibylla Augusta für den Wiederaufbau des kleinen Fürstentums ein. Dabei freilich behielt die kunstsinnige Markgräfin die eigene Herrlichkeit stets im Auge: Beim Ausbau der Rastatter Residenz, beim Bau der Schlosskirche und ihrer Favorite sowie bei der Wiedererrichtung des 1689 zerstörten Ettlinger Schlosses schwelgte die Fürstin in einer barocken Pracht, die der Armut des Landes Hohn zu sprechen schien. Sibylla

Augusta bevorzugte Künstler und Handwerker aus ihrer alten Heimat, die ein „Böhmen am Oberrhein" entstehen ließen.[254]

Von der liberalen Religionspolitik ihres Gemahls wandte sich die Witwe ab. Dem Türkenlouis waren zur raschen Peuplierung des entvölkerten Landstrichs auch Protestanten willkommen gewesen. Sibylla Augusta, deren Katholizismus mit zunehmendem Alter bigotte Züge annahm, beschnitt die Freiheiten ihrer evangelischen Untertanen jedoch radikal. Sie, die sich einen Grabstein mit der Aufschrift „Betet für die große Sünderin Augusta" bestellte, geriet aus diesem Grund mehrfach mit Karl Wilhelm von Baden-Durlach aneinander.

Ein Beinbruch

Es gelang dem Kaiser nicht, den Türkenlouis am Oberrhein durch einen Oberkommandierenden von vergleichbarem Kaliber zu ersetzen. Noch im Todesjahr des Markgrafen überrannten die Franzosen die verschanzten Linien bei Stollhofen, wüteten in der gerade erst fertiggestellten Residenz Rastatt – Sibylla Augusta überstand die schwere Zeit in Ettlingen – und drangen weit ins Reichsgebiet vor.[255] Karl Wilhelm, der bei Bühl stand, sah angesichts des weit überlegenen Feindes keine andere Möglichkeit, als sich im Schutze der Nacht in Richtung Pforzheim zurückzuziehen – er konnte sich sogar noch etwas darauf einbilden, dass er dabei keinen einzigen Mann einbüßte.[256]

Während die Franzosen die Markgrafschaften zur Ader ließen, wurde Karl Wilhelm nach Ulm abkommandiert. Dort fiel er beim Exerzieren ganz unrühmlich vom Pferd und brach sich das rechte Bein.[257] Entzündungen und Geschwüre kamen hinzu. Der Prinz konnte noch von Glück reden, dass es den Ärzten gelang, den Wundbrand einzudämmen, und sie ihm nicht das Bein absägen mussten. Gleichwohl waren es mörderische Schmerzen, die ihn wochenlang ans Lager fesselten – und ihm Zeit zum Nachdenken verschafften. Zum Nachdenken darüber, wie wenig militärische Leistungen sich für kleine Fürsten auszahlten in einer Gesellschaft, die den Rang höher schätzte als das Verdienst. Zeit zum Grübeln, ob aus der Sicht des Kaisers Mut und Tapferkeit jemals so wertvoll sein würden wie eine stehende Armee, die sich Baden-Durlach so wenig leisten konnte wie Baden-Baden. Zeit sich Gedanken zu machen, was ein Landesfürst von Land und Leuten fordern konnte und was Land und Leute von ihrem Herrn erwarten durften.

Der Traum vom Ruhm auf dem Schlachtfeld, der so viele barocke Fürsten verführte, hatte entschieden auch seine Schattenseiten. Trotzdem begab sich Karl Wilhelm, nachdem er sich den Winter über in Ulm erholt hatte, 1708 pflichtgemäß zurück zur Armee. Diesmal sollte er als kaiserlicher Generalfeldzeugmeister an der erst vor Kurzem angelegten Ettlinger Linie Dienst tun, wo aber keine entscheidende Schlacht geschlagen wurde – wie es überhaupt am Oberrhein keinen Frontabschnitt gab, an dem aus alliierter Sicht noch befriedigende Ergebnisse zu erzielen waren.[258]

„Schützen, Schirmen und Erhalten“: Regierender Markgraf

Des Volkes Stimme rief dich zwar zurück vom Feld /
Das Schicksal wollte Dich zu dessen Atlas machen /
Du solltest für ihr Heil und sichre Ruhe wachen /
Doch bliebst Du allezeit der unerschrockne Held /
Dein Helm war ohne Rost, Dein Schwert noch nass vom Blut /
Dein Auge auf Deinem Volk, auf Deinem Feind der Mut /
So wusstest Du zugleich als Fürst mit Herculs-Keulen
Die Waage Themidis klug und beherzt zu teilen.[259]

Der „treue und devote Diener“, der dies Loblied auf Karl Wilhelm sang, schrieb seinem Fürsten eine Rolle auf den Leib, welche diesem außerordentlich gefiel: Es war die Rolle des siegreichen Helden, der auf das Flehen seines bedrängten Volkes – widerstrebend – den Kommandostab niederlegt, um im eigenen Land das Ruder zu übernehmen. Die Rolle eines Helden, der über die Kräfte des Herkules verfügt, welche er als weiser Landesvater einsetzt, um der Gerechtigkeit zum Sieg zu verhelfen. Der 25. Juni 1709 markierte eine entscheidende Zäsur im Leben Karl Wilhelms von Baden-Durlach: Es war der Tag, an dem der 62-jährige Markgraf Friedrich Magnus seinen ältesten Sohn segnete und ihm die Regierung übertrug, ehe er im Beisein seiner Frau sowie der herbeigeeilten Kinder und Enkel seinen Geist aushauchte.[260]

Karl Wilhelm nahm an diesem Tag ein für alle Mal Abschied vom Soldatenleben. Zwar herrschte noch Krieg, aber der Markgraf begann bereits, seinen Traum vom Frieden zu leben. Einen Traum, der – nachdem die Kriegsparteien endlich die Waffen niedergelegt hatten – mit der Gründung Karlsruhes Gestalt annehmen sollte.[261]

Jedermann sei Untertan der Obrigkeit

Bald nach dem Tod des Friedrich Magnus ließ Karl Wilhelm die Patente ins Land schicken. Es war an der Zeit, das Huldigungstheater zu inszenieren: Die Untertanen waren verpflichtet, dem neuen Landesherrn Gehorsam und Treue zu schwören. In den Kirchen der Markgrafschaft schärften die Geistlichen den Gläubigen ein: „Jedermann sei untertan der Obrigkeit, die Gewalt über ihn hat. Denn es ist keine Obrigkeit ohne von Gott. Wo aber Obrigkeit ist, die ist von Gott verordnet. Wer sich nun der Obrigkeit widersetzt, der wiederstrebt Gottes Ordnung ...“[262] Auch dem himmlischen Vater war im Schauspiel der Macht eine Rolle zugewiesen, denn die Vorstellung eines rachsüchtigen, strafenden Gottes war in der barocken Gesellschaft noch sehr lebendig.[263] Es mochte zartfühlende Gemüter geben wie die verwitwete Markgräfin Augusta Maria, die allen Schicksalsschlägen mit der Überzeugung trotzte, dass der vermeintlich strafende Gott doch eigentlich ein zutiefst barmherziger sei. Ihr Sohn Karl Wilhelm meinte, dass es nicht schaden könne, wenn das Volk den Zorn des Allmächtigen fürchtete.

Um den Leuten die gebührende Ehrfurcht einzubläuen, fuhr man schwere Geschütze auf. Da man dem Volk wenig Verstand zutraute,[264] galt es, nicht nur kluge Worte zu machen, sondern die Sinne anzusprechen: Der Huldigungsakt sollte die Macht und Gewalt des Landesherrn fühl- und erlebbar machen.

Die Männer sowie die Knaben, dic bereits das heilige Abendmahl genossen hatten, wurden einzeln aufgerufen und abgehakt. Wer sich am Huldigungstag wegen Krankheit oder Wachdienst entschuldigen ließ, wurde später zum zuständigen Oberbeamten bestellt und von diesem in die Pflicht genommen. Aber freiwillig ließ sich niemand diesen erhebenden Akt entgehen – schon gar nicht in Durlach und in Pforzheim, wo der Landesherr das Handgelübde selbst entgegennahm. Der persönliche Auftritt bei der Huldigung war ein geschickter Schachzug Karl Wilhelms. Denn man war überzeugt davon, „dass die Liebe und Freude der Untertanen, mehrenteils größer, wenn ein Fürst selbst persönlich dabei zugegen ist; es können auch öfters durch sein freundliches und gnädiges Bezeugen diejenigen, die sonst für die neue Regierung eben nicht die besten Sentiments gehabt, auf andere Gedanken gebracht werden."[265]

In Durlach traten am 30. Juli die Untertanen aus Durlach, Mühlburg, Graben, Staffort und Umgebung an. Das Wirtshaus „Krone" hielt als Bühne her. Das Stockwerk, in dem Karl Wilhelm die Huldigung entgegennehmen wollte, war mit schwarzem Tuch ausgelegt, die Fenstersimse verhängt – die Markgrafschaft trug schließlich Trauer um den verewigten Landesherren Friedrich Magnus. Schwarz bezogen war auch der Sessel, auf dem der Erbe sich niederlassen würde, schwarz der Baldachin, der dazu bestimmt war, sich über seinem hohen Haupt zu wölben.

Vor dem Wirtshaus versammelten sich rund 1600 Männer. Die Statisten warteten natürlich nicht bunt gemischt, vielmehr hatten die Regisseure des feierlichen Aktes sie „in ihrer Ordnung" aufgestellt; getrennt nach Bürger- und Bauernschaft und wiederum fein säuberlich sortiert nach Dorf und persönlicher Bedeutung. In der schwarz verhängten Stube brachten sich unterdessen Bürgermeister, Gerichte und Räte von Durlach und Mühlburg in Positur. Schließlich ging die Meldung an die Karlsburg, dass alles „parat" sei.

Nun machte sich der Hauptdarsteller auf den Weg – begleitet von seinem Hofstaat, natürlich in schönster Ordnung: Vorneweg ging der fürstliche Hoffourier mit Degen, dann folgten die Lakaien. Andächtig, als habe er es mit einem Heiligtum zu tun, trug der Haushofmeister seinen langen Stab, der der Landestrauer wegen mit schwarzem Tuch umwickelt war. Hinter ihm schritten die Kammerräte, der Leibarzt, der Geheime Sekretär, sodann die Hof- und die Geheimen Räte. Hofkavaliere, Kammerjunker und sonstige Herren von Adel stolzierten unmittelbar vor der von sechs Pferden gezogenen Trauerkutsche, in der einzig der regierende Markgraf Karl Wilhelm saß. Dem Gefährt folgten die Kammerdiener und Trompeter. Letztere waren nicht nur wegen der Lautstärke, mit der ihr Auftritt einherging, wichtige Leute: Seit dem Mittelalter war ihr Instrument ein Herrschaftssymbol, dessen Gebrauch strengen Reglements unterlag. Ihre durchdringende Stimme erheben durfte die

Trompete nur im Dunstkreis der Macht. Kaiser, Könige und andere Fürsten traten zu ihren Klängen auf. Seit dem 15. Jahrhundert unterstrichen auch die Markgrafen von Baden ihre Bedeutung, indem sie sich von „piffern" und „trumpetern" begleiten ließen.[266]

Im Namen Karl Wilhelms verkündete ein Minister, der Freiherr von Wallbronn, dass der neue Landesherr das Fürstentum „schützen, schirmen und erhalten" werde. Insbesondere versicherte der Markgraf, „die Bürger und Untertanen bei der wahren evangelischen Religion, ihren alten Gerechtigkeiten und Bräuchen zu schützen", er versprach, „ ohne Ansehung der Person … das Böse zu strafen, das Gute aber zu belohnen und als ein gnädiger Fürst und Landesvater sich gegen sie zu erzeigen." Im Gegenzug mussten die Leute „solche gnädigste Erklärung mit gebührendem, untertänigsten Dank" anerkennen. Außerdem sollten sie ihm in die Hand versprechen, dass sie sich zu allen Zeiten „gegen seine Hochfürstliche Durchlaucht mit aller Devotion und untertänigstem Gehorsam, wie es treuen Untertanen ansteht, ... betragen werden".

Zunächst waren die Bürgermeister, Räte und Gerichtsherren dran. Dann kam das draußen wartende Volk an die Reihe, das „mit aufgehobenen Fingern und einem leiblichen Eid zu Gott, dem Allmächtigen" schwor, dass es seiner fürstlichen Durchlaucht und dessen Erben als ihren „natürlichen, angeborenen Landesfürsten" dienen werde. Mann für Mann, Jüngling für Jüngling – sie alle beugten das Haupt vor ihrem Herrn und gelobten Treue: Selbstbewusste Bürger, abgearbeitete Bauern, Reiche und Arme, schwitzender Pöbel. Karl Wilhelm war vermutlich nicht unglücklich, als er nach Abschluss der langwierigen Zeremonie samt seinem Hofstaat „in der gleichen Ordnung" zurück in sein von Wohlgerüchen durchzogenes Schloss fahren konnte. Dort fanden sich zur Feier des Tages auch die fürstlichen Beamten ein, der Kirchenrat und die Pfarrer, die Gerichtsherren, die Schultheißen und Räte, um sich auf Kosten des Landesherrn den Bauch vollzuschlagen.

Karl Wilhelm speiste natürlich nicht mit diesen Leuten, doch nachdem die fürstliche Tafel aufgehoben war – im wahrsten Sinne des Wortes, die Diener trugen den Tisch weg –, besuchte er huldvoll seine Gäste, zeichnete den einen oder anderen aus, indem er das Wort an ihn richtete. Die einfachen Untertanen hatten sich unterdessen im Hof der Karlsburg versammelt. Der Markgraf war zu sparsam, um Geldmünzen unters Volk zu werfen, wie das bei mächtigeren Fürsten anlässlich der Erbhuldigung üblich war – aber Wein floss auch in Durlach im Überfluss. Dazu ließ Karl Wilhelm das sogenannte „Hausbrot" verteilen, das er bei den Bäckern der Residenzstadt geordert hatte. Der Tag endete in fröhlicher Völlerei.

Ähnlich verliefen die Huldigungsfeierlichkeiten in Pforzheim, zu denen Karl Wilhelm auch die Männer aus Stein und Langensteinbach befohlen hatte. Die Untertanen im Oberland hingegen bekamen zunächst keine Gelegenheit, sich von den Strahlen der eben aufgegangenen „Landessonne" blenden zu lassen – sie mussten ihr Haupt vor einem Stellvertreter ihres Fürsten beugen. Auch fiel das Festmahl zur Erbhuldigung nicht überall üppig aus. Angesichts des fortdauernden Krieges fiel es den Beamten mancherorts schwer, Wein und Brot in ausreichender Menge zu beschaffen.

Mehr Staat

„Alle Wochen etliche Tage vom frühen Morgen an bis spät in die Nacht"[267] soll Karl Wilhelm damit zugebracht haben, sich in die Staatsgeschäfte einzuarbeiten, Protokolle zu studieren oder sich dieselben Wort für Wort vorlesen zu lassen. Es dürfte nicht nur die zeittypische Neigung zur Übertreibung gewesen sein, die den Gedächtnisprediger zu dieser Schilderung bewog. Quer durch die deutschen Lande ließ sich im frühen 18. Jahrhundert eine Tendenz zu „mehr Staat"[268] beobachten – und da sich der absolutistische Fürst als Inbegriff und Verkörperung des Staates verstand, war es nur logisch, wenn er denselben zu erfassen, zu durchdringen und zu optimieren suchte.

Karl Wilhelm, geradezu besessen von der Idee, die Macht in seiner Person zu konzentrieren, verbrachte viele Stunden über den Akten. Die mit Verwaltungsfragen und politischem Händeln bestens vertrauten Räte sollten gar nicht erst Gelegenheit erhalten, aufgrund ihres Erfahrungsvorsprungs ein eigenes Süppchen zu kochen. Sie versuchten es trotzdem …

Der Durlacher war der Meinung, dass es die vorrangige Aufgabe seiner Beamten, auch der vornehmsten, sei, für den Regenten die notwendige Vorarbeit zu leisten, komplizierte Sachverhalte zu beraten und die Ergebnisse vorzutragen – mitnichten aber, selbst zu entscheiden. Die Kleinheit des Territoriums ermöglichte es Herkules, seine Aufmerksamkeit selbst lächerlich anmutenden Detailfragen zu schenken. Die Pedanterie des Markgrafen prägte den Stil des Landes: In Baden-Durlach traute man sich bald nicht einmal mehr, ohne Karl Wilhelms ausdrückliche Zustimmung Schädlinge zu bekämpfen. Als sich Mäuse in der Registratur einnisteten und wichtige Akten zernagten, fragten die Beamten untertänigst bei Serenissimus an, ob er zur Vertreibung „dieses schädlichen Ungeziefers dem Kanzleiknecht einige Katzen zu halten“ erlaube oder was sonst der Markgraf „diesfalls gnädigst zu verordnen geruhen wollten“.[269]

In den Spitzengremien, dem Geheimen Rat, dem Hofrat, dem Kirchenrat und der für die Finanzen zuständigen Rentkammer, war man von den „modernen“ Methoden Karl Wilhelms zunächst wenig begeistert. Allzu umtriebig erschien der Landesfürst den adeligen wie den bürgerlichen Staatsdienern, als er energisch die Verwaltung zu reformieren suchte. Mit immer neuen Einfällen plagte er sie, auch wenn sich die in den Jahren 1709, 1710, 1711 und 1713 von Karl Wilhelm eigenhändig niedergeschriebenen Entwürfe eigentlich nur geringfügig voneinander unterschieden.[270] Da aber gerade die kleinen redaktionellen Änderungen den Fürsten in höchstem Maße umtrieben, sahen sich die Räte gezwungen, ihnen die größte Aufmerksamkeit zu schenken.

Anfangs hofften die Herren noch darauf, dass es sich bei Karl Wilhelms Wirken „von oben“ um eine fürstliche Laune handele, die sich schnell legen würde, weil standesgemäße Vergnügungen wie Reisen, Festlichkeiten, Jagden, schöne Frauen und die Gartenkunst doch um so viel reizvoller anmuteten als das Studium trockener Akten. Und tatsächlich verstand es Karl Wilhelm, sein

Leben zu genießen. Er reiste, als noch der Spanische Erbfolgekrieg die Menschen in Atem hielt, ins Tulpenland Holland, um höchstpersönlich Zwiebeln auszuwählen, die besonders prächtige Blüten hervorzubringen versprachen; er besuchte Innsbruck, wo er dem neu gewählten Kaiser Karl VI. seine Aufwartung machte,[271] er feierte Karneval in Venedig.

Auch wenn Herkules die Zügel zeitweise lockerte – er gab sie nicht aus der Hand, forderte auch aus der Ferne jederzeit Rechenschaft von seinen Räten. Trotzdem wurde den meisten seiner Beamten erst nach dem 1714 geschlossenen Frieden von Rastatt klar, wie ernst es der Markgraf mit einem ganz auf sich selbst zugeschnittenen Regiment meinte. Als am Oberrhein endlich die ersehnte Ruhe eingekehrt war – leider wieder nicht in Verbindung mit den erhofften Entschädigungen für die erlittene Unbill – sah Karl Wilhelm die Zeit für gekommen, seine Herrschaft auf neue Füße zu stellen und den Schwerpunkt der Regierungstätigkeit aus dem Geheimen Rat heraus ins Kabinett zu verlegen.[272]

Der Stil der Zeit: Das Kabinett – Barock in konzentrierter Form

„Gabinetto" – so nennen die Italiener ein Örtchen, an dem man ausgesprochen private Geschäfte erledigt. Und so sehr weit war das Kabinett der barocken Herren nicht von diesem Lokus entfernt: Mit Kabinett bezeichnete man zu Karl Wilhelms Zeit einen kleinen, abgesonderten Raum innerhalb des Appartements des Fürsten oder der Fürstin. Zwar war das Kabinett nicht eigentlich für die hochfürstliche Verdauung bestimmt, doch spielten sich hier ähnlich intime Vorgänge ab: Unbeobachtet von der höfischen Öffentlichkeit konnte Serenissimus hier denken, schreiben und studieren, kostbarste Kleinodien aufbewahren und vertraulichste Gespräche führen.

Nur einigen wenigen, nur den loyalsten seiner Diener, gewährte der Fürst Zugang zum Herzstück seiner Gemächer. Doch gerade deshalb wurde in einem Zeitalter, das die Kunst perfektionierte, das Privateste als Mysterium des Staates zu deuten, das Kabinett zum Inbegriff der Regierungstätigkeit. Hier umgab sich der absolutistische Fürst mit einem kleinen Kreis von Vertrauten, mit denen er sich beriet, ehe er, er ganz allein, aus dem Kabinett, seinem Privatgemach, heraus, die Entscheidung fällte. Nicht Verdienst oder Rang, allein die Gnade des Landesherrn war der Türöffner zum inneren Zirkel der Macht. Seiner Bedeutung gemäß ließ der Fürst den kleinen Raum so prächtig und kostbar ausstatten wie keinen anderen im Schloss. Als konzentrierter Barock[273] war das Kabinett gleichermaßen ein Traum, prunkvolle Kulisse und Versinnlichung fürstlicher (Selbst-)Herrlichkeit.

Kampf gegen den Schlendrian

Friedrich Magnus hatte seinem Sohn keinen Augias-Stall hinterlassen – trotzdem fand Herkules einiges vor, was er auszumisten gedachte. Karl Wilhelm bemerkte mit äußerstem Missvergnügen, dass er, der Fürst, sich offenbar mit weit größerem Elan dem Studium der staubigen Akten widmete als viele seiner bezahlten Diener. Dem Schlendrian, der seiner Meinung nach selbst die höchsten Gremien lähmte, sagte der Markgraf den Kampf an.

Doch Gewohnheiten, die sich über Jahrzehnte eingeschliffen haben, lassen sich nicht mit einem Federstrich abschaffen. Es war den Herren selbstverständlich bekannt, dass die Sitzungen des Hofrats Pflicht waren und Schwänzen empfindlich geahndet werden konnte. Allein – die Regelung, wonach in dringenden Fällen auch nachmittags Sitzungen stattfinden sollten, sorgte für Verdruss bei den Beamten, von denen viele nebenher eine Landwirtschaft betrieben. Anders als der Landesherr sahen die Hofräte zumindest in den ersten Regierungsjahren Karl Wilhelms selten Grund zur Eile: Die Zeit nach der Predigt sei zu kurz gewesen, als dass man das Protokoll noch hätte zu Ende bringen können – eine solche Entschuldigung betrachteten sie als durchaus stichhaltig.

Karl Wilhelm aber regierte auf Ausreden mit beißendem Spott: „Hätte ja der Nachmittag ohne Lebensgefahr dazu employiert werden können",[274] ätzte er einmal. Der Markgraf scheute sich auch nicht, nachlässige Beamte ungeachtet ihres Ranges vor versammelter Mannschaft runterzuputzen: „Herr Vizepräsident wollen doch nicht so nachlässig sein",[275] hieß es dann. Ein anderes Mal bekam der Hofratspräsident die Mahnung auf den Weg, dass eine Angelegenheit pressiere und Karl Wilhelm denjenigen, „welcher mutwillige Verzögerung in dieser Sache machen ..., gewiss mit Ungnaden anfahren werde."[276]

Weniger Macht, aber mehr Arbeit und Pflichten – es wundert nicht, dass die Anstrengungen Karl Wilhelms, die Verwaltung ganz auf sein persönliches Regiment zuzuschneiden, bei seinen „lieben Getreuen"[277] Unmut hervorriefen, der sich in mal mehr, mal weniger geschickt verbrämten Widersetzlichkeiten äußerte. Was ihre gesellschaftliche Reputation anging, profitierten die Spitzenbeamten aber eher vom Trend zur Verhofung und zur Zentralisierung, wenngleich sich in ihren Reihen zunehmend Männer aus einfachen Verhältnissen fanden.

Karl Wilhelm verstärkte die Regierungskollegien zuvörderst mit Juristen bürgerlicher Abstammung – es war ein offenes Geheimnis, dass die „Gelehrten" den Hauptteil der Arbeit in den Gremien schulterten und trotzdem oft ein geringeres Gehalt bezogen als ihre adeligen Kollegen.[278] Der Geheime Sekretär etwa, ein Bürgerlicher namens Johann Ernst Bürcklin, beugte sich oft bis tief in der Nacht über Schriftstücke und Protokolle und gab häufig sogar den heiligen Sonntag dran, um für Karl Wilhelm die verlangten Informationen bereitzustellen.[279] Obwohl er Tag und Nacht arbeite, so klagte Bürcklin, beziehe er aber die nämliche Gage wie jeder andere Hofrat, der morgens um acht Uhr in die Kanzlei kam und schon bald, mittags um elf – oder wenn es lange währte – um halb zwölf, wieder nach Hause ging, um sich seinen eigenen Geschäften oder seinen Vergnügungen zu widmen.

Auch wenn Bürgerliche sich oft durch ein besonders ausgeprägtes Pflichtbewusstsein auszeichneten – auf die Dienste adeliger

Herren konnte Karl Wilhelm nicht verzichten. Wollte der Markgraf sich nicht dem Gelächter seiner Standesgenossen preisgeben, so mussten Gesandte, die ihn an bedeutenden Höfen vertraten, ein Adelsprädikat besitzen. Auch die Präsidentenposten blieben fest in adeliger Hand. Andere hohe Hofämter wie die des Hofmarschalls, des Hofmeisters, der Kammerjunker und der Kammerfräulein, erforderten aufgrund ihrer repräsentativen Funktion ebenfalls eine vornehme Herkunft. So brachte der barocke Fürstenstaat zwar neue Elemente in die Gesellschaftsordnung ein, die auf lange Sicht tiefgreifende Veränderungen bewirken sollten – aber noch wurde die überkommene Sozialordnung mit ihrem Normengefüge nicht infrage gestellt.

Im Gegenteil – selbst an einem kleinen Hof wie dem Durlacher zelebrierte man die Rangunterschiede. Karl Wilhelm dachte nicht im Traum daran, an den Grundfesten der ständischen Gesellschaft zu rütteln – es ging ihm nur darum, sie effizienter zu gestalten.[280] Da es im badischen Territorium nur vereinzelt landsässigen Adel gab, rekrutierte Karl Wilhelm sein Spitzenpersonal aus schwäbischen und fränkischen, aber auch aus thüringischen und Sundgauer Adelsgeschlechtern sowie aus Mitgliedern der Kraichgauer und der Ortenauer Ritterschaft.

Der zu Beginn des Jahrhunderts – auch kriegsbedingt – recht überschaubare Hofstaat wurde unter Karl Wilhelm kräftig aufgestockt, die Administration ausgebaut. Bis zum Überdruss wurde am Durlacher und später am Karlsruher Hof protokolliert und kopiert, registriert und referiert. Serenissimus bestand darauf, dass der Fortgang der Geschäfte und die Umsetzung seiner Verordnungen ständig kontrolliert wurden. Zudem wollte er sich von jedem Vorgang jederzeit selbst ein Bild machen können, um zu einem gerechten Entschluss zu kommen.

Audienz bei Karl Wilhelm

Eher spontan dürften Karl Wilhelms Entscheidungen bei den Audienzen gefallen sein, die er Dienern und Untertanen einmal in der Woche gewährte – nur durfte man ihm nicht mit „Betteleien" oder bereits entschiedenen Prozessen kommen.[281] An den Rand der Bittgesuche und Eingaben, die ihm die Leute überreichten, notierte der Markgraf, wie in der fraglichen Sache zu verfahren sei: Fand ein „Supplikant" sein Wohlgefallen, so kritzelte er die Worte „Placet" (Ist recht) „Fiat" (Soll geschehen), oder „Fiat expeditio favorabiliter" (Soll bevorzugt erledigt werden). Missfiel Karl Wilhelm das vorgetragene Anliegen hingegen, so lautete seine Instruktion im besten Fall, das ganze „Bello modo" (freundlich) abzuweisen. Empfand er die Bitte jedoch als unverschämt oder hatte er schlechte Laune, machte sich sein Ärger Luft in „Kann nicht wohl sein" oder gleich: „Soll zum Teufel gehen".[282] Ganz schlechte Karten hatten Leute, die sich vor der Audienz beim Markgrafen Mut antranken: Einem „versoffenen Lumpenhund", einem Förster, ließ Karl Wilhelm bedeuten, „dass, wenn er noch einmal besoffen in die Audienz kommt, so werde ich ihn derb mit der Hundepeitsche klopfen lassen." Einem Salzinspektor drohte er im Widerholungsfalle gar mit Gefängnis bei Wasser und Brot.

Mit dem Wein war es so eine Sache. Suchten markgräfliche Bedienstete um eine Audienz nach, ging es ihnen oft ausgerechnet um eine Erhöhung der Weinzulage, denn noch wurde ein Gutteil des Lohns in Naturalien erstattet – und angesichts der vergleichsweise niedrigen Besoldungen, die in Durlach üblich waren, hätte nach Ansicht der Betroffenen der Wein durchaus üppiger fließen dürfen. Allerdings gelang es längst nicht allen Bittstellern, den Markgrafen davon zu überzeugen, dass eine Erhöhung angemessen sei. Einem Förster aus Langensteinbach wurde beschieden, „dass ich ihm auf sein Gesuch um Wein gar keine Antwort mehr gebe, denn er sauft viel zu viel, das sehe ich ihm an seinen drei Nasen an." Mehr Glück hatte ein Kollege aus dem Breisgau, bei dem ein offenbar prächtig gelaunter Karl Wilhelm gerade andersherum argumentierte: „Ich seh' ihm an der roten Nase an, dass er gern vielen und guten Wein sauft; man gebe ihm erster Klasse".[283]

Der Stil der Zeit: Wein in grossen Mengen

Dass Wein bei den Gehaltsverhandlungen der markgräflichen Bediensteten eine so große Bedeutung hatte, mutet heute seltsam an. Doch der barocke Mensch war extrem wasserscheu. Wenn er schon bei der Körperreinigung das Abreiben mit parfümierten Tüchern bevorzugte – man fürchtete sich vor Krankheitserregern, von denen man vermutete, dass sie beim Waschen durch die Haut in den Leib eindringen könnten –, so war Wasser als Getränk erst recht verpönt. Als der Gesundheit zuträglicher galten von alters her Wein und Bier. Neumodische Heißgetränke wie Kaffee und Schokolade erfreuten sich in der vornehmen Gesellschaft großer Beliebtheit, wurden aber von den Moralwächtern misstrauisch als Aphrodisiaka beäugt; außerdem waren sie für die einfache Bevölkerung unbezahlbar. Most, Wein und Bier hingegen gehörten, selbst bei Kindern, zum täglichen Leben. Freilich konnten sich einfache Leute keinen Rebensaft von hoher Qualität leisten, sie mussten sich in der Regel mit einem einfachen, nur leicht alkoholhaltigen Trunk bescheiden.

Gewiefte Geschäftemacher versuchten, ihren Profit zu steigern, indem sie Wein mit Obstmost panschten, aber als puren Wein verkauften. Aus gesundheitlicher Sicht problematischer war es, wenn Weine mit Zusätzen wie Bleiglätte „geschönt" wurden – eine weit verbreitete Praxis, die den Ruf einiger Weinbaugebiete regelrecht ruinierte. Herzog Eberhard Ludwig von Württemberg reagierte darauf, indem er 1696 die Verwendung von Bleizusätzen bei Todesstrafe verbot. Ein Küfer aus der Reichsstadt Esslingen, dessen verfälschter Wein mehrere Leute das Leben gekostet hatte, hatte das Pech, sich in Württemberg erwischen zu lassen. Der Mann wurde 1706 in Stuttgart hingerichtet. In anderen Territorien zog man mit ähnlichen Verboten nach, doch da der Nachweis verbotener Substanzen schwierig war, blieben viele Panscher unentdeckt.[284]

Der Besoldungswein, den Karl Wilhelms Dienerschaft erhielt, soll überwiegend von sehr bescheidener Qualität gewesen sein,[285] doch hatte der Markgraf natürlich die Möglichkeit, verdienten Herren bessere Tropfen zuzugestehen. Hoch im Ansehen stand bei Karl Wilhelm der Geheime Rat Johann von Günzer. Als er diesen zum Obervogt der Herrschaft Hachberg ernannte, bewilligte der Markgraf nicht nur eine ansehnliche Weinzulage, sondern versah das Dekret sogar eigenhändig mit dem Vermerk „vom alten"[286]. Dass sich mit der Menge und der Qualität des genossenen Weines auch der Rauschfaktor steigerte, war eine Nebenwirkung, welche die Privilegierten durchaus zu schätzen wussten.

Die Einstellung zum exzessiven Genuss alkoholischer Getränke war zwiespältig: Man bewunderte trinkfeste Männer, für Trunkenbolde aber hatte man nur Verachtung übrig. Schon der römische HistorikerTacitus (58 – ca. 120 n.Chr.) hatte den Germanen bescheinigt: „Am wenigsten können sie Durst und Hitze ertragen, an Kälte und Hunger sind sie durch Himmel und Boden gewöhnt."[287] Bei Gelagen tranken die Männer angeblich bis zum Umfallen. Durch die mit zügellosem Alkoholgenuss einhergehenden Bewusstseinstrübungen sahen sich die Trinker der Spätantike in eine nachgerade göttliche Sphäre versetzt – ein durchaus erstrebenswerter Zustand. Unter christlichem Einfluss wurde dann zwar die Mäßigung zum offiziell hochgehaltenen Ideal, doch änderte das wenig am ausschweifenden Alkoholkonsum in der adeligen Oberschicht und im Klerus.

Eine gewisse Ernüchterung trat mit der Reformation ein. Das Leben im Dämmerzustand passte nicht mehr zu den Erfordernissen der frühmodernen Gesellschaft, und als besonders verwerflich galt es, wenn Leute, die von ihrer Hände Arbeit leben mussten, im Rausch torkelten, pöbelten und Vergessen suchten. So wetterte Martin Luther: „Es muss ein jeglich Land seinen Teufel haben, Welschland seinen, Frankreich seinen; unser deutscher Teufel wird ein guter Weinschlauch sein und muss Suff heißen ..."[288] Die Lebensgewohnheiten änderten sich jedoch nur langsam, zumal im 17. Jahrhundert ein Getränk an Beliebtheit gewann, das viel schneller und heftiger berauschte als Wein oder Bier und für vergleichsweise wenig Geld zu haben war: der Branntwein.

Karl Wilhelm, ganz der moderne lutherische Landesherr, missbilligte Alkoholexzesse seiner Untertanen – vor allem, wenn sie dazu führten, dass die Arbeitskraft der Sünder litt oder das Gemeinwesen geschädigt wurde: „Ich habe vernommen, dass der Mesner von der Durlacher Stadtkirche 1. sich, sooft er Kommunionwein holt, blindbatzvoll im Keller sauft; 2. mehr Wein holt, als er braucht; 3. den Kommunionwein über Nacht im Haus behält, und, wie leicht zu glauben, wohl verfälscht. Es soll also das Oberamt und Amtskeller zu Durlach sich in der Sache ganz stille informieren lassen und genau Nachfrage halten …", ordnete er einmal an. Das Oberamt recherchierte weisungsgemäß, doch der Verdacht erhärtete sich offenbar nicht. Karl Wilhelm, von der Unschuld des Kirchendieners wohl nicht ganz überzeugt, reagierte auf eine für ihn bezeichnende Weise: „Die Kammer soll eine Verordnung machen, dass das Saufen unterbleibe", entschied er.[289]

Aufforderung zur Denunziation oder: Kontrolle muss sein

Fürstliche Machtworte waren das eine – aber ob sie auch befolgt wurden, das war eine ganz andere Sache. Karl Wilhelm bemerkte schnell, dass der Absolutismus endete, wo es an Kontrolle und Sanktionen mangelte. Ein sich auf alle Ebenen des Staates erstreckendes Überwachungssystem musste her. Von geradezu existenzieller Bedeutung war es, wo es ums liebe Geld ging.

Bis zu 400 unerledigte Vorgänge bei der Rentkammer wollte Karl Wilhelm nicht länger tolerieren. Die bürgerlichen Kammerräte wurden eindringlich aufgefordert, mehr Elan zu zeigen. Damit sie ihre Arbeit nicht nur schnell, sondern auch sorgsam und korrekt verrichteten, wurden sie von der Rechnungskammer kontrolliert.

Freilich stand zu befürchten, dass sich auch die Kontrolleure von der allgegenwärtigen Langsamkeit anstecken ließen. Karl Wilhelm befahl daher zwei Geheimen Räten, möglichst oft und unangekündigt in der Kanzlei zu erscheinen, die Herren zur Arbeit zu ermahnen und die Saumseligen zur Bestrafung zu melden. Um den Fleiß und die Genauigkeit der Rechnungsprüfer zu fördern, versprach ihnen der Markgraf einen Teil der Summe, die sie als fehlend oder unterschlagen ausfindig machten.[290]

Erschwert wurde das Verlangen Karl Wilhelms nach lückenloser Kontrolle durch den unglücklichen Zuschnitt seines Territoriums. Verwaltungstechnisch war das markgräfliche Gebiet in Ämter unterteilt, von denen die größeren einem adeligen Land- oder Obervogt, die kleineren einem bürgerlichen Amtmann unterstanden. In Kriegszeiten war die Verbindung zur Regierungszentrale oft längere Zeit unterbrochen; viele Vögte und Amtmänner hatten sich daher angewöhnt, selbstständig zu agieren und Entscheidungen zu fällen.

Karl Wilhelm hatte den nicht ganz unbegründeten Verdacht, dass man seinen Dekreten vielerorts nicht die erforderliche Aufmerksamkeit schenkte, sie entweder völlig ignorierte oder mit jener unerträglichen Langsamkeit ausführte, die an Sabotage grenzte. Im Frühling 1710 befahl er, dass alle Übertretungen in den Ämtern zur Anzeige gebracht werden sollten – den Anklägern sicherte er seinen fürstlichen Schutz zu. Es folgten weitere Verordnungen, aus denen der Ärger des Landesherrn über gefühlte oder bewiesene Verstöße gegen seine Vorgaben sprach. So mussten Amtsvorsteher, die durch Nachlässigkeit einen Schaden verursachten, seit 1716 persönlich für die dadurch entstehenden Kosten aufkommen. Auch die unterste Verwaltungsebene, die Dorf- und Stadtgemeinden, versuchte Karl Wilhelm in sein Kontrollsystem einzubinden. 1733 verfügte er, dass Untertanen, die in ihrer Gemeinde Unregelmäßigkeiten bei der Rechnungsführung aufdeckten, die Hälfte der Summe erhalten sollten, um die das Gemeinwesen betrogen worden war.[291]

Landesvisitationen schienen Karl Wilhelm ein geeignetes Mittel zu sein, um Verfehlungen von Beamten aufzudecken. Da der Landesherr die Ämter nicht alle selbst abklappern konnte, wurde damit meist ein Geheimer Rat beauftragt. Karl Wilhelm begehrte Auskunft zu insgesamt 65 Punkten: Ob seine neuen Verordnungen dem Volk bekannt seien, ob sie durchgeführt wurden, wie die Rechtsprechung von hohen und niederen Beamten gehandhabt werde, ob bei der Steuereintreibung alles mit rechten Dingen zugehe und so weiter. Jeder Bürger wurde einzeln vor den Visitator gerufen und über etwaige Beschwerden ausgefragt. Die Antworten wurden aufgeschrieben und Karl Wilhelm zur Lektüre überreicht.[292] Um seinen absolutistischen Anspruch durchzusetzen, war der Markgraf gewillt, ein Klima der Angst und des Misstrauens zu schaffen.

In eine ähnliche Richtung zielten die „Ruggerichte", die Karl Wilhelm wiederzubeleben trachtete. Diese Rechtsinstitution war im schwäbisch-alemannischen Raum beheimatet, wurde aber kaum noch umgesetzt. Sie sah vor, dass in den Gemeinden regelmäßig die in der Landesordnung verzeichneten „Unrechtstatbestände" ins Gedächtnis gerufen wurden – sie reichten vom versäumten Kirchenbesuch über unsittliche Verhaltensweisen bis zu kriminellen Vergehen. Nachdem sie verlesen waren, ging an die ganze Gemeinde die Aufforderung, dem Gericht alles „rugbare" mitzuteilen und „niemanden zu verschonen". Damit sich keiner aus der Verantwortung stehlen konnte, befragten die Rugrichter jedermann einzeln – vom Pfarrer über den Schultheiß bis zu den einfachen Leuten.

Die Ruggerichte, die alljährlich in Verbindung mit der Einsetzung und Vereidigung der Gemeindebeamten stattfinden sollten, waren in der Bevölkerung verhasst – schließlich konnte sich selbst der ehrenwerteste Mann, das tugendsamste Weib nie ganz sicher sein, dass nicht ein Konkurrent oder Neider ihn vor der Obrigkeit anschwärzen würde. Zudem kosteten die Ruggerichte viel Zeit und Geld. Zu wertvollen Erkenntnissen führten sie kaum. Von der Sinnhaftigkeit dieser überkommenen Gerichtsart war eigentlich nur der Markgraf selbst überzeugt. Bemerkenswerterweise folgte ihm darin sein aufgeklärter Nachfolger und Enkel Karl Friedrich, der die Ruggerichte unter etwas geänderten Vorzeichen sogar noch ins frühe 19. Jahrhundert hinüberrettete.[293]

Wider die Hydra der Korruption

Das personifizierte Zentrum des Staates zu sein – das war eine Aufgabe, die den ganzen Mann forderte. Wie seine Standesgenossen versuchte Karl Wilhelm diesen Anspruch zu leben, indem er hier Gnade gewährte, dort mit Ungnade drohte und dabei durchaus seinen Launen nachgab. Doch längst hatte sich auch in Baden-Durlach eine ungeliebte Nebenregierung etabliert: Die Hydra der Korruption fand im bürokratischen Fürstenstaat prachtvolle Bedingungen.

Die Könige der Amtsstuben und die Fürsten der Schreibpulte hatten ihr ganz eigenes System von Gnade und Ungnade entwickelt. Hier ein kleines Trinkgeld, dort ein hübsches Geschenk, auch ein deftiges Essen auf dem Lande wurde gern genommen – und der Untertan durfte vermuten, dass sein Anliegen bevorzugt behandelt und Fürsprecher finden würde. Karl Wilhelm war fest entschlossen, die „Schmieralien", wie er die Vorteilsnahme nannte, in Baden-Durlach ein für alle Mal auszumerzen. Dies aber erwies sich als wahrhaft herkulischer Kampf in einer Gesellschaft, welche die ganze Sozialpyramide hindurch Patronage und Klientel pflegte.[294] Wenn es darum ging, die Interessen der Markgrafschaft am kaiserlichen Hof durchzusetzen, hatte auch Karl Wilhelm selbst keine Skrupel, sich möglichen Fürsprechern erkenntlich zu zeigen[295] – aber natürlich nahm er für seine Person in Anspruch, in höherem staatlichen Interesse zu handeln, während es seinen Dienern und Untertanen nur um die persönliche Bereicherung ging.

Mit fünf „Schmieralien-Patenten", die er im ganzen Land anschlagen ließ, versuchte Karl Wilhelm der Hydra der Korruption den Garaus zu machen. Wer einen Fall aufdeckte, sollte zur Belohnung die Hälfte der Strafgelder erhalten. Angesichts dieser Aussicht war die Versuchung groß, einen Bestechungsskandal selbst zu inszenieren, um in den Genuss der Prämie zu kommen. Da eine Anzeige auch im Geheimen vorgenommen werden konnte – der Angeklagte erfuhr in manchen Fällen nicht einmal den Namen seines Widersachers – lieferte Karl Wilhelms Kampf gegen Schmieralien die Munition für allerhand Intrigen.

Leute, die in einen Korruptionsfall verwickelt waren, gleich ob als Nehmer oder als Geber, mussten mit dem Verlust ihrer Ehre, ihrer Stellung sowie drakonischen Strafen an Gut und Leib rechnen. Noch härter wurden diejenigen bestraft, die einer Unterschlagung für schuldig befunden wurden. Je nach Höhe des unterschlagenen Betrages wurden solche Verfehlungen mit Entlassung und Gefängnisstrafe, ewiger Landesverweisung oder gar dem Tod durch den Strang geahndet.

Trotz drakonischer Strafen schienen der Hydra der Korruption jedoch viele Häupter nachzuwachsen, sowie ein Kopf abgeschlagen war. Das Unrechtsbewusstsein war in dieser Hinsicht wenig ausgeprägt, zudem mussten die Leute sehen, wo sie blieben: Karl Wilhelm stellte zwar hohe Ansprüche, zeigte sich aber knauserig, wenn es um die Besoldung ging.[296] War er mit der erbrachten Leistung nicht zufrieden, fackelte er zudem nicht lange und verfügte einen Quartalsabzug.[297] Etliche seiner Beamte und Diener verkauften sogar ihren Besoldungswein, um über die Runden zu kommen.[298]

Dem Hofkapellmeister einen Tritt verpasst

Die Hofbediensteten mussten in Baden-Durlach nicht nur mit einem bescheidenen Lohn auskommen. Über ihnen schwebte zudem stets das Damoklesschwert einer Entlassung – und das nicht nur, wenn ihre Leistung zu wünschen übrig ließ. Karl Wilhelm nahm mehrfach rigorose „Dienerreduktionen“ vor, wenn er den Eindruck gewann, dass ihm die Kosten für seinen Hofstaat über den Kopf wuchsen. Manche Bedienstete hatten aber auch einfach nur das Pech, dem Fürsten unangenehm ins Auge zu stechen.

Der Hofkapellmeister Johann Philipp Käfer war ein fähiger Musiker und ein passabler Komponist, trotzdem verdiente er in seiner herausgehobenen Stellung nicht mehr als ein gewöhnlicher Hofmusicus. Der 50-Jährige empfand dies als kränkend, zumal „unsere Herren Italiener“ – gemeint waren Philippo Scandalibene, der für die Theatermaschinerie verantwortlich war, und der Bassist Natale

Bettinardo – im Vergleich zu Käfer regelrechte Traumgehälter bezogen.[299] Mehrfach belästigte der Kapellmeister den Markgrafen mit der Bitte, finanziell doch zumindest dem französischen Tanzmeister gleichgestellt zu werden. Im Jahr 1722, als der von Sparwut gepackte Karl Wilhelm diverse mittlere und kleine Angestellte vor die Tür setzte, bekam auch der Hofkapellmeister einen Tritt – die italienischen Spitzenverdiener hingegen blieben ungeschoren.

Im Fall Käfer zog das Kostenargument aber ohnehin nicht wirklich, denn der Markgraf ersetzte ihn alsbald durch Johann Melchior Molter, einen jungen Mann, der erst 1717 als Geiger in die Hofkapelle eingetreten war.[300] Und – hier wurde es für Käfer richtig bitter: Die Ernennung Molters, der schon zuvor den gleichen Sold bezogen hatte wie sein Vorgesetzter, war mit einem dicken Gehaltsplus verbunden. Worum der alte Mann vergebens gefleht hatte, wurde seinem jungen Nachfolger ohne mit der Wimper zu zucken gewährt. Karl Wilhelm hatte an dem begabten Molter offenbar einen Narren gefressen und dem Nachwuchstalent einen zweijährigen Studienaufenthalt in Italien spendiert. Jetzt gefiel es ihm, dem frisch gebackenen „Professore di Violino e Musico di Camera" seine Hofkapelle anzuvertrauen. Die menschliche Tragödie, die mit der Entlassung des kränklichen Herrn Käfer verbunden war, beschwerte Karl Wilhelms Gewissen nicht im Geringsten.

„Lustgarten eines Regenten“: Karl Wilhelms Wirtschaftspolitik

Wie hätte man von Karl Wilhelm erwarten können, dass er sich kleine Schicksale zu Herzen nahm, da auf ihm doch die Verantwortung für die ganze Markgrafschaft lastete? Das Jahrhundert der Kriege hatte das Land ruiniert, und die Wirtschaft Baden-Durlachs befand sich wie der ganze deutsche Südwesten in einer permanenten Krise.[301] Doch Karl Wilhelm, der bei seinen Reisen „Industrieländer“[302] wie England, die Niederlande und die Schweiz kennengelernt hatte, war fest entschlossen, den Wohlstand seines kleinen Landes zu heben. Triebfeder dürfte dabei weniger seine Liebe zu den Untertanen als der für das Zeitalter typische Geldhunger des Territorialstaates[303] gewesen sein. Karl Wilhelm griff auf das seit dem 17. Jahrhundert allerorten durch die Regierungskanzleien und Herrscherkabinette geisternde Konzept des Merkantilismus zurück.

Mehr Staat war auch in der Wirtschaft angesagt. Interventionismus und Dirigismus hatten Konjunktur; die Monarchen verstanden sich nunmehr auch als Wirtschaftslenker. Sie versuchten, möglichst viel Geld oder Edelmetall in ihre Länder zu holen, beseitigten innere Handelshemmnisse und schützten die heimische Wirtschaft durch Zölle, Einfuhrverbote oder Abnahmezwänge. Um den Qualitätsweinbau in Baden-Durlach zu fördern, verpflichte Karl Wilhelm etwa die Gastwirte der Markgrafschaft, die Hälfte des ausgeschenkten Rebensaftes im Inland zu kaufen.[304] Wo er sich satte Gewinne erhoffte, schuf er staatliche Monopole.

Viele merkantilistische Maßnahmen, die sich für große Länder auszahlten, gingen an den Realitäten der kleinen Territorien des Heiligen Römischen Reiches vorbei. Staatliche Wirtschaftspolitik war hier in hohem Maße Wiederaufbautätigkeit nach verheerenden Kriegen. Um die steigenden Ansprüche an den Hofstaat, den wachsenden Beamtenapparat und nicht zuletzt die Kosten fürs Militär schultern zu können, genügten die bestehenden Abgabensysteme nicht mehr. Die Ratgeber der deutschen Fürsten richteten ein besonderes Augenmerk auf den Finanzbedarf ihrer Herren; weshalb die deutsche Spielart des Merkantilismus auch Kameralismus genannt wird.[305] Er erstreckte sich auf sämtliche Bereiche der öffentlichen Verwaltung und nahm auch die Landwirtschaft ins Visier, denn kein Fleckchen Boden sollte ungenutzt bleiben.

In den badischen Markgrafschaften verhalfen Karl Wilhelm und Sibylla Augusta, die Witwe des Türkenlouis, dem neuen Wirtschaftsgeist zum Durchbruch, doch handelte es sich bei den beiden Badenern eher um „Spätbekehrte": In Württemberg hatte schon Herzog Friedrich I. (1593–1608) frühmerkantilistische Prinzipien verfochten und in der Pfalz sich Kurfürst Karl Ludwig (1649–1680) als ideenreicher Schüler holländischer und englischer Merkantilisten erwiesen. Als eigentlicher „Bahnbrecher" des Kameralismus gilt der in Speyer geborene Mediziner und Chemiker Johann Joachim Becher (1635–1682). In seinem „Politischen Diskurs von den eigentlichen Ursachen des Auf und Abnehmens der Städte, Länder und Republiken" (1688) verfocht er die Meinung, dass Staat und Wirtschaft eine Einheit darstellten.[306]

Ein Paradies mit Mängeln

Ein Mann ganz nach Karl Wilhelms Herzen schien Johann Georg Förderer, Edler von Richtenfels zu sein. Der 1680 in Sulzburg geborene Sohn eines markgräflichen Beamten hatte in Basel Philosophie und Rechtswissenschaften studiert, bei zahlreichen Reisen „exotische" Länder wie Ungarn, Russland sowie die Türkei kennengelernt und betrachtete sich nun als ausgewiesenen Experten in „Staats-, Polizei-, Finanz-. Kammer-, Bergwerks-, Land- und Hof-Ökonomie-, Manufaktur- und Kommerzien-Sachen"[307]. Als Karl Wilhelm die Regierung antrat, stand das selbsternannte Genie in Diensten des Fürsten Anton Günther von Schwarzburg in Arnstadt,[308] doch dort gefiel es ihm nicht sonderlich gut. Förderer war wild entschlossen, in seine Heimat zurückzukehren und sein Talent in die Dienste des Markgrafen von Baden-Durlach zu stellen. Schon bei Friedrich Magnus hatte er angeklopft, nun dünkte ihn die Gelegenheit günstig, sich bei dessen für moderne Methoden aufgeschlosseneren Nachfolger zu bewerben.

Es konnte nicht schaden, dem künftigen Arbeitgeber zu schmeicheln, und so hatte Förderer Karl Wilhelm ein gelehrtes Buch mit dem Titel „Politischer Lustgarten eines Regenten" zugeeignet, eine staatspolitische Schrift, in der er merkantilistische Prinzipien verfocht. Bechers „Politischer Diskurs" und andere Standardwerke waren ihm natürlich bekannt, seine Ausführungen nahmen aber in Anspruch, auch für sein „geliebtes Vaterland, die Markgrafschaft Baden"[309] anwendbar zu sein.

War es nur das übliche Theater, die Schmeichelei eines Mannes, der auf einen einträglichen Posten spekulierte? Förderer schilderte die Vorzüge seines Vaterlands, dass man meinen könnte, bei Baden-Durlach habe es sich um ein Paradies auf Erden gehandelt: Es gebe dort alles, *„was zur Leibes- und Lebens-Nahrung und Notdurfte gehört, feste Erde und flöß- und auch schiffreiche Ströme; Essen und Trinken, Korn, Obst, Wein, Bier, Fische, allerlei herrliche Kräuter, Garten- und Erdgewächse, Kleider und Schuhe, Wollen, Flachs, Hanf, Pelzwaren, Häute, Leder; Haus und Hof, ansehnliche Städte, Schlösser, Flecken, Dörfer, Meierhöfe; Mann, Weib und Kinder, Gesinde und Taglöhner, arbeitsame, dauerhafte und gute Leute, Äcker, Wiesen, Weinberge, Holz und Waldungen, allerhand Vieh, Rinder, Schafe, Ziegen Pferde, Maultiere, Esel, Hirsche, Rehe, zahme und wilde Schweine, Füchse, Hasen, Luchse, Wölfe, Bären, wilde Katzen, Gämsen, Marder, Dachse, Ottern; Berg und Tal, Eisen, Stahl, Gold, Silber, Kupfer, Zinn, Blei, allerhand Mineralien, Kristalle, Granate, Marmor, Alabaster, Gips; fromme und getreue Oberherren, recht tugendhafte, sowohl ruhmbegierige als auch ruhmwürdige Prinzen, welche ihre Hof- und Landämter mit ehrlichen und redlichen Personen besetzen, schleunige Justiz administrieren und in Summa ein gutes Regiment führen: Ein Land, das ein herrliches Klima, gesunde Luft und noch ziemlich raisonnable Nachbarn hat. Gleichwie es nun dieses alles im Überfluss besitzet: Also hat es auch Reichtum, Geld und Gut* *genug und (es hat) ihm bisher nichts gemangelt als der liebe Frieden, die Wissenschaft, Resolution und Glück, solches alles recht zu nutz und offenbar zu machen.*"[310]

Förderer ließ allerdings keinen Zweifel daran, dass das irdische Paradies verbesserungswürdig sei: Angesichts des natürlichen Überflusses sei es geradezu eine „Sünde", dass Waren „mit schweren Kosten" aus weit entfernten Ländern wie Holland importiert werden müssten, wo die Markgrafschaft doch reich werden könnte, wenn sie ihre Rohstoffe selbst verarbeiten und vervollkommnen würde. Dort, wo es um die Beförderung der eigenen Glückseligkeit gehe, sei das gute Land leider „faul, saumselig und nachlässig",[311] monierte er.

Die Botschaft war eindeutig: Förderer glaubte, der Mann zu sein, der die Verhältnisse optimieren könnte. Vor allem um die Bodenschätze müsse sich Karl Wilhelm kümmern, riet er. Oder noch besser: Der Markgraf sollte ihn, den Edlen von Richtenfels, ins Land holen, damit er sich der Sache annehme, denn die badischen Erze hätten eine solche Güte, dass damit „wohl Königreiche zu balancieren wären".[312] Auch in anderen Wirtschaftsbereichen sah Förderer ein großes Potenzial. Wenn nur „Gott der Allerhöchste" für den „lang gewünschten edlen Frieden" sorgen und Karl Wilhelm die richtigen Entscheidungen fällen würde, dann könnten das „Durchläuchtigste badische Haus und dessen hochschätzbares Land" in „solchen Wohlstand geraten, dass dessen Segen, Ruhm und Konsideration nach Gottes gnädigem Willen im höchsten Grad reich und beständig sein werden bis an der Welt Ende."[313]

Karl Wilhelm hatte es nach dem Tod seines Vaters zunächst vermieden, personelle Umwälzungen in die Wege zu leiten. Er wollte sich erst einmal in die Regierungsgeschäfte einarbeiten und sich einen Eindruck von den Fähigkeiten seiner Spitzenbeamten verschaffen. Aber Förderers Hinweise auf die ungehobenen Reichtümer waren allzu verführerisch. Der Markgraf ließ im Mai 1710 durchblicken, dass er nicht abgeneigt sei, den Experten für Wirtschaftsfragen als Hofrat nach Durlach zu holen.[314] Nägel mit Köpfen machte er zum Leidwesen Förderers zunächst freilich nicht.

In Donaueschingen hingegen taten sich für Förderer Karrieremöglichkeiten auf. Fürst Anton Egon von Fürstenberg bestellte den Mann im Sommer 1711 zum Kammer- sowie Hofrat. Einem Beamten in dieser Position war es untersagt, seine Dienste anderen Fürsten in Aussicht zu stellen. Förderer setzte sich großzügig darüber hinweg, korrespondierte fleißig mit Karl Wilhelm und deckte den Durlacher mit guten Ratschlägen ein. Insbesondere bestärkte er den Markgrafen, der sich öfters über seine widerspenstigen Räte ärgerte, in seinen absolutistischen Vorstellungen: Karl Wilhelm solle den Regierungskollegien unmissverständlich klar machen, dass es nur ihre Aufgabe sei, den Fürsten zu beraten, nicht aber, Befehle zu erteilen: „sonst bilden sie sich ein, als ob sie ihren Herrn und Meister übertreffen würden."[315]

Im Mai 1713 hatte Förderer von Richtenfels seinen Zweck erreicht: Karl Wilhelm ernannte ihn in Abwesenheit zum Hof- und Kammerprokurator. Freilich sollte noch einige Zeit ins Land gehen, bis der „Neue" seinen Dienst antrat, denn der Fürst von Fürstenberg wollte seinen Finanzfachmann behalten. Erst im Januar 1715 reiste Förderer unter abenteuerlichen Bedingungen aus Donaueschingen ab. Angeblich hatten Banditen auf ihn geschossen, als er sich in seinem Hause aufhielt: durchs Fenster, in der Nacht, drei Mal. Die Kugeln trafen nicht, doch sollte es sich bereits um den zweiten Vorfall dieser Art gehandelt haben. Förderer gab vor, nach Durlach zu fliehen, um sein Leben zu retten.[316]

Johann Georg Förderer, Edler von Richtenfels, hatte zu den meist gehassten Männern in Diensten des Fürsten von Fürstenberg gehört – am Hofe des Markgrafen von Baden-Durlach fand er sich rasch in derselben Position wieder. Die Räte hatten den Eindruck, dass der sonst so selbstherrliche Karl Wilhelm dem Neuen blind vertraute und der Kammerprokurator dies schamlos ausnutzte. Dass der Markgraf dem Sulzburger offenbar Geschäfte übertrug, von denen die alten Vertrauten nichts wissen sollten, sorgte für Entrüstung. Dieser Förderer mit seinen hundert Plänen und tausend Ideen – waren sie wirklich so originell oder verkaufte er sie einfach nur geschickt? Selbstgefällig und arrogant schuf der Mann sich

Heerscharen von Feinden. Da Karl Wilhelms Günstling im Umgang mit seinen Gegenspielern nicht zimperlich war, schlugen diese mit voller Härte zurück: Nirgendwo intrigierte es sich schöner als an barocken Höfen.

Dass auch Förderers alte Feinde in Donaueschingen weder vergeben noch vergessen hatten, spielte den grollenden Hofbeamten in die Hände: In einem an Karl Wilhelm persönlich adressierten Schreiben informierten fürstenbergische Räte den Markgrafen über diverse Vergehen, derer sich Förderer bei seinem früheren Dienstherrn schuldig gemacht haben sollte.[317] Das genügte, um Karl Wilhelm, den Kontrollsüchtigen, misstrauisch zu stimmen. Als nun auch Durlacher Räte mit vertraulichen Hinweisen über Fehltritte des Kammerprokurators an ihn herantraten, verhallten ihre Anschuldigungen nicht ungehört. Von Geldgeschäften, die nicht korrekt abgewickelt worden, war die Rede, auch von regelrechten Unterschlagungen. Karl Wilhelm ließ eine Untersuchung einleiten, welche die Verdachtspunkte erhärtete.

Förderer, der die „törichten Wiederkäuer von Gesetzen"[318] abgrundtief verachtete, biss zurück. Er riskierte in seiner Verteidigungsschlacht sogar, die Würde des Markgrafen zu verletzen, schimpfte über dessen konfuses Agieren und über den üblen Zustand des Landes. Es schien, als ob er mit der dreisten Masche durchdringen würde, denn im Sommer 1716 erhob Karl Wilhelm Förderer in den Rang eines adligen Hofrats. Doch der Mann war auf Dauer nicht zu halten. In Ungnade gefallen nahm er im Mai 1717 seinen Abschied.[319] Was nicht mit ihm verschwand, war die Überzeugung, dass mit Hilfe merkantilistischer Vorgehensweisen aus der kleinen Markgrafschaft ein wirtschaftsstarker absolutistischer Musterstaat werden könnte.

Krapp, Kartoffeln und andere Inovationen

Die Vermehrung einer ausreichend ernährten Bevölkerung galt seit Becher als wichtigstes Kriterium einer guten Wirtschaftspolitik.[320] Auch Karl Wilhelm lag die „Peuplierung“ seiner Markgrafschaft am Herzen. Fleißige Ausländer, sofern sie nicht ganz mittellos waren, hieß er gerne willkommen – hatte ihm doch das Beispiel der von seinem Vater angesiedelten Glaubensflüchtlinge gezeigt, wie befruchtend das Fremde sich auf eine in Traditionen erstarrte Gesellschaft auswirken konnte. Baden-Durlach war ein Agrarland – und die Refugiés, misstrauisch beäugt von den Alteingesessenen, hatten das Land am Oberrhein um zahlreiche Sonderkulturen bereichert, von denen der kameralistisch denkende Fürst einige für äußerst vielversprechend hielt. Krapp war so ein Beispiel, die in Südeuropa beheimatete Pflanze, deren Wurzel das begehrte Türkisch-Rot lieferte.[321] Oder auch: die Kartoffel. Französische Flüchtlinge hatten bereits im 17. Jahrhundert begonnen, das Nachtschattengewächs in der Pfalz anzubauen,[322] von dort aus setzte die Knolle zu ihrem Siegeszug im deutschen Südwesten an.

Dieser Siegeszug allerdings wurde kräftig gebremst durch Streit um Weide- und Zehntrechte. In der Markgrafschaft Baden-Baden etwa klagten die Ettlinger Jesuiten darüber, dass der „Pater Verwalter“ immer wieder vergebens den „kleinen Zehnten“ von den „Grundbirnen“ bei den Schöllbronner Bauern einfordere. Die Schöllbronner weigerten sich zu zahlen und begründeten dies mit alten Gepflogenheiten: Bislang habe man stets ein Drittel der Felder unbebaut liegen lassen, jetzt aber baute man auf den Brachfeldern Kartoffeln an. Da die Zehntherren bislang nicht von den Brachfeldern profitiert hatten, sahen die Bauern auch jetzt keinen Grund, die Abgabe für die Erdfrucht zu entrichten.[323] Ähnliche Argumente wurden in Baden-Durlach bemüht, wo Karl Wilhelm den Anbau der Grundbirnen nachdrücklich unterstützte, aber zugleich mit harter Hand dafür sorgte, dass die Abgaben eingetrieben wurden. Ende der 1720er Jahre wurde aus dem Unterland bereits eine beträchtliche Menge Kartoffeln an die fürstliche Ökonomie zu

Gottesau geliefert – gefüttert wurden damit freilich nicht hungrige Menschenmäuler, sondern zahme Wildschweine und Kaninchen.[324]

Das bevorzugte Objekt kameralistischer Fiskalpolitik war allerdings weder Krapp noch Kartoffeln, sondern Tabak, den Hugenotten bereits zur Zeit des Friedrich Magnus in Friedrichstal angepflanzt hatten. Nun schickte sich das kurpfälzische Mannheim an, die Tabakmetropole am Oberrhein zu werden[325] – die satten Profite, die man dort einstrich, weckten Karl Wilhelms Begehr. Zu den ersten wirtschaftlichen Abenteuern, auf die er sich einließ, gehörte die Gründung einer Tabakfabrik zusammen mit dem Schutzjuden Löw Lämmlin in Durlach.[326] Die Manufaktur wurde privilegiert, Tabak aus dem Ausland durfte nicht mehr eingekauft werden. Doch der erhoffte Geldsegen blieb aus: Die Raucher in der Markgrafschaft empfanden den Durlacher Tabak als viel zu teuer. In dem nur eine Wegstunde von der badischen Residenzstadt entfernten Weingarten, das zum Fürstbistum Speyer gehörte, war Tabak in besserer Qualität billiger zu haben. Der Schmuggel blühte und die Durlacher Fabrik kam auf keinen grünen Zweig. Bereits nach einem Jahr ließ Karl Wilhelm seinen Kompagnon im Stich. Nachdem der fürstliche Teilhaber ausgestiegen war, erhielt Lämmlin die Weisung, den Tabak zum Preisniveau der Speyerer zu verkaufen – und zudem den Pfundzoll, eine Art Umsatzsteuer, abzuführen. Dem jungen Unternehmen wurde so der Todesstoß versetzt.

Trotz der deprimierenden Erfahrungen mit der Durlacher Manufaktur war Karl Wilhelm, der selbst gerne ein Pfeifchen schmauchte,[327] überzeugt davon, dass mit dem Tabak eine Menge Geld zu machen war. Der Raucher Karl Wilhelm betonte zwar in seinen Erlassen, dass er seine Untertanen nicht zum Nikotingenuss animieren wolle – aber der Tabak, der nun einmal konsumiert wurde, der hatte gefälligst im Lande erworben zu werden.[328] Im Jahr 1718 befahl der Markgraf allen Bauern in der Hardt, die eine größere Fläche bewirtschafteten, auf einem Viertel des Landes Tabak anzubauen,[329] im selben Jahr wurde am Pforzheimer Waisenhaus eine Tabakfabrik eröffnet, die 1725 bankrott ging. Im Oberland wurde bereits seit Friedrich Magnus‘ Zeiten Tabak angebaut. Karl Wilhelm griff die schon einmal gescheiterte Idee seines Vaters auf, ein Konsortium Basler Kaufleute mit einem Monopol auf den Handel mit Tabak im Oberland auszustatten – und fuhr damit gleichfalls einen Misserfolg ein.[330]

Der Stil der Zeit: Tabak trinken

Der aus Amerika stammende „Bauerntabak" war in Spanien bereits Anfang des 16. Jahrhunderts vom Leibarzt des Königs eingeführt worden. In Paris kam gegen Ende des Jahrhunderts zunächst das Tabakschnupfen in Mode. Als erste europäische Raucher traten niederländische Seeleute in Erscheinung – allerdings bezeichnete man das Inhalieren des Rauches damals üblicherweise als „Tabak trinken". Der Kultdroge wurden allerlei heilende Wirkungen angedichtet. So brachte man einen aus der Tabakpflanze hergestellten Balsam auf Wunden und Geschwülsten auf, verwendete aus Tabak bereitete Arzneien aber auch gegen Kopfschmerzen, Gicht, Koliken, Schwerhörigkeit, Läuse und Krätze, glaubte sogar, ein Mittel gegen die Pest gefunden zu haben. Leuten, die dazu neigten, den Verlockungen der Sinnlichkeit zu erliegen, empfahl man als Gegenmittel Schnupftabak. Am Oberrhein, wo neue Moden oft erst mit Verspätung anlangten, verbreiteten im Dreißigjährigen Krieg Soldaten die Sitte des Tabaktrinkens. In der katholischen Markgrafschaft Baden-Baden gestattete die Regierung 1651 den Nikotingenuss unter bestimmten Voraussetzungen: Raucher mussten eine ärztliche Bescheinigung vorlegen, wonach der Tabak ihrer Gesundheit zuträglich sei.[331]

Wie gegen die meisten importierten Genussmittel gab es wegen vermuteter „Nebenwirkungen" nämlich auch gegen den Tabak massive Vorbehalte. Da viele Anhänger des Nikotins selbst während der Gottesdienste ihres Lasters frönten, verhängten die Päpste Urban VIII. (1568–1644) und Innozenz X. (1574–1655) den Kirchenbann über Schnupfer und Raucher. In Bern scheute man sich 1681 nicht, die zehn Gebote um ein elftes zu ergänzen und schob unmittelbar hinter „Du sollst nicht ehebrechen" das Gebot „Du sollst nicht rauchen" ein. In Wien wurde 1662 der öffentliche An- und Verkauf von Tabak verboten, was jedoch vor allem auf die mit dem „Tabak trinken" verbundene Brandgefahr zurückzuführen sein dürfte. Die kirchliche Obrigkeit drang mit ihren Strafandrohungen allerdings ebenso wenig durch wie die weltliche. Und da die Merkantilisten eine äußerst pragmatische Weltsicht vertraten – es galt, Reichtum jeglicher Art zu mehren[332] – suchten sie den Tabak durch Zölle, Monopole und Verbrauchssteuern für den Staat nützlich zu machen. Karl Wilhelm hatte, als er den Anbau der Nikotinpflanze förderte, durchaus den richtigen Riecher – zum bedeutenden Wirtschaftsfaktor in den badischen Markgrafschaften sollte der Tabak allerdings erst unter seinem Enkel in der zweiten Hälfte des 18. Jahrhunderts werden.

Firmengründungen

Karl Wilhelm wollte nicht einsehen, dass alles, was neu und begehrenswert anmutete, aus dem Ausland importiert werden sollte. Porzellan beispielsweise: Für das echte, das aus Asien importierte, musste man Fantasiepreise bezahlen; die erste deutsche Porzellanmanufaktur in Meißen war gerade erst 1710 gegründet worden. Der badische Markgraf hatte eher Nachahmerprodukte im Blick: Die bereits gegen Ende des 16. Jahrhunderts im holländischen Delft eingeführte Fayencekunst erreichte zu Lebzeiten Karl Wilhelms in der Imitation kostbaren ostasiatischen Porzellans ihren Höhepunkt. Nachdem Glaubensflüchtlinge das Know-how transferiert hatten, privilegierte Graf Friedrich Casimir von Hanau 1661 die erste Fayence-Manufaktur auf deutschen Boden. Für ihre herausragende Blumenmalerei sollte die 1721 in Straßburg gegründete Fayencefabrik bekannt werden.

Johann Heinrich von Wachenfeld, ein Mitbegründer der Straßburger Manufaktur, bat 1723 den Markgrafen Karl Wilhelm, ihm die Privilegien zur Eröffnung eines ähnlichen Unternehmens in

Durlach zu gewähren. Um den Fürst von der Finanzierbarkeit der großspurig „Porzellan- und Tabakpfeifenfabrik“ genannten Manufaktur zu überzeugen, ließ Wachenfeld seine Geldgeber, den Durlacher Handelsmann Ernst Friedrich Fein und den Hofgoldschmied Ernst Groll, die Bittschrift gleich mitunterschreiben. Mit Blick auf die mutmaßlichen Abnehmer der edlen Keramik sicherte Wachenfeld dem Fürsten zu, „alles Porzellangeschirr, so zu Ew. Hochfürstlichen Durchlaucht Hofstaat gebraucht werden will, um zehn Prozent wohlfeiler als selbiges gegen andere Land-Krämer“[333] zu verkaufen. Karl Wilhelm zeigte sich gnädig. Die Fayence dümpelte allerdings vor sich hin, zumal Wachenfeld bereits 1726 starb und seine Nachfolger keine sehr geschickten Händchen hatten. Auch bei diesem Unternehmen stellte sich der Erfolg erst nach Karl Wilhelms Tod ein: Die Durlacher Fayence hatte ihre Blütezeit von 1749 bis 1769, zu ihrem Markenzeichen wurde der typische Birnkrug, ein Gefäß zur Weinaufbewahrung.[334]

Auch bei etlichen anderen Versuchen Karl Wilhelms, neue Erwerbszweige in Baden-Durlach zu etablieren, ließen die Erfolge auf sich warten. Manche Unternehmen, darunter ein Eisenhammerwerk in Pforzheim und eine Stahlfabrik in Kandern, erwiesen sich gar als komplette Fehlschläge. Die Tiegel und Pfannen, die in der Markgrafschaft hergestellt wurden, galten als dermaßen minderwertig, dass die Untertanen geradezu flehentlich darum baten, wieder Ware aus dem Ausland kaufen zu dürfen.[335] Die Prophezeiungen des Fördcrer von Richtenfels, dass die Bergwerke im Oberland Baden-Durlach zu neuem Reichtum verhelfen würden, erfüllten sich nicht.

Karl Wilhelm verkalkuliert sich

Sie murrten, die Untertanen, sahen sich durch den steigenden Abgabendruck über Gebühr belastet. Warum sollten sie auch noch den teuren Tabak und das Monopol-Salz aus der Markgrafschaft verwenden, wenn sie anderswo billiger einkaufen konnten? Natürlich stand Salzschmuggel unter Strafe – doch im Schutze der Nacht wurde manche Lieferung unbemerkt über die Grenzen geschafft. Die Zollwächter standen angesichts des zerklüfteten Staatsgebildes, das sie zu kontrollieren hatten, auf nahezu verlorenem Posten. Ungefährlich war ihr Beruf nicht: Ein Grenzwächter soll nur knapp dem Tode entronnen sein, als er versuchte, einen Trupp Schmuggler zu stellen.[336]

Wenn es um die Einführung neuer Steuern oder Zölle ging, war Karl Wilhelm – ganz den Moden seiner Zeit entsprechend – alles andere als zimperlich. Doch längst nicht alle seine Neuerungen waren dazu geeignet, das Staatssäckel prall zu füllen. Die Stempelsteuer etwa, die beim Volk für gehörigen Unmut sorgte, erbrachte nur lächerliche Summen: Alle Bittgesuche mussten auf „gestempeltem" Papier eingereicht werden, gebührenpflichtig waren auch Geburtsscheine und Verträge.[337]

Geradezu kontraproduktiv wirkten sich Karl Wilhelms Versuche aus, beim Transithandel Kasse zu machen. Von Frankfurt führte eine wichtige Handelsstraße über badisches Gebiet nach Basel. Der Markgraf wollte dies ausnützen und erhöhte drastisch die Zölle. Aber er hatte sich schwer verkalkuliert: Der Nord-Süd-Verkehr wich auf die linke Rheinseite aus und Baden-Durlach hatte das Nachsehen. Im Jahr 1718 erließ Karl Wilhelm daher eine neue Zollordnung mit wieder erheblich niedrigeren Sätzen. Aus dem Oberland, wo sich viele Straßen in einem beklagenswerten Zustand befanden, wurden noch in den 1720er Jahren Warenzüge gemeldet, die über den Rhein setzten, um das markgräfliche Gebiet zu umgehen.[338]

„Jauner und Vaganten“: Wie man soziale Probleme löst

So sehr Karl Wilhelm bemüht war, die Zahl seiner Untertanen zu mehren – es gab auch Menschen, die er lieber heute als morgen losgeworden wäre. Das waren die Leute, die weder Steuern zahlten, Gewinn brachten noch Frondienste leisteten. Leute, von denen man vielmehr befürchten musste, dass sie aus schierer Not sich am Eigentum fleißiger Bürger vergreifen würden. Es waren die Menschen, die am Rande der altständischen Gesellschaft vegetierten: Leute, die nie etwas besessen oder durch Kriege und Krisen alles verloren hatten. Leute, die in ihren Heimatgemeinden nicht geduldet wurden, weil man sie nicht kleiden und durchfüttern wollte, Leute, denen man das Recht auf Arbeit und Niederlassung versagte. Hoffnungslos war ihre Lage, bettelnd und misstrauisch beäugt von der Obrigkeit zogen sie durch die Lande.

Ob Mann, Weib oder Kind – manchem blieb nur der Weg in die Kriminalität, wollte er nicht des Hungers sterben. Das 18. Jahrhundert gilt als große Zeit der Räuberbanden, deren Taten bis heute die Fantasie der Menschen anregen,[339] doch war das, was bisweilen in eine frühe Form der organisierten Kriminalität mündete, letztlich nur eine Ausgeburt des Elends. Militärische Wechselfälle und Missernten hatten die Zahl der Armen, der Ärmsten und derjenigen, die die Armut zu ihrem Beruf machten, unaufhaltsam in die Höhe getrieben, ihr Anteil an der Gesamtbevölkerung wird zu Karl Wilhelms Zeit auf wenigstens fünf Prozent geschätzt. Als „Jauner und Vaganten“ wurden sie gefürchtet, verachtet und gehasst, manchmal aber auch belächelt oder ausgelacht, wenn sie sich als Tierführer, Taschenspieler oder Gaukler versuchten oder als Hausierer Haarpuder, Zahnpulver und Blumensträußchen feilboten. Nach dem Friedensschluss von Rastatt waren sie am Oberrhein in Scharen unterwegs.[340]

Die Jauner und Vaganten konnten kaum mit Mitleid und schon gar nicht mit Verständnis rechnen. Zwar war es nur ein kleiner Schritt, der diejenigen, die gerade noch über die Runden kamen, von jenen trennte, mit denen niemand mehr etwas zu tun haben wollte – etwa ein Viertel der Bevölkerung war ständig davon bedroht, ins Elend abzugleiten.[341] Und doch hatte sich der Zeitgeist entschieden, Armut und Arbeitslosigkeit nicht als Folge einer stagnierenden Wirtschaft, sondern als Ergebnis von Faulheit und Bequemlichkeit zu werten.[342] Das enthob die Landesherren und ihre Beamten der Mühe, nach den Ursachen der sozialen Schieflage zu forschen. Seit dem Dreißigjährigen Krieg war der Schwäbische Kreis immer wieder mit dem Problem der ins Abseits gedrängten Bevölkerungsschichten konfrontiert. Und immer wieder kamen die Herren zu dem Schluss, dass harte Strafen und Ausweisung die einzige Möglichkeit seien, des „Abschaums" Herr zu werden. Man kriminalisierte die Armut und schob die Lästigen ab, ohne sich darum zu scheren, dass das Überschwappen des Menschenmülls in andere Territorien das Problem nur verlagerte.

Immerhin erkannte Karl Wilhelm die Notwendigkeit, mit seinen unmittelbaren Nachbarn zu kooperieren, auf dass der kleine Grenzverkehr nicht in einen steten Austausch unerwünschter Subjekte mündete. Mit Sibylla Augusta von Baden-Baden und Kardinal Damian Hugo von Schönborn, dem Fürstbischof von Speyer, einigte er sich auf „Poenal-Verordnungen", um das „täglich überhandnehmende, dem Publikum so überlästige und schädliche Bettel-, herrenlosen Jauner, auch Diebs-, Räuber- und Zigeuner-Gesindel" aus der Region fernzuhalten oder – sofern es bereits eingedrungen war – zu vertreiben.[343]

Edikte, die Karl Wilhelm seit 1711 immer wieder erneuerte und verschärfte, richteten sich gegen „fremdes Bettelvolk, Pfannenflicker, Scherenschleifer, Hausierer, Spielleute, Betteljuden (und) unerlaubte Pilger". Diese Leute sollten, wenn sie als „vagierende Bettler" einzuordnen waren, beim ersten Aufgreifen abgeschoben werden. Wurden sie zum zweiten Mal erwischt, sollten sie „mit Turm, mit Peitschen oder anderen gleichkommenden Züchtigungen bestraft" und schließlich, nachdem sie sich verpflichtet hatten, nie wieder zu kommen, aus dem Land gejagt werden. Wer ein drittes Mal aufgegriffen wurde, dem drohte als Eidbrüchigen die Galeerenstrafe oder vergleichbar schwere Zwangsarbeit, beim vierten Mal sollte die Todesstrafe verhängt werden. Auch mit Frauen und Heranwachsenden, die sich von Raub und Diebstahl ernährten, wollte man kurzen Prozess machen – am Ende standen Schwert oder Strang. Aber so hart sie auch geführt wurden, die Keulen des Gesetzes schlugen ins Leere: Noch lange nach Karl Wilhelms Tod klagten die Baden-Durlacher darüber, dass nächtliche Einbrüche und Diebereien „fast ganz gemein" geworden seien.[344]

Das Pforzheimer Waisenhaus

So rüde das frühe 18. Jahrhundert mit denen umging, die es zum Bodensatz der Gesellschaft zählte – Karl Wilhelm war nicht der Meinung, dass er sich übermäßig strenger Methoden bediente. Tatsächlich übernahm zu seiner Zeit der Staat soziale Aufgaben in einem nie zuvor gekannten Ausmaß.[345] Wenn der Markgraf von Baden-Durlach auch nicht zu den gesellschaftspolitischen Trendsettern gehörte, so musste er sich doch nicht vorwerfen lassen, dass er sich gegen moderne volkspädagogische Erkenntnisse sperrte. Den Waisenkindern galt quer durchs alte Reich die besondere Aufmerksamkeit, wobei man unter dem Begriff „Waisen" damals nicht nur Kinder, deren Eltern gestorben waren, summierte. Auch Mädchen und Jungen, deren Mütter und Väter wegen bitterer Armut, Krankheit, Trunksucht, unsittlichem Lebenswandel oder einer Gefängnisstrafe nicht in der Lage waren, sich um ihren Nachwuchs zu kümmern, zählten zum Kreis dieser bedauernswerten Geschöpfe.[346]

In Stuttgart war 1710 ein Waisenhaus gegründet worden, Karl Wilhelm brachte 1714 in Pforzheim eine ähnliche Anstalt auf den Weg, „damit die noch schwache und zur Gewinnung ihrer täglichen Nahrung unkräftige Jugend und vornehmlich die verlassene Waisenschaft von dem betrübten und doch müßigen Bettelstab und den anhangenden losen Sitten ab-, hingegen aber der Gottesfurcht zugewendet, im Schreiben und Lesen genugsam unterrichtet, zur Erlernung nützlicher Handwerke geleitet und zur Arbeit angewöhnt werde".[347] An der Einweihung des Waisenhauses am 1. Mai 1718 nahm der Markgraf persönlich teil, ein Jahr später lebten bereits 200 Pfleglinge in der Anstalt.[348]

Das Programm des Pforzheimer Waisenhauses, geprägt von den wenig sensiblen sozialpädagogischen Bemühungen der merkantilistischen Ära, erinnert an das moderne Motto „Hilfe zur Selbsthilfe", doch waren die Erziehungsmethoden aus heutiger Sicht schwer verdaulich. Immerhin wurde den jungen Insassen ein Mindestmaß an Schulbildung zuteil, und neuere Studien zeigen, dass vergleichbare Institutionen durchaus Erfolgsgeschichten verbuchen konnten: Mädchen aus hoffnungslosen Verhältnissen, die eben nicht als Prostituierte endeten, sondern einen Ehemann fanden; junge Männer, denen es gelang, sich nach der Zeit im Waisenhaus einen Platz in der städtischen Gesellschaft zu erobern.[349]

Allerdings regierte in solchen Institutionen keine uneigennützige Menschenliebe – sie waren letztlich darauf ausgerichtet, die Arbeitskraft verwaister Mädchen und Jungen in Manufakturen auszubeuten. Die Epoche liebte es zwar, fette Knäblein als gemalte Engelsfigürchen zu verewigen, aber Rücksicht auf empfindsame Kinderseelen war ihr fremd. So hatte auch Karl Wilhelm keine Hemmungen, die Waisen des Landes unter einem Dach zu beherbergen mit erwachsenen Armen, mit Kranken, Krüppeln, Irren und sogar Zuchthäuslern – aus Sicht des Markgrafen und seiner Zeitgenossen waren das allesamt Subjekte, die einer ganz besonderen Fürsorge bedurften. Auch in Stuttgart wurden die Kinder aus traurigen Verhältnissen mit Strafgefangenen in einen Topf geworfen.[350]

Karl Wilhelms Untertanen goutierten es durchaus, dass die bekannten Problemgruppen in einem Haus vereinigt und dadurch quasi „unschädlich" gemacht wurden – bei Sammlungen für das „Waisenhaus, wie auch Toll- und Krankenhaus zu Pforzheim, ingleichen Zucht- und Arbeitshaus daselbst" kamen erkleckliche Summen zusammen.[351] Der Plan, die Insassen an harte Arbeit zu gewöhnen und so wieder „gesellschaftsfähig" zu machen, dürfte jedoch nicht in allen Fällen aufgegangen sein. Die Vermutung liegt nahe, dass etliche der unter den groben Gesellen aufgewachsenen

Kinder später vom Waisen- in den Zuchthäuslerstatus wechselten. Schließlich ließ sich selbst der Buchhalter der Anstalt durch das traurige Schicksal der gescheiterten Existenzen nicht abschrecken: Er machte sich der Unterschlagung schuldig. Da man im Waisen- und Zuchthaus stets danach trachtete, von den besonderen Talenten der Insassen zu profitieren, versah der Buchhalter nach seiner Verurteilung die Arbeit in gewohnter Manier weiter – nur dass er mit Ketten an einen Block geschlossen war.[352]

Langfristig, so sah es Karl Wilhelms Konzept vor, sollte sich die Anstalt selbst finanzieren, sogar Gewinne abwerfen. Sie kooperierte eng mit einer Fabrik zum Zeugmachen, in die auf Karl Wilhelms Weisung seine Diener zu investieren hatten: Garne, die die Waisenkinder sponnen, wurden dort verwoben. Später experimentierte das Unternehmen mit der Seidenfabrikation, eine Strumpf- und Hosenstrickerei kam hinzu – aber auch bei dieser Gründung Karl Wilhelms blieb der große wirtschaftliche Erfolg aus. Erst unter seinem Enkel Karl Friedrich wurde das Waisen- und Arbeitshaus zur Keimzelle der berühmten Pforzheimer Schmuckindustrie.

„Ihn allein lieben“: Die Durlacher Jahre

Durlach – sie schien dem Markgrafen so eng, diese Stadt, die Karl II. sich zur Residenz erwählt hatte. Eng die Gassen, eng der Geist der Bürger, die jedem Versuch ihres Herrn, die Muskeln spielen zu lassen, mit Misstrauen begegneten. Eng aber auch die Karlsburg, die ein Torso geblieben war, nachdem Friedrich Magnus angesichts der auf ihn einstürmenden Rechnungen kapituliert hatte. Im Vergleich zu seiner Verwandtschaft hauste Karl Wilhelm sehr bescheiden. Der Türkenlouis von Baden-Baden hatte in Rastatt ein Schloss erbaut, das den Geist von Versailles atmete. Und Eberhard Ludwig von Württemberg – der ließ den Ort, den er Ludwigsburg nannte, in hellstem Licht erstrahlen, um selbst die Großen im Reich zu blenden. Karl Wilhelm von Baden-Durlach hingegen sah seine Zeit noch nicht gekommen. Erst musste dieser unselige Krieg ein Ende haben, dann würde man weitersehen …

Es galt also, sich in der Karlsburg einzurichten. Sieben Räume – Vorgemach, Audienzzimmer, Schlafzimmer, Garderobe, Kabinett sowie zwei Nebenkabinette – standen Karl Wilhelm zur Verfügung.[353] Entsprach das Raumprogramm einigermaßen den barocken Ansprüchen, so mutete die Ausstattung eher spartanisch an. Das lag nicht so sehr an der spärlichen Möblierung – um dem Hofstaat und den Besuchern bei Empfängen genügend Raum zu bieten, standen auch in wohlhabenden Fürstenhäusern nicht viele Einrichtungsgegenstände herum. Man prunkte lieber mit kostbaren Dekorationen und schön gestalteten Wandteppichen, die nicht nur die Augen erfreuten, sondern auch vor Zugluft schützten. Karl Wilhelm bevorzugte grüne Wände, er schätzte wohl die beruhigende Wirkung dieser Farbe. Sein Audienzzimmer freilich, das Autorität ausstrahlen sollte, war nach Fürstenart in rotem Samt gehalten.[354]

Säuberlich getrennt von Karl Wilhelms Appartement war der private Lebensbereich der Markgräfin. Magdalene Wilhelmine verfügte zunächst nur über sechs Zimmer – neben Vorgemach,

Audienzzimmer, Schlafzimmer und Kabinett waren dies ein Fräuleinzimmer sowie die Mädlensstube.[355] Ihr Gemahl legte keinen gesteigerten Wert darauf, in ihre privaten Räume vorzudringen. Nachdem die Fürstin zwei Söhne geboren hatte – das Töchterlein war ja leider früh in eine bessere Welt eingegangen –, meinte Karl Wilhelm wohl, seiner dynastischen Pflicht genügt zu haben.

Karl Magnus und der kleine Friedrich: Die Söhne

Den beiden Jungen waren die Augäpfel ihres Vaters. Natürlich galt die besondere Aufmerksamkeit dem erstgeborenen Karl Magnus. Aber nicht minder zärtlich blickte der Markgraf auf den kleinen Friedrich. Das zarte, zu Sanftmut neigende Bürschchen[356] bildete immerhin die dynastische Reserve für den Fall, dass ein böses Schicksal den Erbprinzen vor der Zeit aus dem Leben abrufen würde. Beide Jungen sollten die denkbar beste Ausbildung erhalten, in all den Künsten und Wissenschaften unterrichtet werden, die ein künftiger Landesherr benötigte, außerdem fremde Länder kennenlernen und all die Auftritte, Posen und Gesten einstudieren, mit denen man im höfischen Theater brillierte. Was seine Söhne anging, setzte Karl Wilhelm auf bewährte Methoden: Der Erziehungsplan für die Prinzen entsprach demjenigen, nach dem der Markgraf selbst aufgezogen worden war: solide an den Prinzipien der Augsburger Konfession orientiert, aber auch weltmännisch in barocker Manier.

Als ihr Hofmeister sollte Friedrich Emich Johann von Üxküll die badischen Prinzen nach Lausanne begleiten und darauf achten, dass die Jungen nicht über die Stränge schlugen. Mit ihnen reiste der junge Graf Friedrich Magnus von Leiningen, der Sohn von Karl Wilhelms Schwester Katharina. Eine lange gemeinsame Zeit war den drei Knaben an der Akademie jedoch nicht vergönnt.

Zunächst erkrankte der kleine Prinz Friedrich an einem „Seitenstechen“, das seine Betreuer als höchst gefährlich einschätzten,[357] von dem er allerdings bald wieder genas. Sein älterer Bruder, Erbprinz Karl Magnus, hatte weniger Glück: Ein „unvermuteter Tod" ereilte das Kind kurz vor Vollendung seines elften Lebensjahres, als alle Welt glaubte, es habe seine Krankheit bereits überwunden. Dem armen Üxküll oblag es, das Unglück in wohlgesetzte Worte zu fassen und die Eltern zu informieren. Die Markgräfin Magdalene Wilhelmine vergoss bittere Tränen, doch half ihr unbeirrbarer Glaube, den schweren Schicksalsschlag zu ertragen. Karl Wilhelm genoss in Venedig gerade die Freuden des Karnevals, als ihn die schlimme Nachricht erreichte. Er reiste nach Hause, wo er alsbald selbst aufs Krankenlager geworfen wurde und um sein Leben rang.

Eine dynastische Vorsichtsmassnahme

Karl Wilhelms kräftige Konstitution überwand die tödliche Gefahr. Wieder genesen musste sich der Markgraf der Erkenntnis stellen, dass es jetzt nur noch einen Spross seiner Lenden gab, der als künftiger Landesherr in Frage kam. Es hätte zur Logik der Zeit gepasst, wenn Karl Wilhelm sich nun wieder an seine Frau angenähert hätte, um weitere potenzielle Nachfolger zu zeugen. Doch konnte sich der Fürst nicht überwinden, erneut mit Magdalene Wilhelmine das Lager zu teilen. Wie sein Württemberger Schwager riskierte auch der Durlacher, mit einem einzigen legitimen Sohn das Schicksal herauszufordern. Freilich war Karl Wilhelm von Baden in einer komfortableren Situation als der Herzog von Württemberg, besaß er doch einen frisch verheirateten Bruder, von dem er ein gewisses Engagement im Sinne der Dynastie erwarten durfte.

Seine Mutter hatte auf eine Vermählung ihres jüngeren Sohnes gedrängt. Die alte Markgräfin Augusta Maria hatte genug Kinder verloren, um zu wissen, auf welch schwachen Füßen die Erbfolge Baden-Durlachs stand. Entsetzlich war ihr die Vorstellung, dass nach einem möglichen Tod von Karl Wilhelms Söhnen das lutherische Land an die katholische Linie des Hauses Baden fallen könnte. Es mussten also weitere Enkel her, Enkel aus edlem Blut. Aber Augusta Maria, der die Schwiegertochter manch bitteres Geheimnis anvertraute, hatte sich bereits mit dem Gedanken abgefunden, dass Karl Wilhelm mit seiner Gemahlin keinen Nachwuchs mehr haben würde. Umso energischer pochte sie darauf, dass ihr Sohn Christoph sich verheiraten müsse – standesgemäß wohlgemerkt. Leider hatte ja auch dieser Prinz von Baden-Durlach eine höchst unerfreuliche Vorliebe für Frauenzimmer aus einfachen Verhältnissen. Aber das wollte die Markgräfin-Mutter tolerieren, wenn Christoph nur dafür Sorge trug, dass die Zukunft des Hauses im Mannesstamm gesichert würde.

Als künftige Mutter ihrer Enkel wählte die alte Dame das 19-jährige Grafentöchterlein Maria Christina Felicitas von Leiningen aus. Natürlich stammte die Braut aus einem weniger vornehmen Haus als die regierende Markgräfin Magdalene Wilhelmine, immerhin eine geborene Herzogin von Württemberg. Doch gab es bereits enge Verbindungen zwischen der markgräflichen und der gräflichen Familie. Und wenn das Schlimmste geschehen und Karl Wilhelm ohne Erben sterben würde, kam es ohnehin nur auf eines an: Dass das vornehme Europa bereit war, die Kinder des Markgrafen Christophs als legitime Nachfolger anzuerkennen. Dafür war eine Gräfin von Leiningen fein genug.

Prinz Christoph fand die mütterlichen Pläne, die nichts anderes waren als eine dynastische Vorsichtsmaßnahme, niederschmetternd, aber natürlich interessierten auch diesmal die Gefühle der Betroffenen nicht. Von seinem Bruder Karl Wilhelm, zu dem er eigentlich eine vertrauensvolle Beziehung hatte, konnte Christoph keine Unterstützung erwarten. Der regierende Markgraf erkannte durchaus die Vorzüge des Arrangements für seine eigene Lebensgestaltung. Er erhöhte Christophs Apanage und versprach der Familie seines Bruders freien Unterhalt an seinem Hofe.[358] Im Dezember 1711, noch vor dem unerwarteten Tod des Durlacher Erbprinzen, fand in der Gräflich-Leiningischen Residenz Schloss Heidesheim die Vermählung statt. Dem Markgrafen Christoph in unglücklicher Ehe verbunden, erfüllte Maria Christina Felicitas die in sie gesetzten Hoffnungen: Sie gebar dem Haus Baden-Durlach drei Prinzen.

Wenn Karl Wilhelm sich auf der höfischen Bühne präsentierte, gab er zwar nicht den liebenswürdigen, wohl aber den respektvollen Gemahl. Hinter den Kulissen freilich hatte er sich längst eine kleine Welt geschaffen, zu der Magdalene Wilhelmine keinen Zutritt hatte. Seit seinem Regierungsantritt war er niemandem mehr Rechenschaft schuldig über die Wege, auf die ihn seine Leidenschaften führten – und Ungemach war nur zu erwarten, wenn er durch sein Verhalten Standesgenossinnen oder Standesgenossen in ihren Rechten beeinträchtigte.

Das junge Fräulein, das Karl Wilhelms Augen entzückte und sein Herz höher schlagen ließ, hieß Eberhardine Luise von und zu Massenbach. Solange sein Vater lebte, war nicht daran zu denken, dass Karl Wilhelm sich offiziell zur Nichte des Philippsburger Festungsgouverneurs bekannte. Friedrich Magnus, der zu dieser Zeit intensiv für die Rechte seiner nach Württemberg verheirateten Tochter Johanna Elisabeth kämpfte, hätte es als unentschuldbaren Affront gewertet, wenn der eigene Sohn ein ähnliches Verhalten wie Herzog Eberhard Ludwig an den Tag gelegt und damit seinen empörten Vater vor aller Welt der Lächerlichkeit preisgegeben hätte. Nach dem Tod des alten Markgrafen verbot es die politische Klugheit dem nunmehr regierenden Karl Wilhelm aber erst recht, seine süße Freundin als Hauptdarstellerin nach Durlach holen.

Karl Wilhelm befand sich in einer echten Zwickmühle: Als Mann und Standesgenosse konnte er die verhängnisvolle Liebe des Herzogs von Württemberg zur schönen Grävenitz durchaus verstehen. Als regierender Markgraf und Bruder der Herzogin aber musste der Badener alles daran setzen, die Würde Johanna Elisabeths zu wahren. Dass der Kaiser selbst sich mühte, die Wogen in dem Ehestreit zu glätten, und das ganze Reich sensationslüstern nach Stuttgart starrte, machte die Sache noch komplizierter. Aus Karl Wilhelms höchst persönlicher Gefühlslage wird verständlich, warum er die Interessen seiner Schwester letztlich nur halbherzig verfocht: Johanna Elisabeth, so meinte ihr Bruder, solle sich mit der Anerkennung ihrer Stellung und finanzieller Sicherheit bescheiden, ihrem Gemahl aber die von ihm eingeforderten Freiheiten zubilligen - was aus seiner Sicht die räumliche Trennung vom Herzog und dessen Zusammenleben mit der Mätresse einschloss. Karl Wilhelm erwartete von seiner Schwester nichts anderes als von seiner eigenen Frau.

Der Status von Karl Wilhelms Geliebter war das eigentliche Problem. Herzog Eberhard Ludwig hatte seine Grävenitz zur linken Hand geheiratet, doch sein Experiment mit der Doppelehe war in Bausch und Bogen gescheitert. Karl Wilhelm war viel zu intelligent, als dass er den Fehler seines Schwagers einfach wiederholt hätte.[359] Eine Scheidung von Magdalene Wilhelmine kam ebenso wenig in Frage wie ein Akt der Bigamie[360]. Trotzdem versuchte der verliebte Markgraf, das Fräulein von und zu Massenbach auf ewig an sich zu binden: Bei einem gemeinsamen Aufenthalt in Wildbad hieß er die junge Frau, einen Vertrag zu unterschreiben, wonach sie „ihn allein lieben" und ihn „niemals verlassen" wolle, „es mag gehen wie es will, sondern ihm getreu bis an den Tod verbleiben" werde.[361]

Was durchaus nach einem Eheversprechen klingt, wurde durch eine Erklärung der Lebensgefährtin relativiert: Das Fräulein von und zu Massenbach verlangte nämlich keineswegs, dass der Markgraf von seiner rechtmäßigen Gemahlin ablasse, sondern erwartete vielmehr, dass er „allezeit wie es sich gebührt, mit ihr lebe". Es war ein geschickter Schachzug Karl Wilhelms: Seiner Gemahlin wurden alle Ehren zuteil, auf die sie als regierende Markgräfin Anspruch hatte – anders als die Herzogin von Württemberg würde Magdalene Wilhelmine also schwerlich einen Grund finden, Klage zu führen. Die kleine Massenbach hingegen war einseitig zur Treue verpflichtet, übernahm im Prinzip die Verpflichtungen einer Ehefrau, ohne aber die Rechte einer solchen einfordern zu können.

So naiv, dass es sich bedingungslos auf die Liebelei mit Karl Wilhelm eingelassen hätte, war das Fräulein von Massenbach dann aber doch nicht. Natürlich kannte die junge Dame die Geschichten von Mätressen, die nach dem Tod ihrer Gönner dem Hass der rechtmäßigen Erben und der Verfolgung durch die fürstliche Verwandtschaft ausgesetzt waren. Dabei war der freche Tod bei Weitem nicht die einzige Bedrohung einer Liebe, der vor Gott und den Menschen die Anerkennung fehlte: Bisweilen erlosch Amors Begierde eben doch schneller, als die Eitelkeit der Frauen es wahrhaben wollte. Glücklich konnten sich diejenigen schätzen, die beizeiten vorgesorgt hatten. Der Markgraf nahm Eberhardine Luises Zukunftsängste ernst: Er überschrieb seiner Geliebten das Schloss Wangen sowie den Schlatthof im badischen Oberland, damit sie gewappnet wäre, sollte das Schicksal zuschlagen.

Zunächst ließ sich die Beziehung vortrefflich an. Im Frühling des Jahrs 1710 gebar die „Frau von Wangen" ein Töchterlein – und Karl Wilhelm, der seine zweite Familie unweit der Karlsburg in einem Durlacher Haus untergebracht hatte, war ganz begeistert von der niedlichen Karoline Luise. Als das kleine Mädchen seine ersten ungeschickten Gehversuche machte, begab sich der Herr Papa allerdings ungeachtet des andauernden Krieges auf Reisen, um einer anderen Leidenschaft zu frönen: Blumenzwiebeln wollte er kaufen, in Holland.[362]

Aus Sicht des Tulpenfreundes war die Reise nach Haarlem erfolgreich, für den Liebhaber Eberhardine Luises jedoch wurde die Rückkehr zum Desaster. Karl Wilhelm bekam den Wink, dass die Dame ihr Treueversprechen schmählich gebrochen und sich einem anderen hingegeben habe.[363] Der Markgraf, bekanntlich von misstrauischem Naturell, war bitter enttäuscht. Er wollte das Weibsstück nicht mehr sehen. Da es sich aber immerhin um die Mutter seiner natürlichen Tochter handelte, wollte er der Person einen ehrenwerten Abgang ermöglichen: Das Fräulein von und zu Massenbach sollte verheiratet werden. Als Ehemann bestimmte der Markgraf einen Offizier seiner Garde, den Johann Konrad Beer von Beerenburg.

Die Ehe wurde zum Martyrium für Eberhardine Luise. Beerenburg gab nicht nur großzügig das Geld seiner Frau aus, er machte auch von den ehelichen Rechten Gebrauch – ungeachtet der Proteste Eberhardine Luises, die sehr wohl erkannte, dass ihr Gemahl an einer venerischen Krankheit litt und daher beim Geschlechtsakt Todesängste ausstand.[364] Sie wand sich in tiefer Verzweiflung, als sie feststellte, dass sie erneut schwanger war. Karl Wilhelm musste sie einfach anhören, weil sie diese Ehe nicht länger ertragen würde. Der Markgraf, den sein eigenes Unglück aufs Krankenlager geworfen hatte – es waren die furchtbaren Wochen nach dem Tod des Erbprinzen – wies die frühere Geliebte diesmal nicht ab. War ihm spät, vielleicht zu spät, der Gedanke gekommen, dass er einer Intrige aufgesessen sein könnte?

Im Prozess vor dem markgräflichen Ehegericht kamen die Richter zu der Erkenntnis, dass von Beerenburg mit einem Frauenzimmer aus Durlach Unzucht getrieben habe. Seine Ehe mit Eberhardine Luise wurde geschieden. Entgegen den Gepflogenheiten der Zeit kamen der Ehebrecher und seine Gespielin jedoch ohne Strafe davon; der aus Karl Wilhelms Diensten entlassene Beerenburg kassierte sogar eine fette Pension.[365] Und Eberhardine Luise, deren Kind aus der Ehe mit Beerenburg bald nach der Scheidung starb, erfreute sich wieder der Gunst des Markgrafen.

Das zerstörte Vertrauen allerdings war nicht so leicht zu kitten. Lange rang Eberhardine Luise mit sich, doch schließlich kam sie zu der Erkenntnis, dass sie Glück und Frieden nur in einer gottgefälligen Verbindung, in einer rechtmäßigen Ehe, finden würde. Sie heiratete erneut und offenbar auf eigenen Wunsch – diesmal einen ehrenwerten Witwer, den Kammerjunker Friedrich Wilhelm von Böck. Mit ihrem Gemahl verließ sie die Residenzstadt. Von Herzen dankbar war sie dem Markgrafen, dass er ihre Besitzrechte an Schloss Wangen und am Schlatthof bestätigte und dem gemeinsamen Töchterlein Karoline Luise zudem das Gut Hohenwettersbach, das er einige Jahre zuvor erworben hatte, als Weiber- und Kunkellehen[366] überschrieb.

Während sich Karl Wilhelm fortan wenig um das Schicksal seiner ehemaligen Geliebten scherte, widmete er seiner natürlichen Tochter, dem „Fräulein von Wangen", viel Aufmerksamkeit – vermutlich mehr, als dem verstörten Kind lieb war. Auf sein Geheiß hin sollte ihr die denkbar beste Erziehung zuteilwerden.

Immer Ärger mit den Durlachern

Es war wohl eine Mischung aus sentimentalem Bedauern und unausgesprochener Erleichterung, mit der Karl Wilhelm die Liebe seines Lebens von dannen ziehen sah: Schleichend hatte sich die Leidenschaft verabschiedet. Eberhardine Luise war zur Gewohnheit geworden, hübsch, seriös, gedankenvoll – doch in ihrer Gegenwart geriet das Blut des Markgrafen nicht mehr in Wallung. Viel prickelnder war der Anblick einiger der Hofsängerinnen, von denen zu dieser Zeit knapp 60 am Durlacher Hof Dienst taten,[367] denn Karl Wilhelm war ein großer Freund von Opern und Theater. Ganz besonders stach ihm eine Person ins Auge, die aus Tübingen stammte und Maria Magdalena Schaber hieß: reizend. Die Schaberin brachte im Oktober 1715 ein Mädchen zur Welt. Der Vater wurde nicht erwähnt. Da das Kind jedoch auf den vielsagenden Namen Karlina Magdalena getauft wurde und als Paten hohe Hofbeamte in Erscheinung traten,[368] gab es über den Erzeuger nicht viel zu rätseln. An der Mutter verlor Karl Wilhelm allerdings rasch das Interesse – noch ehe ihr Leib sichtlich angeschwollen war, hatte er sich der Adamin, einer nicht minder reizenden Kollegin der Schwangeren, zugewandt, die im folgenden Mai ebenfalls eine kleine „Karlina" gebar.

Ob die Menschen in Durlach ihrem Markgrafen sein abwechslungsreiches Sexualleben verübelten? Unzucht stand unter Strafe – und hätten sich die Sängerinnen von einem Bürgersohn, einem Soldat oder einem Hofbediensteten schwängern lassen – die jungen Mütter wären wohl mit einem „Schandzettel" an der schwellenden Brust am Markttag öffentlich „ausgestellt" oder vor den Hurenkarren gespannt worden.[369] Den Gespielinnen des Landesherrn (und denen seines Bruders) blieben derartige Demütigungen jedoch erspart.

Die redlichen Durlacher mochten das Treiben des Markgrafen misstrauisch beäugen. Was seine hohe Person und seine niederen Triebe anging, hatten ihre bürgerlichen Moralvorstellungen jedoch keine Gültigkeit. Nie waren die Sphären von Hof und Volk so streng geschieden wie zu jener Zeit. Es gab eine barocke Architektur, eine barocke Kunst, eine barocke Lebensweise, einen barocken Hof – aber es gab kein barockes Volk,[370] und das Bürgertum, das evangelische zumal, führte ohnehin ein Eigenleben: Es grenzte sich nach oben wie nach unten mit kompromissloser Strenge ab. Den Bürgern gehörten der Tag und seine Geschäfte, dem Hof die Nacht und ihre Feste[371] – im wörtlichen wie im übertragenen Sinne. Es stand den Untertanen schlicht nicht zu, den Stab über ihrem Herrn zu brechen – oder über den Frauenzimmern, die er mit seiner Gunst beehrte.

Aber es gab genügend andere Dinge, an denen Kritik zu üben sich die Durlacher Bürgerschaft anmaßte. Eifersüchtig wachte sie über die Privilegien und Freiheiten, die die Stadt einst Karl Wilhelms Vorfahren abgetrotzt hatte. Schon der verstorbene Markgraf Friedrich Magnus hatte sich nach Ansicht der Durlacher allzu unbekümmert über ihre alten Rechte hinweggesetzt, weshalb sie wiederholt Frondienste verweigert und es abgelehnt hatten, Zahlungen an die Kriegskasse zu leisten. Da Karl Wilhelm in vielerlei Hinsicht auf der Politik seines Vaters aufbaute, aber ausgeprägter absolutistische Attitüden an den Tag legte, bekam der Konflikt mit den Bürgern der Residenzstadt täglich neue Nahrung. Sie schimpften über die Verpachtung des Salzhandels, erregten sich über die Gebühren für den Weinimport, führten Beschwerde über die Abgabenfreiheit der Hofbediensteten, jammerten darüber, dass es viel zu viele Juden und Hintersassen in Durlach gäbe, und verlangten, dass künftig nur noch wohlhabende Lutheraner als Neubürger aufgenommen werden sollten.

Karl Wilhelm hielt es für sinnvoll, eine Garde einzurichten, die nicht nur das Schloss bewachen, sondern auch auf den Stadttürmen Dienst tun sollte. Damit griff er freilich nicht nur in die alten Wachpflichten, sondern auch in die Wachrechte der Bürgerschaft ein. Die Durlacher quittierten dies, indem sie sich weigerten, die von Karl Wilhelm angesetzten Wachgelder zu bezahlen. Auch wollten sie die Gardesoldaten, deren Weiber und Kinder partout nicht in ihren Häusern einquartieren lassen. Als an den Stadttoren und den Türmen Sanierungen erforderlich wurden, zettelten die Bürgersmänner sofort ein Streit darüber an, welchen Anteil an den Kosten der Markgraf zu tragen habe. Selbst die Einsetzung eines Diakons, den Karl Wilhelm für äußerst fähig hielt, der den Durlachern jedoch nicht behagte, sorgte für Streit zwischen dem Landesherrn und den Bürgern seiner Residenzstadt.[372] Die Leute waren, so meinte Karl Wilhelm, zu großen Gedanken einfach nicht fähig.

Das zeigte sich auch, als Karl Wilhelm 1711 beschloss, vor dem Durlacher Ochsentor eine neue Vorstadt anzulegen. Das einzige, was den Stadtbürgern dazu einfiel, war darauf zu drängen, dass dort – wie in Durlach selbst – modellmäßig gebaut werden müsse und nur Wohlhabende aufgenommen werden dürften. Der Markgraf war es leid, ständig die Bedenkenträger anzuhören und von den Befindlichkeiten der Krämerseelen ausgebremst zu werden. In seinen Träumen gab es sie nicht, diese von kleinlichen Bedenken getragenen Widerstände, aber auch nicht die Intrigen und Eifersüchteleien bei Hofe. In Karl Wilhelms Träumen waren die Rollen klar verteilt, und alle Wege führten zu einer großen Bühne, auf der er allein Regie führte und die Nebendarsteller sowie das andächtig lauschende Publikum souverän unter Kontrolle hielt. Da Durlach eine allzu ärmliche Kulisse abgab, schien es dringend geboten, eine neue Spielstätte zu schaffen. Als der Frieden von Rastatt geschlossen war und die Waffen schwiegen, machte sich Herkules ungeachtet der bitteren Armut im Land daran, seine Träume Realität werden zu lassen.

„Zu Dero künftigen Ruhe und Gemütsergötzung“: Die Residenz im Hardtwald

„Der Markgraf belustigte sich einst im Hardtwald mit der Jagd, geriet aber zu tief ins Gehölz hinein und verirrte sich, nur von einem einzigen Bedienten begleitet. Seine Bemühungen, wieder auf den rechten Weg zu kommen, waren vergebens. Er musste sich endlich kurz entschließen, so fremd es ihm auch sein mochte, mit einem Lager auf dem berasten Boden des Waldes vorlieb zu nehmen. Seine Begleiter, die ihn die ganze Nacht umsonst gesucht hatten, fanden ihn hierauf am folgenden Morgen beim Erwachen von einem sanften und ruhigen Schlafe. Aus Dankbarkeit für diese gehabte Erquickung erklärte der Fürst nun, dass er diesen Platz künftig Karls Ruhe genannt wissen wollte, und beschloss, dass zum Andenken an diesen Vorfall daselbst ein Jagdschloss nebst einigen Häusern erbaut werden sollte.“[373]

Der aus Anhalt-Zerbst stammende Friedrich Leopold Brunn, der in Karlsruhe von 1783 bis 1784 eine Hauslehrerstelle versah, kannte die Karlsruher Gründungslegende vom Hörensagen, sie muss demnach bald nach Karl Wilhelms Tod entstanden sein. Brunn schrieb die Geschichte in einem seiner Briefe über die Fächerstadt nieder. Der Gelehrte, der den Enkel Karl Wilhelms aufrichtig verehrte, hielt es für durchaus möglich, dass der verstorbene Markgraf einfach aus einer Laune heraus ein Schloss in Auftrag gegeben hatte: Eine solche Handlungsweise passte zum Stil des frühen 18. Jahrhunderts. Bemerkenswert ist, dass Brunn nur von einem Jagdschloss berichtet, nicht aber von einem neuen Residenzschloss. Auch von einer Stadt ist keine Rede, sondern lediglich von einigen Häusern, die der Markgraf von Baden-Durlach errichtet haben wollte.

In der ältesten Karlsruher Stadtgeschichte, die Johann Kaspar Malsch, ein Zeitgenosse Karl Wilhelms, 1728 verfasste, ist von dem bei einem Jagdausflug verirrten Markgrafen keine Rede. Nüchtern notierte der Prorektor des fürstlichen Gymnasiums: „Es gründete also unser Fürst eine Stadt. Der Gründung verlieh er seinem Namen und ließ sie in unserer Volkssprache ‚Carols-Ruh‘ nennen.“

Hinter der Gründung vermutete Malsch durchaus den Wunsch des Markgrafen, sich eine Ruhepause zu gönnen – aber nicht etwa, weil Karl Wilhelm von wilder Jagd ermüdet gewesen wäre, sondern weil er sich von den Anstrengungen des Spanischen Erbfolgekrieges und den ruhmreichen Feldzügen auszuruhen wünschte: „Königen und königlichen Fürsten steht es zu, einen eigenen Platz auszuwählen, um sich dort der Staatssorgen zu entledigen und sich von dem ermüdenden Wächteramt um den Staat und das Wohl einzelner Bürger dann und wann zu erholen", vermerkte der Professor. Schon der römische Kaiser Augustus habe es so gehalten. Auch was die Dokumentation seines Ruhebedürfnisses in der Namensgebung der Gründung anging, griff der Markgraf demnach auf bekannte Muster zurück. Als jüngstes Beispiel führte Malsch den Grafen Philipp von Hanau an, der 1701 den Grundstein für ein Lustschloss am Main legen ließ, welches er „Philippsruh" nannte.[374]

Selbstverständlich ließ sich Karl Wilhelm von Projekten anderer hochadeliger Bauherren inspirieren. Trotzdem hätte er an der Anekdote vom verirrten Jäger vermutlich schon deshalb Freude gehabt, weil sie seinem Sinn für Theatralik entgegenkam. Überdies strickte der Markgraf zu Lebzeiten selbst kräftig an seiner Legende mit. Es beliebte ihm, den Eindruck zu erwecken, dass die Stadt Karlsruhe quasi aus Versehen – ja gegen seinen Willen – entstanden sei. So entwarf er 1728, in eben dem Jahr, als Malschs kleine Stadtgeschichte gedruckt wurde, einen deutschen sowie einen lateinischen Text für zwei Tafeln, die am Schlosseingang aufgestellt werden sollten: „Anno … war ich im Wald, der wilden Tiere Aufenthalt. Ein Liebhaber der Ruhe wollte hier in der Stille die Zeit vertreiben. In Betrachtung der Kreatur die Eitelkeit verachtend, in einem kleinen Haus den Schöpfer recht verehren. Allein das Volk kam auch herbei, baute, was du hier siehst. Also keine Ruhe, so lange die Sonne glänzt, als allein in Gott zu finden, welche du, wenn du nur willst, auch mitten in der Welt genießen kannst."[375]

Die Stadt Karlsruhe – ein Betriebsunfall?[376] Man kann es so sehen – vor allem, wenn man mit den Zeitgenossen das Theater als vollkommenes Sinnbild der Welt begreift.[377] Dann fällt es nicht schwer, Täuschung und Trug als den Stoff zu akzeptieren, aus dem die Komödie des Lebens gewoben ist.[378] Der Markgraf suchte Ruhe in der Stille des Waldes, der Markgraf belustigte sich mit der Jagd … Da werden Bilder beschworen, die zum fürstlichen Selbstverständnis passten. Müßiggang war ein Privileg der Mächtigen. Und gab es ein edleres Vergnügen als die Jagd, dieses fürstliches Regal? Es war kein Zufall, dass der französische Sonnenkönig das Schloss von Versailles, diesen Palast gewordenen Inbegriff des Absolutismus, dort errichten ließ, wo zuvor ein Jagdschloss seines Vaters stand. Und ebenso wenig war es Zufall, dass die verwandten und verschwägerten „Landessonnen" des deutschen Südwestens, der Türkenlouis von Baden-Baden, der Herzog Eberhard Ludwig von Württemberg und schließlich auch der Markgraf Karl Wilhelm von Baden-Durlach, zunächst Jagdschlösser planten, wo sich wenige Jahre später ihre neuen Residenzen erhoben. Ein „Stadtgründungsprozess in Stufen" minimierte das Risiko, beim Scheitern eines allzu ehrgeizigen Projektes vor aller Welt zu blamieren,[379] schließlich konkurrierten viele Landesherren um wohlhabende Zuwanderer, und schon mancher Ansiedlungsaufruf war ungehört verhallt.

Der Stil der Zeit: Die Jagd – Choreographie des Tötens

Selbst das Wild hatte im höfischen Theater eine Rolle zu spielen, und jeder Akt wurde von Jagdmusik begleitet[380] – doch am Ende stand immer der Tod der gehetzten Kreatur, der von einem herausgeputzten Publikum begeistert beklatscht wurde. Besonders augenfällig war dies bei den in der Barockzeit so beliebten „eingestellten Jagden", die den fürstlichen Jägern ein Höchstmaß an Beute versprachen: Bisweilen über mehrere Tage hinweg trieben Fröner in den Wäldern das Getier zusammen. Am Jagdtag drängten sie es in einen Pferch, der mit Tüchern und Lappen markiert war, welche man an Bäumen und Seilen befestigt hatte. Auf dem oft kunstvoll gestalteten Jagdstand, dem „Schirm", wartete schon die freudig erregte Hofgesellschaft, und die Jäger hatten wenig Mühe, die vor ihre Gewehre getriebenen Hirsche und Sauen zu erlegen. Man nahm es sportlich, wenn bisweilen doch ein Reh durch die Lappen ging …[381]

Im 18. Jahrhundert verfeinerte man das Jagdvergnügen, indem man an den Abschussplätzen künstlerisch gestaltete Kulissen aufstellte, welche die Illusion unberührter Wildnis oder aber einer durch Mauern und Tore gezähmten Landschaft vermittelten. Während die tapferen Jägersmänner ihre vor die Flinten getriebene Beute ins Visier nahmen, bullerte in den als Schießständen errichteten „gefällig figurierten Häuschen" ein Ofen, damit die hohen Herren und ihre Damen beim edlen Waidwerk keine kalten Füße bekamen. Der jagdbegeisterte Markgraf Ludwig Georg von Baden-Baden (1702–1761), der in Analogie zu seinem Vater, dem Türkenlouis, als „Jägerlouis" bezeichnet wurde, konnte dank solcher Praktiken beeindruckende Abschusszahlen vorlegen. Für das Jahr 1749 betrug seine Bilanz 215 Hirsche, 139 Stück Schwarzwild, 18 Tann-Hirsche, 376 Rehe, 8282 Hasen, 1074 Schnepfen, 1015 Wildenten – insgesamt jedenfalls 30 524 Stück erlegtes Wild.[382] Viel lieber als im großen Rastatter Palast hielt sich Ludwig Georg in den kleinen Jagdschlössern Scheibenhardt unweit von Karlsruhe oder am Fremersberg bei Baden-Baden auf.[383]

Nach gruseliger als die sogenannten Festin-Jagden muten in der Barockzeit geschätzte Vergnügungen wie das „Kampfjagen" an, bei dem man Bären, Stiere und Hirsche, Hunde sowie Wölfe und sogar exotische Arten aufeinanderhetzte, damit sie sich vor den Augen eines sensationslüsternen Publikums zerfleischten. Für den Hof des pfälzischen Kurfürsten Karl III. Philipp (1661–1742), aber auch der Markgrafen von Baden-Baden[384] sind überdies die Freuden des Fuchsprellens verbürgt. Dabei wurden die Tiere so lange gequält und in die Luft geworfen, „bis sie nicht mehr Atem kriegen können und bei dieser Übung endlich platzen." Selbst zarten Damen bereiteten derartige Divertissements ein mindestens ebenso großes Vergnügen wie die nach der „Jagdlust" anstehenden Bälle und die prächtigen Abend-Tafeln.[385]

Im rüden Umgang mit der Schöpfung offenbarte sich ein ganz und gar barockes Verhältnis zur Natur: Man ließ sich von ihr faszinieren, stand ihr jedoch weder aufgeschlossen noch bewundernd gegenüber. Vielmehr sah man in den Urgewalten ein Prinzip, das überwunden werden musste: Es galt, die rohen Kräfte zu beherrschen und für die Menschen nutzbar zu machen, die Natur in ein Ordnungssystem zu pressen. Gerade weil man sich Phänomenen wie Unwettern, Dürren, Erdbeben oder auch Seuchen so völlig ausgeliefert fühlte, betrachtete man das Totschlagen von Raubzeug wie Füchsen oder Wölfen als Etappensieg des Verstandes und des kulturellen Bewusstseins über die als chaotisch empfundenen Urkräfte.

Auf den ersten Blick erscheint die Parforce-Jagd, die Treibjagd, die Karl Wilhelm von Baden-Durlach bevorzugte, als vergleichsweise bodenständige Form der Hatz. Doch auch bei dieser „Französischen Jagd“ – die eingestellte Form firmierte als „Deutsche Jagd“ – handelte es sich um eine stark verfeinerte Form des Waidwerks. Es sei eine „lustige und angenehme Jagd für diejenigen, die gerne reiten“,[386] heißt es in einem zeitgenössischen Standardwerk.

Dabei folgte die als gesellschaftliches Ereignis betriebene Parforce-Jagd ebenfalls einer vorab bis ins Detail festgelegten Choreographie; sie erforderte einen wohl bestückten Wildpark, einen kostspieligen Tross, zahlreiches Jagdpersonal, eine erlesene Hundemeute und einen gut ausgestatteten Marstall: Schließlich galt es die Beute – meist handelte es sich um einen kapitalen Hirsch – über Stock und Stein und lange Strecken zu verfolgen, ohne dabei in unziemliches Schwitzen zu geraten. An ausgesuchten Stellen wurden Jagdschirme aufgerichtet, reichten Diener Erfrischungen. Jagdhäuser boten Gelegenheit, Hunde und Pferde zu wechseln. Personalaufwand und Kosten waren mit denen der eingestellten Jagd durchaus vergleichbar.

Bei großen Jagden waren Hunderte von Frönern oft tagelang im Einsatz; manchmal dehnten sich die Jagdfronen auf mehrere Wochen aus. Besonders bitter war es für die Leute, wenn sie den Frondienst zur Hauptjagdzeit, der „Hirschfeiste“, leisten mussten und zeitgleich die Ernte einzubringen war.[387] Worüber zu Karl Wilhelms Lebzeiten die Untertanen jammerten und klagten, ohne bei ihren Fürsten Gehör zu finden, sprachen wenige Jahrzehnte später aufgeklärte Köpfe klare Worte. Friedrich Karl von Moser etwa, Schriftsteller und Spross einer alten württembergischen Familie, betrachtete die Parforce-Jagd als eines der vielen unnützen Dinge, die man „unseren lieben Nachbarn, den Franzosen zu danken" habe: „Da … die Untertanen par force regiert werden, so ist's dem Hirsch nicht zu viel, dass er par force gejagt wird", schrieb er im Jahr 1754. Dabei behalte der Hirsch „doch allezeit den Vorzug. In drei, vier Stunden hat seine Qual ein Ende, der arme Landmann muss aber oft 40, 50 Jahre unter dem Zwang seufzen."[388]

Parforce bevorzugt

Karl Wilhelm, der aus Überzeugung par force regierte und aus Leidenschaft par force jagte, hätte den Humor des Herrn von Moser kaum goutiert. Wie seine hochadeligen Nachbarn, der Kurfürst von der Pfalz, der Herzog von Württemberg und die Verwandtschaft von Baden-Baden, erachtete er es für selbstverständlich, dass die Untertanen den landesherrlichen Jagdfreuden Opfer brachten. Natürlich war es bedauerlich, wenn die Bauern durch gefräßiges Getier Einbußen erlitten. Aber die wildreichen Wälder gehörten nun mal zu den Aktivposten des Markgrafen im Prestigekampf der großen Herren. Den Bestand anders als durch edle Jagden reduzieren? Niemals! Der Markgraf erlaubte den Bauern zwar großzügig, ihre Äcker zum Schutz vor Wildschäden mit Holzpfählen einzuzäunen, untersagte ihnen aber, die Pfosten anzuspitzen: Das Wild sollte, wenn es die Hindernisse übersprang, keinen Schaden erleiden.

Immerhin räumte Karl Wilhelm den Landwirten das Recht ein, ihre Felder zu bewachen, während die Früchte heranreiften. Er gestand den Bauern auch zu, kleine Hunde zu halten, von deren Gekläffe man sich eine abschreckende Wirkung versprach.[389] Zum Schutz ihrer Ernte Waffen einzusetzen, blieb den Leuten jedoch streng verboten. Was die Jagdrechte anging, verstanden der Markgraf und seine Standesgenossen keinen Spaß. Die „große Jagd“, also das Recht, Hirsche, Rehe und Sauen zu schießen, stand ausschließlich den Landesherren und einigen wenigen Berechtigten zu. Den adeligen Grundbesitzern blieb immerhin die „kleine Jagd“ auf Hasen, Karnickel und Co, während sich das einfache Volk mit dem Fang von Singvögeln begnügen musste.[390]

Ertappte Wilderer wurden eingetürmt, Wiederholungstäter des Landes verwiesen. Ein Erlass von 1717 verbot es den Baden-Durlachern, Gewehre auch nur zu tragen. Selbst Leute, die sich nur auf Durchreise befanden, mussten die Hähne an ihren Gewehren abschrauben und ihre Hunde an die Leine nehmen. Streunende Katzen, die das Federwild bedrohten, waren dem Markgrafen ein Dorn im Auge, er gab sie zum Abschuss frei. Den Besitzern der Streuner erlegte er außerdem eine Geldstrafe auf. Gelang es den Forstknechten nicht, den Eigentümer einer toten Katze zu ermitteln, musste die Gemeinde, auf deren Gemarkung das Tier erlegt wurde, die Buße zahlen.[391]

Gegen Spatzen, die er als Schädlinge einstufte, hatte Karl Wilhelm ebenfalls eine ausgeprägte Aversion: Die Forstdiener konnten sich ein kleines Zubrot verdienen, indem sie fleißig Sperlinge abschossen – für jeweils 100 Spatzenköpfe gab es 25 Kreuzer aus der fürstlichen Kasse.[392]

Hingegen war der Markgraf fasziniert von Kolkraben, die bei einfachen Leuten als Unglücksvögel verschrien waren. Karl Wilhelm aber begeisterte sich für die Fähigkeit der großen schwarzen Vögel, die menschliche Stimme zu imitieren. So gab er Befehl an die Knechte aller Forstämter sowohl im Ober- als im Unterland, dass junge Raben aus den Nestern genommen werden sollten und „dass ein jeder ein Paar junge Kiel-Raben von der großen Gattung aufziehe, sie in große hölzerne Käfige hänge, in der schönen Stube, wo die Kinder seien – auf dass sie recht zahm werden; ihnen etwa ein bis zwei Wörter täglich morgens vorreden lassen durch die Frau oder ein Kind, welches fleißig ist, alsdann, wenn sie reden können, mir sie herbringen und einer Satisfaktion gewärtig sein sollen; welche aber es negligieren dagegen meine Ungnade haben werden.“[393]

Sprechende Vögel zur vergleichsweise preisgünstigen Unterhaltung einer nach neuen Reizen gierenden Hofgesellschaft – Karl Wilhelm war in dieser Hinsicht sehr ideenreich.

Der Jagdstern im Hardtwald

Die Rheinebene eignete sich prächtig für die Parforcejagd. Als großer Freund dieser modernen Form der Überland-Jagd benötigte Karl Wilhelm einen ausgedehnten Wildpark. Egal, ob eine vornehme Jagdgesellschaft auf französische oder deutsche Art jagte – die Teilnehmer erwarteten stets, dass eine bedeutende Zahl von Wildtieren zum Abschuss zur Verfügung stand. Um dies zu gewährleisten, wurden seit dem 16. Jahrhundert in sogenannten Tiergärten Wildtiere gehegt und gepflegt. Zudem fanden Parforce-Jagden in der Regel nicht in der unberührten Wildnis statt, sondern in einem riesigen umzäunten Areal. Den Beutetieren wurde es so unmöglich gemacht, sich durch eine Flucht in die Weite der Wälder zu retten.

Das war nicht der einzige Komfort, den die edlen Jägersleute genossen: Die Jagdgebiete wurden, französischen Vorbildern folgend, durch geometrisch angelegte Wegenetze systematisch erschlossen. Diese Gassen, die man gerne in Form eines Sternes aushauen ließ, erleichterten der feinen Gesellschaft die Orientierung, zudem ließ sich das Wild über die in den Wald geschlagenen Schneisen ohne große Anstrengung auf die Jagdstände zutreiben. In Pavillons oder Lustschlösschen, die häufig im Mittelpunkt solcher Jagdsterne positioniert wurden, durften sich die Herren und Damen dem wohligen Gefühl hingeben, selbst die Natur unter Kontrolle zu haben.[394]

Mit der Anlage eines Wildgeheges im Hardtwald hatte Karl Wilhelm schon zu Beginn seiner Regentschaft geliebäugelt und entsprechende Erkundigungen eingezogen.[395] Nägel mit Köpfen machte er allerdings erst, als der Rastatter Frieden geschlossen war. Im Sommer 1714 ließ der Markgraf an einer Lichtung zwischen Durlach und Mühlburg, der „Bocksblöße“, ein freilich eher bescheidenes Forst- und Jagdhaus errichten, zu dem Jägerunterkünfte und ein Fasanenhaus gehörten,[396] im Herbst wurde mit der Umzäunung des zugehörigen Wildparks begonnen. Das Jagdhaus war noch nicht vollendet, als Karl Wilhelm umfassendere Pläne ins Auge fasste. Anfang 1715 begannen im Hardtwald umfangreiche Rodungsarbeiten. Ein Lustschloss, eine Favorite, mit Tiergarten sollte es jetzt werden, großartig verknüpft mit einem Wegestern, der weit in den umliegenden Laubwald hineinstrahlte.[397]

Die Dimensionen des Projektes wuchsen weiter, als der Markgraf sich gnädigst entschloss, „zu Dero künftigen Ruhe und Gemütsergötzung eine fürstliche Residenz in dem so genannten Hardtwald nahe bei Mühlburg aufzubauen."[398] Was schließlich entstand, war nicht nur ein Sommerschloss, sondern die neue Baden-Durlacher Hauptresidenz mit einem Turm im Zentrum von 32 Strahlenstraßen, einem Wildpark im Norden und einer Stadt im Süden: Karlsruhe. Befremdlich selbst für die in die Geometrie vernarrten Zeitgenossen war dabei die Konsequenz, mit der Karl Wilhelm die neue Stadt in das streng am Jagdstern orientierte Schema einbezog: Neun Straßen markierten die für die Bebauung vorgesehene Zirkelfläche, die bald mit der Form eines aufgeklappten Fächers verglichen wurde.[399]

Untertanen und Wildtiere, Mensch und Kreatur, standen auf diese Weise gleichermaßen unter Beobachtung durch den Landesherrn, der von seinem Turm aus jeden Winkel überblickte.[400] Späteren Besuchern der Fächerstadt erschloss sich dieser Zweck sehr wohl. So meinte ein Reisender aus Schottland, der die badische Residenz in großherzoglicher Zeit kennenlernte, die Karlsruher müssten „die loyalsten Menschen der Welt sein, denn sie können ihren Fürsten niemals aus den Augen verlieren. Unausweichlich werden sie auf Schritt und Tritt an seine Macht erinnert … Sein Auge ruht auf ihnen, wie das der Vorsehung, den ganzen Tag lang; und wenn jemand Blähungen bekommen sollte, müsste er dafür die Stadt verlassen."[401]

Ein ebenfalls vielgereister Herr, der preußische Baron Karl Ludwig von Pöllnitz, hat Karlsruhe bereits zu Lebzeiten Karl Wilhelms besichtigt: Nichts „Artigeres" könne gefunden werden, bemerkte er, als er die sternförmige Anlage schilderte. Über das Schloss selbst schrieb er interessanterweise, es bestehe „in einem Vordergebäude mit zwei von beiden Seiten daran stoßenden Flügeln, welche immerzu, je weiter sie hinausgehen, desto mehr verloren fortlaufen, so dass alles dieses *eine recht theatralische Perspektive* darstellt."[402]

Der Stil der Zeit: Neue Schlösser und Residenzen

Schlösser bauen, Städte gründen – in der Zeit um 1700 war das groß in Mode. Ludwig XIV., der französische Sonnenkönig, hatte Maßstäbe gesetzt, als er seinen Wohn- und Regierungssitz von Paris nach Versailles verlegte. Großartige Barockanlagen sollten den Machtanspruch der Herrscher versinnlichen und ihr Ansehen steigern, die zugehörigen Residenzstädte möglichst auf das Schloss bezogen werden, geometrisch durchgeplant und einheitlich bebaut sein – nichts war der Zeit widerlicher als Wildwuchs jeglicher Art. Nahezu alle großen Schlossbauten des deutschen Absolutismus – in Berlin, München, Würzburg – wurden im ersten Viertel des 18. Jahrhunderts erbaut, und es war nahezu unausweichlich, dass die Kosten dabei aus dem Ruder liefen.[403]

Auch die Fürsten im deutschen Südwesten konnten und wollten den Verlockungen der repräsentativen Architektur nicht widerstehen: Dass Ludwig XIV. – ausgerechnet er – im Pfälzischen Erbfolgekrieg ihre alten Schlösser in Schutt und Asche legen ließ, nutzten sie, um der Enge ihrer mittelalterlichen Städte zu entrinnen und sich neue, zeitgemäße Residenzen in der Ebene erbauen zu lassen. Den Anfang machte Markgraf Ludwig Wilhelm von Baden-Baden, als er beim Marktflecken Rastatt ein Jagdschloss plante, das bereits 1699/1700 zur Hauptresidenz und Festung ausgebaut wurde. Dass der Grundriss Rastatts wie eine verkleinerte Kopie von Versailles anmutet, sollte man freilich nicht nur als widerwillige Verbeugung des Türkenlouis vor seinem verhassten französischen Taufpaten werten: Diese städtebauliche Sonderform entsprach dem Zeitgeschmack auf so ausgeprägte Weise, dass sie mittlerweile europaweit Verbreitung gefunden hatte. An ihr orientierte sich Sophie Charlotte, die Königin in Preußen, bei der Anlage von Schloss Charlottenburg ebenso wie Wilhelm III. von Oranien, als er sich in Holland mit dem Palais Het Loo ein prächtiges neues Jagdschloss bauen ließ. Selbst Zar Peter der Große errichtete zu dieser Zeit ein russisches Versailles – auf dem Peterhof unweit von St. Petersburg.[404]

Württemberg war in den Kriegen des 17. Jahrhunderts bei Weitem nicht in dem Maße verwüstet worden wie das Land am Oberrhein – doch dem Herzog Eberhard Ludwig genügten schon geringe Schäden am alten Schloss in Stuttgart, um das Projekt Ludwigsburg in Angriff zu nehmen: Auch ihn führte der Weg über ein Jagdschloss zur neuen Residenz. Da hätte es fast verwundert, wenn Karl Wilhelm von Baden-Durlach bei der Gründung Karlsruhes den Zwischenschritt eines Jagdschlosses ausgelassen hätte.

Wenige Jahre nachdem der Markgraf von Baden-Durlach den Grundstein für Karlsruhe gelegt hatte, ging auch der Kurfürst von der Pfalz unter die Bauherren. Das Höhenschloss Heidelberg war nach dem Pfälzischen Erbfolgekrieg notdürftig wiederhergestellt worden, eine absolutistische Residenzplanung mit Schloss, Ehrenhof, Park und ins Land ausgreifenden Straßenachsen im engen Neckartal aber kaum zu verwirklichen.

Die Peinlichkeit, weniger vornehm zu logieren als ein württembergischer Herzog oder die badischen Markgrafen, wollte sich der aus dem katholischen Haus Pfalz-Neuburg stammende Karl Philipp nicht antun. Zudem war ihm der Aufenthalt in Heidelberg durch heftige Auseinandersetzungen mit dem reformierten Kirchenrat verleidet. Sein Blick fiel auf die bereits gut ein Jahrhundert zuvor gegründete Planstadt Mannheim. Sie bestand ursprünglich aus der Festung Friedrichsburg und einer vorgelagerten Bürgerstadt, die innerhalb der Befestigungsmauern ein charakteristisches Rastermuster aufwies – die Quadrate. Auch Mannheim war im Schreckensjahr 1689 verwüstet worden. Doch hier in der Ebene, an der Stelle der zerstörten Friedrichsburg, fand Karl Philipp die Möglichkeit, einen Palast zu errichten, der seinem kurfürstlichen Selbstverständnis entsprach. Im Sommer 1720 ließ er den Grundstein für eine der glänzendsten Residenzen Süddeutschlands legen. Der Rastergrundriss der Stadt Mannheim wurde beibehalten und erweitert.[405]

Nicht nur weltliche Fürsten waren vom Bauwurm erfasst – auch geistliche Herren berauschten sich regelrecht an dem Gedanken, ihren Machtanspruch architektonisch zu demonstrieren. Speyer war protestantische Reichsstadt und zugleich katholische Bischofsstadt – immer wieder kam es zu Konflikten zwischen den selbstbewussten Bürgern und den Fürstbischöfen. Bereits im 15. Jahrhundert hatten die Fürstbischöfe daher in der Burg zu Udenheim ihren Wohnsitz genommen, doch die wurde später zur Festung Philippsburg ausgebaut und war nicht mehr als dauerhafte Residenz eines Bischofs geeignet. Man fasste eine Wiederherstellung der bischöflichen Pfalz in Speyer ins Auge, doch wie erwartet machte der Stadtrat Schwierigkeiten. So schien es die beste Lösung, mit dem Hof in das zum Hochstift gehörende rechtsrheinische und gut katholische Bruchsal überzusiedeln.[406]

Als 1719 Kardinal Damian Hugo von Schönborn, der einem der baufreudigsten Geschlechtern seiner Zeit entstammte, Fürstbischof von Speyer wurde, machte er sich sogleich an die Planungen für ein repräsentatives Schloss. Da Bruchsal zu dieser Zeit allerdings schon weitgehend wiederaufgebaut war, konnte Schönborn seinen Palast nicht durch eine Residenzstadt nach eigenen Vorstellungen ergänzen, sondern nur sinnfällige Bezüge herstellen. Das Schloss entstand nördlich von der Stadt. Der Bauplan sah eine weitläufige Gesamtanlage dar, die in über 50 Einzelgebäude aufgelöst war.

Solche Anlagen sah man oft bei Lustschlössern, für eine Hauptresidenz waren sie eher untypisch. Der Kardinal begründete die ungewöhnliche Planung jedoch mit den Erfahrungen der vergangenen Kriege: Im Fall eines Brandes sollte das Feuer nicht die gesamte Anlage zerstören.[407] Die geistliche Residenz Bruchsal gehörte somit wie Karlsruhe zu den offenen Städten, die einem kriegerischen Angriff wenig entgegenzusetzen hatten. Rastatt und Mannheim hingegen umgaben sich nach alter Tradition mit einem Festungsgürtel, wiewohl die rasch fortschreitende Kriegstechnik

Karl Wilhelm im Alter von etwa fünf Jahren. Wachsbild von Anna Maria Braun, um 1684. Badisches Landesmuseum Karlsruhe, Foto: Thomas Goldschmidt.

Die Eltern von Karl Wilhelm: Markgraf Friedrich Magnus von Baden-Durlach (oben) und Markgräfin Augusta Maria, geborene Prinzessin von Schleswig-Holstein-Gottorf (unten). Badisches Landesmuseum Karlsruhe.

Markgraf Karl Wilhelm mit Allongeperücke. Medaille zum Regierungsantritt 1709. Badische Fürsten-Bildnisse, Bd. 1, S. 228. Reproduktion: Badische Landesbibliothek Karlsruhe.

Magdalene Wilhelmine von Württemberg, Markgräfin von Baden-Durlach. Stadtarchiv Karlsruhe, Sign. 8/PBS I 424.

Aquarell aus dem „Karlsruher Tulpenbuch", um 1730. Badische Landesbibliothek, Cod. KS Nische C 13, Blatt 71b.

Johanna Elisabeth von Baden-Durlach, Herzogin von Württemberg. Badische Fürsten-Bildnisse, Bd. 1, S. 217. Reproduktion: Badische Landesbibliothek Karlsruhe.

Erbprinz Friedrich von Baden-Durlach. Badische Fürsten-Bildnisse, Bd. 1, S. 237. Reproduktion: Badische Landesbibliothek Karlsruhe.

Markgraf Karl Wilhelm auf dem Totenbett. Stich von Mathias Steidlin nach einer Zeichnung von Johann Ziegler. Generallandesarchiv Karlsruhe, Sign. 69 Baden, Sammlung 1995 G Nr. 157.

Ansicht der Stadt Karlsruhe, 1721. Kupferstich von Heinrich Schwarz. Stadtarchiv Karlsruhe, Sign. 8 PBS XVI 18.

diesen Schutz fragwürdig erscheinen ließ und die „Fortifikation" der baulichen Weiterentwicklung der neuen Residenzstädte enge Grenzen setzte.[408]

Ein ungeduldiger Bauherr

Nachdem Karl Wilhelm sich einmal entschlossen hatte, das Schloss im Hardtwald zu bauen, drückte er aufs Tempo. Dem technischen Leiter des Schlossbaus, Jakob Friedrich von Batzendorf, befahl er am 1. Juni 1715, mal eben übers Wochenende eine Bauordnung auszuarbeiten, „dieweil wir den uns sehr angelegenen Favoritebau im Hardwald aufs bestmögliche beschleunigt und befördert wissen wollen".[409] Das Wort „Favoritebau" wurde in dem schriftlich formulierten Befehl später durchgestrichen – als absoluter Fürst konnte man mit einem Federstrich dafür sorgen, dass das eigene Geschwätz von gestern am nächsten Tag keine Gültigkeit mehr hatte.

Aber schnell musste der Bau realisiert werden. Der barocke Mensch kannte keine Geduld, allzu flüchtig war das Dasein. Unerträglich schien ihm die Zeit, die zwischen Entwurf und Ausführung verrann. Er verachtete die Ingenieure, die vorsichtig darauf hinwiesen, dass ein solides Bauwerk auch eine solide Planung verlange. Er befürchtete, dass seine Diener unter dem Vorwand einer ausgereiften Planung die Fertigstellung ins Unabsehbare hinauszögern würden. Sollten sie doch Kulissen aufstellen, die sich rasch verwirklichen ließen. Optisch gelungene Kulissen würden das Publikum ebenso beeindrucken wie massives Mauerwerk. Nie vor und nie nach dieser Epoche gab es so viele Einstürze, die auf die Verwendung minderwertigen Materials oder schludrige Arbeit zurückzuführen waren. Auch in dieser Hinsicht war Versailles beispielhaft: Das monumentale Werk war kaum vollendet, als schon die Reparaturen begannen, die Unsummen verschlangen.[410]

Karl Wilhelms Schöpfung bildete in dieser Hinsicht keine Ausnahme: Der Baron von Pöllnitz, der Baden-Durlach ab 1726 mehrfach besuchte, fand zwar Gefallen an der Sternform Karlsruhes, war aber für die Schwächen der Ausführung keineswegs blind und monierte: „Alle diese Häuser sowohl als auch das Markgräfliche Schloss sind allesamt aus Holz, sodass man keine Kostbarkeit noch große Dauer in Karlsruhe suchen muss …" Darüber verwundert erkundigte sich der Reisende beim Markgrafen, warum beim Schlossbau nicht höherwertiges Material verwendet worden sei.

Karl Wilhelm antwortete: „Ich habe mir hier nur einen Rückzugsort erbauen und in allen Stücken das Werk so einrichten lassen wollen, dass ich meinen Untertanen nicht überlästig falle; überdies habe ich auch das, was ich bauen ließ, bald genießen wollen. Hätte ich das Werk von gebackenen Steinen aufbauen lassen, würde es mich weit mehr gekostet haben und ich hätte dieses Gebäude, ohne eine außerordentliche Schatzung auf meine Untertanen zu legen, nicht zu Stande bringen können, wäre auch sonst viel Zeit darauf gegangen und ich hätte vielleicht noch nicht einmal das Vergnügen gehabt, meine Arbeit in vollkommenem Stande zu sehen. Überdies habe ich auch dieses noch in die Überlegung einbezogen, dass meine Lande jedes Mal ein rechter Schauplatz des Krieges gewesen sind, ich aber nicht im Stande bin, hier eine Festung anzulegen oder auch nur den Ort mit einer Mauer zu umgeben."

Es sei, so argumentierte Karl Wilhelm, einfach unvernünftig, viel Geld auf einen Ort zu verwenden, der in einem neuen Krieg vielleicht wieder abgebrannt würde – so wie es vor nicht allzu langer Zeit mit der Durlacher Karlsburg und den anderen baden-durlachischen Lusthäusern geschehen sei: „Da ich nicht der reichste Herr bin, habe ich bloß ein Haus nach meinen Umständen gebaut, und ich will lieber, dass man von mir sagt, ich sei übel logiert und hätte dabei keine Schulden, als dass man sagt, ich hätte ein kostbares Schloss, aber viele Schulden."[411]

Die zur Eile angehaltenen Architekten, selbst die berühmtesten, mussten damit leben, dass die hochadeligen Bauherren ständig neue Vorstellungen entwickelten, immer wieder persönlich in die Planungen eingriffen und kurzfristig Änderungen forderten. Für Karl Wilhelm bestand die Aufgabe der bezahlten Dienstleister ohnehin nicht darin, große Entwürfe vorzulegen, sondern lästige Detailprobleme zu lösen. Der Prorektor des Karlsruher Gymnasiums, Johann Kaspar Malsch, schätzte zu Lebzeiten des Stadtgründers die Sachlage so ein: „Der Fürst selbst war … sein eigener Architekt, kennt er sich doch in der militärischen und zivilen Baukunst vorzüglich aus und lässt sich in dieser Art von lobenswerter Tätigkeit gewiss noch nicht einmal von Leuten übertreffen, die sich ihr ganzes Leben lang mit diesem Fach beschäftigt haben."[412] Natürlich habe Karl Wilhelm einige „Hilfsarchitekten" beschäftigt: Das war zum einen eben jener Herr von Batzendorf, „der auf Kosten des Fürsten vorher Technik und Architektur studiert hatte". Batzendorf unterstellt waren der Werkmeister Schwarz aus Hamburg, ein „hervorragender Konstrukteur von Maschinen und Armaturen", außerdem Baumeister Balthasar Hengel und der Durlacher Maurermeister Sebastian Hemberger.

Eichen oder Forlen? Das Fundament, auf dem der Turm inmitten der 32 Strahlenstraßen entstehen sollte, rief heftige Auseinandersetzungen unter den „Hilfsarchitekten" hervor. Baumeister Hengel setzte auf Qualität und forderte für den Karlsruher Turm einen Rost von 400 jungen Eichen, Werkmeister Schwarz hingegen war der Meinung, dass ein Fundament aus Forlen ausreichend sei.[413] Da Forlen deutlich weniger kosteten, fiel es Schwarz nicht schwer, den Markgrafen zu überzeugen.

Die Zeche für die billige Bauweise zahlte übrigens ein halbes Jahrhundert später des Stadtgründers Enkel und Erbe Karl Friedrich. Diesem ebenfalls sehr sparsamen Herrn erschien es nach seinem Regierungsantritt zu kostspielig, das marode Karlsruher Schloss ganz einfach abzureißen und durch einen Neubau zu ersetzen. Stattdessen entschied er sich für eine „Hauptreparatur", die zur Folge hatte, dass er bis zu seiner Silberhochzeit in einer Baustelle wohnte.

17. Juni 1715

Der Tag, den die Stadt Karlsruhe als ihren Geburtstag feiert, der 17. Juni 1715, begann in der Durlacher Karlsburg denkbar unspektakulär: Karl Wilhelm gewährte – wie an Montagen üblich – ab 6 Uhr morgens Audienz. Untertanen und Diener überreichten insgesamt 71 Berichte, Eingaben, Bittschriften, Empfehlungsschreiben, Rechnungen, Besoldungs-, Forst-, Finanz-, Steuer-, Erbschafts-, Militär- und Kriminalsachen. Über einige der Anliegen entschied Karl Wilhelm spontan, andere ließ er an die zuständigen Ämter oder Gremien weiterleiten.[414] So gewöhnlich alles erscheinen mochte, es stand an diesem Tag noch ein Fest an, das der Markgraf zum Anlass genommen hatte, einen „zum Tod von Dero Kriegsrecht verdammten Soldaten" zu begnadigen.[415]

Als die Geschäfte in Durlach soweit erledigt waren, begab sich der Markgraf unter Trompetenklang in den Hardtwald, zu der kreisrund ausgehauenen Stelle im Zentrum des Jagdsterns. Sie war für diesen 17. Juni dekorativ geschmückt worden. Mit dem Fürsten ritten ausgesuchte Vertreter der Regierungsgremien und des Hofstaats, denn Karl Wilhelm beabsichtigte, einen neuen Orden zu stiften und außerdem den Grundstein für ein neues Schloss zu legen. Ob er es als Lusthaus konzipiert hatte oder bereits damit liebäugelte, seine Residenz an diesen stillen Ort zu verlegen? Auf alle Fälle beabsichtigte Karl Wilhelm, im Turm zu Karlsruhe auch seine Lüste auszuleben. So war es nur folgerichtig, wenn Magdalene Wilhelmine, des Markgrafen Gemahlin, nicht an den Feierlichkeiten teilnahm.

Hofmarschall Leopold Melchior von Rotberg hatte die Ehre, die Stiftungsurkunde für den „Orden der Treue" zu verlesen. Trompeten und Pauken unterstrichen lautstark die Bedeutung des Akts, als Rotberg seinem Fürsten auf einer silbernen Schale die Ordenszeichen reichte. Sodann wurden die von Karl Wilhelm ausgewählten Ritter des neuen Fidelitas-Ordens aufgerufen: Als erster kam sein Bruder, Markgraf Christoph, an die Reihe, dann folgten der Hofmarschall von Rotberg und sieben weitere Stiftungsritter. Sie alle empfingen auf den Knien liegend die Ordenskreuze und küssten beim Aufstehen Karl Wilhelm die Hände.[416]

Auf die Verleihung der Ordenskreuze folgte die Grundsteinlegung. Die frisch gekürten Ritter begleiteten den Ordensstifter zum Fundament des Schlossturms. Als „Intendant des Schlossbaus" präsentierte der Ordensritter von Löwencron[417] die Zeitzeugnisse, die Karl Wilhelm vor den Augen des vornehmen Publikums im Grundstein versenkte: Darunter waren eine silberne Gedenkplatte sowie einige Münzen mit dem Bildnis des Gründers und eine Flasche Oberländer Wein.[418] Johann Kaspar Malsch, der Prorektor des Durlacher Gymnasiums, hatte „auf Geheiß eines Freundes" einen lateinischen Sechszeiler verfasst, der ebenfalls im Grundstein seinen Platz fand:

„Dieser Stein, gesetzt von Karl, dem Fürsten, oh Jubel,
Füge als erster sich ein tief in die Grube des Baus!
Er trage fest den Turm, der hoch zu den Sternen hinaufstrebt,
Bleibe erhalten sodann bis in die späteste Zeit!
Diese Gründung gedeihe, so lange immer sie dauert,
Wachse weiter hinaus über den eigenen Raum!"[419]

Zeitgenosse: Johann Kaspar Malsch, Bauernsohn und Professor (1673–1742)

Nicht nur anlässlich der Grundsteinlegung, auch zu vielen dynastischen Feierlichkeiten wie Geburtstagen, Hochzeiten und Todesfällen im Hause Baden-Durlach schmiedete Johann Kaspar Malsch kunstvolle Verse: Der lateinischen Poesie gehörte die ganze Liebe dieses Gelehrten, der aus kleinsten Verhältnissen stammte.[420] In Staffort war er 1673 in eine leibeigene Bauernfamilie hineingeboren worden, doch hielt man ihn wohl für zu schwächlich, um in der Landwirtschaft ein Auskommen zu finden. So kam das intelligente Bürschchen als Gehilfe zum Rektor des Durlacher Gymnasiums, erhielt eine klassische Ausbildung und zeigte große Begabung für die lateinische Dichtkunst. Mit dem Pfälzischen Erbfolgekrieg und der Zerstörung Durlachs 1689 schien die wissenschaftliche Karriere des jungen Malsch allerdings zunächst beendet: Zeitweise diente er als Soldat – eine Lebensform, die er verabscheute. Zu seinem Glück gelang es ihm, große Herren von seinen Qualitäten als Poet zu überzeugen:

Ein Auftritt am Hofe Eberhard Ludwigs von Württemberg brachte Malsch ein Stipendium ein, das ihm ein zweijähriges Studium in Tübingen ermöglichte. Später verschlug das Schicksal den Mittellosen bis an den Kaiserhof in Wien, wo man seine Verse ebenfalls schätzte. Als der Frieden von Rijswijk geschlossen wurde, unterichtete Malsch am Gymnasium in Stuttgart. Doch nun, da die Kämpfe am Oberrhein beendet waren, forderte Friedrich Magnus von Baden-Durlach die Rückkehr dieses offenbar sehr begabten Landeskindes – und als Leibeigener sah Professor Malsch keine Möglichkeit, diesen Ruf zu ignorieren.

In Durlach und später auch in Karlsruhe stand er als Lehrer für Rhetorik, Latein und Geschichte sowie als Prorektor des Gymnasiums in hohem Ansehen. Als der Rektor der Schule starb und die Nachfolge anstand, wurde Malsch jedoch übergangen. Karl Wilhelm zog den Theologen Philipp Jakob Bürcklin vor, der aus einer angesehenen Durlacher Beamtenfamilie stammte, ein jüngerer Bruder seines Geheimen Sekretärs war und den Erbprinzen Friedrich als Prediger bei seiner Kavalierstour begleitet hatte. Bürcklin, der als Knabe selbst zu Malschs Schülern gehört hatte, soll diese Beförderung als regelrecht peinlich empfunden haben – angeblich redete ihm sein ehemaliger Lehrer jedoch gut zu, die Chance nicht auszuschlagen.[421] Immerhin schenkte der Markgraf dem Professor die Leibesfreiheit.

Sozialer Aufstieg durch Bildung: Eine Universitätsgründungswelle im 15. Jahrhundert hatte es möglich gemacht.[422] Der steigende Bedarf an hoch qualifizierten Beamten, an Juristen, Ärzten, Theologen und Lehrern eröffnete begabten Männern aus dem Bürgertum und sogar aus dem Bauernstand die Chance, durch akademische Bildung an der Vorrangstellung des Adels zu kratzen. Bis zur Mitte des 17. Jahrhunderts hielt der Trend zur Egalisierung im

Staatsdienst an, blieben die Universitäten „Katalysatoren sozialer Mobilität“. Doch zu Karl Wilhelms Lebzeiten setzte eine Refeudalisierung der Gesellschaft ein.

Der alte Amtsadel, dessen Söhne immer häufiger selbst einen Universitätsabschluss vorweisen konnten, und die neuen bürgerlichen Beamteneliten schlossen sich gegenüber den „Eindringlingen“ aus den Unterschichten ab. Nach einem Jahrhundert der Kriege überstieg die Zahl der Bewerber ohnehin bei Weitem die der zu vergebenen Stellen im Staatsdienst, und ein erbarmungsloser Konkurrenzkampf um lukrative Posten setzte ein. Schon erhoben sich Stimmen, die die „Studiersucht“ der unteren Bevölkerungsschichten geißelten, und selbst ein Frühaufklärer wie der Leipziger Christian Thomasius (1655–1728) erregte sich darüber, dass „der Bauern, Taglöhner und Handwerker Kinder, die kein gut tun, auch nicht arbeiten wollen, sondern ihr Leben in Müßiggang, Fressen, Saufen, Huren, Spielen, Schreien, Turnieren zuzubringen gedenken, Studenten werden.“[423]

Als wolle er die Ansichten eines Christian Thomasius durch eine vorbildliche Lebensweise widerlegen, schuftete Johann Kaspar Malsch Tag und Nacht. Die demütigenden Zurücksetzungen im Dienste des Markgrafen von Baden-Durlach konnten die Überzeugung des Professors, dass Bildung der Schlüssel für eine bessere Zukunft sei, nicht erschüttern. Der arme Gelehrte, der des Nachts im flackernden Kerzenschein Vers um Vers ersann, Seite um Seite beschrieb, sah sich selbst als „Fackelträger“[424]. Seine Mission war es, die Dunkelheit aus dem Köpfen seiner Mitmenschen zu vertreiben: „Laternen der freien Nächte“ nannte er folgerichtig eine Schriftenreihe, in der er peu à peu sein gesammeltes Wissen veröffentlichen wollte.

Die erste dieser Laternen beleuchtete „die Anfänge des neuen Sitzes der Markgrafen von Baden-Durlach“. Diese frühe, in lateinischer Sprache gehaltene Karlsruher Stadtgeschichte ist eine eigenwillige Komposition aus Reflexion, historischer Prosa und Gedichten, außerdem eine literarische Verbeugung vor Karl Wilhelm, denn der Autor schmeichelte seinem „durchlauchtigstem Fürsten und gnädigsten Herrn“ bei jeder sich bietenden Gelegenheit. Eine zweite „Laterne“, die den Blick auf den von Karl Wilhelm geförderten Badeort Langensteinbach lenkte – das Fürstenbad zog im 18. Jahrhundert viele vornehme Besucher an[425] – folgte, doch dann verlosch das Licht der in lateinischer Sprache publizierten Zeitschrift auch schon. Es fehlten wohl die Subskribenten, die geholfen hätten, das elitäre Projekt zu finanzieren.

Karl Wilhelm hatte keine Mühe, lateinische Texte zu verstehen, bisweilen bediente er sich selbst der Sprache der Gelehrten. Offenbar schätzte er Malschs poetische Leistungen – andernfalls hätte auch kaum ein Gedicht des Professors seinen Weg in den Grundstein des Karlsruher Schlossturms gefunden. Trotzdem scheute sich der Markgraf nicht, den verdienten Sohn des Landes immer wieder zappeln zu lassen, wenn es um Stellenbesetzungen ging. Johann Kaspar Malsch war bereits 61 Jahre alt, als ihm Karl Wilhelm endlich offiziell die Leitung des Gymnasiums anvertraute. Eine weitere späte Würdigung wurde Malsch mit der Ernennung zum weltlichen Mitglied des Kirchenrats-Kollegiums zuteil.

„Das größte Gut eines Fürsten“: Der Orden zur Treue

Einen armen Professor wie Johann Kaspar Malsch musste Karl Wilhelm nicht hätscheln, der Mann konnte ihm nicht davonlaufen. Etwas anders sah die Sache aus, wenn es um die adelige Dienerschaft ging. Aus Prestigegründen konnten gewisse Ämter am Hof und in der Landesverwaltung unmöglich mit Bürgerlichen besetzt werden. Allerdings war in Baden ein lehnsrechtlich an den Landesherrn gebundener Adel so gut wie gar nicht vorhanden. Die Markgrafen waren daher darauf angewiesen, dass Adelige aus anderen Ländern oder Reichsritter in ihre Dienste traten. Für Mitglieder von Familien, die traditionell von den Erträgen ihrer Ländereien lebten, konnte ein Amt an einem Fürstenhof durchaus attraktiv sein, weil vielen erst das zusätzliche Einkommen als Staatsdiener einen barocken Ansprüchen genügenden Lebensstandard ermöglichte.

Nun waren die Besoldungen, die Karl Wilhelm seinen Beamten zugestand, nicht gerade üppig,[426] die Ansprüche, die der Markgraf stellte, hingegen enorm – er musste sich etwas einfallen lassen, um Leistungsträger aus dem Adel an sich zu binden. Die Gründung eines Ritterordens bot sich an, denn „es kann ein Fürst niemals diejenigen, deren Verdienste er belohnen will, mit geringeren Unkosten begnadigen, als wenn er sie mit einem Ordens-Zeichen erfreut“,[427] hieß es in einer zeitgenössischen Schrift. Der große Karl Wilhelm wollte seinen Rittern also Freundschaft anbieten, sie damit zumindest ideell in die eigene Sphäre erheben und zugleich ihre Treue einfordern: „Alle Glückseligkeit des Lebens“ sei „ohne aufrichtige Freunde“ unvollkommen, hob der Markgraf hervor.[428] Fidelitas-Orden, „Orden zur Treue“ – der Name des Männerbundes, den er an jenem Tag ins Leben rief, als er Karlsruhe gründete, war Programm.

Der Stil der Zeit: Ritterspiele – barocke Ordensstiftungen

Ritterorden waren ein probates Mittel, fürstlichen Glanz pompös zu inszenieren: Je exklusiver und vornehmer der Kreis war, den ein Fürst um sich scharte, umso heller erstrahlte sein eigenes Licht, und desto größer war die Ehre für die Auserwählten, die dem Orden beitreten durften: „Einiger Orden schämen sich die größten Könige nicht und viele hohe Puissancen pflegen ihre neugeborenen Prinzen in gewisse Orden einzukleiden oder ihnen die besonderen Ordenszeichen umzuhängen“,[429] wusste von Rohr, der Fachmann fürs Zeremoniell.

Was den großen Königen gefiel, wollten sich kleine Fürsten nicht entgehen lassen. Seit den 1690er Jahren wurden landauf, landab Ritterorden gestiftet oder reaktiviert, in Dänemark, Bayern und Kurpfalz, Nassau, Russland und Polen.[430] Markgraf Georg Wilhelm von Brandenburg-Bayreuth ließ noch als Erbprinz die planmäßig angelegte Vorstadt St. Georgen anlegen und errichtete zugleich den Orden der „Sincerité“, den Orden der Aufrichtigkeit.[431] Friedrich I., der erste preußische König, stiftete am Vorabend seiner Krönung den Schwarzen Adler-Orden.[432] An den „löblichen Exempeln vieler vornehmer Fürsten“[433] orientierte sich nun auch Karl Wilhelm. Der Markgraf von Baden-Durlach war selbst ein Ritter des 1702 von Eberhard Ludwig von Württemberg gegründeten Hubertus-Jagdordens und verfolgte aufmerksam, welch prächtige Räumlichkeiten der Schwager in seinem neuen Ludwigsburger Schloss für den Orden einrichten ließ.

Um in einen Ritterorden aufgenommen zu werden, musste ein Mann bestimmte Voraussetzungen erfüllen. Dazu gehörten in der Regel adelige Herkunft und eheliche Geburt – ein Kandidat musste nicht nur ein Wappen einreichen können, sondern auch die Ahnenprobe bestehen. Von Fidelitas-Rittern wurde der Nachweis verlangt, dass alle 16 Ururgroßväter und Ururgroßmütter von makellosem Herkommen waren. Demnach waren die Anforderungen an die Kandidaten beim Orden der Treue recht hoch.[434] Allerdings war es ein offenes Geheimnis, dass die Ordensmeister durchaus ein Auge zudrückten, wenn sie bestimmte Männer auszeichnen wollten – zum Beispiel „natürliche Kinder" großer Herren oder andere Günstlinge.[435] Außerdem gab es legale Tricks, die strengen Aufnahmekriterien zu umgehen. So bekam in Karlsruhe der Geheime Rat Johann Wilhelm zur Glocken, ein nicht-adeliger Beamter, zwar keine Matrikelnummer wie die regulären Mitglieder, aber ihm wurde das arbeitsintensive Amt des Ordenssekretärs übertragen – als solcher durfte er sich ebenfalls mit den Fidelitas-Abzeichen schmücken.[436]

Die Ordensinsignien zu tragen war nicht nur ein Privileg, sondern auch Pflicht. Bei den Fidelitas-Rittern handelte es sich um ein achtspitziges, rot emailliertes Kreuz, in dessen weißem Mittelschild das Spiegelmonogramm „C" prangte – es handelte sich um das Namensinitial von Karl Wilhelm, der Schriftstücke stets mit „Carl" unterzeichnete und den „Wilhelm" wegließ. Mit seinem Spiegelmonogramm ging der Ordensmeister nicht eben sparsam um: Die Kreuzarme des Abzeichens ließ er ebenfalls mit verschränkten Doppel-C bewinkeln, während das badische Stammwappen die Rückseite zierte. Getragen wurde dieses Kreuz an einem Band um den Hals. Bereits 1716 ergänzte Karl Wilhelm die Insignien um einen dekorativen Ordensstern, während er – vermutlich mit Blick auf die hohen Kosten – auf eine offizielle Ordenskleidung verzichtete.[437]

Die Statuten der Korporationen gaben jeweils vor, bei welcher Gelegenheit die Ritter die Ordens-Kleinodien zur Schau tragen mussten. In einigen Gemeinschaften sollten sie nur bei Feierlichkeiten, Ordensfesten und an fremden Höfen notwendig angelegt werden,[438] der Orden zur Treue gehörte jedoch zu denjenigen, in denen es Pflicht war, die Abzeichen täglich zu tragen. Fidelitas-Ritter, die sich mit nacktem Hals in der Öffentlichkeit zeigten, wurden mit einer Geldstrafe belegt – bei häufigeren Verstößen drohte gar der Ausschluss aus dem Orden. Als leidenschaftlicher Waidmann und großer Freund von Maskenbällen lockerte Karl Wilhelm allerdings bald die Regeln und tolerierte das Fehlen der Abzeichen bei Jagden und im Karneval. Auch eine Erkrankung der Ritter, Trauerfälle und inkognito zu absolvierende Reisen galten nunmehr als ausreichende Entschuldigung für einen Verzicht auf das Tragen der Ordensinsignien.[439] Starb ein Ritter, mussten seine Angehörigen die Insignien zurückzugeben.

Nicht nur das Tragen der Ordenszeichen war bis ins kleinste Detail geregelt – die Angehörigen eines Ritterordens sollten sich überdies streng an den Verhaltenskodex ihrer Gemeinschaften halten. Dazu gehörte ein Auftreten, das über jeden Tadel erhaben war. So ehrenvoll die Aufnahme in einen Ritterorden war, so vernichtend wirkte sich ein Rausschmiss aufgrund unwürdigen Verhaltens aus. Als Paradebeispiel einer öffentlichen Demütigung galt den Zeitgenossen der Kaiserliche Generalfeldmarschall-Leutnant Georg Eberhard von Heyersdorff.[440]

Der Festungskommandant von Heidelberg hatte sich bei der zweiten Eroberung der kurpfälzischen Metropole durch die Franzosen mit seiner Mannschaft und einem Teil der Einwohnerschaft auf das Schloss zurückgezogen und schließlich kapituliert. Das brachte ihm 1693 ein Todesurteil wegen Feigheit ein, doch der Kaiser wandelte das Urteil in lebenslange Verbannung um. Keine Gnade kannten Heyersdorffs Ritterbrüder: „Es ward ihm das Ordenszeichen und Kreuz vom Halse geschmissen und zweimal in das Gesicht geschlagen. Und endlich wurde er von einem jungen Ritter des Teutschen Ordens aus demselben hinausgeführt, ihm auch zum Zeichen der völligen Hinausstoßung im Herausgehen ein Fußstoß in den Rücken gegeben“,[441] hieß es über das Schicksal des unglücklichen Offiziers.

Wider Treu und Glauben

„Die Statuta sind bei den meisten Orden überaus löblich, es wird nichts als von lauter Tugenden und Verdiensten darin geschwatzt, die Praxis kommt aber nicht allezeit mit der Intention der Stifter überein“,[442] bemerkte Julius Bernhard von Rohr mit durchaus ironischem Unterton. Die Ehre, ein Zentralbegriff des Barockzeitalters, war Maßstab jeglichen Handelns. Im Fidelitas-Orden galt zudem die Treue zum Ordensmeister und zum badischen Fürstenhaus als oberste Ritterpflicht. Aber auch in Karlsruhe menschelte es bisweilen, manchmal mit fatalen Folgen.

Ausgerechnet von Löwencron, der „Intendant“ des Karlsruher Schlossbaus, wurde erwischt, als er bei Hof „einiges Silber“ entwendete. Das brachte ihm nicht nur die Entlassung aus baden-durlachischen Diensten ein, sondern zog 1719 folgerichtig auch den Ausschluss aus dem Orden der Treue nach sich. Für Karl Wilhelm war es ein Schlag, dass er nach dem mit Finanzierungsfragen betrauten Richtenfels nunmehr einen zweiten mit seinem Karlsruher Lieblingsprojekt befassten Diener verlor. Als Löwencrons Frau ihn anflehte, die Verfehlungen ihres Gemahls nicht publik zu machen, zeigte sich der Markgraf zunächst unerbittlich. Doch nachdem die verzweifelte Dame immer aufs Neue bat, sich demütigte und bettelte, wurde er weich: Um Löwencron „nicht vor der ganzen Welt zu prostituieren“, erlaubte Karl Wilhelm dem Dieb, selbst den Dienst zu quittieren, statt ihn öffentlichkeitswirksam rauszuschmeißen – so hatte der Mann immerhin noch eine Chance, anderswo in fürstliche Dienste zu treten. Leider sollte dieser Fidelitas-Ritter nicht der einzige bleiben, der seinem Meister eine Enttäuschung bereitete. Einige Jahre später machte sich der Freiherr Ludwig Drais von Sauerbronn – er war Obristleutnant des kaiserlich-durlachischen Regiments – der Veruntreuung von Regimentsgeldern schuldig. Drais, der wie Löwencron ein Ritter der ersten Stunde war, sei unwürdig, dem Orden der Treue anzugehören, befand das Kapitel.[443]

Dass man Straftäter, Feiglinge und Deserteure nicht in einem Ritterorden dulden konnte, leuchtet ein, doch bisweilen scheiterte ein Verbleib in dem illustren Kreis auch schlicht an finanziellen Unzulänglichkeiten. Wenn einer als „arm, aber ehrlich“ bezeichnet wurde, hatte er im Zeitalter der Perücke schon verloren. Denn die Ehre eines adeligen Herrn wurde nicht an Moralvorstellungen festgemacht, die dem bürgerlichen Wertekanon entsprachen, sie war auch und vor allem eine Frage der standesgemäßen Lebensführung.[444] Eine solche verlangte den Rittern vom Orden der Treue ein Mindestmaß an praktizierten Luxus ab. Wer sich das nicht leisten konnte oder sich durch den Zwang zum Prunk ruinierte, geriet rasch ins gesellschaftliche Abseits. Karl Wilhelms Oberjägermeister Bertram Christian Freiherr von Griesheim war so ein trauriger Fall. Er wurde aus dem badischen Dienst entlassen und geriet darauf in eine derartige finanzielle Bedrängnis, dass einem Bericht des Ordenssekretärs zufolge seine Kinder betteln gehen mussten. Von Griesheim war aber nach wie vor Fidelitas-Ritter. In seiner Not ersuchte er im Jahr 1730 die Ordenskanzlei, ihn „doch nicht in Schimpf stecken zu lassen".[445]

Hoffnungslos war seine Bitte nicht, denn wie andere Gemeinschaften dieser Art pflegte sich der Orden zur Treue karitativ zu engagieren. Neben einigen in Not geratenen durlachischen „Landeskindern" profitierten von den bescheidenen Zuwendungen auch klamme Adlige, vor allem Militärs, die aus unterschiedlichen Gründen ohne Einkommen dastanden. Tatsächlich wurde auch von Griesheim bedacht. Er erhielt einen Wechsel, der auch dazu dienen sollte, seine in Nürnberg angehäuften Wirtshausschulden zu bezahlen.[446] Auf die Beine kam der Freiherr durch diese Unterstützung allerdings nicht wieder. 1733 gab er seine Abzeichen an Karl Wilhelm zurück, weil er „dem löblichen Orden nicht gerne zur Schande leben wollte".[447]

Sollte Karl Wilhelm sich eingebildet haben, dass sein Orden der Treue ein von Männerfreundschaft und Brüderlichkeit getragenes Bündnis sei, so wurde er seiner Illusionen ohnehin bald beraubt. Es war zum Verzweifeln, ob welcher Kleinlichkeiten sich ansonsten sehr auf ihre Würde bedachte Herren zu zanken beliebten. Da äußerte sich einer an der fürstlichen Tafel abfällig über eine Familie, die ein anderer für höchst ehrenwert hielt – und schon war ein Händel im Gange, in dem der Markgraf höchstpersönlich vermitteln musste,[448] damit seine Ritter sich im Namen der Ehre nicht gegenseitig umbrachten. Bisweilen entzündete sich der Streit auch an den Ordensregeln selbst. So erstattete der Freiherr Schott von Schottenstein 1725 Anzeige gegen seinen Ordensbruder Planta von Wildenburg, weil dieser mehrfach am Darmstädter Hof auftrat, ohne das Ordenskreuz zu tragen. Von Planta fühlte sich angegriffen – das Ganze mündete in ein Duell, das glücklicherweise unblutig ausging.[449]

Karl Wilhelm fand solche Auseinandersetzungen wenig amüsant. Da viele solcher Scharmützel, aber auch das Scheitern ganzer Lebensentwürfe seiner Meinung nach auf den übermäßigen Genuss alkoholischer Getränke zurückzuführen war, rief er zur Mäßigung auf. Seine Anordnung, wonach ein Fidelitas-Ritter kein Glas Wein über seinen Appetit trinken noch einen anderen dazu animieren sollte, blieb jedoch trotz Strafandrohung ein frommer Wunsch.[450]

Strassennamen erzählen

Wie der Orden der Treue seinem Stifter manche Enttäuschung bereitete, erwies sich auch das neu gegründete Karlsruhe nicht immer als Karl Wilhelms reines Entzücken. Beide Projekte, Ritterorden und Schloss beziehungsweise Ritterorden und Stadt, waren eng miteinander verzahnt, das eine für Karl Wilhelm ohne das andere nicht vorstellbar. Ordensstiftung und Grundsteinlegung an jenem 17. Juni 1715 gehörten zu jener ausgeklügelten Choreografie, mit der der Fürst nicht nur das zeitgenössische Publikum, sondern auch die Nachwelt für seine Idee einzunehmen trachtete. Wie sollte Karl seine Ruhe finden, wenn nicht treue Diener und Freunde für ihn wachten?

Das neue Schloss im Zentrum des Jagdsterns, dieser Wesenskern der Residenzstadt, die es zu erbauen galt – es sollte auch dem neuen Orden eine Heimat bieten. Der Herzog von Württemberg hatte mit einem reich dekorierten Ordenssaal für seinen Hubertus-Orden in Schloss Ludwigsburg Maßstäbe gesetzt[451] – da musste auch Karl Wilhelm klotzen: Ein repräsentativer Ordenssaal war Pflicht im Neubau. Der Markgraf ließ ihn mit Portraits seiner Ritter ausschmücken, fürstliche Ahnengalerien dienten als Vorbild: Der Werdegang der jungen Gemeinschaft sollte so für die Nachwelt konserviert werden,[452] außerdem eröffnete Karl Wilhelm seinen Dienern die Möglichkeit, sich an ihrer eigenen Bedeutung zu berauschen.

Nicht die Gemälde allein waren dazu bestimmt, den Orden der Treue auf ewig ins Gedächtnis Baden-Durlachs zu brennen: Die sich allmählich formierende Stadt Karlsruhe sollte selbst ein Teil der Erinnerungskultur werden. Der Ordenskanzler und Karlsruher Obervogt Johann Christian von Günzer begeisterte Karl Wilhelm von der Idee, die Strahlenstraßen, angelegt wie „ein in die Ebene projiziertes barockes Rangtheater",[453] nach den „Namen derer vornehmsten Rittern"[454] zu benennen. Die zentrale vom Schloss zum Marktplatz führende Straße sollte nach dem Ordensstifter „Karlsgass" heißen, außerdem war eine Erbprinzengasse für Karl Wilhelms Sohn vorgesehen, nur der erste Ritter und Bruder des Stifters, Markgraf Christoph, wurde zunächst merkwürdigerweise nicht bedacht.[455] Ganz uneitel war der Vorschlag des Obervogts nicht, denn selbstverständlich befand sich unter den Namen der „vornehmsten Ritter", welche die Fächerstraßen erhalten sollten, auch derjenige des Herrn von Günzer.

Die Idee, die Fächerstraßen nach Fidelitas-Rittern zu benennen, mutet auf den ersten Blick charmant an – doch bot sie jede Menge Fallstricke. Zum einen waren die Adelsnamen wenig eingängig – die Bevölkerung empfand Bezeichnungen wie „Löwengronische Gasse" oder die „Graf Leining'sche Gasse" als überkandidelt und blutleer. Dem Lebensgefühl der frühen Karlsruher entsprach es vielmehr, die Straßen nach ihren bevorzugten Aufenthaltsorten zu benennen. Das waren allemal die Wirtshäuser, die unter anderen „Waldhorn" und "Adler", „Krone" und „Kreuz", „Lamm" und „Ritter" hießen.[456] Überdies zeichneten sich die Gaststätten durch eine gewisse Beständigkeit aus, während von den Fidelitas-Rittern etliche in Ungnade fielen, was immer wieder Umbenennungen erforderlich machte. Die Alltagssprache setzte sich gegen die absolutistische Namensgebung durch, und noch zu Karl Wilhelms Lebzeiten beugten sich selbst die Behörden Volkes Stimme.

Auf Dauer mehr Erfolg als mit der Straßenbenennung hatte Obervogt von Günzer mit seiner Idee, die damals bereits offiziell gekürte Residenzstadt mit einem eigenen Wappen zu begnadigen. Er empfahl, selbiges dem badischen Stammwappen nachzuempfinden, ergänzt durch das Wort „Fidelitas" – wieder sollte der Ritterorden augenfällig in Verbindung zur Stadt gebracht werden. Karl Wilhelm war nicht abgeneigt, befürchtete aber, dass ein Karlsruher Wappen in der von Günzer favorisierten Form zu Verwechslungen mit anderen Städten wie Baden-Baden, Durlach, Eppingen und Neuenburg führen könnte, die seit langem die badischen Wappenfarben trugen. Er befahl daher, dass das Feld rot, der Schrägbalken aber orangegelb sein sollte, versehen mit einem schwarzen Schriftzug. Die Darstellung erfuhr später Änderungen, gleichwohl ist die Intention Karl Wilhelms bis heute im Stadtwappen erkennbar.[457]

Die Erinnerungsmedaille

Auch auf einer Medaille, die Karl Wilhelm um 1720/21 zur Erinnerung an die Gründung Karlsruhes prägen ließ, wird die enge Verbindung zum Orden der Treue deutlich. Die Münze zeigt auf der Vorderseite das dreiflügelige Schloss mit Turm. Von diesem Zentrum aus erstrecken sich die strahlenförmigen Alleen – im Süden umschließen sie den Stadtsektor, nach Norden durchziehen sie Schlosspark und Hardtwald. Auf der Rückseite findet sich der erläuternde, siebenzeilige Text, wonach der Markgraf von Baden-Durlach „den ersten Stein am Fundament des Schlosses Karlsruhe im Jahr 1715 am 17. Tag des Juni" legte. Darunter erkennt man zwei Greifen – die Wappentiere des Hauses Baden –, die eine Kette mit dem Orden der Treue halten. Es haben sich zwei Varianten dieser Erinnerungsmedaille erhalten, die sich auf der Rückseite unterscheiden: In der ersten ist von „CAROL(us) / MARCH(io). BADA(e) DURLAC(ensis)" – also von „Karl, Markgraf von Baden-Durlach" die Rede – man hatte sich an der üblichen Selbstbezeichnung des Fürsten orientiert. Doch scheint es sein ausdrücklicher Wunsch gewesen zu sein, in Zusammenhang mit dem Gründungsgeschehen „Karl Wilhelm" genannt zu werden. Auf der zweiten Medaille, der „offiziellen" Ausführung, wird die Grundsteinlegung jedenfalls „CAROL WILH." zugeschrieben.[458]

Freiheiten, Privilegien und sonderbare Begnadigungen: Eine neue Stadt entsteht

„Allein das Volk kam auch herbei, baute, was du hier siehst. Also keine Ruhe …" Ja, das Volk kam. Es kam, weil es dazu ermuntert wurde. Wenige Wochen nach der Grundsteinlegung im Hardtwald, am 29. Juli 1715, hatte Karl Wilhelm seinen Kammerprokurator Förderer von Richtenfels beauftragt, ein Ansiedlungsprivileg auszuarbeiten.[459] Am 24. September 1715 ging es in Druck, nachdem der Markgraf das Dokument unterschrieben und besiegelt hatte. Es lag Karl Wilhelm daran, dass möglichst viele Menschen von den attraktiven Bedingungen erfuhren, die er Leuten bot, „welche hinkünftig bei und neben Dero neu-erbauenden Lusthaus Carolsruhe mit Anbauung neuer Behausungen ec. sich niederlassen werden."[460] Auf Befehl Karl Wilhelms wurde der Ansiedlungsaufruf in allen Ämtern der Markgrafschaft verlesen, als Druckwerk ließ ihn der Fürst auch im Ausland verbreiten.

Karl Wilhelm ließ damit die Welt wissen, dass er in den „nunmehr durch Gottes Gnade verliehenen Friedenszeiten" sich vorgenommen habe, im Hardtwald eine Stunde von Durlach entfernt „zur Erleichterung von dero schweren Regierungs-Lasten … etwas einsame Ruhe" zu genießen. Wie passte dieses arg strapazierte Bedürfnis nach Ruhe zum offensiven Werben um Ansiedler? Karl Wilhelm begründete seine Vorgehensweise schlichtweg damit, dass er „die Annehmlichkeiten der Situation durch die Leutseligkeit" zu vermehren gedacht, weshalb er „verschiedene nutz- und ehrbare Gewerbe, Manufakturen und Hantierungen allda einzuführen" gedenke. Bauleute und Handwerker waren gefragt, aber in Konkurrenz zu anderen Neugründungen fiel es nicht leicht, Spezialisten an den Oberrhein zu holen. So warb Karl Wilhelm ungeniert auch in Württemberg um Zuwanderer, wo zur gleichen Zeit sein Schwager Eberhard Ludwig, der bereits seit 1709 händeringend nach Ansiedlern für Ludwigsburg suchte, gerade selbst erst wieder ein Privileg in Druck gegeben hatte.[461]

Die Versprechungen, die der Württemberger und der Baden-Durlacher potenziellen Zuzüglern machten, ähnelten einander auf verblüffende Weise. Beide wollten keine „von denen im Heiligen Römischen Reich rezipierten Religionen" ausschließen, beide sahen eine Subvention der Existenzgründer vor und stellten den Zuzüglern einen Bauplatz für eine Wohnung samt Garten und Stallung entsprechend familiären, beruflichen und standesgemäßen „Beschaffenheiten" in Aussicht. Wer nach den Vorgaben der Fürsten baute, sollte zudem 20 Jahre lang von Einquartierungen, Lasten, Steuern und Abgaben befreit sein. Die Formulierungen waren teilweise identisch – was darauf schließen lässt, dass Förderer von Richtenfels die Ludwigsburger Privilegien gründlich studiert hatte. Denkbar ist freilich auch, dass die Beamten in Baden-Durlach und in Württemberg sich von derselben Vorlage inspirieren ließen.[462]

Privilegien waren schön und gut – aber sowohl bei Karl Wilhelm als auch bei Eberhard Ludwig hatten die Zuzügler eine Bringschuld: Sie mussten ein gewisses Vermögen vorweisen können. In diesem wichtigen Punkt unterschieden sich die Privilegien für Karlsruhe und Ludwigsburg allerdings: Der Markgraf von Baden-Durlach erwartete, dass Bewerber „mit sattsamen Mitteln versehen" seien, doch nannte Karl Wilhelm keine konkrete Summe, von der er seine gnädigste Zustimmung zur Ansiedlung abhängig machte. Anders der Herzog von Württemberg, der 1715 angekündigt hatte, dass er Ludwigsburg zur Residenz erheben würde: Er verlangte, dass ein Neubürger über einen Betrag von mindestens 1000 Gulden verfügen müsse – eine Summe, die nur wohlhabende Leute vorweisen konnten.[463] Es ging Eberhard Ludwig offenbar darum, seinen glanzvollen Hof mit einem Speckgürtel reicher Bürger zu umgeben, während Karl Wilhelm es vor allem auf fleißige Leute abgesehen hatte, die anpacken und das Projekt Karlsruhe voranbringen würden.

Im zweiten Karlsruher Privilegienbrief von 1722, der nunmehr vor allem auf erfolgreich Gewerbe treibende Bürgerliche abzielte,[464] wurde der Markgraf konkreter: Für christliche Neubürger schrieb er darin ein Mindestvermögen von 200 Gulden vor – gerade einmal ein Fünftel von dem, was Eberhard Ludwig forderte. Auch für badische Verhältnisse war die Summe bescheiden: Schon unter Markgraf Friedrich Magnus hatten Leute, die sich in der damaligen Residenzstadt Durlach niederlassen wollten, 300 Gulden ihr eigen nennen müssen. An Juden allerdings stellte auch der tolerante Karl Wilhelm besondere Ansprüche: Söhne Israels, die weniger als 500 Gulden vorweisen konnten, waren in Karlsruhe unerwünscht.[465] Weil er die Erfahrung gemacht hatte, dass viele Leute zwar liebend gerne die Steuerfreiheit in Anspruch nahmen, aber beim Hausbau bummelten, bestimmte der Markgraf überdies, dass die Zuzügler innerhalb von zwei Jahren ihrer Baupflicht nachzukommen hatten, andernfalls sie der Privilegien verlustig gehen sollten.[466]

Das Geld vom Maul abgespart

Die Menschen, die als erste kamen, um sich als Taglöhner bei den Rodungs- und Schlossbauarbeiten im Hardtwald zu verdingen oder um einfache Dienstleistungen anzubieten, entsprachen nur selten dem Niveau, das Karl Wilhelm von den Bürgern seiner Fächerstadt erwartete. Es waren vorzüglich Leute von der Straße, durch den Krieg entwurzelte Männer und Frauen, entlassene Soldaten und Schausteller, aber auch wandernde Handwerksgesellen. Viele von ihnen hofften darauf, sich im Umfeld des neuen Schlosses so viel Geld zu verdienen, dass sie sich niederlassen und eine neue Existenz aufbauen könnten. Über die Mittel, modellmäßige Häuser zu bauen, verfügten freilich nur wenige. Was sie – meist mit eigener Hände Arbeit – errichteten, waren jämmerliche „Baracken", die Karl Wilhelm auf Dauer nicht zu dulden bereit war.

Spätestens als er den Befehl gab, dass Hof und Kanzlei von Durlach nach Karlsruhe überzusiedeln hätten, mussten die ärmlichen Behausungen verschwinden. Bitter war das für Menschen wie Susanne Kern. Die Witwe wandte sich an den Markgrafen, schilderte auf anrührende Weise, dass sie und ihre Kinder sich einen Sommer lang „das Geld vom Maul abgespart und nur trocken Brot"[467] gegessen hätten, um ein Hüttlein bauen zu können. Karl Wilhelm aber sah keine Möglichkeit, ein Auge zuzudrücken. Die Witwe war schließlich nicht der einzige traurige Fall, um den er sich zu kümmern hatte. Auf ihr Flehen einzugehen, wäre einem Verzicht auf seinen Traum von der idealen Stadt gleichgekommen.

Leute wie die Kernin und ihre zwei Kinder landeten schließlich in Klein-Karlsruhe, dem Vorort der Armen, der Tagelöhner, der kleinen Handwerker, der niederen Hofbediensteten, der Gartenknechte und der Kutscher. Der rechtliche Status dieser südöstlich des Karlsruher Fächers gelegenen Siedlung blieb zu Karl Wilhelms Lebzeiten ungeklärt, ihre Bewohner galten als herrschaftliche Hintersassen, die der Markgraf zu Frondiensten im Schlossgarten oder auf dem Kammergut Gottesaue heranzog.[468] In der Einwohnerliste Klein-Karlsruhes waren 1718 bereits 360 Personen verzeichnet, die sich in 78 Baracken drängten. Dieses „Dörfle" galt als notwendiges Übel, war in den Augen der sich für durchkomponierte Planstädte begeisternden Zeitgenossen jedoch ein Schandfleck. Im „Geographischen Lexikon von Schwaben" fand sich gegen Ende des 18. Jahrhunderts ein recht unfreundliches Urteil über Klein-Karlsruhe: „Dieses Nest dient zu nichts, als den Plan der Stadt Karlsruhe ganz zu verunstalten. Es ist unregelmäßig gebaut und hat lauter kleine schlechte Häuschen …"[469]

Die ersten Karlsruher

Karl Wilhelm sorgte höchstpersönlich dafür, dass sein schöner Fächergrundriss nicht durch armselige Hütten verunstaltet wurde. Nicht seine Beamten – der Markgraf selbst entschied über Ansiedlungsgesuche. Ihn mussten Leute wie Adam Winter, ein ehemaliger Soldat, der mit seiner Familie zuletzt im württembergischen Niefern gewohnt hatte, davon überzeugen, dass sie genug Vermögen besaßen, um in Karlsruhe einen anständigen Hausstand zu gründen. Nicht allen Bewerbern gelang das. So beschied der Fürst das Gesuch eines anderen entlassenen Soldaten, Michael Froman, abschlägig: Zwar klangen die Pläne des gelernten Müllers, in Karlsruhe den Mehlhandel zu organisieren, vielversprechend, aber der Kandidat war völlig mittellos[470] – und der bei aller Neigung zur Theatralik sehr rational denkende Markgraf wollte nicht riskieren, Leute zuzulassen, die möglicherweise bald auf Almosen angewiesen wären.

„Fernwanderer", die sich beim Schloss im Hardtwald niederlassen wollten, waren typisch für die frühen Karlsruher Jahre: Fast die Hälfte der Hausbesitzer um 1720 waren aus einer Entfernung von mehr als 100 Kilometern zugezogen oder außerhalb des römisch-deutschen Reiches geboren; unter ihnen waren Sachsen, aber auch Leute aus der Schweizer Eidgenossenschaft und Italiener. Ein knappes weiteres Drittel der frühen Karlsruher kamen aus einem Umkreis von 50 bis 100 Kilometern[471] – viele von ihnen aus Stuttgart oder Tübingen. Der 1718 von 55 Männern gewählte erste Karlsruher Bürgermeister, der „Waldhorn"-Wirt Johann Sembach, stammte aus Straßburg, sein Gasthaus diente als provisorisches erstes Ratslokal. Um 1719/1720 lebten in zirka 135 Bürgerhäusern etwa 2000 Männer, Frauen und Kinder.[472]

Nicht alle neuen Karlsruher waren bereitwillig in Karl Wilhelms Neugründung gezogen: Auch wenn die Anzeichen darauf hingedeutet hatten, dass das, was im Hardtwald entstand, mehr werden würde als das Jagd- und Lustschloss, als das es sein Erbauer deklarierte: Mancher Beamter hatte nicht sehen wollen, was sich so offensichtlich anbahnte. Ein Hofrat namens Wolfgang Wilhelm von Riesmann jedenfalls reagierte überrascht, als 1717 Karl Wilhelms Umzugsbefehl an Hof und Behörden erging. Zutiefst widerstrebte dem Beamten der Gedanke, künftig in einer erst im Entstehen begriffenen Stadt mit allen Unbequemlichkeiten einer Neugründung zu leben. „Was für ein tausend Sakramentshund hat dieses meinem Herren in die Feder diktiert! Der ist ein Hund, wollte wohl wissen, wer es war",[473] polterte er. Karl Wilhelm war über diesen Gefühlsausbruch nicht amüsiert, und der Herr von Riesmann kassierte einen scharfen Verweis.

Mehr Weitblick zeigten alteingesessene Durlacher Bürger. Angesehene Handwerker oder Gewerbetreibende wollten sich zwar nicht auf Abenteuer einlassen, aber auch nicht die Chancen versäumen, welche die Neugründung bot. Viele warteten in dem Komfort, den die alte Stadt Durlach bot, erst einmal ab. Auch etliche Zuwanderer aus dem „Ausland“ legten in Durlach eine „Zwischenstation“ ein. Um in den Genuss der Karlsruher Freiheiten zu kommen, kauften oder bauten wohlhabende Durlacher Modellhäuser in der Fächerstadt, bezogen wurden die Karlsruher Zweitwohnungen aber von ihren Söhnen, jüngeren Brüdern oder Mietern; manchem Bauherrn gelang es in den folgenden Jahren auch, seinen Besitz in der neuen Stadt mit beträchtlichem Gewinn weiterzuverkaufen.[474]

Besonders dreist agierten vier Durlacher Glasermeister. Sie legten zusammen und bauten gemeinsam zwei Häuer in der Karlsruher Kronengasse – die versprochenen Steuerfreiheiten freilich nahm jeder der vier für sich persönlich in Anspruch.[475] Karl Wilhelm, dem derartige Tricksereien nicht verborgen blieben, fühlte sich wieder einmal bestätigt in seiner Überzeugung, dass ein Fürst seinen Untertanen niemals restlos vertrauen dürfe.

Noch etwas stellte der Markgraf, dem sein Karlsruhe eine Herzensangelegenheit war, fest: Nicht nur bei Hofe wurde intrigiert, was das Zeug hielt – auch die biederen Bürgersleute gönnten einander nicht die Butter auf dem Brot. Ein Maurer namens Lügenbühl ersuchte Karl Wilhelm 1716 darum, eine Wirtschaft einrichten zu dürfen. Als dies der Waldhorn-Wirt Sembach, damals noch nicht Bürgermeister, erfuhr, war er höchst alarmiert: Lügenbühls Haus lag am Durlacher Tor und damit für einen Gastronomiebetrieb ausgesprochen günstig an der Zufahrt zur alten Residenzstadt. Der Waldhorn-Wirt setzte Himmel und Hölle in Bewegung, um den potenziellen Konkurrenten schlecht zu machen, er bemühte sich zudem intensiv um ein Kaufrecht an dessen Haus. Nachdem Karl Wilhelm Lügenbühls Anliegen abschlägig beschieden hatte, erlosch Sembachs Interesse an dem Anwesen schlagartig.

Ähnlich eigennützige Motive bewegten den Büchsenmacher Daniel Pfänder, der den Markgrafen bat, das Baugesuch eines seiner früheren Gesellen abzulehnen. Der Geselle hatte sich zwar nichts zuschulden kommen lassen, doch sein ehemaliger Meister, der sich selbst in Karlsruhe niederlassen wollte, fürchtete einen lästigen Mitbewerber.[476]

„Holt eure Väter und Mütter mit Gewehren und Prügeln“: Aufruhr in Pforzheim

Wenn kleine Geister sich stritten, oblag es dem großen Karl Wilhelm, eine Entscheidung zu fällen. Wenn aber der Markgraf – bisweilen einfach aus dem Bauch heraus – seinen Willen bekundete, war das für seine Untertanen oft eine Frage von Sein oder Nichtsein. Mit einem Federstrich konnte der Fürst Zukunft schaffen oder Existenzen vernichten. Und doch glaubte Karl Wilhelm, kein Despot zu sein. Er gefiel sich in der Rolle des fürsorglichen Landesvaters und fühlte sich zugleich – wie es die absolutistischen Staatstheoretiker den Fürsten nahelegten – einer Art „Staatsräson“ verpflichtet. Nie hätte Karl Wilhelm geleugnet, dass auch ein Landesherr an Rechtsnormen und Traditionen gebunden war.[477] Es erboste den Markgrafen jedoch in höchstem Maße, wenn seine Untertanen sich in ihrer Einfalt anmaßten, Rechtsnormen selbst zu ihren Gunsten auszulegen. Wenn ihm durch solch renitentes Verhalten auch noch Steuergelder entgingen, war seine Geduld am Ende.

Von den Bürgern seiner alten Residenzstadt Durlach war der ruhebedürftige Karl Wilhelm einiges an Widerspenstigkeit gewöhnt – noch weit mehr sollten ihm aber die Pforzheimer zu schaffen machen. Die Bürger der größten Stadt in Baden-Durlach pochten auf die Freiheiten, die ihnen Markgraf Christoph von Baden anno 1491 zugesichert hatte.[478] Das löste den „Pforzheimer Privilegienstreit“ aus, der jahrelang das beherrschende Thema der baden-durlachischen Innenpolitik sein sollte.[479]

Es ging ums liebe Geld. Die Privilegien, die Karl Wilhelms Vorfahr den Pforzheimer Bürgern an der Schwelle zur Neuzeit zugestanden hatte, sahen weitgehende Steuerfreiheiten vor. Trotzdem hatten die Pforzheimer in Notlagen wiederholt Sonderabgaben entrichtet, sich aber stets vom Landesherrn quittieren lassen, dass sie diese Abgaben freiwillig entrichteten und die Privilegien weiterhin Bestand hätten.[480] Im Jahrhundert der Kriege und der Krisen waren die Sonderabgaben zur Regel geworden, sie wurden zudem als immer drückender empfunden. Die Bürgerschaft begann zu murren. Die Privilegien von 1491 schienen der Hebel zu sein, an dem die Männer ansetzen konnten – schließlich hatte Karl Wilhelm sie bei seinem Regierungsantritt ohne Wenn und Aber bestätigt.

Dass der Markgraf den Leuten, die sich im Umfeld seines Schlosses Karlsruhe niederließen, neue Steuerfreiheiten gewährte, während die alten Rechte der Pforzheimer immer mehr ausgehöhlt wurden, mag der Tropfen gewesen sein, der das Fass zum Überlaufen brachte: Fast genau ein Jahr nach der Grundsteinlegung im Hardtwald ging der baden-durlachischen Regierung ein Beschwerdeschreiben aus Pforzheim zu, in dem Bürgerschaft, Rat und Gericht der Stadt monierten, dass sie in den vergangenen Jahren vielfach ungerechtfertigte Steuern hätten entrichten müssen. Um augenfällig zu demonstrieren, gegen welche Punkte der Stadtordnung die markgräfliche Regierung ihrer Meinung nach verstieß, hatten sie eine Abschrift der Pforzheimer Privilegen angefertigt, an deren Rand die Verfehlungen notiert waren. Dass die sogenannte Schatzung erhoben wurde, war der eigentliche Kern ihres Protests, auch wenn diverse weitere Verstöße angeprangert wurden.[481]

Während der Pforzheimer Vorstoß in den Regierungsgremien einige Aufregung hervorrief – vor allem in der für die Finanzen zuständigen Rentkammer wollte man die Rechtmäßigkeit der Forderungen nicht ohne weitere Prüfungen in Abrede stellen – reagierte Karl Wilhelm ausgesprochen ungnädig.[482] Er würdigte seine unbotmäßigen Untertanen keiner Antwort, ließ sie lediglich auf dem Dienstweg dazu auffordern, ihren Beitrag zu den Lasten des Landes zu leisten. Im Februar 1717 wurde der Ton schärfer: Sollten die Pforzheimer weiter die Zahlung der Schatzungsgelder verweigern, werde man dies als Widersetzlichkeit betrachten. Anfang 1718 ließ Karl Wilhelm verlauten, dass er den Pforzheimern eine letzte Frist zur Zahlung einräume und seine Forderungen gegebenenfalls militärisch durchsetzen werde.[483] Als 1719 ausstehende Gelder bei Bäckern, Metzgern und Rotgerbern zwangsweise einkassiert werden sollten, leisteten die Leute Widerstand; es kam zu Verhaftungen.

Karl Wilhelm war keineswegs der Meinung, dass er unnötig hart gegen seine Pforzheimer Untertanen vorgehe, denn ihre Beschwerden hatten in seinen Augen keine Substanz. Zum einen hatten die Leute schließlich jahrzehntelang ihre Steuern bezahlt, da konnte es nun, da das Land der finanziellen Mittel so dringend bedurfte, keine Ausnahme geben.[484] Zum anderen: Es musste wohl jedem einleuchten, dass sich seit 1491, als Markgraf Christoph die Privilegien erteilte, die Zeiten gravierend geändert hatten. Daher habe er, Karl Wilhelm, als er mehr als 200 Jahre später die Privilegien garantierte, auch nur diejenigen Freiheiten bestätigt, die „noch in Übung" waren, folglich der „Beschaffenheit der gegenwärtigen Zeiten" entsprachen.[485]

Soldaten Rücken in Pforzheim ein

Das Durchgreifen der Obrigkeit brachte keine Ruhe nach Pforzheim. Während der Stadtrat dazu tendierte, sich den Argumenten der Regierung beugen, fanden in den Zünften die Scharfmacher Gehör. 1720 kam es zu tumultartigen Szenen, als bewaffnete Bürger kurzzeitig das Rathaus besetzten.

Endgültig zum Eklat kam es im Januar 1723, als nahezu 100 junge Männer Karl Wilhelm den Huldigungseid verweigerten. Die aufs Rathaus geladenen Neubürger erklärten, dem Markgrafen nur dann Gehorsam schwören zu können, wenn dieser die Pforzheimer Privilegien wieder vollständig herstelle.[486] Mit dieser Eskalation hatten weder die markgräflichen Beamten noch der Pforzheimer Stadtrat gerechnet. Es begannen hektische Verhandlungen, und Karl Wilhelm sagte eine Aufhebung des verhassten Tabak-, Eisen- und Salzmonopols zu.[487] Trotzdem waren nur wenige Pforzheimer Bürger bereit, ihre Steuern zu bezahlen. Der Markgraf glaubte, auf die mehrfach angedrohte „militärische Exekution" nicht mehr verzichten zu können, wollte er nicht gänzlich unglaubwürdig werden.

Ende Juni 1723 rückten Soldaten in Pforzheim ein. Es kam zu Vermögenspfändungen und Versteigerungen, deren Erlöse allerdings höchst unbefriedigend waren, denn schlaue Leute hatten wertvolle Besitztümer längst außer Landes gebracht. Karl Wilhelm verlangte, dass die Pforzheimer für die Kosten der „Exekution" aufkommen sollten. Es handelte sich um einen vorläufigen Befehl, den der Markgraf juristisch abzusichern wünschte. Rechtsgelehrte der Universitäten Halle und Gießen wurden beauftragt, Gutachten zum Privilegienstreit zu erstellen. Die Befunde der Juristen stützten die Position des Landesherrn, machten auf die Pforzheimer jedoch wenig Eindruck.

Die Zünfte ergriffen nun ihrerseits die Initiative und sandten drei Vertreter nach Wetzlar, die vor dem Reichskammergericht, der obersten Rechtsinstanz des römisch-deutschen Reiches, Klage gegen Karl Wilhelm einreichten. Die Prozesskosten sollten mit freiwilligen Beiträgen der Bürger bezahlt werden.

Eilends versicherte der Pforzheimer Stadtrat, mit der Klage gegen den Landesherrn nichts zu tun zu haben. Der Geheimrat zur Glocken, ein Fidelitas-Ritter, betonte in der Klageerwiderungsschrift der Regierung denn auch, dass nur solche Pforzheimer hinter der Klage stünden, die „ihren Haushalt nicht rechtschaffen führten", Gericht und Rat sowie die „getreuen Bürger" der Stadt aber keinen Anteil daran hätten. Ansonsten bemühte zur Glocken erneut die Tatsache, dass sich die Zeiten seit 1491 geändert hätten, und ließ keinen Zweifel daran, dass Karl Wilhelms Regierung sich bei allem Respekt vor dem Reichskammergericht nicht davon abhalten lassen werde, „dasjenige in der Stadt Pforzheim und in unseren übrigen Landen zu ordnen, zu verfügen und zu bestrafen, wozu wir kraft unsers landfürstlichen Hofes Obrigkeit und Jurisdiktion, auch des Reichs Satz- und Ordnung berechtigt sind." Das Reichskammergericht folgte den Argumenten der Baden-Durlacher Regierung und riet den Klägern dringend, sich dem Markgrafen zu unterwerfen.[488]

In den Turm bei Wasser und Brot

Der überwiegende Teil der Bürgerschaft dachte gar nicht daran, sich zu „submittieren". So wurden Pfändungen und Versteigerungen angeordnet; den sich als besonders renitent erweisenden Metzgern drohte man mit Berufsverbot. Im August 1724 erging Karl Wilhelms „Finalbefehl", in dem er das Wort „Schatzung" peinlich vermied, gleichwohl darauf bestand, dass die Pforzheimer ihren Teil der öffentlichen Lasten zu tragen hätten.[489]

Obwohl sich der Landesherr zu Zugeständnissen bereitgefunden hatte, herrschte in der Stadt weiter die Meinung vor, dass man über Gebühr belastet werde. Immer wieder wurde Karl Wilhelm mit Beschwerden seiner Untertanen und Berichten aus Pforzheim über neuerliche Widersetzlichkeiten konfrontiert, immer wieder bat das Oberamt um Instruktionen, wie zu verfahren sei.[490] Im Herbst 1725 platzte ihm der Kragen: Er gab Befehl, dass die Stadt Pforzheim innerhalb von acht Tagen ihre Schuld zu begleichen habe. Um seiner Forderung Nachdruck zu verleihen, sollten „zwei oder drei der vornehmsten Widersetzlichen bei Wasser und Brot in den Turm"[491] gesperrt werden.

Weiber stürmen das Rathaus

Auch nach dem für Pforzheim enttäuschenden Urteil des Reichskammergerichts in Wetzlar hatte die Mehrheit der Bürger die Hoffnung nicht aufgegeben, die Wahrung beziehungsweise Wiederherstellung ihrer Privilegien doch noch juristisch durchsetzen zu können. Diesmal sollte es der Reichshofrat in Wien richten. Die Zuständigkeiten dieses Gremiums, das aus vom Kaiser persönlich ernannten Herren bestand, überschnitten sich mit denen des Reichskammergerichts.[492] Mit ihrem Anliegen drangen die Pforzheimer aber auch bei den Reichshofsräten nicht durch – sie wurden wieder an Wetzlar verwiesen.

Im Februar 1726 gelangte die Kunde aus Wien nach Pforzheim. Als Obervogt zur Glocken das Urteil des Reichshofsrats verkündete und die Bürger erneut zum Gehorsam gegenüber ihrem Landesherrn aufrief, erklärten sich etwa 90 Männer bereit, sich zu „submittieren". Die Masse sah es anders. Zu den Wortführern der Empörten schwangen sich der Sattler Mitschdörfer und der Barbier Lacoste auf. Um die Unruhestifter unschädlich zu machen, ließ man sie möglichst unauffällig im Rathaus festsetzen. Die beiden Arretierten wussten sich jedoch zu helfen: Von einem Fenster aus forderten sie einige sich beim Rathaus tummelnde Jugendliche auf: „Ihr Buben, holt eure Väter und Mütter mit Gewehren und Prügeln und helft uns ..."[493] Die Jungen ließen sich das nicht zweimal sagen.

Die Nachricht, dass zwei der ihren eingesperrt waren, löste neue Tumulte aus: Männer, aber auch zahlreiche Frauen, rannten zum Rathaus, um die Freilassung von Mitschdörfer und Lacoste zu fordern. Die Vertreter der Obrigkeit, die beruhigend auf den Pöbel einzureden versuchten, wurden niedergeschrien, das Gebäude gestürmt. Als besonders beängstigend scheinen die Beamten die Vielzahl der „Weiber" empfunden zu haben, die über sie herfielen: Der Obervogt bekam kräftige Stöße ab, der Amtmann kassierte eine derart derbe Maulschelle, dass ihm die Perücke – das Zeichen seiner Würde – vom Kopfe flog. Die Aufrührer erreichten ihren Zweck: Mitschdörfer und Lacoste entkamen.

Ungeschickte Obrigkeit

Die Regierung reagierte prompt: Wieder wurden Truppen nach Pforzheim verlegt, sie hatten Befehl, den Bürgern ihre Gewehre abzunehmen und – falls nötig – zu schießen. Mit der juristischen Aufarbeitung der Vorfälle in Pforzheim wurden der Hofratsvizepräsident von Glaubitz und ein Hofrat namens Schlotterbeck betraut.

Die beiden Herren hatten kein leichtes Amt. Zwar zeigten sich die Pforzheimer in diesem Tagen ungewöhnlich zahm, aber es erwies sich als ausgesprochen schwierig, die Ereignisse des Rathaussturms zu rekonstruieren. Die meisten Beteiligten waren bereits vom Oberamt vernommen worden – aber kaum einer blieb bei seiner ursprünglichen Aussage. Die Frauen, die als eigentliche Verursacherinnen des Aufruhrs betrachtet wurden – etliche von ihnen wurden ins Gefängnis geworfen –, zogen an einem Strang: Sie seien nur ins Rathaus gekommen, um für die Festgenommenen zu bitten, versicherten sie treuherzig. Dort allerdings habe man sie sehr rüde behandelt. Handgreiflichkeiten von Bürgermeister Schober gegenüber der Frau des Barbiers Lacoste hätten die eigentlichen Tumulte ausgelöst.[494]

Die Frau des Barbiers war gewitzt und um Rechtfertigungen für ihr Verhalten nicht verlegen. Den Vorwurf, dass sie dem Bürgermeister aus lauter Zorn Haare ausgerissen habe, erklärte sie mit dem Gedränge im Rathaus, bei dem sich eine schwache Frau kaum auf den Beinen hätte halten können. Einmal sei sie so unglücklich gefallen, dass sie nachher ein Bündel Haare in der Hand gehalten habe. Und auf die Frage, ob sie denn nicht das Unrecht erkenne, das darin lag, einen Arretierten gewaltsam zu befreien, erwiderte die Frau, dass sie „einen teuren Eid getan“ habe, „ihren Mann in Lieb und Leid nicht zu verlassen“. Die kecken Sprüche nützten ihr nichts, sie wurde eingetürmt. Ihre Kinder verfassten sieben Wochen später eine Eingabe, in der sie um Gnade für ihre Mutter baten, die „in schwerer Gefangenschaft“ liege. Gleich auf freien Fuß kam hingegen die Mitschdörferin: Die Frau des zweiten „Rädelsführers“ war hochschwanger, zudem litt sie unter der Fallsucht und musste während des Verhörs ständig von Stallknechten gestützt werden.[495]

Die geflohenen Rädelsführer, sowohl Mitschdörfer als auch Lacoste, stellten sich schließlich freiwillig. Ihre Aussagen brachten allerdings auch keine Klarheit ins Wirrwarr von Behauptungen und Selbstentlastungen. Mittlerweile stellte sich die Sachlage so dar, dass Lacoste die Pforzheimer keineswegs aufgewiegelt, sondern ihnen vielmehr zugeredet habe, den Befehlen Karl Wilhelms Folge zu leisten. Trotzdem hätten ihm Obervogt und Amtmann schlimme Absichten unterstellt. Lacoste und Mitschdörfer behaupteten außerdem, dass sie nicht gewaltsam befreit worden seien, sondern die

Wachleute sie bereitwillig gehen ließen – ihre Ehefrauen hätten sich dafür bei den Beamten sogar ausdrücklich bedankt.[496] Dass sogar Bürgermeister Schober unter Gedächtnisstörungen litt – als er seine Aussage beeiden sollte, erklärte er plötzlich, die Abläufe so genau gar nicht mitbekommen zu haben – warf ein denkbar schlechtes Licht auf die Pforzheimer Verwaltung.

Glaubte man den beteiligten Bürgern, so war das ganze Dilemma auf das Ungeschick und das unnötige harte Vorgehen der Obrigkeit zurückzuführen. Hofratsvizepräsident von Glaubitz neigte mittlerweile ebenfalls der Auffassung zu, dass die Fehler vor allem auf der Seite der Beamten gelegen hätten. Empört erkannte Obervogt von Glocken, dass es den unbotmäßigen Untertanen gelungen war, ihn, den treuen Vertreter Karl Wilhelms, in die Verteidigungsposition zu bringen: Von Glocken verwahrte sich entschieden gegen alle Vorwürfe und forderte eine strenge Bestrafung der Aufrührer.[497]

Im Geheimen Rat konnte man sich nicht auf eine gemeinsame Linie einigen. Von Glaubnitz und Schlotterbeck empfahlen schließlich, von der Eintreibung der ausstehenden Gelder gänzlich abzusehen, um neuen Unruhen den Nährboden zu entziehen. Dennoch sollte es bis zum Jahr 1730 dauern, ehe der Privilegienstreit durch einen Vergleich endgültig beigelegt wurde. Letztlich endete er mit einer Stärkung der absolutistischen Gewalt,[498] denn Karl Wilhelm gelang es, die Schatzung durchzusetzen, wenngleich sie in Pforzheim mit Rücksicht auf die Empfindlichkeiten der Bürger fortan unter der Bezeichnung einer „Reichs- und Kreissteuer" entrichtet wurde.[499]

„Solle der Religion halber niemand ausgeschlossen sein“: Religiöse Duldsamkeit und ihre Grenzen

Es war angenehm – überaus angenehm –, dass es in Karlsruhe keine alten Rechte gab, auf welche die Einwohner pochen konnten. In der geschäftigen Stille des Hardtwalds bestimmte allein Karl Wilhelm die Spielregeln, und er war fest entschlossen, die Regeln so zu gestalten, dass seine neue Stadt ein Erfolgsmodell würde. Dazu gehörte die Toleranz in Glaubensfragen. Karl Wilhelm wollte nicht nur vom Potenzial der Reformierten, sondern auch von dem der Katholiken profitieren. Gänzlich auf Neuland begab er sich damit nicht: In Mühlburg und Lörrach hatten Katholiken schon seit einiger Zeit die Möglichkeit, als gleichberechtigte Einwohner zu leben,[500] was allerdings keine Pfarrrechte einschloss.

Religiöse Engstirnigkeit, davon war Karl Wilhelm überzeugt, stand dem Fortschritt entgegen. Konfessionelle Berührungsängste kannte er nicht, und seine Duldsamkeit gegenüber der alten Kirche verblüffte nicht zuletzt die der Gegenreformation verpflichteten Ettlinger Jesuiten. Bereits 1710, ein Jahr nach seinem Regierungsantritt, bemerkten die Ordensmänner froh in ihren Jahresberichten, dass „der uns sehr gewogene Markgraf Karl“ es katholischen Geistlichen erlaube, in seiner Hauptstadt kranken Glaubensbrüdern die heiligen Sakramente zu spenden, obgleich in der Markgrafschaft Durlach doch sonst so „tief die Irrtümer Luthers befestigt“ seien. Die Jesuiten konnten sich diese Toleranz nur damit erklären, dass der „nicht katholische“ Karl Wilhelm an der eigenen Konfession zweifelte: „Möge Gott ihn noch mehr mit Himmelslicht erleuchten und mit seinen Gnaden bereichern und schließlich zum wahren Schafstalle zurückführen“,[501] beteten sie.

Die Hoffnung der Jesuiten auf eine Rückkehr des prominenten Schäfleins zu den katholischen Hirten erfüllte sich nicht. Karl Wilhelm blieb dem lutherischen Glauben sein Leben lang treu, auch wenn sich der Barockfürst durchaus von der Pracht des Katholizismus faszinieren ließ.[502] Er genoss es, bei dynastischen Anlässen, zu denen die Baden-Badener Verwandtschaft einlud, die perfekt inszenierten katholischen Gottesdienste zu erleben – das Inkognito machte sogar die Teilnahme an festlichen Messen in der Rastatter Schlosskapelle möglich.[503] Bei weniger offiziellen und damit auch weniger heiklen Gelegenheiten machte Karl Wilhelm gar keinen Hehl aus seiner Neugier auf den katholischen Kult. So begab er sich am Karfreitag des Jahres 1726 „mit seinem Sohne, sehr vielen Hofbeamten und zehn Wagen mit Damen" ins katholische Ettlingen, wo er sich die Prozession und das heilige Trauerspiel ansah.[504] Der lutherische Markgraf war so fasziniert von dem religiösen Schauspiel, dass er nicht nur drei Stunden lang ausharrte, sondern sich im folgenden Jahr erneut zur Prozession einfand.

Feste muss man feiern: Karneval

Ein in katholischen Gebieten beheimateter Brauch gefiel Karl Wilhelm ausnehmend gut: die Fastnacht. Nun hatten die Evangelischen – vor allem die Reformierten und die Pietisten – heftige Vorbehalte gegen solche Narreteien, aber das scherte den Markgrafen von Baden-Durlach wenig. Das Spektakel in Venedig hatte ihn ebenso begeistert wie Karnevalsfeste, die August der Starke mit gewaltigem Aufwand inszenierte. Karl Wilhelm, der in Dresden an prunkvollen Maskeraden teilgenommen hatte, wollte den Karneval in seiner Heimat nicht missen. Zunächst wurde er in der Karlsburg gefeiert, in späteren Jahren im Karlsruher Schloss. [505]

Karl Wilhelm war unter den evangelischen Fürsten freilich nicht der einzige, der dem Fastnachtsvergnügen im Kalender der Lustbarkeiten einen Platz einräumte. Karnevalsfeste – natürlich in der höfisch verfeinerten Art – entsprachen so sehr dem Zeitgeschmack und stillten das Repräsentationsbedürfnis auf so unterhaltsame Weise, dass auch Eberhard Ludwig von Württemberg 1715 Karnevalslustbarkeiten in seinem Schloss erlaubte. Angeblich hatte ihn seine Mätresse, die Gräfin von Würben, dazu angestiftet. Die evangelische Geistlichkeit und das kirchentreue Bürgertum liefen wieder einmal Sturm, ohne den Herzog beeindrucken zu können. Einige Jahre später setzte Eberhard Ludwig sogar noch eins drauf, indem er nicht nur Hof- und Regierungsbedienstete, sondern auch „Kauf- und andere ehrbare Bürgersleut'" zum Maskenball befahl. Wer sich den Lustbarkeiten entzog, riskierte des „Herrn Ungnade".[506]

Viel Freude hatten die sittenstrengen Württemberger Honoratioren an den höfischen Redouten wohl nicht. Nur wenigen gelang es, mental den Graben zu überwinden, der das Bürgertum vom Adel schied. Bei hochgestellten Persönlichkeiten waren religiöse Skrupel rasch überwunden, wenn sie einer standesgemäßen Hofhaltung entgegenstanden. Selbst die fromme Magdalene Wilhelmine von Baden-Durlach, die oft genug Anlass zur Kritik am Lebenswandel von Bruder und Gemahl fand, liebte die Maskerade: Die Karnevalskostüme boten ihr die Möglichkeit, ein paar Stunden dem Einerlei in der Karlsburg zu entgehen und eine ganz andere Rolle zu spielen als die, welche ihr der Schöpfer aufgebürdet hatte.

Alle sind willkommen

An Karl Wilhelms Hof gab es unter den Künstlern, Malern und Musikern etliche Angehörige des alten Glaubens, vor allem Italiener. Die evangelische Dienerschaft mokierte sich zwar immer wieder über die Eigenheiten und Überheblichkeiten der Fremden, aber in den Augen des Markgrafen wog die Kunstfertigkeit der Italiener schwerer als die Eifersucht der Eingesessenen. Was seine neue Stadt Karlsruhe anging: „Alle und jede, welche aus denen im Heiligen Römischen Reich rezipierten Religionen zugewandt seien",[507] sollten sich um den Zuzug in die Stadt bewerben können. Karl Wilhelm waren Lutheraner, Reformierte und Katholiken gleichermaßen willkommen, Hauptsache sie brachten seine Gründung voran. Als Freibrief zum Missionieren wollte der Markgraf seine religiöse Aufgeschlossenheit freilich nicht missverstanden wissen.

Das mussten dann auch die Ettlinger Jesuiten feststellten. In Mühlburg hatten sie das ihnen von Karl Wilhelm eingeräumte Recht, Katholiken die Sakramente zu spenden, dazu genutzt, Werbung in eigener Sache zu betreiben: „Bei einer solchen Gelegenheit wurde ein Mann, der sich früher einmal zum katholischen Glauben bekehrt hatte, dann aber wieder zu den Irrtümern Luthers zurückgekehrt war, von einem unserer Priester neuerdings in den Schoß der Mutterkirche zurückgeführt", heißt es im Jahresbericht der Jesuiten von 1716. Der Fall dieses Mehrfach-Konvertiten habe die Obrigkeit in Baden-Durlach so „gebissen", dass sie eine Beschwerdeschrift „voller Klagen und Drohungen" an Baden-Baden richtete. Das Ende vom Lied war, dass den katholischen Seelsorgern Missionierungsversuche in der evangelischen Markgrafschaft untersagt wurden. Den lutherischen Geistlichen in Baden-Durlach genügte dies aber nicht, sie setzten durch, dass Karl Wilhelm es „den Katholiken in Mühlburg streng verbot, künftig sterbenden Katholiken einen Priester zu berufen, bevor vom Amtmann in Linkenheim eine schriftliche Erlaubnis eingeholt war." Die Jesuiten waren ob dieser Wendung entsetzt, aber auch eindringliche Bitten bewogen Karl Wilhelm nicht, „diesen harten Befehl aufzuheben oder zu mildern."[508]

Die Einweihung der Schlosskapelle

Das erste Gotteshaus Karlsruhes war die Hofkapelle, über deren Aussehen wenig bekannt ist. Sie lag im Erdgeschoss des Schlosses neben dem Audienzsaal. Der Maler Franziskus Antonio Giorgio erhielt im Sommer 1717 den Auftrag, drei Deckenfresken herzustellen: Karl Wilhelm wünschte, unter Bildern von der Taufe Christi, dem letzten Abendmahl sowie der Himmelfahrt zu beten. Stukkateure, die zuvor vermutlich in Rastatt Beweise ihres Könnens geliefert hatten, wurden mit der weiteren Ausschmückung des Kirchenraums betraut.[509] Die Einweihung der Schlosskapelle verband der Markgraf mit den Feierlichkeiten zum 200. Jahrestag der Reformation – er legte damit zugleich ein unmissverständliches Bekenntnis zum lutherischen Glauben ab. Bis in Detail schrieb Karl Wilhelm vor, wie die dreitägigen Festlichkeiten abzulaufen hatten.

Vorbereitungs- und Beichtgottesdienste fanden am 30. Oktober 1717, dem Vorabend des eigentlichen Reformationstags, in der Stadtkirche von Durlach, in der Hofkapelle der Karlsburg und im „Magazin", einem provisorischen Gottesdienstraum in einer Karlsruher Bauhütte, statt. Karl Wilhelm hatte angeordnet, dass an diesem Tag die Gläubigen in der Markgrafschaft zu fasten hätten, und zwar dergestalt, dass sie „von früh morgens bis nach geendigter Abendpredigt und vollkommener Beschließung des Gottesdienstes männiglich, ausgenommen die Kranken und Kindbetterinnen, aller Speise und Trank sich völlig enthalten sollen."[510]

Kirchenlieder singend schritten vom „Magazin" aus am 31. Oktober die Geistlichen – viele waren eigens für diesen Anlass nach Karlsruhe gereist – mit der Durlacher Schuljugend und den Lehrern zum Schloss. In der neuen Hofkapelle stellten sie andächtig „Kirchengefäße und Sacra"[511] auf den Altar, ehe Karl Wilhelm selbst mit seinem Gefolge, dem Adel und den Ministern, in den Gottesraum einzog. Während des Gottesdienstes wurden der neue Karlsruher Stadtdiakon eingesetzt, zwei Jubelpaare gesegnet und ein Kindlein getauft – und dann „krönte" man das Reformationsjubiläum regelrecht, indem man einen zum Luthertum übergetretenen katholischen Priester das Glaubensbekenntnis ablegen ließ. Bei Anbruch der Dunkelheit erstrahlte zudem der Schlossturm im bunten Glanz von 80 Transparentbildern: Die Inszenierung führte dem Hof und der Bevölkerung eindrücklich den Anspruch der „aufgehenden, wachsenden, streitenden und jubilierenden evangelischen Kirche" vor Augen.[512]

Dass die Feierlichkeiten zum Reformationstag und zur Einweihung der Schlosskapelle auch eine weltliche Dimension hatten, zeigte der 1. November: Für diesen Tag hatte Karl Wilhelm alle Adeligen „in Gala" zum Gottesdienst und zur anschließenden Hoftafel befohlen. Das erste große Fest in den Mauern Karlsruhes war ein Schwelgen in barockem Prunk, das kaum einem Lustschloss, sehr wohl aber einer fürstlichen Residenz angemessen war.

Keine Kirche für die Katholiken

Auch die lutherischen Bewohner der neuen Stadt besuchten zunächst Gottesdienste in der Schlosskirche, während die Reformierten nach Mühlburg und die Katholiken im baden-badischen Bulach oder Beiertheim zur Messe gingen.[513] Das sollte allerdings kein Dauerzustand werden. Der Markgraf beabsichtigte, in Karlsruhe allen drei Konfessionen eine eigene Kirche zuzugestehen. Baumeister von Batzendorf hatte bereits Pläne gezeichnet, die eine lutherische Kirche vis à vis dem markgräflichen Schloss vorsahen – der Landeskonfession gehörten mit Abstand die meisten Karlsruher Bürger an, ihr gebührte dieser Ehrenplatz. Östlich davon sollte eine reformierte, westlich eine katholische Kirche gebaut werden.[514]

Karl Wilhelms Räte waren von dem Vorhaben, drei Kirchen zu errichten, jedoch alles andere als begeistert. Ihre Vorbehalte richteten sich weniger gegen das Gotteshaus der Calvinisten: Da reformierte Pfarrer bereitwillig die Kirchenhoheit des Landesherrn anerkannten, bedeuteten sie keine Gefahr für dessen Souveränität. Anders stellte sich die Situation bei katholischen Priestern dar, denn die unterstanden in religiösen Angelegenheiten ihrem Diözesanbischof. Der Bischof aber war im 18. Jahrhundert nicht nur ein geistlicher Oberhirte, sondern auch ein weltlicher Herrscher – und somit ein politischer Konkurrent des evangelischen Markgrafen. Wollte Karl Wilhelm in seinem Hoheitsgebiet wirklich ohne Not dem Fürstbischof von Speyer Weisungsrechte einräumen?

Die Geheimen Räte redeten mit Engelszungen auf Karl Wilhelm ein – und es gelang ihnen schließlich, den Markgrafen zu überzeugen. In den Stadtprivilegien von 1722 schränkte er die Rechte der katholischen Karlsruher auf die „ruhige stille Ausübung ihrer Religion“ ein,[515] sie mussten sich mit einem Bethaus bescheiden. Am Reformationstag desselben Jahres 1722 wurde die lutherische Konkordienkirche, die Kirche der Eintracht, eingeweiht. Die reformierte Kirche, ein rechteckiger Holzbau, war sogar schon einige Wochen vorher ihrer Bestimmung übergeben worden.

Zeitgenosse: Kardinal Damian Hugo von Schönborn, Fürstbischof von Speyer (1676–1743)

Die Bedenken der baden-durlachischen Räte gegen Karl Wilhelms ursprünglichen Plan, den Katholiken in der neuen Stadt gleiche Rechte zuzugestehen, rührten daher, dass mit dem Amt des Speyerer Bischofs sowohl geistliche als auch weltliche Macht verbunden war. In seinem weltlichen Amtsbereich, dem Hochstift, regierte der Fürstbischof ebenso wie Karl Wilhelm als absolutistischer Herrscher. Das Hochstift der Speyerer Bischofe hatte seinen Schwerpunkt am rechten Rheinufer bei Bruchsal, auf der linken Rheinseite gehörten Flecken um Deidesheim, um Speyer, am Haardtrand, im Bienwald und um Weißenburg dazu.[516] Weitaus größer als das Hochstift war der geistliche Jurisdiktionsbereich des Speyerer Bischofs, der sich auch auf die Territorien anderer weltlicher Herrscher erstreckte: Er war der Hirte der Katholiken, die zwischen dem Kamm des Haardtgebirges im Westen und Rems und Murr im Osten lebten, im Norden reichte sein Bistum bis Dürkheim, im Süden bis nach Forbach im Murgtal. Das protestantische Baden-Durlach allerdings war seinem Einfluss entzogen – und so sollte es, wenn es nach den Karlsruher Räten ging, auch weiterhin bleiben.

Dass die Speyerer Fürstbischöfe es, was Machtbewusstsein und Repräsentationswillen anging, durchaus mit den weltlichen Fürsten im deutschen Südwesten aufnehmen konnten, zeigte sich spätestens, als 1719 Damian Hugo von Schönborn in dieses Amt gewählt wurde. Der Mann stammte aus einem fränkischen Adelsgeschlecht, das einer ganzen Epoche seinen Stempel aufdrückte: Die Schönborn-Familie war reich an gewieften Diplomaten, die ein engmaschiges Beziehungsnetz knüpften und erfolgreich an die Schaltstellen der Macht drängten – in hohen weltlichen, vor allem aber in geistlichen Ämtern. Bamberg, Würzburg, Mainz, Trier und Speyer: von der Mitte des 17. bis zur Mitte des 18. Jahrhunderts prägten Schönborn-Bischöfe das Bild und profilierten sich als Förderer von Kunst und Architektur.[517]

Hugo Damian von Schönborn war der Sohn eines kaiserlichen Beamten und Staatsministers im Kurfürstentum Mainz. Wie in seiner Familie üblich, erhielt er eine sorgfältige Ausbildung, die ihn auf europäischer Ebene für höchste Ämter qualifizierte. Seit 1699 war er Deutschordensritter, ab 1708 übernahm er diplomatische Missionen für Kaiser Joseph I. sowie dessen Nachfolger. Auf Betreiben Kaiser Karls VI. wurde Schönborn ins Kardinalskollegium aufgenommen. Sein Onkel Lothar Franz, Fürstbischof von Bamberg sowie Erzbischof und Kurfürst von Mainz, sorgte dann dafür, dass „das rote Käppel" (so lautete die niedliche Bezeichnung für den Kardinal innerhalb seiner Familie) Koadjutator, also eine Art „Hilfsbischof", beim greisen Fürstbischof von Speyer wurde. Damit war so gut wie sicher, dass Hugo Damian von Schönborn dessen Nachfolge antreten würde. Zum Priester geweiht wurde Schönborn allerdings erst, nachdem ihn das Speyerer Domkapitel 1719 tatsächlich zum neuen Fürstbischof gewählt hatte.[518] 1740 wurde er zudem Fürstbischof von Konstanz.

Heute ist Kardinal Damian Hugo von Schönborn vor allem als derjenige in Erinnerung, der die fürstbischöfliche Residenz nach Bruchsal verlegte und dort mit dem Schloss ein Meisterwerk des Barock errichten ließ. Die Kosten dafür aufzubringen und seinem Nachfolger darüber hinaus noch ein stattliches Vermögen zu hinterlassen, war angesichts der Kriegsverwüstungen am Oberrhein eine beachtliche Leistung, die für Schönborns Fähigkeiten als Landesherr spricht. Als Bischof lag ihm sehr an der Umsetzung der Reformdekrete des Konzils von Trient, in dem die katholische Kirche um Antworten auf Luthers Reformation gerungen und sich vom Protestantismus abgegrenzt hatte. Durch zahlreiche Verordnungen und ein neu eingerichtetes Priesterseminar in Bruchsal suchte Schönborn das kirchliche Leben in seiner Diözese zu erneuern.[519] Ein sehr vertrautes Verhältnis pflegte der Fürstbischof von Speyer zu Markgräfin Sibylla Augusta, der Regentin von Baden-Baden, deren religiöser Eifer in Baden-Durlach freilich mit zunehmendem Misstrauen beobachtet wurde.

Wider das Schmähen und Schänden

Nicht nur Karl Wilhelms Räte hatten Vorbehalte gegen die konfessionelle Vielfalt in Karlsruhe. Auch viele kleine Leute taten sich schwer damit, Angehörigen anderer Konfessionen auf Augenhöhe zu begegnen. Wenig Verständnis für die vom Markgrafen verfochtene Toleranzidee zeigten überdies lutherische Geistliche, die sehr gut wussten, welch schweren Stand Evangelische in den katholischen Nachbarterritorien hatten. Die lutherischen Pfarrer fühlten allerdings auch wenig Sympathie für ihre reformierten Kollegen, deren Abendmahlverständnis ihnen ebenso übel aufstieß wie die Prädestinationslehre, die Vorstellung von der Vorherbestimmtheit der Menschen.

Der Kirchenrat und Oberhofprediger Krüger, ein strammer Lutheraner, und der reformierte Pfarrer Gysendörfer führten einen regelrechten Kleinkrieg gegeneinander. Einmal beschwerte sich Gysendörfer bitter bei Karl Wilhelm darüber, dass Krüger nicht einmal davor zurückgeschreckt sei, bei einer Beerdigung, nämlich der der „Frau Hofrätin Seubert", „wider uns zu predigen". Mit diesem Vorwurf konfrontiert, gab sich der Oberhofprediger überrascht und arglos: Er habe lediglich einige Irrtümer der reformierten Lehre widerlegt, rechtfertigte er sich, solches habe er „aber mit all geziemender Moderation" getan.[520] Die vor den Augen des Markgrafen ausgetragene Fehde der beiden Geistlichen trieb noch manche Blüte.

Dass die Pfarrer der beiden evangelischen Konfessionen es an „brüderlicher Einig- und Verträglichkeit" fehlen ließen, war kein auf Baden-Durlach beschränktes Phänomen. Selbst in Brandenburg-Preußen, wo reformierte Hohenzollern-Könige über eine mehrheitlich lutherische Bevölkerung herrschten, ließ sich das gehässige Gezänk der Theologen nicht einfach per Befehl abstellen.[521] In Karlsruhe reagierte Karl Wilhelm ebenfalls höchst ungnädig darauf, dass immer wieder die Kanzel genutzt wurde, um mit teilweise unflätigen Worten Stimmung gegen die Reformierten oder die Katholiken zu machen. Mit einem „Memoriale an das Fürstliche

Kirchenratskollegium" verbot er ausdrücklich das „Schmähen und Schänden" von anderen Bekenntnissen.[522] An der Tür des katholischen Bethauses in Karlsruhe ließ er überdies eine Warnung anbringen, wonach Ruhestörer zur Rechenschaft gezogen und „tot oder lebendig" an seinen Hof geschafft werden sollten.[523]

Den Betraum in Karlsruhe hatten die Italiener Natale Bettinardo und Philippo Scandalibene eingerichtet. Bettinardo, den Karl Wilhelm auf seinen Reisen kennengelernt hatte, war ein brillanter Musiker – und außerdem Priester. Nachdem der Markgraf den Venezianer an den Durlacher Hof geholt hatte, übernahm Bettinardo nicht nur künstlerische Aufgaben, sondern in seiner Wohnung auch die seelsorgerische Betreuung der wenigen Durlacher Katholiken, eine Aufgabe, die zuvor Kapuziner aus Bruchsal wahrgenommen hatten. Die Gläubigen waren damals allerdings daran gewöhnt, ihren Pfarrer als Ratgeber auch in ganz alltäglichen Fragen zu konsultieren. Weil die Verständigung mit dem Italiener sich aus sprachlichen Gründen jedoch schwierig gestaltete, verlangten die Leute die Mönche zurück.

Die Kapuziner aus Bruchsal lasen an Sonn- und Feiertagen die Messe, an hohen Festtagen waren bisweilen auch Jesuiten aus Ettlingen zugange. Bettinardo nahm das nicht übel, er setzte sich nach dem Umzug des Hofes gemeinsam mit dem Theatermann Scandalibene vehement für einen Kirchenbau in Karlsruhe ein – gerne hätte er das Gotteshaus in Verbindung mit einem Kapuzinerkloster gesehen. Die Patres mussten sich allerdings bis 1730 gedulden, ehe Karl Wilhelm ihnen gestattete, oberhalb des Betraumes eine Stube und Kammer mitsamt Matratzen und Decken einzurichten[524] – da hatten Bettinardo und Scandalibene die Stadt bereits wieder verlassen. Auf die gleichen Rechte wie die Lutheraner hofften die katholischen Seelsorger vergebens:[525] Nur protestantische Geistliche durften die Taufbücher führen oder Trauungen und Beerdigungen vornehmen. Die mit den kirchlichen Handlungen verbundenen Gebühren waren den Lutheranern höchst willkommen – und sie sahen großzügig darüber hinweg, dass die Kapuziner bereits evangelisch vollzogene Riten regelmäßig „auf katholisch" wiederholten.[526]

Trotz vieler Tücken im Detail und unübersehbarer Vorbehalte in der Bevölkerung[527] erwies sich das Experiment der konfessionellen Vielfalt in Karlsruhe als zukunftsweisendes Modell. Karl Wilhelm gelang es, in seinem Land eine Atmosphäre der Toleranz zu schaffen, die die Zeitgenossen keineswegs als selbstverständlich betrachteten und die im krassen Gegensatz zum stramm katholischen Kurs der baden-badischen Verwandtschaft stand.

Sibylla Augusta schränkte die Freiheiten ihrer evangelischen Untertanen zusehends ein. Diese sahen in den Repressionen der katholischen Fürstin Verstöße gegen den Religionsfrieden und baten Karl Wilhelm mehrfach um Intervention. So auch, als Sibylla Augusta anlässlich ihres 45. Geburtstages im Jahr 1720 eine große Reliquienprozession ansetzte: Wer sich bei dieser Veranstaltung „nicht denen Katholischen gleichstellen" wolle, würde „ihrer Gnade und Dienste" verlustig gehen, drohte die Regentin. Der Baden-Durlacher Hofrat beschloss, die Entwicklung im katholischen Landesteil scharf zu beobachten und sich gegebenenfalls an das Corpus evangelicorum zu wenden, die Vereinigung der lutherischen und reformierten Reichsstände, welche die Aufgabe hatte, im Heiligen Römischen Reich die evangelischen Interessen zu wahren.

Die Unduldsamkeit der Markgräfin ermunterte die Geistlichkeit Baden-Badens, bei ihren Versuchen, die wenigen Protestanten im Land zu bekehrten, ausgesprochen rüde vorzugehen. So forderte Karl Wilhelm anno 1726 Aufklärung von Sibylla Augusta über Berichte, wonach ein Jesuit einer verstorbenen Lutheranerin nicht nur das Begräbnis auf dem Gemeindefriedhof verweigert hatte: Als die Tote außerhalb des Gottesackers bei einem Kreuze beerdigt wurde, soll der Eiferer darüber hinaus befohlen haben, sie auch von dort wegzuschaffen, weil die Frau des heiligen Zeichens unwürdig sei. Das habe dem Vernehmen nach dazu geführt, dass „der Leichnam von Buben geschändet und von wilden Tieren zerrissen worden sei". Das Mitglied der Gesellschaft Jesu, dem dieser unmenschliche Akt nachgesagt wurde, wies die Vorwürfe freilich empört zurück, und Karl Wilhelm selbst soll schließlich bekundet haben, dass er den Pater für unschuldig halte, notierten die Ettlinger Jesuiten. Die

Leute des Dorfes, aus dem die Verstorbene stammte, hätten dies freilich anders gesehen und mit schwerer Vergeltung gedroht.[528]

Die religiöse Toleranz Karl Wilhelms war für die Ettlinger Ordensleute, die sich der Gegenreformation verpflichtet fühlten, unverständlich, aber doch betörend. „Einer von uns wurde in die nichtkatholische Stadt Durlach gerufen, um dort den erstgeborenen Sohn des schwedischen Obersten von Pyrenberg zu taufen", vermerkten sie ebenfalls im Jahr 1726: „Der Vater war Anhänger der lutherischen Sekte; aus Liebe zu seiner katholischen Gattin ließ er sich aber dazu bewegen. Doch stellte sich dem die ganze Schar der (evangelischen) Prädikanten entgegen; da wandte sich der Oberst an den Markgrafen; der gab sowohl die Erlaubnis als auch sein Einverständnis dazu, dass er selber die Patenschaft übernehmen wollte".[529] Karl Wilhelm wohnte der Taufe des kleinen Katholiken zwar nicht selbst bei, doch ließ er sich immerhin von seinem Oberhofmeister vertreten.

Obgleich der Zusammenprall der Konfessionen in Karlsruhe wiederholt zu Konflikten führte, machte die entspannte Haltung des Markgrafen in religiösen Fragen doch allmählich Schule unter den Bürgern. So genoss Dominico Massino, ein wohlhabender Katholik, in der neuen Residenzstadt ein derart hohes Ansehen, dass auch Lutheraner und Reformierte stolz darauf waren, wenn sich der Händler bereitfand, für ihren Nachwuchs Pate zu stehen.[530] Der vermögende Massino war allerdings kein typischer Vertreter der Karlsruher Katholiken, denen es in der Bürgerschaft der jungen Stadt nicht gelang, sich zu einer einflussreichen Größe zu entwickeln. Die meisten von ihnen waren materiell nur wenig gesegnet, viele zählten zu den armen Handwerkern oder der nicht eben fürstlich bezahlten Hofdienerschaft.

Eine durchaus bedeutende Rolle hingegen spielten Juden in der Frühgeschichte Karlsruhes. Auch wenn sie ein größeres Vermögen mitbringen mussten als die um Aufnahme bittenden Christen: Da von Karl Wilhelms Privilegien die Kinder Israels ebenfalls profitierten, bewarben sich etliche wohlhabende Familien um einen Bauplatz in Karlsruhe. Ihr selbstbewusstes Auftreten scheint auf einige christliche Zuzügler provozierend gewirkt zu haben: Es kam zu unerfreulichen Zwischenfällen, unter anderem griffen 1718 zwei Beamte eine Jüdin tätlich an. Karl Wilhelm ließ sich durch solche Vorfälle nicht irre machen: Noch im selben Jahr erlaubte er den Karlsruher Juden, einen eigenen Schultheiß zu wählen.[531] Alles in allem bot die Markgrafschaft Baden-Durlach den Israeliten weit attraktivere Bedingungen und mehr persönliche Sicherheit als das benachbarte Baden-Baden. Vor allem wohlhabende Familien, die Karl Wilhelm natürlich besonders gerne aufnahm, nutzten die Chancen, die ihnen ein Umzug in das Nachbarterritorium eröffnete.[532]

Ein „ridicüles Serail“: Der Theater-Liebhaber und seine Hofsängerinnen

Karl Wilhelm machte nicht nur durch religiöse Toleranz von sich reden, sondern auch durch ein abwechslungsreiches Liebesleben. Beides erfreute die bürgerlichen Repräsentanten der Landeskonfession wenig. Die lutherischen Geistlichen hätten sich einen in jeder Hinsicht konservativeren Landesvater gewünscht, konnten aber schwerlich den Stab brechen über einen Fürsten, der in seinem Territorium faktisch das Kirchenoberhaupt war. Der Oberhofprediger Johann Lorenz Höltzlein war denn auch einsichtig genug, über die Neigung des Markgrafen zu diversen Hofsängerinnen hinwegzusehen, weil man einen Fürsten „nicht so einschränken“ könne.[533]

Ein paar Jahre und mehrere „natürliche Kinder“ Karl Wilhelms später bekam der Gottesmann dann aber doch Skrupel. Zwar hütete sich Höltzlein, den Markgrafen von der Kanzel herab zu kritisieren, doch ließ er sich schriftlich darüber aus, dass die Heilige Schrift die Polygamie verbiete. Darüber gehörig verschnupft befahl Karl Wilhelm seinen Beichtvater zu einer „freundschaftlichen“ Unterredung vor einen Untersuchungsausschuss. Dort versicherte Höltzlein zwar, den allzu intimen Umgang des Markgrafen mit Hofsängerinnen geflissentlich übersehen zu haben, allerdings machte er keinen Hehl daraus, dass er gehofft habe, Serenissmus werde seine Gewohnheiten irgendwann auch ohne explizite Aufforderung ändern. Das Ganze endete damit, dass der Geistliche zunächst nach Pforzheim, dann nach Auggen im badischen Oberland und schließlich nach Lörrach versetzt wurde. Kritik an seinen Lebensgewohnheiten duldete der absolutistische Landesherr auch dann nicht, wenn sie von treuen Dienern aus besten Motiven vorgebracht wurde.

Außerhalb Badens hatte man keine Hemmungen, über die Vorgänge am Karlsruher Hof zu lästern, zumal der Tratsch zu den Lieblingsbeschäftigungen übersättigter Hofgesellschaften gehörte, wobei aus mancher Mücke ein Elefant und aus zufälligen Ähnlichkeiten ruckzuck „natürliche Kinder“ wurden. In Frankreich gierte Liselotte von der Pfalz, die Herzogin von Orléans, ständig nach Neuigkeiten aus ihrer deutschen Heimat, welche die Vielschreiberin einfallsreich und derb zu kommentieren beliebte. Sie hatte ganze Arbeit geleistet, als es darum ging, dem verstorbenen König Friedrich I. in Preußen uneheliche Kinder mit der Gattin seines Oberkämmerers zuzuschreiben.[534] Jetzt zeigte sie sich ebenso wohl informiert über die Eskapaden Karl Wilhelms: „Ich habe schon von dem ridicülen Serail gehört, das sich der Markgraf von Durlach hält",[535] schrieb sie im Dezember 1718 an ihre Halbschwester, die Raugräfin Louise von Degenfeld. Ein paar Monate später schob sie nach: „Von des Markgrafen von Durlachs dollen Leben habe ich gehört, er ist gar zu närrisch." Und im April 1721 bemerkte die Herzogin: „Unter uns geredet, ich fürchte, der Markgraf von Durlach sei ein Narr in folio"[536] geworden.

Der vielgereiste Schriftsteller Johann Georg Keyßler (1693–1743), der im Jahr 1729 die „sehr regulär angelegte Stadt von mehr als dreihundert Bürgerhäusern" besuchte und natürlich auch über den „lächerlichen Harem" Bescheid wusste, fragte sich, wie Karl Wilhelms Liebesleben mit der „etablierten Landesreligion" in Einklang zu bringen sei. Nun war Keyßler ein Mann mit recht fortschrittlichen Ideen, und Karl Wilhelm war einer Epoche verhaftet, deren Vorstellungswelt und Lebensgewohnheiten bei den nachfolgenden Generationen mit atemberaubender Geschwindigkeit an Akzeptanz verlor. Im Zeichen der Aufklärung wurden Barockmenschen wie Karl Wilhelm von Baden-Durlach, aber auch Friedrich I. in Preußen oder August der Starke an Kriterien gemessen, die ihrer eigenen Zeit fremd waren. Keyßlers Misstrauen gegen die Exzesse Karl Wilhelms schlug sich in spitzen Bemerkungen über „ausschweifende Gemütsneigungen" und „Favoritsünden" nieder.

Deutlicher äußerte sich im 19. Jahrhundert der Skandalchronist Karl Eduard von Vehse. Er siedelte die Mentalität Karl Wilhelms „in seinem kleinen süddeutschen Ländchen und in seiner lebensfreudigen süddeutschen Art" irgendwo zwischen seinen berühmteren sächsischen Zeitgenossen August dem Starken und dem preußischen Soldatenkönig Friedrich Wilhelm I. an: „Etwas von dem heroisch-galanten Genie des ersteren war in ihm und wie letzterer warf er sich mit Eifer auf das Kamerale (praktische Verwaltungswissenschaften)."[537] Den Soldatenkönig, einen wenig duldsamen Anhänger des reformierten Glaubens, hätte der Vergleich mit dem leichtlebigen Badener kaum erfreut. Der sittenstrenge Sohn Friedrichs I. echauffierte sich sehr darüber, dass der Durlacher „Markgraf viele Huren hält".[538]

Klatsch und Tratsch am Kaiserhof

Ein kleiner Fürst wie Karl Wilhelm – eigenwillig, extravagant und extrem kontrollsüchtig – musste sich Feinde machen. Männer, die an seinem Hofe scheiterten und mit Groll im Herzen weiterzogen – davon gab es etliche –, zögerten nicht, die Karlsruher Zustände in den grellsten Farben zu schildern, um die Aufmerksamkeit einer nach Skandalen gierenden feinen Gesellschaft zu wecken. Ferdinand Friedrich Wölffing gehörte zu denjenigen, die das Vertrauen des Markgrafen verloren hatten. Der ehemalige Hofrat war 1719 nach nur drei Jahren im Amt im Streit geschieden. Wegen noch ausstehender Gehälter verklagte er Karl Wilhelm vor dem Reichshofsrat. Pikanterweise verfolgte Wölffing in Wien noch ein weiteres Projekt: Im Auftrag von Karl Wilhelms Schwester, der Herzogin Johanna Elisabeth, sollte er in des Kaisers Umfeld das Bewusstsein dafür schärfen, dass am Württemberger Hof nach wie vor Unzucht und Ehebruch regierten.[539]

Ob Württemberg oder Baden-Durlach – mit Wonne verunglimpfte der ehemalige Hofrat die verschwägerten Fürsten, wo immer er eine Gelegenheit fand. Da er mit Karl Wilhelm noch eine Rechnung zu begleichen hatte, malte er dessen Schamlosigkeiten besonders drastisch aus. Die angeblich jeder Beschreibung spottenden Ausschweifungen in Karlsruhe wurden am Kaiserhof fleißig kolportiert, sodass Reichsvizekanzler Friedrich Karl von Schönborn-Buchheim sich schließlich genötigt sah, bei einer Audienz einem Gesandten Karl Wilhelms gegenüber das heikle Thema anzuschneiden. Der Markgraf von Baden-Durlach veranlasste daraufhin, dass der obersten Behörde des Heiligen Römisches Reiches sehr rasch freundlichere Berichte über die Karlsruher Verhältnisse zugingen – Zeugnisse, die unter anderem aus der Feder von in Karlsruhe lebenden Katholiken stammten, die in der Hofburg vertrauenswürdiger erscheinen mussten als der zwielichtige Wölffing. Zugleich ließ Karl Wilhelm in Wien ausrichten, dass er sich nicht näher zur Frage nach seinem Zusammenleben mit Höfsängerinnen äußern werde, da bislang im römisch-deutschen Reich noch kein Fürst zu solchen Antworten genötigt worden sei.[540]

Der Stil der Zeit: Potente Fürsten

Dass es genügend Fürsten, Grafen oder Edelmänner gab, die außerhalb des Ehebettes ihr Vergnügen suchten, war kein Geheimnis. Niemand wusste das besser als Liselotte von der Pfalz, deren verstorbener Gemahl Philipp I. von Orléans mit seinen Günstlingen weitaus liebevoller umgegangen war als mit seiner rechtmäßigen Ehefrau. Die Ausschweifungen ihres Mannes nahm die pfälzische Prinzessin hin als einen Auswuchs der französischen Lebensart – von deutschen Fürsten verlangte die Herzogin mehr Schamgefühl. So wurde „Madame“ nicht müde, in gewohnt deftigen Worten vermeintliche Fehlentwicklungen anzuprangern, denn nicht nur Karl Wilhelm von Baden-Durlach führte in ihren Augen ein „dolles Leben“: Für das, was man von deutschen Fürsten und anderen Herren höre, schäme sie sich sehr, klagte Liselotte in Briefen an ihre Halbschwester. Es sei ein rechtes Elend, schrieb sie ein anderes Mal, dass die „Desbauchen“, die Ausschweifungen, so heftig um sich griffen. In früheren Zeiten habe mehr Anstand geherrscht: „Man hörte nicht von so abscheulichen Historien wie nun“, klagte sie.[541] Dabei war es nicht eigentlich ein Aufreger, wenn große Herren „natürliche Kinder“ in die Welt setzten – es sei denn, sie befleißigten sich dabei besonders perverser Praktiken oder sie plünderten zugunsten der Mätressen und ihres unehelichen Nachwuchses das Land aus.

Fürsten, die sich an die Spielregeln hielten, mussten wegen eines regen Sexuallebens keinen Reputationsverlust befürchten – viel eher nötigte ihre Manneskraft den Zeitgenossen Bewunderung ab. Der Zeremoniell-Wissenschaftler von Rohr nennt als „importantes Exempel" für einen höchst potenten Herrn den „anno 1481 regierenden Herzog Johannes II. von Kleve, Graf zu Mark", der mit seiner rechtmäßigen Gemahlin „drei fürstliche Kinder" hatte: „Nächst dieser hielt er etliche Konkubinen, mit welchen er zusammen 63 natürliche Kinder erzeugt, von denen er sich öffentlich zum Vater erkannte und die meisten, nach geschehener Legitimation, wohl versorgte."[542]

Unter Karl Wilhelms Zeitgenossen gab es einen, der hinsichtlich seiner Zeugungskraft den Herzog von Kleve-Mark weit in den Schatten gestellt haben soll. Das behauptete zumindest Wilhelmine von Bayreuth, die Schwester Friedrichs des Großen, wenngleich sie die Geschichte nur vom Hörensagen kannte. Was sie überlieferte, umgab das Sexualleben Augusts des Starken (1670–1733), Kurfürst von Sachsen und König von Polen, mit dem Hauch des Fantastischen: „Er unterhielt eine Art Harem der schönsten Frauen seines Landes. Als er starb, berechnete man, dass er von seinen Mätressen 354 Kindern gehabt habe."[543]

August der Starke war gewiss kein Kind von Traurigkeit. „Sein größtes Vergnügen war die Liebe", stellte 1722 ein Vertrauter des „sächsischen Herkules" fest. Gleichwohl wusste der gute Freund, dass dem Kurfürsten und König das exzessive Ausleben seiner Männlichkeit längst nicht so viel Freude bereitete, wie er andere glauben machen wollte: August habe „geliebt, um Aufmerksamkeit zu erregen"[544] – selbst das Bett wurde im großen Welttheater zur Bühne. Wie Karl Wilhelm strickte der Barockmensch August an seiner Legende. Und die Legende verlangte, dass der starke August im Bett ebenfalls ein Kraftprotz war. August, der den Nachwuchs angeblich in Serie produzierte, hat nur acht natürliche Kinder offiziell anerkannt und protegiert.

Musik und Tanz

„Viel küssen, doch nur eine lieben,
ist der galanten Welt Bemühn,
darinnen muss auch ich mich üben,
was Schöneres Schönen vorzuziehn ...“[545]

Die Zeilen aus der tragischen Oper „Maria Stuart“, die an Karl Wilhelms Hof mehrfach zu sehen war, hätten auf den Markgrafen selbst gemünzt sein können. Dabei gab es unter seinen Gespielinnen weder Gräfinnen noch glutäugige exotische Schönheiten wie beim starken August – die neue Stadt im Hardtwald war eben trotz ihres spektakulären Grundrisses nur ein Provinznest und Karl Wilhelms im Zentrum des Fächers angesiedeltes Serail eines von der „ridicülen“ Art. Die Hofsängerinnen, an die der Markgraf seit dem Wegzug der Eberhardine Luise von Wangen sein galantes Bemühen richtete, waren überwiegend Landestöchter aus bescheidenen Verhältnissen. Viele von ihnen kamen aus Durlach oder nahegelegenen Orten wie Grötzingen und Wolfartsweier, Knielingen, Neureut und Eggenstein oder Berghausen und Söllingen, einzelne auch aus entfernteren badischen Orten wie Pforzheim oder Kandern und Wyhl im Süden. Auch etliche Württembergerinnen gab es, zudem einige Frauen aus schwäbischen Reichsstädten wie Esslingen und Schwäbisch Hall und ein paar andere Ausländerinnen etwa aus Nürnberg oder Ansbach.[546]

Manche der Frauen waren Töchter von Soldaten und Lakaien, andere als Mägde an den Durlacher Hof gekommen. Ihrer angenehmen Stimmen, ihrer hübschen Gesichter, ihrer biegsamen Körper oder ihrer graziösen Bewegungen wegen ließ Karl Wilhelm sie in den Kreis der fürstlichen Sängerinnen und Tänzerinnen aufnehmen. Auch wenn der Verdacht naheliegt: Es waren wohl nicht in erster Linie die erotischen Qualitäten der Mädchen, von denen er sich bei der Auswahl leiten ließ. Als Barockfürst, der im Grunde seines Herzens das irdische Dasein als Traum auffasste,[547] war Karl Wilhelm dem Theater verfallen. Der Markgraf hatte schon kurz nach seinem Regierungsantritt mit dem Aufbau der Hofmusik begonnen. Er liebte Opern, Singspiele und Ballettaufführungen, gab aber auch derbe Possen in Auftrag. Doch unerträglich war ihm der Gedanke, dass die Magie von Illusion und Inszenierung durch Missklänge oder Fehltritte beeinträchtigt werden könnte. Unmusikalische oder ungeschickte Frauen konnte er bei den Sängerinnen nicht brauchen.

Anfänglich hatte Karl Wilhelm einige Künstlerinnen aus Italien, dem Heimatland der Oper, beschäftigt, doch kam er offenbar bald zur Erkenntnis, dass er sich die hohen Gagen sparen könnte. Sängerkastraten – Männer, die zum Erhalt ihrer glockenhellen Stimmen vor Beginn des Stimmbruchs entmannt worden waren – erfreuten sich zwar größter Wertschätzung an bedeutenden europäischen Höfen,[548] aber für die Baden-Durlacher Verhältnisse waren sie viel zu teuer. Der Markgraf, darin geübt, kreative Lösungen zu finden, wo es galt, mit bescheidenen Mitteln eine maximale Wirkung zu erzielen, beauftragte Mitglieder seiner Hofkapelle, begabte Mädchen aus einfachen Verhältnissen in der Kunst des Gesangs auszubilden. Französische Ballettmeister hatten überdies die Aufgabe, ausgewählte „Singerinnen in die Perfektion des Tanzens zu bringen."[549]

Karl Wilhelm konnte sich so für relativ wenig Geld einen großen Chor und ein ansehnliches Tanz-Ensemble leisten – was umso wichtiger war, als das barocke Publikum sich für Großszenen begeisterte und ein wohl geordnetes Gewimmel von Menschen, aber auch von Tieren und „Maschinen" auf der Bühne unweigerlich Begeisterungsstürme hervorrief.[550] Zudem zeigte sich erfreulicherweise, dass es unter den einfachen Frauen, aus denen sich die Hofsängerinnen rekrutierten, Talente gab, die sogar in der Lage waren, Solopartien zu übernehmen. Die italienische Sprache beherrschten sie freilich so wenig wie das Französische, was zur Folge hatte, dass an Karl Wilhelms Hoftheater die deutsche Oper zu einer frühen Blüte kam.[551] Auch für die Tafelmusik waren die Frauen zuständig.

Der Stil der Zeit: Das Theater – Ein Abbild der Welt

Wenn Musik erklang und sich in einer Großszene möglichst viele Figuranten rhythmisch wiegten, hielten die Zuschauer das für die Krönung des Kunstgenusses. In der vornehmen Gesellschaft war Purismus verpönt, Schlichtheit galt als Zumutung: Man fürchtete leere Flächen. Schauspielerinnen und Schauspieler standen in der Pflicht, weder dem Auge noch dem Ohr auch nur eine Sekunde Ruhe zu gönnen. Man liebte es, wenn sich allegorische und mythologische Gestalten auf der Bühne tummelten, wenn der stimmgewaltige „Nordwind" auf die personifizierte „Nacht" mit ihren „Unglückssternen" traf, Götter über das Schicksal eines Menschen verhandelten, während Nymphen und Schäfer das Eintreffen Auroras, der Morgenröte, herbeisehnen.[552]

Nicht nur in allegorischer Form hatten die Elemente auf der höfischen Bühne ihre Rolle zu spielen: Wasserspiele und Feuerwerke standen hoch im Kurs.[553] Und Abwechslung musste sein. Man maß die Qualität einer Aufführung am Prunk und an der Vielzahl der Kulissen: Während der Vorstellung wurde gedreht, geschoben und gehoben, immer neue Szenerien taten sich vor den Augen des Publikums auf.[554] Auch Karl Wilhelm berauschte sich am ständigen Wechsel, nicht umsonst bezahlte er dem für die Theatermaschinerie verantwortlichen Philippo Scandalibene ein kleines Vermögen für seine Arbeit. Die Oper „Meleager", die 1714 in Durlach aufgeführt wurde, brachte es auf immerhin sieben „Verwandlungen" und 75 Mitwirkende.[555] Und weil man von der Illusion nicht genug bekommen konnte, erfand der Barock dann noch das Theater im Theater: Die auf der Bühne agierenden Schauspieler wurden ihrerseits zu Zuschauern einer ins üppige Spiel integrierten Vorführung,[556] die Illusion gebar immer neue Illusionen. Die Oper, die sich der Möglichkeiten des wuchernden Wortes, des Gesangs, der Musik, des Tanzes und des Kulissenzaubers gleichermaßen zu bedienen wusste, war das bevorzugte Genre der Zeit.[557]

Das Barocktheater stillte die Gier der höfischen Gesellschaft nach Repräsentation, Pathos, Prunk und großer Gebärde,[558] zugleich erhob es den Anspruch, ein Abbild der Welt – ja, besser und wahrhaftiger als die reale Welt – zu sein. Das Theater rang nach Größe, es war heroisch und erhaben, es suchte nach Gott. Aber als Kunstform, die das Leben in all seinen Facetten abzubilden und zu versinnlichen beanspruchte[559], durfte es sich nicht auf das Schöne und Edle beschränkten – es musste auch dem Hässlichen, dem Bösen und dem Animalischen Raum einräumen, es tobte sich aus in unerträglicher Kleinlichkeit und war widerlich vulgär.

Kein Thema war zu heilig oder zu niedrig, um auf die Bühne gebracht zu werden. Und die vornehmen Damen und Herren, die im wahren Leben den unequicklichen Anblick irgendwelcher Bauerntölpel mit parfümierten Tüchlein parierten, damit die menschlichen Ausdünstungen nicht an ihre aristokratischen Nasen gelangten – sie amüsierten sich prächtig, wenn auf der Bühne gerülpst und gerotzt, gepisst und gefurzt wurde.[560] Die Welt in ihrer Gegensätzlichkeit wurde auch an Karl Wilhelms Hoftheater gespiegelt, seine Hofsängerinnen erhielten daher eine Ausbildung „im Tanzen durch alle Charaktere, serieux und burlesco".[561] Heute erbaute man sich an einem biblischen Stoff, labte man Seele und Geist am Leid der „Standhaften Märtyrerin Margaretha und dem in sie unglückselig verliebten Olybrius", am andern Tag wollte man Tränen lachen, wenn sich im Singspiel „Der betrogene Guillioth" alles ums Spielen, Tanzen, Fressen und Saufen drehte, ein „grober und versoffener Bauer" sein Weib mit „Ei du faul und stinkend Luder" traktierte und die Frau („welche grob und unflätig") dem „Tabak- und Brandweinbruder" mit gleicher Münze heimzahlte.[562] Hier wurden tragische Helden bewundert, dort heimste der Hanswurst den Beifall ein – und er genoss im Schutze seiner vielen Masken Freiheiten, die sich kein anderer herauszunehmen wagte.

Nicht nur auf der Bühne, auch im großen Welttheater konnte der Hanswurst frech agieren. Er, der „immer Lustige und niemals Traurige"; hatte ja nicht viel zu verlieren. Selbst Markgraf Karl Wilhelm, „der große Carolo", hatte die zweifelhafte Ehre, von einem

„Hans Wurst" zu einem Jahreswechsel einige „untertänigste und ergebenste galante Zeilen" gewidmet zu bekommen:

„Ich wünsch' dahero dann in Untertänigkeit /
Es leb' mein teurer Fürst, die klare Landes-Sonne!
Der Herr erhalte Sie in höchst-erwünschter Wonne ..."[563]

„Hans Wurst" gerierte sich als vorbildlicher Untertan, mit seinen guten Wünschen traktierte er den Markgrafen, die Markgräfin und das ganze hochfürstlich-badische Haus – aber er wäre nicht der Komödiant gewesen, der sein Publikum in Begeisterung versetzte, hätte er nicht durchaus anzügliche Erwartungen an Karl Wilhelms neue Stadt und deren Bewohner geäußert:[564]

„Kurz/ Ich wünsch übrigens und allen um und um /
dass kein's zu Karlsruh' werd' bucklig / lahm und krumm /
Den Jungfern sonderlich / die gerne Männer hätten /
Bei dieser kalten Zeit was Männlichs in die Betten!
den Junggesellen kann ich besser raten nicht /
als dass / was sie vielleicht auch öfters hart anficht /
Ich ihnen herzlich wünsch / was herzlich sie begehren /
Dergleichen Weiberlein / die schlagen / kratzen / scheren /"
......
Und dir, du herziger und artiger Hans Wurst!
Der du kaum reden kannst vor Hunger und vor Durst /
Was soll der Himmel wohl zum neuen Jahr dir geben /
Dass du mit Weib und Kind hast lebenslang zu leben?
Des teuren Fürsten Gnad' und Gunst in diesen Lande /
So stehe ich beglückt in meinem Dienst und Stande;
Und wenn ich endlich auch nicht mehr agieren kann /
So hoff' ich / nimmt man mich doch zu was anders an,
Ich hoffe / dass es werde wahr /
So hat Hans Wurst das best' neu Jahr.

„Celindo oder die hoch-gepriesene Gärtner-Treue“

Am 13. Januar 1719 wurde das neue „Hochfürstlich Markgräfliche Baden-Durlachische Theater“ im Ostflügel des Karlsruher Schlosses eröffnet. Man gab zu diesem besonderen Anlass das Singspiel „Celindo oder die hochgepriesene Gärtnertreue“ – ein Stück, das bereits sechs Jahre zuvor im Lustgarten zu Durlach Karl Wilhelms Beifall gefunden hatte. Dass ausgerechnet eine Konserve als erstes Theaterstück auf Karlsruher Boden gezeigt wurde, machte Sinn: Das musikalische Divertissement war eine Hymne auf den Markgrafen und seine Liebe zur Blumengärtnerei. Natürlich hatte man nicht versäumt, das Stück im Vergleich zur ursprünglichen Fassung zu erweitern, zu „verschönern“ und in den Text Hinweise auf die neue Situation einzubauen.[565]

Celindo steht für Karl Wilhelm selbst, und sein Garten, der neue Karlsruher Schlossgarten, wird zum Stelldichein der Überirdischen. Die Göttin der Freude spricht den Prolog, Flora erscheint im ersten Akt auf einem Blumenwagen in Begleitung der unverzichtbaren Nymphen und hebt zum Loblied auf den fürstlichen Pflanzenfreund an. Im zweiten Akt preist Götterbote Merkur dann den Kriegsruhm des Mars, außerdem verkündet er froh, dass der Gott des Krieges in Celindos Garten ein Tête-à-tête mit Venus erwartet.

Beim Duett gibt Mars sich zärtlich, während die Göttin der Liebe ihr Gegenüber mit barock-deftigen Ausrufen wie „So recht du Eisen-Beißer, du Bau‘ren- und Armeen-Schmeißer“ erotisiert. Im dritten Akt schließlich erklärt Flora, künftig bei Celindo wohnen zu wollen, denn „was Mars bei seiner Wut / ehmals durch Raub und Glut / fast gänzlich ruinieret / ist nun mit Wunder-Pracht gezieret.“ Der aus so berufenem Mund gelobte Celindo nimmt dies zum Anlass, die Schönheit der Blumen und ganz besonders die Pracht der Tulpen zu besingen. Höhepunkt des Spiels ist die Krönung des fürstlichen Gärtners, dem Flora einen Kranz aus Pomeranzen und Zitronen aufsetzt: „Nimm sie die Kron‘, Celindo! Liebster Sohn.“

Zahlreiche Balletteinlagen verstärkten in dem ganz auf Effekte ausgerichteten Divertissement den Eindruck der Opulenz – die Zwischenspiele hingegen sorgten für Erdenhaftung. Da klärt einmal eine Bäuerin ihr Töchterlein „in nicht sehr strenger Moral" über das Heiraten auf. Und im zweiten Interludium verbreiten sich ein „geduldiger Mann" und sein Weib über eheliche Moral – ein derbes Duett mit pikanten Anspielungen, die zweifellos auf Karl Wilhelm zielten. Dass in solchen Possen selbst höhere und höchste Stände vor Spitzen nicht verschont blieben,[566] verlieh dem Spiel bei einem sonst so sehr auf seine Würde bedachten Publikum besonderen Reiz. Textautoren und Darsteller durften darauf vertrauen, dass Serenissimus viel zu erhaben war, um solche Frechheiten zu ahnden.

Die Liebesdienerinnen

Als Gipfel der Wonne dürften es die Zuschauer – vielleicht sogar Karl Wilhelm selbst – empfunden haben, dass sich die Darstellerinnen des an Anspielungen reichen Celindo-Singspiels genau aus den Personen rekrutierten, die man für die mangelnde eheliche Moral des Markgrafen verantwortlich machte. Die Dienste der Hofsängerinnen, die keineswegs nur Nymphen, Göttinnen, Gartenmägdelein und Bauernweiber verkörperten, sondern auch in Männerrollen schlüpften,[567] endeten nämlich nicht mit dem letzten Applaus. Maria Magdalena Schaber und Maria Friderica Dorothea Adam blieben nicht die einzigen, die im Dienste Karl Wilhelms niederkamen. Eine erkleckliche Zahl kleiner Karls, Karlinas und Karolinas wurde auf spezielle Anordnung des Markgrafen nicht in der Öffentlichkeit der Hofkapelle, sondern in der Wohnung des Hofgärtners, im Ballsaal oder in der Stube des Ballmeisters zur Taufe getragen.[568]

Karl Wilhelm beschäftigte im Karlsruher Schloss bald eine Reihe von Kindermägden, die sich um den Nachwuchs der ledigen Mütter zu kümmern hatten. Später kamen Lehrerinnen und Gouvernanten „der fürstlichen Kinder" dazu. Auch wenn Karl Wilhelm in den Kirchenbüchern nicht offiziell als Vater vermerkt wurde, so machte er doch kein Geheimnis aus seinen „natürlichen" Söhnen und Töchtern. Dazu passte, dass er den Vormündern seines unehelichen Nachwuchses einen Eid abverlangte, um sicherzugehen, dass sie sich nach bestem Gewissen für ihre Mündel einsetzen würden,[569] denn oft waren die Mütter nicht in der Lage, die Erziehung ihrer Kinder selbst zu überwachen. Das lag nicht nur an ihrem Beruf – einige der Sängerinnen starben jung, andere übernahmen neue Pflichten als brave Ehefrauen: Sie heirateten kleine Beamte oder Gastwirte; auch ein Apotheker und ein Metzger fanden Gefallen an dem Gedanken, eine ehemalige Geliebte des Landesherrn zu übernehmen.

Es zahlte sich für die Männer aus, dem Markgrafen einen solchen Gefallen zu tun. Ein offenbar wenig begabter Pfarrer aus dem württembergischen Mömpelgard, der in den 1730er Jahren eine Sängerin heiratete, wurde sehr zum Ärger der einheimischen Geistlichen mit „zwei von den besten Pfarreien" der „Diözese Pforzheim", nämlich Eutingen und Bauschlott, belohnt. Dort soll sich der junge Ehemann eines wenig erbaulichen Lebenswandels befleißigt und mit seiner Gemeinde und dem Schulmeister manche Fehde ausgetragen haben.[570]

War es die Vielzahl von Karl Wilhelms Bettgenossinnen, welche die Aufmerksamkeit der klatschsüchtigen Höfe weckte? Oder steckte mehr dahinter? So sehr sich das aufgeklärte Bürgertum späterer Jahre über das barocke „Mätressen-Unwesen" entrüstete – die Kritik der Zeitgenossen war weniger der Moral geschuldet als der Empörung darüber, dass Frauen auf dem Umweg übers Bett Macht gewinnen konnten, welche die traditionellen (männlichen) Eliten für sich selbst reklamierten. Für die an ungeliebte Gemahlinnen gefesselten Fürsten hingegen zeigten die Favoritinnen nicht nur emotionale Fluchtwege auf – eine schöne und geistreiche Mätresse wurde unter barocken Potentaten auch als eine Art Statussymbol geschätzt. Meist entstammte so ein menschliches „Schmuckstück" dem Kleinadel und war mit den Gepflogenheiten der vornehmen Welt vertraut.

Karl Wilhelm setzte die Akzente anders: Er legte mehr Wert auf Masse als auf Klasse, andererseits ließ er sich von seinen Gespielinnen auch nicht in die Regierungsgeschäfte hineinreden – aber dass der Landesherr ganz offensichtlich intim mit mehreren Frauen aus einfachen und einfachsten Verhältnissen verkehrte, gab seinem Treiben eine verruchte Note.

Ein Herrscher, der sich eine ganze Schar von willigen Liebesdienerinnen hielt, aus denen er je nach Laune eine Königin der Nacht ausdeuten konnte: Angesichts solcher Verhältnisse mussten Karl Wilhelms Zeitgenossen fast zwangsläufig an einen Harem denken, denn zu jener Zeit machte die Türkenmode Furore – die Europäer schwärmten geradezu für die aus ihrer Sicht ebenso dekorative wie exotische und kuriose Kultur der Osmanen, jener „Heiden", die sie vor wenigen Jahren noch zum Teufel gewünscht hatten. Spezielle Kostümbücher, die sich mit der Kleidung von Haremsdamen befassten – ein ausgesprochen prickelndes Thema – fanden reißenden Absatz.[571] Man glaubte, Bescheid zu wissen über die seltsamen Gepflogenheiten des Orients, und es lag nahe, die Frauenschar, deren Beruf es war, für Karl Wilhelms Vergnügen zu sorgen, mit einem Serail gleichzusetzen.

Der Reiseschriftsteller Johann Georg Keyßler äußerte sich nicht näher über die „außerordentlichen und in Europa ganz ungewöhnlichen Umstände",[572] die am Karlsruher Hof geherrscht haben sollen. Aber so diskret war nicht jeder. In Baden-Durlach gab es etliche Leute, die ihrem Herrn nur vermeintlich treu dienten. Ein anonymer Bericht tauchte auf, der kurz, aber angeblich „zuverlässig und wahrhaft" die Ereignisse in und um den „1715 erbauten Turm genannt Karlsruhe" darstellte.[573] Dort, im Zentrum des Fächers, der „Urzelle"[574] Karlsruhes, soll Karl Wilhelm hemmungslos seine Lüste ausgelebt haben: In den kleinen Kämmerchen der oberen Stockwerke wohnten Hofsängerinnen – längst nicht alle, aber genug, um die Fantasie der Zeitgenossen zu beflügeln. Unten, neben dem Speisesaal, soll sich ein Schlafzimmer befunden haben, in dem der Markgraf nicht nur mit einer Konkubine, sondern angeblich gleich mit „zwei Weibspersonen" die Nächte zu verbringen pflegte.[575]

Von 24 Stübchen im Schlossturm, die in der Frühzeit Karlsruhes junge Mädchen bewohnt haben sollen, berichtete im späten 18. Jahrhundert auch der in der Residenzstadt tätige Hauslehrer Friedrich Leopold Brunn, der sein Wissen freilich nur vom Hörensagen sowie aus einer ebenfalls erst lange nach des Markgrafen Tod in Stuttgart erschienenen „Deutschen Chronik" bezog, die der Absolutismuskritiker Christian Friedrich Daniel Schubart verfasst hatte. Demnach pflegte Karl Wilhelm täglich einige Partien Tarock zu spielen, um so die Gefährtin der folgenden Nacht herauszudeuten:[576] Die Frau, die den höchsten Trumpf zog, durfte ihm zu Willen zu sein.

Der Skandalchronist Carl Eduard von Vehse, der Mitte des 19. Jahrhunderts genussvoll das „orientalische Paradies" an Karl Wilhelms Hof beschrieb („Mit den anstrengendsten Tagesbeschäftigungen wechselten die deliziösten Vergnügungen der Nacht") griff diese Anekdote auf: Allerdings schnellte bei ihm die Zahl von Karl Wilhelms Liebesdienerinnen hoch auf 160 Frauen und aus den Hofsängerinnen wurden „niedliche Gartenmägdelein", welche als „Huris" für den „unermüdlich tätigen und unermüdlich galanten Markgrafen" fungierten.[577]

Von den Hofsängerinnen, deren Besetzung mehrfach wechselte – etwa 60 waren es zu Spitzenzeiten, mehr als 140 Namen sind bekannt – dürfte der Markgraf längst nicht alle mit seinen Aufmerksamkeiten beglückt haben. Gleichwohl gab es rund 20 Söhne und Töchter von Sängerinnen, die zeitweise am Hof lebten und für deren Erziehung Karl Wilhelm aufkam – was undenkbar gewesen wäre, wenn er auch nur den Verdacht gehabt hätte, nicht selbst der Vater der Buben und Mädchen zu sein.[578] Einige weitere Kinder starben im zartesten Alter – und wenn sie auch von „inferiorer" Geburt waren, so zeigte sich Karl Wilhelm ihrem Schicksal gegenüber doch keineswegs gleichgültig. Eine kleine Karolina – das Baby verschied im August 1718 im Alter von nur drei Monaten – ließ er in Durlach zur letzten Ruhe setzen. Ohne sein Inkognito zu lüften, bescheinigte Karl Wilhelm dem kleinen Mädchen auf dem Grabstein, das sie „von der liebreizendsten Mutter geboren" und das

Entzücken ihres Vaters gewesen sei – „seine allerschönste Tochter". Unweit seiner (Halb-)Schwester ruhte ein kleiner, im April 1719 verstorbener Karl, „ein Knabe aus edlem väterlichen Blut", den der böse Tod nach einem nur 79 Wochen währenden Leben geholt hatte: „Gehab dich wohl, du Lieber", verabschiedete sich Karl Wilhelm von diesem natürlichen Sohn.[579]

Der Stil der Zeit: Empfängnisverhütung – und warum manchmal darauf verzichtet wurde

Welche Gefühle die Frauen hegten, die Karl Wilhelms Lust befriedigten – ob sie sich geehrt oder missbraucht wähnten, ob sie es darauf anlegten, seine Begierde zu wecken, sich willig hingaben oder vergewaltigt wurden –, entzieht sich unserer Kenntnis. Sicher ist, dass etliche Hofsängerinnen aufgrund der Dienste, die sie dem Markgrafen leisteten, schwanger wurden. Nun lebten die Sängerinnen in einer Zeit, in der die Mutterschaft für ledige Frauen gravierende und meist sehr unangenehme Folgen hatte. Bei einfachen Leuten konnten unverheiratete Mädchen, deren Leib sich auffällig wölbte, zwar mit einem gewissen Verständnis rechnen – die Obrigkeit aber betrachtete Unzucht als Verbrechen. Unverheiratete Mütter durften von ihren Dienstherren keinerlei Rücksicht erwarten. Manche Magd wurde hochschwanger vor die Tür gesetzt und mittellose „Ausländerinnen", die sich in Baden-Durlach verdingt hatten, des Landes verwiesen, um die heimischen Armenkassen zu entlasten.[580] In anderen Territorien ging die Obrigkeit ähnlich rigide vor. So war denn auch im Heiligen Römischen Reich deutscher Nation der frühen Neuzeit der Kindsmord kein marginales Problem, sondern das am häufigsten von Frauen begangene Kapitalverbrechen, auf das die Todesstrafe stand.[581]

Nicht nur liederliche Weibsbilder hatten ein massives Interesse daran, Schwangerschaften zu verhindern, auch manches ehrenwerte Frauenzimmer interessierte sich für das heikle Thema der Empfängnisverhütung. Diese war zwar offiziell verpönt, sie wurde im 18. Jahrhundert aber nichtsdestotrotz fleißig praktiziert, und die einschlägigen Methoden waren im badischen Raum bekannt.[582] Viele bürgerliche Ehepaare strebten aus wirtschaftlichen Gründen danach, ihre Kinderschar kleinzuhalten – wenn ein bis zwei Söhne überlebten, die später den väterlichen Betrieb übernehmen könnten, lief die Familienplanung optimal: Man wollte nicht allzu viele Erben produzieren, galt es doch, Geld und Besitz zusammenzuhalten. Kontrazeptiv oder abtreibend wirkende Kräutertränke[583] wurden daher auch im Bürgerstand genutzt. Freilich boten sie – wie alle damals bekannten Verhütungsmethoden – keinen wirklich verlässlichen Schutz.

Weit verbreitet in der frühen Neuzeit war außerdem der Coitus interruptus, der abgebrochene Geschlechtsverkehr, eine Technik, die als recht effektiv galt, von den Kirchen aber konfessionsübergreifend verteufelt wurde. Das Kondom hingegen wurde zu Karl Wilhelms Zeit weniger zur Empfängnisverhinderung genutzt – es diente vor allem der Vorbeugung gegen Geschlechtskrankheiten. Die häufig als „Maschinen" bezeichneten Präservative bestanden aus Leinenüberzügen, die mit Arzneien getränkt waren, oder aus getrockneten Tierdärmen, die man vor Gebrauch in Flüssigkeiten tunkte.[584]

Karl Wilhelm musste kaum befürchten, von seinen Sängerinnen mit der Syphilis infiziert zu werden: Die Jungfern standen dem badischen Amor schließlich exklusiv zur Verfügung. Und als Mittel gegen den „dicken Bauch"[585] kamen Praktiken, die den Genuss massiv beeinträchtigen mussten, für den Markgrafen nicht infrage. Ohnehin gab es für Karl Wilhelm keinen Grund, seine Zeugungskraft zu verleugnen, da die Grundsätze der Sexualmoral für große Herren ja keine Gültigkeit besaßen. Auch die Frauen, die Karl Wilhelm für die Freuden der Nacht erwählte, partizipierten an seinen standesspezifischen Sonderrechten.

Da die Hofsängerinnen keine Strafverfolgung wegen Hurerei befürchten mussten, dürften auch sie kein gesteigertes Interesse daran gehabt haben, die Empfängnis zu verhüten – ganz im Gegenteil.

Abgesehen davon, dass Schwangerschaft und Geburt stets ein Risiko für Gesundheit und Leben bildeten, konnten sie eigentlich nur gewinnen, wenn sie ein natürliches Kind des Markgrafen zur Welt brachten.

Ledige Frauen, die einen Beruf ausüben mussten, um sich zu ernähren, rangierten auf der untersten Stufe der barocken Gesellschaft,[586] den Karlsruher Hofsängerinnen aber eröffnete der Dienst im Bett des Markgrafen die Möglichkeit zu einem bescheidenen sozialen Aufstieg. Vergünstigungen und Zuwendungen, die ihnen ihr fürstlicher Liebhaber gewährte, machten die Hofsängerinnen zu attraktiven Partien – und der Status einer Ehefrau schien ihnen höchst begehrenswert. Auf das Schicksal ihrer unehelichen Kinder mussten sie im Falle einer Heirat keine Rücksicht nehmen, denn in der Regel kümmerten sich die fürstlichen Väter darum, dass ihr Nachwuchs durch seine uneheliche Geburt zumindest keine Nachteile erfuhr.

Auf eine angemessene Versorgung durften die kleinen Bastarde hoffen, doch damit war nicht unbedingt ein sensationeller sozialer Aufstieg verbunden, denn die barocke Gesellschaft zog zuallererst Rang und Stand der Mutter ins Kalkül: „Die natürlichen Kinder der großen Herren erlangen höhere oder geringere Dignitäten (Würden) und Prärogative (Vorrechte) nach dem Unterschied des Standes ihrer Mütter und nach dem Unterschied ihrer Qualitäten, die sie von sich erweisen und durch welche sie sich einer größeren oder geringeren Gunst ihrer Durchlauchtigsten Väter würdig machen“,[587] stellte der Zeremoniell-Experte von Rohr fest. Will heißen: Die gesellschaftliche Stellung der Nachkommen hing zunächst von der Position ihrer Mütter, sodann von deren Wohlverhalten und schließlich vom Benehmen und Geschick der unehelichen Kinder selbst ab.

Wenn, wie von Rohr anführt, „die natürlichen Söhne des vorigen Königs von Frankreich, Ludwigs des XIV., der Herzog von Maine und der Graf von Toulouse“ es so weit gebracht hatten, dass sie „anno 1714 durch ein königliches Edikt zu Prinzen von königlichem Geblüt erklärt wurden“, so verdankten sie dies nicht zuletzt ihrer vornehmen Mutter: Die Marquise de Montespan (1640–1707) war nicht nur die „Maîtresse en titre", die offizielle Geliebte – sie gehörte außerdem einem der ältesten französischen Adelshäuser an. Die Zukunftsaussichten der Babys der Karlsruher Höfsängerinnen waren weitaus bescheidener. Immerhin konnten die Buben auf eine ordentliche Berufsausbildung, ein Studium oder eine bescheidene militärische Karriere hoffen, die Mädchen aber damit rechnen, mit einem angesehenen Mann verheiratet zu werden. Unter Karl Wilhelms irregulären Schwiegersöhnen waren Pfarrer, Hofbeamte und ein Kunstgärtner.

Karlsruher Verhältnisse

Für Mädchen vom Lande brachte schon die Aufnahme in den Kreis von Karl Wilhelms Musikerinnen und Tänzerinnen Vergünstigungen mit sich, die berauschend gewirkt haben müssen: Erstmals in ihrem Leben dienten diese Frauen nicht nur, sondern wurden ihrerseits bedient. Eine Köchin, mehrere Waschfrauen, eine Hausmagd, eine Näherin, eine Krankenwärterin und andere helfende Hände hatten dafür Sorge zu tragen, dass die Hofsängerinnen sich voll und ganz auf ihre Pflichten am Theater und das Wohl des Markgrafen zu konzentrieren vermochten – im Stab der ihnen zugeteilten dienstbaren Geister fehlten weder eine Mohrin noch die Magd, welche die Nachtschüsseln zu leeren und ähnlich diskrete Aufgaben zu verrichten hatte.[588] Das Gehalt, das die Sängerinnen bezogen, war zwar nicht schwindelerregend hoch – doch gewöhnliche Dienerinnen konnten von den Summen, die die Musikerinnen erhielten, nur träumen. Allerdings wurde von den Hofsängerinnen auch ein Aufwand an Kleidung und sonstiger Ausstattung erwartet, der kräftig ins Geld ging und einige von ihnen dazu verführte, deutlich mehr auszugeben als sie verdienten. Andererseits durften Frauen, die „Uns und Unserem fürstlichen Haus" treu dienten und „zu Unserem gnädigsten Gefallen und Vergnügen sich jederzeit treu, emsig und geflissen aufgeführet"[589] hatten, auf Karl Wilhelms Entgegenkommen und Extrazuwendungen rechnen.

Frauenzimmer, die des Markgrafen Wohlgefallen erregten, durften insbesondere beim Bau und Erwerb von Häusern in der neuen Stadt auf äußerst günstige Konditionen hoffen. Schon in den 20er Jahren des 18. Jahrhunderts wohnten viele der Hofsängerinnen nicht (mehr) im Schloss oder im Turm, sondern in einem Häuschen in Karlsruhe, zu dem ein Stück Garten oder ein Acker gehörte, und das sie sich oft mit Kolleginnen teilten.[590] Insbesondere für diejenigen, die keinen Ehemann abbekamen, waren diese Immobilien eine wichtige Möglichkeit der Zukunftsvorsorge – je nachdem fürs Alter oder für den Fall der fürstlichen Ungnade. Etliche Sängerinnen verkaufen ihren Besitz schließlich, um an Bargeld heranzukommen, und bezogen billigere Unterkünfte.

Solange sie bei Hofe dienten, waren die Hofsängerinnen vornehmlich mit Musik und Tanz beschäftigt, daneben oblag ihnen die persönliche Bedienung des Markgrafen. Dabei ging es keineswegs nur um Intimitäten, trotzdem sorgten die Begleitumstände für einiges Aufsehen in der klatschsüchtigen Gesellschaft. Der Reiseschriftsteller Pöllnitz berichtete, dass der Fasanengarten beim Schloss das „artigste Werk von der ganzen Welt“ gewesen sei: „Mitten drinnen ist ein großes Bassin, welches jederzeit voll wilder Enten …“ Um dieses Becken, so berichtet der Reisende, standen Pavillons, die türkischen Zelten nachempfunden waren – jedenfalls seien darin „gewisse Polster nach der morgenländischen Weise“ gelegen: „An diesem angenehmen Ruheplatz hält sich täglich der Markgraf etliche Stunden auf und hat er normalerweise einige von seinen Mädchen bei sich…“[591] Gemeint waren damit natürlich die Hofsängerinnen, die, das bescheinigte ihnen Pöllnitz gerne, in Karlsruhe „die angenehmsten Konzerte“ gaben.

Beim Mittagsmahl, das Karl Wilhelm in der Regel „nur in einer Gesellschaft von vier Personen“ einnahm, bedienten die „Weibsleute“ ebenfalls: „Es sind deren an der Zahl 60, doch haben ihrer täglich nicht mehr als acht die Aufwartung“, erzählt Pöllnitz und kommt auf ein delikates Detail zu sprechen, das die Kleidung der Hofsängerinnen betrifft: „Wenn der Markgraf ausfährt, folgen ihm selbige als Husaren gekleidet zu Pferde nach…“[592] Die Hosenrolle spielten sie demnach auch bei öffentlichen Auftritten Karl Wilhelms. In Karlsruhe mochte man sich an die schrulligen Gewohnheiten des Landesherrn gewöhnt haben – doch in der dem reformierten Glauben anhängenden Basler Bürgerschaft gärte es, als der Markgraf in Begleitung einiger Hofsängerinnen sein eidgenössisches Palais aufsuchte: Als „Ungeziefer" schmähten die sittenstrengen Schweizer die „Demoisellen, die in grünen Jagdröcken à la cavaliere"[593] mit Karl Wilhelm ritten. Ihr Aufzug erregte offenbar mehr Aufsehen als die zwei Kamele und die drei Mohren, die der Markgraf ebenfalls mitbrachte.

Der Stil der Zeit: Damen haben keine Beine

Nichts war dem barocken Menschen peinlicher als sein Körper, der ja nichts anderes war als eine dem Zerfall und der Verwesung anheimgegebene Hülle, ausgestattet mit allen Unzulänglichkeiten der Natur.[594] Einer Natur, die sich nicht schämte, große Herren mit der gleichen Anatomie auszustatten wie Bauerntölpel, und die vornehme Damen mit denselben Weiblichkeitsmerkmalen versah wie die elendsten Dirnen. Der nackte Körper kannte keine Unterschiede – folglich wollte der Barockmensch seine Blöße nicht nur verdecken, sondern leugnen. Mit der Kleidung war ihm ein Mittel an die Hand gegeben, die rohe Natur in eine gefällige Form zu pressen. Kleiderordnungen sorgten dafür, dass sich niemand unerlaubt über seinen Stand erhob. Und dass für Männer und Frauen völlig unterschiedliche Regeln galten, verstand sich von selbst.

Noch mehr als von einem Herrn erwartete man von einer Dame, bei der man ein besonders ausgeprägtes Schamgefühl voraussetzte, dass sie jeden Anschein von Natürlichkeit entschieden bekämpfte. Schon die Zeitgenossen verglichen Schnürleib und Mieder – unverzichtbare Elemente der höfischen Damenmode – mit einem Harnisch.[595] Die gemäß dem gängigen Schönheitsideal schlank gepresste Taille und das bei Hof übliche große Dekolleté standen in einem merkwürdigen Gegensatz zu den Asexualität suggerierenden, „alles" verbergenden Röcken.

Zwar waren im 17. Jahrhundert die weiblichen Silhouetten vorübergehend schmaler geworden, doch bereits in einem Reisebericht aus Genua von 1670 liest man von „schrecklich überdimensionierten Reifröcken aus Fischbein",[596] die im Lauf des 18. Jahrhunderts groteske Ausmaße annehmen sollten. Ein Leipziger Lexikon von 1715 definierte den „Reifen-Rock" als „insgemein von roher Leinwand mit Stricken oder Fischbein-Reifen weit ausgespannten und ausgedehnten kurzen Unterrock, den das Frauenzimmer nach jetziger Mode um ihrer Taille dadurch ein Ansehen zu machen – unter die anderen Röcke zu ziehen pflegt."[597] Gemeine Weibsbilder, für die Fischbein nicht in Frage kam, behalfen sich, indem sie Bast oder Stroh in ihre Unterröcke einnähten.

Der Reifrock war nicht einfach eine Laune der Mode, sondern entsprach einem zutiefst verinnerlichten weiblichen Ideal. Bezeichnend ist eine Anekdote, in deren Mittelpunkt Élisabeth de Bourbon (1602–1644), die „Isabel" genannte Gemahlin des spanischen Königs Philipps IV., stand. Ein Gesandter sollte Isabel als Gruß aus ihrer französischen Heimat elegante Seidenstrümpfe überbringen. Doch ein solches Geschenk war gänzlich unerwünscht, weil – eine Königin von Spanien keine Beine hatte, wie man dem Mann unmissverständlich klarmachte.[598]

Auch mehr als ein halbes Jahrhundert später besaß die Regel noch Gültigkeit: Eine Dame, die Wert auf ihren guten Ruf legte, durfte in der Öffentlichkeit exzessiv Busen zeigen, aber niemals Beine. Der Reifrock sorgte dafür, dass jeder Anschein von natürlichen Formen gnädig verdeckt wurde, und eine Vielzahl von Unterröcken, welche Frauen darunter trugen, verhüllten wallend das Geheimnis weiblicher Fortbewegung. Freilich diente die textile Fülle nicht nur der Abwehr von neugierigen Blicken, sondern auch dem Schutz vor Kälte – und zum diskreten Auffangen der monatlichen Blutung,[599] denn Unterhosen und die damit verbundenen hygienischen Möglichkeiten galten für Frauen bis ins 19. Jahrhundert hinein als unschicklich. Zwar kannte die Männerkleidung bereits seit dem Mittelalter Gesäß und Geschlechtsteile verhüllende Wäschestücke, doch wusste man vergleichbare Innovationen bei Frauen unter dem Vorwand der Moral zu verhindern.

Dahinter steckte nicht zuletzt die Furcht vor einer Weiberherrschaft:[600] Dass „Frauen die Hosen anhaben" könnten, erschien den Zeitgenossen als Verstoß gegen die göttliche Ordnung. So war es kein Wunder, wenn man die „Arbeitskleidung" der Hofsängerinnen außerhalb Badens nicht nur als ungewöhnlich, sondern geradezu als schamlos betrachtete.

Zuckerbrot und Peitsche

Im Ausland mochte man ja die Nase rümpfen über die Karlsruher Verhältnisse – in der jungen Residenzstadt selbst wusste man die Hofsängerinnen zu schätzen. Die Zugezogenen waren geradezu stolz darauf, wenn sich eine oder – noch besser - mehrere der Sängerinnen bereitfanden, die Patenschaft für ihre Kinder zu übernehmen. Ob die Bürger dabei vor allem auf großzügige Geschenke spekulierten oder darauf hofften, dass ihr Name gegenüber dem Landesherrn Erwähnung finden würde? Bekannt ist, dass in den frühen Jahren über die Hälfte der neugeborenen Karlsruher im Beisein von Hofsängerinnen in die Gemeinschaft der Gläubigen aufgenommen wurden.[601] Weniger Ehre widerfuhr den Gespielinnen des Markgrafen in Durlach, wo mit Johann Jakob Eisenlohr (1655–1736) ein streng orthodoxer Lutheraner als Stadtpfarrer wirkte: Er soll eine Sängerin, die als Patin an den Altar trat, mit den Worten davongejagt haben: „Hier ist nur für ehrbare Leute Platz."[602]

In Karlsruhe ließ der Wunsch, eins von Karl Wilhelms „Frauenzimmern" für die Gevatterschaft zu gewinnen, seit 1722 deutlich nach. Trotzdem stand noch Anfang der 1730er Jahre bei jedem zehnten Karlsruher Kind eine Hofsängerin Pate.[603] Als Gevatter weitaus begehrter war natürlich „Serenissimus" selbst – der allerdings gewährte diese Gunst nur Familien, die er hoch schätzte oder für treue Dienste besonders auszeichnen wollte. Unter anderem gab er sich die Ehre bei einem Töchterlein des Förderer von Richtenfels,[604] aber auch beim Nachwuchs des Hofmusikers Molter.[605]

Ein ordentliches Einkommen, Wertschätzung in der Residenzstadt, die Aussicht eine Ehe mit einem ehrenwerten Mann oder zumindest auf eine solide Altersversorgung und die Hoffnung, dass Karl Wilhelm seine unehelichen Kinder nicht im Stich lassen werde – es gab viele gute Argumente dafür, sich auf eine Karriere als Hofsängerin einzulassen. Allerdings mussten die Frauen auch den Preis für diese Perspektiven zahlen. Karl Wilhelm war kein junger Spund, der seinen Kopf verlor oder sich von launenhaften Schönen dirigieren ließ – und die Mädchen hatten schon aufgrund ihrer Herkunft nicht das Format, die es brauchte, um sich zu einer Maîtresse en titre aufzuschwingen. Trotzdem gelang es einigen von ihnen offenbar, sich längere Zeit in Karl Wilhelms Gunst zu halten. So gebar Elisabetha Dachtler dem Markgrafen mindestens zwei Kinder – um schließlich mit einem Amtmann verheiratet zu werden.[606]

Eine innige Beziehung pflegte Karl Wilhelm auch zu Maria Jacobina Geibel aus Durlach, der er in Karlsruhe zu einem Haus verholfen hatte. Der Sohn, den die Sängerin dem Fürsten im Jahr 1720 gebar, starb zwar bald nach der Geburt,[607] aber die Geibelin war und blieb eine Respektperson bei Hofe. Als sie im März 1730 der Schwindsucht erlag,[608] schrieb Kapellmeister Molter zu ihrer Beerdigung eine Trauermusik. Warme Worte für die Verstorbene fand ein Schwager der Geibelin, wiewohl der Mann mit auffallendem Eifer auf die angebliche Jungfernschaft der „vieljährig gewesenen Fürstlichen Hofsängerin"[609] hinwies. So heißt es in der Grabschrift:

„Hier ruhet in der Still' / ganz sanft und ohne Sorgen /
Die ehemals Jungfrau hieß, in jener Welt verborgen /
Allein / in Ihr'm Zimmer gelebt nach solcher Art /
Wie man sonst Nonnen preist / erwiesen in der Tat …"[610]

Wenn sich Karl Wilhelm verpflichtet fühlte, seine Geliebten und seine natürlichen Kinder angemessen zu versorgen, so erwartete er von den Frauen und ihrem Nachwuchs auch, dass sie sich seiner Gnade würdig erwiesen. Das Prinzip der gegenseitigen Treue sollte nicht nur auf seine Ordensritter, sondern auch auf sein „Serail" angewandt werden. Wer den Markgrafen freilich hinterging, seine Autorität anzweifelte oder ihm Schande machte, musste nicht nur mit dem Entzug seiner Unterstützung, sondern auch mit einem Fußtritt rechnen. Mindestens zwei Hofsängerinnen ließ Karl Wilhelm wegen unbotmäßigen Verhaltens im Pforzheimer Zucht- und Waisenhaus bestrafen, eine der Frauen wurde überdies des Landes verwiesen.[611] Auch einigen von Karl Wilhelms natürlichen Kindern, die noch jung waren, als der Markgraf starb, blieb eine Erziehung im Waisenhaus nicht erspart.[612]

„Ein göttlich Menschenkind“: Die unglückliche Lieblingstochter

Die natürliche Tochter, die Karl Wilhelm ganz besonders am Herzen lag, war Karoline Luise von Wangen, das Kind der Eberhardine Luise von und zu Massenbach, mit der er einst das Leben hatte teilen wollen. Nachdem die Geliebte mit ihrem zweiten Ehemann fortgezogen war, hatte der Markgraf die Weichen für die vornehme Erziehung der gemeinsamen Tochter gestellt: Das Fräulein von Wangen, so plante der Vater, sollte eine ausgezeichnete Partie machen und eine Zierde ihres künftigen Gemahls sein. Leider fühlte sich Karoline Luise in der Anstalt im fernen Lausanne, wo sie vor allem ihr Französisch aufpolieren sollte, denkbar unwohl – sie machte dies durch ein Benehmen deutlich, das nach Meinung ihrer Erzieherinnen sehr zu wünschen übrig ließ. Karl Wilhelm gab seine Tochter daraufhin bei einer ehrenwerten Basler Familie in Pflege, wo sich die junge Dame womöglich noch aufsässiger zeigte. Die Aufenthaltsorte, an denen Karoline Luise zurechtgebogen werden sollte, wechselten mehrfach – völlig unerträglich schien dem jungen Mädchen das Leben bei den Schilling von Canstatt in Gut Thalheim bei Hechingen.[613]

Die Schilling von Canstatt, eine Familie aus schwäbischem Uradel, deren Name erstmals 1260 erwähnt wurde,[614] schlugen traditionell die militärische Laufbahn ein oder dienten in hohen Ämtern bei verschiedenen Fürsten. Ludwig Friedrich Schilling von Canstatt, in dessen Familie es die bedauernswerte Karoline Luise verschlagen hatte, war ein alter Haudegen: Er hatte unter dem Oberbefehl des Türkenlouis bereits bei Budapest gegen die Türken gekämpft und 1689 im Pfälzischen Erbfolgekrieg Durlach gegen die Franzosen verteidigt. Dass Durlach damals zerstört wurde, beschädigte sein Verhältnis zu den badischen Markgrafen nicht dauerhaft.

Karl Wilhelm schätzte den alten Schilling von Canstatt, aber zum ältesten Sohn des Offiziers entwickelte er ein geradezu herzliches Verhältnis. Wilhelm Friedrich Schilling von Canstatt hatte als junger Mann Karl Wilhelms Sohn, den Erbprinzen Friedrich, auf dessen Kavaliersreise begleitet – unter anderem nach Paris. 1719 ernannte Karl Wilhelm den noch in Frankreich weilenden jungen Schilling zum Kammerjunker. Es war der Beginn einer steilen Karriere: 1721 folgte die Ernennung zum Wirklichen Geheimen Hofrat, 1724 zum Obervogt von Karlsruhe, Mühlburg, Graben und Staffort, 1725 zum Obermarschall mit freier Tafel bei Hofe.

Damit nicht genug: Karl Wilhelm teilte seinem Günstling mit, dass er ihn zum Gemahl seiner Tochter Karoline Luise ausersehen habe, welche die Güter Hohenwettersbach und Wangen mit in die Ehe bringen werde. Als sich der Freiherr für diese Gnade bedankte, umarmte der Markgraf seinen künftigen Schwiegersohn und sprach: „Mein lieber Schilling, für Sie allein habe ich diese Gnade reserviert und ich werde Ihnen zeigen, was ein Markgraf von Baden für einen Mann tun kann, den er so liebt und schätzt wie ich Sie.“[615]

Die Einwilligung des alten Generals für das lukrative Eheprojekt zu erhalten war nicht weiter schwierig, und die Braut wurde vor vollendete Tatsachen gestellt. Karl Wilhelm scherte sich nicht um die Tränen, welche die bezaubernd grünen Augen seiner Tochter[616] röteten: Für Karoline Luise war die Vorstellung, einen Schilling von Canstatt zu heiraten, alles andere als verlockend, zumal sie in Thalheim mit ihrer Schwiegermutter in spe offenbar in einer Art Dauerkriegszustand lebte.[617] Immerhin eröffnete ihr die Heirat die Möglichkeit, wieder in der Nähe ihres Vaters zu wohnen.

Karl Wilhelm war bestrebt, seine „mit der wohlgeborenen Frau Eberhardine Luise von Wangen, geborener von Massenbach erzeugte Tochter“ bestens abzusichern. In einem 29 Punkte umfassenden Heiratsvertrag war nicht nur festgeschrieben, dass die „Ehe nach christlichem Gebrauch und Ordnung durch priesterliche Kopulation bestätigt und durch das eheliche Beilager vollzogen werden solle“ – den Partnern wurden zudem auferlegt, sich „zeitlebens alle eheliche Liebe, Treue und Vorsorge zu erweisen, auch sich jederzeit und in allen Zufällen und Begebenheiten gegen sie dergestalt zu bezeugen, wie es christlichen Eheleuten ihres adeligen Standes zukommt, wohl anstehet und gebühret“. Weiter wurde dargelegt, dass

Karoline Luise die adeligen Güter Wangen und Hohenwettersbach („welche Ihro Hochfürstliche Durchlaucht vormals als Erbprinz aus den eigenen Geldern von den adligen Besitzern und Inhabern erkauft und zu dem Fürstentum der Markgrafschaft Baden nicht gehört haben") als ein Weiber- und Kunkellehen erhielt. Gesiegelt wurde der Ehepakt von den Schwiegervätern, den Brautleuten sowie den Herren Üxküll, Wallbrunn und Glocken.[618]

Die „priesterliche Kopulation" fand am 16. September 1725 in der Hofkapelle im Karlsruher Schloss statt. In der jungen Stadt schenkte man dieser ersten „fürstliche Vermählung" (an der Markgräfin Magdalene Wilhelmine aus verständlichen Gründen nicht teilnahm) große Beachtung. Die Bürgerschaft schenkte dem Brautpaar einen vergoldeten Silberbecher, in den das Schilling'sche Wappen – es zeigt eine Kanne – gestochen war,[619] und die Gelegenheitsdichter schmiedeten fleißig Verse. Unter anderem besang ein „Jugend- und Musik-Freund" im Karlsruher Gymnasium die „Schilling-Wangische Wangen", wie sie „in ihrer natürlichen Zierde und ungemein herrlichen Lieblichkeit prangen wollten an dero hohen Vermählungstag". Dass die erst 15-jährige Braut, dieses „göttlich Menschen-Kind"[620] bei der Zeremonie romantische Gefühle hegte, darf man getrost bezweifeln, und wenn ihre Wangen wirklich so rosig prangten, wie es der Musikfreund beschwor, war dies vermutlich reichlich aufgetragener Schminke zu verdanken.

Erst als Witwe die Freiheit gefunden

Die Freundschaft Karl Wilhelms zu Wilhelm Friedrich Schilling von Canstatt hielt ein Leben lang. Der Freiherr, ein Ritter vom Orden der Treue, war ein fähiger Beamter, der überdies virtuos die Klaviatur des höfischen Lebens beherrschte. Mit seinem markgräflichen Schwiegervater teilte er zudem die Leidenschaft für die Jagd. Karl Wilhelm war überzeugt davon, dass ein Mann, der ihm so gut gefiel, der richtige Gemahl für seine Lieblingstochter sein musste. Immerhin brachte Karoline Luise sieben Kinder auf die Welt.

Auf Schilling von Canstatt, der 1729 von seinem Vater die Hälfte des Ritterguts Thalheim erbte,[621] war Verlass – darauf setzte Karl Wilhelm, als der Polnische Erbfolgekrieg ausbrach und er sich nach Basel absetzte. Der Freiherr hingegen verbrachte die Kriegsjahre in der ehemaligen Residenzstadt Durlach, wo seine Frau der Güte ihres Vaters ein Haus verdankte. Als Karl Wilhelm 1736 nach Karlsruhe zurückkehrte, erwartete ihn dort der Freiherr bereits. Nach dem Tod des Markgrafen 1738 war sein Schwiegersohn Mitglied des Kollegiums, das mit der Landesobervormundschaft für den noch unmündigen Enkel des Verstorbenen betraut war. Und als Schilling von Canstatt 1743 selbst das Zeitliche segnete, wurde er neben seinen Gönner unter dem Altar der Kirche zur Eintracht auf dem Karlsruher Marktplatz zur letzten Ruhe gebettet. Erst im Jahr 1807, als die Konkordienkirche dem Wachstum der Stadt weichen musste, wurden die Freunde getrennt: Karl Wilhelms Überreste verblieben im Herzen Karlsruhes, während die Gebeine des Freiherrn auf den Friedhof seiner Familie nach Hohenwettersbach geschafft wurden.

Karoline Luise von Wangen, die Hohenwettersbach mit in die Ehe gebracht hatte, hielt an der Seite ihres Gemahls durch bis zu dessen seligem Ende – sie spielte ihre Rolle sogar noch vier weitere Jahre. Dann aber verließ die Witwe ihre Kinder und die von ihrem Vater gegründete Stadt, um endlich selbst über ihr Leben zu entscheiden. Sie wollte einen Mann heiraten, mit dem sie der Klatsch schon längst in Verbindung gebracht hatte. Friedrich Christoph Wenkebach, dem sie angehören wollte, war ein armer Dorfpfarrer – er lebte unweit von Freiburg in der Nachbarschaft von Karoline Luises Gut Wangen, und die beiden ältesten Söhne der Freiin hatten bei dem Gottesmann zeitweilig Unterricht erhalten. Das genügte, um den Ruf von Karl Wilhelms natürlicher Tochter ein für allemal zu schädigen, denn der Verdacht lag nahe, dass ihre Neigung zu dem Pfarrer im Oberland nicht erst nach dem Tod ihres Gemahls erwacht war.[622]

Der junge Markgraf Karl Friedrich, Enkel und Erbe Karl Wilhelms, hielt es in seinen frühen Jahren zwar weit weniger mit der Moral, als spätere Generationen es von „Deutschlands bestem Fürsten“ vermuteten – aber selbstverständlich legte auch er andere Maßstäbe an, wenn es um weibliche Familienmitglieder ging. Mit einem Federstrich warf er den Ehekontrakt Karoline Luises, ausgefertigt und sanktioniert vom verstorbenen Landesherrn, um. Wangen und Hohenwettersbach – nach Karl Wilhelms Willen hätte seiner Tochter „ihre ganze Lebenszeit der völlige Genuss dieser Lehensgüter“[623] zustehen sollen. Sein Nachfolger aber wünschte, dass die Güter ohne Wenn und Aber der von Schilling'schen Familie erhalten blieben.

Immerhin gelang es dem Advokaten, der Karoline Luises Rechte vertrat, durchzusetzen, dass der Frau, die mit ihrem zweiten Ehemann nach Feldberg zog, jährlich ein bescheidener Betrag aus den Revenuen von Wangen und Schlatt zufließen sollte. Die Gutspächter erwiesen sich allerdings aus ausgesprochen zahlungsunwillig, weshalb Karoline Luise und später auch Pfarrer Wenkebach sich bald erneut an den Rechtsanwalt wandten. Der konnte aber offenbar nicht viel bewirken. Karl Wilhelms Tochter wurde ihre Geldsorgen nicht los, hatte offenbar sogar Mühe, genügend Nahrungsmittel heranzuschaffen für ihre kleine Familie, zu der sich noch zwei Kinder gestellt hatten. Im Alter von 48 Jahren starb Karl Wilhelms Lieblingstochter, die den Ausbruch aus der ihr auf den Leib geschriebenen Rolle mit einem Dasein in Armut bezahlt hatte.

„Das ruhigste Leben von der Welt“: Am Hofe Karl Wilhelms

Karl Wilhelm hatte als regierender Markgraf andere Möglichkeiten, das Schauspiel seines Lebens nach eigenem Wunsch zu gestalten. Mit dem Schloss im Hardtwald hatte sich Amor die perfekte Bühne für unbeschwerte, ja schlüpfrige Singspiele geschaffen, die sich bei Bedarf aber jederzeit durch Stücke ersetzen ließen, welche die Besucher mit dem Pathos des gesteigerten Wortes und der großen Gebärde in die Welt der Fürsten und Helden erhoben. Bisweilen beliebte es ihm, seine Rolle im barocken Machttheater mit individuellen Zügen auszugestalten, die dem zeitgenössischen Publikum skurril erscheinen mussten. Ein guter Beobachter wie der Baron von Pöllnitz meinte zu erkennen, dass der Markgraf von Baden-Durlach „keineswegs in die eitle Hoheit eines Fürsten zu sehr verliebt ist, also genießet er alle Annehmlichkeiten derselben, ohne im geringsten dem Zwang davon unterworfen zu sein.“[624]

Als Pöllnitz 1730 in Karlsruhe weilte, stachen zwar auch ihm die zu Karl Wilhelms Unterhaltung abgestellten „Weibsleute“ ins Auge – doch der Hof, den er schilderte, schien alles andere als ein Sündenpfuhl zu sein: Nicht ohne Grund, so meinte der Baron, habe der Markgraf seinem Schloss den Namen Karlsruhe beigelegt – „nachdem er daselbsten das ruhigste Leben von der Welt führt“. Dazu passt, dass Karl Wilhelm mittlerweile ordentlich Fett angesetzt hatte. Trotz dieser Fülle waren die Kräfte des Herkules aber noch nicht erlahmt: „Im Sommer steht er morgens um fünf Uhr auf und geht im Garten spazieren, bis die Hitze ihn nötigt, selbigen wiederum zu verlassen. Hierauf arbeitet er mit seinen Ministern im Kabinett, macht wohl auch einige *chymische* Proben oder zeichnet etwas“. Nach dem Mittagessen, bei dem einige der Hofsängerinnen aufwarteten, gab der Markgraf seinen Untertanen Audienz, „und hört auf gewisse Tage jedermann ohne Unterschied, lässt auch allen so geschwind und sorgfältigst Recht wiederfahren, dass wenig Prinzen es ihm hierin gleich tun.“[625] Ähnlich anerkennend über

Karl Wilhelm äußerte sich – allerdings nur mit Blick auf die Regentenpflichten – Johann Georg Keyßler: „Er nimmt sich übrigens der Regierungssachen wohl an, macht keine Schulden, und höret jedermann mit Geduld.“[626]

Standen keine Festlichkeiten an, die es erforderten, die Nacht zum Tag zu machen, begab sich Karl Wilhelm gern „bei guter Zeit zur Ruhe“, um voller Tatendrang in den nächsten Tag zu starten, denn „niemals wird man ihn unbeschäftigt antreffen, und es mögen wohl wenig Sachen sein, von denen er nicht einige Kenntnis haben sollte, viele aber verstehet er in der Vollkommenheit“, rühmte Pöllnitz den Markgrafen: „Seine Betragen ist das angenehmste und er redet in verschiedenen Sprachen, ist auch sonst von gar liebreichem und gefälligen Wesen, sonderlich gegen Fremde, welche er gerne bei sich hat, sie mit einem besonderen Vorzug traktieret und recht mit Höflichkeiten überschüttet.“[627]

Bruder und Neffen

Ein ähnlich freundliches Bild vom Markgrafen zeichnete Prinz Karl August: Sein Onkel sei ein „homme d'esprit“, ein Mann von Geist, von ausgeprägtem Wissen und großer Höflichkeit, der den Staatsgeschäften viel Aufmerksamkeit widmete und die Gerechtigkeit liebte, urteilte Karl Wilhelms Neffe.[628]

Die Sympathie beruhte auf Gegenseitigkeit: Seinem Bruder Christoph und dessen Söhnen fühlte sich der regierende Markgraf zeitlebens eng verbunden. Bald nachdem er die Regentschaft übernommen hatte, ließ Karl Wilhelm seines Bruders Apanage deutlich erhöhen, außerdem sorgte er dafür, dass die schwäbischen Kreisstände sein früheres Kommando über ein Regiment zu Fuß auf Christoph übertrugen.[629] Zwar konnte und wollte er dem Bruder die Heirat mit Maria Christina Felicitas von Leiningen nicht ersparen, aber er versüßte dem Jüngeren die ungeliebte Verbindung durch das Versprechen, dem frisch vermählten Paar und seinen Nachkommen an seinem Hof freien Unterhalt zu gewähren.[630]

Wenngleich Karl Wilhelm einiges tat, um Markgraf Christoph eine standesgemäße Existenz zu ermöglichen, war dieser Zweig der Fürstenfamilie finanziell nicht auf Rosen gebettet. Das wurde schmerzhaft deutlich, als Sibylla Augusta, die Regentin von Baden-Baden, die Durlacher Verwandtschaft 1721 zu den Festlichkeiten anlässlich der Hochzeit ihres Sohnes Ludwig Georg mit Maria Anna von Schwarzenberg nach Rastatt einlud. Während Karl Wilhelm und seine Gemahlin Magdalene Wilhelmine sogleich zusagten, ließen sich Christoph und Frau entschuldigen: Sie schoben wichtige Verpflichtungen sowie „Augenschmerzen und andere Blödigkeiten" vor, rückten dann aber doch damit heraus, dass sie keine dem bedeutenden Anlass angemessene Kutsche besaßen.[631] Sibylla Augusta, die Gastgeberin, stellte ihnen daraufhin ein Gefährt zur Verfügung.

Peinlichkeiten wie diese musste Maria Christina gemeinsam mit ihrem Mann durchstehen – ansonsten aber hielt Christoph nicht viel davon, die Freuden und Leiden des Alltags mit seiner rechtmäßigen Ehefrau zu teilen. Nachdem er seine Aufgabe, eine dynastische Reserve bereitzustellen, erledigt hatte – drei Söhne sollten dafür nach menschlichem Ermessen ausreichend sein –, sah er keinen Grund mehr, die Gemahlin mit seinen Aufmerksamkeiten zu bedenken. Maria Christina Felicitas lebte wie ihre Schwägerin Magdalene Wilhelmine in Durlach. Markgraf Christoph richtete sich unterdessen in einem Zirkelgebäude nächst dem Karlsruher Schloss ein – mit Charlotte Prieffer[632], einer einfachen Frau, die ihm viel mehr zusagte als das ihm aufgezwungene Grafentöchterlein.

Ein reuiger Sünder

Karl Wilhelms Bruder war keine lange Zeit des häuslichen Glücks vergönnt. Mehrfach wurde er von hitzigen Fiebern geplagt. Zunächst handelte es sich um Anfälle, die rasch wieder abklangen, doch zu Beginn des Jahres 1723 nahmen sie an Intensität zu. Zudem litt Christoph unter Appetitlosigkeit und manche der Bissen, die er trotzdem herunterwürgte, erbrach er alsbald wieder. Bei Hof machte man sich Sorgen – der Freiherr Schilling von Canstatt schrieb ahnungsvoll an seinen Vater in Thalheim: „Ihre Durchlaucht Herr Markgraf Christoph liegen seit einigen Tagen zu Bette und es sagen die Herren Doktores, dass er an einem Schwindfieber laboriert und schwerlich aufkommen wird …“[633] Einen Monat später verlangte Christoph nach dem Hofprediger Körner, bei dem er – angeblich unter Tränen[634] – die Beichte ablegte, um zunächst die Absolution und dann das Abendmahl zu empfangen. Nachdem er sich so der göttlichen Gnade versichert hatte, schien der Patient ruhig und gefasst – sein körperlicher Zustand blieb allerdings unverändert kritisch.

Zahlreiche Besucher verhinderten, dass der erschöpfte Christoph den Schlaf fand, den sein Körper verlangte. Unter ihnen war auch Karl Wilhelm, der sich selbst einen Eindruck vom Zustand seines Bruders zu verschaffen wünschte. Aus Grötzingen kam die greise Markgräfin Augusta Maria, um die Hand ihres Sohnes zu halten, und aus Durlach Christophs Gemahlin, die sich keine Versäumnisse nachsagen lassen wollte. Wie man es von ihr erwartete, schlüpfte sie in die Rolle der vergebenden und aufopferungsvollen Ehefrau, die jedermann sehen ließ, „dass die Treue gegen ihren Herrn Gemahl ihr viel mehr als die eigene Gesundheit anliege, denn sie verließ ihn sowohl tags als nachts fast keinen Augenblick und bat Gott inniglich um seine Wiedergenesung“.[635] Marie Christina Felicitas, deren Selbstlosigkeit später in den Gedächtnis-Predigten gebührend gepriesen wurde, war freilich der Meinung, dass die richtigen Arzneien ihrem Mann schnell wieder auf die Beine helfen würden – doch Christoph ekelte sich vor den Tränken, die ihm die Leibärzte einzuflößen suchten, und würgte alle Medikamente prompt wieder hervor.

Am 25. April schien der Patient dermaßen hinfällig, dass Karl Wilhelm dem Oberhofprediger Krüger befahl, am Krankenbett auszuharren und seinem Bruder bis zum Ende „mit kräftigen Trostworten“[636] zuzusprechen. Der 38-Jährige hatte noch acht Tage zu leiden, doch seine Zeitgenossen priesen sein langsames Sterben als einen „höchst-seligen Eintritt“ ins „höchste Glück“: Kirchenrat Krüger, so erzählte man sich später, habe „die auf dem Weg zur Seligkeit wandelnde Seele“ so aufmerksam gefunden, „dass von diesem Abend an acht Tage lang das Zimmer ... nicht anders als eine Kirche anzusehen war, in welcher ein beständiger Gottesdienst von Erkenntnis der Sünden, herzinniglicher Reue, wahrhafter Buße, Vergebung der Sünden, gewissem Glauben und fester Zuversicht auf die Gnade Gottes gehalten wurde.“ Christoph soll seine Sünden so inständig beweint haben, dass der Oberhofprediger „kaum so viel Zeit hatte, etwas Speise zu nehmen oder sich mit wenigen Schlaf zu erquicken“[637] – und wenn die menschlichen Bedürfnisse den Geistlichen doch einmal übermannten, musste ein Stellvertreter an seiner Stelle dem Sterbenden beistehen.

Auch Christophs Söhne – der Älteste war elf, der Jüngste sechs Jahre alt – fanden sich am Bett ihres Vaters ein. Der Sterbende hielt sie dazu an, „in der Religion beständig“ zu sein und gegenüber der „Kaiserlichen Majestät, dem regierenden Markgrafen und ihrer Frau Mutter“ Treue und Ehrerbietung walten zu lassen.

Bei einer anderen Gelegenheit soll er die Hände der regierenden Markgräfin Magdalene Wilhelmine, die der alten Prinzessin Katharina Barbara, seiner Tante, und die seiner Gemahlin zusammengeführt haben, um die drei in der Durlacher Karlsburg wohnenden Damen aufzufordern, „dass sie in beständiger Einigkeit miteinander leben möchten“.[638] An seinen Bruder wiederum richtete er die Bitte, sich allezeit seiner Söhne und seiner Gemahlin anzunehmen. Dass ihm Karl Wilhelm längst auch ein anderes Versprechen gegeben hatte, verschwiegen die offiziellen Gedächtnispredigten: Der regierende Markgraf hatte Charlotte Prieffer unter seinen persönlichen Schutz gestellt,[639] denn es war abzusehen, dass die schöne Harmonie am Sterbebett bald dem üblichen Hader der Hinterbliebenen weichen würde, und nicht selten waren die Mätressen verstorbener Fürsten hilflos Diffamierungen und Racheakten der Witwen und Nachkommen ausgesetzt. So aber konnte der reuige Sünder am 2. Mai 1723 in der Überzeugung die Augen schließen, nicht nur für seine Familie, sondern auch für seine Geliebte gesorgt zu haben.

Die Witwe Markgraf Christophs heiratete einige Jahre später Herzog Johann-Wilhelm von Sachsen-Eisenach; über die Zukunft ihrer drei Söhne entschied ohnehin Karl Wilhelm. Die Jungen wurden unter die Aufsicht des Barons von Gemmingen gestellt, der auf ihre Erziehung alle mögliche Sorgfalt richtete.

Die Laboratorien

Dass Karl Wilhelm andere finanzielle Möglichkeiten hatte als sein nachgeborener Bruder, verstand sich von selbst – doch auch der regierende Markgraf konnte nicht aus dem Vollen schöpfen. Der Schlossneubau, wenn auch vergleichsweise bescheiden angelegt, verschlang enorme Summen, und außerdem pflegte Karl Wilhelm teure Leidenschaften. In den Jahren 1721/22 ließ er über die Kosten für seine Hofhaltung detailliert Buch führen – und war entsetzt. Um Kosten zu sparen, setzte er zahlreiche Diener und Mägde vor die Tür: Während er meinte, auf die gut bezahlten Spitzenbeamten nicht verzichten zu können, stürzte Karl Wilhelm zahlreiche kleine Leute ins Unglück. Selbst Hofsängerinnen wurden entlassen – nicht, wie der Skandalchronist Vehse mutmaßte, weil „gar zu viel Gerede über das Serail“ entstanden war, sondern weil der Markgraf unbedingt die Kosten dämpfen wollte. Vehse irrte auch, wenn er behauptete, dass „alle diese Mädchen“ fortgejagt worden seien „bis auf siebzig oder achtzig der Schönsten, welche er (Karl Wilhelm) allein schon zur Fortsetzung des Tarockspiels durchaus nicht missen konnte“[640] – seine Zahlen waren viel zu hoch gegriffen.

Immerhin – es wurde zeitweise eisern gespart in Karlsruhe, der „Träumer“ Karl Wilhelm beugte sich nicht zu leugnenden Realitäten. Doch allein durch eine Senkung der Kosten für die Hofhaltung schien das Problem nicht in den Griff zu bekommen, der Fürst musste die Einnahmen steigern. Der Erfolg seiner merkantilistischen Wirtschaftspolitik ließ auf sich warten, aber der Markgraf hatte noch mehr Eisen im Feuer. Er hoffte, dass die von Pöllnitz erwähnten „chymischen Proben“ ihm zu Wohlstand verhelfen würden.

Auf der Nordseite des Schlosses, dem Hardtwald zu, hatte Karl Wilhelm 1717 etwa zwanzig in einem Halbkreis um den Turm herum angeordnete Häuschen bauen lassen.[641] Sie beherbergten unter anderem ein Badehaus, die Hofapotheke, das Schlacht-, das Sud- und das Waschhaus, Wasserpumpstationen, die Räucherkammer, aber auch Vogelvolieren, ein Affenhaus, den Hundezwinger sowie Gesindeunterkünfte.[642] Drei dieser kleinen Gebäude waren überdies als Laboratorien mit Brennöfen eingerichtet, in denen Karl Wilhelm alchemistische Experimente vornehmen ließ. Der Baden-Durlacher galt, was diese Materie anging, als Kenner; er korrespondierte mit prominenten Alchemisten in ganz Europa.[643]

Karl Wilhelm ließ sich von der Tatsache, dass Versuche zur Vermehrung des Edelmetalles bislang stets fehlgeschlagen waren, nicht entmutigen. Seinen in Ungnade gefallenen Kammerprokurator, den zwielichtigen Förderer von Richtenfels, hatte er nicht zuletzt deswegen geschätzt, weil auch dieser ein Faible für die Alchemie hatte.[644] Ein anderer Vertreter dieser Kunst war Georg von Welling (1655–1727), der mit alchemisch-theosophischen Schriften auf sich aufmerksam machte. Der Markgraf von Baden-Durlach berief ihn in eben jenen Jahren, als er seine Finanzen auf den Prüfstand stellte, zum Direktor über seine Laboratorien und „die darinnen sich befindenden chymischen Prozesse".[645] Dabei ging es nicht allein um die Goldmacherei, sondern auch um die Gewinnung und Verarbeitung anderer Metalle. Darüber hinaus wurden in den markgräflichen Laboratorien medizinisch-pharmazeutische Versuche angestellt, diese freilich in bescheidenerem Umfang.

Welling hatte einige Erfahrung im Bergbau, auch wenn er bisher keine sensationellen Erfolge vorweisen konnte. Ehe er sich um eine Anstellung in Baden-Durlach bewarb, war er unter anderem in den Diensten König Friedrichs I. in Preußen und Herzog Eberhard Ludwigs von Württemberg gestanden. Bei Karl Wilhelm suchte Welling Eindruck zu machen, indem er seine Kenntnisse in den „nützlichen chymischen Wissenschaften" hervorhob, außerdem, so ließ er den Markgrafen wissen, traue er sich zu, „die zerfallenen Bergwerke" im badischen Oberland in einen „sehr nützlichen Zustand zu setzen".[646]

Karl Wilhelm vertraute Welling seine Laboratorien an, in denen damals etwa 15 Menschen arbeiteten[647] – darunter Ärzte, Apotheker, Handwerker und Handlanger. Der Markgraf entsprach zunächst allerdings nicht dem Wunsch des Bewerbers nach einer Ernennung zum Berghauptmann. Was die „chymischen Proben" betraf, so war Welling nicht nur gehalten, gemeinsam mit Leibarzt Johann Kaspar Metzger Protokoll zu führen über die täglichen Arbeiten. Sollte er an der Entwicklung eines sich als nützlich erweisenden Elixiers mitwirken, durfte er es nicht für sich selbst verwerten. Vielmehr war er verpflichtet, Karl Wilhelm davon „fidele Nachricht zu geben".[648] Überdies befahl ihm Karl Wilhelm, alle Geheimnisse und Rezepte, von denen er durch seine Arbeit in Karlsruhe Kenntnis erhielt, aber auch die Resultate seiner eigenen Forschungen vor Dritten geheim zu halten. Dafür sollte Welling freie Kost und Logis sowie ein monatliches Gehalt bekommen und im Erfolgsfalle mit einer 50-prozentigen Gewinnbeteiligung partizipieren.

Ein paar Wochen später, im März 1721, übertrug der Markgraf seinem neuen Diener sehr zu dessen Nachteil auch die Leitung des Bauamts, was die Folge hatte, dass sich der Bergbau-Experte und Alchemist um die Realisierung des reformierten Kirchengebäudes in Karlsruhe zu kümmern hatte. Gleich erhob sich großes Geschrei über die Unfähigkeit Wellings, worauf dieser sich bei Karl Wilhelm über das „unverschämte Gezänke"[649] seiner Mitarbeiter beschwerte. Der Fürst erkannte aber offenbar selbst, dass er Welling mit der ungewohnten Aufgabe überfordert hatte, und schickte ihn Richtung Süden auf eine Inspektionsreise zu den Bergwerken. Verbesserungsvorschläge, die Welling zum Schmelzverfahren unterbreitete, wurden allerdings nie umgesetzt, möglicherweise weil er – ähnlich wie Förderer von Richtenfels – eine Begabung dafür hatte, sich bei Hof Feinde zu schaffen.

Über die Missachtung in Karlsruhe frustriert, begab sich Welling im Sommer 1722 unter einem Vorwand nach Ansbach – er hoffte wohl, eine bessere Stelle bei dem alchemieverliebten Markgrafen Wilhelm Friedrich von Brandenburg-Ansbach zu erhalten. Dies wurde Karl Wilhelm hinterbracht, der seinem Laboratoriumsdirektor daraufhin seine Gunst entzog. Im Februar 1723 reichte Welling selbst die Kündigung ein, ohne eine neue Stellung in Aussicht zu haben. Er zog nach Bockenheim bei Frankfurt, wo er offenbar bis zu seinem Tod in ärmlichen Verhältnissen lebte. Karl Wilhelm scheint Entschuldigungsbriefe von Welling und dessen Söhnen einfach ignoriert zu haben.[650]

Nicht besser erging es Johann Kaspar Metzger, der 1720 eine Anstellung als Leibarzt erhalten hatte und seit 1721 ebenfalls in verantwortlicher Position in den Laboratorien tätig war. Auch er schied 1723 aus Karl Wilhelms Diensten – und hatte danach gleichfalls mit massiven wirtschaftlichen Problemen zu kämpfen. Drei Jahre später schrieb er an Karl Wilhelm, um ihm von sensationellen Ergebnissen seiner Versuche zu berichten – und den Wunsch nach einer Rückkehr nach Karlsruhe kundzutun. Der Markgraf reagierte allerdings nicht wie erhofft. 1735 versuchte es Metzger noch einmal. Er ließ Karl Wilhelm wissen, dass er innerhalb eines Jahres eine „Partikulartinktur" entwickeln werde und innerhalb von eineinhalb Jahren die „Universaltinktur" herstellen könne. Die Universaltinktur – das war das „Arcanum", das Rezept, mit dem sich unedle Metalle in Gold verwandeln ließen.[651] Um in den Genuss der Formel zu kommen, sollte Karl Wilhelm den Johann Kaspar Metzger lediglich nach Karlsruhe zurückholen und ihm eine Stellung mit einem „honneten Charakter" verschaffen. Karl Wilhelms Antwort war ebenso prägnant wie trocken: „Wenn er das Arcanum besitze, brauche er kein Geld".[652]

Hoffnung auf reiche Gewinne

Karl Wilhelm war nicht so kaltschnäuzig, wie er gerne erscheinen mochte, und die Gier tat ein Übriges: Er verschwendete eine Menge Geld für Versuchsreihen, die letztlich enttäuschten. Paul Simon Scheel, ein Arzt, den er 1721 eingestellt hatte, entwickelte Arzneien für das Pforzheimer Waisenhaus, die bei Magenverstimmung, Appetitlosigkeit sowie Fieberanfällen helfen sollten,[653] war aber auch in andere Experimente einbezogen. Karl Wilhelm fand Anlass, an seiner Arbeit zu mäkeln, und versetzte den Unzulänglichen nach Lörrach. Dort geriet Scheel unter den Verdacht, den Landesherrn zu hintergehen, weshalb er 1724 entlassen wurde. Schon drei Jahre später allerdings gelang es dem ehemaligen Hofmedicus, der ebenfalls an der „Universaltinktur" arbeitete, das Vertrauen des Markgrafen zurückzugewinnen: Er überzeugte Karl Wilhelm davon, dass er in der Lage sei, aus „eintausend Gulden in der Zeit von sechs Wochen 20 bis 30 Tausend Gulden nach Abzug aller Unkosten" zu produzieren. Der Markgraf hielt es für möglich, dass Scheel tatsächlich den Stein des Weisen gefunden hatte, und witterte reiche Gewinne. Neben einen ansehnlichen Gehalt stellte Karl Wilhelm dem Mediziner eine vierjährige Gewinnbeteiligung in Aussicht. Sollte die Goldvermehrung allerdings misslingen, so ließ er den Mann wissen, werde er „Entschuldigungen wegen Materialien und Gefäßzersplitterungen"[654] nicht akzeptieren. Dass die Drohung wenig nützte, versteht sich.

Immer wieder glaubten Männer, die für Karl Wilhelm arbeiteten, ein Verfahren zur Goldherstellung oder zur „Goldmultiplikation" entdeckt zu haben. Auch Alchemisten aus anderen Ländern boten dem Badener ihre Rezepte zur Herstellung des Edelmetalls an – zu höchst unterschiedlichen Konditionen. Ein Arzt aus der Kurpfalz verlangte 6000 Gulden, ein Apotheker aus dem Odenwald wollte sich mit einem Zehntel dieses Betrags begnügen,[655] andere hofften darauf, dass Karl Wilhelm ihre Versuche finanzierte, und wollten sich mit einer Gewinnbeteiligung zufriedengeben. Auf einige Offerten ging Karl Wilhelm ein, andere schienen ihm zu windig.

Johann Schütz, der Leiter des Pforzheimer Waisenhauses, experimentierte gerne und entwickelte unter anderem ein Verfahren zur profitableren Waschung von Goldsand. Karl Wilhelm, der in früheren Jahren schon einmal ein ungewöhnliches Verfahren zur Gewinnung von Rheingold getestet hatte,[656] war interessiert und gab die Vorschläge zur Prüfung an seinen damals noch amtierenden Laboratoriumsleiter Welling weiter. Der aber hielt nicht viel von der Goldwäscherei und lehnte sämtliche Empfehlungen des Waisenhausdirektors ab.[657]

Am Oberrhein zwischen Basel und Mainz wurde seit dem Mittelalter Gold gewaschen. Doch es war ein äußerst mühsames Geschäft, die winzigen Flitter zu gewinnen, die sich auf den Kiesbänken ablagerten. Selbst im Flussabschnitt zwischen Kehl und Schröck (dem späteren Leopoldshafen), der als besonders ergiebig galt, mussten drei Männer etwa ein Jahr lang schuften, um 20 Gramm Gold zusammenzubekommen.[658] Investitionen in die Goldwäscherei schienen Welling nicht sehr lohnend, denn er war überzeugt davon, dass es möglich sei, das Edelmetall aus billigen Ausgangsstoffen in großem Stile herzustellen, wenn man nur das richtige Rezept, das Arcanum, den Stein der Weisen, fände.

Der Markgraf von Baden-Durlach verließ sich bei der Suche nach dem Arcanum nicht allein auf seine Bediensteten. Er hatte sich umfangreiche alchemistische Kenntnisse angeeignet und korrespondierte mit Experten in anderen deutschen Ländern, in Frankreich, Holland und Italien. Über die Versuche in Karlsruhe ließ er detaillierte Protokolle anfertigen, die er abzeichnete und häufig mit Anmerkungen und Hinweisen versah. Wenn der fürstliche Frühaufsteher bisweilen morgens um sechs Uhr in den Laboratorien auftauchte, um Befehle zu erteilen oder interessante Experimente zu beobachten, hatten seine Laboranten freilich schon einige Stunden Arbeit hinter sich, denn die Öfen wurden schon gegen zwei oder drei Uhr morgens angefeuert. Bisweilen zogen sich die chymischen Versuche bis nach Mitternacht hin.[659]

Der Stil der Zeit: Alchemie – Auf der Suche nach dem Stein der Weisen

Mit einem Fuß im Mittelalter, mit dem anderen im Zeitalter der Technik: Seine Zwiespältigkeit zeigte das Barockzeitalter auch im Bereich der Naturwissenschaften. Ein enormer Erfindungseifer griff um sich, aber noch spielten in Technik, Chemie, Arzneimittelkunde und Medizin magische Vorstellungen eine bedeutende Rolle.[660] Die Magie hatte einen festen Platz im Alltagsleben der frühen Neuzeit, sie war in den Hütten der Armen ebenso zu Hause wie in den Palästen der Reichen und in den Stuben der Gelehrten.

Freilich unterschied man geflissentlich zwischen erlaubter natürlicher und verbotener dämonischer Magie. In die Kategorie „Missbrauch des Namen Gottes" ordnete die Durlacher Obrigkeit etwa das Treiben dreier armer Durlacher Bürger ein, die kurz vor Weihnachten 1716 in einem Wäldchen einen Zuber aufstellten, sich davor hinknieten und den Heiligen Christopherus anriefen, auf dass er den Topf mit Gulden fülle. Dass die drei evangelischen Geisterbeschwörer für ihre „abgöttischen Gebete und Beschwörungen" katholische Gebetsbücher benutzt hatten, kreidete ihnen der Hofrat als besonders übles Vergehen an. Die Delinquenten mussten mit öffentlicher Prügel und Landesverweis rechnen – doch Karl Wilhelm begnadigte seine abergläubischen Untertanen zu einer öffentlichen Kirchenbuße: Sie mussten sich in ein Büßergewand gekleidet mit Kerzen in der Hand neben dem Altar der Stadtkirche aufstellen, während der Pfarrer über das Übel der Abgötterei predigte. Später wurden sie an den Lasterstein geführt, wo der Scharfrichter die zur Geisterbeschwörung benutzten Bücher öffentlich verbrannte.[661]

Alchemisten wurden in der frühen Neuzeit zwar häufig des Betrugs bezichtigt, vor allem, wenn sie sich auf das Gebiet der Goldmacherei verlegt hatten – doch wegen unerlaubter magischer Praktiken wurde kaum ein Vertreter dieser Kunst zur Verantwortung gezogen, und selbst in den Hoch-Zeiten des Hexenwahns konnten Alchemisten weitgehend ungefährdet ihrer Arbeit nachgehen. Als schon im Mittelalter anerkannte Wissenschaft war die Alchemie den gebildeten Schichten vorbehalten; sie hatte eine allgemeine Erkenntnis der Natur zum Ziel und ging weit über Versuche zur Veredelung unedler Metalle hinaus.

Die Alchemie berief sich auf „uralte" ägyptische sowie griechische Quellen und wurzelte in dem Gedanken, dass die große Welt der Schöpfung, der Makrokosmos, und die kleine Welt des Menschen, der Mikrokosmos, einander spiegelten[662] – eine Vorstellung, die dem barocken Menschen nahelag. Da ein umfassendes Beziehungsgefüge das Göttliche und das Menschliche verband, bestand die Aufgabe des Alchemisten eigentlich nur darin, das okkulte Beziehungsmuster zu erkennen, zu deuten und nutzbar zu machen. Das besondere Interesse galt dabei dem Stein der Weisen, jener Materie, die den Urstoff aller Dinge enthalten sollte und der angeblich die Kraft innewohnte, alles in seine Bestandteile aufzulösen, die Menschen von sämtlichen Krankheiten zu heilen, ihnen ewige Jugend zu schenken und unedle Metalle in Gold zu verwandeln.[663]

Es mag an den vielen Kriegen und der repräsentativen Hofhaltung sowie den daraus resultierenden chronischen Geldnöten der absolutistischen Fürsten gelegen haben: An den Höfen des 18. Jahrhunderts florierte die Alchemie im Dunstkreis der weltlichen wie der geistlichen Herren – weniger aus zweckfreiem wissenschaftlichen Interesse als wegen der Gewinne, die man sich von ihr erhoffte. Karl Wilhelm lag mit seiner Leidenschaft also ganz im Trend der Zeit.

August der Starke, Kurfürst von Sachsen und König von Polen, ließ 1701 einen Apothekergehilfen namens Johann Friedrich Böttger (1682–1719) festsetzen. Der hatte sich in Berlin leichtsinnigerweise als Mann präsentiert, der es vermochte, Silber in Gold zu verwandeln, und dabei nicht bedacht, welche Begehrlichkeiten seine angeblichen Fähigkeiten bei dem auf Repräsentation bedachten König Friedrich I. in Preußen wecken könnten. Böttger floh nach Sachsen – und geriet vom Regen in die Traufe. Auch der starke August wollte Gold sehen, und Böttger, dessen Leben auf dem Spiel stand, lieferte nach etlichen Jahren der Gefangenschaft – nicht wie erhofft das gelbe Edelmetall, aber das kaum weniger begehrte weiße Gold: Porzellan, das er zusammen mit dem Leiter der kurfürstlichen Laboratorien Ehrenfried Walther von Tschirnhaus und anderen entwickelt hatte. Böttger wurde Leiter der 1710 gegründeten Porzellan-Manufaktur Meißen, der ersten Europas. Zu den frühen Kundinnen dieser Manufaktur gehörten Sibylla Augusta von Baden-Baden, in deren Porzellansammlung sich neben chinesischen und japanischen Kostbarkeiten rund 150 Stücke aus Meißen finden[664], und Magdalene Wilhelmine von Baden-Durlach, die sogar 197 Dresdner Porzellane ihr eigen nannte.[665]

Andere Fürsten, die in alchemistische Experimente investierten, hatten nicht so viel Glück wie August der Starke. Landgraf Ernst Ludwig von Hessen-Darmstadt (1667–1739), ein „Vetter" Karl Wilhelms, leistete sich ebenfalls ein Laboratorium, in dem er Versuche zur Goldherstellung unternahm. Doch der Landgraf war ein schlechterer Haushälter als sein badischer Verwandter. Um in den Besitz des Arcanums zu kommen, beschaffte sich der Landgraf Geld zu Wucherzinsen und häufte so viele Schulden an, dass für Hessen-Darmstadt eine Zwangsverwaltung durch kaiserliche Kommissare bedrohlich naherückte.[666]

Selbst aufgeklärte Fürsten wie Friedrich der Große von Preußen (1712–1786)[667] und Karl Wilhelms Enkel, Markgraf Karl Friedrich (1728–1811), ließen sich noch von der Alchemie und ihren Gewinnversprechen verzaubern, obwohl sich zu ihrer Zeit die Chemie als moderne Naturwissenschaft endgültig von der Alchemie mit ihren mystisch-spirituellen Zügen löste.[668] Karl Friedrich, der spätere erste Großherzog von Baden, ließ sich noch zu Beginn des 19. Jahrhunderts auf Experimente mit der Goldmacherei ein. Sein Leibmedicus Johann Friedrich Schrickel glaubte, Silber mit Hilfe von Vitriolöl und Sonnenbestrahlung in Gold verwandeln zu können. Er überredete den alten Fürsten, ihm Silberbarren im Wert von 10 000 Gulden für seine Experimente zur Verfügung zu stellen. Des Markgrafen Sohn Wilhelm (1792–1859) erinnerte sich später: „Leider gelang aber der angestellte Versuch nicht; Schrickel schob die Schuld auf das schlechte Vitriolöl und bewog meine Mutter, in Rotenfels einen Vitriolofen zu bauen, der viel Geld kostete und kein Resultat lieferte … Der Stein des Weisen löste sich in Rauch auf und die von meinem Vater vorgeschossenen 10 000 Gulden gingen durchs Kamin."[669]

… und Magdalene Wilhelmine?

Ob er in den Laboratorien Experimente überwachte, im Garten arbeitete oder sich mit einer Hofsängerin vergnügte – Karl Wilhelm konnte in Karlsruhe seine Leidenschaften ausleben, ohne den missbilligenden Blicken seiner Gemahlin ausgesetzt zu sein. Wohnsitz der Markgräfin Magdalene Wilhelmine blieb bis an ihr Lebensende die Durlacher Karlsburg, die sie zeitweise mit Karl Wilhelms kunstsinniger Tante, der Prinzessin Katharina Barbara, mit ihrer Schwägerin Maria Christina Felicitas und zuletzt mit ihrer Schwiegertochter und ihren Enkeln teilte. Dass der Markgraf seine Frau auf Abstand hielt, legte schon für die Zeitgenossen Vergleiche mit den Verhältnissen im Herzogtum Württemberg nahe. So konstatierte der Reiseschriftsteller Keyßler: „Nachdem ich von Stuttgart abgereist, so habe ich an Durlach einen Ort angetroffen, welcher mit jener Stadt fast einerlei Glück und Unglück hat. Auch hier hält die regierende Markgräfin, eine Schwester des Herzogs von Württemberg, allein Hof, und erträgt die ihr zugestoßenen Verdrießlichkeiten mit viel Gelassenheit."[670] Und Pöllnitz stellte – ebenfalls mit Verweis auf die Verwandtschaftsverhältnisse – trocken fest: „Die Frau Markgräfin, Schwester des Herzogs von Württemberg, hält sich zu Durlach auf und kommt niemals nach Karlsruhe, es sei denn, es wäre ein hoher Festtag oder ein fremder Prinz befinde sich dort …"[671]

Das Markgrafenpaar von Baden-Durlach lebte getrennt, aber es lieferte sich keinen Ehekrieg wie das württembergische Herzogspaar – und es zog an einem Strang, wenn es um Staatsangelegenheiten oder dynastische Interessen ging. Magdalene Wilhelmine richtete sich in Durlach mit einer eigenen Hofhaltung ein. Nach dem Umzug ihres Gemahls vergrößerte sie ihr Appartement; sie legte sich ein zweites Vorzimmer und ein weiteres Kabinett zu.[672] Die Fürstin, die so oft auf ihre tiefe Religiosität und ihre Wohltätigkeit reduziert wird, legte großen Wert auf repräsentative Räumlichkeiten.

In Mußestunden ging Magdalene Wilhelmine einer unter vornehmen Damen verbreiteten Beschäftigung nach: Sie stickte. Ein Möbelbezug nach dem anderen entstand unter ihren Händen in zierlicher Petit-Point-Stickerei.[673] Ohnehin liebte die Fürstin hübsche Einrichtungsgegenstände. Aus ihrem eigenen Vermögen legte sie sich eine stattliche Anzahl von Silber- und Lackmöbeln zu. Ein ganz besonderes Faible aber hatte sie für Uhren: Mindestens 13 prachtvolle Zeitmesser[674] buhlten in ihren Räumlichkeiten um die Bewunderung der Besucher.

Dem barockem Prunk verpflichtet zeigte sich Magdalene Wilhelmine auch, als sie ein Porzellan- und Kunstkabinett einrichtete: Sie trug zusammen, was prestigeträchtig und teuer war: Gemälde, die sich eher mit profanen als religiösen Themen beschäftigten. Miniaturen und Portraits von nahen und entfernten Verwandten sowie anderen fürstlichen Personen. Porzellan aus Ostasien, aber bald auch aus Dresden und anderen europäischen Manufakturen – komplette Service, Terrinen, Vasen, Tee- und Kaffeegeschirr. Regelrechte Kunstkammerstücke wie Pokale aus Kokosnüssen und ein Straußenei auf hohem Fuß gehörten zu ihrem Besitz, daneben Schnupftabak- und Puderdöschen, farbige Glasflaschen, Silbergerät, Schatullen, Kassetten, Näh- sowie Toilettengarnituren. Darunter mögen brillante Einzelstücke gewesen sein – doch die Zeitgenossen berauschten sich weniger an individueller Schönheit und Originalität als am üppigen Nebeneinander des Kostbaren.

Magdalene Wilhelmine, die ihre Schätze auf Kaminen, Tischen, Tabletts und verschieden hohen „Pyramiden" effektvoll arrangierte, war stolz auf ihre Sammlung. Sie hoffte, diese werde den Grundstock bilden für ein „bei diesem fürstlichen Hause auf immerwährende Zeiten bleibendes Kabinett". Diese edle Absicht wurde zwar bereits von ihrem Enkel Karl Friedrich durchkreuzt, der die Sammlung Magdalene Wilhelmines mit seinem Bruder teilte[675] – doch zeigt sie eindringlich, wie tief sich die Markgräfin trotz ihrer wenig glücklichen Ehe mit Karl Wilhelm dem Hause Baden verbunden fühlte.

„Die Sache ist sehr empfindlich“: Auf gute Nachbarschaft

Zum Nutzen seiner Dynastie und seines Landes handelte Karl Wilhelm, wenn er die Beziehungen zu Kaiser, Reich und Standesgenossen pflegte. Dem Kaiser hatte er für die Türkenkriege ein Regiment gestellt, wofür sich dieser revanchierte, indem er den Markgrafen von Baden-Durlach 1715 zum Generalfeldmarschall ernannte – ein Titel, mit dem sich Karl Wilhelm zwar schmückte, den er aber nie ausfüllte: Er führte das Kommando in Baden-Durlach, aber nicht mehr im Felde. Etliche alte Händel mit Nachbarn, etwa der Kurpfalz, dem Fürstbischof von Speyer oder dem Kloster St. Blasien, bereinigte er auf dem Verhandlungsweg; ein alter Streit mit Nassau-Saarbrücken kam allerdings vor die Reichsgerichte und Karl Wilhelm unterlag – der Prozess kostete ihn die Herrschaft Lahr, die sein Haus mehr als ein halbes Jahrhundert lang innegehabt hatte.

Um seine Interessen gegen die Reichsritterschaft durchzusetzen, verbündete er sich mit dem Herzog von Württemberg, dem Landgrafen von Hessen, dem Kurfürsten von der Pfalz, den Markgrafen von Brandenburg-Ansbach und Bayreuth sowie dem Fürstbischof von Würzburg. Freundschaftliche Kontakte unterhielt der Markgraf mit Stanislaus Leszczyński (1677–1766), der seinen mit schwedischer Unterstützung gewonnenen polnischen Königsthron zwar verloren, aber nicht aufgegeben hatte. Als Maria, Stanislaus‘ Tochter, 1725 an den 15-jährigen König Ludwig XV. von Frankreich verheiratet wurde, nahm Karl Wilhelm an den Festlichkeiten zur Stellvertreter-Hochzeit in Straßburg teil; er begleitete die Braut auf der Reise in ihre neue Heimat bis nach Zabern.[676]

Die katholische Verwandtschaft

Besonders wichtig waren aus Karl Wilhelms Sicht gut nachbarschaftliche Beziehungen zur Baden-Badener Verwandtschaft. Trotz aller konfessionellen und politischen Zwistigkeiten war bei den badischen Herrscherfamilien das Bewusstsein, einem Haus anzugehören, nie ganz verschwunden – und spätestens unter Friedrich Magnus und dem Türkenlouis war das Eis gebrochen. Die beiden Fürsten, der Unsoldatische und der Kriegsheld, schätzten einander sehr und stimmten auch in einer für ihre Dynastie existenziellen Frage überein: Falls eine der badischen Linien im Mannesstamm aussterben würde, sollte das Land unter der anderen Linie wiedervereinigt werden.[677] Sibylla Augusta von Baden-Baden konnte zwar ihre Vorbehalte gegen die Anhänger der lutherischen „Irrlehre" niemals ablegen – doch als Regentin respektierte sie das Andenken und die Wünsche ihres verstorbenen Gemahls. Dass Karl Wilhelm dem Katholizismus offenbar einigen Reiz abgewann, erleichterte der frommen Witwe den Umgang mit dem Durlacher Familienzweig.

Drei Kinder – zwei Söhne und eine Tochter – waren Sibylla Augusta geblieben. Von Karl Wilhelms ehelichen Nachkommen hatte nur Prinz Friedrich überlebt, allerdings verfügte der Markgraf von Baden-Durlach mit den legitimen Söhnen seines Bruders Christoph über eine gewisse dynastische Reserve. Aber noch war die Zukunft des „uralten" Hauses keineswegs gesichert, und in beiden Linien beteten die Mütter um fruchtbare Schwiegertöchter. Beide Zweige des kinderarmen Hauses Baden brauchten dringend Erben. Sibylla Augusta, die trotz der prekären Nachwuchsfrage ihren jüngeren Sohn für die Kirche bestimmt hatte, setzte all ihre Hoffnungen auf die Ehe des Erbprinzen. Sie sorgte dafür, dass Ludwig Georg Simpert (1702–1761), der in knabenhaft-naiver Leidenschaft für die vornehme, aber politisch wenig bedeutende und überdies mittellose Polen-Prinzessin Maria Leszczyńska entbrannt war, bei einer Wallfahrt nach Rom Abstand gewann. Eine passendere Wahl für den künftigen Herrn eines hochverschuldeten Ländchens schien der Markgräfin die 15-jährige Maria Anna von Schwarzenberg zu sein. Die stammte zwar nicht aus einer regierenden, dafür aber aus einer reichen Familie – und sie hatte die Aussicht, dereinst als Alleinerbin die umfangreichen schwarzenbergischen Güter zu übernehmen. Auch eine stattliche Mitgift lockte. Da der Kaiser die eigentlich unstandesgemäße Heirat billigte, konnte die Ehe mit der „fetten Partie"[678] im März 1721[679] in Schloss Krumau[680] in Böhmen geschlossen werden. Der junge Ehemann und seine Mutter kehrten bald darauf nach Rastatt zurück, um die Heimführung der jungen Markgräfin vorzubereiten, die im November stattfinden sollte. Zu diesem Anlass lud Sibylla Augusta, wie es sich gehörte, die Durlacher Verwandtschaft nach Rastatt.

Da die Braut auf dem Weg in ihre neue Heimat durch sein Territorium reiste, sorgte Karl Wilhelm dafür, dass ihr alle möglichen Aufmerksamkeiten erwiesen und Bequemlichkeiten geboten wurden. Maria Anna wurde an der württembergisch-badischen Grenze bei Mühlacker von Durlacher Kavalieren empfangen und nach Pforzheim geleitet, wo sie logieren sollte.[681] Damit die junge Fürstin nicht allzu sehr durchgeschüttelt wurde, hatte Karl Wilhelm sogar die Straßen ausbessern lassen. Der Markgraf selbst hatte sich bereits nach Rastatt begeben, wo er Maria Anna an der Kutsche empfing, um sie zu ihrer regierenden Schwiegermutter zu führen, die in einem vor dem Schloss aufgebauten Zelthaus wartete.

Bei den Heimführungsfestlichkeiten in Rastatt spielte Karl Wilhelm als vornehmster männlicher Vertreter des Hauses Baden eine Hauptrolle: Er saß beim Festzug durch Rastatt neben dem noch unmündigen Bräutigam und dessen Bruder im ersten Paradewagen, seine Gemahlin Magdalene Wilhelmine und sein Sohn Friedrich leisteten in der zweiten Karosse der Braut Gesellschaft und in der dritten Kutsche folgten die regierende Markgräfin von Baden-Baden mit ihrer Tochter und Karl Wilhelms Schwägerin. Auch am nächsten Tag, als die Fürstlichkeiten nach der zweiten Einsegnung des jungen Paares bei der öffentlichen Tafel vor Publikum speisten, nahm Karl Wilhelm den Ehrenplatz ein.

Mit einer Schweinsjagd endeten die Lustbarkeiten in Rastatt[682] – doch Zeit zum Ausruhen blieb den Teilnehmern wenig: Karl Wilhelm hatte zum Fürstenlager nach Karlsruhe geladen, wo die Heirat Ludwig Georgs mit der Prinzessin von Schwarzenberg fünf weitere nahrhafte Tage lang gefeiert wurde. Neben den Tafelfreuden waren „Divertissements" geplant, welche so abwechslungsreich sein sollten, dass die verwöhnten Gäste keinen Augenblick der Langeweile verspürten. Die prunkvoll unter Beweis gestellte Eintracht der badischen Fürstenhäuser diente den Staatsinteressen – daher nahm Markgräfin Magdalene Wilhelmine erneut ihren Platz an der Seite Karl Wilhelms ein. Als an einem Abend im Hoftheater eine „Wirtschaft" und eine „Bauernhochzeit" veranstaltet wurden, spielten der Markgraf und die Markgräfin von Baden-Durlach einträchtig ihre Rollen als Wirt und Wirtin, während hohe Beamte sich als Hauskellner produzierten.[683]

Der Stil der Zeit: Wirtschaften und Bauernhochzeiten

Nie war die Kluft zwischen Herrschern und Beherrschten größer als im Barock. In den Augen der höfischen Gesellschaft, welche die rohe Natur durch Verfeinerung zu überwinden trachtete, war das Volk einfach nur grotesk.[684] Man kannte es von Jahrmärkten und großen Kirchweihen, bei denen vornehme Gäste von ehrerbietig stotternden Dorfschulzen begrüßt wurden, oder als staunendes Publikum am Straßenrand. Man amüsierte sich, wenn sich die Tölpel an die Brunnen drängten, aus denen bei Fürstenhochzeiten Wein floss,[685] oder wenn sie sich um die Bratwürste, den Kuchen und die Brote balgten, welche Karl Wilhelm an einem seiner Geburtstage unter die Leute werfen ließ. Wie sie sich stießen, schubsten, schlugen und übereinanderpurzelten[686] – das war ein gar köstliches Schauspiel, herrlich derb und lächerlich zugleich.

So überlegen sie sich auch fühlen mochten, die hochgeborenen Damen und Herren – sie konnten sich doch dem Reiz einer Lebensweise nicht entziehen, die so ursprünglich erschien und so frei von den ermüdenden Zwängen der Etikette. Aus dieser Zwiespältigkeit entstanden die höfischen Bauernhochzeiten und Wirtschaften, die sich unter den Vornehmen des Reiches größter Beliebtheit erfreuten.[687] Natürlich dachten die Damen und Herren keine Minute ernsthaft daran, die Fesseln des höfischen Lebens zu sprengen – aber einige Stunden lang in die Rolle eines Gastwirts oder eines Bauern zu schlüpfen, das war ein Vergnügen, das sich sogar der Kaiser in Wien bisweilen gönnte. Das Schönste daran: Man blieb ja unter sich, lief gar nicht erst Gefahr, die Untertanen näher kennenzulernen oder tatsächlicher Armut zu begegnen. Und man konnte in Kostümen schwelgen, je bunter, desto lieber – nicht nur Schwaben und Sachsen, auch Polen und Spanier, sogar Türken, Ägypter und Mohren waren bei einer zünftigen Nationenwirtschaft willkommen; vermeintliche Nachtwächter gesellten sich zu hochadeligen Marktfrauen, angebliche Köche zu Spielmännern aus edlem Hause. Man schuf im Theatersaal des Schlosses die Welt des einfachen Mannes, wie man sie zu sehen und erleben begehrte. Erquickt von diesem Ausflug in die Niederungen des Welttheaters legte man schließlich die Maske ab, um sich erneut den anspruchsvolleren Rollen auf der höfischen Bühne zu widmen.

Die Cousine ist ihr eigenes Oberhaupt

Anspruchsvoll war das Schauspiel auf der höfischen Bühne nicht zuletzt, weil die Darsteller sich so ungemein empfindlich zeigten. Selbst unter befreundeten und verwandten Häusern galt es, zeremoniellen Fragen die höchste Aufmerksamkeit zu widmen, denn das Publikum übersah und vergab keinen Fauxpas. So war der Herr, den Sibylla Augusta im Juni 1724 nach Karlsruhe sandte, um den Markgrafen von Baden-Durlach die Einladung zur Hochzeit ihrer einzigen Tochter, der Prinzessin Augusta Maria Johanna (1704–1726), zu überbringen, tief verletzt über die Geringschätzung, die ihm seiner Meinung nach am Hofe Karl Wilhelms entgegengebracht wurde. Dass er stundenlang in einem Wirtshaus ausharren musste, weil Karl Wilhelm gerade seiner Jagdleidenschaft frönte, empörte dem Herrn von Brambach nicht so sehr. Aber dass er, nachdem er endlich zur Audienz abgeholt worden war, im Vorzimmer des Markgrafen erneut warten musste, das kränkte den Baron zutiefst. Bitter beschwerte er sich auch darüber, dass ihm kein Sessel angeboten wurde, der es mit dem Sitzmöbel Karl Wilhelms aufnehmen konnte. Auch dass nur eine Trompete erklang, als man zur Tafel schritt, statt der erwarteten Pauken und Trompeten, verdross den „Minister erster Ordnung".[688] Der Mann war zu Recht erzürnt: Nach den Gepflogenheiten der Zeit standen ihm als Vertreter Sibylla Augustas dieselben Ehren zu, die der Markgräfin gebührt hätten.

Ob einem Menschen ein Sessel, ein Stuhl oder nur ein Schemel angeboten wurde, war im Barockzeitalter alles andere als eine Nebensächlichkeit – daran konnte unter Umständen das Schicksal ganzer Länder hängen. Geradezu skurril mutet uns heute an, was 1696 bei einer Zusammenkunft des englischen Königs Wilhelm III. mit Kurfürst Friedrich III. von Brandenburg geschah. Der Oranier, der seine Krone vor nicht allzu langer Zeit erworben hatte, wollte dem Hohenzollern, der auf die Königskrone erst noch hinarbeitete, nämlich keinen Armlehnstuhl zugestehen. Fast wäre das Treffen wegen der Frage der Armlehnen geplatzt. Da die Herren aber nicht ohne jedes Ergebnis auseinandergehen wollten, führten sie das Gespräch schließlich im Stehen.[689]

Weder Sibylla Augusta noch Karl Wilhelm hatten Interesse daran, die Gräben zwischen Baden-Baden und Baden-Durlach wieder aufzureißen, und so sorgte das Sitzmöbel, mit dem sich der beleidigte Baron von Brambach bescheiden musste, auch nicht für eine nachhaltige Verstimmung. Besonders glücklich war Karl Wilhelm allerdings nicht über die bevorstehende Hochzeit in Baden-Baden, und auch andere Reichsfürsten runzelten die Stirn. Denn Sibylla Augustas Tochter sollte Herzog Ludwig von Orléans heiraten, einen Enkel der Liselotte von der Pfalz und potenziellen Anwärter auf die französische Königskrone.

Die Erbansprüche, die der Sonnenkönig einst im Namen der pfälzischen Liselotte gestellt hatte, waren unvergessen und erst recht der daraus entbrennende Krieg, unter dessen Folgen die Länder am

Oberrhein noch immer litten. Entsprechend besorgt hatten viele Fürsten reagiert, als bekannt wurde, dass nun erneut eine deutsche Prinzessin nach Frankreich vermählt werden sollte. Ob sich Sibylla Augusta vom Glanz dieser Partie blenden ließ oder ob sie glaubte, durch die „Allianz" den Frieden sichern zu können – jedenfalls ließ sie sich weder von den Bedenkenträgern irre machen noch von ihrer wenig erfreuten Tochter. Nachdem die Regentin die Zustimmung des Kaisers und des Herzogs von Lothringen, einem Mitvormund der Prinzessin, erhalten hatte, trat sie in die Vertragsverhandlungen ein.

Karl Wilhelm, der den starken Willen der Markgräfin von Baden-Baden kannte, machte gute Miene zum fragwürdigen Spiel. Die Sache sei „sehr empfindlich" und seine „Cousine" ihr eigenes Oberhaupt, ließ er einen französischen Gesandten, dem Graf de L'Isle, wissen, als dieser ihm wegen der geplanten Mischung von „Bourbonenblut und badischem" Komplimente machte.[690] Da es sich bei der Braut aber um eine Prinzessin seiner Familie handelte, wollte er seinen Teil dazu beitragen, dass sie möglichst repräsentativ unter die Haube gebracht wurde.

Bei den dreitägigen Hochzeitsfeierlichkeiten in Rastatt, zu denen er im Juni 1724 mit Magdalene Wilhelmine, seinem Sohn Friedrich und der Frau seines verstorbenen Bruders reiste, hatte der Baden-Durlacher unter anderem die Aufgabe, den Bräutigam in die Kirche zu führen. Allerdings trat der „große Prinz" von Frankreich dabei nicht in Erscheinung: Der Herzog ließ sich bei der Trauung von Markgraf Ludwig Georg vertreten. Auch bei der Zeremonie des Beilagers spielte der Bruder die Rolle des hohen Gemahls und legte sich vor den Augen der Hochzeitsgesellschaft zu der für die Nacht umgekleideten Herzogin ins Bett.

Karl Wilhelm hatte sich bereit erklärt, ein Truppenkontingent für Paraden bereitzustellen,[691] weil Sibylla Augusta die Fahrt ihrer Tochter von Rastatt bis zur Übergabe an Frankreich in Straßburg möglichst eindrucksvoll gestalten wollte. Der Herzogin von Orléans, die bei der Trennung von ihrer Familie und ihren Hofdamen die Schwermut nicht recht zu verbergen wusste,[692] blieben nur zwei Jahre in ihrer neuen Heimat. Sie starb im Kindbett, noch keine 22 Jahre alt.

Für Sibylla Augusta war der Tod ihrer einzigen Tochter ein herber Schlag. Die Fürstin, die am 7. Juni 1727 die Regentschaft an ihren Sohn Ludwig Georg abtrat – an diesem Tag feierte der Markgraf seinen 25. Geburtstag – war gesundheitlich angeschlagen und zeigte sich in religiöser Hinsicht zunehmend fanatisch. Trotzdem dürfte Karl Wilhelm der Umgang mit dieser intelligenten und willensstarken Frau leichter gefallen sein als mit ihrem wenig begabten Sohn, dem „Jägerlouis", der sich viel mehr für das Wildbret interessierte als für die Staatsgeschäfte.

Die alte Markgräfin behielt auch nach ihrem Rückzug auf ihren Witwensitz in Ettlingen die politischen Angelegenheiten und die gemeinsamen Interessen der badischen Linien im Auge. Das schien ihr umso wichtiger, als sich die Möglichkeit nicht leugnen ließ, dass die katholische Markgrafschaft an die evangelische Verwandtschaft fallen könnte. Die Gemahlin des Jägerlouis brachte zu Lebzeiten ihrer Schwiegermutter neben einer Prinzessin nur einen Knaben zu Welt, was Sibylla Augusta, die selbst sechs ihrer neun Kinder zu Grabe getragen hatte, um den Weiterbestand der Baden-Badener Linie bangen ließ. Auf die Zeugungskraft ihres jüngeren Sohnes August Georg konnte sie nicht hoffen, da sie selbst den Widerstrebenden in eine geistliche Laufbahn gedrängt hatte.[693] Als pflichtbewusste Fürstin versuchte Sibylla Augusta für alle Eventualitäten vorzusorgen.

Wahrscheinlich wurden Erbangelegenheiten erörtert, als Karl Wilhelm die Witwe im August 1732 im Ettlinger Schloss besuchte.[694] Knapp ein Jahr später starb Sibylla Augusta qualvoll, aber „selig" an Brustkrebs. Ihre Angelegenheiten hinterließ sie wohlgeordnet. Der reiche Kunstbesitz, den sie angesammelt hatte, sollte als Fideikommiss in der Familie bleiben[695] – damit hatte die Markgräfin ihre zur Verschwendung neigenden Söhne der Möglichkeit beraubt, das mütterliche Erbe oder Teile davon zu Geld zu machen. Sibylla Augusta hatte sich nicht dazu durchringen können, über konfessionelle Unterschiede hinwegzusehen. Die reichen Güter in Böhmen, die zu ihrem Eigenbesitz gehörten, sollten für den Fall, dass ihr eigener Familienzweig aussterben würde, den Baden-Durlachern zwar nicht vorenthalten werden – aber als Erben kamen nur solche Baden-Durlacher in Frage, die sich zur katholischen Kirche bekannten oder bereit waren, zu konvertieren.[696] Die religiös tolerante Haltung, die Karl Wilhelm an den Tag legte, hatte Sibylla Augusta nicht zu überzeugen vermocht.

Feuersbrunst in Ettlingen

Nicht nur, wenn es um Familienangelegenheiten ging, stellte Karl Wilhelm seine Verbundenheit mit der Markgrafschaft Baden-Baden unter Beweis. Sie zeigte sich etwa, als in der Nacht zum 1. August 1722 in Ettlingen ein Brand ausbrach. Die Stadtwächter liefen herbei, kämpften gemeinsam mit Männern und Weibern, Reichen und Armen mehrere Stunden lang gegen das Feuer, ohne der Flammen Herr werden zu können.

Bei den Ettlinger Jesuiten herrschte ebenfalls große Aufregung, denn Funken, begünstigt durch einen starken Wind, bedrohten auch Kirche und Kloster, das Dienerhaus fing mehrfach Feuer. Wie es kam, dass letztlich doch „nur" elf Häuser niederbrannten, beschrieben die Patres so: „Da alle menschliche Hilfe nichts fruchtete, warf sich einer von den Unsrigen auf die Knie und rief die göttliche an; die Pfarrangehörigen folgen seinem Beispiel; er trug nach einigem Beten den eucharistischen Gott mitten in die wütenden Feuerflammen; man gewann neue Hoffnung; das wilde Element fühlte die Gegenwart Gottes; das Volk beachtete das Feuer, wie es in verzweifelten Lagen so zu sein pflegt, nicht mehr und betete eifrig, und siehe, das Feuer erlosch zum Staunen aller!" Dass zu dem Wunder ein Anhänger der „lutherischen Irrlehre" beigetragen hatte, verschwiegen die Brüder von der Gesellschaft Jesu dann aber doch nicht: „Es war auch herbeigeeilt mit seinen Untertanen, mit geeigneten Instrumenten und Maschinen der Markgraf von Durlach aus der Nachbarschaft. Ihm schreiben es nächst Gott mit Recht die Bürger zu, wenn nicht die ganze Stadt in Asche gelegt worden ist."[697]

„Der teure Wunder-Bund von Nassau und von Baden“: Erbprinz Friedrich und seine seltsame Gemahlin

Nicht nur Sibylla Augusta von Baden-Baden, auch Karl Wilhelm von Baden-Durlach hatte ein hohes Interesse daran, dass seine Linie weiterblühen würde. Seinem einzig verbliebenen legitimen Sohn Friedrich ließ der Markgraf eine sorgfältige Erziehung angedeihen, die große Ähnlichkeiten hatte mit derjenigen, die er selbst genossen hatte. Wie einst sein Vater Friedrich Magnus legte Karl Wilhelm großen Wert darauf, dass der Erbprinz in jungen Jahren viel in der Welt herumkam. Anders als Karl Wilhelm, dem die kriegerischen Ereignisse seiner Jugendjahre diese Erfahrung versagt hatten, sollte Friedrich Gelegenheit bekommen, auch den französischen Nachbarn ausgiebig kennenzulernen.

Nach dem Studium in Lausanne und einem Aufenthalt in Genf war der junge Fürst vier Jahre lang in Frankreich unterwegs,[698] davon allein rund eineinhalb Jahre in Paris und Versailles.[699] Liselotte von der Pfalz, die Herzogin von Orléans, lernte nun den Enkel ihres einstigen Anbeters kennen. Sie zeigte sich recht angetan von dem „kleinen artigen Prinzchen aus Durlach“, das scheinbar kein Wässerchen trüben konnte und es doch faustdick hinter den Ohren hatte: Immerhin hatte der schmächtige Badener, der in Versailles „so ehrbar wie ein Jüngferchen“ auftrat, bereits dafür gesorgt, das Erbgut seiner Familie außerhalb des Ehebettes weiterzutragen.[700]

Auch bei Reisen nach Holland und England sowie Besuchen an deutschen Fürstenhöfen sollte Friedrich seinen Horizont erweitern, Verbindungen knüpfen und sein Auftreten perfektionieren. Und schließlich sollte er – trotz seiner etwas schwächlichen Konstitution[701] – noch den Militärstand kennenlernen. Das brachte wegen der Friedensjahre, die man gerade genoss, sein wertvolles Leben nicht ernsthaft in Gefahr, allerdings gelang es dem jungen Mann, sich beim Sturz vom Pferd einen komplizierten Armbruch zuzuziehen, der ihn für einige Zeit außer Gefecht setzte.[702] Auch wenn er, wie es später in einer „Abbildung“ seines „höchst-rühmlichen Lebens“ hieß, mangels Gelegenheit sein „heroisches Gemüt“ nicht unter Beweis stellen konnte, brachte es der Erbprinz bis zum General-Wachtmeister des Schwäbischen Kreises.[703] In Karlsruhe legte Karl Wilhelm Wert darauf, dass der Prinz fleißig an den Sitzungen der verschiedenen Kollegien teilnahm und sich in Verwaltungs- und Regierungsfragen einarbeitete.

Die weltmännische Erziehung seines Sohnes und eine optimale Vorbereitung Friedrichs auf das Regentenamt war Karl Wilhelm offenbar so wichtig, dass er dafür in Kauf nahm, dass sich der Erbprinz erst im Alter von 23 Jahren vermählte. Die junge Dame, die die Ehre haben sollte, Karl Wilhelms legitime Enkel zur Welt zu bringen, war Anna Charlotte Amalie, eine Fürstin von Oranien und Nassau und Tochter des früh verstorbenen Johann Wilhelm Friso, Statthalter der niederländischen Provinz Friesland. Prinz Friedrich heiratete sie im Sommer 1727 in der friesischen Residenz Leeuwarden. Anlässlich der Heimführung der Braut im September verfasste Philipp Jakob Bürcklin, der einst mit dem Erbprinzen in Paris geweilt hatte und jetzt Rektor des Karlsruher Gymnasiums war, ein Loblied auf den „teuren Wunder-Bund von Nassau und von Baden“:

„*... Freuet euch, hüpfet, ihr Musen im Lande!*
Freuet euch, heute zieht Friederich ein!
Friede und Ruhe die sichersten Pfande
Eurer Glückseligkeit heißet er sein:
Anna Charlotte Amalien schenket
Selbsten die gnädigsten Proben dazu:
Wer ist, den diese Prinzessin nicht lenket,
Treu zu sein ewig in heiliger Ruh?
Rufet frohlockend: Es lebe im Segen
Dieses durchläuchtigst-vereinigte Paar!
Alles soll weichen, was Kummer mag regen;
Freude muss grünen von Jahre zu Jahr.“[704]

Die Prinzessin fällt aus der Rolle

Die reformierten Einwohner Karlsruhes hatten besonderen Anlass zur Freude, denn die neue Erbprinzessin gehörte ebenfalls ihrer Konfession an. Die religiöse Toleranz, die Karl Wilhelm in seiner Residenzstadt durchsetzen wollte, wurde nun auch innerhalb seiner Familie praktiziert. Doch der Frieden und die Ruhe, die der gute Bürcklin beschworen hatte, ließen auf sich warten. Anna Charlotte, die mit ihrem Gemahl in einem Palais am Zirkel wohnte, erwies sich als ausgesprochen launisch. Ob der kleinsten Widrigkeit steigerte sie sich in eine ungeheure Wut hinein, und die Karlsruher Gepflogenheiten hätte sie am liebsten sämtlich umgekrempelt. Während der regierende Markgraf sich gerne früh zur Ruhe begab, neigte seine Schwiegertochter dazu, die Nacht zum Tag zu machen – kurz, sie fiel völlig aus der ihr zugedachten Rolle. Dass das Benehmen Anna Charlottes zu wünschen übrig ließ, blieb auch in ihrer alten Heimat nicht verborgen, und schon wenige Monate nach der Hochzeit begann der Erbprinzessin Mutter, die Fürstin Marie Luise, mahnende Briefe zu schreiben: Ihre Tochter möge sich ihrem Gatten gegenüber doch freundlich und entgegenkommend zeigen, wie es sich für eine gute Ehefrau gehöre, den Schwiegereltern gehorchen und außerdem doch bitte die Gottesdienstzeiten einhalten …[705]

Wenigstens in einer Beziehung enttäuschte Anna Charlotte nicht: Im Jahr nach der Heirat begann sich ihr Leib angenehm zu runden – Karl Wilhelm durfte sich auf sein erstes legitimes Enkelkind freuen. Am 21. November 1728 setzten die Wehen ein und die Markgräfin Magdalene Wilhelmine eilte herbei, um gemäß alter Sitte der Schwiegertochter in ihren schweren Stunden beizustehen und Zeugnis abzulegen von der Geburt des Erben. Es wurden furchtbare Stunden, in denen Magdalene Wilhelmine zum Himmel flehte, dass der Allmächtige das Leben von Mutter und Kind erhalten möge. Trotz aller Bemühungen der Hebamme schritt die Geburt nicht voran, doch die Erbprinzessin, die sich unter entsetzlichen Schmerzen krümmte, verwahrte sich kreischend dagegen, die Hilfe eines Arztes in Anspruch zu nehmen. Magdalene Wilhelmine sprach schließlich ein Machtwort, und am Nachmittag des 22. Novembers wurde der Rat und Operateur Israel Gebhard vorgelassen, der letztlich den kleinen Prinzen aus dem Mutterleib zog:[706] Nach dem Großvater und dem Vater wurde das Kind Karl Friedrich getauft.

Auch das zweite Kindbett der Anna Amalie Charlotte wurde zur Tortur – und nachdem Prinz Wilhelm Ludwig am 14. Januar 1732 den ersten Schrei getan hatte, benahm sich seine Mutter noch sehr viel seltsamer als zuvor. Karl Wilhelm wusste sich schließlich keinen Rat mehr und informierte den Bruder der Kranken, den Fürsten Wilhelm IV. von Nassau-Oranien und Diez, über den „beklagenswerten Zustand der Frau Erbprinzessin“: „Nur mit dem lebhaftesten Schmerze vermag ich es, Eure Hochfürstliche Durchlaucht durch die Beilagen davon in Kenntnis zu setzen, wie elend es seit ihrer letzten Entbindung mit der Fürstin steht. Die Frau Markgräfin, meine Gemahlin, ich und mein Sohn, der Prinz, haben alle erdenklichen Mittel angewandt, um sie aus ihrem Zustande der Verwirrung zu reißen, und wir sind um so mehr von unserem Misserfolg überrascht, als die Sanftmut und die zartesten und eindringlichsten Vorstellungen auf ihren Geist gar keinen Eindruck bewirken konnten. Und doch scheint dieser in ganz gutem Zustande zu sein, dabei aber völlig unempfindlich für die einer Fürstin geziemenden Gefühle, für welche man bisher nur Aufmerksamkeit und Güte gehabt hat …“[707]

Karl Wilhelm, der trotz seines zeittypischen Hangs zu Theatralik mit beiden Beinen fest auf dem Boden der Tatsachen stand, war aufrecht empört über die „Exzesse“, zu denen sich die Erbprinzessin „jeden Augenblick“ hinreißen ließ. Die Beleidigungen, mit denen Anna Charlotte ihre Umgebung und selbst ihn, ihren regierenden Schwiegervater, traktierte, die Schläge, die sie nicht nur einfachen Dienern, sondern auch ihren Hofdamen und ihrem Almosenier versetzte, wertete er nicht als Ausflüsse einer rasch voranschreitenden Geisteskrankheit, sondern als die Unbeherrschtheit einer Frau, welche die Regeln des höfischen Lebens mutwillig missachtete. So schien es ihm nur folgerichtig, wenn er Bruder und Mutter der Erbprinzessin aufforderte, „ihr in den stärksten Ausdrücken ihr Unrecht“ vorzuhalten. Freilich fuhr er mit einem Anflug von Resignation fort: „Hat auch dieser Schritt nicht den erwünschten Erfolg, so kann nur Gott allein ihre Besserung herbeiführen.“[708]

Das Schicksal schlägt zu

Es halfen weder Bitten noch Vorwürfe, und selbst die Mineralwasserkuren, die die Ärzte verschrieben,[709] zeigten keine Wirkung: Anna Charlottes Gemütszustand schwankte zwischen höchster Aggressivität und tiefer Depression. Doch die Befindlichkeiten der Erbprinzessin sollten nicht die einzige Sorge bleiben, die Karl Wilhelm und Magdalene Wilhelmine umtrieb: Für ihren Sohn Friedrich waren die Aufregungen womöglich zu viel. Der Erbprinz hatte sich schon häufiger mit Fieber, Kurzatmigkeit, trockenem Husten, aufgerissenen Mundwinkeln, schwerem Nasenbluten und schmerzhaften Hämorrhoiden geplagt, doch bislang hatten die Ärzte diese lästigen Beschwerden ziemlich erfolgreich mit Aderlässen und Eselsmilch bekämpft. [710] Als ihn aber diesmal ein heftiger Schüttelfrost überfiel, klagte er auch über Beklemmungen und ein böses Stechen in der linken Brust.

Das Fieber stieg, der Husten wurde zusehends dramatischer, und der Patient begann zu keuchen. Die versammelten Leibmedici ließen Friedrich mehrfach zur Ader, sie schmierten die zitternde Brust mit allerhand Tinkturen ein und wandten allerlei „treffliche Mittel“ an, um das Fieber zu senken – doch mussten sie zuletzt eingestehen, dass die erbaulichen Sprüche des Hofpredigers dem sterbenden Prinzen mehr Erleichterung brachten als die ärztliche Kunst. Am 26. März 1732, vier Tage, nachdem das Fieber ausgebrochen war, gab Friedrich von Baden-Durlach seinen unsterblichen Geist in die Hände des Schöpfers. Er verließ das Jammertal, in dem zu leben ihm nur 28 Jahre, fünf Monate und 18 Tage vergönnt war.[711]

„Im Frieden werden wir von Leid,
von Schrecken, Angst und Furcht bestritten,
im Frühling schon wird unsre Freude-
und Hoffnungs-Blume abgeschnitten;
im Frieden tobt des Todes Mord,
im Frühling weht des Todes Nord;
im schönsten Frühling seiner Jahre
liegt Friedrich in der Toten-Bahre ...“[712]

Für Karl Wilhelm, den Blumenfreund, brach im Frühling 1732 eine Welt zusammen. Was geschehen war, konnte er nicht einfach als „bösen Traum“ ignorieren, hier half auch ein sorgfältig einstudiertes Rollenspiel nicht mehr. Bis zu seinem eigenen Ende legte der Markgraf von Baden-Durlach die Trauer um den geliebten Sohn nicht mehr ab – um diesen jungen Mann, der gewesen war, was die Kinder aus seinen zahlreichen Liebschaften nie sein konnten: Erbe einer uralten Dynastie und die Zukunft Baden-Durlachs.

Zur Grossmutter

Als niederschmetternd musste Karl Wilhelm die Reaktion seiner Schwiegertochter auf den Tod des Erbprinzen empfinden: Anna Charlotte zeigte sich völlig unbeeindruckt, als man sie zur Leiche Friedrichs führte: Dies sei nicht ihr Gemahl, behauptete die Kranke zum Entsetzen ihrer Damen.[713] Angesichts ihres nun nicht mehr zu leugnenden Wahnsinns konnte Karl Wilhelm die Witwe nicht länger in Karlsruhe dulden: Magdalene Wilhelmine, deren Seelenstärke der Markgraf neidlos anerkannte, sollte sich um die Schwiegertochter kümmern. Anna Charlotte zog in die Durlacher Karlsburg um, wo sie von einem 20-köpfigen Hofstaat[714] offiziell bedient, in Wirklichkeit aber bewacht wurde – ein in Adelsfamilien durchaus übliches Verfahren, wenn Angehörige unter einer Geisteskrankheit litten. 45 Jahre vegetierte die körperlich robuste Prinzessin in strenger Abgeschiedenheit, ehe sie 1777 in eine bessere Welt einging.

Nicht nur die wahnsinnige Schwiegertochter, auch seine legitimen Enkel vertraute Karl Wilhelm der Gemahlin an. Karl Friedrich, der noch nicht vier Jahre alte neue Erbprinz von Baden-Durlach, und erst recht das Baby Wilhelm Ludwig waren noch zu zart, um der weiblichen Sphäre entrissen zu werden.

Ihre Gewissenhaftigkeit stellte die alte Markgräfin auch unter Beweis, als 1733 der Polnische Thronfolgekrieg ausbrach und wieder einmal französische sowie kaiserliche Truppen das Land bedrängten, Kontributionen einforderten und Quartiere verlangten. Auf Karl Wilhelms Wunsch harrte Magdalene Wilhelmine mit ihren Enkeln und der geisteskranken Schwiegertochter in Durlach aus – „zum großen Troste der geängstigten Einwohner, welche in die Klugheit und Entschlossenheit ihrer Fürstin das größte Vertrauen setzen. Sie erreichte denn auch durch das Ansehen, welches sie bei den Führern beider Heere genoss, manche Linderung der unvermeidlichen Kriegslasten“.[715]

„…dass man über den Schaden Blut weinen möchte“: Der polnische Thronfolgekrieg

Der Tod des Sohnes, die Geisteskrankheit der Schwiegertochter, eine äußerst schwierige Kassenlage – und wieder ein Krieg. Als Vorwand für den Waffengang, dessen eigentliche Ursachen in Lothringen und Italien lagen,[716] diente die polnische Thronfolge. August der Starke war im Februar 1733 gestorben. Um seine Nachfolge als polnischer König konkurrierten sein Sohn, der neue sächsische Kurfürst Friedrich August II., und Stanislaus Leszczyński, der eine unterstützt vom römisch-deutschen Kaiser sowie dem russischen Zaren, der andere protegiert von seinem Schwiegervater, dem französischen König Ludwig XV., sowie Spanien und Sardinien. Als die Feindseligkeiten am Oberrhein eröffnet wurden, verließ Karl Wilhelm fluchtartig seine neue Residenzstadt und begab sich ins Basler Exil – nicht ohne vorher einen erklecklichen Teil seiner Dienerschaft zu entlassen. Besonders betroffen von der Entlassungswelle war diesmal die Hofmusik: 16 Sängerinnen hatte Karl Wilhelm bereits 1732 vor die Tür gesetzt, jetzt bekamen 39 weitere Kolleginnen den Abschied.[717] Selbst der bislang so hoch geschätzte Molter musste gehen. Dass Karl Wilhelm seinem früheren Günstling erlaubte, sich weiterhin mit dem Kapellmeistertitel zu schmücken, dürfte dem Familienvater allenfalls ein schwacher Trost gewesen sein.[718]

Karl Wilhelm nahm unterdessen müde zur Kenntnis, dass sein Schwager, Eberhard Ludwig von Württemberg, am 21. Oktober 1733 am Schlag gestorben war. Das Kommando über die schwäbischen Kreistruppen, die der Herzog bislang innegehabt hatte, trug man seinem badischen Schwager an. Doch der Markgraf von Baden-Durlach beabsichtigte nicht, sein militärisches Können noch einmal unter Beweis zu stellen. Sollte doch Karl Alexander, der katholische Nachfolger des Verstorbenen, die Kastanien aus dem Feuer holen – er hatte es schließlich gar nicht erwarten können, sich im Erbfolgekrieg auf die Seite des Kaisers zu schlagen. Zwar war es mit dem Feldherrentalent des Württembergers nicht weit her,[719] aber der Kaiser würde ja ohnehin Prinz Eugen von Savoyen mit dem Oberbefehl am Rhein betrauen, und an dessen militärischer Begabung gab es keine Zweifel. Bei dem loyalen Diener Habsburgs machte sich allerdings ein lähmender körperlicher und geistiger Verfall[720] bemerkbar, der dem Kriegsglück der Kaiserlichen nicht eben zuträglich war.

Auch Karl Wilhelm war gesundheitlich angeschlagen. Er wollte in Basel seinen Gedanken nachhängen und sich im Frühjahr seinen Blumen widmen, denn auch im Schweizer Exil besaß der Markgraf bemerkenswerte Gartenanlagen.[721] Angesichts der Widrigkeiten, mit denen er sich als Familienoberhaupt und Landesherr herumschlagen musste – sein Neutralitätsprojekt für die oberen Lande blieb ein unerfüllter Traum –, bot die Gärtnerei Karl Wilhelm eine willkommene Gelegenheit, geistig und seelisch zur Ruhe zu kommen. Das hielt ihn freilich nicht davon ab, mit den in der Markgrafschaft zurückgebliebenen Regierungsvertretern eine rege Korrespondenz zu führen und den Beamten Anweisungen zu erteilen.

Einer der schreibfreudigsten Informanten des Markgrafen war der Geheime Referendär Johann Ernst Bürcklin, der Karl Wilhelm zunächst nach Basel begleitet hatte. Der gewissenhafte Beamte, der sich als Bürgerlicher auch im Orden der Treue um die lästigen Verwaltungsarbeiten kümmerte, legte die weite Strecke mehrfach zurück. Im Mai 1735 schickte ihn Karl Wilhelm für längere Zeit in die unteren Lande. Bürcklin, der nach einer fünftägigen Reise in Karlsruhe eintraf, war entsetzt über die Art und Weise, wie die Kaiserlichen sich gegen Angriffe der Franzosen zu schützen suchten. Um ihre Stellung zu festigen, hatten sie in der ganzen Region künstliche Hindernisse, Schanzen und Verhaue angelegt, außerdem wurden Nebenflüsse des Rheins und deren Zuflüsse gestaut.

Die Bevölkerung am Oberrhein war nicht nur gezwungen, Offiziere und Soldaten zu versorgen, sie wurde überdies zu Fron- und Fuhrarbeiten herangezogen und musste hilflos mitansehen, wie die kaiserlichen Truppen Felder verwüsteten und Wälder abholzten.[722] Bürcklin, der die Geschehnisse nicht aus der Sicht des Militärs, sondern des Landesbeamten betrachtete, den die Sorge um die Untertanen umtrieb, meldete aus Durlach an seinen Markgrafen in Basel: „Mit der unnötigen Schanzarbeit wird noch immer continuiert und bald da, bald dort ein neues Werk angelegt, sodass man über den aller Orten verursachenden Schaden Blut weinen möchte.“[723] Um den Interessen Baden-Durlachs Nachdruck zu verleihen, suchte er ranghohe Offiziere und sogar Prinz Eugen selbst auf; er reiste ins Hauptquartier nach Bruchsal, nach Heidelberg, Frankfurt und Darmstadt, konnte allerdings nicht viel bewirken.

Zur Abwehrstrategie gehörten großräumige Überschwemmungen.[724] Um das kaiserliche Feldlager bei Bruchsal zu decken, wurden im Sommer 1735 große Flächen zwischen Ettlingen und Ketsch geflutet – dass dabei Ernten vernichtet und Weideflächen zerstört wurden, nahmen die Offiziere billigend in Kauf. Einer der ihren hätte in den Wassermassen freilich fast das Leben verloren, wie Bürcklin an Karl Wilhelm schrieb: „Gestern wäre der Erbprinz von Bevern beinahe ertrunken, denn da er den Visitiertag hatte und niemanden vorausreiten ließ, ist das Pferd in Verfehlung des Wegs bis über den Sattel in das Wasser und Morast gesunken. Sein Reitknecht hat ihn, bis an den Hals im Wasser stehend, herausgezogen.“[725]

Auch über Disziplinlosigkeiten und Ausschreitungen des kaiserlichen Heeres berichtete Bürcklin nach Basel – angenehm überrascht war er hingegen von der „Manneszucht“ der russischen „Kriegsvölker“, mit denen man so weit im Westen des Reichs 1735 erstmals Bekanntschaft machte: „Sie halten bei ihnen ungemein strenge Ordre“, notierte Bürcklin: „und wenn ein Soldat nur den geringsten Exzess begeht, wird er entsetzlich gepeitscht …“ [726] Er selbst habe mehrere solche „Exekutionen“ gesehen, vor denen nicht einmal Geistliche verschont blieben, falls sie sich eines Verstoßes gegen die Befehle schuldig gemacht hatten.

Die bittere Erkenntnis, als mindermächtiger Reichsstand nur ein hilfloser Spielball im Kampf der Großmächte zu sein, blieb Karl Wilhelm auch im Polnischen Thronfolgekrieg nicht erspart. Die „Großen“ einigten sich im Spätjahr 1735 auf die Eckpunkte eines Gesamtpakets, zu dem die Anerkennung des sächsischen Kurfürsten als König August III. in Polen gehörte, während Stanislaus

Leszczyński mit Lothringen entschädigt wurde, das nach seinem Tod Frankreich zufallen sollte. Die Detailverhandlungen zogen sich hin, unterschrieben wurden die Friedensverträge erst im Mai 1737[727] – ihre Veröffentlichung sollte Karl Wilhelm von Baden-Durlach nicht mehr erleben.

„Der große Blumenpfleger“: Karl Wilhelm im Garten

Der Markgraf mit Allongeperücke, Harnisch, Feldbinde und Hermelin: Das Brustbild auf der Vorderseite der Medaille, die 1736 wohl anlässlich der Erneuerung von Karl Wilhelms Bürgerrecht in Basel geprägt wurde – er ließ dazu ein Schützenfest ausrichten –, zeigt einen standesbewussten älteren Herrn. Interessanter ist das Motiv auf der Rückseite: Dort sieht man einen Löwen, nicht majestätisch dahinschreitend wie auf der Denkmünze zur Regierungsübernahme anno 1709, sondern eine Raubkatze, deren mächtiges Haupt ermattet auf den Tatzen liegt: „Quiesco“ – „Ich ruhe“ verkündet das mit offenen Augen träumende Tier.[728]

Es gab kein brüllendes Erwachen. Amor hatte seine Leidenschaft und Herkules die Kraft verloren, als Karl Wilhelm im September 1736 nach Karlsruhe zurückkehrte. Sein Testament hatte der Markgraf noch in Basel gemacht – seltsam genug, dass der treue Bürcklin ihn dazu offenbar drängen musste,[729] da es doch als Schuldigkeit eines guten Fürsten galt, frühzeitig Regelungen für den Fall seines Todes zu treffen. Insbesondere durfte er nicht versäumen, Nachfolgefragen zu regeln und für den Fall, dass der Erbe noch unmündig war, die Vormünder sowie die Landesadministration in allen Details zu bestimmen.

Der heimgekehrte Markgraf nahm viele seiner alten Gewohnheiten nicht wieder auf. Auch wünschte er nicht mehr von einer Schar von Hofsängerinnen umgeben zu sein, setzte vielmehr den strengen Sparkurs fort. Nur wenn es um seinen Garten ging, scheute er weder Geld noch Mühe. Die Blumen waren die letzte Liebe Karl Wilhelms von Baden-Durlach, ihnen blieb er sein Leben lang treu.

Es war eine Zuneigung, die schon in jungen Jahren zu knospen begonnen hatte. Viele von Karl Wilhelms Vorfahren wurden für ihre erlesenen Gärten gerühmt, und auch sein Vater, Markgraf Friedrich Magnus, hatte sich nach der Zerstörung im Pfälzischen Erbfolgekrieg beeilt, die Durlacher Anlage wieder erblühen zu lassen.[730] Bei seinen ausgedehnten Reisen hatte Karl Wilhelm überdies Gelegenheit, Holland, das Zentrum der Tulpenzucht, kennenzulernen und berühmte Gärten in vielen europäischen Ländern zu besichtigen. Zu den prominenten Barockgärten dieser Zeit zählte auch der von Karl Wilhelms Verwandtschaft mütterlicherseits in Gottorf. In späteren Jahren rekrutierte der Baden-Durlacher auffallend viele Gartenspezialisten aus Holstein.[731]

Obwohl sich die Markgrafschaft in einer sehr unerfreulichen finanziellen Situation befand, als Friedrich Magnus 1709 starb, bestellte Karl Wilhelm schon kurz nach seinem Regierungsantritt eine größere Ladung Blumenzwiebeln in Holland. 1711 reiste er ungeachtet des andauernden Spanischen Erbfolgekrieges ins Land der Tulpen, um das Angebot persönlich in Augenschein zu nehmen. Die Karlsburg mochte ein Torso bleiben – doch der Durlacher Schlossgarten erblühte in erstaunlicher Vielfalt: Ein Katalog aus dem Jahr 1713 verzeichnete 2121 Blumensorten, darunter Tulpen in 1163 Varianten.[732] Karl Wilhelm liebte neben den Hyazinthen diese Frühlingsblume ganz besonders[733] – eine Passion, die er mit zahlreichen anderen Fürsten seiner Zeit teilte.

Der Stil der Zeit: Die Tulpe – Blume der Fürsten

Ihre Heimat lag vermutlich in Persien am Schwarzen Meer. Über das Osmanenreich gelangte die Tulpe nach Europa, wo sie vor dem 16. Jahrhundert gänzlich unbekannt war. Anfangs als Kuriosum bestaunt, wurde das Liliengewächs rasch zur begehrten Modeblume. Während die Osmanen einfarbige Tulpen mit einem schmalen Blütenkopf liebten, konnte es dem barocken Europa gar nicht üppig genug zugehen. Groß und kelch- oder becherförmig sollten die Blüten sein, am liebsten geflammt und zweifarbig. Rot-weiß und lila-weiß gestreifte Exemplare begeisterten ebenso wie Tulpen in abgestuften Rosa-Tönen. In den Niederlanden mutierte die Liebhaberei zur Sucht. Immer neue Züchtungen kitzelten die Begierde, und die „Tulpomanie“ der 1630er Jahre ließ die Preise ins Fantastische steigen. Tulpen wurden zum Spekulationsgeschäft, die Zwiebeln außergewöhnlicher Sorten zeitweise mit Gold und Diamanten aufgewogen. Ein einziges Exemplar der „Semper Augustus“ war so teuer wie ein elegantes Stadthaus in Amsterdam. Als die Blase platzte, waren zahlreiche Leute, die sich eben noch vermögend gewähnt hatten, ruiniert.

Der Börsencrash von 1637 brachte den Blumenmarkt in Holland zeitweise zum Erliegen, und es wurden nie mehr so aberwitzige Preise bezahlt wie zuvor. Trotzdem konnte die Tulpe ihren Status als Luxusobjekt wahren, und auf zahlreichen Bildnissen wurden Prinzessinnen zusammen mit Tulpen gemalt,[734] was ihren Wert auf dem Heiratsmarkt steigern sollte. Bis weit ins 18. Jahrhundert galt die Tulpe als Blume der Herrschenden, die sich an der Sortenfülle des Frühlingsbotens berauschten und für eine standesgemäße Blütenpracht in ihren Schlossgärten immense Summen ausgaben.[735] Der höchste Preis, den Karl Wilhelm für eine einzelne Tulpenzwiebel zahlte, betrug 40 Gulden – das entsprach zwei Jahreslöhnen einer Waschfrau in markgräflichen Diensten.[736] Ihren Rang als Prestigepflanze Nummer eins verlor die Tulpe jedoch allmählich an die Hyazinthe, welche Karl Wilhelm ebenfalls sehr schätzte. Für eine Neuzüchtung, die sicher nicht ohne Hintergedanken den Namen „Markgraf von Baden-Durlach“ erhalten hatte, zahlte der Fürst sogar 300 Gulden.[737]

Gartenlust in Karlsruhe

Auch wenn Karl Wilhelm zu Ungeduld neigte – mit Blick auf den Lustgarten bei seinem neuen Karlsruher Schloss ging er bedachtsam ans Werk. Zwar entwarf der Gärtner Berceson bereits 1717 den fürstlichen Garten nach französischem Vorbild, doch es dauerte seine Zeit, bis die Orangerien gebaut waren, in denen die damals sehr beliebten Orangen-, Zitronen- und Pampelmusenbäumchen den badischen Winter überstehen konnten. Vorgesehen war eine preziöse formale Anlage, wie sie die Kultur des 18. Jahrhunderts forderte,[738] mit einer Pflanzenarchitektur, die auf dem Geist der Geometrie gründete.

Gegen alle Regeln entstand der Lustgarten Karl Wilhelms jedoch nicht hinter dem Schloss: Dort trennte nur eine bescheidene Anlage mit Ziergebüsch und Brunnen sowie den 20 kreisförmig angeordneten Häuschen die fürstliche Wohnung vom strahlendurchzogenen Wildpark, fanden sich außerdem die Menagerien und der Fasanengarten. Dass der Fürst sein eigentliches kleines Paradies vor dem Schloss errichten ließ, hatte zur Folge, dass es von der Residenzstadt aus keine repräsentative Zufahrt gab, die über die Mittelachse direkt ins Herz der Residenz geführt hätte. Stattdessen mussten die hohen Herrschaften den Weg entlang des Ostflügels nehmen.[739] Wollte Karl Wilhelm öffentlich demonstrieren, dass ihm seine Blumen wichtiger waren als die Gepflogenheiten des barocken Machttheaters? Oder hatte er mit Hecken und Beeten ein Areal der Ruhe geschaffen, welches sein Domizil vom hektischen Getriebe der kleinen Stadt abschirmte? Aus Sicht des Gärtners gab es jedenfalls gute Gründe, die Erfordernisse des Zeremoniells zu ignorieren: Auf der Südseite hatten die Pflanzen volle Sonne, überdies schützten Schlossflügel, Orangerien und Marställe empfindliche Gewächse vor dem Wind.[740]

Was dem Zeitgeschmack gleichfalls widersprach, waren vier vertiefte Gartenbereiche mit Blumen- und Glashäusern sowie Volieren und Grotten. Sie dienten angeblich dazu, die Pflanzen näher ans Grundwasser zu bringen,[741] denn, so stellte der Reisende Keyßler fest: „Der vornehmste Fehler von Karlsruhe besteht in dem Mangel des Wassers. Die ganze Gegend ist eine sandige Ebene, in welcher im Sommer wegen des vielen Staubes übel zu fahren ist. Die wenigen Wasserkünste des Gartens werden durch Pumpen von Leuten getrieben. Jedoch sagt man, dass der Markgraf auch in diesem Stücke auf Besserung bedacht sei, und einige kleine Wasserleitungen sowohl für die Stadt als den Garten führen lassen wolle."[742] Keyßler wusste überdies zu berichten, dass sich in den „Vertiefungen des Gartens" auch ein Vogelhaus für 300 Kanarienvögel befand, die in der warmen Jahreszeit im Garten herumflogen und immer wieder freiwillig ihre Behausung aufsuchten. Allerdings habe es, als im Winter eingeheizt werden musste, einmal ein Unglück gegeben: Aufgrund einer Unachtsamkeit sei Holz in Brand geraten, was zwar nicht zu einem schlimmen Feuer führte, aber doch dazu, dass die Vögel im Rauchgas erstickten.[743]

Der Stil der Zeit: Barocke Gärten – die Überwindung der Natur

Das Wunder von Versailles war auf Sand und Sumpf entstanden,[744] der Traum von Karlsruhe wurde im Staub und Gestrüpp des Hardtwalds geboren. Wie der Barock die ideale Stadt zu entwerfen trachtete, so beanspruchte er auch, den idealen Garten zu gestalten: durchgeplant von einem ordnenden Geist, gewillt, dem plumpen Zufall den absolutistischen Willen des Landesherrn entgegenzusetzen und Gefälliges nach den Regeln der Geometrie zu schaffen. Beschränkungen durch Boden oder Klima mochte man nicht hinnehmen, liebte exotische Gewächse umso mehr, als man für ihr Überleben allerlei Aufwand bereiten musste. Bunter, skurriler und prestigeträchtiger als heimische Pflanzen waren die Exoten allemal. Je wilder und unwegsamer das Gelände war, auf dem ein Garten entstand, desto größer war der Triumph, wenn schließlich elegante Damen an der Seite geputzter Kavaliere an geschorenen Hecken vorbei über schnurgerade Wege trippeln, dem verlogenen Zauber künstlicher Grotten erlagen und sich an spektakulären Wasserspielen ergötzten.

Sie wähnten sich in der Natur und hatten doch verlernt, das Ursprüngliche zu ertragen: Der barocke Gärtner presste das lebende Material in ein architektonisches Mieder, errichtete aus Bäumen und Sträuchern Wände und Dächer, Bögen und Nischen, ließ im Parterre Buchs und Blumen zu Teppichmustern, Monogrammen oder Wappen zusammenwachsen –Flora stand ganz im Dienste der Fürsten und verkündete ihren Ruhm. Dabei trennte üblicherweise das Schloss die Welten: Vorne lag die Stadt mit ihrer ehrbaren bürgerlichen Kultur und dem schrillen Gezänk der kleinen Leute, hinten vergnügten sich edle Herren mit ihren Damen in der kunstvoll gezähmten Natur des fürstlichen Gartens.[745]

Karl Wilhelm allerdings, der keinen Schatten auf die geliebten Tulpen fallen lassen wollte, lebte seine Gartenlust vor den Augen seiner Untertanen aus. Doch auch ihn, den Blumenfreund, entzückte weniger die Urkraft des Werdens und Vergehens als die Möglichkeit, in den Lauf der Dinge einzugreifen und selbst schöpferisch tätig zu werden: Im französischen Garten gab die Natur die Herrschaft an den Menschen ab, wurde ihr Wuchern mit Lineal und Schere gestutzt, damit sie als lebende Kulisse für das erhabene Dasein der barocken Fürsten fungieren konnte.

Zuchterfolge

Karl Wilhelm berauschte sich an Fülle, Farben und Formen, konnte sich nicht sattsehen an winzigen Abweichungen, war entzückt über ungewöhnliche Spielarten. Um neue Züchtungen zu erwerben, reiste der Markgraf mehrmals nach Holland, in Haarlem kaufte er schließlich gar ein Palais.[746] Aber auch in Karlsruhe suchte der Markgraf erfolgreich, die Tulpenvielfalt zu mehren. Den neuen Sorten, die er der Natur abtrotzte, gab er gerne die Namen badischer Persönlichkeiten, die diese Schmeicheleien durchaus zu würdigen wussten: Sehr dekorativ rot-gelb geflammt waren etwa die „Markgräfin Sibylla Augusta von Baden“, der „Markgraf Louis von Baden“ und die „Markgräfin Maria Anna von Baden“, mit denen Karl Wilhelm der katholischen Verwandtschaft die Reverenz erwies.[747]

Aber er wusste auch, was er der eigenen Linie schuldig war: Seiner wenig geliebten Gemahlin, der er im Alter jedoch die Hochachtung nicht versagen konnte, verehrte er die Neuzüchtung „Markgräfin Magdalena Wilhelmina von Durlach“, und die Zukunft seines Hauses würdigte er mit der „Erbprinz Karl Friedrich von Baden-Durlach“. Auch Karl Wilhelms Traum von der Stadt im Hardtwald schlug sich in der Namengebung wieder: Das „Incomparable Carlsrouhe", das unvergleichliche Karlsruhe, erblühte ebenso in einer neuen Tulpensorte wie das „Karlsruher Gut Glück".[748] So viel Verbundenheit diese Bezeichnungen auch suggerieren mochten: Karl Wilhelm züchtete nicht ausschließlich zu seinem eigenen Vergnügen. Durch den Verkauf und Tausch von Zwiebeln gelang es ihm, die Summen, die er in seine Gärten investierte, in einem vertretbaren Rahmen zu halten.[749]

Karl Wilhelm konnte den Besuchern, die Karlsruhe zur Tulpenblüte aufsuchten, eine Vielfalt bieten, die ihresgleichen suchte, und die Pracht im Karlsruher Schlossgarten steigerte sich von Jahr zu Jahr. 559 Tulpensorten verzeichnen die Kataloge des Gartenliebhabers für das Jahr 1725 – drei Jahre später weiß der Gymnasialprofessor Johann Kaspar Malsch bereits von 700 Sorten. Doch das war erst der Anfang: Im Jahr 1730 ist bereits von 2329 Tulpensorten die Rede – und 1736, als Karl Wilhelm aus Basel zurückkehrte, soll er 4769 Sorten in Besitz gehabt haben. Waren von neuen, ungewöhnlichen und teuren Sorten oft nur wenige Exemplare vorhanden, gingen bei anderen die Zwiebeln in die Zehntausende.[750] Die Stückzahlen wurden sorgfältig notiert.

Die gärtnerischen Erfolge des Markgrafen erregten Aufsehen über die Grenzen des kleinen Landes hinaus, und als Karl Wilhelm starb, setzte der dichtende Hamburger Kaufmann Barthold Heinrich Brockes (1680–1747) dem „großen Blumenpfleger Karl" ein „unverwelklich blühendes Ehrenmal". Der Lyriker aus der Hansestadt, der in der Natur das vernünftig-köstliche Werk Gottes erblickte, war voll Bewunderung über 5000 Tulpensorten sowie 800 Sorten Hyazinthen, die in Karlsruhe gediehen[751] – das florale „Schatzhaus" Karl Wilhelms galt ihm als „der Erden schönster Ort". Der gebildete Bürger aus dem Norden, der mit seinem vom Nützlichkeitsdenken geprägten Naturgefühl mit einem Fuß im Zeitalter der Aufklärung stand,[752] und der barocke Fürst aus dem Südwesten – sie trafen sich in ihrer sinnenhaften Freude an der Blumen Pracht. Gewürdigt wurde der badische Tulpenfreund aber auch von einer naturwissenschaftlichen Kapazität wie Carl von

Linné (1707–1778), der mit seiner „Systema naturae“ die Grundlage für die moderne biologische Systematik schuf: „Es wird nie vergessen werden“, meinte der Schwede, „wie viel Ergötzung der erleuchtete Baden-Durlachische Fürst Carolus an den Pflanzen fand und wieviel er für die Botanik tat.“[753]

Die Tulpenbücher

Floras Pracht ist von einer Art, die nur Augenblicke währt, denn wie bei allen Geschöpfen, die auf der Erdenbühne zur Vollendung wachsen, kriecht aus der schönsten Blüte im Moment ihrer Entfaltung schon das Verderben.[754] Um dem Verwelken von Tulpen, Narzissen, Hyazinthen, Anemonen und Ranunkeln entgegenzuwirken, kannte man ein probates Mittel: die Blumenmalerei. Schon Karl Wilhelms Urgroßvater, Markgraf Friedrich V., hatte bei besonderen Anlässen Pflanzen auf diese Weise konserviert, wobei er allerdings die künstlerische Messlatte nicht sehr hoch legte.[755] Anspruchsvoller war die gartenverliebte Verwandtschaft in Gottorf, wo Herzog Friedrich III. um 1650 Pflanzenaquarelle anfertigen ließ, die vier große Alben füllten. Dies inspirierte wiederum seinen badischen Schwiegersohn, Friedrich Magnus, Portraits von Blumen aus dem Durlacher Schlossgarten in Auftrag zu geben.[756]

Karl Wilhelm begab sich also nicht auf Neuland, als er seine geliebten Blumen – allen voran die Tulpen – abbilden ließ. Aber auch in diesem Bereich lebte er seinen Hang zum Exzessiven aus: Vermutlich hat kein anderer Fürst je so viele Tulpen malen lassen wie der Gründer Karlsruhes.[757] Seine Sammlung umfasste schließlich mehr als 6000 Pflanzenaquarelle.[758] Darüber hinaus plante Karl Wilhelm offenbar ein botanisches Kupferstichwerk, für das er bereits geeignete Künstler ausgewählt hatte, doch wurde das Projekt nach seinem Tod eingestellt.[759]

Möglichst exakt sollte sich offenbar in den Aquarellen die Individualität jeder einzelnen Blüte spiegeln. Um den Ansprüchen des Markgrafen zu genügen, mussten die Künstler nicht nur mit dem Pinsel umgehen können, sondern auch über das Auge eines Botanikers verfügen. Die Blumenportraits anzufertigen war keine Aufgabe, die man mal eben nebenher erledigte – trotzdem hält sich hartnäckig die Legende, wonach die Hofsängerinnen und Liebesdienerinnen Karl Wilhelms sich auch noch um die Pflanzenbilder verdient gemacht hätten. Daran, dass offenbar mehrere Passionen des Stadtgründers in der Fantasie der Nachwelt verschmolzen und schließlich als „Tulpenmädchen“ durch die Stadtgeschichte geisterten, dürfte Friedrich Leopold Brunn nicht ganz unschuldig sein: Der Lehrer, der einige Jahre in Karlsruhe verbracht hatte, beschäftigte sich 1789 in einem Brief mit dem Schlossturm von Karlsruhe: „Weiter oben finden sich noch jetzt vier und zwanzig leere Stübchen oder kleine Zellen, die von eben so viel jungen Mädchen bewohnt wurden, welche der vorige Markgraf unterhielt“, schrieb er: „Sie waren alle gleich gekleidet und ihre Bestimmung war, die prächtigen und kostbaren Tulipanen des fürstlichen Gartens … sauber zu malen …“[760]

Doch die Urheber der Blumenaquarelle – darunter auch einige Frauen – waren andere. Zahlreiche Bilder stammten von dem 1705 geborenen August Wilhelm Sievert, dem Sohn des aus Holstein stammenden Hofgärtners. Bereits als 13-jähriger Knabe hatte der junge Sievert eine Begabung dafür gezeigt, Pflanzen „nach dem Leben“ zu skizzieren.[761] Er machte in Karlsruhe Karriere als Garteninspektor sowie Blumenmaler und erstellte ab Mitte der 1720er Jahre zahlreiche Blätter. Ungern wollte sich Sievert seine dominierende Stellung unter den Karlsruher Pflanzenkünstlern streitig machen lassen. Entsprechend misstrauisch beäugte er Georg Dionys Ehret (1708–1770), der ab 1727 im Karlsruher Schlossgarten beschäftigt war. Der Sprössling einer Gärtnerfamilie aus Heidelberg war nämlich viel weniger an der Pflege von Beeten und Pflanzen interessiert als daran, die Blütenpracht auf Papier zu bannen – und Sievert erkannte rasch, dass dieser Ehret darin großes Geschick hatte.

Der Garteninspektor besaß nicht die Größe, ein sich möglicherweise als überlegen erweisendes Talent zu fördern, und suchte die künstlerische Betätigung des Neuen nach Möglichkeit zu unterbinden. Ehret war jedoch gewieft genug, an Sievert vorbei dem Markgrafen einige seiner Werke zu präsentieren. Karl Wilhelm zeigte sich beeindruckt – aber doch nicht so sehr, dass er den Eifersüchteleien unter Künstlern ein für alle Mal ein Ende bereitet hätte. Die Zwistigkeiten mit Sievert führten schließlich dazu, dass Georg Dionys Ehret Karlsruhe bereits 1728 wieder verließ – er ging, um auf internationalem Parkett zu reüssieren und wurde der meist gefeierte Botanik- und Blumenmaler seiner Zeit. Sievert aber galt fortan als der Mann, unter dessen Aufsicht Ehret seine Malkunst vervollkommnet hatte.[762]

August Wilhelm Sievert selbst verließ Karlsruhe 1734 zusammen mit seinem Vater Joachim. Die beiden waren Opfer von Karl Wilhelms jüngstem Anfall von Sparwut geworden. Zwar hatte der Markgraf die Botanik-Experten nicht – wie viele andere Bedienstete – einfach entlassen, als er sich kriegsbedingt nach Basel davonmachte, doch ihr Gehalt war schmerzlich gekürzt worden. Vater Sievert wollte die Halbierung seines Einkommens nicht einfach hinnehmen und bat seinen Herrn schriftlich um eine finanzielle Besserstellung. „Abgewiesen" lautete Karl Wilhelms barsche Antwort. Besser gezahlt als in baden-durlachischen Diensten wurde offenbar in Württemberg. August Wilhelm und Joachim Sievert fanden im Ludwigsburger Schlossgarten eine neue Stelle.[763]

Orangenbäumchen und andere Exoten

Auch wenn den Tulpen und Hyazinthen die ganz besondere Liebe Karl Wilhelms gehörte – sein botanisches Interesse beschränkte sich nicht auf diese Modeblumen. Wie andere Fürsten seiner Zeit war er bestrebt, seine Gärten mit Gewächsen aus fernen Ländern zu schmücken. Als besonders hübsch und prestigeträchtig galten Orangen- und Zitronenbäumchen, die bereits im Durlacher Schlossgarten zu Ehren gekommen waren. Nun zierten sie auch die Hauptalleen und die Randbezirke des Karlsruher Schlossgartens – im Sommer jedenfalls. Den badischen Winter überstanden die

Pflanzen in beheizten Gewächshäusern. Je aufwändiger ein Garten gepflegt werden musste, desto größer war die Bewunderung, die seinem Besitzer entgegenschlug.

Um jederzeit einen Überblick über seine Schätze zu haben, verlangte Karl Wilhelm seinen Gärtnern eine penible Buchführung ab. Jeder Zugang oder Verlust musste dokumentiert werden. Was die Orangenbäume anging, wünschte der Markgraf, dass regelmäßig das Wachstum zu kontrollieren und in den Inventaren die Höhe und der Umfang eines jeden Baumes zu verzeichnen sei. 2255 Orangenbäume musste Joachim Sievert im Jahr 1728 in Karlsruhe vermessen, dazu kamen noch 64 „wilde Orangenbäumlein". Sein für den Durlacher Schlossgarten zuständiger Kollege Daniel Kapplier hatte mit 434 Orangenbäumen zu tun, zu denen sich 4180 wilde Bäumlein gesellten.[764] Dazu kamen – freilich in weitaus kleinerer Zahl – Lorbeer- und Granatapfelbäume, Myrten, Oleander und wilder Jasmin.[765]

Karl Wilhelms träumte davon, in Karlsruhe Pflanzen anzubauen, die bis dahin in Europa noch gänzlich unbekannt waren. Zumindest aber sollte der Bestand an exotischen Pflanzen und Tieren deutlich vergrößert werden. Ähnliche Absichten verfolgte August der Starke, der in seinem „Elbflorenz" nicht nur mit prächtigen Bauwerken, großen Gemälde-, Porzellan- und Pretiosensammlungen sowie erlesenen Festen protzte, sondern auch mit exquisiter Flora und Fauna in seinen Gärten. In Augusts Menagerien brüllten Löwen und Tiger, trieben Affen ihr possierliches Spiel – doch das war dem Kurfürsten von Sachsen und König in Polen nicht genug. Er stand im Kontakt mit dem Markgrafen von Baden-Durlach, dem er einige seltene Tiere und einen größeren Posten „fremder Gewächse" abkaufen wollte – ein deutliches Indiz dafür, dass Karl Wilhelms Gärtnerei weit über Baden-Durlach hinaus Bewunderung erregte. Der König hatte überdies beschlossen, eine Afrika-Expedition des Leipziger Naturforschers Johann Ernst Hebenstreit (1702–1757) zu finanzieren, von der er sich jede Menge lebendes Material, Dekoratives für sein Naturalienkabinett, aber auch Zeichnungen von morgenländischen Merkwürdigkeiten und orientalische Kunstobjekte erhoffte.

Karl Wilhelm griff die Gelegenheit beim Schopf – und so führte die Route der sächsischen Afrika-Reisenden über Karlsruhe, wo sich ihnen der „Blumengärtner Thran, ein in der Kräuterwissenschaft und Zeichenkunst erfahrener Mensch“,[766] anschloss, „damit er alles Schöne, Neue und Wichtige, was dieses heiße Land an Pflanzen hervorbringt, sammele und in die Heimat bringe.“[767]

Zeitgenosse: Christian Thran, Gärtner und Afrikareisender (1701–1778)

Christian Thran machte sich mit den Gelehrten, Studenten und Zeichnern aus Sachsen im November 1731 auf, die „barbarischen Küsten“[768] zu erkunden und zum Ruhme des Markgrafen von Baden-Durlach Pflanzen, Tiere, Kunst und Kuriositäten anzuhäufen. Beeindruckten ihn schon zahlreiche Orte und Landschaften, welche die „Compagnie“ auf ihrem Weg zum Mittelmeer besichtigte – die wissbegierigen Herren nahmen sich gebührend Zeit für die Sehenswürdigkeiten –, so lernte er in Algerien und Tunesien eine völlig fremde Welt kennen. „Das meiste mohrische Frauenzimmer ist nicht übel gebildet“, bemerkte er etwa in seinem Tagebuch, in dem er ausführlich die Menschen, ihre Lebensgewohnheiten und religiösen Bräuche im osmanischen Maghreb beschrieb: „manche haben eine recht angenehme Vermischung und lebhafte Farbe, dabei sind sie aber sehr fett und von der Natur mit großen herabhängenden Brüsten versehen.“[769]

Eine Fülle von Eindrücken hatte der Blumengärtner gesammelt, als die Reisegruppe in Tunis Nachricht vom Tod Augusts des Starken erhielt, verbunden mit der Aufforderung, die Expedition abzubrechen und zurückzukehren. Thran reiste über Frankreich, Holland und Belgien nach Karlsruhe zurück, wo, als er Ende September 1733 eintraf, große Aufregung wegen des Polnischen Thronfolgekrieges herrschte. Einen Teil ihrer Mitbringsel hatten die Reisenden bei einem Sturm im Mittelmeer eingebüßt,[770] aber Karl Wilhelm scheint mit der Ausbeute der Afrikareise recht zufrieden gewesen zu sein, denn Christian Thran wurde einige Jahre später zum Garteninspektor befördert.

Der neue Inspektor, der ja ein geübter Zeichner war, fertigte Ansichten von Karlsruhe aus der Vogelperspektive, die – aus entgegengesetzten Himmelsrichtungen - zwar ein idealisiertes Bild von der jungen Stadt zeigen, aber den Schlossgarten, in dem der alte Karl Wilhelm viele Stunden verweilte, detailliert wiedergeben.[771] Nach dem Tod des Stadtgründers pflegte Thran dessen botanisches Erbe, bis 1746 Karl Wilhelms Enkel die Regierung antrat. Der 18-jährige Karl Friedrich empfand den barocken Karlsruher Schlossgarten als altmodisch und störte sich zudem daran, dass Buchse und Beete einer repräsentativen Zufahrt entgegenstanden. Entschlossen, hier etliche Veränderungen vorzunehmen,[772] versetzte der junge Fürst den bewährten Kunstgärtner nach Durlach, wo er sich um die mittlerweile ziemlich heruntergekommene Anlage bei der Karlsburg kümmern sollte.[773] Thran, den diese Aufgabe wenig reizte, betätigte sich später als privilegierter Unternehmer in der Krappherstellung und starb als wohlhabender Mann.[774]

„Die Krone unseres Hauptes ist abgefallen“: Der letzte Akt

Kurzatmig und schwerfällig war Karl Wilhelm mit den Jahren geworden – die barocke Neigung zur Völlerei hatte ihm längst die athletische Gestalt geraubt. Bisweilen meinte er, einen eisernen Ring um die Brust zu spüren, welcher ihm die Luft zum Atmen nahm. Dann raubte ihm die Enge auch den Schlaf, und er ging des Nachts oft ruhelos umher, was zur Folge hatte, dass er hin und wieder am helllichten Tag einnickte.[775] Die Doktoren schüttelten darob sorgenvoll ihre würdevollen Häupter, der Patient war aber offenbar nicht bereit, sich zu schonen. Oft begab sich Karl Wilhelm schon kurz nach Sonnenaufgang in seinen Garten, gerne mit einem Spaten „bewaffnet“. Die stille Zwiesprache mit seinen blühenden Lieblingen ließ den Markgrafen die persönlichen Schicksalsschläge vergessen. Bei der Gartenarbeit schien er so sehr in sich versunken zu sein, dass Fremde kaum glauben mochten, dass es sich bei dem emsigen Arbeiter um den Landesherrn handelte.

Karl Wilhelm wurde am 6. Juni 1737 vom Schlag getroffen. Diener und Räte richteten sich bereits auf sein Ende ein,[776] doch der Markgraf erholte sich wieder, das Taubheitsgefühl auf der linken Körperseite schwand, und der Anfall hinterließ keine bleibenden körperlichen Spuren. Anders stand es um die seelische Verfassung der alternden „Landessonne“, der unsanft in Erinnerung gerufen war, dass sie in nicht allzu ferner Zukunft erlöschen würde. Oberhofprediger Franz Krüger behauptete später, es sei ihm sehr zu Herzen gegangen, wie der Markgraf ihm, seinem „unwürdigen Beichtvater“, die „Beschaffenheit seines Gewissens“[777] offenbart habe. Als der Kirchenrat den Landesherrn mit dem biblischen Spruch tröstete: „Wo die Sünde mächtig worden, da ist doch die Gnade viel mächtiger“, soll Karl Wilhelm die Hände erhoben und den Blick gen Himmel gerichtet haben mit den Worten: „Das glaube ich. Gott wird mir auch Gnade und Barmherzigkeit widerfahren lassen.“

„Wer weiß, wie nahe mir mein Ende …“ – „Erbauliche“ Lieder dieser Art ließ Karl Wilhelm sich nunmehr häufig vorsingen; der Oberhofprediger wertete sie – ebenso wie Gebete und nächtliche Bibellesungen – als gute „Präparation zum Sterben.“[778] Der Dichter Barthold Heinrich Brockes wusste zu berichten, dass sich der Markgraf am Tag vor seinem Tod auch von seinen geliebten Tulpen verabschiedet habe: „Seht Kinder“, soll er voll Sanftmut gesagt haben: „Wie wir die Blätter fallen sehn, / so wird es auch bald mir ergehen.“[779]

Tatsächlich ereilte der zweite Schlaganfall Karl Wilhelm in der Zeit, als die Tulpenblüte sich dem Ende zuneigte. Er war am Morgen des 12. Mai 1738 schon vor vier Uhr aufgestanden, der Kammerdiener hielt die Bibel bereit, um ihm wie üblich einige Kapitel vorzulesen. Karl Wilhelm, der am Vortag stundenlang durch seinen Garten spaziert war, fühlte sich seltsam bang, die Brust ward ihm gar zu eng, er sackte zusammen. Ärzte und Geistliche mühten sich um den Kranken, der dem Tod jedoch wenig Widerstand leistete: Seit Monaten hatte Karl Wilhelm seinen Schöpfer angefleht, ihm, wenn es denn sein musste, ein „baldiges, seliges Ende, ohne lange Marter, aus göttlicher Güte und Barmherzigkeit“[780] zu gewähren. Jetzt lag der Markgraf da, bereit, aus seiner irdischen Traumwelt in die Ewigkeit zu wechseln und Ruhe allein bei Gott zu finden. Drei Mal soll er gerufen haben: „Herr Jesu! Sei mir gnädig!“, um dann zu seufzen: „Herr Jesu, Dir lebe ich. Dir sterbe ich, denn ich bin Dein tot und lebendig.“ Auf diese frommen Worte hin, so erfuhr die andächtig lauschende Trauergemeinde bei der „Leichen-Begängnis-Predigt“ des Oberhofpredigers Franz Krüger, neigte Karl Wilhelm sein Haupt und verschied.[781]

Der Hauptdarsteller war tot, doch das Schauspiel nahm seinen Fortgang, und selbst die leblose Hülle des Markgrafen wurde im barocken Machttheater noch in Szene gesetzt. Karl Wilhelm war ein sterblicher Mensch gewesen, aber auch und vor allem die Verkörperung einer Staats- und Herrschaftsidee. Wie seine Geburt, seine Taufe und seine Vermählung so war sein Sterben ein öffentlicher Akt, über den die Untertanen detaillierte Informationen erwarten durften. Repräsentation war Pflicht, auch auf dem letzten Weg.[782] Der Kult, der um den Leichnam getrieben wurde, die bitteren Witwen-Tränen, die Magdalene Wilhelmine ungeachtet der Jahrzehnte währenden Trennung von Bett und Tisch angeblich um ihren „so herzlichen geliebten Ehegemahl“[783] vergoss – sie dienten dem Wohl des Staates und der Herrlichkeit der Dynastie, die höher stehen mussten als menschliche Schwäche und persönliches Glück.

Ausstellung im Schloss

Kaum hatte Karl Wilhelm seinen Geist aufgegeben, wurden im Beisein seines Neffen Karl August sowie einiger Geheim- und Hofräte die Wohnräume und persönlichen Besitztümer des Verstorbenen versiegelt. Alsdann wurde das Geheimratskollegium einberufen. Nachdem sich die erste Aufregung gelegt hatte, fassten die ehrenwerten Herren den Beschluss, sowohl „der verwitweten Frau Markgräfin als auch des Herrn Markgrafen Karl Augusts Durchlaucht collegialiter zu kondolieren“.[784] Da die Räte vermuteten, dass Karl Wilhelm seine Gemahlin und seinen ältesten Blutverwandten aus männlicher Linie testamentarisch zur Landesadministration für seinen minderjährigen Enkel bestimmt hatte, entschieden sie überdies, diesen Hinterbliebenen von allen interimsweise notwendigen Anordnungen Kenntnis zu geben.

Der Neffe des toten Landesherrn hatte nichts anderes erwartet: Karl August forderte den Angehörigen sämtlicher Regierungskollegien in Vertretung des unmündigen „Landesprinzen“ Karl Friedrich die „Handtreue“ ab. Zugleich wurden ein Stallmeister und ein Sekretär nach Basel beordert, um das im dortigen Archiv aufbewahrte Testament Karl Wilhelms schleunigst nach Karlsruhe zu schaffen.[785] Sein letzter Wille entsprach den Erwartungen: Die verwitwete Magdalene Wilhelmine und Markgraf Karl August sollten als Obervormünder bis zur Volljährigkeit des Prinzen Karl Friedrich die Regierungsgeschäfte führen; ihnen war freilich als eigentlich entscheidendes Gremium das Geheimratskollegium zur Seite gestellt.[786]

Unterdessen wurde der Leichnam des Verstorbenen obduziert und für die „Ausstellung" vorbereitet: Man entnahm Herz sowie Eingeweide und balsamierte den Körper ein, damit er bei der Präsentation im Residenzschloss einen würdevollen Anblick biete. Tag und Nacht wurden Karl Wilhelms Überreste von adligen und bürgerlichen Dienern bewacht, ehe man die Leiche am 18. Mai „völlig angekleidet in einem gewöhnlichen Habit von silbernem Stück" auf einem mit schwarzem Samt bezogenen Paradebett in einem großen Zimmer präsentierte – das erblasste Haupt würdevoll von einer Allonge-Perücke bedeckt.

Der Trauerraum war komplett schwarz verhängt, schwarz mit silbernen Bordüren der Baldachin, der sich wie ein wolkenverhangener Himmel über dem Erbleichten wölbte. Illuminiert wurde die düstere Szenerie durch silberne Wandleuchter und kristallene Lüster, das flackernde Licht der Kerzen reflektierte in versilberten „Pyramiden". Über dem Kopf des toten Markgrafen hatte man den rotsamtenen, mit Hermelin aufgeschlagenen, juwelenverzierten Fürstenhut platziert, um ihn herum waren Zepter, Degen und Stock, außerdem der Orden der Treue und der Hubertusorden auf Samtkissen drapiert. Zwei Tage lang gab man die makabre Installation der Neugier der Untertanen preis.[787]

Der Stil der Zeit: Intestina-Bestattungen – den Leichen das Herz herausgeschnitten

Wer das Leben zum Traum degradierte und das Weltgeschehen als Schauspiel belächelte, war verurteilt, bis in den Tod hinein seine Rolle zu spielen. Karl Wilhelm hatte den Amor gegeben und den Herkules, doch jetzt blieb nur noch die kalte Maske der Macht, die es hochzuhalten galt zum Wohle seiner Nachfahren und des Hauses Baden. Die Inszenierung fürstlicher Herrlichkeit auf dem Totenbett gehörte zu den Gepflogenheiten der Zeit, und eine zweitägige Ausstellung des toten Landesherrn war für eine kleine Markgrafschaft wie Baden-Durlach durchaus angemessen, wenn auch an der unteren Grenze des Üblichen: „Die Hochfürstlichen Leichen pflegen gemeiniglich eine Zeitlang, bisweilen einige Tage und bisweilen wohl gar einige Wochen auf kostbare Paradebetten gestellt und gezeigt zu werden …",[788] vermerkte der Mann fürs Zeremoniell, Bernhard von Rohr.

Wo eine mehrtägige, wenn nicht mehrwöchige Ausstellung eines toten menschlichen Körpers geplant war, die Leichen bisweilen sogar durchs Land transportiert wurden, damit die Untertanen sich auch in entlegeneren Gebieten von ihren Herren verabschieden konnten, kam man um eine Einbalsamierung nicht herum. Mit den Konservierungsmaßnahmen begann der eigentliche höfische Totenkult. In der Regel wurde die Leiche von Ärzten geöffnet, die sich bemühten, die Todesursache festzustellen, und bei dieser Gelegenheit gleich die Eingeweide entfernten. Die Praxis der sogenannten Intestina-Bestattungen, bei denen Herz, Gedärm und andere Organe separat bestattet wurden, rührte aus vorreformatorischer Zeit und wurde vor allem bei Würdenträgern der katholischen Kirche hochgehalten.[789]

Intestina-Begräbnisse waren keine kultische Notwendigkeit, Bernhard von Rohr führt sie schlicht auf praktische Überlegungen zurück: Ohne die Innereien seien Leichen leichter konservierbar. Ursprünglich wurden die Eingeweide der Fürsten „an Ort und Stelle hernach begraben", doch allmählich habe man aus der Not eine Tugend – oder vielmehr einen „point d'honneur" gemacht, da „ein jeder gern das Herz als das edelste Teil des Menschen bei sich haben wollte. Heutigen Tages besteht die Ursache, warum dieses geschieht, meistenteils in der Hochachtung oder Devotion gegen diesen oder jenen Ort."[790]

Die separate Bestattung der Eingeweide, jeweils verbunden mit eigenen Feierlichkeiten, ermöglichte es, das Schauspiel des Todes noch aufwändiger zu zelebrieren. „Das Herz", so erläutert von Rohr, „wird gar öfters in ein silbernes oder ein anderes kostbares Behältnis verschlossen und mit einer kurzen Inschrift die nötigen Umstände dabei erklärt. Die übrigen Intestina werden etwa in einer Urne verwahrt. Bei den Römisch-Katholischen wird das Herz mit vielen Zeremonien in einem Kloster, das der verstorbene Fürst vor andern am meisten geliebt, beigesetzt und eine eigene Prozession dabei gehalten. Nebst dem Herzen wird zuweilen die Zunge auch zugleich abgesondert; und mit dem Eingeweide das Gehirn und die Augen, welche in einem vergoldeten Kessel in eine Kapelle oder an einen anderen Ort mit gewissen Solennitäten getragen werden."[791]

Dieser Brauch führte dazu, dass die Überreste vieler Habsburger – so auch die des anno 1705 verstorbenen Kaisers Leopold – auf drei verschiedene Begräbnisstätten verteilt waren. Freilich gab es auch fürstliche Persönlichkeiten, die sich den prunkvollen Bestattungsritualen zu entziehen trachteten. So hatte Kaiserin Eleonore Magdalene (1655–1720), eine geborene Pfalz-Neuburg und dritte Gemahlin Leopolds I., ausdrücklich untersagt, dass ihr toter Leib gewaschen oder von einem Mannsbild entblößt würde, er sollte auch weder geöffnet noch einbalsamiert werden.[792] Die fromme Dame wurde in einem einfachen Nonnenhabit in der Kapuzinergruft in Wien beigesetzt.

„Sie ist Karls Ruh und da will ich ruhen"

Dass durch die Intestina-Bestattung mehrere Orte zu Ehren kommen konnten, mag Karl Wilhelm den Bruch mit der Familientradition leicht gemacht haben: Er wünschte nicht in der Pforzheimer Schlosskirche beigesetzt werden, wie es seit der Teilung der Markgrafschaft für die Mitglieder der Ernestinischen Linie üblich war – er wollte auf ewig in seiner neuen Stadt bleiben. Zwar hatte der Markgraf zu Lebzeiten den Gottesdiensten meist in der Schlosskapelle beigewohnt, aber natürlich auch dem Geschehen in der lutherischen Stadtkirche – immerhin der „Metropolitan-Kirche" Baden-Durlachs – seine landesherrliche Aufmerksamkeit geschenkt. Als er sich entschied, das zentral auf dem Marktplatz in Karlsruhe gelegene Gotteshaus „Konkordienkirche" – „Kirche der Eintracht" – zu nennen, soll er bedeutungsvoll hinzugefügt haben: „Sie ist Karls Ruh und da will ich ruhen".[793]

Auf Karlsruhe bezog sich der Markgraf auch, als er anno 1727 den Baumeister Hemberger beauftragte, ein Grabmal für den Fall seines Todes zu entwerfen. Hemberger schlug einen vierseitigen Obelisk mit schlanker Spitze vor, auf der eine „Sternsonne" thronen sollte. Das Konzept gefiel Karl Wilhelm. Die vorgesehene lateinische Inschrift wurde vermutlich nach seinen Vorgaben formuliert: „Zuerst suchte ich hier Ruhe, in diesem Grabhügel hoffe ich, sie zu finden. Nackt und ohne weltlichen Schmuck ruhe ich hier in dem unaussprechlichen Gott. Lebe wohl du Stadt und Volk und habe immer den Frieden im Herzen, auf den Karl hofft."[794]

Der Entwurf kam nicht zur Anwendung, da Karl Wilhelm schließlich angewiesen hatte, ihn unter den Altar der Konkordienkirche zur ewigen Ruhe zu betten. Nachdem die evangelische Stadtkirche in Karlsruhe das „unglückliche Glück"[795] hatte, als „Behältnis" der hochfürstlichen Gebeine zu dienen, sollten das Herz und die Eingeweide des Markgrafen in der Pforzheimer Fürstengruft bestattet werden.

Obwohl Karl Wilhelm einbalsamiert worden war, kam er verhältnismäßig rasch unter die Erde: Wie der Fürst angeordnet hatte, wurde unmittelbar nach der zweitägigen Ausstellung im Karlsruher Schloss sein Leichnam zu später Stunde und ohne großes Zeremoniell zum Marktplatz gefahren. Als Repräsentanten von Hof und Regierung verfolgten in der Nacht zum 20. Mai nur Oberstallmeister von Schott und der Geheime Referendär Johann Ernst Bürcklin, wie Karl Wilhelms Körper in der Gruft versenkt und diese fest verschlossen wurde.[796]

Ein leerer Prunksarg

Bei einer dermaßen schlichten Beisetzung, die nach dem Empfinden der barocken Gesellschaft einem Verscharren gleichkommen musste, sollte es nicht bleiben. Doch es dauerte fast zwei Monate, bis die würdevolle Trauerfeier vorbereitet, die Predigten und Ansprachen verfasst, die Schritte eingeübt waren. Den Hauptdarsteller für den letzten Akt wieder aus der Versenkung zurückzuholen war unnötig – in diesem Fall kam es nur auf die Requisiten an. Der leere Prunksarg, der im Mittelpunkt der Exequien, der kirchlichen Totenfeierlichkeiten stehen sollte, wurde Anfang Juli sogar drei Tage lang im Trauerzimmer des Schlosses ausgestellt,[797] damit die Untertanen sich davon überzeugen konnten, dass ihre erloschenen Landessonne in aller Herrlichkeit zur letzten Ruhe gebettet wurde.

In der Nacht vom 6. auf den 7. Juli sollte endlich der Vorhang fallen. Abends um 19 Uhr erklangen alle Karlsruher Glocken, um 20 Uhr läuteten sie erneut und verkündeten den Beginn der Totenfeier. In großen Saal des Schlosses hatten sich Räte und Bediente, Vasallen und Kavaliere versammelt, um sich – sorgsam nach Rang geordnet – in die Schlosskapelle führen zu lassen. Dort wurden sie von einer Trauermusik, dem „Opfer der Treue", empfangen, das Johann Melchior Molter komponiert hatte. Den Hofkapellmeister, der mittlerweile in sachsen-eisenachischen Diensten stand, hatte die Nachricht vom Tod Karl Wilhelms bei einer Italienreise erreicht. Er war nach Karlsruhe geeilt, um dem Markgrafen mit Flöten und Streichern, Pauken und Trompeten einen letzten Dienst zu erweisen.[798] Schwerer als die Bitternis über seine Entlassung wog bei dem Musiker die Erinnerung an die Karrieremöglichkeiten, die der Baden-Durlacher ihm einst eröffnet hatte:

„Wenn Fürsten ihre Häupter neigen /
Da müssen sich die Herzen beugen /
Es sinkt mit ihnen Heil und Glück.
Ein solch betrübter Augenblick /
Raubt das Vergnügen langer Jahre /
Und heftet auf die Toten-Bahre
Der Wehmut ausgepresstes Wort:
Ich lebe zwar / mein Haupt ist fort."[799]

Das vierteilige Werk, das während der Trauerfeierlichkeiten in Schlosskapelle und Konkordienkirche erklang und eine willkommene Abwechslung zu den weitschweifigen Reden und Predigten bot, traf den Nerv des Publikums; es wurde mit Beifall bedacht.[800]

Nachdem die Herren die erste Rede überstanden hatten (der Hofrat und Kammerjunker Langwerth von Zimmern legte den „nach Stand und Würden hochgeehrten und hochgeehrtesten Anwesenden" in vielen umständlichen Worten dar, dass große Herren „Götter dieser Erden" seien[801]), trugen 16 adelige Vasallen und Kavaliere den leeren Prunksarg zum Schlosseingang, wo der mit acht „in Trauer gekleideten Pferden"[802] bespannte Leichenwagen wartete. Den Sarg auf den Wagen zu heben oblag 16 Mitgliedern des Karlsruher Stadtrats. Wieder erklangen Glocken, die Gymnasiasten sangen ein Leichenlied, dann nahm die Prozession ihren Anfang. Ganz repräsentativ ging es bei dieser Gelegenheit auf gerader Linie mitten durch die Gärten über die illuminierte Pomeranzen-Allee in Richtung Marktplatz. Das große Bassin in der Mitte des fürstlichen Schlossgartens war abgedeckt worden, damit der Trauerzug keinen Umweg nehmen musste. Für die Grenadiere allerdings gab es zwischen Karl Wilhelms geliebten Beeten keinen Platz – sie standen jedoch vom Schloss bis zum Garten und dann wieder bis zur Stadtkirche Spalier.

Der Trauerzug

Der Trauerzug, der gemessenen Schrittes und unter leisem Trommelwirbel zu Karl Wilhelms letzter Bühne strebte, lieferte ein grandioses Schauspiel: Er umfasste 53 Nummern, die zum Teil aus einzelnen Personen, zum Teil aus ganzen Gruppen bestanden, sinnreich geordnet nach Stand und Rang. Zwei Fackelträger eröffneten den Zug, als Nummer zwei folgte ein „bürgerlicher Maréchal im langen Mantel mit einem kurzen Stab". Die Präzeptoren des Gymnasiums bildeten mit ihrer Schuljugend die Nummer drei, worauf als Nummer vier wieder zwei Fackelträger folgten. Die Geistlichen des Landes und die Professoren des Gymnasiums (Nummer sechs) hatten ebenso ihren Auftritt wie die Gärtner, die gemeinsam mit vier Heiducken, einem Mohr und zwei Kammer-Lakaien als Nummer neun firmierten. Die „Jägerei" von den Forstknechten über die Büchsenspanner bis hin zum Fasanenmeister und Forstverweser (Nummer zwölf) war zahlreich vertreten, was darauf hindeutet, welche Wertschätzung der alternde Karl Wilhelm trotz seiner körperlichen Beschwerden dem edlen Waidwerk zumaß.

Ebenfalls eine zahlenmäßig starke Abteilung stellten die Kanzlisten, Rechnungsräte und Sekretäre (Nummer 18). Im wahren Leben erledigten sie für die Höheren die mühseligen Arbeiten, im Trauerzug bahnten sie ihnen den Weg. Denn ihnen folgten – nach zwei Fackelträgern – erstmals „zwei adelige Maréchals“, die wiederum die Ehre hatten, den jeweils von Fackelträgern beleuchteten fürstlichen Insignien voranzuschreiten. Die Sporen Karl Wilhelms, sein Stock und sein Degen, der Kommando-Stab, seine Orden, der Regierungsstab, der Fürstenhut – es war adeligen Kammerjunkern vorbehalten, diese Schmuckstücke ehrfurchtsvoll zu präsentieren. Wieder folgten adelige Maréchals, darunter Schilling von Canstatt, der hochgeschätzte Gemahl von Karl Wilhelms unglücklicher Lieblingstochter aus der Beziehung zur Frau von Wangen. Dann endlich – Nummer 39 – der fürstliche Leichenwagen, leider ohne Fürst, dafür begleitet von 16 adeligen Vasallen und Kavalieren, zwölf Edelknaben, einem Hauptmann und einem Lieutenant mit einer Truppe Dragoner.

Die Nummer 43 war von besonderer Bedeutung im Adelsblock – die Abteilung der fürstlichen Abgesandten. Eine Gesellschaftselite, die nichts dabei fand, ihre Töchter in Stellvertretung zu verheiraten und leere Särge zu bestatten, hatte auch keine Probleme damit, Ersatzleute für sich trauern zu lassen. Keiner von Karl Wilhelms Verwandten nahm leibhaftig an den offiziellen Beisetzungsfeierlichkeiten teil. Die Witwe Magdalene Wilhelmine, nunmehr Obervormünderin und Landesadministratorin, wurde von ihrem Hofmeister Johann Bernhard von Pelcke vertreten.[803] Diesem war überdies befohlen worden, am Tag nach der offiziellen Trauerfeier in den Gemächern der Markgräfin eine Gedächtnisrede über das „frühe Absterben“ Karl Wilhelms zu halten, worin er betonte, dass die Menschen zum Sterben geboren[804] und große Paläste dem Untergang geweiht seien. Niemand könne auf „dieser Schaubühne“ wiedererlangen, was ihm vom Tode entrissen wurde.[805]

Markgraf Karl August, Neffe des Verstorbenen und neuer Landesadministrator, ließ sich ebenso vertreten wie seine jüngeren Brüder. Die Schwestern Karl Wilhelms, die Witwen von Württemberg, Holstein-Gottorp und Leiningen, hatten einen gemeinsamen Ersatzmann bestellt. Karl Wilhelms Enkel, der neunjährige Landesprinz Karl Friedrich, und sein kleiner Bruder Wilhelm Ludwig wurden von einem Angehörigen der von Vitzthum aus dem Elsass repräsentiert. Selbst für Karl Wilhelms wahnsinnige Schwiegertochter trat ein Abgesandter auf.

Nicht minder bedeutsam war die Zugnummer 47, wo die Herren aus dem „Hochfürstlich vormundschaftlichen Regierungskollegium" gingen, sofern sie nicht in unmittelbarer Nähe des Sarges platziert waren: Hofratspräsident Freiherr von Üxküll, Geheimrat zur Glocken, der Geheime Referendarius Bürcklin, sowie die Geheimen Hofräte Cellarius und Wielandt schritten – ihrer Bedeutung gemäß – jeder für sich allein. Nach ihnen kamen die übrigen Mitglieder des Hofrats- und des Kirchenrats, Ärzte und Geistliche, die Mitglieder der Rentkammer und andere Beamte sowie schließlich die Deputierten der Städte Karlsruhe, Durlach, Pforzheim und Mühlburg.

Ein Ehrentempel

Bürgerliche Würdenträger hoben den Prunksarg vom Leichenwagen, Vasallen und Kavaliere trugen ihn in die Konkordienkirche, wo er unter dem „Castrum doloris", dem „Trauergerüst", platziert wurde. Um ihn herum wurden erneut die Insignien der Macht vom Fürstenhut bis zu den Sporen platziert. Verschwenderisch geschmückte „Trauergerüste", auch „Ehrentempel" genannt, die damals bei Fürstenbestattungen zum gewohnten Bild gehörten, sollten die Tugenden des verstorbenen Herrschers ebenso sichtbar machen wie den Glanz seines Hauses.

Das Castrum doloris für Karl Wilhelm[806] bestand aus acht römischen Säulen. Die Sockel, auf denen sie standen, waren nach barocker Manier mit Totenköpfen, Schlangen und anderen Symbolen der Verwesung bemalt. Die Säulen selbst waren schwarz gehalten, mit silbernem Lorbeer umwickelt und mit Sinnbildern behängt. Eine Säule stand ganz im Zeichen des „grauen Altertums des fürstlichen Hauses Baden" – sie hob darauf ab, dass Markgrafen seit vielen Jahrhunderten „dem Rhein zu Beschützern" gegeben seien. Auf einer zweiten Säule produzierte sich Herkules mit Keule und Löwenhaut – hier kündeten die Sinnbilder davon, dass das fürstliche Haus durch Kriege, die Förderung der Künste und glanzvolle Heiraten seinen Ruhm immer mehr gesteigert habe. Der Jugend Karl Wilhelms, seiner Ausbildung und Reisen, seinen militärischen Verdiensten, seiner klugen Regierung und seinen Wohltaten waren weitere fünf Säulen gewidmet, die letzte schließlich beschäftigte sich mit dem Verlust des Markgrafen, durch dessen Tod die Welt ins Wanken geraten sei. Auf einer zweiten Ebene des Trauergerüsts wurden die zu Baden-Durlach gehörigen Herrschaften dargestellt. Mit „einigen Tausend gläsernen mit weißem Wachs gefüllten Lampen" war der Ehrentempel illuminiert – das Ganze habe einem „umso trefflicheren Effekt gemacht, weil die ganze Stadtkirche an ihren Wänden, Fenstern, Emporkirchen, Stühlen und Boden schwarz bekleidet war",[807] hieß es in der Beschreibung der Feierlichkeiten.

Vor dieser beeindruckend-gespenstischen Kulisse beklagte zunächst Oberhofprediger Krüger, dass „die Krone unseres Hauptes" abgefallen sei: „Ein großer Reichsfürst; ein streitbarer Held in seiner glorwürdigsten Regierung; ein Regent voller Weisheit, Klugheit, Gelehrtheit, Gerechtigkeit, Mildtätigkeit und allen seinen Untertanen eine sichere Zuflucht. Ich sage noch einmal wehmütig: Die Krone unseres Hauptes ist abgefallen."[808] Alsdann oblag es dem Hofprediger Stein, mit würdevoller Stimme den Lebenslauf Karl Wilhelms zu verlesen. Zu den Klängen des Liedes „Nun lasst uns den Leib begraben" wurde der Prunksarg in dem Gerüst versenkt.

Ruhe, Ruhe, Ruhe

Nachdem Karl Wilhelm nun endlich auch offiziell begraben war, setzte der Kirchenrat und Spezial-Superintendent zu Pforzheim, Philipp Jakob Bürcklin, zur „Abdankungsrede“ an: „Ruhe, Ruhe, Ruhe“ waren seine ersten Worte – und auf dieses Thema kam der Geistliche immer wieder zurück. Ruhe, so verkündete er, habe Karl Wilhelm zum Ziel seiner Geschäfte gemacht. Niemals aber habe Seine Hochfürstliche Durchlaucht ihre Gedanken der unruhigen Welt deutlicher offenbart, „als da Sie dieser von Ihnen prächtig erbauten Residenz- und Waldstadt die Obschrift von der Ruhe gegeben, Dero Durchlauchtigsten Namen selbiger vorzusetzen beliebet und einer merklichen Anzahl von Dero Untertanen in diesem Karlsruhe auch ihre eigene Ruhe zu suchen erlaubet.

Die Ruhe, die sich Karl Wilhelm erträumte, war nach Auffassung von Kirchenrat Bürcklin allerdings nicht mit bloßer Erquickung und der Abwesenheit von Lärm gleichzusetzen. Empört vermerkte er, dass sich einige Leute unterstanden, die „Fürstliche, wohl-ausgedachte Benennung zu verdrehen und Karlsruhe für Karls-Unruhe auszugeben“. Diese Leute hätten wohl noch nicht gekannt, „dass nur Gemeine und Niederträchtige in einer müßigen Stille, hohe aber und erleuchtete Gemüter vielmehr mitten in der Menge unruhig-scheinender Verrichtungen dero Ruhe zu finden gewohnt (sind) und den Löwen gleichen, die ihre Ruhe nicht anders als mit offenen Augen zu genießen verlangen.“ Der verstorbene Markgraf, davon zeigte er sich überzeugt, habe sich niemals um eine andere Ruhe bemüht, „als welche aus getreulich eingerichteten und glücklich ausgeführten Geschäften entspringt.“[809]

Nachdem Karl Wilhelm nun „nach vollendeten hohen Regierungsarbeiten eine dem Leibe nach vollkommene Ruhe in der stillen Grabesgruft“ gefunden habe, oblag es nun drei anderen „Fürsten-Sonnen“ die „Trauer-Wolken“ und trüben Gedanken aus den Herzen der Untertanen zu vertreiben: Karl Friedrich, dem noch unmündigen Herrn von Baden-Durlach, sowie der Markgräfin-Witwe Magdalene Wilhelmine und dem Markgrafen Karl August.

„Ruhe denn, geliebtes Vaterland, ruhe“, rief Bürcklin im Schein der flackernden Kerzen: „Ruhe in deinen Mauern. Siehe, dein Landesprinz lebt. Ruhe in deinem Gemüte, denn deine Durchläuchtigste Fürstin, die sorgt. Ruhe in allen Vorfallenheiten, denn dein Fürst und vortrefflichster Administrator, der wacht. So muss die Ruhe sich in der Treue spiegeln, so muss die Weisheit die Treue und Ruhe stets leiten – und also wird das ganze Fürstentum ein beständiges Karls- und Wilhelminen-Ruh bleiben.“[810]

Nachdem der Kirchenrat mit diesen erhebenden Worten seine Abdankungsrede beendet hatte, beschloss der Diakon Zangmeister mit der Erteilung des „gewöhnlichen Kirchensegens“ die Trauerfeierlichkeiten, die von acht Uhr abends bis vier Uhr in der Frühe gedauert hatten. „In voriger Ordnung und Solennität“[811] begab sich das Publikum zurück ins fürstliche Residenzschloss.

Das Schauspiel war zu Ende.

„Gott lasse uns auch unter dieser neuen Regierung sicher wohnen“: Wie es weiterging

Neun Tage nach der Trauerfeier kamen im Audienzzimmer der verwitweten Markgräfin Magdalene Wilhelmine in der Durlacher Karlsburg der Geheimratspräsident von Uxküll, Obermarschall Schilling von Canstatt, Kammermeister von Gemmingen und die übrigen Mitglieder des vormundschaftlichen Regierungskollegiums zusammen, um den beiden hochfürstlichen Vormündern und dem Haus Baden-Durlach ihre beständige Treue und Devotion zu schwören. Diese Vereidigung war die einzige Huldigung, an der Magdalene Wilhelmine selbst teilnahm. Die Herren waren der Meinung, dass es nicht schicklich sei, wenn „Serenissima Administratrix“ selbst durchs Land reiste. Sie fügte sich und bevollmächtigte den Markgrafen Karl August, die Treuebekundungen auch in ihrem Namen entgegenzunehmen. Noch im Juli fanden die Huldigungsfeierlichkeiten im Unterland, in Karlsruhe, Durlach und Pforzheim, statt, im August mussten die Untertanen in den oberen Gebieten antreten.[812] Ihr Gebet „Gott lasse uns auch unter dieser neuen Regierung sicher wohnen“,[813] fand Gehör: Nach dem Jahrhundert der Kriege und Krisen stand dem Land am Oberrhein eine ungewöhnlich lange Friedensphase bevor.

Der neunjährige Thronerbe Karl Friedrich und sein kleiner Bruder blieben zunächst bei der Großmutter in der Karlsburg.[814] Als die fromme Magdalene Wilhelmine am 30. Oktober 1742 starb – da stand der Landesprinz kurz vor seinem 14. Geburtstag –, übernahm Markgraf Karl Wilhelm Eugen, der jüngere Bruder des Landesadministrators, das Amt des zweiten Vormunds. Für Karl Friedrich begann im Jahr darauf seine Erziehung im Ausland.

Mit 18 Jahren wurde Karl Friedrich vom Kaiser für volljährig erklärt und trat die Regierung im Kleinstaat Baden-Durlach an, in dem man zu dieser Zeit rund 90 000 Einwohner zählte.[815] Auf Drängen der Regierungskollegien sowie seiner badischen und oranischen Verwandschaft hin heiratete der junge Markgraf 1751 ohne alle

Begeisterung Karoline Luise von Hessen-Darmstadt (1723–1783), ein Patenkind seines verstorbenen Großvaters Karl Wilhelm.[816] Zunächst schien es, als ob der jungen Frau ein ähnliches Schicksal als vernachlässigter Ehefrau bevorstünde wie einst Magdalene Wilhelmine, doch gelang es der klugen Hessin innerhalb einiger Jahre, die Zuneigung des Baden-Durlachers zu erwerben. Für Karl Friedrich wiederum erwies sich die umfassend gebildete Karoline Luise als ausgesprochener Glücksfall: dass Johann Gottfried Herder, eigentlich ein Kritiker des Absolutismus, den Badener als „Deutschlands besten Fürsten" rühmte, ging zu einem guten Teil auf das Konto der „hessischen Minerva".

Karl Wilhelm, der Gründer Karlsruhes, entzog sich weitgehend dem Verständnis der bürgerlichen Historiker des 19. Jahrhunderts. Obwohl er durchaus ein Ohr für die Argumente der Vernunft hatte, wurde sein Bild in den Augen der Nachwelt von seinen barocken Allüren und seinem theatralischen Habitus überschattet. Ganz anders sein Enkel Karl Friedrich, der in mancherlei Hinsicht auf dem Werk Karl Wilhelms aufbaute und 1746 ein vergleichsweise geordnetes Land ohne große Schuldenlast übernahm:[817] Die Söhne der Aufklärung bewunderten und verehrten diesen reformabsolutistischen Fürsten,[818] dessen Anliegen so gut mit ihrem bürgerlichem Weltbild in Einklang zu bringen waren – Karl Friedrich brachte unter anderem die Lehrerbildung voran, er modernisierte die Landwirtschaft, schaffte die Folter ab und hob die Leibeigenschaft auf. Dass seine Hofhaltung eher bescheiden war, ihm der Ruf einer tiefen, pietistisch geprägten Frömmigkeit voranging, sein Familienleben bürgerlichen Normen zu entsprechen schien und seine Affären sehr diskret abgewickelt wurden, trug ebenfalls zu seinem guten Leumund bei.

Hinzu kam das Quäntchen Glück, das dafür sorgte, dass Karl Friedrichs 65-jährige Regierungszeit unvergessen blieb: 1771 starben die Markgrafen von Baden-Baden im Mannesstamm aus. Vergeblich hatte der für eine geistliche Laufbahn vorgesehene jüngere Sohn Sibylla Augustas, Markgraf August Georg, sich in den Laienstand zurücksetzen lassen und geheiratet: Seiner Ehe entsprang nicht der ersehnte Erbe, der die katholische Linie hätte fortsetzen können. Die badischen Markgrafschaften wurden unter dem evangelischen Fürsten wiedervereinigt, und Karl Friedrich regierte dank des biologischen Zufalls nunmehr über mehr als 200 000 Männer, Frauen und Kinder.

In eine prekäre Lage geriet die Markgrafschaft durch die Französische Revolution: Wieder einmal drohte das kleine Land im eskalierenden Konflikt der Großmächte zerrieben zu werden, es wurde erneut Kriegsschauplatz. Mehr Getriebener als Handelnder war Karl Friedrich, als Baden im Gefolge Napoleons 1803 zum Kurfürstentum und 1806 zum Großherzogtum aufstieg – der alternde Fürst regierte schließlich über einen Mittelstaat, in dem rund eine Million Menschen lebten. Dass Baden für seine neue Größe einen hohen Blutzoll bezahlte, war die andere Seite der Medaille. Die Konturen des Landes Baden, wie es bis zum Ende des Zweiten Weltkriegs bestand, wurden in den letzten Lebensjahren Karl Friedichs gezeichnet.

Karlsruhe, die Gründung Karl Wilhelms, blieb bis zur Abdankung des letzten Großherzogs im November 1918 Residenzstadt. Dabei hätte es andere Möglichkeiten gegeben. Durlach hoffte nach Karl Wilhelms Tod darauf, dass der junge Markgraf Karl Friedrich der Stadt im Hardtwald den Rücken kehren würde, zumal sich das ungeduldig gebaute Karlsruher Residenzschloss als ziemlich marode erwies. Doch Karl Friedrich rang sich zu einer Hauptrenovation durch und blieb in Karlsruhe. Als der Baden-Durlacher 1771 das baden-badische Erbe antrat, hätte es nahegelegen, in das prachtvoll ausgestattete Rastatter Schloss umzuziehen – allein, Karl Friedrich blieb in Karlsruhe. Auch zu Beginn des 19. Jahrhundert, als den Badenern mit Mannheim die glanzvolle ehemalige Residenz der Kurfürsten von der Pfalz ebenso zufiel wie die Zähringerstadt Freiburg, hielten die Großherzöge an Karlsruhe fest. Erst in Folge des Zweiten Weltkriegs verlor der Metropole gewordene Traum im Hardtwald den Hauptstadtstatus.

Karl Wilhelm und seine Zeit erleben

Karl Wilhelm ruht noch heute in Karlsruhe, allerdings schon lange nicht mehr im Schutz der Konkordienkirche. Im Jahr 1807 stimmte Großherzog Karl Friedrich dem Abbruch der Grabkirche auf dem Marktplatz zu.[819] Sie stand den Plänen zum Ausbau der Residenzstadt im Wege, bei der Baumeister Friedrich Weinbrenner die Federführung hatte. Der Architekt sah auf der Hauptachse des Karlsruher Fächers eine eindrucksvolle Platzfolge vor, die vom Schlossplatz über die Lange Straße (Kaiserstraße) hinaus nach Süden führen sollte. Weinbrenner entwickelte auf der Grundlage des Bestehenden für die barocke Planstadt ein neues Ordnungssystem, sein Ziel war ein geschlossenes Stadtbild[820] – unter klassizistischen Vorzeichen allerdings. Über der Gruft Karl Wilhelms konnte sich Weinbrenner ein monumentales Denkmal der Göttermutter Rhea vorstellen, doch die Staatskassen waren leer. Als Provisorium diente 16 Jahre lang eine hölzerne Pyramide. 1825 wurde sie durch die ebenfalls von Weinbrenner entworfene Pyramide aus rotem Sandstein ersetzt.

Die Pyramide

Das Grab im Herzen Karlsruhes, umbrandet vom Lärm der heute rund 300 000 Einwohner zählenden Großstadt, ist einzigartig im europäischen Kulturkreis.[821] Die Gruft zu besichtigen ist nicht möglich. Ein maßstabgerechtes Modell, das einen Blick ins Innere der Pyramide erlaubt, ist jedoch im Karlsruher Stadtmuseum (Prinz-Max-Palais, Karlstraße 10) ausgestellt. Es entstand als Ergebnis einer Begehung der Pyramide in einer Septembernacht 1998, an der unter anderem der damalige Oberbürgermeister Gerhard Seiler, sein Nachfolger Heinz Fenrich, Prinz Bernhard von Baden sowie der frühere Archivdirektor Heinz Schmitt beteiligt waren. Es handelte sich dabei um die zweite Öffnung des Karlsruher Wahrzeichens seit seinem Bestehen.

Eine erste Besichtigung im Jahr 1889 hatte Großherzog Friedrich I. gewünscht. Damals wurde der Gedanke erwogen, Karl Wilhelms Gebeine umzubetten, um an der Stelle der Pyramide ein Denkmal für Kaiser Wilhelm I. zu errichten. Der Plan kam nicht zur Ausführung. Auch die Idee des Großherzogs, die Pyramide durch ein Reiterstandbild des Stadtgründers selbst zu ersetzen – Friedrich I. wollte sich damit bei der Haupt- und Residenzstadt Karlsruhe für die Feierlichkeiten zu seinem 50-jährigen Regierungsjubiläum bedanken –, scheiterte letztlich aus Gründen der Pietät.[822] Die Pyramide galt mittlerweile als Wahrzeichen Karlsruhes, die Einwohner wollten sie weder missen noch an einen anderen Platz versetzt wissen.

Schließlich verfiel man auf die Idee, das südlich von der Pyramide auf dem Marktplatz befindliche Großherzog-Ludwig-Denkmal umzusetzen, um Platz zu schaffen für ein zehneinhalb Meter hohes Reiterstandbild von Karl Wilhelm im historischen Kostüm mit Allongeperücke. Sowohl der Großherzog als auch der Künstler Fridolin Dietsche[823] starben, ehe der Entwurf realisiert wurde, und Friedrich II. bevorzugte das Konzept eines anderen Bildhauers, des Frankfurters Fritz Boehle.[824] Auch die Standortfrage wurde erneut diskutiert, die Hans-Thoma-Straße in Erwägung gezogen oder der Ehrenhof des Schlosses. Einigkeit bestand nur darüber, dass das Reiterstandbild Karl Wilhelms die Fächerstadt pünktlich zu ihrem 200. Geburtstag schmücken sollte. Das Vorhaben scheiterte wie die Jubiläumsfeierlichkeiten am Ersten Weltkrieg. Nach 1918 erlaubten weder die wirtschaftlichen noch die politischen Verhältnisse die Verwirklichung des Markgraf-Karl-Wilhelm-Denkmal-Projektes.

Die städtischen Museen

Das Karlsruher Stadtmuseum zeigt, ausgehend von der Vision des Karl Wilhelm, die Geschichte der Fächerstadt auf. Das Museum soll zum 300. Stadtgeburtstag eine Neukonzeption erfahren. In der Durlacher Karlsburg (Pfinztalstraße 9) ist das Pfinzgaumuseum untergebracht, das einen chronologischen Rundgang durch die Durlacher Stadtgeschichte bietet. Thematisiert werden dabei auch die Zerstörungen des Jahres 1689, die Gründung Karlsruhes und die Folgen für die alte Residenzstadt.

Badisches Landesmuseum und Schlossturm

Sich ein Bild von den Wohn- und Lebensverhältnissen Karl Wilhelms zu machen, ist nicht einfach: Das Karlsruher Schloss wurde bereits unter seinem Nachfolger Karl Friedrich um- und ausgebaut, die Ausstattung der Räumlichkeiten während des 18. und 19. Jahrhunderts immer wieder dem Zeitgeschmack angepasst. Nach dem Ende der Monarchie zog das Badische Landesmuseum in das ehemalige Residenzschloss ein und präsentierte hier die „Sammlungen vaterländischer Altertümer".[825] Im Zweiten Weltkrieg brannte das Schloss nieder. Beim Wiederaufbau schuf man im Inneren modern-funktionale Räume, wie sie weiter nicht von den barocken Ursprüngen entfernt sein könnten. So ist das Badische Landesmuseum heute auf museumsdidaktische Mittel angewiesen, wenn es in seiner Abteilung „Schloss und Hof Karlsruhe" die Geschichte des Gebäudes, seiner einstigen Ausstattung, seiner Bewohner und seiner Beziehung zur Stadt referiert. Ein großes Modell veranschaulicht die Anlage Karlsruhes als barocke Planstadt. Wie unterschiedlich sich zu Lebzeiten Karl Wilhelms und seines Enkels die Lebenswelten der Gesellschaftsschichten – vom Adel über das Stadtbürgertum bis zu den Bauern – gestalteten, erfährt man in der Abteilung „Absolutismus und Aufklärung 1689–1789". Beleuchtet werden darin auch Themen wie Reisen, Exotismus, Porzellan und Frömmigkeit.

Einen unvergesslichen Eindruck vom Karlsruher Grundriss erhält man in etwa 42 Metern Höhe auf der Aussichtsplattform des Schlossturmes,[826] den man über die Ausstellungsräume des Badischen Landesmuseums erreicht. Hier, im Zentrum des Karlsruher Zirkelschlags, kann man auch noch heute nachempfinden, wie Karl Wilhelm Aussicht und Aufsicht über Stadt und Hardtwald genossen haben mag. 165 Treppenstufen müssen die Besucher bewältigen, ehe sie Gelegenheit haben, den Blick bei schönem Wetter bis zum Schwarzwald und zu den Pfälzer Bergen schweifen zu lassen. Im Saal unterhalb der Aussichtsplattform wird die Legende von Karl Wilhelms „Tulpenmädchen" thematisiert.

Barockschlösser im Südwesten

In barocke Lebenswelten einzutauchen – dazu bieten mehrere Schlösser im Südwesten, die aus einer vergleichbaren Intention wie Karlsruhe entstanden sind, Gelegenheit. Ein besonderes Erlebnis ist der Besuch des Rastatter Residenzschlosses: Im Palast des Türkenlouis lassen sich das Repräsentationsbedürfnis der Zeit und ihre Sinnenfreude gleichermaßen nachempfinden. Da die Markgrafen von Baden-Baden 1771 bereits ausstarben und die evangelische Verwandtschaft wenig Interesse an der gewaltigen Dreiflügelanlage zeigte, entging das Schloss den üblichen Modernisierungen, die reichen Stuckaturen und Gemälde blieben fast unverändert erhalten. Das Rastatter Residenzschloss gehört überdies zu den wenigen seiner Art, die den Zweiten Weltkrieg unbeschadet überstanden. Das prunkvolle Hauptgeschoss mit den Staatsappartements des markgräflichen Paares und dem Ahnensaal ist als Schlossmuseum für Besucher geöffnet.

Ein sehenswertes barockes Gesamtkunstwerk ist außerdem das Jagd- und Lustschloss Favorite in Rastatt-Förch. Der bevorzugte Sommersitz der Sibylla Augusta und ihrer Söhne besticht durch prächtige Räumlichkeiten und wertvolle Sammlerstücke. In den Sommerdomizilen diktierte die Etikette nicht so rigide wie in den Residenzen – aber ganz loslassen vom zeremoniellen Theater konnten und wollten die Fürsten auch hier nicht. Selbst ein fürs Vergnügen bestimmter Ort diente der Repräsentation, und Sibylla Augusta schuf sich eine Schaubühne sogar noch in der Schlossküche. Oder vielmehr: in einer der Schlossküchen, denn es gab zwei in der Favorite. Die eine, im Erdgeschoss unter dem Appartement ihres Sohnes Ludwig Georg eingerichtet, wurde tatsächlich zum Kochen benutzt – die andere unter Sibylla Augustas eigenen Räumen besaß zwar eine Herdstelle, aber darauf wärmte der Hofkoch noch nicht einmal eine Suppe auf: Es handelte sich um eine reine Schauküche, in die die Markgräfin gerne ihre Gäste führte, um mit ihrer reichen Sammlung an Fayencen und Steinzeug, an Kupfer-, Messing- sowie Zinngeschirr zu protzen. Wenn man ihr passend zu den Räumlichkeiten zudem Tugenden wie Fleiß, Sauberkeit und Ordnung unterstellte, war dies durchaus im Sinne der fürstlichen Selbstdarstellerin. Wie Karl Wilhelm bei Bauernhochzeiten den Wirt gab, spielte Sibylla Augusta die pflichtbewusste Hausfrau.

Welche Ausmaße eine Residenz gewordene höfische Bühne annehmen konnte, erfährt man in Ludwigsburg: Das „Jagdschloss", das Karl Wilhelms Schwager, Herzog Eberhard Ludwig, im Jahr 1704 errichten lassen wollte, wuchs sich zu einem Gebäudekomplex mit über 400 Zimmern aus. Neuausstattungen im Stile des Rokoko, des Klassizismus und Empire veränderten das Gesicht des Schlosses, und „Re-Barockisierungen" des späten 19. und frühen 20. Jahrhundert erscheinen heute eher problematisch.[827] Als Schlossmuseum präsentieren die Staatlichen Schlösser und Gärten heute die Appartements in der Beletage des Alten Corps des Logis und des Riesenbaus, wo Eberhard Ludwig, sein Sohn und seine Schwiegertochter wohnten. Einiges von der Ausstattung um 1715 hat sich bis heute erhalten, auch viele Portraits machen das Lebensumfeld des Herzogs erlebbar – eines Mannes, dessen Denk- und Lebensweise sowie Handeln zahlreiche Parallelen zum Gründer Karlsruhes aufweist.

Lohnenswerte Ausflugsziele zu rekonstruierter barocker Fürstenherrlichkeit sind außerdem die Schlösser Mannheim und Bruchsal, die beide zu Beginn des 19. Jahrhunderts an Baden fielen. Mit Schloss Mannheim ließ sich ab 1720 Kurfürst Karl Philipp von der Pfalz, einer der ranghöchsten Reichsstände, eine neue Residenz errichten – entsprechend großartig fielen Bauprogramm und Ausstattung aus. Das Schloss wurde im Zweiten Weltkrieg fast vollständig zerstört, seit 2007 hat es mit der wiederhergestellten Enfilade in der Beletage sein Herzstück zurückerhalten. Besonders beeindruckend ist der Rittersaal, der zwischen 1728 und 1756 entstand und seinen Namen den hier abgehaltenen Zusammenkünften der Ritter des pfälzischen Hubertusordens verdankt.

Schloss Bruchsal, ab 1720 von Fürstbischof Damian Hugo von Schönborn erbaut, lockt ebenfalls mit nach Kriegszerstörungen wiederhergestellten Prunkräumen und wartet zudem mit der „Krone aller Treppenhäuser", einer Schöpfung Balthasar Neumanns, auf. Wie die anderen Schlossbauten dieser Zeit war auch die einzige geistliche Barockresidenz am Oberrhein ganz auf Besucher und Bewunderung abgestellt[828] – ein Konzept, das auch heute noch das Publikum anzieht.

Hinweis

Der Name Karl Wilhelm wird in diesem Buch mit „K“ geschrieben, wie es in der älteren Geschichtsschreibung etwa bei Fecht oder Weech üblich war und auch im Handbuch der baden-württembergischen Geschichte gehalten wird. Da sich das „K“ im Namen Karlsruhes und bei anderen nach badischen Herrschern benannten Örtlichkeiten durchgesetzt hat, wird die gewohnte Schreibweise beibehalten – ungeachtet der Tatsache, dass der Stadtgründer selbst mit „Carl“ gezeichnet hat. Entsprechend wird bei anderen historischen Persönlichkeiten verfahren, deren Namen in der Literatur in verschiedenen Schreibweisen auftauchen, etwa bei Karoline oder Katharina.

Literaturverzeichnis

Abkürzungen:

GLA	Badisches Generallandesarchiv Karlsruhe
BLM	Badisches Landesmuseum Karlsruhe
WLM	Württembergisches Landesmuseum Stuttgart
SSG	Staatliche Schlösser und Gärten Baden-Württemberg
HdGBW	Haus der Geschichte Baden-Württemberg
ZGO	Zeitschrift für die Geschichte des Oberrheins

Adler, Lars. 2008. *Die Ordensstiftungen der Markgrafen von Baden 1584–1803. Adelige Korporationen im Spiegel fürstlicher Landespolitik.* Offenbach a.M.: Edition Graf Klenau, 2008.

Alewyn, Richard. 1989. *Das große Welttheater. Die Epoche der höfischen Feste.* Nachd. d. 2. erw. Aufl. d. Original-Ausgabe. München: Beck, 1989.

Ariès, Philippe. 1977. *Geschichte der Kindheit.* München: Hanser, 1977.

Asche, Susanne und Hochstrasser, Olivia. 1996. *Durlach. Staufergründung, Fürstenresidenz, Bürgerstadt.* Karlsruhe: Badenia, 1996. (Veröffentlichungen des Karlsruher Stadtarchivs Bd. 17).

Baden, Wilhelm von. 1906. *Denkwürdigkeiten des Markgrafen Wilhelm von Baden, Band 1 (1792-1818).* [Hrsg.] Badische Historische Kommission. Heidelberg: Carl Winter's Universitätsbuchhandlung, 1906.

Baumgärtner, Iris. 1990. "Konstruierte Natur". Elemente der Stadtplanung und Architektur im klassischen französischen Garten und ihre Rezeption im Südwesten. [Hrsg.] Badisches Landesmuseum. *Klar und lichtvoll wie eine Regel. Planstädte der Neuzeit vom 16. bis zum 18. Jahrhundert.* Karlsruhe: G. Braun, 1990.

Baumstark, Brigitte. 1994. *Rund um den Turmberg. Führer durch das Pfinzgaumuseum Karlsruhe-Durlach, Schloss Karlsburg.* Karlsruhe: Badenia, 1994.

Bitsch, Roland. 2. Aufl. 1990. Trinken, Getränke, Trunkenheit. [Hrsg.] Irmgard Bitsch, Trude Ehlert und Xenja von Ertzdorff. *Essen und Trinken in Mittelalter und Neuzeit.* Sigmaringen: Thorbecke, 2. Aufl. 1990, S. 207–216.

BLM. 2003. *Absolutismus und Aufklärung. Führer durch die kulturgeschichtliche Abteilung.* [Hrsg.] Badisches Landesmuseum. Karlsruhe: Info, 2003.

—. 2012. *Baden! 900 Jahre. Geschichten eines Landes.* [Hrsg.] Badisches Landesmuseum Karlsruhe. Karlsruhe: Info, 2012.

—. 1981. *Barock in Baden-Württemberg, Vom Ende des Dreißigjährigen Krieges bis zur Französischen Revolution, 2 Bde.* [Hrsg.] Badisches Landesmuseum. Karlsruhe: G. Braun, 1981.

—. 1990. *Klar und lichtvoll wie eine Regel. Planstädte der Neuzeit vom 16.bis 18. Jahrhundert.* [Hrsg.] Badisches Landesmuseum. Karlsruhe: G. Braun, 1990.

—. **2008.** *Schloss und Hof Karlsruhe. Führer durch die Abteilung zur Schlossgeschichte.* [Hrsg.] Badisches Landesmuseum. Karlsruhe: Info, 2008.

—. **2010.** *Vom Minnesang zur Popakademie. Musilkkultur in Baden-Württemberg, Ausstellungskatalog.* [Hrsg.] Badisches Landesmuseum. Karlsruhe: G. Braun, 2010.

—. **2008.** *Von der Reformation bis zu den Erbfolgekriegen. 16. und 17. Jahrhundert. Führer durch die Abteilung des Badischen Landesmuseums.* [Hrsg.] Badisches Landesmuseum. Karlsruhe: Info, 2008.

BLM/HdGBW/WLM. 2002. *Mit 100 Sachen durch die Landesgeschichte.* [Hrsg.] Badisches Landesmuseum, Haus der Geschichte Baden-Württemberg und Württembergisches Landesmuseum. Karlsruhe: Info, 2002.

Boelcke, Willi A. 1985. Neuerungen in der Wirtschaft am Oberrhein während des 18. Jahrhunderts. [Hrsg.] Volker Press, Eugen Reinhard und Hansmartin Schwarzmaier. *Barock am Oberrhein.* Karlsruhe: G. Braun, 1985, S. 133–152.

—. **1987.** *Wirtschaftsgeschichte Baden-Württembergs von den Römern bis heute.* Stuttgart: Theiss, 1987.

Bolin, Norbert. 1989. *"Sterben ist mein Gewinn" (Phil 1,21): ein Beitrag zur evangelischen Funeralkomposition der deutschen Sepulkralkultur des Barock;1550–1750.* Kassel: Arbeitsgemeinschaft Friedhof u. Denkmal, 1989. (Kasseler Studien zur Sepulkralkultur 5).

Borchardt-Wenzel, Annette. 2010. *Die Frauen am badischen Hof. Gefährtinnen der Großherzöge zwischen Liebe, Pflicht und Intrigen.* 2. überarb. Aufl. Gernsbach: Casimir Katz, 2010.

—. **2007.** Eine kleine Geschichte des Hauses Baden. [Hrsg.] Peter Michael Ehrle und Ute Obhof. *Die Handschriftensammlung der Badischen Landesbibliothek. Bedrohtes Kulturerbe?* Gernsbach: Casimir Katz, 2007, S. 49–80.

—. **2006.** *Karl Friedrich von Baden. Mensch und Legende.* Gernsbach: Casimir Katz, 2006.

—. **2011.** *Kleine Geschichte Badens.* Regensburg: Pustet, 2011.

—. **1.5.2011.** Unehelich Geborene "aus edlem väterlichen Blut". *DER SONNTAG hrsg. Badische Neueste Nachrichten.* 1.5.2011, S. 3.

Borrmann, Michael. 1990. Barocke Stadt- und Modellhausprojekte in der Markgrafschaft Durlach vor der Gründung von Karlsruhe. [Hrsg.] Badisches Landesmuseum. *Klar und lichtvoll wie eine Regel. Planstädte der Neuzeit vom 16. bis zum 18. Jahrhundert.* Karlsruhe: G. Braun, 1990, S. 231–242.

Braubach, Max. 9. Aufl. 1983. *Vom Westfälischen Frieden bis zur Französischen Revolution, Gebhard Handbuch der deutschen Geschichte Band 10.* [Hrsg.] Herbert Grundmann. München: dtv wissenschaft, 9. Aufl. 1983.

Braun, Johann Wilhelm. 17.6.2012. Ein Tag wie jeder andere? *DER SONNTAG, hrsg. Badische Neueste Nachrichten.* 17.6.2012.

—. **11.12.2011.** Pech mit dem "Weihnachtsgeld". *DER SONNTAG, hrsg. Badische Neueste Nachrichten.* 11.12.2011, S. 4.

—. 22.1.2012. Zum "Karlstag" Pyramiden errichtet. *DER SONNTAG, hrsg. Badische Neueste Nachrichten.* 22.1.2012, S. 4.

Bräunche, Ernst Otto. 2010. Fremde in Karlsruhe. Ein Überblick. [Hrsg.] Stadtachiv, Büro für Integration und PH Karlsruhe. *Migration und Integration in Karlsruhe.* Karlsruhe: Info, 2010, S. 15–36. (Veröffentlichungen des Karlsruher Stadtarchivs Bd. 31).

Brockes, Barthold Heinrich. 1738. *Unverwelcklich-blühendes Ehren-Mahl, dem ... Fürsten und Herrn Herrn Carl Wilhelm, Marggrafen zu Baden und Hochberg ...* Carls-Ruh: Maschenbauer, 1738. (Online-Ausg. Badische Landesbibliothek 2011, urn:nbn:de:bsz:31-9862).

Brüning, Rainer. 2005. Der Fürst stirbt. Die Tauerfeierlichkeiten für Markgraf Ludwig Wilhelm 1707. [Hrsg.] Stadt Rastatt. *Forum Geschichte 2005. 350. Geburtstag des Margrafen Ludwig Wilhelm. 300 Jahre Residenzstadt Rastatt.* Heidelberg /Ubstadt-Weiher / Basel: Verlag Regionalkultur, 2005, S. S. 111–134.

Brüning, Rainer und Rehm, Clemens, [Hrsg.]. 2005. *Ein badisches Intermezzo? Die Markgrafschaft Baden-Baden im 18. Jahrhundert. Festschrift für Herwig John.* Karlsruhe: Förderverein des Generallandesarchivs Karlsruhe, 2005.

Brunn, Friedrich Leopold. 1791. *Briefe über Karlsruhe.* Berlin: Johann Friedrich Unger, 1791. neu herausgegeen von Gerhard Römer, Karlsruhe, Badische Bibliotheksgesellschaft 1988.

Bürcklin, Philipp Jacob. 1738. *Die auf Weißheit und Treue sich gründende Ruhe, welche bey denen Hochfürstlichen solennen Exequien des ... Herrn Carl Wilhelms, Marggrafens zu Baden und Hochberg, ... nach gehaltener Gedächtnis-Predigt ... durch eine Abdanckungs-Rede den 6. Julii 1738...* Carls-Ruh: Machenbauer, 1738. (Online-Ausg. BLB 2011, urn:nbn:de:bsz:31-11138).

Carolus, Helmut und Huber, Thomas. 2008. Vom Karlsruher Schlossgarten des 18. Jahrhunderts bis zum Botanischen Garten der Gegenwart. [Hrsg.] Stadtarchiv Stadt Karlsruhe. *Eine Afrikareise im Auftrag des Stadtgründers.* Karlsruhe: Info, 2008, S. 13–28.

Chrismar, Eugen von. 1892. *Genealogie des Gesammthauses Baden von 16. Jahrhundert bis heute.* Gotha: Friedrich Andreas Perthes, 1892.

Conze, Eckart, [Hrsg.]. 2005. *Kleines Lexikon des Adels. Titel, Throne, Traditionen.* München: Beck, 2005.

Damoulakis, Kiriakoula. 2005. Herrschaftsrepräsentation als Gesamtkunstwerk. [Hrsg.] Wolfgang Froese und Martin Walter. *Der Türkenlouis. Markgraf Ludwig Wilhelm von Baden und seine Zeit.* Gernsbach: Casimir Katz, 2005, S. 75–80.

Danksagungsgedicht Augusta. 1707. *Kind-Schuldigste Danckbarkeit ... welche der Fürstin ... Augustae Mariae, Marggräffin zu Baaden und Hachberg, ... wegen des ... zur Abwendung grossen obschwebenden ... Unglücks, ... erwiesenen Sorgfalt abstatten sollen / das Fürstliche Gymnasium.* Durlach: Hecht, 1707. (Online-Ausgabe BLB 2011 urn:nbn:de:bsz:31-10862).

Decker-Hauff, Hansmartin. 1998. *Frauen im Hause Württemberg.* 2. Auflage. Leinfelden-Echterdingen: DRW, 1998.

Defner, Daniel. 1725. *Die Schilling-Wangische Wangen: wie Sie in Ihrer natürlichen Zierde ... wollte an Dero hohen Vermählungs-Tag ... / ein ... JugenD- und Music-FreunD im Carolsruhischen Gymnasio, Wie es dann Auch Ich Mithalte.* Carols-Ruh: Maschenbauer, 1725. (Online-Ausgabe BLB 2010 urn:nbn:de:bsz:31-4627).

Deutsches Historisches Museum. 2002. *Die öffentliche Tafel. Tafelzeremoniell in Europa 1300–1900, hrsg. von Hans Ottomeyer und Micheala Völkel.* Wolfratshausen: Ed Minerva, 2002.

—. 2009. *Deutsche Geschichte in Bildern und Zeugnissen.* München/Berlin: Ed. Minerva, 2009.

—. 2006. *Heiliges Römisches Reich Deutscher Nation 962 bis 1806. Altes Reich und Neue Staaten 1495 bis 1806.* [Hrsg.] Hans Ottomeyer, Jutta Götzmann und Ansgar Reiss. Dresden: Sandstein, 2006. Bd. 1. Katalog.

Dietrich, Heinrich. 1911. *Die Verwaltung und Wirtschaft Baden-Durlachs unter Karl Wilhelm 1709–1738 (Diss.).* Heidelberg: Albert Hellmuth, 1911.

Dülmen, Richard von. 1991. *Frauen vor Gericht. Kindsmord in der Frühen Neuzeit.* Frankfurt Main: Fischer, 1991.

Elias, Norbert. 1969. *Die höfische Gesellschaft: Untersuchungen zur Soziologie des Königtums und der höfischen Aristokratie.* Neuwied / Berlin: Luchterhand, 1969.

Epkenhans, Michael, Gross, Gerhard P. und Köster, Burkhard. 2011. *Preußen. Aufstieg und Fall einer Großmacht.* Stuttgart: Theiss, 2011.

Erbacher, Hermann. 1984. *Die Gesang- und Choralbücher der lutherischen Markgrafschaft Baden-Durlach 1556–1821* . Karlsruhe: Verein f. Kirchengeschlichte in der Ev. Landeskirche in Baden, 1984. (Veröffentlichungen des Vereins für Kirchengeschichte in der evangelischen Landeskirche Baden, XXXV).

—. 1965. *Suchet der Stadt Bestes. Festschrift der Evangelischen Kirchengemeinde Karlsruhe zum Stadtjubiläum 1715–1965.* Karlsruhe: Ev. Kirchengemeinde, 1965.

Exequien. 1738. *Beschreibung der Solennen Exequien und des dabey aufgerichteten Castri Doloris, welche ... dem ...Herrn Carl Wilhelmen, Marggrafen zu Baden und Hochberg ... den 6ten Julii 1738 in dero gewesenen Residenz gehalten worden.* Carls-Ruh: Maschenbauer, 1738. (Online-Ausg. BLB 2011, urn:nbn:de:bsz:31-11191).

Fecht, Karl Gustav. 1887. *Geschichte der Haupt- und Residenzstadt Karlsruhe.* Karlsruhe: Macklot, 1887.

—. 1869. *Geschichte der Stadt Durlach.* Karlsruhe: Tron, 1869. (Nachdruck der Ausgabe Heidelbert 1869).

Festschrift zum Geburtstag. 1722. *Als der Durchleuchtigste Fürst und Herr, Herr Carl, Marggraf zu Baaden und Hachberg ... den 28. Januarii 1722 das erfreuliche Fest Sero hohen Geburts- und Nahmens-Tag ... celebrirten, Wolte zu der allgemeinen Freude Dero gesamten Unterthanen diesen ...* Carols-Ruh: Maschenbauer, 1722. Online-Ausg. 2011 (BLB urn:nbn:de:bsz:31-10905).

Fördrer, Johann Georg. 1709. *Politischer Lust-garten Eines Regenten: Darein ein mit klarem Wasser springender Brunnen gezeiget wird, daraus Er sich selbsten Macht, und seinen Unterthanen Reichthum schöpffen kan...* Franckfurt am Mayn: Knoch, 1709. S. Noi.

(Online-Ausgabe: Göttingen, Niedersächsische Staats- und Universitätsbibliothek, 2011 http://resolver.sub.uni-goettingen.de/purl?PPN657916986).

Frie, Ewald. 2012. Das Stuttgarter Waisenhaus. [Hrsg.] Reinhold Weber, Peter Steinbach und Hans-Georg Wehling. *Baden-württembergische Erinnerungsorte.* Stuttgart: Kohlhammer, 2012, S. 359–367.

Froese, Wolfgang. 2005. "Nichts geringeres verfolgen". [Hrsg.] Wolfgang Froese und Martin Walter. *Der Türkenlouis. Markgraf Ludwig Wilhelm von Baden und seine Zeit.* Gernsbach: Casimir Katz, 2005, S. 53–60.

Froese, Wolfgang und Walter, Martin (Hrsg). 2005. *Der Türkenlouis. Markgraf Ludwig Wilhelm von Baden und seine Zeit.* Gernsbach: Casimir Katz, 2005.

Froese, Wolfgang und Walter, Martin, [Hrsg.]. 2011. *Schloss Rastatt. Schloss Favorite. Menschen, Geschichte, Architektur.* Gernsbach: Casimir Katz, 2011.

Gensichen, Sigrid. 2008. Die böhmische Heimat. [Hrsg.] SSG. *Extra schön. Margräfin Sibylla Augusta und ihre Residenz.* Petersberg: Michael Imhof, 2008, S. 19–25.

Germanisches Nationalmuseum Nürnberg. 2010. *Renaissance. Barock. Aufklärung. Kunst und Kultur vom 16. bis zum 18. Jahrhundert.* [Hrsg.] Daniel Hess und Dagmar Hirschfelder. Nürnberg: GNN, 2010.

Glaubitz, Friedrich Erdmann von. 1728. *Der durch die That wahr-gemachte Nahme oder die vollkommene Augusta wurde bey der weyland durchleuchtisten Fürstin und Frauen, Frauen Augusta Maria…, Leichenpredigt.* Carls-Ruh: Maschenbauer, 1728. (Online-Ausg. BLB 2011 urn:nbn:de:bsz:31-10984).

Goldschmit, Robert. 1915. *Die Stadt Karlsruhe, ihre Geschichte und Verwaltung. Festschrift zur Erinnerung an das 200jährige Bestehen der Stadt.* Karlsruhe: C.F. Müller, 1915.

Göse, Frank. 2012. *Friedrich I. (1657–1713). Ein König in Preußen.* Regensburg: Friedrich Pustet, 2012.

Gothein, Eberhard. 1912. Eine tapfere Fürstin (Markgräfin Augusta Maria von Baden-Durlach). *ZGO 66 (NF 27).* 1912, S. 559–561.

Grau, Ute. 2000.*Schloss Augustenberg, Häuser und Baugeschichte.* Karlsruhe: Info, 2000. (Schriftenreihe des Stadtarchivs Karlsruhe Bd. 1).

Haass, Günther. 1982 - 1. Theater am markgräflichen Hof in Durlach 1666–1719. [Hrsg.] Badisches Staatstheater/ GLA. *Karlsruher Theatergeschichte. Vom Hoftheater zum Staatstheater.* Karlsruhe: G. Braun, 1982, S. 9–16.

—. 1982 - 2. Theater am markgräflichen und kurfürstlichen Hof in Carolsruhe 1719–1806. *Karlsruher Theatergeschichte. Vom Hoftheater zum Staatstheater.* Karlsruhe: G. Braun, 1982, S. 17–27.

Haebler, Rolf Gustav. 1936. Der Mann, der die Stadt Karlsruhe gründete. *Die Pyramide.* 1936, S. 9.

Häfner, Klaus. 1996. *Der badische Kapellmeister Johann Melchior Molter (1696–1765) und seine Zeit. Dokumente und Bilder zu Leben und Werk. Eine Ausstellung der Badischen Landesbibliothek Karlsruhe zum 300. Geburtstag des Komponisten.* Karlsruhe: Badische Landesbibliothek, 1996.

Handbuch. 1995. *Handbuch der baden-württembergischen Geschichte, Bd.2 Die Territorien im Alten Reich.* [Hrsg.] Hansmartin Schwarzmaier und Meinrad Schaab. Stuttgart: Klett-Cotta, 1995.

Hank, Peter. 2005. Stadtgründer: Markgraf Ludwig Wilhelm und die "zweite Gründung" Rastatts. [Hrsg.] Stadt Rastatt. *Forum Geschichte 2005. 350. Geburtstag des Markgrafen Ludwig Wilhelm. 300 Jahre Residenzstadt Rastatt.* Heidelberg / Ubstadt-Weiher / Basel: Verlag Regionalkultur, 2005, S. S. 91–110.

Hanswurst. 1729. *Der semper lustig- und nunquam traurige Hanns Wurst: in soferne ihn anderst nicht hungert, friert und durst, wollte bey dem Eintritt deß neuen 1729. Jahres ... gehorsamst empfehlen.* Karlsruhe (?): 1729. (Online-Ausg. 2011 BLB urn:nbn:de:bsz:31-4980).

Hartleben, Theodor Konrad. 1815. *Statistisches Gemälde der Residenzstadt Karlsruhe und ihrer Umgebungen.* Karlsruhe: G. Braun, 1815.

Hippel, Wolfgang von. 1985. Die Gesellschaftsordnung in Deutschland zur Zeit des Barock. [Hrsg.] Volker Press, Eugen Reinhard und Hansmartin Schwarzmaier. *Barock am Oberrhein.* Karlsruhe: G. Braun, 1985, S. 107–132.

Hochstrasser, Olivia. 1992. Hof, Stadt, Dörfle – Karlsruher Frauen in der vorbürgerlichen Gesellschaft (1715–1806). [Hrsg.] Susanne Asche, et al. *Karlsruher Frauen 1715–1945. Eine Stadtgeschichte.* (Veröffentlichungen des Karlsruher Stadtarchivs Bd. 15). Karlsruhe: Badenia, 1992, S. 19–101.

Höltzlein, Johann Lorenz. 1732. *Demüthigstes Thränen-Opffer nach erfolgt-hochseeligem Absterben des Durchlauchtigsten Fürsten und Herrn, Herrn Friderichs, Marggraf und Erb-Printzens zu Baden und Hachberg, ... vor dessen ... Eltern in tieffester Demuth gebracht ...* Carls-Ruhe: Maschenbauer, 1732. (Online-Ausgabe 2011 BLB urn:nbn:de:bsz:31-11073).

Hug, Wolfgang. 2. Auflage 1998. *Geschichte Badens.* Stuttgart: Theiss, 2. Auflage 1998.

Hund, Sabine. 4/2008. "Gottesfürchtig leben und selig sterben". Rastatt/Die letzten Jahre der Markgräfin Franziska Sibylla Augusta von Baden-Baden. *Schlösser Baden-Württemberg.* 4/2008, S. 17–19.

—. 2008. Politik, Andacht und Kunst. Die Reisen der Markgräfin Sibylla Augusta von Baden-Baden. [Hrsg.] Staatliche Schlösser und Gärten Baden-Württemberg. *Extra schön. Markgräfin Sibylla Augusta und ihre Residenz.* . Petersberg: Michael Imhof, 2008, S. 42–57.

Hupp, Georg. 1952. Das erste badische evangelische Kirchengesangbuch der Markgräfin Augusta Maria. *Badische Heimat. Mein Heimatland.* 1952, S. 51–54.

Huss, Frank. 2008. *Eberhard Ludwig. Der schwäbische Sonnenkönig.* Gernsbach: Casimir Katz, 2008.

Jacob, Hermann. 1936. *Einwohnerbuch der Markgrafschaft Baden-Durlach im Jahre 1709.* Schopfheim: Vehlin, 1936.

Jungmayr, Petra. 1990. *Georg von Welling (1655–1727), Studien zu Leben und Werk.* Stuttgart: Steiner, 1990. zugl. Heidelberg, Univ.Diss 1988.

Jütte, Robert. 2003. *Lust ohne Last. Geschichte der Empfängnisverhütung.* München: C.H. Beck, 2003.

Kaack, Hans-Georg. 1983. *Markgräfin Sibylla Augusta. Die große badische Fürstin der Barockzeit.* Konstanz: Stadler, 1983.

Kast, Augustin. 1934. *Die Jahresberichte des Ettlinger Jesuitenkollegs 1661–1769.* Karlsruhe: Selbstverlag, 1934.

Keyßler, Johann Georg. 1751. *Neueste Reisen durch Deutschland, Böhmen, Ungarn, die Schweiz, Italien und Lothringen, Theil 1.* Hannover: Nicolai Förster, 1751.

Kleinschmidt, Arthur. 1878. *Karl Friedrich von Baden. Zum 150. Geburtstage.* Heidelberg: Karl Winter's Universitätsbuchhandlung, 1878.

Koch, Manfred. 1992. *Karlsruher Chronik. Stadtgeschichte in Daten, Bildern, Analysen.* [Hrsg.] Stadtarchiv Stadt Karlsruhe. Karlsruhe: Badenia, 1992. Veröffentlichung des Karlsruhe Stadtarchivs Band 14.

Kohnle, Armin. 2007. *Kleine Geschichte der Markgrafschaft Baden.* Karlsruhe: G. Braun, 2007.

Krieger, Albert. 1902. Die Vermählung des Markgrafen Friedrich Magnus von Baden-Durlach und der Prinzessin Auguste Marie von Schleswig-Holstein. *Festschrift zum 50-jährigen Regierungsjubiläum Sr. Kgl. Hohheit des Großherzogs Friedrich von Baden, gewidmet vom Großherzogl. Generalllandesarchiv in Karlsruhe.* Heidelberg: Winter, 1902, S. 107–136.

—. 1905. *Geschichte der Familie Bürklin.* München: Druck der Allgemeinen Zeitung, 1905.

Krüger, Franz Rudolph. 1738. *Die abgefallene Crone der Herrlichkeit, welche bey deß ... Herrn Carl Wilhelms, Marggrafens zu Baden und Hachberg, ... Solennen Exequien ... gehaltenen Leichen-Begängniß-Predig den 6. Julii 1738. vorgestellet worden / von Francisco Rudolph Crügern ...* Carls-Ruh: Maschenbauer, 1738. (Online-Ausg. BLB 2011 urn:nbn:de:bsz:31-11148).

Lampadius, Julius. 1811. *Beiträge zur Vaterlandsgeschichte.* Heidelberg: Mohr, 1811. (Julius Lampadius/Pseud. = Ernst Julius Leichtlen).

Lang, Frank Thomas. 01/2011. Kabinett / Serie Teil 1. *Schlösser Baden-Württemberg.* 01/2011, S. S.13–15.

Langwerth von Simmern. 1738. *Stand-Rede, welche bey denen Solennen Exequien und Abführung des Fürstlichen Sargs des ... Herrn Carl Wilhelms, Marggrafens zu Baden und Hochberg, ... den 6ten Julii 1738. gehalten wurde / von dem ... Baden-Durchlachischen Hof-Rath und Cammer-Juncker Lang.* 1738. (Online-Ausg. BLB 2011, urn:nbn:de:bsz:31-11184).

Lauts, Jan. 1980. *Karoline Luise von Baden. Ein Lebensbild aus der Zeit der Aufklärung.* Karlsruhe: Müller, 1980.

Leiber, Gottfried. 2012. Das frühe Karlsruhe und die Ruhe. Zur Herkunft des Stadtnamens. *Blick in die Geschichte. Karlsruher stadthistorische Beiträge Nr. 96.* 21. September 2012, S. 3.

—. 1996. *Friedrich Weinbrenners Städtebauliches Schaffen für Karlsruhe Teil 1: Die barocke Stadtplanung und die ersten klassizistischen Entwürfe Weinbrenners.* Karlsruhe: G. Braun, 1996.

—. 4/2010. Markgraf Carl Wilhelm und sein ungewöhnlicher Kammerprokurator. *Badische Heimat.* 4/2010, S. S. 871–889.

—. 1990. Vom Jagdsitz zur Stadtanlage. Die städtebauliche Entwicklung Karlsruhes bis zum Ende des 18. Jahrhunderts. [Hrsg.] BLM. *Klar und lichtvoll wie eine Regel. Planstädte der Neuzeit vom 16.bis 18. Jahrhundert.* Karlsruhe: G. Braun, 1990, S. 297–311.

Leichenpredigt Augusta. 1728. *Kurtze Abbildung desz wandelbahren Wechsels menschlichen Lebens, welchen ... Augusta Maria, Marggräfin zu Baaden und Hochberg ... überwunden hat.* Carols-Ruh: Maschenbauer, 1728. (Online-Ausg. BLB 2011 urn:nbn:de:bsz:31-10992).

Leichenpredigt Christoph. 1723. *Die vollkommene Glückseeligkeit, welche der ... Herr Christoph, Marggraf zu Baaden und Hochberg, ... durch hohe Geburt angefangen, im Leben Wechsel-weise empfunden und endlich durch ... Hintritt in Gott gefunden hat, wie solche nach gehaltenen Gedächtnis-.* Carols-Ruh: Maschenbauer, 1723. (Online-Ausgabe BLB 2011 urn:nbn:de:bsz:31-10951).

Leichenpredigt Karl Wilhelm. 1738. *Die allezeit hoch zu preisende allmächtige Wunder-Hand Gottes, welche bey des ... Herrn Carl Wilhelms, Marggrafens zu Baden und Hochberg ... sowohl bey dero hohen Geburt, als auch im Leben und Sterben, sich vielfältig offenbahret hat..., Leichenpredigt.* Carls-Ruh: Maschenbauer, 1738. (BLB Online-Ausg. 2011 urn:nbn:de:bsz:31-11216).

Leichenpredigt Friedrich. 1732. *Die Abbildung deß höchst-rühmlichen, obschon sehr kurtzen Lebens, welches der weyland Durchleuchtigste Fürst und Herr, Herr Friderich, Marggraf und Erb-Printz zu Baden und Hachberg ... durch einen höchst-seeligen Hintritt mit der ewigen Freude verwechselt.* Carls-Ruh: Maschenbauer, 1732. (Online-Ausgabe BLB 2011 urn:nbn:de:bsz:31-11080).

Leiser, Wolfgang. 1966. Das Karlsruher Stadtrecht 1715–1752. *ZGO 114.* 1966, S. 297–239.

—. 1981. Recht und Staat im Zeitalter des Barock. [Hrsg.] Badisches Landesmuseum Karlsruhe. *Barock in Baden-Württemberg, Vom Ende des Dreißigjährigen Krieges bis zur Französischen Revolution, Band 2, Aufsätze.* Karlsruhe: G. Braun, 1981, S. 21–24.

Lemke, Tatjana. 2005. Pflichtbewusst bis zuletzt. [Hrsg.] Wolfgang Froese und Martin Walter. *Der Türkenlouis. Markgraf Ludwig Wilhelm von Baden und seine Zeit.* Gernsbach: Casimir Katz, 2005, S. 95–101.

Lünig, Johann Christian. 1719. *Theatrum Ceremoniale Historico-Politicum, Oder Historisch- und Politischer Schau-Platz Aller Ceremonien, Welche bey Päbst- und Käyser-, auch Königlichen Wahlen und Crönungen ... Ingleichen bey Grosser Herren und dero Gesandten Einholungen ... beobachtet.* Leipzig: Weidmann, 1719.

Martini, Fritz. 18. Aufl. 1984. *Deutsche Literaturgeschichte. Von den Anfängen bis zur Gegenwart.* Stuttgart: Kröner, 18. Aufl. 1984.

Meier-Braun, Karl Heinz und Weber, Reinhold. 2009. *Kleine Geschichte der Ein- und Auswanderung in Baden-Württemberg.* Leinfelden-Echterdingen: DRW, 2009.

Merkel, Ursula. 1990. "Zu mehrerer Zierde und Gleichheit des Orths". Der Modellhausbau des 18. Jahrhunderts in Karlsruhe. [Hrsg.] Badisches Landesmuseum. *Klar und lichtvoll wie eine Regel. Planstädte der Neuzeit vom 16. bis zum 18. Jahrhundert.* Karlsruhe: G. Braun, 1990, S. 243–258.

Merkle, Hans. 2012. *Carl Wilhelm. Markgraf von Baden-Durlach und Gründer der Stadt Karlsruhe (1679–1738).* Heidelberg/Ubstadt-Weiher/Basel: Verlag Regionalkultur, 2012.

Merten, Klaus. 1990. Residenzstädte in Baden-Württemberg im 17. und 18. Jahrhundert. [Hrsg.] Badisches Landesmuseum. *Klar und lichtvoll wie eine Regel. Planstädte der Neuzeit vom 16. bis zum 18. Jahrhundert.* Karlsruhe: G. Braun, 1990, S. 221–230.

Miers, Horst E. 1982. *Lexikon des Geheimwissens.* 5. Aufl. München: Goldmann, 1982.

Mohr, Günther. 2011. *Neben, mit und bey Catholischen. Jüdische Lebenswelten in der Markgrafschaft Baden-Baden 1648–1771.* Köln/Weimar/Wien: Böhlau, 2011.

Molter, Johann Melchior. 1738. *Opffer der Treue: welches bey der ... Beysetzung ... des ... Herrn Carls, Marggrafens zu Baden und Hochberg ... den 6. Julii Anno 1738 ...geschahe ; [Text] / ...in Music vorgetragen Johann Melchior Molter.* Carls-Ruh: Maschenbauer, 1738. (Online-Ausg. BLB 2011, urn:nbn:de:bsz:31-9905).

Müller, Christina. 1990 (2). 1765 und 1790: Zwischen Existenzgründung und residenzstädtischem Leben. [Hrsg.] Heinz Schmitt. *Alltag in Karlsruhe. Vom Lebenswandel einer Stadt durch drei Jahrhunderte.* Karlsruhe: Badenia, 1990, S. 20–63. (Veröffentlichungen des Karlsruher Stadtarchivs Bd. 10).

—. 1992. *Karlsruhe im 18. Jahrhundert. Zur Genese und zur sozialen Schichtung einer residenzstädtischen Bevölkerung.* [Hrsg.] Stadt Karlsruhe Stadtarchiv. Karlsruhe: Badenia, 1992. (Forschungen und Quellen zur Stadtgeschichte Bd.1).

—. 1990 (1). Peuplierung. Zu einem Aspekt absolutistischer Residenzgründungen. [Hrsg.] Badisches Landesmuseum. *Klar und lichtvoll wie eine Regel. Planstädte der Neuzeit vom 16. bis zum 18. Jahrhundert.* Karlsruhe: G. Braun, 1990, S. 259–278.

Müller, Marco. 2005. Der "Türkenlouis". [Hrsg.] Wolfgang Froese und Martin Walter. *Der Türkenlouis. Markgraf Ludwig Wilhelm von Baden und seine Zeit.* Gernsbach: Casimir Katz, 2005, S. 21–32.

Nebenius, C.F. 1868. *Karl Friedrich von Baden.* [Hrsg.] Friedrich von Weech. Karlsruhe: C. F. Müller, 1868.

Neumann, Hartwig. 1990. Reußbrett und Kanonendonner. Festungsstädte der Neuzeit. [Hrsg.] BLM. *"Klar und Lichtvoll wie eine Regel". Planstädte der Neuzeit vom 16. bis zum 18. Jahrhundert.* Karlsruhe: G. Braun, 1990, S. 51–77.

Oesterle, Klaus P. 1/2003. Die Lampe des Nachtarbeiters. Bemerkungen zur ältesten Stadtgeschichte von Karlsruhe. *Badische Heimat.* 1/2003, S. 128–152.

Oßwald-Bargende, Sybille. 4/2004. "Groll, Neid und Rache aus dem Hertzen verbannen". Friedrich Magnus von Baden-Durlach als Ratgeber seiner Tochter Johanna Elisabetha von Württemberg. *Schlösser Baden-Württemberg.* 4/2004, S. 10–13.

—. 2000. *Die Mätresse, der Fürst und die Macht. Christina Wilhelmina von Grävenitz und die höfische Gesellschaft.* Frankfurt/New York: Campus, 2000.

—. 2/2002. Ein "Polarstern" am württembergischen Firmament. *Schlösser Baden-Württemberg.* 2/2002, S. 2–5.

—. 2004. Vom Nutzen eines prächtigen Hofes. Eberhard Ludwig und die höfische Gesellschaft Württembergs. [Hrsg.] SSG. *Schloss Ludwigsburg. Geschichte einer barocken Residenz.* Tübingen: Silberburg, 2004, S. 96–105.

Oster, Uwe A. 2001.*Markgraf Ludwig Wilhelm von Baden. Der "Türkenlouis", Feldherr im Schatten von Prinz Eugen.* Bergisch Gladbach: Bastei Lübbe, 2001.

—. 2005. Wiener Hof. Das ambivalente Verhältnis Markgraf Ludwig Wilhelms zum Kaiser. [Hrsg.] Stadt Rastatt. *Forum Geschichte 2005. 350. Geburtstag des Margrafen Ludwig Wilhelm. 300 Jahre Residenzstadt Rastatt.* Heidelbert/Ubstadt-Weiher/Basel: Verlag Regionalkultur, 2005, S. 59–90.

Ottomeyer, Hans, Götzmann, Julia und Reiss, Ansgar (Hrsg). 2006. *Heiliges Römisches Reich Deutscher Nation 962–1806. Altes Reich und neue Staaten 1495 bis 1806, Katalog zur Ausstellung des Europarats im Deutschen Historischen Museum, Berlin.* Dresden: Sandstein, 2006.

Pelcke, Johann Bernhard von. 1738. *Gedächtnuß-Rede, welche über das frühe Absterben des ... Herrn Carl Wilhelms, Regierenden Marggrafens zu Baden und Hochberg, ... des folgenden Tages nach geschehener solennen Leichen-Begängnß...* S.I., Karlsruhe, 1738. (Online-Ausg. BLB 2011 urn:nbn:de:bsz:31-11178).

Plassmann, Max. 2005. Erfolgreiche Abwehr. [Hrsg.] Wolfgang Froese und Martin Walter. *Der Türkenlouis. Markgraf Ludwig Wilhelm und seine Zeit.* Gernsbach: Casimir Katz, 2005, S. 41–52.

—. 2005. Umstrittener Oberrhein: Markgraf Ludwig Wilhelms Einsatz gegen Ludwig XIV. [Hrsg.] Rastatt Stadt. *Forum Geschichte 2005. 350. Geburtstag des Margrafen Ludwig Wilhelm. 300 Jahre Residenzstadt Rastatt.* Heidelberg/Ubstadt-Weiher/Basel: Verl. Regionalkultur, 2005, S. 39–58.

Praschl-Bichler, Gabriele. 1995. *Alltag im Barock.* Graz/Wien/Köln: Styria, 1995.

Press, Volker. 1985. Die Oberrheinlande zwischen Westfälischem Frieden und Französischer Revolution. [Hrsg.] Volker Press, Eugen Reinhard und Hansmartin Schwarzmaier. *Barock am Oberrhein.* Karlsruhe: G. Braun, 1985, S. 3–18. (Oberrheinische Studien Bd. VI.)

—. 1991. *Kriege und Krisen. Deutschland 1600–1715.* München: Beck, 1991.

Press, Volker, Rheinhard, Eugen und Schwarzmaier, Hansmartin, [Hrsg.]. 1985. *Barock am Oberrhein.* Karlsruhe: G. Braun, 1985. (Oberrheinische Studien Bd. VI.)

Pretsch, Peter. 1995. *"Geöffnetes Narren-Turney". Geschichte der Karlsruher Fastnacht.* [Hrsg.] Stadt Karlsruhe-Stadtarchiv. Karlsruhe: Badenia, 1995. (Veröffentlichungen des Karlsruher Stadtarchivs Bd. 16).

—. 2008. Christian Thran - Hofgärtner, Entdecker, Unternehmer. [Hrsg.] Stadt Karlsruhe-Stadtarchiv. *Eine Afrikareise im Auftrag des Stadtgründers. Das Tagebuch des Karlsruher Hofgärtners Christian Thran 1731–1733.* Karlsruhe: Info, 2008, S. S. 29–42.

—. 2012. Klein-Karlsruhe. [Hrsg.] Stadtarchiv Karlsruhe u. Bürgerverein Altstadt. *Das Dörfle. Altstadt Karlsruhe.* Karlsruhe: Info, 2012, S. 13–16.

Priesner, Claus. 2009. Alchemie in der frühen Neuzeit (Exkurs). [Hrsg.] Historisches Museum der Pfalz Speyer. *Hexen. Mythos und Wirklichkeit.* München: Edition Minerva Hermann Farnung, 2009, S. 68–69.

Privilegien Durlach. 1699. *Freyheiten und Sonderbahre Begnadigung, Womit Der Durchleuchtigste Fürst und Herr, Herr Friderich Magnus, Marggraff zu Baden und Hochberg ... Die Jetzmalig- und künfftige Burgerliche Jnnwohner Dero Fürstlichen Residenz-Stadt Durlach, Gnädigst ansehen...* o.O.: s.n., 1699. (Online-Ausgabe BLB 2011 urn:nbn:de:bsz:31-15449).

Privilegien Karlsruhe. 1715. *Kurtzer Begriff aller derer Freyheiten / Privilegien und Sonderbahrer Begnadigungen / Wormit Der Durchleuchtigste Fürst und Herr/ Herr Carl, Markgraff zu Baden und Hochberg....* Durlach: Theodor Hecht, 1715. (Reproduktion durch Stadtarchiv/ Kulturbüro/ Kulturamt der Stadt Karlsruhe nach der Vorlage Bibliothek des GLA, Signatur Zc 448).

Quarthal, Franz. 1985. Öffentliche Armut, Akademikerschwemme und Massenarbeitslosigkeit im Zeitalter des Barock. [Hrsg.] Volker Press, Eugen Reinhard und Hansmartin Schwarzmaier. *Barock am Oberrhein.* Karlsruhe: G. Braun, 1985, S. 153–188. (Oberrheinische Studien Bd. VI.)

Räuber, Herbert. 1989. Der Pforzheimer Privilegienstreit (1716–1730). Rechtsgeschichtliche Untersuchungen zu einer Auseinandersetzung der Stadt Pforzheim mit ihrem Landesherrn. [Hrsg.] Hans-Peter Becht. *Pforzheim in der frühen Neuzeit. Beiträge zur Stadtgeschichte des 16. bis 18. Jahrhunderts.* Sigmaringen: Jan Thorbecke, 1989, S. 117–160. (Pforzheimer Geschichtsblätter Band 7.)

Reinhard, Eugen. 1985. Die oberrheinische Kulturlandschaft in der Barockzeit. [Hrsg.] Volker Press, Eugen Reinhard und Hansmartin Schwarzmaier. *Barock am Oberrhein,* Karlsruhe: G. Braun, 1985, S. 19–54. (Oberrheinische Studien Bd. VI.)

Rentsch, Dietrich. 1981. Zum Jagdwesen an südwestdeutschen Fürstenhöfen im Barockzeitalter. [Hrsg.] Badisches Landesmuseum. *Barock in Baden-Württemberg.* Karlsruhe: G. Braun, 1981, Bd. 2, S. 293–310.

Richter, Susan. 2/2002. Der "Jägerlouis" – Ein Herrscher zwischen Neigung und Pflicht. *Schlösser Baden-Württemberg.* 2/2002, S. 18–21.

Roegele, Otto B. 1981. Religion und Lebensgefühl im deutschen Barock: das Beispiel Schönborn,. [Hrsg.] Badisches Landesmuseum. *Barock in Baden-Württemberg, Vom Ende des Dreißigjährigen Krieges bis zur Französischen Revolution, Band 2, Aufsätze.* Karlsruhe: G. Braun, 1981, S. 9–20.

Rohr, Julius Bernhard von. 1733. *Einleitung zur Ceremonielwissenschaft der grossen Herren, hrsg. und kommentiert von Monika Schlechte.* Berlin: s.n., 1733. (Neudruck 1990 Weinheim: VCH, Acta Humaniora).

Rott, Hans. 1917. *Kunst und Künstler am Baden-Durlacher Hof bis zur Gründung Karlsruhes.* Karlsruhe: Müller, 1917.

Rudin, Bärbel. 3/2008. Doktoren, Faust, Hanswurst, Shakespeare, Molière, Lederhändler, alle herauf aus der Versenkung! Eine Karlsruher Theaterschule (1725) und die Gründerjahre des Hofschauspiels. *Badische Heimat.* 3/2008, S. 369–379.

Sachs, Johann Christian. 1773. *Einleitung in die Geschichte der Marggrafschaft und des marggrävlichen altfürstlichen Hauses Baden. Fünfter Teil.* Karlsruhe: Lotterischer Verlag, 1773.

Sauer, Paul. 2008. *Musen, Machtspiel und Mätressen. Eberhard Ludwig – württembergischer Herzog und Gründer Ludwigsburgs.* Tübingen: Silberburg, 2008.

Schaab, Meinrad, et al. 1985. Neuzeitliche Gründungsstädte in Südwestdeutschland. *ZGO 133 (NF 94).* 1985, S. 103–155.

Schenk von Schweinsberg, Julia. 4/2002. Eheleut' und Eheleid. Die baden-württembergische Kreuzheirat von 1797. *Schlösser Baden-Württemberg.* 4/2002, S. S. 29–31.

Schilling von Canstatt, Ernst Freiherr. 1905. *Geschlechterbeschreibung der Familie Schilling von Canstatt als Neubearbeitung und Fortsetzung der Geschlechterbeschreibung derer Familien von Karl Friedrich Freherr Schilling von Canstatt (1807).* Heidelberg: Carl Winters Universitätsbuchhandlung, 1905.

Schneider, Franz. 1933. Die Anfänge von Schloss und Stadt Karlsruhe. *ZGO 85.* 1933, S. 423–455.

Schoepflin, Johann Daniel. 1766. *Historia Zaringo badensis, Band 4.* Karlsruhe: Macklot, 1766.

Schwarzmaier, Hansmartin. 2005. *Baden. Dynastie – Land – Staat.* Stuttgart/Berlin/Köln: Kohlhammer, 2005.

—. 5/1989. Der Traum vom Frieden. Die Vorgeschichte der Gründung Karlsruhes und das europäische Kriegstheater in der Barockzeit. *Beiträge zur Landeskunde.* 5/1989, S. 13–18.

—. 2001. Die Flucht aus dem Krieg. Die Markgrafen von Baden und die Stadt Basel im 17. und 18. Jahrhundert. [Hrsg.] Sylvia Schraut und Bernhard Stier. *Stadt und Land. Bilder, Inszenierungen und Visionen in Geschichte und Gegenwart. Wolfgang Hippel zum 65. Geburtstag.* Stuttgart: Kohlhammer, 2001, S. 55–74.

Seckendorff, Veit Ludwig von. 1737. *Deutscher Fürstenstaat. Samt des Autors Zugabe sonderbarer und wichtiger Matierien. Verbessert, mit Anmerkungen, Summarien und Register versehen von Andres Simson von Biechling.* Jena: Meyer, 1737. (Neudruck Aalen 1972, Scientia-Verlag).

Siedentopf, Henning. 31.1978. Eine Komposition Purcells im Klavierbuch einer württembergischen Prinzessin. *Die Musikforschung.* 31.1978, S. 446–450.

SSG. 2011. *Das stille Örtchen – Tabu und Reinlichkeit bei Hofe. Begleitband zur Wanderausstellung.* [Hrsg.] Staatl. Schlösser und Gärten Baden-Württemberg. Berlin/München: Deutscher Kunstverlag, 2011.

—. 2008. *Extra Schön. Markgräfin Sibylla Augusta und ihre Residenz. Eine Ausstellung anlässlich des 275. Todestages der Markgräfin Sbylla Augusta von Baden-Baden.* [Hrsg.] Staatl. Schlösser und Gärten Baden-Württemberg. Petersberg: Michael Imhof, 2008.

—. 2010. *Kirchenmacht und Schlösserpracht. Die Fürstbischöfe von Speyer und ihre Bruchsaler Residenz.* [Hrsg.] Staatl. Schlösser und Gärten Baden-Württemberg. Leinfelden-Echterdingen: DRW, 2010.

—. 2007. *Krone der Kurpfalz. Barockschloss Mannheim. Geschichte und Ausstattung.* [Hrsg.] Staatl. Schlösser und Gärten Baden-Württemberg. Petersberg: Michael Imhof, 2007.

—. 2004. *Schloss Ludwigsburg. Geschichte einer barocken Residenz.* [Hrsg.] Staatl. Schlösser und Gärten Baden-Württemberg/Staatsanzeiger-Verlag. Tübingen: Silberburg, 2004.

Staatstheater/GLA. 1982. *Karlsruher Theatergeschichte. Vom Hoftheater zum Staatstheater.* [Hrsg.] Badisches Staatstheater und Generallandesarchiv. Karlsruhe: G. Braun, 1982.

Stadt Karlsruhe, Stadtarchiv, 1987. *Denkmäler, Brunnen und Freiplastiken in Karlsruhe 1715–1945.* Karlsruhe: Badenia, 1987. (Veröffentlichungen des Karlsruher Stadtarchivs Bd. 7).

—. 2008. *Eine Afrikareise im Auftrag des Stadtgründers. Das Tagebuch des Karlsruher Hofgärtners Christian Thran.* Karlsruhe: Info, 2008. (Veröffentlichungen des Karlsruher Stadtarchivs Bd. 30).

—. 1998. *Karlsruhe. Die Stadtgeschichte.* Red. Ernst Otto Bräunche. Karlsruhe: Badenia, 1998.

Stamm, Gerhard. 1984 (2). *"... Der Blumen Glantz. . . Mit klugen Farben fast verewigt". Karlsruher Tulpenbuch: [Auszug d. Hs. KS Nische C 13] ; eine Handschrift der Badischen Landesbibliothek, Einführung Teil 2.* Karlsruhe: Bad. Bibiotheksgesellschaft, 1984. (http://www.blb-karlsruhe.de/virt_bib/tulpen/einfuehrung-2.php).

—. 1984 (1). *"... in seinem Carolsruh ein Eden sich erbaut«". Karlsruher Tulpenbuch: [Auszug d. Hs. KS Nische C 13] ; eine Handschrift der Badischen Landesbibliothek / Einführung Teil I.* Karlsruhe: Bad. Bibliotheksges, 1984. (http://www.blb-karlsruhe.de/virt_bib/tulpen/einfuehrung-1.php).

Stannek, Antje. 2001. *Telemachs Brüder. Die höfische Bildungsreise des 17. Jahrhunderts.* Frankfurt/New York: Campus, 2001.

Stiefel, Karl. 1977/78. *Baden 1648–1952, 2 Bde.* Karlsruhe: Verein f. oberrheinische Rechts- u. Verwaltungsgeschichte, 1977/78.

Stratmann, Rosemarie. 1981. Wohnkultur im 18. Jahrhundert und ihr Wandel dargestellt am Beispiel des baden-durlachischen Hofes. [Hrsg.] Badisches Landesmuseum. *Barock in Baden-Württemberg, Band 2.* Karlsruhe: G. Braun, 1981, S. 277–291.

Stratmann-Döhler, Rosemarie und Siebenmorgen, Harald. 1996. *Das Karlsruher Schloss.* Karlsruhe: G. Braun, 1996.

Stratmann-Döhler, Rosemarie. 1990. Zur Baugeschichte des Karlsruher Schosses. [Hrsg.] Badisches Landesmuseum. *Klar und lichtvoll wie eine Regel. Planstädte der Neuzeit vom 16. bis zum 18. Jahrhundert.* Karlsruhe: G. Braun, 1990, S. 279–312.

Thiel, Erika. 9. Aufl. 2010. *Geschichte des Kostüms. Die europäische Mode von den Anfängen bis zur Gegenwart.* Leipzig : Henschel, 9. Aufl. 2010.

Thierer, Manfred (Hrsg). 3. Aufl. 2009. *Lust auf Barock. Himmel trifft Erde in Oberschwaben.* Lindenberg: Kunstverl. Fink, 3. Aufl. 2009.

Trauergedicht Friedrich. 1732. *Die freudenreiche Friedens- und Frühlingszeit, sollte bey desz ... Herrn Friedrichs, Marggraf- und Erb-Printzens zu Baden und Hachberg, ... den 26. Martii 1732 erfolgten ... Hintritt...* Carls-Ruh: Maschenbauer, 1732. (Online-Ausgabe BLB 2011 urn:nbn:de:bsz:31-11040).

Trauermusik Geibelin. 1730. *Bey Beerdigung der weyland wohlseeligen Mademoiselle Maria Jacobina Geibelin: ... wollte in nachstehender Trauer-Musique ihr Beyleyd bezeigen die sämmtliche Fürstliche Hof-Capell den 13den Martii Anno 1730.* Carols-Ruh: Maschenbauer, 1730. (Online-Ausgabe BLB 2011 urn:nbn:de:bsz:31-5110).

Valdenaire, Arthur. 1931. *Das Karlsruher Schloss.* Karlsruhe: C.F. Müller, 1931.

—. 1933. Theorien über die Karlsruher Stadtabkage. *Die Pyramide.* 1933, S. 139.

Van der Cruysse, Dirk. 1995. *"Madame sein ist ein ellendes Hanswerck". Liselotte von der Pfalz – eine deutsche Prinzessin am Hof des Sonnenkönigs.* München: Piper, 1995.

Vehse, Carl Eduard. 1992. *Die Höfe zu Baden.* [Hrsg.] Wolfgang Schneider. Leipzig/Weimar: Kiepenheuer, 1992.

Vercelloni, Vergilio u. Matteo. 2010. *Geschichte der Gartenkultur.* Mainz: Philipp von Zabern, 2010.

Vetter, Gerlinde. 2007. *Zwischen Glanz und Frömmigkeit. Der Hof der badischen Markgräfin Sibylla Augusta.* Gernsbach: Casimir Katz, 2007.

Vierneisel, Emil. 1918/19. Neutralitätspolitik unter Markgraf Karl Wilhelm von Baden Durlach,. *ZGO 72 (NF33), S. 373–417, S. 496–525, sowie ZGO 73 (NF34), S. 77–132, 191–226, 358–384 und 503–515.* Heidelberg: s.n., 1918/19.

Vorbach, Andreas. 3/2003. Die Pyramide. Das Grab auf dem Marktplatz in Karlsruhe. *Denkmalpflege in Baden-Württemberg.* 3/2003, S. 211–217.

Wagner, J.L. 1730. *Als Jungfrau Maria Jacobina Geibelin...Weyland vieljährig-gewesene Fürstl. Hof-Sängerin ... das Zeitliche mit dem Ewigen verwechselt ... wollte dieses ... in einer zwar geringen Poesie, jedoch aus treuem Gemüthe ... beysetzen.* Karlsruhe: s.n., 1730. (Online-Ausgabe BLB 2011 urn:nbn:de:bsz:31-5103).

Walter, Martin. 2005. "... dass ich eine solche Lieb für ihn hab". [Hrsg.] Wolfgang Froese und Martin Wallter. *Der Türkenlouis. Markgraf Ludwig Wilhelm von Baden und seine Zeit.* Gernsbach: Casimir Katz, 2005, S. 33–40.

Weech, Friedrich von. 1890. *Badische Geschichte.* Karlsruhe: Bielefeld, 1890.

—. 1886. Briefe der Herzogin Elisabeth von Orleans an den Markgrafen Friedrich Magnus von Baden-Durlach und an den Kurfürsten Johann Wilhelm von der Pfalz. *ZGO 43 (NF 4).* 1886, S. 115–119.

—. 1886. Drei Briefe der Herzogin Elisabeth Charlotte von Orleans an den Markgrafen Friedrich Magnus von Baden-Durlach. *ZGO 40 (NF1).* 1886, S. 219–233.

—. 1895. *Karlsruhe. Geschichte der Stadt und ihrer Verwaltung,, 1. Band 1715–1830.* Karlsruhe: Macklot, 1895.

Wenger, Michael. 4/2002. Pracht für den Reichsjägermeister. 300 Jahre herzoglich württembergischer Hubertus-Jagdorden. *Schlösser Baden-Württemberg.* 4/2002, S. 12–15.

—. 4/2003. Wenn einem das Wild "durch die Lappen ging". Vom Jagen und von Jagdschlössen im Barock. *Schlösser Baden-Württemberg.* 4/2003, S. 2–6.

Wennemuth, Udo. 2/2008. Die Augusta-Maria-Bibel. *Jahrbuch für badische Kirchen- und Religionsgeschichte (JBKRG).* 2/2008, S. 213–217.

Werner, Johannes. 1/2005. Aussicht und Aufsicht. Nachträgliche Bemerkungen zum Karlsruher Stadtgrundriss. *Badische Heimat.* 1/2005, S. 38–45.

Wiegand, Hermann und Nieß, Ulrich, [Hrsg.] 2012. *Karl Friedrich von Baden. Markgraf. Kurfürst, Großherzog.* Mannheim: Wellhöfer, 2012.

Wieland, Friedrich und Zeitz, Joachim. 1980. *Die Medaillen des Hauses Baden. Denkmünzen zur Geschichte des zähringen-badischen Fürstenhauses aus der Zeit von 1499 bis 1871.* Karlsruhe: G. Braun, 1980.

Wirth, Volkmar. 2007. *Erdgeschichten aus der Oberrheinregion.* [Hrsg.] Staatl. Museum für Naturkunde Karlsruhe. Karlsruhe: s.n., 2007. *(Karlsruher Naturhefte Bd. 1.)*

Zander-Seidel, Jutta. 2002. *Kleiderwechsel. Frauen-, Männer- und Kinderkleidung des 18. bis 20. Jahrhunderts.* [Hrsg.] Germanisches Nationalmuseum. Nürnberg: Verl.d. GNM, 2002.

Zepf, Markus. 2008. Markgräfin Sibylla Augusta als Regentin. [Hrsg.] Staatliche Schlösser und Gärten. *Extra schön. Markgfärin Sibylla Augusta und ihre Residenz. Eine Ausstellung anlässlich des 275. Todestages der Markgräfin Sibylla Augusta von Baden-Baden.* Petersberg: Michael Imhof Verlag, 2008, S. S. 26–41.

Zier, Hans Georg. 1982. *Geschichte der Stadt Pforzheim. Von den Anfängen bis 1945.* Stuttgart: Theiss, 1982.

Zimmermann, Wolfgang. 42/2011. "... der Blumen Glanz verewigt". Die barocken "Tulpenbücher" der badischen Markgrafen. *Archivnachrichten.* 42/2011, S. 18–20.

Zollner, Hans Leopold. 1990. *"... der sich in Carolsruh ein Eden hat erbaut". Ein Lebensbild des Markgrafen von Karl Wilhelm von Baden-Durlach.* Karlsruhe: Badische Neueste Nachrichten, 1990.

—. 1977. Sie war keine Xanthippe. Ehrenrettung für eine Markgräfin. *Ev. Kirchenzeitung für Baden 13.* 1977, S. 8.

Zwantzig, Zacharias. 1709. *Theatrum Praecedentiae oder eines theils Illustrer Rangstreit.* Franckfurt: Fritsch, 1709. (Online-Ausgabe ULB Düsseldorf 2011 urn:nbn:de:hbz:061:1-72747).

Anmerkungen

1 Vgl. Thiel, 9. Aufl. 2010, S. 236; SSG, 2011, S. 93.

2 Vgl. SSG, 2011, S. 93.

3 Vgl. Praschl-Bichler, 1995, S. 81.

4 Vgl. SSG, 2011, S. 262.

5 Vgl. Roegele, 1981, S. 9.

6 Vgl. Leiser, 1981, S. 21.

7 Vgl. Hippel, 1985, S. 121.

8 Vgl. Thierer, 3. Aufl. 2009, S. 14.

9 Vgl. Ottomeyer et al., 2006, S. 330.

10 Siehe Wieland et al., 1980, S. 100 f.

11 BLM, 2008, S. 32, Inv. Nr. R 514.

12 Vgl. Leiser, 1981, S. 22.

13 Andres Gryphius, 1663, zitiert nach BLM, 2008, S. 127; vgl. Martini, 18. Aufl. 1984, S. 151.

14 Vgl. Schwarzmaier, 2005, S. 115.

15 Zitiert nach Stiefel, 1977/78, Bd. 1, S. 44.

16 Vgl. Asche et al., 1996, S. 121 f.

17 Vgl. Schwarzmaier, 2001, S. 61 f.

18 Vgl. Asche et al., 1996, S. 124 ff.

19 Vgl. Stiefel, 1977/78, Bd. 1, S. 67.

20 Vgl. Baumstark, 1994, S. 57.

21 Vgl. Rott, 1917, S. 107.

22 Zitiert nach Rott, 1917, S. 127.

23 Vgl. Asche et al., 1996, S. 129.

24 Vgl. Deutsches Historisches Museum, 2002, S. 94.

25 Vgl. Rott, 1917, S. 126 f.

26 Vgl. Stiefel, 1977/78, Bd. 1, S. 67.

27 Vgl. Stiefel, 1977/78, Bd. 1, S. 630.

28 Meier-Braun et al., 2009, S. 40.

29 Vgl. Boelcke, 1985, S. 137.

30 Zitiert nach: Van der Cruysse, 1995, S. 113.

31 Van der Cruysse, 1995, S. 124.

32 Zitiert nach Krieger, 1902, S. 113.

33 Vgl. Schwarzmaier, 2005, S. 140.

34 Nach Krieger, 1902, S. 134 f.

35 Nach Krieger, 1902, S. 132.

36 Leichenpredigt Augusta, 1728, S. 10.

37 Glaubitz, 1728, S. 5.

38 Vgl. Müller, 1992, S. 57.

39 Vgl. Rott, 1917, S. 141.

40 Vgl. Asche et al., 1996, S. 130.

41 Vgl. Kohnle, 2007, S. 145.

42 Vgl. Press, 1991, S. 432.

43 Vgl. Stiefel, 1977/78, Bd. 1, S. 47.

44 Vgl. Press, 1991, S. 432.

45 Nach Stiefel, 1977/78, Bd. 1, S. 48.

46 Vgl. Press, 1991, S. 432: „Diese planmäßige Vernichtung eines ganzen Landstrichs

war neu in der Kriegsführung. Sie übertraf die Greuel des Dreißigjährigen Krieges.“

47 Vgl. Asche et al., 1996, S. 131.

48 Leichenpredigt Augusta, 1728, S. 12.

49 Vgl. Plassmann, 2005.

50 Nach Asche et al., 1996, S. 131.

51 Nach Rott, 1917, S. 135.

52 Nach Rott, 1917, S. 136.

53 Weech, 1886, S. 116 f.

54 Vgl. Rott, 1917, S. 138.

55 Vgl. Rott, 1917, S. 142, und Sachs, 1773, S. 40. Hingegen berichtet Weech, 1890, S. 369, der Brand sei durch ein Feuerwerk zur Siegesfeier ausgelöst worden.

56 Vgl. Grau, 2000, S. 16/17.

57 Zitiert nach Asche et al., 1996, S. 137.

58 Privilegien Durlach, 1699, S. 4.

59 Privilegien Durlach, 1699, S. 10.

60 Vgl. Asche et al., 1996, S. 145, auch Goldschmit, 1915, S. 4.

61 Vgl. Schaab et al., 1985, S. 129 („Ganz ohne Mauer kam also auch im 18. Jahrhundert keine Stadt aus“).

62 Vgl. Rott, 1917, S. 143.

63 Vgl. Rott, 1917, S. 134 f.

64 Vgl. Asche et al., 1996, S. 140 f.

65 18. Dez. 1699, zitiert nach Rott, 1917, S. 154.

66 Vgl. Schwarzmaier, 2001, S. 67 ff.

67 Leichenpredigt Augusta, 1728, S. 14.

68 Leichenpredigt Augusta, 1728, S. 14.

69 Vgl. Gothein, 1912, S. 560 f.

70 So Hupp, 1952, S. 41.

71 Augusta Dank, 1707, Gedicht. Zeitung = Nachricht.

72 Erbacher, 1984, Beilage 1.

73 Zitiert nach Erbacher, 1984, Beilage 1.

74 Vgl. Erbacher, 1984, S.39 f.

75 Die Widmung an Karl Wilhelm ist abgedruckt bei Erbacher, 1984, Beilage 2.

76 Vgl. Wennemuth, 2/2008, S. 216.

77 Leichenpredigt Augusta, 1728, S. 15.

78 Leichenpredigt Augusta, 1728, S. 18.

79 Leichenpredigt Augusta, 1728, S. 19 f.

80 Leichenpredigt Augusta, 1728, S. 16.

81 Glaubitz, 1728, S. 8.

82 Schilderung des Todes in Leichenpredigt Augusta, 1728, S. 32 f.

83 Leichenpredigt Augusta, 1728, S. 34.

84 Vgl. Glaubitz, 1728, S. 6.

85 Rohr, 1733, S. 23.

86 Rohr, 1733, S. 170 f.

87 Vgl. Press, 1991, S. 335.

88 Rohr, 1733, S. 167 f.

89 Vgl. Praschl-Bichler, 1995, S. 65 f.

90 Vgl. Rohr, 1733, S. 216.

91 Leichenpredigt Karl Wilhelm, 1738, S. 10.

92 Leichenpredigt Karl Wilhelm, 1738, Titel.

93 Leichenpredigt Karl Wilhelm, 1738, S. 4.

94 So der Titel eines 1709 in Frankfurt erschienen Werkes von Zacharias Zwantzig (Zwantzig, 1709), das sich mit dem Rangrecht befasst.

95 Leichenpredigt Karl Wilhelm, 1738, S. 10.

96 Vgl. Stannek, 2001, S. 25.

97 Seckendorff, 1737, S. 170.

98 Leichenpredigt Karl Wilhelm, 1738, S. 10.

99 Nach Zollner, 1990, S.13.

100 Vgl. Seckendorff, 1737, S.177.

101 Vgl. Leichenpredigt Karl Wilhelm, 1738, S. 13.

102 Vgl. Stannek, 2001, S. 66.

103 Nach Leichenpredigt Karl Wilhelm, 1738, S. 13.

104 Vgl. BLM, 2003, S.11.

105 Vgl. Stannek, 2001, S. 7 ff.

106 Vgl. Lauts, 1980, S. 48.

107 Leichenpredigt Karl Wilhelm, 1738, S. 11.

108 Rohr, 1733, S. 211.

109 Vgl. Stannek, 2001, S.45.

110 Vgl. Stannek, 2001, S. 176 ff.

111 Vgl. Stannek, 2001, S. 216 f.

112 Vgl. Press, 1991, S. 391.

113 Leichenpredigt Karl Wilhelm, 1738, S. 11.

114 Vgl. Kohnle, 2007, S. 137.

115 Vgl. Müller, 2005, S. 31.

116 Nach Froese, 2005, S. 60.

117 Nach Walter, 2005, S. 36.

118 Vgl. Kohnle, 2007, S 140.

119 Vgl. Oster, 2001, S. 217 f.

120 Vgl. Oster, 2001, S. 223.

121 Vgl. Plassmann, 2005, S. 42.

122 Vgl. Press et al., 1985, Einleitung S. 6 f.

123 Vgl. Plassmann, 2005, S. 50 f.

124 Vgl. Oster, 2001, S. 223.

125 Leichenpredigt Karl Wilhelm, 1738, S. 12.

126 Vgl. Oster, 2001, S. 225.

127 Es handelte sich um den Ratspensionär Anthonis Heinsius, den maßgeblichen niederländischen Politiker dieser Zeit, vgl. Oster, 2001, S. 224.

128 Vgl. Oster, 2001, S. 225 f.

129 Vgl. Leichenpredigt Karl Wilhelm, 1738, S. 13.

130 Vgl. Stannek, 2001, S. 73.

131 Vgl. BLM, 2003, S. 14. Bereits 1645 war in Venedig das erste öffentliche Kaffeehaus gegründet worden.

132 Vgl. Sachs, 1773, S. 71.

133 Nach Stannek, 2001, S. 239.

134 Das Schloss heißt Gottorf, nach ihm sind die Herzöge von Holstein-Gottorp benannt. Hier variieren die Schreibweisen in der Literatur, sowohl (Schleswig-)Holstein-Gottorp als auch Holstein-Gottorf sind zu finden.

135 Vgl. Press, 1991, S. 371 und S. 392.

136 *Carolum Wilhelmum fingens alma rerum mater Natura, dubia fuisse videtur, Herculem an Amorem formaret. Formavit utrumque.* Schoepflin, 1766, S. 355.

137 Schoepflin, 1766, S. 346. Vgl. Zollner, 1990, S. 18.

138 Vgl. Stiefel, 1977/78, Bd. 2, S. 1816.

139 Als König von Preußen bezeichnete sich erst Friedrich der Große, vgl. Epkenhans, et al., 2011, S. 21.

140 Göse, 2012, S. 332.

141 Vgl. Decker-Hauff, 1998, S. 126.

142 Vgl. Oßwald-Bargende, 2000, S. 39.

143 Wieland et al., 1980, S. 91.

144 Vgl. Press, 1991, S. 341 und 375.

145 Vgl. Oßwald-Bargende, 2004, S. 102 f.

146 Vgl. Decker-Hauff, 1998, S. 121ff.

147 Vgl. Oßwald-Bargende, 2/2002, S. 4 f.

148 Vgl. Rohr, 1733, S. 546.

149 Vgl. Sauer, 2008, S. 16, Huss, 2008, S. 26 f., Oßwald-Bargende, 2/2002, S. 4.

150 Vgl. Sauer, 2008, S. 17.

151 Vgl. Oßwald-Bargende, 2/2002, S. 4.

152 Vgl. Sauer, 2008, S. 20.

153 Vgl. Sauer, 2008, S. 21 und Siedentopf, 31.1978, S. 447.

154 Nach Rohr, 1733, S. 552, im Februar 1693.

155 Nach Sauer, 2008, S. 45.

156 Rohr, 1733, S. 132.

157 Vgl. Press et al., 1985, S. 6 f.

158 Eine noch vergleichsweise schlanke Johanna Elisabeth zeigt ein um 1700 entstandenes Portrait, das heute im Alten Corps de Logis, Audienzzimmer, in Schloss Ludwigsburg hängt, abgebildet in Oßwald-Bargende, 4/2004, S. 10. Ausgesprochen füllig wirkt sie hingegen auf einem Schabkunstblatt von Elias Christof Heiß nach der Medaille von Philipp Heinrich Müller um 1705, abgebildet in Wieland et al., 1980, S. 88.

159 Vgl. Sauer, 2008, S. 75 ff.

160 Nach Oßwald-Bargende, 2000, S. 156.

161 Vgl. Oßwald-Bargende, 2000, S. 157.

162 Vgl. Hippel, 1985, S. 122.

163 Vgl. Conze, 2005, S. 176 f.

164 Rohr, 1733, S. 157.

165 Rohr, 1733, S. 155, 158 f.

166 Rohr, 1733, S. 161 ff.

167 Vgl. Fuchs, Peter, „Karl Ludwig“, in: Neue Deutsche Biographie 11 (1977), S. 246–249; Onlinefassung: http://www.deutsche-biographie.de/pnd118560182.html.

168 Vgl. Oßwald-Bargende, 2000, S. 162 f.

169 Vgl. Oßwald-Bargende, 4/2004, S. 12.

170 Nach Oßwald-Bargende, 2000, S. 195.

171 Nach Oßwald-Bargende, 4/2004, S. 11.

172 Vgl. Oßwald-Bargende, 2000, S. 160.

173 Vgl. Oßwald-Bargende, 2000, S. 172 f.

174 Zitiert nach Oßwald-Bargende, 4/2004, S. 10.

175 Nach Oßwald-Bargende, 2000, S. 198.

176 Vgl. Oßwald-Bargende, 2000, S. 197ff.

177 Nach Sauer, 2008, S. 86.

178 Vgl. Sauer, 2008, S. 85 f.

179 Vgl. Sauer, 2008, S. 88.

180 Nach Oßwald-Bargende, 4/2004, S. 13, Oßwald-Bargende, 2000, S. 243.

181 Vgl. Oßwald-Bargende, 2000, S. 207.

182 Nach Oßwald-Bargende, 2004, S. 104.

183 Nach Oßwald-Bargende, 2000, S. 226 f.

184 Vgl. Oßwald-Bargende, 2004, S. 104.

185 Sauer, 2008, S. 117.

186 Nach Oßwald-Bargende, 2000, S. 150.

187 Vgl. Oßwald-Bargende, 2000, S. 182.

188 Vgl. Oßwald-Bargende, 2000, S. 228.

189 Nach Sauer, 2008, S. 231.

190 Nach Huss, 2008, S. 249.

191 Nach Sauer, 2008, S. 234.

192 Press bezeichnet das 17. Jahrhundert als „Jahrhundert der Konvertiten", Press, 1991, S. 303.

193 Nach Sauer, 2008, S. 234.

194 Wieland et al., 1980, S. 90.

195 Nach Sauer, 2008, S. 236.

196 Nach Oßwald-Bargende, 2000, S. 94.

197 Weech, 1895, S. 9: „Die galanten Neigungen Karl Wilhelms konnte die fürstliche Frau nicht übersehen und sie unterdrückte die Empörung, die sie über die Lebensweise ihres Gemahls empfand keineswegs, ja, sie beschritt sogar den Weg der Beschwerde am kaiserlichen Hofe, um der beleidigten Würde der Frau und Fürstin Genugtuung zu verschaffen".

198 Pelcke, 1738, S. 9.

199 Leichenpredigt Karl Wilhelm, 1738, S. 16.

200 Leichenpredigt Karl Wilhelm, 1738, S. 16.

201 Sachs, 1773, S. 3.

202 Sachs, 1773, 154.

203 Sachs, 1773, S. 3 f.

204 Vehse, 1992, S. 72.

205 Vehse, 1992, S. 76 f.

206 Fecht, 1887, S. 23.

207 Weech, 1895, S. 9.

208 Fecht, 1887, S. 23.

209 Kleinschmidt, 1878, S. 1 ff.

210 Zollner, 1977.

211 So Franz Quarthal, Zum Leben und Werk von Hansmartin Decker-Hauff, in: Zeitschrift für Württembergische Landesgeschichte 52.1993 (S. 535–546), S. 536.

212 Decker-Hauff, 1998, S. 130 f.

213 Vgl. Stratmann, 1981, S. 287.

214 Leichenpredigt Friedrich, 1732, S. 4.

215 Alewyn spricht von der barocken Lust an der Potenzierung des Scheins, Alewyn, 1989, S. 84 f.

216 Hauptstaatsarchiv Stuttgart G 187 Bü 3.

217 Hauptstaatsarchiv Stuttgart G 187 U 353.

218 Vgl. Rohr, 1733, Schilderungen fürstlicher Hochzeitsfeiern, S. 152.

219 Nach Schwarzmaier, 2001, S. 66.

220 Die Angaben zum Hochzeitsdatum und zum Ort variieren in der Literatur. Verlässlich ist Leiber, 1996, S. 281, Anm. 1307, er datiert unter Berufung auf die historischen Akten die Hochzeit Karl Wilhelms auf den 27. Juni 1697, Eberhard Ludwig habe bereits am 6. Mai 1697 geheiratet. Auch laut Leichenpredigt Karl Wilhelm, 1738 fand die eigentliche Vermählung Karl Wilhelms mit Magdalene Wilhelmine zu Stuttgart am 27. Juni alter Zeit oder am 8. Juli des „verbesserten Kalenders" statt. Die Konfusionen bei den Hochzeitsdaten dürften unter anderem auf die Problematik julianischer/gregorianischer Kalender zurückzuführen sein, aber auch auf die Vielzahl der mit einer fürstlichen Heirat verbundenen Rechtsgeschäfte und Festlichkeiten. Es war üblich, dass die Braut ihre Heimat als verheiratete Frau verließ. Ausgedehnte Feierlichkeiten gab es in der Regel bei der Heimführung der fürstlichen Braut, die oft erst Wochen nach der eigentlichen Hochzeit in der Residenz des Ehegemahls stattfand. Des Krieges wegen wurde Magdalene Wilhelmine nicht in Durlach, sondern in Basel empfangen.

221 Vgl. dazu Alewyn, 1989, S. 48 f.

222 Vgl. Rohr, 1733, S. 133.

223 Zum gesellschaftlichen Schautanz vgl. Alewyn, 1989, S. 32 f..

224 Vgl. Rott, 1917, S. 132.

225 Vgl. Siedentopf, 31.1978, S. 447. Das „Clavier-Buch einer schwäbischen Herzogin (1697) hat K. Herrmann als Nr. 3940 der Edition Schott veröffentlicht.

226 Vgl. Siedentopf, 31.1978, S. 447.

227 Vgl. Sachs, 1773, S. 75 f.

228 Vgl. Rohr, 1733, S. 140 f.

229 Vgl. Rohr, 1733, S. 153.

230 Vgl. Lünig, 1719, S. 336.

231 Vgl. Rohr, 1733, S. 20.

232 Nach Van der Cruysse, 1995, S. 401.

233 Vgl. Merkle, 2012, S 36 f.

234 Vgl. Schwarzmaier, 2001, S. 66 f.

235 Leichenpredigt Karl Wilhelm, 1738, S. 17.

236 Vgl. Oster, 2005, S. 79 ff.

237 Vgl. Sachs, 1773, S. 77 f.

238 Vgl. Sachs, 1773, S. 79.

239 Sachs, 1773, S. 81.

240 Sachs, 1773, S. 82.

241 Plassmann, 2005, S. 55, spricht von einer „Überlebensstrategie der Schwachen".

242 Vgl. Oster, 2005, S. 88.

243 Vgl. Keyßler, 1751, 16. Schreiben, S. 109.

244 Vgl. Plassmann, 2005, S. 56 f.

245 Vgl. Sachs, 1773, S. 83, Anmerkung q.

246 Vgl. Oster, 2005, S. 89; zum Streit mit Marlborough und Kaiser Joseph siehe auch Lemke, 2005, S. 96 ff.

247 Vgl. Damoulakis, 2005, S. 76.

248 Nach Brüning, 2005, S. 115 f.

249 Nach Zepf, 2008, S. 28.

250 Vgl. Brüning, 2005, S. 123.

251 Vgl. Hund, 2008, S. 47 ff.

252 Nach www.schloss-rastatt.de. Als „penetrant“ bezeichnete man Menschen, die über einen alles durchdringenden Geist verfügten.

253 Vgl. Zepf, 2008, S. 35 f.

254 Vgl. Zepf, 2008, S. 37.

255 Vgl. Plassmann, 2005, S. 58, Brüning et al., 2005, S. 17.

256 Vgl. Sachs, 1773, S. 89 f.

257 Vgl. Sachs, 1773, S. 90 f., Leichenpredigt Karl Wilhelm, 1738, S. 29.

258 Vgl. Plassmann, 2005, S. 58, Brüning et al., 2005, S. 31.

259 Festschrift zum Geburtstag, 1722, S. 3.Themis ist die griechische Göttin der Gerechtigkeit.

260 Vgl. Sachs, 1773, S. 54 f.

261 Schwarzmaier, 5/1989, S. 18 bezeichnet es als "Wunder von Karlsruhe", dass Karl Wilhelm eine Stadt errichtete, die jedem feindlichen Zugriff offen war.

262 Römer 13, 1–2. Die Schilderung der Huldigungsfeier folgt Jacob, 1936, S. 12 ff.

263 Vgl. Press, 1991, S. 297.

264 Vgl. Rohr, 1733, S. 2.

265 Rohr, 1733, S. 658.

266 Vgl. BLM, 2010, S. 303.

267 Leichenpredigt Karl Wilhelm, 1738, S. 31.

268 Hippel, 1985, S. 131.

269 Nach Goldschmit, 1915, S. 4, vgl. Erbacher, 1965, S. 21.

270 Vgl. Dietrich, 1911, S. 11.

271 Vgl. Chrismar, 1892, S. 161.

272 Vgl. Dietrich, 1911, S. 10.

273 Vgl. Schlösser Baden-Württemberg 1/2011, S. 13 zum Auftakt einer Serie über das Kabinett.

274 Nach Dietrich, 1911, S. 22 Anm. 1.

275 Nach Dietrich, 1911, S. 20 Anm. 1.

276 Nach Dietrich, 1911, S. 45.

277 So die Anrede der höheren Beamten im Briefen Karl Wilhelms, vgl. Dietrich, 1911, S. 50.

278 Vgl. Dietrich, 1911, S. 23, Müller, 1992, S. 103.

279 Vgl. Krieger, 1905, S. 85.

280 Vgl. dazu Hippel, 1985, S. 131 ff.

281 Vgl. Dietrich, 1911, S. 13.

282 Nach Vehse, 1992, S. 74 f., vgl. auch Fecht, 1887, S. 22.

283 Nach Vehse, 1992, S. 74 f.

284 Vgl. Boelcke, 1987, S. 109 f.

285 Vgl. Dietrich, 1911, S. 49.

286 Nach Vehse, 1992, S. 75.

287 Die Germania des Tacitus, übersetzt und in volksthümlicher, deutschrechtlicher und historischer Hinsicht erläutert von F. Bülau, J. Weiske und K. von Letusch, Leipzig: H.F. Hartmann 1828, S. 70.

288 Nach Bitsch, 2. Aufl. 1990, S. 210.

289 Nach Vehse, 1992, S. 75.

290 Vgl. Dietrich, 1911, S. 30 ff.

291 Vgl. Dietrich, 1911, S. 36 ff.

292 Vgl. Dietrich, 1911, S. 18.

293 Vgl. Stiefel, 1977/78, Bd. 2, S. 933.

294 Vgl. Hippel, 1985, S. 130.

295 Zum Beispiel, als es darum ging, am kaiserlichen Hof die Zustimmung für die Aufnahme seiner oberen Lande in die eidgenössische Neutralität zu erringen, vgl. Vierneisel, 1918/19, ZGO 72, S. 521, ZGO 73, S. 80.

296 In Baden-Durlach erhielt der Hofratspräsdient ca. 1000 Gulden im Jahr, ein Hofrat 365 Gulden inklusive Naturalien. Der Sold lag damit ähnlich niedrig wie in den geistlichen Territorien Mainz, Würzburg und Bamberg. Wesentlich besser wurden die Spitzenbeamten in größeren weltlichen Territorien bezahlt. So erhielt in Bayern der Hofratspräsident 3000 Gulden, ein Rat etwa 1000 Gulden. Vgl. Dietrich, 1911, S. 48.

297 Vgl. Dietrich, 1911, S. 47.

298 Vgl. Müller, 1992, S. 108.

299 Vgl.Häfner, 1996, S. 26 f.

300 Vgl. Häfner, 1996, S. 35 f.

301 Vgl. Quarthal, 1985, S. 183.

302 Vgl. Boelcke, 1985, S. 126.

303 Vgl. Boelcke, 1987, S. 117.

304 Vgl. Dietrich, 1911, S. 94.

305 Mittellateinisch cameralius = Kämmerer, vgl. auch Eintrag „Kameralismus" in Munzinger Online/Brockhaus-Enzyklopädie in 30 Bänden. 21. Auflage. Aktualisiert mit Artikeln aus der Brockhaus-Redaktion, URL: http://www.munzinger.de/document/12011038008.

306 Boelcke, 1987 zählt bereits den Türkenlouis zu den Wegbereitern des Merkantilismus/Kameralismus in Baden-Baden, zur Thematik S. 116 ff.

307 Fördrer, 1709, Widmung.

308 Vgl. Leiber, 4/2010, S. 871.

309 Vgl. Fördrer, 1709, Vorrede an den geneigten Leser.

310 Fördrer, 1709, S. 89 f.

311 Fördrer, 1709, S. 90.

312 Fördrer, 1709, S. 93.

313 Fördrer, 1709, S. 100.

314 Vgl. Leiber, 4/2010, S. 872.

315 Nach Leiber, 4/2010, S. 873.

316 Vgl. Leiber, 4/2010, S. 874.

317 Vgl. Leiber, 4/2010, S.876.

318 Leiber, 4/2010, S. 882.

319 Vgl. Leiber, 4/2010, S. 883 f.

320 Vgl. Boelcke, 1987, S. 117.

321 Vgl. Boelcke, 1987, S. 108.

322 Vgl. Boelcke, 1987, S. 109.

323 Vgl. Kast, 1934, S. 137 f.

324 Vgl. Dietrich, 1911, S. 93.

325 Vgl. Boelcke, 1985, S. 142 f.

326 Im Jahr 1711, zum Folgenden vgl. Dietrich, 1911, S. 73 f.

327 Nach Merkle, 2012, S. 81.

328 Vgl. Dietrich, 1911, S. 62 f.

329 Vgl. Dietrich, 1911, S. 93.

330 Vgl. Kohnle, 2007, S, 171.

331 Vgl. Boelcke, 1987, S. 107, ausführlich zum Thema Tabak: Praschl-Bichler, 1995, S. 105 ff.

332 Vgl. Boelcke, 1987, S. 117.

333 Nach Baumstark, 1994, S. 79, Bittschrift: S. 65.

334 Vgl. Boelcke, 1985, S. 138.

335 Vgl. Dietrich, 1911, S. 80.

336 Vgl. Dietrich, 1911, S. 61 f.

337 Vgl. Dietrich, 1911, S. 63.

338 Vgl. Dietrich, 1911, S. 87 ff.

339 Vgl. Press et al., 1985, S. 16.

340 Vgl. Hippel, 1985, S. 127 f.

341 Vgl. Quarthal, 1985, S. 185.

342 Vgl. Quarthal, 1985, S. 186.

343 Geschärffte Poenal-Verordnung, So geschehen Rastadt den 6ten Decembris und Carlsruhe den 12ten Decembris 1726, Provenienz: Historische Bibliothek des Ludwig-Wilhelm-Gymnasiums Rastatt.

344 Vgl. Stiefel, 1977/78, Bd. 2, S. 927 f..

345 Vgl. Quarthal, 1985, S. 158, zu den sozialpolitischen Neuerungen in Baden-Durlach unter Karl Wilhelm zählte etwa ein Unterstützungsfonds für Pfarrerswitwen.

346 Vgl. Frie, 2012, S. 360.

347 Nach Dietrich, 1911, S. 82.

348 Vgl. Zier, 1982, S. 120.

349 Vgl. Frie, 2012, S. 360.

350 Vgl. BLM, 2012, S. 189, Frie, 2012, S. 360.

351 Vgl. Dietrich, 1911, S. 83.

352 Vgl. Dietrich, 1911, S. 85.

353 Nach dem Inventar von 1712, ausführlich bei Stratmann, 1981, S. 278 ff.

354 Vgl. Stratmann, 1981, S. 280.

355 Vgl. Stratmann, 1981, S. 278.

356 Vgl. Leichenpredigt Friedrich, 1732, S. 12.

357 Vgl. Leichenpredigt Friedrich, 1732; Privilegien Durlach, 1699, S. 23.

358 Vgl. Sachs, 1773, S. 181, Leichenpredigt Christoph, 1723, S. 15 f.

359 In der Literatur findet sich mehrfach der Hinweis, auch der Markgraf von Baden-Durlach habe zur linken Hand geheiratet, unter anderem: Schenk von Schweinsberg, Julia, 4/2002, S. 31, Leiber, 1996, S. 281 Anm. 1308, Schilling von Canstatt, 1905, S. 149. Zollner, 1990, S. 21 spricht davon, dass sich Karl Wilhelm die Massenbach „angeblich von seinem Hofprediger Johann Lorenz Hölzlin antrauen ließ."

360 Darin teile ich die Einschätzung von Merkle, 2012, S. 72.

361 Ausführlich bei Merkle, 2012, S. 72 f., dort auch eine Abbildung des handschriftlichen Liebesversprechens, datiert vom 20. September 1709.

362 Vgl. Stamm, 1984 (2).

363 Vgl. Merkle, 2012, S. 74 ff.

364 Vgl. Merkle, 2012, S. 78 ff.

365 Vgl. Merkle, 2012, S. 80.

366 = der Erbfolge der Mutter folgendes Lehen.

367 Vgl. Hochstrasser, 1992, S. 33.

368 Vgl. Hochstrasser, 1992, S. 3.4

369 Vgl. Stiefel, 1977/78, Bd. 2, S. 926.

370 Vgl. Alewyn, 1989, S. 28.

371 Vgl. Alewyn, 1989, S. 38.

372 Vgl. Asche et al., 1996, S. 144 f.

373 Nach Brunn, 1791, S. 14 f.

374 Nach Oesterle, 1/2003, S. 144.

375 Nach Leiber, 2012, S. 3, vgl. auch Stadt Karlsruhe, 1998, S. 70.

376 Ob Karl Wilhelm bei der Grundsteinlegung am 17. Juni 1715 zunächst nur ein Lust-/Jagdschloss im Auge hatte, ob er zwar bereits eine Residenzverlagerung plante, aber noch keine Stadtgründung beabsichtigte oder ob die Stadtgründung von vornherein beabsichtigt war, ist umstritten. Eine Gesamtschau der Argumente findet sich bei Müller, 1992, S. 186 ff.

377 Vgl. Alewyn, 1989, S. 68.

378 Vgl. Alewyn, 1989, S. 82.

379 Vgl. Stadt Karlsruhe, 1998, S. 71 f.

380 Vgl. Rentsch, 1981, S. 293.

381 Vgl. Wenger, 4/2003, S. 5.

382 Nach Richter, 2/2002, S.20.

383 Vgl. Rentsch, 1981 S. 301.

384 Vgl. Vetter, 2007, S. 171.

385 Nach Rentsch, 1981, S. 294.

386 Nach Wenger, 4/2003, S. 2.

387 Vgl. Rentsch, 1981, S. 301.

388 Nach Wenger, 4/2003, S. 3.

389 Vgl. Dietrich, 1911, S. 96.

390 Vgl. Rentsch, 1981, S. 293.

391 Vgl. Dietrich, 1911, S. 42 f.

392 Vgl. Dietrich, 1911, S. 43.

393 Nach Rentsch, 1981, S. 308 , Kiel-Raben = Kolkraben.

394 Vgl. Baumgärtner, 1990, S. 81, Wenger, 4/2003, S., 3.

395 Vgl. Leiber, 1996, S. 22.

396 Das Jagdhaus befand sich ungefähr dort, wo später das heute noch bestehende Fasanenschlösschen entstand, vgl. Leiber, 1996, S. 22 ff., Stratmann-Döhler et al., 1996, S.10 ff., Stadt Karlsruhe, 1998, S. 67 ff.

397 Vgl. Leiber, 1996, S. 25.

398 Protokoll des Hausordens der Treue zur Grundsteinlegung am 17. Juni 1715 (GLA 47/1676), abgedruckt bei Leiber, 1996, S. 294.

399 Vgl. Hartleben, 1815, S. 8.

400 Vgl. Merten, 1990, S. 225.

401 Leitch Ritchie, Travelling Sketches on the Rhine, and in Belgium and Holland, London 1833, zitiert nach Werner, 1/2005, S. 39.

402 Nach Häfner, 1996, S. 21.

403 Vgl. Germanisches Nationalmuseum Nürnberg, 2010, S. 323.

404 Vgl. Merten, 1990, S. 224.

405 Vgl. SSG, 2007, S. 23.

406 Vgl. SSG, 2010, S. 10.

407 Vgl. http://www.schloss-bruchsal.de/de/schloss-bruchsal/Schloss/237878.html (Abruf am 8.8.2012).

408 Vgl. Neumann, 1990, S. 51, Merten, 1990, S. 228.

409 Nach Stadt Karlsruhe, 1998, S. 69.

410 Vgl. Alewyn, 1989, S. 13.

411 Nach Häfner, 1996, S. 21 f.

412 Nach Oesterle, 1/2003, S. 145.

413 Vgl. Stratmann-Döhler, 1990, S. 281.

414 Vgl. Braun, 17.6.2012.

415 Vgl. Adler, 2008, S. 142 Anm. 38.

416 Die Schilderung folgt Adler, 2008, S. 142 ff.

417 Heinrich Franz Adolph Buchelle von Löwencron, Nr. 7 des Ordens zur Treue.

418 Vgl. Hartleben, 1815, S. 5.

419 Übersetzung Oesterle, 1/2003, S. 146, abweichend die Übersetzung von Braun, 17.6.2012, ähnlich auch Merkle, 2012, S. 95. Lateinischer Text bei Hartleben, 1815, S. 5.

420 Zum Lebenslauf des Johann Kaspar Malsch siehe Oesterle, 1/2003, S. 128 ff.

421 Vgl. Krieger, 1905, S. 157 f.

422 Zum folgenden Quarthal, 1985, S. 168 ff.

423 Zitiert nach Quarthal, 1985, S. 177 f.

424 Vgl. Oesterle, 1/2003, S. 132 ff.

425 Ab 1684 ist in Langensteinbach ein Bad bezeugt, dieses war im 18. Jahrhundert als Fürstenbad beliebt und wurde 1846 aufgegeben, vgl. http://www.leo-bw.de (Orte, Langensteinbach, Abruf am 15.2.1013). Weech, 1890, S. 381 zufolge hat Karl Wilhelm die Quellen fassen lassen und die Errichtung der Baulichkeiten angeordnet.

426 Vgl. Dietrich, 1911, S. 48 ff.

427 Nach Rohr, 1733, S. 709.

428 Nach Adler, 2008, S. 145.

429 Rohr, 1733, S. 710.

430 Vgl. Adler, 2008, S. 147.

431 Vgl. Stratmann-Döhler, 1990, S. 295 Anm. 7.

432 Vgl. Göse, 2012, S. 236.

433 Nach Adler, 2008, S. 147.

434 Vgl. Adler, 2008, S. 150.

435 Vgl. Rohr, 1733, S. 711.

437 Vgl. Adler, 2008, S. 159 ff.

438 Vgl. Rohr, 1733, S. 713.

439 Vgl. Adler, 2008, S. 203.

440 Auch Georg Eberhard von Heddersdorff, vgl. Rohr, 1733, S. 723.

441 Nach Rohr, 1733, S. 723.

442 Rohr, 1733, S. 709.

443 Beide Fälle vgl. Adler, 2008, S. 194.

444 Vgl. Hippel, 1985, S. 117.

445 Nach Adler, 2008, S. 232.

446 Vgl. Adler, 2008, S., 231 f.

447 Nach Adler, 2008, S. 193.

448 Vgl. Adler, 2008, S 194 f. Anm. 274. Der Ordenskanzler Leopold von Rotberg geriet 1719 in Streit mit dem Ordensritter Franz Joseph Freiherr von Bernhausen über die Reitzensteinsche Familie.

449 Vgl. Adler, 2008, S. 195, Anm. 275. Die Beteiligten waren Albrecht Johann Freiherr Schott von Schottenstein und Friedrich Mainhard Planta von Wildenberg.

450 Vgl. Adler, 2008, S. 195.

451 Vgl. Wenger, 4/2002, S. 13.

452 Vgl. Adler, 2008, S. 237 ff. Im Karlsruher Schloss hatte der Orden seit 1718 seinen Sitz, vgl. Adler, 2008, S. 221.

453 Bernhard Heuken, Zur Soziologie barocker Städteplanung in Süddeutschland, in: Zeitschrift für Ästhetik und allgemeine Kunstwissenschaft 13/2, 1968, S. 174, zitiert nach Merkel, 1990, S. 243.

454 Nach Adler, 2008, S. 225

455 Vgl. Adler, 2008, S. 226.

456 Vgl. Stadt Karlsruhe, 1998, S. 78.

457 Vgl. Adler, 2008, S. 222 ff.

458 Vgl. Wieland et al., 1980, S. 95 f.

459 Vgl. Stadt Karlsruhe, 1998, S. 72, Müller, 1990, S. 262.

460 Privilegien Karlsruhe, 1715, Titel.

461 Für Ludwigsburg war 1709 der Gründungsaufruf ergangen, 1710 und 1712 ergingen weitere, aufeinander aufbauende Reskripte. 1715 und damit im selben Jahr wie in Karlsruhe erschienen die Privilegien im Druck. 1718 wurde Ludwigsburg Residenzstadt.

462 Vgl. Müller, 1990, S. 264 f., Müller, 1992, S. 201 ff.

463 Vgl. Müller, 1990, S. 265, bereits im Ludwigsburger Ansiedlungsaufruf von 1712.

464 Vgl. Müller, 1992, S. 214.

465 Vgl. Stadt Karlsruhe, 1998, S. 101.

466 Vgl. Müller, 1992, S. 196.

467 Nach Müller, 1990, S. 267.

468 Vgl. Pretsch, 2012, S. 13.

469 Nach Pretsch, 2012, S. 15.

470 Beide Fälle vgl. Stadt Karlsruhe, 1998, S. 73.

471 Vgl. Müller, 1992, S. 211.

472 Vgl. Stadt Karlsruhe, 1998, S. 97 und 682, Koch, 1992, S. 44 und 293, Bräunche, 2010, S. 15 f., Erbacher, 1965, S. 12.

473 Nach Stadt Karlsruhe, 1998, S. 72.

474 Vgl. Stadt Karlsruhe, 1998, S. 79.

475 Vgl. Müller, 1992, S. 217.

476 Vgl. Müller, 1992, S. 209.

477 Vgl. Press, 1991, S. 328.

478 1486/1491, vgl. Räuber, 1989, S. 118. Ausführliche Darstellung des Privilegienstreits bei Räuber, 1989, außerdem Zier, 1982, S. 121 ff.

479 Vgl. Räuber, 1989, S. 125.

480 Vgl. Zier, 1982, S. 122.

481 Vgl. Räuber, 1989, S. 12, Zier, 1982, S. 122.

482 Vgl. Räuber, 1989, S. 121 f.

483 Vgl. Räuber, 1989, S. 121.

484 Vgl. Räuber, 1989, S. 122.

485 Vgl. Räuber, 1989, S. 119 und 127.

486 Vgl. Zier, 1982, S. 123, Räuber, 1989, S. 124.

487 Vgl. Räuber, 1989, S. 133.

488 Nach Räuber, 1989, S. 136ff.

489 Vgl. Zier, 1982, S. 124, Räuber, 1989, S. 145 f.

490 Vgl. Räuber, 1989, S. 146.

491 Nach Räuber, 1989, S. 147.

492 Vgl. Deutsches Historisches Museum, 2006, S. 308,

493 Nach Zier, 1982, S. 127.

494 Vgl. Räuber, 1989, S. 151.

495 Vgl. Zier, 1982, S. 128.

496 Vgl. Räuber, 1989, S. 152.

497 Vgl. Räuber, 1989, S. 152.

498 So Müller, 1992, S. 272, laut Räuber, 1989, S. 157 f. dreht sich der Privilegienstreit letztlich um die Wahrung bescheidener Privilegien wirtschaftlicher Art, keineswegs sei es um die Verstärkung der Position der Stadt innerhalb des Staatswesens gegangen.

499 Vgl. Räuber, 1989, S. 156.

500 Entsprechende Toleranzerklärungen erhielten die Stadt Mühlburg 1670, Lörrach 1682, vgl. Stadt Karlsruhe, 1998, S. 103.

501 Kast, 1934, S. 78.

502 Müller, 1992, S. 223, spricht sogar von einer „ausgeprägten Affinität zu den Katholiken".

503 Vgl. Vetter, 2007, S. 135.

504 Nach Kast, 1934, S. 109.

505 Vgl. Pretsch, 1995, S. 19, Pretsch, 2008, S. 152.

506 Sauer, 2008, S. 147.

507 Nach Privilegien Karlsruhe, 1715, S. 3.

508 Nach Kast, 1934, S. 89.

509 Vgl. Erbacher, 1965, S. 18.

510 Nach Erbacher, 1965, S. 20.

511 Erbacher, 1965, S. 19.

512 Vgl. Erbacher, 1965, S. 19.

513 Vgl. Müller, 1990 (2), S. 23.

514 Vgl. Stadt Karlsruhe, 1998, S. 103.

515 Vgl. Stadt Karlsruhe, 1998, S. 103 f.

516 Vgl. SSG, 2010, S.7.

517 Vgl. SSG, 2010, S. 18.

518 Vgl. SSG, 2010, S. 17.

519 Vgl. Stamer, Ludwig, Damian Hugo Philipp Graf von Schönborn, in: Neue Deutsche Biographie 3 (1957), S. 500 [Onlinefassung]; URL: http://www.deutsche-biographie.de/pnd118820613.html (Abruf am 5.1.2013)

520 Nach Müller, 1990 (2), S. 23 f.

521 Vgl. Göse, 2012, S. 304.

522 Vgl. Erbacher, 1965, S. 30.

523 Vgl. Stadt Karlsruhe, 1998, S. 105.

524 Vgl. Müller, 1990 (2), S. 25.

525 Vgl. Stadt Karlsruhe, 1998, S. 109.

526 Vgl. Müller, 1990 (2), S. 25.

527 Vgl. Kast, 1934, S. 111.

528 Vgl. Kast, 1934, S. 111.

529 Nach Kast, 1934, S. 109.

530 Vgl. Müller, 1992, S. 227.

531 Vgl. Müller, 1990 (2), S. 25 ff.

532 Vgl. Mohr, 2011, S. 608.

533 Nach Merkle, 2012, S. 111.

534 Vgl. Göse, 2012, S. 337.

535 Dieses und die folgenden Zitate nach Asche et al., 1996, S. 28.

536 „Folio" ist die Bezeichnung für das größte Buchformat.

537 Vgl. Vehse, 1992, S. 64.

538 Vehse, 1992, S. 71, vgl. auch Asche et al., 1996, S. 28.

539 Vgl. Merkle, 2012, S. 114 ff.

540 Vgl. Merkle, 2012, S. 116.

541 Nach Asche et al., 1996, S. 28.

542 Rohr, 1733, S. 162.

543 Nach Jan von Flocken, Wie viele Kinder hatte August der Starke?, Welt-Online vom 17.7.2007.

544 Nach Jan von Flocken, Wie viele Kinder hatte August der Starke?, Welt-Online vom 17.7.2007,

545 Nach Haass, 1982 (1), S. 17.

546 Vgl. Asche et al., 1996, S. 31.

547 „Nur wo die Welt zum Nichts entwertet und das Leben als Traum begriffen wurde, konnte

das Theater solche Breiten und Tiefen des Daseins umfassen." Alewyn, 1989, S. 89.

548 Vgl. BLM, 2010, S. 150. Eine Ausnahme war Frankreich, wo die Kastraten keinen Anklang fanden.

549 Nach Haass, 1982 (1), S. 11.

550 Vgl. Alewyn, 1989, S. 65.

551 Vgl. Hochstrasser, 1992, S. 34.

552 Nach dem 1. Akt von „Meleager", einer typischen, am Hofe Karl Wilhelms vorgeführten Barockoper, vgl. Haass, 1982 (1), S. 13 f.

553 Vgl. Alewyn, 1989, S. 65 f.

554 Vgl. Alewyn, 1989, S. 73.

555 Vgl. Haass, 1982 (1), S. 13.

556 Vgl. Alewyn, 1989, S. 85.

557 Vgl. Martini, 18. Aufl. 1984, S. 154.

558 Vgl. Martini, 18. Aufl. 1984, S. 154.

559 „Das Zeitalter ist geradezu besessen von einem schrankenlosen Bedürfnis nach Versinnlichung und nach Versichtbarung", Alewyn, 1989, S. 64.

560 Vgl. Alewyn, 1989, S. 63 f.

561 Nach Hochstrasser, 1992, S. 34.

562 Vgl. Haass, 1982 (1), S. 15 f.

563 Nach Hanswurst, 1729.

564 Nach Rudin, 3/2008, S. 369 stiftete der "Allroundstar" Hanswurst Johann David Meyer (Mayer) 1725 in Karlsruhe sogar eine Art Theaterschule. Karl Wilhelm hat Harlekin-Possen demnach sehr geschätzt.

565 Vgl. Haass, 1982 (2), S. 17 ff.

566 Vgl. Germanisches Nationalmuseum Nürnberg, 2010, S. 358.

567 Vgl. Haass, 1982 (1), S. 11.

568 Vgl. Hochstrasser, 1992, S. 35.

569 Vgl. BLM, 2012, S. 94.

570 Vgl. Krieger, 1905.

571 Vgl. http://www.tuerkenbeute.de unter Kunst und Kultur: Das Türkenbild in der Kunst Europas" (Abruf am 27.11.2012).

572 Keyßler, 1751, S. 106.

573 Vgl. Merkle, 2012, S. 75.

574 Vgl. Häfner, 1996, S. 20.

575 Vgl. Merkle, 2012, S. 113.

576 Vgl. Brunn, 1791, S. 26.

577 Vgl. Vehse, 1992, S. 69.

578 Vgl. Merkle, 2012 , S. 107.Ab S. 217 hat Merkle eine Liste von 21 natürlichen Kindern Karl Wilhelms zusammengestellt, an die sich eine Liste von weiteren elf Hofsängerinnen anschließt, „deren Versorgung bzw. Schicksal mit dem Kind eines Markgrafen zusammenhängen kann".

579 Vgl. Borchardt-Wenzel, 1.5.2011.

580 Vgl. Müller, 1992, S. 397.

581 Vgl. Dülmen, 1991, S. 58 f.

582 Vgl. Müller, 1992, S. 54.

583 Vgl. Jütte, 2003, S. 160.

584 Vgl. Jütte, 2003, S. 152 ff.

585 Nach Jütte, 2003, S. 155.

586 Vgl. Hippel, 1985, S. 119.

587 Rohr, 1733, S. 221.

588 Vgl. Hochstrasser, 1992, S. 36.

589 Nach Hochstrasser, 1992, S. 38.

590 Vgl. Hochstrasser, 1992, S. 38 f.

591 Nach Häfner, 1996, S. 22 ff.

592 Nach Häfner, 1996, S. 24.

593 Nach Hochstrasser, 1992, S. 129.

594 Vgl. Alewyn, 1989, S. 42.

595 Vgl. Zander-Seidel, 2002, S. 53.

596 Nach Zander-Seidel, 2002, S. 45.

597 Nach Zander-Seidel, 2002, S. 45 f.

598 Vgl. Alewyn, 1989, S. 42.

599 Vgl. Zander-Seidel, 2002, S. 101 f.

600 Vgl. Zander-Seidel, 2002, S. 102.

601 Vgl. Hochstrasser, 1992, S. 36.

602 Fecht, 1869, S. 270.

603 Vgl. Hochstrasser, 1992, S. 36.

604 Vgl. Braun,17.6.2012.

605 Vgl. Häfner, 1996, S. 28 und 34.

606 Vgl. Merkle, 2012, S. 218 f.

607 Vgl. Häfner, 1996, S. 26.

608 Vgl. Wagner, 1730, Titelblatt.

609 Wagner, 1730, Titelblatt.

610 Wagner, 1730, S. 4.

611 Vgl. Merkle, 2012, S. 110.

612 Vgl. Merkle, 2012, S. 219 f.

613 Vgl. Merkle, 2012, S. 149.

614 Vgl. http://www.karlsruhe.de/b4/stadtteile/bergdoerfer/hohenwettersbach/geschichte.de, Abruf am 2.2.2012.

615 nach Schilling von Canstatt, 1905, S. 150, Originalzitat französisch.

616 Vgl. Defner, 1725, S. 3.

617 Vgl. Merkle, 2012, S. 149.

618 Vgl. Schilling von Canstatt, 1905, S. 154 ff.

619 Vgl. Schilling von Canstatt, 1905, S. 151.

620 Defner, 1725, S. 2.

621 Vgl. Schilling von Canstatt, 1905, S. 151.

622 Vgl. Schilling von Canstatt, 1905, S. 157.

623 Schilling von Canstatt, 1905, S. 165.

624 Nach Häfner, 1996, S. 24.

625 Nach Häfner, 1996, S. 24.

626 Keyßler, 1751, S. 106.

627 Nach Häfner, 1996, S. 24 f.

628 Vgl. Häfner, 1996, S. 18.

629 Vgl. Leichenpredigt Christoph, 1723, S. 15.

630 Vgl. Leichenpredigt Christoph, 1723, S. 16.

631 Vgl. Vetter, 2007, S. 134.

632 Vgl. Häfner, 1996, S. 26.

633 Nach Schilling von Canstatt, 1905, S. 154.

634 Vgl. Leichenpredigt Christoph, 1723, S. 19.

635 Leichenpredigt Christoph, 1723, S. 20.

636 Leichenpredigt Christoph, 1723, S. 19.

637 Leichenpredigt Christoph, 1723, S. 20.

638 Vgl. Leichenpredigt Christoph, 1723, S. 21.

639 Vgl. Häfner, 1996, S. 26.

640 Vehse, 1992, S. 71.

641 Vgl. Leiber, 4/2010, S. 886. Laut Stratmann-Döhler et al., 1996, S. 16, waren es 24 Häuschen.

642 Vgl. Stratmann-Döhler et al., 1996, S. 16, Jungmayr, 1990, S. 139.

643 Vgl. Leiber, 4/2010, S. 885.

644 Vgl. Leiber, 4/2010, S. 885.

645 Jungmayr, 1990; S. 24 f.

646 Vgl. Jungmayr, 1990, S. 24.

647 Vgl. Jungmayr, 1990, S. 140.

648 Nach Jungmayr, 1990, S. 25.

649 Nach Jungmayr, 1990, S. 26.

650 Vgl. Jungmayr, 1990, S. 28 f.

651 Vgl. Miers, 1982, S. 38 f.

652 Nach Jungmayr, 1990, S. 140.

653 Vgl. Jungmayr, 1990, S. 141.

654 Jungmayr, 1990, S. 42.

655 Vgl. Jungmayr, 1990, S. 146.

656 Vgl. Jungmayr, 1990, S. 145 f.

657 Vgl. Jungmayr, 1990, S. 143.

658 Vgl. Wirth, 2007, S. 39 f.

659 Vgl. Jungmayr, 1990, S. 146 ff.

660 Vgl. Boelcke, 1985, S. 135 f., Press, 1991, S. 315.

661 Vgl. Braun, 2011.

662 Vgl. Priesner, 2009, S. 68.

663 Vgl. Miers, 1982, S. 385.

664 Vgl. http://www.schloss-favorite.de/de/schloss-favorite-rastatt/Porzellansammlung/342563.html.

665 Vgl. Stratmann, 1981, S. 287.

666 Vgl. Lauts, 1980, S. 4 f.

667 Vgl. Jungmayr, 1990, S. 149 Anm. 149.

668 Vgl. Jungmayr, 1990, S. 30.

669 Baden, 1906, S. 17. Markgraf Wilhelm war ein Sohn aus Karl Friedrichs zweiter Ehe mit Luise von Hochberg.

670 Keyßler, 1751, S. 105.

671 Nach Häfner, 1996, S. 25.

672 Vgl. Stratmann, 1981, S. 278.

673 Vgl. Stratmann, 1981, S. 282, SSG, 2008, S. 64.

674 Vgl. Stratmann, 1981, S. 285.

675 Vgl. Stratmann, 1981, S. 286 f.

676 Vgl. Weech, 1890, S. 385.

677 Vgl. Schwarzmaier, 2005, S. 157.

678 Vetter, 2007, S. 126.

679 Vgl. Kast, 1934, S. 99.

680 Heute: Ceske Krumlov in Tschechien.

681 Vgl. Vetter, 2007, S. 134.

682 Vgl. Vetter, 2007, S. 146.

683 Vgl. Vetter, 2007, S. 151.

684 Vgl. Alewyn, 1989, S. 30.

685 Vgl. Vetter, 2007, S. 144.

686 Vgl. Braun, 17.6.2012.

687 Vgl. Alewyn, 1989, S. 30 f.

688 Vgl. Vetter, 2007, S. 90 f.

689 Vgl. Göse, 2012, S. 202 f.

690 Vgl. Vetter, 2007, S. 168.

691 Vgl. Vetter, 2007, S. 168 f.

692 Vgl. Vetter, 2007, S. 190.

693 Vgl. Zepf, 2008, S. 38 f.

694 Vgl. Hund, 4/2008, S. 19.

695 Vgl. Gensichen, 2008, S. 11.

696 Vgl. Kaack, 1983, S. 280 f., Kohnle, 2007, S. 156. Zu den Folgen dieser Regelungen Borchardt-Wenzel, 2007, S. 59, Gensichen, 2008, S. 11.

697 Vgl. Kast, 1934, S. 102.

698 Vgl. Leichenpredigt Friedrich, 1732, S. 14 f.

699 Vgl. Krieger, 1905, S. 155.

700 Vgl. Merkle, 2012, S. 152.

701 Vgl. Leichenpredigt Friedrich, 1732, S. 23, Sachs, 1773, S. 170.

702 Vgl. Leichenpredigt Friedrich, 1732, S. 23.

703 Vgl. Leichenpredigt Friedrich, 1732, S. 21.

704 Nach Krieger, 1905, S. 166.

705 Vgl. Lauts, 1980, S. 44.

706 Vgl. Nebenius, 1868, S. 42 Anm. 2.

707 Nach Kleinschmidt, 1878, S. 3.

708 Nach. Kleinschmidt, 1878, S. 4.

709 Vgl. Lauts, 1980, S. 44.

710 Vgl. Leichenpredigt Friedrich, 1732, S. 24.

711 Vgl. Leichenpredigt Friedrich, 1732, S. 25.

712 Trauergedicht Friedrich, 1732, S. 5.

713 Vgl. Kleinschmidt, 1878, S. 5.

714 Vgl. Lauts, 1980, S. 44.

715 Weech, 1890, S. 386.

716 Vgl. Braubach, 9. Aufl. 1983, S. 125.

717 Hochstrasser, 1992, S. 39.

718 Vgl. Häfner, 1996, S.xxx.

719 Vgl. Wunder, Bernd, „Karl Alexander", in: Neue Deutsche Biographie 11 (1977), S. 266 f. [Onlinefassung]; URL: http://www.deutsche-biographie.de/pnd100636209.html.

720 Vgl. Braubach, Max, „Eugen Prinz von Savoyen", in: Neue Deutsche Biographie 4 (1959), S. 673-678 [Onlinefassung]; URL: http://www.deutsche-biographie.de/pnd118605941.html.

721 Vgl. Stamm, 1984 (1), Anm. 23.

722 Vgl. Asche et al., 1996, S. 149 f.

723 Krieger, 1905, S. 95 (Nachricht vom 29. Mai 1735).

724 Vgl. Krieger, 1905, S. 90 ff.

725 Krieger, 1905, S. 97 f.

726 Krieger, 1905, S. 106.

727 Vgl. Braubach, 9. Aufl. 1983, S. 126 ff.

728 Vgl. Wieland et al., 1980, S. 104.

729 Vgl. Krieger, 1905, S. 123.

730 Vgl. Carolus et al., 2008, S. 13.

731 Vgl. Pretsch, 2008, S. 30.

732 Vgl. Stamm, 1984 (1).

733 Vgl. Stamm, 1984 (1) Anm. 26.

734 So wurde die junge Sibylla Augusta mehrfach im Umfeld von Tulpen gemalt, z. B. auf dem Gemälde Georg Adam Eberhards, Sibylla Augusta als Kind mit Tulpen, 1678, oder Die Prinzessinnen Franziska Sibylla Augusta und Anna Maria Franziska von Sachsen-Lauenburg, böhmischer Hofmaler um 1690.

735 Vgl. Stamm, 1984 (2), Vercelloni, 2010, S. 65, http://www.tuerkenbeute.de (Kunst & Kultur, Tulpe und Kaffee – Neues aus dem Orient, Abruf 15.2.2013).

736 Vgl. Stamm, 1984 (2).

737 Vgl. Stamm, 1984 (1) Anm. 26.

738 Vgl. Vercelloni, 2010, S. 173.

739 Vgl. BLM, 2008, S. 90.

740 Carolus et al., 2008, S. 14, Valdenaire, 1931, S. 23 ff.

741 Vgl. Stamm, 1984 (1).

742 Keyßler, 1751, S. 106.

743 Vgl. Keyßler, 1751, S. 106.

744 Vgl. Alewyn, 1989, S. 55.

745 Vgl. Alewyn, 1989, S. 55 ff.

746 Vgl. Sachs, 1773, S. 150 f, Stamm, 1984 (1) Anm. 10.

747 Vgl. Stamm, 1984 (2) zu den Blättern 3–5.

748 „Erb Prinz Carl Friderich van Baaden-Durlach " (Hfk, Hs. 236 (1734) und „Carlsruher Gut Glück" (Hfk, Hs. 226 (1731), vgl. Stamm, 1984 (2) Anm. 60, die Incomparable Carlsrouhe ist bereits im Katalog von 1725 enthalten, Hfk, Hs. 218, vgl. Anm. 61.

749 Vgl. Stamm, 1984 (2).

750 Vgl. Stamm, 1984 (1).

751 Vgl. Brockes, 1738, S. 5.

752 Vgl. Martini, 18. Aufl. 1984, S. 177.

753 Nach Valdenaire, 1931, S. 28.

754 Nach Sonnett XV von William Shakespeare (The Complete Works of William Shakespeare, edited by W. J. Craig, London, Henry Pordes, 1978, S. 1201).

755 Vgl. Stamm, 1984 (2).

756 Vgl. Pretsch, 2008, S. 30. Der Foliant des Friedrich Magnus enthält 190 Aquarelle und Gouachen und befindet sich heute in der Niedersächsischen Staats- und Universitätsbibliothek Göttingen: Flora picta oder Sammlung aller Blumen, so ehedeßen im Garten des Margrafen von Baden-Durlach geblühet nach dem Leben gemalt von (Johann Bartholomäus) Braun, 2 COD MS UFFENBACH 40/e CIM.

757 Vgl. BLM/HdGBW/WLM, 2002, S. 90.

758 Vgl. Stamm, 1984 (2). Die meisten der 20 „Tulpenbücher" wurden im Zweiten Weltkrieg zerstört; die vier heute noch vorhandenen Folianten werden im Badischen Generallandesarchiv und in der Badischen Landesbibliothek in Karlsruhe aufbewahrt.

759 Vgl. Stamm, 1984 (2), bes. auch Anm. 58.

760 Brunn, 1791, S. 24 ff.

761 Vgl. Stamm, 1984 (2), Anm. 65

762 Vgl. Stamm, 1984 (2), Nissen, Claus, „Ehret, Georg Dionys", in: Neue Deutsche Biographie 4 (1959), S. 356 f. [Onlinefassung]; URL: http://www.deutsche-biographie.de/pnd118529307.html.

763 Vgl. Stamm, 1984 (2) Anm. 66.

764 Vgl. Stamm, 1984 (1).

765 Vgl. Stamm, 1984 (1) Anm. 18.

766 Nach Pretsch, 2008, S. 32.

767 Nach Valdenaire, 1931, S. 28.

768 Stadt Karlsruhe, 2008, S. 107.

769 Nach Stadt Karlsruhe, 2008, S. 142.

770 Vgl. Pretsch, 2008, S. 35.

771 Vgl. BLM, 2008, S. 90 f., Pretsch, 2008, S. 35 f.

772 Vgl. BLM, 2008, S. 91.

773 Vgl. Pretsch, 2008, S. 40.

774 Krapp = Färberröte, vgl. Pretsch, 2008, S. 40f.

775 Vgl. Leichenpredigt Karl Wilhelm, 1738, S. 40.

776 Vgl. Weech, 1895, S. 31.
777 Krüger, 1738, S. 30.
778 Nach Krüger, 1738, S. 31.
779 Nach Brockes, 1738, S. 6.
780 Leichenpredigt Karl Wilhelm, 1738, S. 41.
781 Krüger, 1738, S. 31.
782 Vgl. Bolin, 1989, S. 27.
783 Krüger, 1738, S. 32.
784 Nach Krieger, 1905, S. 127.
785 Vgl. Krieger, 1905, S. 128.
786 Vgl. Lauts, 1980, S. 45.
787 Vgl. Exequien, 1738, S. 1 (3).
788 Rohr, 1733, S. 281 f.
789 Vgl. Bolin, 1989, S. 28.
790 Rohr, 1733, S. 281.
791 Rohr, 1733, S. 279. Solennität = würdevolle Feierlichkeit.
792 Vgl. Rohr, 1733, S. 274.
793 Krüger, 1738, S. 20.
794 Nach Fecht, 1887, S. 25.
795 Krüger, 1738, S. 20.
796 Vgl. Fecht, 1887, S. 25, Vorbach, 3/2003, S. 211.
797 Vgl. Exequien, 1738, S. 2 (4).
798 Vgl. Häfner, 1996, S. 50 f.
799 Molter, 1738, S. 3.
800 Vgl. Häfner, 1996, S. 54.
801 Langwerth von Simmern, 1738, S. 3.
802 Exequien, 1738, S. 2 (4).
803 Vgl. Exequien, 1738, S. 8 (10).
804 Vgl. Pelcke, 1738, S. 2.
805 Vgl. Pelcke, 1738, S. 4.
806 Beschreibung nach Exequien, 1738, S. 13 ff.
807 Exequien, 1738, S.18.
808 Krüger, 1738, S. 8.
809 Bürcklin, 1738, S. 8.
810 Bürcklin, 1738, S. 12.
811 Exequien, 1738, S. 10.
812 Vgl. Krieger, 1905, S. 129 f.
813 Krieger, 1905, S. 184.
814 Über das Leben Karl Friedrichs in der Karlsburg siehe Borchardt-Wenzel, 2006, S. 35 ff.
815 Vgl. Handbuch, 1995, Bd. 2, S. 240.
816 Ausführlich: Borchardt-Wenzel, 2010, S. 13 ff. und Borchardt-Wenzel, 2006, S. 80 ff.
817 Vgl. Kohnle, 2007, S. 177.
818 Die neuere historische Forschung ist, gerade was Karl Friedrich angeht, vom Begriff des „aufgeklärten Absolutismus“ eher abgerückt, vgl. Wiegand et al., 2012, S. 138.
819 Vgl. Vorbach, 3/2003, S. 213.
820 Vgl. BLM, 2012, S. 162.
821 Vgl. Vorbach, 3/2003, S. 211.
822 Vgl. Stadt Karlsruhe, 1987, S. 204 f.
823 Vgl. Stadt Karlsruhe, 1987, S. 456 ff.
824 Vgl. Stadt Karlsruhe, 1987, S 481 ff.
825 Vgl. BLM, 2008, S. 9.
826 Vgl. BLM, 2008, S. 83.
827 Vgl. SSG, 2004, S. 166.
828 Vgl. Alewyn, 1989, S. 53.

Register

Haus Baden:

Friedrich Magnus
1647–1709
ab 1677 regierender Markgraf von Baden-Durlach
∞ Augusta Maria von Holstein-Gottorp
1649–1728

- Katharina 1677–1746 ∞ Johann Friedrich von Leiningen-Dagsburg-Hardenburg
- **Karl III. Wilhelm** ab 1709 regierender Markgraf von Baden-Durlach 1679–1738 ∞ **Magdalene Wilhelmine v. Württemberg** 1677–1742
  - Karl Magnus 1701–1712
  - **Friedrich,** Erbprinz 1703–1732 ∞ Anna Charlotte Amalie von Nassau-Dietz-Oranien
    - **Karl Friedrich** 1728–1811 ab 1746 regierender Markgraf von Baden-Durlach, ab 1771 von Baden 1803 Kurfürst, 1806 Großherzog ∞ 1. Karoline Luise von Hessen-Darmstadt ∞ 2. Luise Karoline Geyer von Geyersberg, Reichsgräfin Hochberg
    - Wilhelm Ludwig 1732–1788
  - Auguste Magdalene 1706–1709
- Johanna Elisabeth 1680–1757 ∞ Eberhard Ludwig von Württemberg
- Albertine Friederike 1682–1755 ∞ Christian August von Holstein-Gottorp, Fürstbischof von Lübeck
- Christoph 1684–1723 ∞ Maria Christina Felicitas von Leiningen-Heidesheim
  - Söhne:
    - **Karl August** 1712–1786 Landesadministrator
    - Karl Wilhelm Eugen 1713–1783
    - Christoph 1717–1789